# 삼생삼세 보생연 2

· 신의 소망 ·

三生三世步生蓮. 貳, 神祈
by TANGQI

Copyright ⓒ 2021 TANGQI (唐七)
Korean Translation Copyright ⓒ 2025 MUNHAKDONGNE Publishing Corp.
All rights reserved.

This Korean language edition arranged with People's Literature Publishing House Co.
Ltd. through 連亞國際文化傳播公司.

이 책의 한국어판 저작권은 연아 에이전시를 통해
인민문학출판사와 독점 계약한 (주)문학동네에 있습니다.
저작권법에 의해 한국 내에서 보호를 받는 저작물이므로
무단 전재 및 무단 복제를 금합니다.

# 삼생삼세 보생연 2

• 신의 소망 •

**당칠**
장편소설
문현선 옮김

三生三世步生蓮 貳 神祈

문학동네

차례

1장 요지의 연꽃처럼 아름다운 성옥  9
2장 어명을 받고 괴로워하는 성옥과 기뻐하는 주근  46
3장 사고수에게 물건을 받고 평안성을 떠난 연삼  65
4장 술에 취해 제앵아에게 속마음을 털어놓는 계명풍  123
5장 인간도 아니면서 뛰어드는 인간들의 전쟁  155
6장 섣달 열이레 눈보라 속에 평안성을 떠나는 성옥  185
7장 기억을 되찾은 뒤 마주한 연적  223
8장 홍수에 갇힌 천여 명의 혼례단  271

9장 한밤중에 전해진 성옥의 실종 소식 292
10장 계속 서쪽으로 나아가는 혼례단 315
11장 하늘이 허락하지 않는 인간과 신선의 사랑 341
12장 백양나무 아래의 두 사람을 보고 돌아서는 민달 366
13장 소사라경에서 정신을 차린 연삼 408
14장 연송과 함께 북극 천거산에 가는 동화제군 437
15장 비명을 지르며 몸부림치는 성옥과 즐기듯 지켜보는 소녀 468
16장 북극 천거산으로 돌아온 조제를 찾는 천군 508

# 『삼생삼세 보생연』의 세계

『삼생삼세 보생연』에는 중국 고서 『산해경』과 도교, 불교, 중국 고대 전설, 신화의 세계관이 혼합되어 있다. 세상은 사해팔황이라는 신선의 세계와, 인간의 세계인 속세로 나뉜다. 대천세계 수십억 개의 속세에서는 시간이 전부 다르게 흐른다. 이 밖에도 사해팔황과 속세 밖의 혼돈 속에 독립적으로 존재하는 명계가 있다.

# 『삼생삼세 보생연』의 배경과 등장인물

## 사해팔황

홍황시대, 원고시대, 상고시대, 현시대로 이어지는 역사를 가지고 있다. 팔황에는 신족과 마족, 귀족, 요족 네 종족의 무수한 생령이 모여 산다.

| | |
|---|---|
| 조제 | 홍황시대 빛에서 태어난 진실의 신. |
| 소관 | 홍황시대에 태어난 마족의 창조신. 팔황에서 생존하기 어려워하는 인간을 불쌍히 여겨 속세로 보낸다. |
| 연송 | 현 시대 천족의 세번째 황자. 천계에서는 유명한 바람둥이로 통한다. 쇄요탑鎖妖塔에서 죽은 홍련선자 장의의 숨결을 따라 속세에 내려갔다가 성옥을 만나 매료된다. |
| 동화제군 | 홍황의 고대 신. 원래 천지를 주관했으나 현재는 천족의 존신으로서 신선의 신분을 관리한다. 연삼을 아들처럼 총애했으며 천군 역시 젊은 시절 동화제군 밑에서 가르침을 받은 바 있다. |
| 제소희 | 상화, 설의, 은림과 더불어 조제 신의 네 신사神使 중 하나. 인간의 주인이며, 남염어로 '아포탁'이라 불렸다. 연송이 조제 신의 행방을 찾는 과정에서 제소희의 정체도 알게 된다. |
| 상의 | 원래의 회주였던 선녀. 연송이 임시로 하주 직책을 맡던 때에 장의에게 일을 가르치다가 화주의 직책을 넘겨주었다. 연삼의 형을 사랑해 쇄요탑에서 죽었다. |

## 속세

| | |
|---|---|
| 대희국 | 속세의 중원中原 |

| | |
|---|---|
| 성균 | 대희국의 황제. |
| 성옥 | 희나라 정안왕부의 왕족 홍옥군주. 열다섯 살의 나이까지 온갖 꽃을 모아놓은 십화루十花樓에서 지낸다. 일찍 부모를 여의고 꽃의 요정인 화요花妖들의 손에 자란다. |
| 주근 | 화요. 십화루의 집사. |
| 연란 | 연삼의 사촌누이. 장의의 환생이라 자신과 연송은 특별한 인연으로 이어져 있다고 생각한다. 그러나 연송이 성옥에게 관심을 보이자 불쾌한 내색 |

| | | |
|---|---|---|
| | | 을 보이며 질투한다. |
| | 천보 | 국사와 함께 연송을 보필하는 선녀. 속세에서는 선녀인 것을 숨기고 때에 맞게 신분을 위장한다. 군주인 연송과 성옥의 마음을 살피는 충직한 신하다. |
| | 계명풍 | 대희국 최남단에 위치한 여천왕부의 세자. 산적에게 납치되는 성옥을 구해준 뒤 그녀에게 호감을 느끼지만, 세자의 의무와 사랑 사이에서 고민한다. |
| | 청령 | 계명풍의 지시로 성옥의 호위를 맡게 된 비밀 호위무사. 문무를 겸비하여 성옥의 좋은 친구이자 든든한 보호자가 되어준다. |
| 북위 | | 대희국과 원수지간. 대희국의 역대 황제들 모두 북위와 전쟁을 벌이는 한편 공주를 보내 화친을 맺었다. |

### 명계

사후의 영혼들이 가는 곳. 해도 달도 없이 은색 별들만 빛나는 깜깜한 곳으로 영혼들은 몇 개의 관문들을 지나며 현생을 반추한다.

| | | |
|---|---|---|
| | 사화루 | 명계의 주인으로, 남동생 사고수와 함께 명계를 다스린다. |
| | 사고수 | 사화루의 동생으로, 누나와 교대로 명계를 다스린다. |

일러두기
1. 주석은 모두 옮긴이주다.
2. 문헌명은 『 』, 곡명은 〈 〉로 구분했다.

# 1장
## 요지의 연꽃처럼 아름다운 성옥

칠석날 한밤중, 연삼은 일행을 이끌고 명계에서 인간계로 돌아왔다. 성옥은 잠결에 불려나왔기 때문에 어떻게 돌아왔는지 거의 기억나지 않았다.

명계를 막 벗어났을 때 성옥은 잠깐 정신을 차렸다. 몽롱한 눈으로 바라보니 자신은 국사 등에 업혀 있고 연삼은 혼자 앞쪽에서 걸어가고 있었다.

연삼을 멍하니 바라보던 성옥은 국사를 밀쳐내고 종종걸음으로 달려가 그의 팔을 꽉 잡았다. 얼굴을 연삼의 팔에 파묻어 표정은 보지 못하고 국사를 나직이 질책하는 연삼의 목소리만 희미하게 들을 수 있었다. "잘 챙기라고 하지 않았나?"

국사가 억울하다는 듯 반박했다. "군주가 갑자기 저를 밀어냈습니다. 전혀 예상하지 못해서 손쓸 틈이 없었습니다." 국사는 성옥의 행동에 대해서도 견해를 밝혔다. "군주가 장군을 더 안전하다고 생각하는 게 아닐까요?" 자기 견해가 그럴싸한지 국사는 감탄까지 내뱉었다. "잠결에도 이렇게 신중하다니 정말 대단합니다."

국사가 수다스럽게 떠드는데도 성옥은 하품하며 눈도 제대로 뜨지 못하다가 머리까지 조금씩 연삼 쪽으로 떨어뜨렸다. 심하게 밀려드는 졸음에 도저히 정신을 차릴 수 없었다.

언뜻 기억나기로는 성옥이 처음 "졸려"라고 중얼거렸을 때 연삼은 차갑다 싶을 만큼 모르는 척했다. 그래도 다음 순간 연삼은 손으로 성옥을 붙들어주었고 조금 뒤에는 편안히 잘 수 있도록 아예 품에 안아주었다.

이튿날 성옥은 춘심원에서 눈을 떴다.

이후 곡수원에서 성옥은 연삼을 볼 수 없었다.

이향이 여기저기 수소문한 끝에 대장군은 이미 군사 훈련을 위해 곡수원에서 황성 외곽의 병영으로 돌아갔다고 알려주었다. 성옥은 무척 실망했지만 어쩔 수 없었다.

명계에서 돌아온 뒤 성옥이 예전의 활발함을 되찾았기 때문에 황제와 태황태후는 아무것도 눈치채지 못했다.

격구 대회가 끝난 뒤에도 명월전 앞의 격구장이 폐쇄되지 않아 제앵아는 툭하면 새로운 기술을 시도해보자고 성옥을 찾아왔다. 황제는 가만히 지켜보다가 놀 때 놀더라도 너무 뜨거울 때는 피하라고만 당부하고, 성옥에게 뭔가를 하지 말라는 말은 하지 않았다. 그래서 성옥은 무척 신나게 시간을 보낼 수 있었다.

성옥과 제앵아가 공을 칠 때면 계명풍도 자주 끼어들었다. 처음에는 격구장 끝에서 지켜보기만 했는데 어느 날 제앵아가 겨뤄보고는 계명풍의 기술에 깜짝 놀라 멋대로 합류시켰다. 그 바람에 성옥도 계명풍과 어울리는 수밖에 없었다.

칠팔일 격구를 하고 났더니 성옥은 명월전 앞의 화려한 경기장이 더는 대단해 보이지 않았다. 대신 갈수록 연삼이 보고 싶어졌다. 며칠을 벼르다가 국사를 만났을 때 물어보니 연삼은 병영 일이 너무 바빠 곡수원에 되돌아올 가능성이 적다고 했다. 성옥은 또다시 빠져나갈 궁리를 하기 시작했다. 세 번을 몰래 나가다가 세 번 모두 황제에게 잡혀, 두 번은 무릎 꿇는 벌을 받고 한 번은 감금되었다.

감금실에서 풀려났을 때는 이미 처서가 지나 더위가 한풀 꺾인 뒤였기 때문에 행궁 전체가 평안성으로 돌아갈 준비를 하고 있었다. 성옥은 뛸듯이 기뻐했다. 이제 며칠 뒤면 십화루로 돌아가 자유를 되찾겠다 싶어서 얌전히 기다릴 수 있었다.

연삼도 병영에서 훈련을 마치고 돌아왔겠다는 생각에 성옥은 평안성으로 돌아가면 제일 먼저 연삼을 찾아가리라 마음먹었다.

드디어 평안성으로 돌아왔건만 성옥이 제일 먼저 만난 사람은 화비무였다. 긴급한 일이 터졌다고 했다.

화비무는 스님을 사랑하게 되었는데 출가한 사람은 정욕을 끊고 번뇌와 미혹을 멀리해야 하니 자신을 원하지 않을 거라고 괴로워했다. 어떻게 해야 할지 몰라 성옥이 돌아오기만을 기다렸다면서 마음속 답답함을 털어놓고 싶었다고 말했다.

성옥은 화비무가 찾아온 이유를 듣고 잠시 침묵에 잠겼다가 물었다. "우리 연삼 오라버니를 좋아한다고 하지 않았어? 바로 지지

난달에 연삼 오라버니의 용모가 비범하다며 놓칠 수 없다고 말했던 것 같은데."

화비무도 잠시 침묵했다가 대답했다. "아, 연 장군…… 장군님은 올봄 이야기잖아요. 이제 곧 가을이고요." 화비무는 멀리 창밖을 바라보며 시를 읊듯 말했다. "계절마다 그 계절만의 이야기가 있어야지요."

성옥은 화비무의 논리가 이해되지 않았고 이해하고 싶지도 않았다. 그저 걱정스러울 뿐이었다. 화비무도 어쨌든 요괴가 아닌가. 성옥이 보기에는 상대가 제대로 된 스님이라면 화비무를 보자마자 거둬들이거나 제압할 게 뻔했다. 법해가 백소정을 제압한 것처럼 말이다.*

화비무의 어리석은 생각을 없애주기 위해 성옥은 오후 내내 화비무를 데리고 나가 〈법해는 사랑을 몰라〉라는 노래를 들었다.

대장군부에 가는 건 다음날로 미루는 수밖에 없었다.

이튿날 잔뜩 기대에 부풀어 대장군부로 갔지만 성옥은 연삼을 만날 수 없었다. 천보가 나와 장군은 여전히 황성 외곽의 병영에 있으며 언제 돌아올지 모르겠다고 말했다.

이틀, 사흘, 나흘, 닷새, 엿새…… 성옥은 매일 기대를 품고 대장군부로 찾아갔다. 그때마다 천보는 연삼이 돌아오면 성옥이 찾아왔던 사실을 제일 먼저 보고하겠다고 약속했다. 그럼에도 성옥은 왠지 불안해 매일 찾아가지 않을 수 없었다.

---

* 중국의 백사 전설에 등장하는 인물들로, 법사 법해는 백소정이 백사임을 알고 선비 허선에게 그녀를 조심하라고 경고하며 백소정을 잡아들이려 한다.

어느 날 천보가 탄식하며 의미심장하게 말했다. "군주, 저희 공자가 정말 보고 싶으신가봅니다."

성옥은 무슨 뜻인지 눈치채지 못하고 한숨을 내쉬며 솔직하게 대답했다. "정말로 연삼 오라버니가 보고 싶어요. 너무 오랫동안 못 만났거든요."

천보가 웃으며 성옥을 바라보았다. "군주께서는 왜 이렇게 저희 공자를 그리워하고 만나고 싶어하십니까?"

왜 그럴까, 성옥은 생각해본 적이 없었다. 가만 떠올려보니 연삼에 대한 그리움이 가족에 대한 그리움과 비슷한 것 같기도 했다. "오랫동안 못 봐서 그렇겠지요. 마음이 텅 빈 것 같고 자꾸 조바심이 나네요." 말하다보니 또 공허함과 실망감이 밀려와 성옥은 초조한 투로 덧붙였다. "음, 어쨌든 오늘은 없다니 내일 다시 올게요." 그러고는 몸을 돌렸다.

그때 천보가 붙잡았다. "잠시만요." 성옥이 의아해하며 걸음을 멈추자 천보가 진지한 눈빛으로 물었다. "공자께서 계속 안 계시면요? 군주께서는 그래도 매일 찾아오실 겁니까?"

성옥은 영문을 알 수 없었다. "어떻게 계속 안 계실 수 있지요?"

"만약 그렇게 된다면요?"

성옥이 눈살을 찌푸리며 생각한 뒤 대답했다. "당연히 올 거예요. 오라버니가 계속 오지 않을 리 없잖아요. 또 무슨 전쟁이 터져서 군대를 이끌고 떠나더라도 최소한 출정식을 하러 돌아올 테니, 그때는 만날 수 있겠지요."

"제 말은 그게 아니라……" 천보가 답답하다는 듯 입을 열었다가 말을 끝맺지 않고 잠시 생각한 뒤 고개를 흔들며 웃었다. "아무것도 아닙니다. 오늘 군주께 드린 말씀은 잊어주십시오." 천보의 웃음에 연민이 실려 있었지만, 누구를 향한 연민인지는 알 수 없었다. 심지어 성옥은 그 연민을 눈치채지조차 못했다.

성옥이 대장군부에 가는 시간은 일정하지 않았다. 아침 일찍 갈 때도 있고 해가 질 무렵에 갈 때도 있었다. 하지만 정오 무렵에 가는 일은 없었다.

며칠 내내 계명풍이 찾아와 호수나 산으로 데려갔기 때문에 정오 무렵에 성옥은 늘 계명풍과 성 밖에 있었다. 계명풍이 혼자 찾아왔다면 성옥도 거절했을 텐데 계명풍은 언제나 제앵아와 함께 왔다. 친구를 쉽게 사귀지 못하는 제앵아가 신기하게도 계명풍과는 잘 어울렸다. 제앵아가 너무 즐거워해서 성옥은 두 사람이 같이 가자고 할 때마다 따라나서는 수밖에 없었다.

성옥이 기억하는 계명풍은 무척 고리타분한 사람으로 일이 없을 때면 늘 서재에 박혀 있었다. 그런데 며칠 함께 다니다보니 계명풍도 꽤 재미있는 사람이었다. 성옥보다는 덜 재미있지만, 취미라고 해봤자 도박이나 기루에서 술을 마시는 게 전부인 의사 이목주에 비하면 월등히 나았다.

어느 날 계명풍은 성옥과 제앵아를 소요대산 중턱에 있는 계수나무 숲으로 데려갔다. 가을볕이 따스하고 계화 향이 은은하게 감돌았다. 술잔과 도구까지 챙겨온 계명풍은 그 자리에서 딴 산딸기로 계수나무 아래에서 술을 빚었다. 성옥과 제앵아는 나무 밑에서 주사위를 굴리거나 골패를 돌리며 온종일 즐겁게 시간을 보냈다.

계명풍은 성옥과 제앵아를 대요대산 뒤쪽의 냇가에 데려가기도 했다. 가을바람이 선선하고 맑은 냇물이 졸졸 흘렀다. 계명풍은 냇물을 떠다 차를 끓여주고 나무를 베어 불을 지핀 뒤 생선을 구워주었다. 성옥과 제앵아는 생선 굽는 불가에서 주사위를 굴리거나 골패를 돌리며 온종일 즐겁게 시간을 보냈다.

계명풍은 성옥과 제앵아를 산속 은사한테 데려가기도 했다. 화창하고 맑은 공기 속에서 산새들이 감미롭게 노래했다. 계명풍은 은사와 오묘한 이치를 논하는 한편 밭에서 채소를 따다 담백한 밥상을 차려주었다. 성옥과 제앵아는 채소밭 옆에서 계명풍과 은사의 대화를 듣고 주사위를 굴리거나 골패를 돌리면서 온종일 즐겁게 시간을 보냈다.

제앵아와 계명풍을 따라 밖으로 나간 덕분에 성옥은 성안에서 혼자 답답해하는 것보다 훨씬 재미있게 지낼 수 있었다.

제앵아가 아무리 둔해도 요 며칠 성옥한테 고민이 있다는 사실을 모를 정도로 둔하지는 않았다. 성옥은 무척 즐거워하며 함께 어울렸지만 자기도 모르는 사이 툭하면 딴생각에 빠지곤 했다.

성옥과 연삼, 계명풍 세 사람에게 무슨 일이 있었는지는 몰라도 성옥이 왜 딴생각에 빠지는지 제앵아는 대강 짐작했다.

며칠 내내 성옥은 연삼을 걱정하고 있었다.

이런 일은 제삼자 눈에 더 잘 보였다.

제앵아는 연삼이 성옥을 어떻게 생각하는지는 알 수 없어도 계명풍이 성옥에게 마음이 있는 건 한눈에 알 수 있었다. 그런 계명풍 앞에서 성옥은 바보처럼 눈치도 없이 연삼 이야기를 수시로 꺼냈다.

계명풍이 계수나무 숲으로 데려갔을 때 성옥은 계화를 모으며 꽃이 예쁘니 연삼에게도 향을 맡아보라고 가져다줘야겠다고 했다. 계명풍이 냇가에 데려갔을 때는 냇물을 조롱박에 담으며 물이 좋으니 연삼에게도 차를 끓이라고 가져다줘야겠다고 말했다. 계명풍이 은사한테 데려갔을 때도 성옥은 은사의 텃밭에서 채소를 뽑으며 무척 신선하니 연삼에게도 맛 좀 보라고 가져다줘야겠다고 말했다.

그럴 때마다 계명풍은 상처받았다.

제앵아는 계명풍이 안쓰러우면서도 대단하다고 생각했다. 날마다 충격을 받으면서도 꾹 참으니 절대 평범한 세자가 아니라고 감탄하는 동시에 대체 언제까지 참을 수 있을까 궁금해했다.

답은 여드레였다. 정말 오래 참은 것이었다.

다만 한계를 넘어섰을 때조차 계명풍은 아무 변화가 없어 보였다. 워낙 냉담한 성격이라 발끈할 지경이 되어서도 깊은 바닷속에서 파도가 치듯 본인만 격렬한 고통을 느낄 뿐 다른 사람은 알아차릴 수 없었다.

"그럴 가치가 없는 사람입니다." 계명풍이 말했다.

성옥이 제앵아와 사슴 사냥에 관해 이야기할 때였다. 계명풍의 말을 듣자마자 제앵아는 두 사람에게 무대를 내줘야 함을 눈치채고 조용히 말고삐를 당겨 뒤쪽으로 물러섰다.

성옥도 계명풍의 말을 똑똑히 들었지만 잠시 생각에 잠겼다가 물었다. "세자의 말은 연삼 오라버니가 제게 가치가 없다는 뜻인가요?" 성옥이 고개를 들고 다시 물었다. "그러니까, 연삼 오라버니는 제가 어떤 일이든 해줄 가치가 없다는 뜻인가요?"

계명풍이 탄 명마 천리백千里白은 성옥의 벽안도화碧眼桃花보다 머리 하나만큼 앞서가고 있었지만 계명풍은 고개를 돌리지 않고 말했다. "계속 언급할 가치가 없다는 겁니다. 군주가 가는 곳마다 무언가를 챙겨서 가져다줄 가치도 없고, 아무리 늦어도 저녁마다 소식을 들으러 대장군부에 갈 가치도 없어요. 언제 어디서든 그럴 가치가 없습니다. 군주는……" 담담하던 어투에서 결국 짜증이 묻어나는 것을 본인도 느꼈는지 계명풍은 갑자기 말을 세우고 더는 입을 열지 않았다. 천리백이 걸음을 멈추자 조금 뒤처진 벽안도화도 덩달아 멈췄다. 계명풍은 한참을 가만히 있다가 마침내 고개를 돌리고 성옥을 바라보았다. "군주는 장군을 마음에 품었는데 장군은 군주를 어떻게 생각하는 겁니까?"

성옥은 한 손으로 고삐를 잡은 채 말에 앉아 있었다. 무척 침착해 보여도 실은 얼이 좀 빠진 상태였다. 성옥이 매일 연삼을 찾아가든 연삼에게 뭔가 가져다주든 전부 언급할 가치가 없는 소소한 행동이었다. 빈둥빈둥 한가롭게 지내는 판인데 성옥의 행동이 가치 없다는 말은 과민 반응에 가까웠다. 계명풍은 왜 이렇게까지 예민하게 구는 걸까? 생각해보니 계명풍이 연삼과 잘 지내지 못했던 게 떠올라. 성옥은 자신이 툭하면 연삼을 언급한 게 기분 나빴을 수도 있겠구나 싶었다.

성옥은 고개를 끄덕이고 대수롭지 않다는 듯 발로 벽안도화의 옆구리를 차 앞으로 나아가면서 말했다. "알겠어요. 앞으로는 연삼 오라버니 이야기를 하지 않을게요."

"군주는 아무것도 모릅니다." 계명풍이 말머리를 돌려 성옥 앞을 가로막은 뒤 똑바로 시선을 맞췄다. 고요한 두 눈 깊숙이에 뭐가 있는지는 보이지 않아도 목소리만은 선명하게 들렸다. "장군은 군주를 속였습니다." 계명풍은 망설이는 듯하더니 다시 한번 말했다. "연삼 그자가 군주를 속였다고요."

성옥은 영문을 알 수 없어 눈만 껌뻑거렸다. 계명풍은 잔인한 사실을 알려줘야 해 성옥의 표정을 차마 볼 수 없다는 듯 시선을 거두고는 나직하게 물었다. "오늘 아침 대장군부에 갔을 때 연삼 장군이 없다고 하지 않던가요?"

확실히 그랬다. 아침 일찍 대장군부에 갔을 때 웬일인지 천보가 아니라 처음 보는 젊은 하인이 나와 성옥을 맞아주었다. 생김새도, 어투도 고상한 그 하인은 장군이 안 계시고 천보도 없다고 했다.

그러했다는 성옥의 대답에 계명풍은 잠시 입을 다물었다 미간을 찡그리며 말했다. "그자는 어젯밤에 돌아왔으니 군주가 오늘 아침에 찾아갔을 때 분명 있었을 겁니다." 계명풍은 여전히 성옥을 쳐다보지 않으며 손으로 미간을 문질렀다. "군주가 무슨 말을 하고 싶은지 압니다. 군주를 외면한 사람들을 대신해 변명하고 싶겠지요. 장군이 너무 바빠서 만날 시간이 없었다거나 군주가 매일 찾아갔던 걸 시녀가 잊어버리고 고하지 않았을 거라고요."

계명풍은 이야기를 이어가기 난감한지 멈칫했지만 결국 하려던 말을 내뱉었다. "오늘 아침 군주가 다녀간 뒤 연란공주가 그림을 봐달라며 찾아갔는데 거절당하지 않았습니다. 장군은 연란공주와 차를 마시러 소강동루까지 갔으니 그리 바쁘지는 않았다는 뜻이겠지요."

성옥은 당황스러워서 아무 말도 할 수 없었다.

성옥은 계명풍의 속뜻을 알아들었다. 연삼이 성옥을 피하고 있다는 말이었다. 지난밤 연삼이 돌아왔다면 성옥을 피하는 게 확실했다. 하지만 어째서?

성옥은 연삼과 같이 보낸 마지막 밤을 떠올렸다. 분명 멀쩡하게 잘 지냈다. 계명풍한테서 아무 이유도 없이 다른 사람을 싫어할 수 있다는 사실을 배웠지만, 성옥은 그게 자신과 연삼 사이에 적용될 수 있다고는 생각해본 적이 없었다. 맥락 없이 기분이 바뀌어 종잡을 수 없을 때가 많아도 연삼은 늘 성옥에게 잘해주었다. 성옥이 울면 눈물을 닦아주고 아파하면 손을 잡아주던 연삼의 호의는 진심이었다. 연삼은 절대 성옥을 아프게 할 사람이 아니었다.

정신을 차렸을 때 성옥은 계명풍이 자신을 보고 있음을 알았다. 성옥은 눈살을 찌푸리며 무의식적으로 등에 비껴 메고 있던 활을 잡아 내리곤 활시위를 당겼다. 팽팽해진 활시위가 미세하게 떨렸다. 성옥이 고개를 들고 계명풍을 바라보았다. "오해일지도 모르잖아요? 시녀가 보고하지 않았거나 하인이 잘못 전달해서 연삼 오라버니가 정말로 몰랐을 수도 있어요."

계명풍이 조용히 성옥을 바라보았다. "아옥, 그렇게 잘해줄 가치가 없는 사람이라고요."

연란은 오늘 아침 연삼과 소강동루에서 차를 마실 수 있으리라고는 생각도 못했다.

칠석 이후 만나지 못했으니 연란은 한 달 남짓 만에 연삼을 만난 셈이었다. 연삼이 군사를 이끌고 외지에 나갔을 때를 제외하고는 이렇게 오랫동안 만나지 못한 것은 거의 처음이었다. 어젯밤 태후의 거처에서 황제가 연삼이 돌아왔다고 말하는 것을 듣고는 오늘 아침 일찍 평계를 만들어 연삼을 찾아온 참이었다.

대장군부에 올 때도 연삼이 한 달 내내 교외 병영에 있었다는 말은 공무가 바쁘다는 뜻이니 만나지 못할 수도 있겠다고 각오했다. 그런데 예상외로 연삼은 연란을 만나줬을 뿐 아니라 먼저 차를 마시러 가자고 청하기까지 했다.

연란은 연삼의 기분이 무척 좋은가보다고 생각했다.

하지만 그런 생각은 얼마 안 가 사라졌다.

죽자헌에서 마주앉아 바둑을 두었는데 연삼이 수십 수 만에 연란을 굴복시켰다. 그동안 한 번도 없던 일이었다. 당연히 연란의 바둑 실력은 연삼에게 한참 뒤떨어졌지만 연삼은 늘 세심하게 양보해주었지, 비참한 패배로 내모는 법이 없었다.

한 판이 끝나고 두번째 판을 시작할 때 연삼이 이십사 점이나 미리 깔아주었다. 하지만 이번에도 연란은 연삼의 인정사정없는 공격에 속절없이 당하다 순식간에 무너졌다. 오늘 연삼은 연란을 전혀 배려해주지 않았다. 세번째 판도 똑같았다.

바둑에서 진 사람은 연란인데 연삼이 눈살을 찌푸리며 "천보와 두거라" 하고는 먼저 바둑판을 떠났다. 오늘 연삼은 말도 거의 하지 않았다. 바둑도, 방에 있는 연란과 천보도 전부 귀찮은 모양새였다.

연란은 천보와 바둑을 두고 싶지 않았지만 감히 말대꾸할 수 없어 대충 천보에게 맞춰주면서 연삼을 힐끗거렸다.

소강동루의 죽자헌에서는 맞은편의 푸른 호수와 수양버들 덕분에 가을빛을 한껏 즐길 수 있었다. 몇 걸음 떨어진 곳에서 연삼은 창문에 기대앉아 있었다. 연란이 보니 연삼의 시선은 분명 창밖을 향했으나 한가로이 경치를 감상하는 건 아닌 듯했다. 내내 눈살을 찌푸리고 있었다. 연삼이 오늘 왜 저러나 싶어서 연란은 조마조마했다. 창밖의 호수와 모래섬에도 왜 연삼의 기분이 풀어지지 않는 건지 알 수 없었다. 애당초 아름다운 경치에는 관심이 없는 게 아닌가 싶기도 했다. 그런 연삼의 모습에 연란은 불안했다.

아래층이 갑자기 시끌시끌해져, 점원이 차를 더 내올 때 시녀가 무슨 일인지 물었다. 점원은 축국대원들이 1층에서 연회를 연다며 소년들이 한데 모여서 좀 시끄럽다고 설명했다.

축국이라는 단어를 들은 순간 연란은 지난번 연삼과 소강동루에 왔을 때 눈앞의 점원이 차를 따라줬던 게 떠올랐다. 그때 이 수다쟁이 점원은 민간의 축국대와 그들 사이의 우스운 경쟁에 관해 이야기해주었다. 연란은 별로 흥미가 없었지만 연삼은 진지하게 들었을 뿐 아니라 아래로 내려가 점원이 칭찬했던 축국대 소년과 만나기까지 했다. 그 소년은 무슨 옥 공자라고 불렸던 것 같았다.

문득 떠오르는 생각에 연란은 나가려던 점원을 불러 조용히 물었다. "연회를 여는 사람이 개원방의 그 옥 공자인가?" 연란은 연삼의 저조한 기분을 아래층의 그 축국대 소년이라면 조금 풀어줄 수 있을지 모르겠다고 생각했다.

점원은 연란의 속마음도 모르고 자신의 우상인 옥 공자의 매력에 연란도 빠진 줄 알고 잔뜩 흥분해 대답했다. "손님도 저희 옥 공자를 아시는군요." 그러고는 입을 삐죽이며 말했다. "하지만 아래층 연회는 저희 옥 공자가 아니라 안락방 대장이 열었습니다. 지난번 축국 경기에서 저희한테 15대 3으로 박살나자 안락방은 복수심에 불타 얼마 전에 고수 두 명을 새로 영입했습니다. 저희 옥 공자에게 일대일로 붙일 생각으로요. 아래층 연회는 새로 영입한 고수를 환영하는 자리입니다."

점원이 대답할 때 연란은 슬그머니 연삼을 훔쳐보았다. 연삼은 계속 창밖만 바라볼 뿐 대화에 아무 흥미도 보이지 않았다. 실망한 연란은 점원에게 심드렁하게 응했다. "상대가 지원군을 청해왔으니 자네 옥 공자도 골머리를 앓겠군."

점원이 웃으며 말했다. "농담도 잘하십니다. 저희 옥 공자가 왜 골머리를 앓겠습니까? 평안성 백이십 개 골목에서 옥 공자에게 도전하고 싶어하는 사람은 백 명까지는 안 돼도 팔십 명은 됩니다. 하지만 그들이 원한다고 다 저희 공자와 맞붙을 수 있나요. 저희 공자가 그들 도전장을 받아들이느냐가 관건이지요. 보통 저희 공자는 단독 도전장을 받아주지 않습니다."

연란이 이번에는 정말로 궁금해졌다. "어째서?"

점원이 머리를 긁적였다. "제가 듣기로 저희 공자는 다 같이 공을 차는 것이 좋다고 생각하신답니다. 엉망진창의 축국대를 만나도 어쨌든 상대가 열두 명이니 분노도 그만큼 분산된다고요. 반면 일대일은 싸움이 붙기 쉽다고요. 상대 실력이 아주 엉망이라 자신이 통제력을 잃고 때리기라도 하면 어쩌냐며, 출전 금지를 당할 수 있어서 안 된다고 했습니다."

연란은 멍하니 생각하다가 웃음을 지었다. "잘난 척이 심하군."

점원이 겸연쩍어하며 고개를 끄덕였다. "확실히 그렇게 말하는 사람도 있습니다." 하지만 곧장 단호하게 덧붙였다. "저희 공자의 실력은 정말 훌륭합니다. 잘생기기도 했고요. 그래서 공자의 말을 들었을 때 저희는 귀엽다고만 생각했을 뿐, 잘난 척한다고 생각하지는 않았습니다."

연란은 더 말하지 않았지만, 연란이 오늘 데려온 시녀는 호승심이 강해 점원의 칭찬을 못마땅해했다. "우리 아가씨가 잘난 척한다고 하셨으면 그런 거지, 잘생긴 게 무슨 상관이야? 잘생겨봤자지."

연란이 고개를 들어 쳐다보자 시녀가 곧바로 입을 다물었지만 곱지 않은 눈길까지 거두지는 않았다. 점원도 지기 싫어하는 성격인지 진지하게 반박했다. "그런 말씀 마십시오. 저희 옥 공자가 미남이라는 건 온 평안성이 다 압니다. 소인이 많이 배우지 못해서 얼마나 잘생겼는지 잘 표현할 수는 없지만요." 점원이 잠시 생각한 뒤 말을 이었다. "최근 저희 옥 공자가 똑같이 준수하게 생긴 공자와 친분을 맺어 매일 밖으로 유람을 다닙니다. 가게 앞을 지날 때 저희 주인어른까지 아주 멋진 문구로 감탄을 표하셨다니까요. 두 사람이 함께 있으니 완벽한 한 쌍의 옥 같다고 했습니다." 점원은 무척 만족스럽게 결론을 내렸다. "그러니까 저희 옥 공자는 옥처럼 아름다운 분입니다."

시녀가 참지 못하고 비아냥거렸다. "한 쌍의 옥이란 잘 어울리는 남녀를 뜻하는 거야. 두 사람 중 누가 여성스러워서 주인어른이 그렇게 말했을까?"

점원은 얼굴이 새빨개져 다급하게 대꾸했다. "무슨 말도 안 되는 소리를 하십니까? 저희 옥 공자가 수려하셔도 분명 당당한 사내대장부입니다……"

시녀는 붉으락푸르락하는 점원 모습이 재미있는지 눈동자를 굴리며 슬그머니 웃었다. "헌걸찬 남자들을 한 쌍의 옥으로 비유하니, 남자여도 분명 둘 사이에는……"

"그만하거라." 옆쪽에 있던 공자가 갑자기 입을 열어 점원은 깜짝 놀랐다. 주제넘게 나서서 헛소리를 하던 시녀가 소스라치게 놀라 덜덜 떨다가 바닥에 털썩 무릎을 꿇었다. 점원도 안절부절못하며 감히 숨소리도 크게 내지 못했다.

천보가 눈꺼풀을 내리깐 채 바둑판 앞에서 일어났다. 그러고는 어리둥절해하는 연란에게 인사한 뒤 바닥에 꿇어앉은 시녀를 말없이 끌고 재빨리 밖으로 나갔다.

소강동루는 늘 지체 높은 손님들로 북적였고 손님이 화내는 경우도 여러 번 있었지만 그런 광경은 점원도 생전 처음 보았다. 심지어 무슨 일이 벌어지는지조차 알 수 없었다. 그저 독실 밖에서 들리는 어렴풋한 소리만 들을 수 있었다. "아가씨가 몸이 좋지 않아 너희를 훈육할 수 없다면 너희 스스로 단속해야지, 어찌 그리 겁도 없느냐? 아가씨가 앞에 계신데 어떻게 그렇게 남사스러운 말을 내뱉을 수 있어?" 다정하고 부드러운 음성이라 점원은 주인어른이 야단치는 게 그보다 열배 백배는 더 무섭다고 생각했지만, 시녀는 완전히 겁에 질린 듯 계속 울면서 용서를 빌었다.

그동안 왕족과 귀족 등 지체 높은 집안에서 규율이 얼마나 엄격한지 몰랐던 점원은 오늘 직접 마주하고 오금이 떨릴 정도로 놀랐다. 게다가 남아 있는 두 손님이 나가라고 하지 않으니 감히 자리를 뜰 수도 없어 점원은 전전긍긍하며 제자리에 서 있는 수밖에 없었다.

한참 뒤 점원은 바둑판 옆에 있는 아가씨가 떠보듯 말하는 걸 들었다. "저희가 너무 시끄러워서 전하 심기가 불편해지신 건 아닌지요?" 이어 아가씨는 조용히 변명했다. "옥 공자가 전하의 지인이라 그에 대해 이야기하면 좋아하실 줄 알았거든요. 전하를 더 언짢게 해드릴 줄은 몰랐어요."

창문에 기대앉은 공자는 대답하는 대신 몸을 일으켰다. "나는 나가서 좀 걸어야겠다."

점원이 대범하게 고개를 살짝 들었더니, 입술을 깨물고 있던 아가씨가 공자가 바둑판을 지나갈 때 공자의 소매를 잡는 모습이 보였다. 눈꺼풀을 살짝 들어올린 아가씨의 불그레한 눈매가 무척 아름답고 사랑스러워 보였다. 아가씨가 부드러운 목소리로 물었다. "저도 같이 가면 안 돼요?"

성옥은 계명풍이 자신을 속일 리 없고 속일 이유도 없으므로 연삼이 어젯밤 돌아왔고 오늘 아침에는 열아홉째 공주인 연란과 소강 동루에 차를 마시러 갔다는 이야기가 모두 사실이리라 생각했다.

하지만 연삼이 자신을 피한다는 말은 아무리 생각해봐도 터무니없게 느껴져 성옥은 곧장 말을 타고 성으로 돌아가겠다고 마음먹었다.

성옥은 계명풍한테 끈질기게 설명했다. "오늘 아침에 틀림없이 하인이 잘못 알려줬을 거예요. 연삼 오라버니가 교외 병영에서 한 달이나 있었다는 건 정말 바빴다는 뜻이고요. 겨우 반나절 짬이 났고 오후에 다시 병영으로 복귀해야 할지도 모르니, 저는 어서 돌아가야겠어요." 성옥은 연란이 진심으로 부러웠다. "아, 연란 언니는 정말 운도 좋네요. 연삼 오라버니가 한가할 때를 딱 맞춰서 찾아갔으니. 그렇게 운이 좋지 못한 저로서는 오라버니를 잠깐이라도 볼 수 있도록 어서 돌아가는 수밖에요."

계명풍은 성옥의 기발한 해석에 기가 막혀 순간 대꾸도 못하고 낯빛만 흐렸다. 제앵아는 계명풍을 완전히 이해할 수 있었기에 그를 동정하며 편들어주고 싶다는 생각까지 했다.

세 사람 모두 명마를 타고 있어서 성에 돌아왔을 때는 오시 일각밖에 되지 않았다.

성옥을 태운 벽안도화가 곧장 소강동루로 향했다. 앞장서 빨리 달리는 데만 집중하던 성옥이 무슨 이유에서인지는 몰라도 자양가子陽街에서 정동가正東街로 꺾었을 때 돌연 왼쪽의 깊숙한 골목으로 눈길을 던졌다. 흰 그림자가 어렴풋하게 눈에 들어왔다.

벽안도화가 워낙 빠르게 질주해서 성옥이 재빨리 고삐를 당겼음에도 점포 서너 군데를 지나친 뒤에야 멈출 수 있었다.

그 순간 성옥은 자신이 무슨 생각을 하는지 알지 못했다. 벽안도화가 완전히 멈추기도 전에 뛰어내려 길바닥에 넘어졌는데도 전혀 개의치 않고 성옥은 재빨리 일어나 골목 쪽으로 날듯이 달려갔다.

다급히 골목 입구에 이르렀을 때 성옥은 그대로 얼어붙어 안으로 들어가지 못했다.

옛 건물들 사이에 있는 골목은 무척 좁았다. 가을 해가 높이 떴는데도 햇살이 골목 절반 정도밖에 비추지 못했다.

청석 조각을 깔아놓은 골목길은 해가 닿지 않는 그림자 속에 있었다. 아득히 멀리까지 길이 뻗은 탓에 골목 전체가 무척 은밀해 보였다. 조금 전 성옥이 언뜻 보았던 흰옷의 청년이 몇 장 떨어진 어둠 속에 서 있었다.

성옥은 잘못 보지 않았다. 분명 연삼이었다.

그런데 골목에는 연삼 혼자만 있는 게 아니었다. 품에 아가씨를 안고 있었다. 한 손으로는 아가씨 다리를, 다른 손으로는 허리를 받친 채였다. 아가씨는 두 손으로 연삼의 목을 감고 애틋한 듯이 얼굴을 그의 가슴에 묻고 있었다. 아가씨 얼굴이 똑똑히 보이지는 않아도 옷감 재질로 볼 때 열아홉째 공주인 연란임을 짐작할 수 있었다.

정말로 연란이었다. 반면 연란은 성옥에게 전혀 주의를 기울이지 않았다. 조금 전 소강동루에서 나온 뒤 연란은 연삼과 함께 이리저리 한가롭게 돌아다녔다. 연삼의 기분이 별로라 동행하는 연란도 자꾸 다른 곳에 정신이 팔렸지만 그래도 갑자기 울리는 말발굽소리는 들을 수 있었다. 순간 연란이 피할 새도 없이 연삼이 바퀴 달린 의자에서 자신을 안아 들더니 장신구 가게 옆쪽의 작은 골목으로 들어갔다.

연삼이 누군가를 피한다는 생각이 언뜻 들었지만 연삼에게 안기는 순간, 연란은 그가 누구를 피하는지 신경쓸 여유가 없었다.

골목 입구에서 연란을 한참 쳐다보던 성옥이 자기도 모르게 눈살을 찌푸렸다.

드디어 연삼을 만났다는 기쁨이 순식간에 얼음장으로 변해 느닷없이 성옥의 가슴을 차갑고 무겁게 짓눌렀다.

연삼이 연란의 사촌 오라비임은 알았기에 둘이 아침에 차를 마시러 나갔다고 했을 때 별로 놀라지 않았다. 다만 이렇게까지 친밀한 사이인 줄은 몰랐다. 성옥은 사촌들과 그다지 친하지 않았다.

연삼 오라버니에게는 살뜰히 챙기는 동생이 또 있었구나, 하고 성옥은 생각했다. 저렇게 연란을 안듯 나도 여러 번 안아줬는데.

1장 27

그럼 연란이 울 때도 눈물을 닦아줄까? 연란이 힘들어할 때도 손을 잡아줄까?

성옥은 갑자기 화가 치밀었다. 하지만 자중할 줄도 알았기 때문에 곧장 자신이 이유 없이 화를 낸다고 인정했다.

연삼은 성옥을 보고 있었다. 분명 몇 장이나 떨어져 있고 바로 등뒤에 번화한 거리가 있음에도 그와 시선이 마주치는 순간 성옥은 사방이 고요해지는 걸 느꼈다. 눈꼬리가 살짝 올라간 봉의눈이 무척 진지하게 성옥을 주시했지만, 성옥은 그 눈빛에서 아무런 기대도 발견할 수 없었다. 연삼은 이런 곳에서 성옥과 만나기를 기대하지 않은 듯, 혹은 성옥과 다시 만나길 기대하지 않은 듯했다. 그토록 무심한 눈빛에 성옥은 당황하지 않을 수 없었다.

한 달이나 못 만났더니 낯설어서 그런가? 성옥은 연삼 대신 평계를 찾으며 앞으로 두 걸음 다가갔다. 가까워지면 어색한 거리감이 사라질지 모른다는 기대를 품고서. 하지만 이어 세번째 걸음을 내디뎠을 때 연삼이 돌연 눈길을 돌리는 걸 보았다.

성옥은 걸음을 멈췄다. 가슴을 누르는 얼음장이 한층 더 무거워졌다. 왜 그러는지 이해할 수 없어 망설이다 연삼을 부르려 할 때, 연삼이 성옥의 의도를 알아차린 듯 미간을 찡그렸다. 성옥이 입을 열기도 전에 연삼은 몸을 돌려 떠나려 했다.

성옥은 거의 얼이 빠졌다. 놀라 멍해진 성옥의 귀에 방울소리가 희미하게 들려왔다.

소리 나는 쪽을 쳐다보니 왼쪽 건물의 처마 끝에 걸린 녹슬고 낡은 풍경이 눈에 들어왔다. 바람이 불자 풍경이 경쾌히 흔들렸지만 낡은 탓인지 소리가 침울했다.

그때 연삼이 연란을 안은 채 순식간에 골목 끝으로 사라졌다.
골목은 금세 텅 비고 풍경소리만 남았다.
성옥은 하얗게 질린 얼굴로 골목 입구에 서 있었다. 낡은 풍경의 침울한 울림이 성옥 가슴의 얼음장을 잘게 쪼개는 듯한 기분이 들었다. 잘게 부서진 얼음조각이 피를 따라 온몸으로 흘러가는지 성옥은 이내 엄청난 고통에 휩싸였다.

혼자 남아 고통스러웠어도 성옥은 점심때가 지난 뒤 다시 대장군부로 향했다. 마음을 가라앉히고 곰곰이 생각해보니 연삼에게 화낼 이유를 끝내 찾을 수 없어서였다.
연삼이 거들떠보지 않아 기분이 나빴던 건 사실이지만 어쩌면 두 사람 사이에 중요한 일이 있었을지도 몰랐다. 연란도 가슴에 응어리가 맺혀 연삼의 도움이 필요한 상황이었다면, 그 순간에는 분명 성옥이 눈치 없는 방해꾼이었을 터였다. 생각할수록 충분히 그럴 만한 상황 같았다. 연란은 어려서부터 황성에 거주해온 공주였다. 일 년 내내 황궁에서 지내는 사람들은 쉽게 마음을 다쳤다. 태황태후, 황태후, 심지어 황제까지 다들 조금씩 문제가 있지 않던가.
다만 그런 사실을 모두 인정해도 괴로운 마음은 전혀 가시지 않았다. 성옥은 어이없는 이유를 몇 가지 찾아냈지만, 이내 자신이 그렇게까지 황당하지는 않다고 생각하며 머릿속에 떠오른 이유들을 지워버렸다.

대장군부에 가자 천보가 나와 연삼이 어젯밤에 돌아온 건 사실이지만 열아홉째 공주가 찾아왔으며, 그녀와의 선약 때문에 오늘은 성옥을 만날 수 없다고 설명했다. 이어 연삼의 뜻이라면서 성옥에게 급한 일이 있으면 내일 찾아오라고, 다만 요즘 좀 바빠서 짬을 내기 어려우니 급한 일이 아니면 매일 찾아와 기다릴 필요 없다고 전해주었다.

성옥은 가슴이 철렁 내려앉아 한참 뒤에야 입을 열 수 있었다. "연삼 오라버니는 제가 귀찮게 달라붙는다고 생각하나요?"

천보가 놀란 듯한 표정으로 답했다. "공자의 뜻은…… 제가 감히 추측할 수 없습니다."

성옥이 헛기침을 했다. "아, 그, 그게, 연삼 오라버니에게 전해주세요. 제가 찾아온 건 사실……" 성옥은 마음에도 없는 소리를 했다. "오라버니를 꼭 만나야겠다는 건 아니에요. 아까 길에서 우연히 오라버니를 봐서 인사나 하려고 들른 거예요." 아무렇지 않은 척했지만 목소리가 처연해지는 것까지 막을 수는 없었다. "하지만 다른 손님이 있다니, 그럼, 그럼 됐어요……"

천보는 걱정스러운 눈빛으로 성옥을 바라보았다.

성옥은 검지로 코를 문지르며 불현듯 솟구치는 서운함을 억누르고는 아무렇지도 않은 듯 말했다. "오라버니가 바쁘다니 당분간 찾아오지 않을게요."

그때 갑자기 천보가 물었다. "군주, 손은 왜 그러십니까?"

성옥이 무슨 일인가 싶어 왼손을 보니 소맷부리가 얼룩덜룩했다. 소매를 조금 걷어올린 순간 숨이 헉하고 들이마셔졌다. 그제야 통증이 느껴졌다. 언제 생겼는지 팔뚝에 쏠린 상처가 가득했다. 조금 전 소매를 올릴 때 상처가 옷깃에 스치는 바람에 또 피가 나기 시작했다.

천보가 상처를 보려고 손을 뻗었지만, 성옥은 얼른 한 걸음 물러나 허둥지둥 소매를 내려 그 심각한 상처를 가리고는 잠시 생각한 뒤 설명했다. "아까 잘못해서 넘어졌을 때 다쳤나봐요. 별것 아니에요." 그러고는 명랑하게 말했다. "어서 들어가서 연삼 오라버니를 챙겨주세요. 저도 이만 갈게요." 성옥은 재빨리 몸을 돌렸다.

대장군부 안뜰의 호숫가에는 커다란 단풍나무가 있었다. 연삼은 단풍나무 아래의 돌 탁자 옆에 앉아 옥을 조각하고 연란은 멀지 않은 호수 정자에서 칠현금을 연주했다. 천보는 속세의 곡조에 별 관심이 없어서 연란이 무슨 곡을 연주하는지는 모른 채 곡조가 슬퍼서 울적한 기분이 든다고만 생각했다.

연삼에게 다가간 천보는 조금 망설여졌다. 연삼이 당장 성옥에 관한 일을 듣고 싶어하는지 확실하지 않아서였다. 잠시 주저하다가 천보는 연삼의 생각을 가늠할 수 없으니 입을 다물기로 하고 따뜻한 차부터 새로 가져왔다.

연삼은 새로 내온 차는 전혀 건드리지 않고 손에 든 조각에만 온 정신을 집중했다. 윗부분에 붉은 심이 박힌 백옥으로, 연삼은 목을 서로 기댄 학 한 쌍을 조각하는 중이었다. 붉은 부분은 자연스럽게 학 머리의 붉은 점이 될 터였다. 반쯤 조각했는데도 학은 금방이라도 살아 움직일 듯했다.

천보가 옆에 서서 연란의 연주 세 곡을 들었을 때야 연삼이 입을 열었다. "어떻더냐?"

천보가 조용히 대답했다. "군주는 사리에 밝은 분이라 제 말을 다 들은 뒤 저를 곤란하게 만들지 않고 얌전히 돌아갔습니다."

"그래." 담담하게 대꾸한 연삼은 계속 손에 든 옥에 시선을 맞춘 채 오른쪽 학의 깃을 정성스럽게 조각했다. 되는대로 물어봤던 거라 천보가 뭐라고 대답하든 상관없다는 모양새였다.

"하지만 별로 좋아 보이지는 않았습니다." 천보는 가만히 떠올려보았다. 연삼의 손이 멈칫하는 게 보였지만 아주 짧은 순간이었을 뿐, 조각칼이 다시 섬세하게 옥 표면을 오가며 새하얀 깃을 조각해냈다.

천보가 나직이 말했다. "군주는 자기가 너무 달라붙어서 전하께서 싫어하신다고 생각했습니다. 저한테 자신은 그런 사람이 아니며 오늘 거리에서 우연히 봤기 때문에 인사나 하러 들렀다고 전하께 전해달라 했습니다."

호수 정자에서 연란이 한 곡을 끝내자 정원이 순식간에 정적에 휩싸였다. 단풍나무 아래에서 연삼이 손에 든 조각칼로 사각사각 옥 표면을 가는 소리만 들렸다.

천보가 계속 말했다. "하지만 제가 보기에는 사실 같지 않았습니다." 천보가 눈을 내리깐 채 말했다. "급하게 뛰어왔는지 숨을 헐떡이고 온 얼굴이 땀투성이였습니다. 전하를 쫓아오다가 잘못해서 팔뚝을 다쳐 소매가 핏자국으로 가득한데도 전혀 모르고 있었습니다. 제가 알려줬을 때야 통증을 느끼는 듯했는데 눈살만 찌푸리고 말았습니다." 천보가 잠시 멈췄다 다시 이어 말했다. "전하를 만날 수 없다고 했을 때 군주는 거의 울 듯한 표정을 지었습니다."

옥이 돌 탁자로 퍽 떨어지며 조각조각 부서졌다. 천보가 얼른 눈을 들어 보니 날카로운 조각칼이 연삼의 손바닥을 찌르고 있었다. 깊게 박혔던지 조각칼을 빼 옆으로 던지자 상처에서 피가 뿜어져

나왔다. 선혈이 탁자로 튀어 옥 조각을 은홍색으로 물들였다.
 천보가 작게 소리 지르며 품에서 손수건을 꺼내 건넸지만 연삼은 받지 않고 가만히 앉아 무표정하게 손바닥만 바라보았다. 한참 뒤 연삼은 대충 소매를 찢어 상처를 아무렇게나 감싸고는 고개를 들어 천보를 보며 말했다. "옥을 다시 가져오너라." 마치 아무 일도 일어나지 않은 듯했다.

 성옥은 자갈을 툭툭 차면서 돌아갔다. 점심때 아무것도 먹지 않았는데도 배가 고프지 않았다. 냉차가게를 지날 때 갑자기 목이 말라 냉차를 한 잔 주문했다. 오늘따라 손님이 많아서 빈 탁자가 없자 성옥은 심드렁하게 냉차를 받아들고 나가 길가에 앉았다.
 쪼그려앉아 차를 마시면서 한숨을 내쉬었다.
 성옥은 자기 자신에게 완전히 실망했다. 연란 때문에 연삼과 만날 수 없다고 천보가 말했을 때 성옥은 깨달았다. 자신이 정말 터무니없다는 것을.
 성옥은 지금 연란을 질투하고 있었다.
 오늘 그렇게 괴롭고 불쾌했던 가장 큰 이유가 연삼이 자신보다 연란한테 더 잘해준다는 걸 알게 되어서였다.
 성옥의 질투는 이치에 맞지 않았다. 연란과 연삼은 피가 섞인 사촌지간이고 어려서부터 알았으니 감정이 더 깊은 게 당연했다. 연삼이 연란에게 더 잘해주는 건 인지상정이었다. 아무리 오라버니라고 불러도 연삼은 성옥의 진짜 오라비가 아니었다. 어느 날 연삼이 더이상 여동생으로 삼지 않겠다고 하면 두 사람은 남남이 될 터였다. 성옥은 연란과 비교 자체를 할 수 없는 처지였다.

그걸 깨닫자 순간적으로 가슴이 싸해져 성옥은 냉차를 다 마신 뒤 이번에는 몸을 데우기 위해 뜨거운 차를 주문했다.
차를 마신 뒤에는 또다시 발로 자갈을 차며 걸어갔다. 눈앞에 십화루가 보일 때에야 팔뚝의 상처가 생각나 이목주의 의원으로 방향을 돌렸다.
성옥은 축국을 할 때도 여기저기 찰과상을 입었기 때문에 이목주는 특별히 캐묻지 않았다. 오히려 온갖 환자를 다 겪은 의사답게 팔이나 다리가 부러지지 않았으니 상처라 할 수도 없다고 일축했다. 이목주는 붕대를 감아준 뒤 성옥이 멍하니 앉아 있자 한가하면 약방문 이백 개를 베껴써달라고까지 했다.
성옥은 참 배려를 모르는 인간이라고 생각하며 일을 시작했다가 금세 이목주에게 미안해졌다. 고민에 잠긴 채 베껴쓰다보니 이백 개의 약방문 중 하나도 제대로 쓴 게 없어서였다. 땅거미가 질 무렵 성옥의 일을 점검하러 왔던 이목주는 성옥을 때려죽이고 싶은 마음이 들었지만 성옥의 안색을 살피고는 꾹 참았다. 이목주는 마음을 진정시킨 뒤 성옥 옆에 앉아 고민이 있느냐고 물었다. 성옥이 고개를 끄덕이며 중얼거렸다. "그런 셈이지."
이목주와 아무리 허물없는 친구 사이라 해도 연삼의 사촌누이를 질투한다는 건 성옥이 봐도 한심한 일이니 어떻게 털어놓겠는가. 이목주가 미쳤냐고 할 게 뻔해서 성옥은 털어놓을 마음 자체를 먹지 않았다.
이목주가 감개무량하다는 반응을 보였다. "와, 우리 아옥이 나한테 털어놓지 못할 고민이 생길 나이가 되었구나."
성옥이 눈살을 찌푸리며 이목주를 쏘아보았다. "그래봐야 두 살

많은 주제에."

이목주가 아주 당당하게 말했다. "하지만 너보다 꽃술은 훨씬 많이 마셨지."

성옥은 승복하지 않았다. "아닐걸."

이목주가 잠시 생각한 뒤 말했다. "기루에서 기생이랑 양고기탕을 먹거나 기루의 기생이 십화루로 찾아와 양고기탕을 함께 먹은 건 꽃술을 마셨다고 할 수 없어."

이목주는 성옥을 인안당 술창고로 데려가 선심 쓰듯 술 두 단지를 내주고는, 나이를 먹으면 고민이 많아지지만 독한 술 두 단지로 잠재우지 못하는 고민은 없다고 호기롭게 말했다. 그래도 잠재우지 못할 고민일 수 있으니 두 단지를 더 내주며 말했다. "그럼 네 단지를 마셔야지." 문득 성옥의 평소 주량을 떠올려보니 네 단지도 아주 충분한 수준은 아닌 듯해 이목주는 아예 두 단지를 더 내줬다. 여섯 단지를 주고서야 딱 좋다며 만족스러워했다. 그러고는 주근이 영지에 세를 받으러 나가 내일 돌아올 테니 오늘밤은 맘껏 자유를 누리라고 알려주었다.

그날 밤 성옥은 맘껏 자유를 누린 뒤 완전히 취해버렸다.

성옥에게는 심하게 취하면 높은 곳에 오르는 주사가 있었다.

지난번 소강동루에서 취청풍 세 단지를 마셨을 때도 백년 묵은 나무 꼭대기에 올라갔었다. 주변 나무 중에서 그 나무가 가장 높았기 때문이었다. 이번에 이목주한테 받아온 독주도 세 단지째가 되자 성옥은 십화루의 10층 지붕 용마루로 올라갔다. 역시 주변에서 그곳이 가장 높았기 때문이었다.

성옥은 휘청거리며 용마루에 다리를 꼬고 앉았다. 낮에 고민했던 일은 이미 잊어버리고, 평안성 전체가 내려다보이는 높은 곳에 앉으니 정말 상쾌하다고만 생각했다. 아울러 이렇게 좋은 술을 준 이목주도 정말 좋은 친구라고 생각했다.

지붕에 앉아 세번째 단지를 비웠을 때 아래층에 아직 세 단지가 더 있다는 건 전혀 생각나지 않았다. 멀지 않은 길거리에서 아이들이 초롱을 들고 그림자 잡기 놀이를 하는 게 보였다. 재미있어 보여서 성옥은 술단지를 내던지고 혼자 자기 그림자를 쫓아 지붕을 깡충깡충 뛰어다녔다. 어려서부터 축국을 해 평형감각이 뛰어났기 때문에 한 걸음 내디딜 때마다 넘어질 듯 휘청거려도 실은 아주 안정적으로 발을 딛고 있었다.

혼자 놀다가 아래쪽 축국장을 힐끗 내려다보았을 때 축국장 옆의 높은 회화나무 고목 뒤로 흰 옷자락이 언뜻 보였다. 회화 꽃이 피는 시기가 아니니 회화나무 정령의 옷자락일 리는 없었다.

성옥은 시선을 그곳에 고정했다. 갑자기 짙은 구름이 달빛을 막아 흰 옷자락도 순식간에 어둠 속으로 사라졌다. 구름이 지나가고 달빛이 다시 비췄을 때는 아무것도 없었다.

취하지 않았다면 자기 눈을 의심했겠지만 성옥은 만취한 상태였다. 그래서 자기 눈을 전혀 의심하지 않았다. 처마 끝에 서서 잠시 생각하다가 성옥은 몸을 돌려 오른다리를 기와가 없는 허공에 올리고 용기를 내기 위해 오른손으로 왼손바닥을 치며 "하나, 둘" 구령을 붙였다. 둘을 세며 성옥은 눈을 감고 오른발로 허공을 디뎠다.

성옥은 자신이 떨어지는 모습이 상처 입은 흰 새가 홀연히 밤바람 속으로 뛰어드는 것 같으리라 상상했다. 그런데 다가온 사람의 동작은 성옥의 예상보다 훨씬 빨랐다. 허공을 디뎌 균형을 잃었어도 성옥의 왼발이 아직 처마에 있을 때 그 사람이 낚아채주었다.

코끝에서 느껴지는 희미한 백기남 향이 오늘밤 달빛처럼 그윽하고 고즈넉하며 서늘했다. 과연 연삼이었다. 성옥은 웃음을 지었다.

눈을 뜨기도 전에 연삼은 성옥을 안아 처마에 제대로 세운 뒤 풀어주었다.

"뭐하는 게냐?" 목소리도 머리 위의 달빛처럼 가을밤의 서늘함을 품고 있었다. 게다가 그건 질책이었다. 하지만 잔뜩 취한 성옥은 연삼의 목소리에 담긴 노기를 감지하지 못했다. 그저 연삼을 만났다는 것이 기뻐 신나게 떠들었다. "아, 연삼 오라버니가 거기 있다고 생각했거든요. 오라버니라면 틀림없이 나를 받아줄 줄 알고 뛰어내렸지요!"

성옥은 조금도 거리낄 게 없다는 듯 연삼을 바라보았다. 시선을 연삼의 찌푸린 미간에 두었다가 눈으로 옮겼을 때야 무겁게 가라앉은 기색이 똑똑히 보였다. 연삼도 성옥을 보고 있었다. 호박색 눈동자에는 따뜻한 기운이 전혀 감돌지 않았다. 성옥을 보고 싶어 했다고 기대할 수 없는 냉정한 눈빛이었다.

낮에 있었던 일들이 순식간에 머릿속으로 되돌아오고 억울함과 당혹감까지 솟구쳐 성옥은 순간 정신을 차릴 수가 없었다. 이어 느닷없이 슬퍼졌다. "왜 만나자마자 화를 내요?"

연삼이 성옥의 물음은 무시한 채 눈살을 찌푸리며 대꾸했다. "취했구나."

"안 취했어요." 냉큼 반박했지만 생각해보니 많이 마셔서 성옥은 세 손가락을 내밀었다. "음, 네 단지를 마셨어요." 그러면서 다시 한번 강조했다. "하지만 안 취했다고요." 갑자기 다리가 후들거렸다.

연삼이 성옥을 붙잡아 다시 일으켜세웠을 때 성옥은 연삼의 낯빛을 자세히 살펴보았다. "오라버니는 제가 보고 싶지 않았어요?"

연삼은 여전히 성옥의 질문에 답하지 않았다. "내가 아니었으면?"

한사코 부정했어도 성옥은 취한 상태였다. 다만 그렇게 취한 것과는 별개로 머리가 빠르게 돌아가 성옥은 연삼이 무슨 이야기를 하는지 곧바로 이해할 수 있었다. 10층짜리 십화루의 툭 튀어나온 7층 전망대를 가리키며 성옥이 대수롭지 않다는 듯 말했다. "그럼 전망대에 떨어졌겠지요. 별로 높지 않으니 죽지는 않았을 거고요."

"그래?"

그때 머리가 조금 맑아져 성옥은 연삼 목소리 속의 냉기를 알아차릴 수 있었다. 살짝 의아해하며 고개를 들었던 성옥은 연삼의 여전히 차가운 눈빛과 마주쳤다.

연삼은 싸늘하게 성옥을 바라보고 있었다. "죽지만 않으면 팔이나 다리가 부러져도 상관없다는 게냐? 나이를 먹으면서 철도 든 줄 알았건만."

성옥은 잠시 입을 다물었다가 나직하게 대꾸했다. "화가 나셨네요." 그러고는 고개를 휙 치켜들고 매섭게 연삼을 쏘아보았다. "왜 만나자마자 화를 내요?" 문득 성옥을 서운하게 만들었던, 연삼이 화제를 돌려 잠시 잊었던 중요한 문제가 떠올라 성옥은 분노와 슬픔이 서린 눈빛으로 연삼을 쏘아보았다. "연란을 만날 때는 화내지 않잖아요!"

연삼이 담담하게 말했다. "연란은 화를 돋우지 않으니까."
 연삼의 대답에 성옥은 울음이 터져나올 것 같았다. "나보다 연란이 더 좋아요?"
 연삼이 조용히 성옥을 바라보았다. "왜 연란하고 비교하지?"
 성옥은 고개만 흔들 뿐 대답하지 않았다. 스스로도 왜 고개를 저었는지 알 수 없었다. 피곤해진 성옥은 주저앉아 잠시 생각하다가 눈을 가렸다. "그러니까 오라버니는 나보다 연란이 좋은 거군요." 울지는 않았어도 성옥의 작은 목소리에는 지친 기색이 역력했다. 이어서 성옥이 슬프게 한숨을 내쉬었다. "그만 가세요."
 성옥은 연삼이 곧바로 떠날 줄 알았다. 오늘밤 연삼한테는 자신을 만나고 싶은 마음이 아예 없었다는 생각이 계속 맴돌았다. 그 이유도 알았다. 성옥이 늘 화를 돋우기 때문이었다. 연삼이 낮에 보였던 태도도 이제 답을 찾을 수 있었다. 성옥이 그를 귀찮게 해서였다.
 오늘밤 성옥은 머리가 별로 맑지 않아서 대체 자기가 무슨 짓을 했길래 연삼이 불쾌한지 알 수 없었다. 하지만 연삼은 성옥보다 똑똑하니 무슨 말이든 그가 옳을 듯했다. 어떻게 만회해야 할지도 몰라 성옥은 가슴이 무겁게 가라앉았다. 그러다 왜 굳이 불쾌한 일을 떠올리려 하는지 자신을 책망하기 시작했다. 잊었던 일이었고 잊고 있었을 때는 기분이 무척 좋았다.
 성옥은 연삼이 떠나기를 기다렸지만 예상했던 발소리는 울리지 않았다.
 크고 둥근 달이 평안성을 두루 비췄다. 밤이 깊어 성 전체가 고요하고, 멀리 저잣거리에 드문드문 켜진 등불만 밤의 장막에서 떨어져나온 별처럼 깜빡거렸다. 바람이 잦아들긴 했지만 한기가 남아 있어 성옥은 재채기를 한차례 했다.

뭔가가 눈앞으로 다가오기에 성옥이 눈을 들어 보니 흰 겉옷이었다. "입거라." 벌써 떠났어야 할 연삼이 고개를 숙인 채 성옥을 바라보고 있었다. 성옥은 연삼의 손에 들린 옷을 힐끗 쳐다보고 이어서 연삼을 힐끗 보더니 고개를 돌렸다. 연삼을 무시한 채 자기 그림자만 뚫어져라 바라보았다.

연삼은 멈칫거리다 성옥 옆에 앉으면서 외투를 성옥의 어깨에 걸쳐주었다. 성옥은 깜짝 놀라 고개를 돌렸다가 얼떨결에 연삼에게 오른손을 잡혀 펼쳐진 옷소매로 집어넣었다. 연삼이 어린애한테 하듯 외투를 입혀주도록 가만히 있었다.

어떻게 반응해야 할지 몰라 멀뚱멀뚱 앉아 있던 성옥은 마침내 자존심을 챙겨야겠다는 생각에 연삼이 잘 입혀준 외투를 벗으려 버둥거렸다. 연삼이 그러지 못하게 막으며 눈살을 찌푸렸다. "괜히 성질부리지 마라."

연삼의 질책이라면 오늘밤 충분히 들었기 때문에 성옥은 개의치 않고 당당하게 투덜거렸다. "저는 원래 성질이 나쁘니 상관하지 마세요!" 그러면서 한층 더 거세게 몸부림쳤다.

연삼이 느닷없이 말했다. "내가 나빴다."

성옥은 눈을 깜빡거렸다. 연삼이 반쯤 벗겨진 외투를 다시 여며준 뒤 성옥을 보며 되풀이했다. "내가 나빴어."

성옥은 눈시울이 갑자기 뜨거워져 힘껏 입술을 깨물었다가 소리쳤다. "맞아요. 오라버니가 나빴어요!" 하지만 더는 외투를 벗겠다고 버둥거리지 않았다. 성옥은 고개를 숙인 채 천천히 소매를 걷고 나서 연삼의 잘못을 열거하기 시작했다. "나를 무시하고 만나주지 않고 무섭게 군데다 나보다 연란이 좋다고 했어요!" 화가 난 상태로 너무 급하게 말하다보니 성옥은 사레가 들리고 말았다.

연삼이 얼른 성옥의 등을 쓰다듬으며 체념하듯 말했다. "그렇게 말한 적 없다."

기억을 떠올리려 해도 머릿속이 뒤죽박죽이라 연삼이 뭐라고 했는지 정확히 생각나지 않아 성옥은 고개를 끄덕였다. "아, 그럼 그렇다고 쳐요."

그럼에도 연삼이 연란을 더 좋아한다는 인상이 깊게 남아 성옥은 눈시울을 붉히며 물었다. "연란이 나처럼 예뻐요?" 연삼이 대답하기도 전에 성옥은 단호하게 고개를 저었다. "절대 나보다 예쁜 것 같지 않은데."

성옥이 또 물었다. "연란이 나처럼 똑똑해요?" 이번에도 연삼이 대답하기 전에 단호하게 고개를 저었다. "절대 나만큼 똑똑하지 않을걸요!"

성옥이 또 물었다. "연란이 나처럼 다정해요?" 이번에는 드디어 대답할 시간을 주었지만 연삼은 대답하지 않고 성옥을 바라보기만 했다. 낯빛이 더는 차갑지 않아도, 완벽하다 할 수 있는 그 얼굴이 담고 있는 마음을 성옥은 읽어낼 수 없었다. 하지만 연삼은 언제나 이해할 수 없는 이였기에 성옥은 개의치 않고 대답하기 싫은 질문을 던졌나보다 생각했다. 한참을 생각해봐도 역시 다정함은 자신 있는 부분이 아니라 성옥은 잠시 망설이다가 말했다. "그럼…… 우리 둘 모두 다정하다고 해요."

성옥은 더 묻고 싶어서 "연란이 나처럼……" 하다가 걱정스럽게 고개를 저었다. "그만할래요."

성옥이 조용해지자 연삼이 성옥의 손을 꽉 쥐었다. "비교할 필요 없다."

위로가 되지 않는지 성옥은 고개를 숙인 채 연삼에게 잡힌 두 손을 한참 바라보다 조용히 말했다. "사실 연란은 칠현금도 잘 타고 노래도 잘하고 그림도 잘 그리지요. 연란이 잘하는 것들을 나는 잘하지 못하고요." 성옥은 한껏 숨을 들이마서 용기를 북돋운 뒤 솔직히 털어놓았다. "저는, 정말 말도 안 되는 거 알지만 저는 연란이 싫어요. 연란이 좋은 누이라서요."

"연란이 좋은 누이인 게 무슨 상관이지?" 연삼이 물었다.

성옥은 연삼의 품으로 휙 달려들어 두 팔로 연삼의 어깨를 힘껏 끌어안고 얼굴을 연삼의 가슴에 찰싹 붙이고는 목멘 소리로 가슴속 가장 깊은 곳에 자리한 두려움을 털어놓았다. "제가 더이상 오라버니의 유일무이한 사람이 될 수 없을까 두렵고 오라버니가 어느 날 저를 떠날까봐 두렵거든요."

연삼은 순간적으로 숨을 참았다. 지금껏 말 한마디로 그의 마음을 어지럽힐 수 있는 사람은 세상에 단 한 명도 없었다. 연삼은 한참 눈을 감고 있었다. 성옥의 포옹에도 응하지 않았다.

그랬다. 연삼은 조만간 성옥을 떠날 터였다. 성옥은 미리 익숙해져야 한다.

오늘밤은 이미 너무 많이 나갔다. 이래선 성옥에게 좋을 게 없었다.

연삼은 오늘밤 이곳에 오지 말았어야 했다. 왔어도 성옥 앞에 모습을 드러내지 말았어야 했고, 모습을 드러냈어도 가까이 다가가지 말았어야 했다. 가까이 다가가고 싶은 마음을 억누르지 못했더라도, 이 포옹만은 어떻게든 거부해야 했다. 이제 끝내야만 했다.

성옥을 떼어내려고 그녀의 팔을 잡았을 때 성옥이 고개를 들었다. 너무 가까웠다.

연삼은 다시 한번 숨을 참았다.

울음을 터뜨리기 일보 직전인지 성옥의 눈가와 코끝이 벚꽃처럼 불그레했다. 부드럽고 싱싱하면서 슬픔을 간직한 듯한 홍조가 눈처럼 하얀 피부와 자연스럽게 어우러져 연삼은 눈을 뗄 수 없었다. 제27천 요지에는 꽃잎의 가장자리만 붉고 나머지는 새하얀 무비舞妃라는 연꽃이 있는데 지금 성옥의 모습이 그 꽃과 흡사했다. 눈물을 머금고 고독과 슬픔까지 간직한 성옥의 새까만 눈동자는 휘요해暉耀海의 가장 깊은 곳을 연상시켰다.

성옥의 눈꼬리와 눈동자에는 애처로운 갈구의 뜻이 가득했지만 얼굴에는 아무 표정이 없었다. 본능적으로 자존심을 지키는 모양이었다. 성옥은 연삼을 그렇게 바라보고 있을 뿐이었다. 평소와 다른 모습이었다. 스스로는 자신이 어떤 모습인지 모르는 듯했지만 연삼은 그 가련한 아름다움과 연약함에 저항하기 힘들었다.

그럼에도 연삼은 굴복하기 전에 성옥을 밀쳐냈다.

연삼은 성옥이 얼마나 고집스러운지 잊고 있었다. 연삼이 미처 정신을 차리기도 전에 성옥은 다시 그를 안았다. 발밑의 기왓장이 덜컥거려 한눈을 판 사이 연삼은 성옥의 몸에 깔리고 말았다. 순간 성옥의 입술이 연삼의 뺨을 스쳤다. 차가운 성옥의 입술이 불꽃처럼 연삼의 얼굴을 달궜다.

연삼이 소스라치게 놀라 쳐다보는데도 성옥은 눈치채지 못하고 두 손으로 연삼의 가슴과 어깨를 짚었다. 여전히 울지 않고 여전히 무표정한 얼굴로 힘껏 입술을 깨문 채 고집스럽게 연삼을 바라보았다. "연삼 오라버니, 가면 안 돼요. 우리는 아직……"

연삼이 휙 성옥의 옷깃을 잡아당긴 뒤 성옥의 입술에 자기 입술을 포갰다. 성옥의 몸이 순간적으로 굳어지는 것을 느꼈지만 이번에는 놓아주지 않았다.

왼손으로는 성옥의 허리를 감싸 몸을 밀착시켰다. 저항하지 못하도록 할 의도였는데 성옥은 저항하지 않았다. 너무 놀라 얼어붙었나 생각했지만 사실 성옥은 입술이 연삼에게 막혀서 말을 할 수 없었다.

연삼이 좀더 힘껏 입을 맞추자 그 붉지만 차가운 입술이 연삼의 입술 아래에서 금세 따뜻하고 부드러워졌다. 성옥의 입술 사이로 술냄새가 났지만 꽃향기가 더 많이 느껴졌다. 입맞춤이 뜨겁고 깊어질수록 꽃향기는 짙어졌다. 성옥이 본능적으로 헐떡이는데도 연삼은 한층 더 세게 성옥의 입술을 깨물며 입술과 혀에 얽혀들 뿐이었다.

연삼의 입맞춤 속에서 성옥의 굳었던 몸이 나른하게 풀리고 슬픈 벚꽃 같던 홍조도 요염하게 짙어지더니 온 얼굴이 분홍빛으로 물들었다. 물에서 나온 한 떨기 부용화 같았다. 연삼은 자기 손바닥 밑에서 성옥의 몸이 조금씩 따뜻해지는 걸 느낄 수 있었다. 성옥의 온몸에서 이성이 남아 있는 부분은 눈동자밖에 없는 듯했다. 눈물 어린 눈동자가 안개에 덮인 듯 망연함과 놀라움으로 가득찼다.

성옥이 취해 정신없는 틈을 노렸다는 생각이 밀려와 연삼은 얼른 동작을 멈췄다.

고요한 달빛이 그 둘과 은백색 용마루, 부근의 나무, 길거리, 멀리 저잣거리를 비추고 있었다. 거리의 등불마저 꺼졌다. 평안성 전체가 깊은 잠에 빠졌다.

성옥은 이 순간이 꿈인지 생시인지 분간이 되지 않았다. 멍하니 연삼의 몸에서 일어난 성옥은 붉게 부어오른 입술을 손가락으로 만져보고 심장도 짚어본 뒤 놀란 눈을 하고 중얼거렸다. "왜……이해가 안 돼요……" 성옥은 대체 무슨 상황인지 이해할 수 없었다. 성옥을 탓할 수 없는 일이었다. 오늘밤 성옥은 술에 취했다. 정신이 맑을 때라도 통제할 수 있을지 모르는 상황이니 술에 취한 지금은 더 말할 게 없었다.

성옥이 연삼을 바라보았다. 연삼은 기왓장 위에 누워 있었다. 늘 확고하고 믿음직한 연삼 오라버니가 하늘의 은색 달을 바라보는 지금은 좀 나약해 보였다. 한참 뒤 연삼이 입을 열었다. "나도 모르겠구나. 하지만." 연삼이 나직하게 말했다. "너는 몰라도 된다."

"왜요?"

"왜냐하면." 연삼이 눈을 감았다. "이건 그냥 꿈이거든. 내일 아침 깨어났을 때 너는 이 모든 일을 잊어버릴 테니까."

## 2장
## 어명을 받고 괴로워하는 성옥과 기뻐하는 주근

성옥은 숙취 때문에 지끈거리는 머리를 감싸쥐고 한참을 침대에 앉아 있었지만 어젯밤 대체 무슨 일이 있었는지 기억나지 않았다.

만취했던 건 분명한데 어떻게 그렇게 취했는지 도통 떠오르지 않았다. 다만 술에 취할 때마다 늘 기억이 끊겼기 때문에 이번에도 마찬가지이리라고 생각했다.

아침식사를 마치고 습관적으로 대장군부에 가려고 문을 나섰을 때야 성옥은 어제 천보가 했던 말이 떠올라 도로 들어왔다. 하릴없이 뒤뜰을 어정버정 돌다가 평평한 돌을 한 무더기 주워 호숫가에 앉아 물수제비를 뜨며 시름에 잠겼다.

얼마 지나지 않아 이향이 와서는 황제가 갑자기 입궁을 명했으며 심 환관의 제자인 소우자小佑子가 거실에서 기다리고 있다고 말했다.

대희국의 황제 성균은 우애라는 감정이 별로 없었고 그런 성향은 자기 남매와의 관계를 어떻게 정의하는지에서 잘 드러났다. 만남보다 그리움이 낫다는 게 성균이 백열 명의 누이에게 세운 관계의 정의였다. 한편 성옥은 성균이 혼수를 챙겨줄 필요가 없는 누이라서 크게 거부감이 없었기에 가끔 그녀를 궁으로 불러들였다.

사시 이각에 황궁으로 들어간 성옥은 미시 일각에 잔뜩 찌푸린 얼굴을 하고서 십화루로 돌아왔다.

성균은 성옥에게 붓 한 벌과 칠현금을 하사했다. 붓은 백옥과 족제비 털로 만든 명품이었다. 자고로 벼루는 조계漕溪에서 만든 것이 유명하고 붓은 서기西斯산을 최고로 쳤다. 족제비 털로 만든 백옥 붓은 서기 필장 마을의 최고 장인이 평생의 심혈을 담은 결과물이라고 했다. 칠현금은 측백나무로 만든 영상백이었다. '언덕에는 측백나무 무성하고 돌들 사이로 냇물 흐르니, 산울림은 들리지 않고 폭포에 이끌리는구나.' 천하의 4대 명금을 뜻하는 이 시에서 보면 영상백은 4대 명금 중에서도 최고였다.

성균에게서 이 진귀한 두 물건을 하사받을 때 성옥은 불길한 예감에 휩싸였다. 아니나다를까 두 물건과 함께 성균은 화가와 악사를 성옥의 회화 선생과 연주 선생으로 붙여주었고, 심지어 예의범절도 다시 제대로 배우라며 여성 의관儀官까지 배정해주었다.

성균은 그동안 바빠서 교육을 소홀히 했더니 성옥이 나날이 멋대로 행동하더라며, 이제 혼인할 나이가 되었으니 칠현금과 바둑, 글, 그림 모두 어느 정도 할 줄 알아야 혼인한 뒤 황실의 체면을 욕보이지 않을 것이라고 설명했다. 좋은 붓과 칠현금을 하사하는 이유도 진귀한 물건의 영기 속에서 스승의 가르침을 받아 일취월장하기를 바라서라고 했다.

두 스승과 관리가 매일 십화루에 와서 들여다본다는 말에 성옥은 가슴이 철렁 내려앉았다. 정무를 보느라 눈코 뜰 새 없이 바빠 아내를 잃고서도 재가하지 못하는 성균이 어떻게 갑자기 성옥의 자질에 관심을 가질 시간이 생겼는지 이해할 수 없었다. 그렇게 한가하면 아내부터 얻는 게 맞지 않나?

성옥은 머리가 터질 것만 같았다.

성옥이 보기에 성균의 말은 이치에 맞지 않았다. 도사의 점괘에 따르면 성옥은 시집을 가더라도 화친을 위해 정략결혼할 확률이 높았다. 변경으로 시집가면 그곳에선 다들 호탕하게 술을 마시고 음식을 먹을 터였다. 술도 잔이 아니라 대접으로 마시니 우아함과는 거리가 멀어도 한참 멀었다. 칠현금과 바둑, 글과 그림까지 아무리 잘 배워놓은들 무슨 소용이란 말인가. 차라리 마두금馬頭琴을 배우면 모닥불가를 빙빙 돌면서 춤출 때 쓸모라도 있을 터였다.

성옥이 그 자리에서 이러한 자기 생각을 말하자 성균은 잠시 성옥을 바라보다가 관자놀이를 문질렀다. "그럼 칠현금과 그림을 배울 때 마두금까지 배우거라." 성옥은 잔머리를 굴리다 덤터기를 쓰는 게 무엇인지 처음으로 실감했다.

황제의 어명에 십화루에서 제일 괴로워한 사람은 성옥이고 제일 기뻐한 사람은 주근이었다. 요황은 둘 사이에 끼어 있었다. 주근은 성옥이 매일 칠현금과 그림, 예절 수업을 받으면 밖에서 말썽 피울 시간이 없을 테니 걱정이 줄겠다고 기뻐했다. 요황은 주근의 친구로서는 기뻐했지만, 성옥이 밖에 나가 돌아다닐 시간이 없으면 자신을 데리고 임랑각에 화비무를 만나러 갈 수 없음을 예리하게 포착하고 괴로워했다.

이후 며칠 동안 성옥은 칠현금 선생과 회화 선생, 의관과 머리싸움을 벌였다.

의관은 수업을 시작하고 이튿날 바로 물러났다. 성옥의 예의범절에는 아무 문제가 없어서였다. 문제는 성옥이 예의를 갖추려 하면 흠잡을 곳이 없지만 원치 않으면 엉망이 된다는 데 있었다. 의관은 심사숙고한 뒤 이는 예절 문제가 아니라 심리 건강 문제에 해당하므로 태의원에서 다룰 일이지, 예의범절을 가르치는 자신은 도울 수 없는 일이라고 말했다.

칠현금 선생은 의관보다 하루를 더 버텼다. 워낙 성실한 성품이라 처음 시작했을 때는 제대로 가르칠 마음이었다. 하지만 열심히 교화시키겠다는 그의 결심은 성옥의 손가락이 만들어내는 소음에 속절없이 무너졌다. 그것뿐이었으면 어떻게든 참았겠지만, 자신의 여신이자 4대 명금의 으뜸이고 나면서부터 우아한 곡만 연주해온 영상백으로 성옥이 기루의 음란한 사랑 노래를 연주했을 때 완전히 무너져내렸다. 그 자리에서 피를 세 됫박은 토한 뒤 돌아가 앓아누웠다.

마두금 선생과 회화 선생은 칠현금 선생처럼 성실하지 않았고 무엇보다 여신으로 떠받드는 물건이 없어 수업을 계속 이어갈 수 있었다.

두 선생이 포기한 덕분에 성옥은 매일 수업을 받으면서도 바람 쐬러 나갈 시간을 확보할 수 있었다. 수업을 받을 때는 숨이 막혀 죽을 것 같지만 바람을 쐬러 나가면 그래도 금방 죽지는 않겠다는 생각이 들어서 결연히 반항하는 대신 어영부영 시간을 보냈다.

그사이 성옥은 연삼과 한 차례 마주쳤다. 회묵산장懷墨山莊에서였다.

회묵산장은 성옥의 고모인 대장공주의 별장으로 성 서쪽에 있었다. 대장공주는 슬하에 자녀가 없는데 떠들썩한 걸 좋아해 매년 입추가 되면 회묵산장에서 문무회文武會를 열었다. 귀족 자제들을 한데 모아 글과 무예를 겨루도록 하고 승자에게 귀한 상품을 내리는 대회였다.

성옥은 그동안 자신이 자제력 있는 군주이기 때문에 자금 압박이 가장 심할 때조차 대장공주의 문무회에는 참여하지 않는다고 주장해왔다. 물론 이향이 보기에는 대장공주가 하사하는 황실의 보물을 민간 전당포에서 받아주지 않아 현금화하기 힘든 탓 같았다. 그런데 올해는 대장공주가 사류射柳의 우승 상품으로 전대 왕조의 뛰어난 문인 심연지沈硯之의 서예 대작인 〈취담사수醉曇四首〉를 준비했다는 게 아닌가. 〈취담사수〉는 황가의 보물이 아니니 쉽게 현금화할 수 있어서, 올해 회묵산장의 사류 대회에서는 영광스럽게도 성옥의 모습을 볼 수 있게 되었다.

사류란 말을 탄 채 활을 쏘는 경기였다.

일단 넓은 경기장에 칼로 하얗게 벗겨낸 버드나무 가지를 한 줄로 꽂았다. 그 하얀 부분이 과녁인 셈이었다. 그런 다음 백 장쯤 떨어진 곳에서 열 명이 일렬로 대기하다가 징소리가 나면 말을 달려 화살로 나뭇가지를 쏘았다. 활을 쏘아 버드나무 가지를 부러뜨리고 부러진 가지를 가져오는 자가 승자였다.

말을 끌고 출발선에 섰을 때 성옥은 자신을 바라보는 시선을 느꼈다.

출중한 미모 덕에 어딜 가든 훔쳐보는 사람이 있어서 성옥은 자신에게 향하는 눈길에 익숙할 대로 익숙해져 있었다. 게다가 오늘 경기의 참가자 열 명 가운데 아가씨는 세 명뿐이니 주목받는 건 당연한 일이었다. 다만 성옥은 자신을 향하는 눈길이 웬일인지 관중의 시선으로 느껴지지 않았다. 호기심이나 탐색의 기운이 없어서였다. 물론 긴장해서 생기는 환각일 수도 있겠지만…… 승마와 활쏘기에 정말로 능한 청년들은 이미 3군 4위에 들어가 지금 경기장에는 팔푼이밖에 없는 걸 뻔히 아는데 긴장한다고? 성옥은 자신의 의문이 말도 안 된다고 생각했다.

그렇다면 대체 누가 보고 있는 걸까?

징이 울리자마자 날듯이 말을 몰고 나가 활을 쏘고 재빠르게 몸을 숙여 부러진 버드나무 가지를 잡았을 때 성옥은 그 질문의 답을 얻었다. 속도를 완전히 늦춘 뒤 무심히 앞쪽 단상으로 시선을 옮긴 순간 연삼이 보였던 것이다.

전혀 예상하지 못한 일이었다. 원래 높은 관람대에는 대장공주가 앉아 있어야 했다.

끝 쪽에서 징을 들고 있는 태감에게 부러진 가지를 재빨리 던져 준 뒤 성옥은 다시 한번 단상을 보았다. 정말로 연삼이었다. 힐끗 보았을 때는 연삼 옆에 앉아 있는 연란공주를 발견하지 못했다. 다시 보니 하얀 옷을 입은 연란이 몸을 내민 채 연삼에게 뭐라 말하고, 연삼은 살짝 고개를 기울인 채 경청하고 있었다.

성옥은 연삼의 옆얼굴만 볼 수 있었다. 연삼이 손에 든 까만 쥘

부채가 느긋하고 무심하게 의자 팔걸이에 놓여 있었다.

그건 성옥이 잘 아는 연삼이었다. 성옥의 시선이 한참을 머무르는데도 연삼이 보지 않자, 성옥은 아까 느꼈던 시선이 그의 것이 아닐 수도 있겠다고 생각했다.

입술을 삐죽이며 고개를 숙였을 때야 성옥은 사람들의 갈채 소리를 들을 수 있었다. 누군가가 휙 잡아당겨 고개를 돌려보니 제앵아가 팔짱을 낀 채 미소를 짓고 있었다. 제앵아를 보자 정말 반가워 성옥은 언짢은 기분을 털어버리고 말에서 내렸다. 제앵아가 힘껏 안아주었다.

갈채 소리가 오랫동안 이어지고 사람들이 하나같이 감탄의 눈길로 쳐다보자 성옥은 얼떨떨해졌다. 매년 회목산장에 왔던 제앵아가 잔뜩 흥분해, 사류 경기는 개최 후 지금까지 내내 참담한 수준이었다며 그간 엉뚱한 곳이 아니라 버드나무 가지를 한두 사람만 정확히 맞혀도 훌륭하다고 평했노라 설명했다. 다들 아무 기대도 하지 않았는데 오늘 성옥이 버드나무 가지를 맞히고 가지를 부러뜨린데다 줍기까지 세 단계를 완수해서 흥분한 상태라는 말이었다.

사류 경기가 그동안 얼마나 끔찍했는지는 다른 아홉 참가자의 결과를 참고하면 된다고도 했다. 두 사람은 버드나무 가지를 명중시켰지만 안타깝게도 다른 사람의 가지였고, 세 사람은 가지는커녕 허공을 쏘았으며, 두 사람은 말이 나뭇가지를 지나치는 바람에 화살을 메기지도 못했다고 알려주었다. 제앵아는 이 일곱 명도 최악은 아니라면서 활을 관중석으로 쏜 나머지 두 사람에 비하면 이들은 최소한 경기보다 안전을 우선시했다고 평했다.

오랜만에 길게 말하자 갈증이 난 제앵아는 품에서 귤을 꺼냈다가 성옥도 목이 마른 것을 눈치채고 귤을 건네주었다. 그러고는 앞쪽 정원에서 몇 개 더 따올 테니 여기에서 기다리라고 했다.

성옥은 제앵아의 뒷모습을 보고 삼삼오오 다른 경기장으로 떠나는 관중을 보고는 망설이다가 얼른 단상을 올려다보았다.

애석하게도 잘 보이지 않았다.

문득 성옥은 연삼이 너무 오랫동안 자신을 무시한다는 생각이 들었다. 연삼은 본체만체하는데 자기만 궁금해하는 것 같아서 성옥은 스스로가 쓸모없게 느껴지고 조금 화까지 났다. 이제 더는 고개를 들지 않으리라 억누르면서 성옥은 뚱하게 귤껍질을 까기 시작했다.

바로 그 순간 사달이 났다.

놀란 말 한 마리가 갑자기 경기장을 뛰쳐나와 미처 빠져나가지 못한 구경꾼 몇 명을 치더니 울부짖으며 성옥이 있는 곳으로 쏜살같이 달려왔다.

성옥은 재빨리 비켜섰지만 손에 벽안도화의 고삐를 쥐고 있다는 걸 깜빡했다. 조금 전 고민할 때 무의식적으로 고삐를 손에 몇 바퀴 감기까지 해서 성옥은 일촉즉발의 순간 몸을 뺄 수가 없었다.

난폭하게 달려오는 말을 보고 놀란 벽안도화가 길게 울부짖더니 발굽을 구르고 내달리기 시작했다. 성옥은 대응할 새도 없이 바닥으로 내동댕이쳐져, 광분한 벽안도화에게 질질 끌려갔다.

모랫바닥 위로 거칠게 끌려갈 때 뒤에서 누군가 "아옥" 하고 부르는 소리가 들렸지만 금세 들을 수 없게 되었다. 팽팽해진 관자놀이에 거대한 북이 걸린 듯 외부의 모든 소리가 차단되고 천둥 같은 북소리만 머릿속에서 쿵쿵 울렸다.

주근이 성옥에게 찾아준 명마 벽안도화는 천리마라는 별칭을 가진 만큼 달리는 기세가 결코 장난이 아니었다. 하지만 성옥은 잠시 혼란에 빠졌을 뿐 금세 정신을 되찾고 자구책을 모색해야 한다고 생각했다. 아니면 곧 끝장날 게 확실했다. 바로 그때 눈앞에서 서늘한 빛이 번쩍하더니 고삐가 끊어지고 성옥을 잡아당기던 힘도 순식간에 사라졌다. 바닥에서 두 바퀴를 구른 뒤 누군가에게 어깨를 잡혔을 때 성옥은 현기증이 났다.

성옥이 욱신거리는 관자놀이를 누르는데 그 사람이 물었다. "괜찮아요? 다친 데 없어요?"

본능적으로 감사 인사를 하려고 입을 열었을 때야 성옥은 목이 쉰 걸 알았다.

그 사람이 손을 꽉 쥐었다가 성옥이 비명을 지르자 얼른 놓아주었다. "많이 아파요?"

성옥은 눈을 깜빡거렸다. 흐릿했던 시야가 그제야 안정돼 자기 앞에서 한쪽 무릎을 꿇은 채 걱정스럽게 쳐다보는 은인의 모습이 똑똑히 보였다. 뜻밖에도 계명풍이었다.

이곳에 계명풍이 있다는 사실에 깜짝 놀랐지만, 생각해보니 명성이 자자한 대장공주의 문무회를 계명풍이 살펴보러 오는 게 이상한 일은 아니었다.

그제야 성옥은 통증이 느껴졌다. 온몸이 얼얼해 계명풍이 하얗게 질린 얼굴로 안아 들었을 때 성옥은 아파서 몸을 부르르 떨었다. 계명풍은 딱딱하게 굳은 몸과 어울리지 않게 어쩔 줄 모르는 목소리로 말했다. "조금만 참아요, 태의한테 데려갈게요." 그러면서 달래기도 했다. "태의는 바로 옆 별채에 있어요. 태의가 봐주면 괜찮아질 거예요."

계명풍의 반응에 성옥은 조금 어리둥절했다. 수도 없이 죽음을 마주했을 냉정한 세자가 이토록 감정적이라니 아무래도 자신이 곧 죽나보다고 생각했다. 하지만 온몸이 쑤시는 것을 제외하면 피를 토하지도 않았으니 죽을 정도는 아닐 듯했다. 성옥은 마음을 가라앉히고 통증을 참으며 더듬더듬 계명풍을 안심시켰다. "그, 그렇게, 많이 아프지는, 않아요, 세, 세자, 천천히 가세요, 너무 흔들려요……"

별채의 태의한테 가려면 사류장 앞의 관망대를 지나야 했다.

성옥은 계명풍에게 안겨 관망대를 지날 때 자신이 왜 또 단상을 올려다보는지 이해할 수 없었다. 대체 무엇을 기대하는지, 뭘 보고 싶은 것인지도 알 수 없었다. 하지만 그럴 수밖에 없었다.

흔들리는 시선 속에서 아직 단상에 있는 연삼이 보였는데 방금 벽안도화가 성옥을 끌고 어떤 소동을 만들어냈는지 모르는 눈치였다. 의자에서 일어난 연삼은 부채를 쥔 오른손을 연란의 바퀴 달린 의자 옆쪽에 맥없이 얹어놓고 왼손으로는 홍목 의자의 등받이를 꽉 쥐고 있었다. 연란의 의자를 밀며 나가려는 듯한 자세였다.

연란은 몸을 살짝 틀어 연삼을 올려다보고 있었다. 대화하는 것인지는 몰라도 연삼은 몸을 숙이지 않아 연란과 좀 떨어져 보였지만 시선을 아래에 두고 있으니 연란을 보고 있을 듯했다.

두 사람 모두 흰옷을 입고 외모도 출중해 그렇지 않아도 아름다운데 전망대 옆쪽의 커다란 버드나무까지 더해지자 한 폭의 그림이 따로 없었다.

평온하고 아름다운 광경이건만 성옥은 가슴이 저며왔다.

바로 그 순간 성옥은 자신이 무엇을 기대했는지 깨달았다.

성옥이 기대한 것은 연삼의 관심이었다.

조금 전 자신이 처했던 위험과 그로 인한 부상이 대단히 큰일로 느껴지지는 않았지만 연삼이 긴장했기를 바랐다. 계명풍을 안심시켰듯, 사실 별로 아프지 않고 너무 빨리 걸어서 어지러울 뿐이라며 연삼을 안심시킬 수 있기를 바랐다.

그랬다. 성옥은 자신을 구해준 사람이 계명풍이 아니라 연삼이기를 바랐다. 왜 그런 기대를 품었는지는 알 수 없었다. 연삼은 그래야 한다고 생각했기 때문이었을까.

하지만 연삼은 그러지 않았다.

성옥은 갑자기 마음이 가라앉았다. 연삼은 더이상 자신을 좋아하지 않고 관심도 없는 것일까?

사람과 사람 사이의 관계란 무척 미묘해서 어느 순간 아무 이유 없이 상대가 싫어질 수 있음을 성옥은 알고 있었다. 그저 자신과 연삼은 특별해 그런 상황에서 예외라고 고집스럽게 믿었을 뿐이었다. 하지만 그들이라고 어떻게 예외일 수 있겠는가? 그동안은 생각해본 적이 없다가 이제 와 짚어보니 근거가 없는 결론이었다. 순간 성옥은 지금껏 느껴보지 못한 당혹감에 빠졌다.

단상의 하얀 형체가 성옥의 시선에서 금세 사라졌다. 계명풍은 성옥을 안은 채 석가산을 지나고 있었다. 마지막으로 단상을 보았을 때 연삼이 마침내 고개를 들고 자신을 바라보는 듯했다. 하지만 이내 착각에 불과하다고 인정했다. 너무 멀리 떨어져 연삼은 하얀 형체로만 보일 뿐이니 연삼의 동작을 보는 건 사실상 불가능했다. 연삼의 관심을 너무 받고 싶어서 그런 환각이 보였는지도 몰랐다. 성옥은 자신이 정말 쓸모없게 느껴졌다. 돌연 상처가 백배는 더 아프게 느껴졌지만 성옥은 이를 꽉 물고 소리를 내지 않았다. 더는 쓸모없어 보이고 싶지 않았다.

성옥은 며칠 동안 침대에 누워 있었다. 친한 친구들 모두 십화루로 병문안을 왔다. 명계에서 잠시 동행했던 국사까지 십화루를 찾았지만 연삼은 끝내 오지 않았다.
밤마다 성옥을 보살피던 이향이 매일 밤 성옥이 자면서 작게 흐느낀다고 말했다. 성옥은 꿈에서 울었던 게 전혀 기억나지 않았다. 하지만 이향이 자신을 속일 리 없었다.
이향이 무척 걱정했다. 성옥은 자신이 매일 밤 우는 이유를 몰랐기 때문에 이향의 걱정을 덜어줄 수 없었다.
성옥은 며칠 내내 기분이 좋지 않다는 것만 알 뿐이었다.

나흘 내리 침대에 누워 있다가 닷새째 드디어 거동할 수 있게 되었을 때 대장공주의 상이 도착했다. 엎친 데 덮친 격이라더니, 대장공주가 보낸 것은 심연지의 〈취담사수〉가 아니라 머리 장신구 한 벌이었다.
몇 년 동안 아무도 성공하지 못한 사류 경기에서 성옥이 가뿐히 우승해 황가의 체면을 세워주었다며 대장공주가 무척 기뻐했다는 전언이었다. 대장공주는 심연지의 서예 대작으로는 성옥의 성과를 치하하는 데 부족하다며 집안의 상자들을 며칠 동안 뒤져 예종 황제한테 받은 공작 장신구를 찾아냈다. 그런 보물만이 성옥이 준 기쁨에 제대로 보답할 수 있을 듯하다고 전해왔다.

일곱 가지 보석이 박힌 머리 장신구는 화려하고 한눈에도 엄청나게 비싸 보였다. 문제는 대희국 법률에 따르면 공작 장신구는 공주와 군주만 사용할 수 있다는 점이었다. 전당포에 가져간들 누가 감히 받아주겠는가? 성옥은 화가 치밀어 다시 침대에 드러누울 뻔했다.

더 큰 문제는 대장공주가 기쁨을 참지 못하고 그 일을 황제에게 알리며 성옥에게 포상을 내려달라고 청하면서 벌어졌다.

호의에서 그랬을 뿐, 대장공주는 그동안 황제가 성옥을 붙들고 그림과 칠현금 수업을 강요하는 줄 몰랐다. 다시 말해 성옥은 애당초 문무회에 나갈 수 없는 몸이었다. 황제는 자연히 성옥이 수업을 빼먹은 사실을 알게 되었다. 상은커녕 이레 동안의 금족령이 떨어져 성옥은 침대에서 내려오자마자 다시 십화루에 갇히게 되었다. 성옥은 너무 화가 나 기절할 지경이었지만, 주근은 기뻐서 요황과 축배를 들었다.

금족령은 성옥에게 아주 익숙한 벌이었지만 마두금 선생과 회화 선생이 평소처럼 찾아오는데다 수업시간을 세 배 늘린 금족령은 생전 처음이었다. 이틀이 지나자 온몸과 마음이 피폐해지는 느낌이 들었다.

계명풍과 제앵아가 소식을 듣고 찾아왔다. 전술에 능하고 천하에 뜻을 품어 대사를 우선시하느라 참을성이 많은 계명풍은 배움을 싫어하는 사람을 위로해본 적이 없었다. 한참을 고민해봤지만 결국 참으라는 충고밖에 할 수 없었다. 반면 제앵아는 평소에 말수가 적어도 중요한 순간 성옥의 마음을 풀어줄 줄 알았다.

제앵아가 성옥을 일깨워주었다. "선생님인들 매일 너를 보는 게 즐겁겠어? 당연히 아니지. 예전에는 하루에 한 시진 반만 가르치면 되니까 숨쉴 여지가 있었는데 이제는 황제의 명으로 온종일 너랑 붙어 있어야 하잖아. 너보다 선생님들이 훨씬 힘들걸. 네가 연주할 때 마두금 선생의 질식할 것 같은 표정을 눈여겨봐봐. 금방 알 수 있을 거야."

성옥이 위협적으로 마두금 활을 드는 걸 보고 제앵아가 눈치 빠르게 마무리지었다. "또 마두금 켜려고? 그럼 우린 간다."

제앵아의 조언대로 진지하게 두 스승을 관찰해보니 정말로 성옥보다 괴로워하고 있었다. 본인이 가장 괴로운 게 아님을 알고 나자 성옥은 마음의 평정을 되찾을 수 있었다.

덕분에 금족당한 이레의 시간이 아주 빠르게 지나갔다.

계명풍과 친구로 지내는 건 확실히 재미있었다. 성옥이 금족령에서 풀려나자 계명풍은 소강동루를 통째로 빌려 축하해주었다. 취청풍 세 단지를 마시고 취해서 난간 옆에 주저앉았을 때 성옥은 보슬비가 내리는 맞은편 거리에서 종이우산 두 개를 발견했다.

앞쪽 우산은 무척 크고 뒤쪽 우산은 보통 크기인데 둘 다 하얀 바탕에 수묵의 연꽃이 그려져 있었다. 성옥은 그림에 큰 재주는 없었지만 보는 눈은 있었다. 안개비에 휩싸이자 우산의 수묵 연꽃이 활짝 피어나는 듯했다. 무척 아름다운 그림이라 눈을 뗄 수 없었다.

우산을 든 사람들이 차례차례 맞은편 기완재奇玩齋로 향했다.

앞쪽 우산 끝에서 보라색 치마와 나무 바퀴가 반쯤 드러나 성옥은 반 모금 머금고 있던 술을 삼키다 사레가 들고 말았다. 입을 막고 두어 차례 기침한 뒤 다시 바라보자 어느새 점원이 나와 펼쳐진 우산 두 개를 건네받고 있었다. 우산을 쓰고 있던 사람은 과연 연삼과 연란, 천보였다.

세 사람은 안으로 더 들어가지 않았다. 기완재 입구의 오른쪽 선반에는 장식용 가면이 많이 놓여 있었다. 가면이 흥미로운지 연란이 의자를 밀어 가까이 다가가서는 가녀린 손으로 까만 가면을 집어들더니 웃으면서 뭐라 말하고 연삼에게 건넸다. 연삼은 가면을 받아 잠시 바라보다가 얼굴에 썼다.

성옥은 멍하니 그 모습을 지켜보았다.

가면을 쓴 연삼이 갑자기 고개를 들고 이쪽을 봐서 성옥은 얼른 몸을 웅크렸다. 연삼이 성옥의 시선을 느끼고 고개를 들었는지는 알 수 없었다. 예전의 성옥이라면 당연히 웃으며 손을 흔들고 인사했겠지만, 지금은 연삼이 고개를 드는 걸 감지하자마자 몸을 웅크려 난간 뒤에 숨었다.

난간 틈새로 보니 연삼이 살짝 고개를 든 채 움직이지 않고 가만히 있었다.

그제야 성옥은 가면이 사람의 얼굴을 본떠 만들어진 것임을 알았다. 사당에 모셔진 준수한 문신文神의 얼굴이었다. 새까만 바탕에 은을 녹여 복잡한 무늬를 그린 게 기이하면서 아름다웠다. 비 때문에 황혼이 내리자마자 어둑해졌다. 점원이 가게 앞의 등롱에 불을 붙이자 불그레한 불빛이 연삼을 감싸며 흰옷을 아름답게 물들였다. 가면을 쓴 채 붉고 부드러운 빛 속에 서 있으니 연삼은 준수하면서 사악한 신처럼 보였다.

성옥은 연삼이 과연 자신을 봤는지 알 수 없었다. 한참 뒤 연삼이 몸을 돌리고 가면을 벗었다.

기완재의 주인이 나와서 바깥에 있는 세 귀빈을 안으로 안내했다. 처마가 금세 연삼의 얼굴을 가리더니 이내 몸 전체를 가렸다. 등롱의 붉은빛 속에서 검은 기와를 따라 흘러내리는 빗물밖에 보이지 않았다. 빗물마저 불그레하게 물들었다. 붉게 화장한 여자 얼굴에서 떨어지는 눈물 같은 빗물이 애처로워 보였다.

성옥은 조금 한기를 느꼈다.

제앵아는 소강동루 꼭대기에서 성옥을 찾아냈다. 성옥은 용마루에 똑바로 앉아 두 팔로 무릎을 감싸고 잠든 듯 머리를 무릎에 파묻고 있었다. 성옥이 취하면 높은 곳에 올라가는 걸 워낙 많이 보아서 제앵아는 성옥이 어떻게 이곳에 있는지는 신기하지도 않았다. 다만 오늘은 오후부터 쉬지 않고 비가 내렸다. 아무리 보슬비라 해도 오래 맞으면 몸이 상할 것이었다.

성옥 발밑의 빈 술병들을 훑어보니 꽤 오랫동안 있었던 듯했다. 제앵아는 얼른 성옥의 깃고대와 목덜미를 살펴보았다. 옷은 물론 온몸이 차갑게 젖은 걸 보자 가슴이 철렁 내려앉았다. 제앵아는 의사한테 데려가려고 성옥의 등을 감싸 일으켜세웠다.

뜻밖에도 성옥이 고개를 들더니 손을 내저으며 막았다. 한참 손을 흔들던 성옥은 제앵아인 걸 발견하고는 반갑다는 듯 옆으로 비키며 들뜬 목소리로 말했다. "아, 제앵아로구나. 마침 잘 왔어. 같이 앉자." 머리카락은 다 젖고 술에 취해서인지 열이 나서인지 얼굴이 새빨갰다.

제앵아가 성옥의 이마를 짚어보고 눈썹을 치켜올렸다. "열나잖

아. 일단 내려가자."

성옥은 제앵아의 말을 못 들었다는 듯 혼자 중얼거렸다. "그거 알아? 내가 자면서 왜 우는지 드디어 알 것 같아." 주정이었다. 제앵아는 신경쓰지 않고 머리카락의 물기를 닦아주었다. 성옥은 아랑곳하지 않고 말을 이었다. "내가 알았기 때문이야." 성옥의 목소리가 작아졌다. "나는 연삼 오라버니한테 유일무이한 사람이었던 적이 한 번도 없었을지 몰라." 성옥이 입을 삐죽거렸다. "너무 슬퍼."

제앵아가 손을 멈추고 한참을 생각하고 나서 말했다. "넌 친구 사귀기를 좋아하지만, 누군가의 유일무이한 사람이 되려 한 적은 없었잖아."

성옥이 "응" 하고 애매하게 답한 뒤 잠시 생각하다가 말했다. "하지만 연삼 오라버니는 친구가 아니라 오라버니야." 그러다 돌연 멍한 표정을 지으며 정정했다. "아니, 사실 오라버니도 아니지."

보슬비가 금세 성옥의 이마를 적셨다. 제앵아가 빗물을 닦아주고는 다시 업으려 시도하면서 성옥의 주의를 돌리기 위해 물었다. "그럼 뭔데?"

생각에 잠긴 성옥은 과연 온순해져 제앵아는 마침내 성옥을 업을 수 있었다. 얼른 아래로 내려가려 할 때 성옥이 귓가에 대고 속삭였다. "특별한 사람이야." 혼잣말처럼 작은 소리로 말했다. "아주 특별해."

이후 보름여 동안 제앵아는 성옥이 연삼에 대해 이야기하는 걸 듣지 못했다. 그렇다고 연삼이 그들 삶에서 사라졌다는 의미는 아니었다.

보름여 동안 제앵아와 성옥은 연삼과 두 차례 마주쳤다.
한 번은 작래루 문 앞이었다. 연삼은 연란과 들어오는 중이었고 계명풍과 제앵아, 성옥은 위층에서 내려오고 있었다.
성옥이 연삼에게 연연하는 것을 눈치챈 뒤 몰래 뒷조사를 해서 제앵아는 연란이 연삼의 사촌누이라는 사실을 알고 있었다. 아울러 연삼이 연란을 각별하게 대하고, 다리가 불편한 연란은 우울하고 냉소적이라 연삼이 한가할 때면 연란을 데리고 출궁해 돌아다닌다는 소리도 들었다.
제앵아는 앞쪽의 사촌 남매를 훑어본 뒤 고개를 돌렸을 때에야 옆에 있던 성옥이 보이지 않는 걸 알았다. 성옥이 도로 위층으로 올라가 뒤편으로 내려왔다는 사실도 나중에 알았다. 연삼을 피한다는 뜻이었다.
얼마 전까지만 해도 성옥이 연삼을 만나러 매일 대장군부에 갔다는 걸 제앵아는 똑똑히 기억하고 있었다. 술에 취해서도 연삼은 특별한 사람이라고 해놓고 왜 갑자기 그를 피하는 건지 제앵아는 이해하기 힘들었다.
또 한번은 연삼이 혼자 다과 가게에 떡을 사러 왔을 때였다. 제앵아와 성옥은 가게에서 차를 마시고 있었다.
그간 옆에서 지켜보니 성옥과 연삼 사이에 뭔가 일이 있는데 터놓고 말할 기회가 없었다는 것을 알 수 있었다. 제앵아는 드디어 기회가 왔다고 생각해 가게를 나가는 연삼을 잡으려 성옥을 끌고 일어났다.
문을 막 나섰을 때 뒤에서 쓱 소리가 나더니 손이 가벼워졌다. 제앵아는 고개를 돌렸다. 성옥이 제앵아에게 잡힌 소매를 칼로 잘라

냈던 것이었다. 성옥은 세 걸음 물러나 구석에 웅크리고는 결연하게 말했다. "지금은 안 되겠어, 아직 생각을 정리하지 못했다고."

제앵아는 애초에 자신이 왜 두 사람을 만나게 하려 했는지 초심을 떠올리며 어떻게든 성옥을 데리고 나가려 했다. 이렇게 질질 끌다가는 성옥도 괴롭고 제앵아 자신도 불편할 게 뻔했다. 하지만 문득 궁금해져서 잘린 소매 조각을 들고 물었다. "뭐하자는 거야? 이렇게까지 해야 해?"

성옥이 조심스럽게 비수를 칼집에 꽂았다. "옷은 잘못이 없지." 비수를 허리춤에 꽂은 뒤에는 손으로 탁탁 치기까지 했다. "황제 오라버니가 하사한 보배야. 백 년에 한 번 나올까 말까 하는 최고의 강철로 단련해서 털 오라기까지 깔끔하게 자를 수 있어."

초심을 잃지 않으리라 결심했던 제앵아는 그 즉시 초심을 잃고 몸을 내밀었다. "어디 좀 보여줘봐." 두 사람은 오후 내내 비수를 감상했다. 제앵아는 집으로 돌아온 뒤에도 깜빡 잊은 일이 있다는 사실조차 떠올리지 못했다.

물론 그날 오후 내내 성옥이 다른 곳에 정신이 팔렸었던 것도 눈치채지 못했다. 이제 성옥은 더이상 어린 시절의 그녀가 아니었다. 예전과 달리 감정을 얼굴에 드러내지 않고 조심스럽게 숨길 줄도 알았다.

# 3장
# 사고수에게 물건을 받고 평안성을 떠난 연삼

소강동루에서 비를 맞았던 밤으로부터 꼬박 스물다섯 날이 지났다.

며칠 전 황제는 성옥한테 그림을 새로 배우라고 시킨 지 한 달여가 지났다는 게 문득 떠올라 성옥의 실력이 얼마나 늘었는지 보고 싶어졌다. 이에 회화 선생은 나흘 전 특별 수업을 하면서 성옥에게 열흘 안에 가을의 산수와 숲속의 꽃과 새, 궁정의 여인이라는 주제로 그림을 그리라고 했다.

회화 선생은 제대로 그리지 못한 그림을 제출했다가 황제의 불호령이 떨어질까봐 성옥보다 더 걱정돼 성옥이 그림에 전념하도록 며칠 동안 십화루에 오지 않았다. 본인이 오지 않은 것은 물론이고 마두금 선생까지 오지 말라고 권유했다. 배려심과 사랑이 넘치는 스승이었다.

성옥은 이틀 만에 그림 세 장을 완성했다.

성옥은 서재에서 눈살을 찌푸린 채 앞에 놓인 그림 세 장을 보며 연삼에게 그림 제목을 청한다는 핑계로 대장군부에 갈지 말지를 고민하고 있었다. 연란이 그림 제목을 핑계로 대장군부에 가면 거절당하는 법이 없다는 소리를 들었던 터라 성옥은 연삼이 그림에 진심이라고 추측했다.

지난 이십여 일 동안 성옥이 연삼을 피했던 이유는 제앵아에게 둘러댄 것처럼 아직 생각을 정리하지 못한 탓이 아니었다. 소강동루에서 비를 맞았던 날 밤 성옥은 생각을 분명하게 정리했다. 그동안 성옥은 연삼에게 지나칠 정도로 연연하면서 그를 아주 친밀하고 특별한 사람으로 여겨왔다. 당연히 연삼도 자신과 똑같이 생각하리라 여겼기에 연삼이 먼저 찾아주지 않자 불안하고 실망스럽고 서러웠던 것이었다.

연삼에게 성옥은 그렇게 중요한 인물이 아닐지도 몰랐다. 한가할 때 불러 함께 차를 마시고 밥을 먹는, 흔히 볼 수 있는 어린 친구로만 생각했을 수도 있었다. 성옥이 불쌍해 보여서 내친김에 도와주었을 뿐이라면 바쁠 때는 주의를 기울일 여유가 없는 게 당연했다. 성옥도 바쁠 때는 축국대의 호생과 귀뚜라미 싸움을 하겠다는 생각 자체를 잊지 않던가.

성옥은 자신과 연삼이 더할 나위 없이 친밀한 남매 사이라고 내내 오해하고 있었다.

그건 연삼의 잘못이 아니었다. 연삼이 먼저 그의 누이를 하라고 했어도 가벼운 농담일 수 있었다. 나중에는 오라비를 할 생각이 없다고 계속 이야기했는데 성옥은 진담으로 받아들이지 않았다. 진담으로 여겨야 할 때는 진담인 줄 몰랐고, 진담으로 받아들이지 말아야 할 때는 진담으로 받아들였다. 성옥의 잘못이었다.

명확하게 정리하고 나자 무척 견디기 어려웠다. 무엇보다 실망과 아픔이 크게 다가왔다. 비바람이 몰아치는 밤에 하나뿐인 촛불마저 꺼뜨려, 한도 끝도 없는 어둠과 차가운 비바람 소리가 사방에서 밀려오는 기분이었다. 조금 전까지 촛불이 주었던 따스함과 빛은 아예 가져본 적도 없는 환상 같았다.

그런 두려움과 고통은 너무 강렬했다. 드디어 전부 이해하게 된 비 오는 그날 밤, 성옥은 자기도 모르게 이불을 꽉 움켜쥐고 어둠 속에서 소리 없이 밤새 울었다.

성옥은 연삼을 어떻게 대해야 할지 알 수 없었다. 연삼을 보면 깨져버린 꿈을 보는 듯할까봐 보고 싶지 않았다.

열다섯 살 이전의 시간이 자꾸 그리워졌다. 다른 여자애들과 달리, 성옥은 내내 자라고 싶은 마음이 없었다. 크고 나면 괴로운 일이 많다는 걸 당시에도 어렴풋이 짐작했던 게 아닐까.

성옥은 생각이 명료해지면 연삼의 냉담함을 편안히 받아들일 수 있을 줄 알았다. 계명풍이 친구가 되기 싫다고 했을 때도 한참은 괴로웠지만 얼마 지나지 않아 평정을 찾았다. 성옥은 어려서부터 누군가에게 무언가를 강요해본 적 없었고 가질 수 없는 것에 집착하지도 않았다.

그런데 하루하루 시간이 지나면서 그 흰옷의 형상이 정말로 삶에서 멀어지자 성옥은 홀가분함이나 평온함이 아니라 엄청난 공포에 휩싸였다. 생전 처음으로 포기하기 싫어졌다. 연삼이 성옥의 지나친 미련과 집착을 싫어하면 지인 정도의 거리라도 어떻게든 유지해야겠다는 생각마저 들었다.

성옥은 연삼이 더 멀어지는 걸 원치 않았다.
연삼이 더 멀어지도록 내버려둘 수 없었다.
사시 일각, 성옥은 그림 세 점을 들고 문을 나섰다.

대장군부에서는 국사가 연삼에게 그가 평안성을 떠났던 이십여 일 동안 조정에서 어떤 일이 있었는지 보고중이었다. 연삼은 조금 전에 대장군부로 돌아와 옷을 갈아입고 있었다.

그동안 조정에서는 사건이라고 할 만한 일이 없었다. 제일 큰 사건이라 봤자 국사가 병에 걸려 이십 일 동안 조회에 나오지 않았다는 정도였다. 그런데 국사의 병은 거짓말이었다. 연삼이 멀리 다녀올 일이 생겨 국사를 자신으로 변장시켜 대신 조회에 내보냈기 때문에 국사는 하는 수 없이 병을 핑계로 조회에 나가지 않았다.

황제는 습관적으로 정무에 몰입해 바쁜 시간을 보내는 것처럼 보였지만, 실은 사소한 상소문들을 처리할 뿐이었다. 국사는 특별히 보고할 내용이 없어서 황성의 일을 몇 마디로 정리하고 셋째 전하가 멀리 나가 무엇을 발견했는지 들려주기를 기다렸다.

스무날 전 셋째 전하가 평안성을 떠난 건 흑명주 사고수가 보내온 물건 때문이었다.

당시 셋째 전하는 사고수에게 인주 아포탁의 소혼책을 찾아달라고 부탁했다. 그렇지만 아포탁의 시대는 지금으로부터 이십일만 년 전이었다. 명주조차 이십일만 년 동안 쌓인 어마어마한 양의 서책들 속에서 단숨에 아포탁의 소혼책을 찾기란 불가능했다. 그러다보니 사고수의 사신이 가져온 물건은 소혼책이 아니라 아포탁의 어머니가 남긴 수기였다. 수기에는 아포탁이 살아 있을 때 발생했던 몇 가지 일이 적혀 있었다. 사고수는 소혼책을 보내기 전에 이 물건부터 보내니 참고하라는 전언도 보내왔다. 국사는 사고수가 정말 신답다고 생각했다.

공교롭게도 수기에는 조제 신의 네 신사神使가 조제를 도와 진을 만들고 혼돈에 제사를 올렸던 일이 기록되어 있었다.

조제는 이 세상에서 제사를 올리더라도 십억 개의 인간계 모두에 은총을 내리고 싶어했다. 그래서 제사를 올리기 전에 서로를 연결하는 '통로의 진'을 만들어, 진이 발동하는 동안 십억 개의 인간계가 잠시 연결되도록 했다. 바로 그 통로 덕분에 조제는 이곳에서 몸을 바치고도 십억 인간계의 모든 인간에게 은총을 내릴 수 있었다.

통로의 진은 스물한 개의 진점陣點과 세 개의 진안陣眼으로 구성되었고, 인간계의 스물네 곳에 각 지역을 수호하는 영물靈物과 함께 설치되었다. 사고수가 보내온 몇 장짜리 수기가 진귀한 이유는 진점과 진안의 위치가 분명하게 표시되어서였다.

통로의 진이 오래전에 폐쇄되긴 했어도 진점과 진안에는 조제 신의 행방을 알려줄 실마리가 남았을 가능성이 있었다. 그래서 셋째 전하는 수기를 받자마자 평안성을 나섰다.

셋째 전하가 평안성 일을 전부 맡겼을 때 국사는 잠시 정신을 차릴 수 없었다. 국사가 기억하는 한 이 일은 자신이 남염의 역사서를 들고 셋째 전하를 찾아와 소소한 문제를 풀어달라고 청하면서 시작되었다. 어쩌다 일이 커져서 셋째 전하가 조제 신을 찾는 이 여정에 자신이 가담하게 되었는지 국사는 아직도 잘 이해가 되지 않았다. 어쨌든 셋째 전하는 구중천 원극궁에서 일할 만한 신선이 필요하기 때문에 속세에서의 일이 끝나면 국사를 제36천 원극궁으로 데려갈 계획이고, 국사는 어차피 자기 수하로 일할 테니 지금부터 일하나 수십 년 뒤에 일하나 똑같다고 말했다.

결국 신선으로 승천한 뒤에도 계속 셋째 전하의 휘하에 있게 된다는 뜻이었기에 국사는 완전히 절망했다. 그간의 오랜 수행이 무슨 의미인지 회의감마저 들었다.

하지만 더 상의할 여지가 없는 일이기도 해 국사는 셋째 전하가 성을 비운 스무날 동안 마음을 비웠다. 어쨌든 전하를 도와 아직 신성을 회복하지 못해 스스로를 보호할 수 없는 조제 신을 찾아 신족이나 마족, 귀족, 요족의 손에 넘어가지 않도록 보호하는 일은 매우 중요할 듯했다. 더구나 셋째 전하는 동화제군이 은거를 끝내면 그에게 이 일을 전부 넘기겠다고 했으니, 아주 오래 바쁠 것 같지도 않았다.

옷을 갈아입은 뒤 서재에서 차를 마시는 연삼을 국사가 간절한 눈빛으로 바라보며 물었다. "전하, 그동안 진점과 진안 스물네 곳을 모두 조사하셨겠지요? 무슨 수확이 있었습니까?"

국사의 질문도 단도직입적이었지만 연삼의 대답 역시 직설적이었다. "잠들어 있는 설의雪意를 찾았네."

문제는 설의가 무엇인지, 사람인지 물건인지 국사가 전혀 모른다는 데 있었다. 설의를 찾았다는 것이 무슨 의미인지 몰랐기에 국사는 멍한 표정을 지을 수밖에 없었다.

셋째 전하가 국사를 힐끗 바라본 뒤 말했다. "대홍황시대 때 조제 신은 빛에서 중택中澤의 고요산姑媱山으로 내려왔네. 평생 불상화 은림과 아홉 빛깔 연꽃 상화, 뽕나무 설의, 인간의 주인 제소희

帝昭曦, 이렇게 신사 넷을 교화해 거느렸어. 연꽃 상화는 소요대산에 있었네. 그곳이 바로 진안 중 하나였던 거지. 뽕나무 설의는 두번째 진안인 강려羌黎 초원에 잠들어 있었고." 셋째 전하가 담담하게 말을 이었다. "조제는 진을 설치할 때 세 신사에게 각각 진안 세 곳을 맡겼을 거네. 그런데 세번째 진안인 대연大淵의 숲에서 불상화 은림을 찾을 수 없었어."

국사는 신족의 태곳적 역사를 전혀 몰랐지만, 선왕한테 훈련받은 게 좀 있었다. 물론 선왕도 신족의 태곳적 역사는 몰랐다. 다만 선왕이 워낙 주저리주저리 두서없이 떠들어서 국사는 이해력과 임기응변 능력을 최고로 키울 수 있었다. 그 덕에 이번에도 셋째 전하의 말에서 문제를 발견할 수 있었다. "전하는 왜 세번째 진안을 반드시 신사가 수호할 것이며 심지어 그 신사가 불상화 은림이라고 단정하십니까? 다른 신사인 인주 제소희도 있지 않습니까?"

셋째 전하가 눈살을 찌푸렸다. 국사는 자신의 어리석음을 탓하는 신호임을 눈치채고 가슴이 철렁했지만 버티는 수밖에 없었다. 마침내 셋째 전하가 입을 열었다. "인주는 존칭이네. 세상에 인간의 주인이라는 존칭을 몇 명이나 가질 수 있을 것 같은가?"

국사는 머릿속이 환해지는 듯했다. "그러니까 인주 제소희와 인주 아포탁은……"

셋째 전하가 고개를 끄덕였다. "동일인이지. 남염어로는 인주를 아포탁이라 불렀는데, 신족의 역사책에는 제소희가 유일한 인주이며 조제 신의 신사라고 기록되어 있네."

국사가 드디어 이해했다. "남염국 고서에 따르면 조제 신이 제사를 지낼 때 인주는 종족을 이끌고 제단 밖에 꿇어앉았다고 되어 있었습니다⋯⋯ 그때 인주에게 다른 사명이 있었다면 세번째 진안은 당연히 인주가 지킬 수 없었겠지요."

국사가 말을 끝냈을 때 셋째 전하가 한 손으로 진법도陣法圖를 책상에 펼쳐놓았다. 이런 순간에 셋째 전하가 꺼내놓는 진법도라면 사고수가 보내준 수기를 기반으로 직접 복원한 통로의 진 진법도밖에 없을 터였다.

국사가 신기하게 쳐다보자 셋째 전하가 목탄으로 스물한 개의 진점을 연결했다. 놀랍게도 서로 교차하는 두 개의 원이 그려졌다. 세 진안 중 두 개가 두 원의 중앙에 있고 세번째 진안은 두 원이 만나는 곳 한가운데이자 전체 도형의 중심에 있었다.

셋째 전하가 정중앙의 진안을 가리켰다. "이곳이 바로 대연의 숲이네. 태고의 진은 신이 진안을 수호해야 할 경우, 법력이 가장 높은 자를 제일 중요한 위치에 놓지. 이건 상식이야. 은림은 조제의 네 신사 가운데 최고였고 이 진법의 다른 두 진안은 상화와 설의가 지켰으니, 세번째 중심 진안은 불상화 은림 외에 다른 신이 수호할 리 없네."

국사는 알겠다는 듯 고개를 끄덕였지만 곧 다른 의문이 생겼다. "전하, 방금 아홉 빛깔 연꽃 상화와 뽕나무 설의는 수호하던 진안에 잠들어 있었는데 불상화 은림은 보이지 않았다고 하셨지요⋯⋯ 전하는 그 이유가 조제 신의 부활과 관련있다고 보시는 겁니까?"

셋째 전하는 한참 뒤에야 입을 뗐다. "이 세계는 조제 신이 무로 돌아간 인간계이고 통로의 진도 여기에 있지. 신사들 역시 이곳에 잠들어 있어. 조제 신이 빛에서 부활한다면 어느 곳일 가능성이 제일 클 것 같나?"

국사는 생각조차 하지 않고 답했다. "이 세계이지요."

셋째 전하가 웃었다. "조제 신이 이미 부활했다면, 설령 아직 각성하지 못했다 해도 조제의 영혼은 틀림없이 선기로 충만하겠지. 그런데 이 세계에 있는 자네와 내가 왜 전혀 감지할 수 없을까?"

국사가 어리둥절한 표정으로 물었다. "……혹시 온전히 부활하지 않은 게 아닐까요?"

셋째 전하가 또 웃었다. "'소희멸昭曦滅, 상설사霜雪謝, 신주불응神主不應, 근화조령槿花凋零.' 주인이 의식을 차리지 못하면 소희의 빛은 꺼지고 아홉 빛깔 연꽃 상화와 뽕나무 설의는 시들며 불상화 은림 역시 진다는 뜻이네. 그러니까 조제가 온전히 부활하지 않았다면 내가 본 상화와 설의는 시든 연꽃과 마른 뽕나무여야지, 그렇게 생기 있을 수는 없다는 게야. 불상화인 은림도 대연의 숲에서 시들었어야지, 흔적 없이 사라졌을 리 없고."

국사는 가만히 생각해보다가 불현듯 깨달았다. "불상화 은림이 제일 먼저 깨어나 부활한 조제 신을 찾았고 옆에서 시중들고 있을 가능성이 크다는 말씀이지요? 은림이 뭔가 조치를 해서 전하께서 여신의 선기를 느낄 수 없고요. 맞습니까?"

셋째 전하가 목탄으로 진법도에 두 글자를 적으며 말했다. "가르칠 만한 아이로구나."

국사는 셋째 전하보다 나이들어 보였지만 사만 살이 넘은 전하와 비교해볼 때 아이라 할 수 있어서 그 말에 반감이 들지 않았다. 오히려 격려를 받은 듯해 국사는 한층 분발했다. "그럼 전하는 은림부터 찾을 계획이십니까?"

셋째 전하는 고개를 숙인 채 진법도에 그림을 그리면서 심드렁하게 말했다. "은림을 찾는 것은 조제를 찾는 것만큼 어렵다."
국사가 계속 생각을 보태려 했다. "은림이 깨어났으니 상화와 설의도 곧 깨지 않을까요? 그들 역시 조제 신의 신사이니 서로의 소식을 알지도 모르고요. 상화와 설의를 잘 지켜보면 좋을 듯합니다. 그들이 깨어나면 조제 신에게 안내해줄 수도 있지 않습니까?"
셋째 전하가 여전히 심드렁하게 말했다. "은림은 그들보다 훨씬 강해. 조제가 소멸하지 않는 이상, 조제의 숨 한줄기만 남아 있어도 은림은 깨어날 수 있지. 반면 상화와 설의는 조제가 온전히 돌아오기 전에는 깨어나지 못할 거다. 그들을 지켜보는 건 별 의미가 없다는 말이지." 그러고는 담담하게 덧붙였다. "은림이 옆에 있으니 조제의 안위는 크게 걱정할 필요가 없네. 일단 사고수의 소혼책부터 기다려보자고."
국사는 셋째 전하가 정말 존경스러웠다. "전하, 신족에게는 조제 신에 관한 완전한 역사책이 없다고 하셨지요. 그런데 전하는 조제 신에 관해 모르는 게 없으신 듯합니다."
셋째 전하는 고개도 들지 않았다. "내가 늘 이야기하는 친구 덕이겠지. 조제 신보다도 나이가 많지만 내내 소멸할 뜻을 품지 않고 지금도 멀쩡히 구중천에 사는, 천궁의 백과사전이라 불리는 사해팔황의 살아 있는 화석 말일세."
국사가 부러운 기색을 보이자 셋째 전하가 묘한 표정으로 웃었다. "자네가 득도한 뒤 원극궁에서 일하기 싫으면 그 사람 거처로 추천해주지."
국사는 그게 무슨 경우냐고 면목없어 하다가 금세 자신은 다른 취미 없이 떡 먹고 책 읽기를 좋아한다고 말한 뒤 전하의 백과사전 친구는 별칭만으로 매우 존경스럽다며 전하가 호의를 베풀어 추천해주시면 어떻게 거절하겠느냐고 말했다.

셋째 전하가 의미심장하게 고개를 끄덕였다. "알겠네."

이후 수많은 세월이 흐른 어느 날 태신궁에서 동화제군을 시중들던 국사는 문득 이 순간을 떠올리고 석양 속에서 회한의 눈물을 흘렸다.

하지만 이때의 국사는 젊었다. 젊을 때는 순진해서 세상에 얼마나 많은 계략과 함정이 있는지 몰랐다······

국사와 연삼이 통로의 진에 관한 대화를 일단락 지었을 때 천보가 서재로 들어왔다. 국사는 고개를 돌려 천보를 슬쩍 쳐다봤지만 연삼은 책상으로 몸을 숙인 채 목탄으로 뭔가를 수정하느라 고개도 들지 않았다.

천보가 두어 걸음 다가와 보고했다. "한 달 넘게 찾아오지 않던 군주가 조금 전 그림 세 장을 가지고 가르침을 청하러 왔습니다. 회화 선생이 내준 숙제로 곧 황상께 검사받아야 한다면서 황상이 만족하지 않으면 군주의 학업을 한층 심하게 단속할 거라 했습니다. 이미 충분히 구속받는 중이라 전하께서 그림에 조예가 깊다는 말을 듣고 황상을 만족시킬 가르침을 청한다고 합니다." 천보가 잠시 멈췄다가 이어 말했다. "전하께서 요즘 바쁘시다고 말씀드렸지만, 이번에는 전하의 가르침이 꼭 필요하다면서 지금 동과원東跨院 응접실에서 기다리고 계십니다."

천보는 고하면서 셋째 전하의 안색을 살폈지만 전하는 여전히 책상 위의 두루마리를 수정하느라 고개도 들지 않고 붓도 멈추지 않았다. 천보는 그런 전하의 심중을 조금은 짐작할 수 있었다.
지난 수만 년 동안 전하의 시중을 든 천보는 셋째 전하가 성옥을 냉대하는 이유에 대해 크게 신경쓰지 않았다. 예전에 구중천에서 셋째 전하 곁에 가장 오래 머물렀던 화혜신녀도 다섯 달을 넘기지 못했었다. 때문에 셋째 전하가 성옥을 피하기 시작하자 천보는 대수롭지 않게 생각하며 어린 군주를 위해 탄식했을 뿐이었다.
군주가 매일 대장군부에 찾아와 대문을 가로막고 있을 때는 셋째 전하가 군주에게 미련이 많은 듯해 오히려 좀 이상하다고 생각했다. 그동안 셋째 전하는 떠나보낸 신녀에게 미련 같은 걸 보인 적이 한 번도 없었다. 한 달이 지난 지금 보니 담담하고 무정한 전하로 되돌아온 듯해 천보는 셋째 전하가 성옥에게도 아무 감정이 없다고 확신했다.
천보는 다시 한번 어린 군주를 위해 한숨을 내쉬었다. 아무 분부도 없어서 천보는 전하의 속마음을 추측하는 수밖에 없었다. "그럼 전하께서 군사 일로 바빠 도저히 시간을 낼 수 없으니 다른 분께 청하라고 전하겠습니다." 천보가 바로 몸을 돌려 문 앞까지 물러났을 때 셋째 전하가 입을 열었다. "그림은 두고 가라고 해라."
천보는 얼떨떨했다. "전하 말씀은……"
셋째 전하는 여전히 책상에서 고개를 들지 않았다. "황제가 어떻게 그리라고 했는지 정확히 물어보거라."
명을 받들고 물러날 때 천보의 가슴은 놀라움과 의아함으로 가득찼다. 그림을 받아두라는 말은 도와주겠다는 뜻인데 돌려보내라는 말은 군주를 보고 싶지 않다는 뜻이었다. 전하가 어린 군주를 대체 어떻게 생각하는지 감을 잡을 수 없었다.

책상 옆에 서 있던 국사는 생각에 잠겼다. 일전에 셋째 전하가 평양성을 떠날 때, 자신에게 본인으로 변장한 뒤 언제든 성옥과 마주치면 멀리 떨어지라고 주의를 주었다. 그때는 군주가 본인의 모조품과 친해지는 게 싫어서 경고하는 줄 알고 쩨쩨하다고 생각했는데 오늘 보니 그런 상황이 아닌 듯했다.

조금 전 시녀가 '군주'라는 말을 꺼냈을 때 셋째 전하 가까이에 있었기 때문에 국사는 셋째 전하의 평온했던 옆얼굴이 순식간에 굳고 목탄도 두루마리 위에서 멈칫하는 걸 볼 수 있었다.

셋째 전하와 군주가 얼마나 친밀했는지 직접 목격했건만 시녀가 보고했을 때 셋째 전하는 군주를 돌려보내라고 명했다. 정말 이상한 일이었다.

국사는 대체 무슨 일인지 궁금해져 입을 열다가 자신이 도사라는 걸 떠올렸다. 애정 문제를 궁금해하면 제대로 된 도사라고 할 수 있겠는가?

도사로서 지녀야 할 수양 덕목을 떠올리며 국사는 겸연쩍게 입을 다물었다.

이튿날 성옥은 느지막이 일어났다. 모처럼 수업이 없어서 찾아와 괴롭힐 스승도 없으니 실컷 늦잠을 잤다. 침대에서 일어났을 때 이향이 반 시진 전에 어떤 아가씨가 찾아왔는데 성옥이 아직 잔다는 말에 대나무 화구통 세 개를 두고 떠났다며 화구통을 서재에 가져다두었다고 말했다.

성옥이 심드렁하게 방문을 열어 보니 과연 금사남목金絲楠木 책상 위에 화구통 세 개가 놓여 있었다. 어제 천보에게 직접 건네준 화구통이었다.

그림을 받은 이상 연삼이 풀어보지도 않고 돌려보냈을 리는 없었다. 화구통에는 분명 성옥의 그림 외에 연삼의 주석과 평이 있을 터였다.

어제 대장군부에 갔을 때 연삼이 그림만 두고 가라며 만나주지 않아 성옥은 실망하고 주눅도 들었지만 너무 바빠서 만날 수 없다면 별일 아니라고, 가벼운 사이는 다 그렇다고 스스로를 달랬다. 혼자 조금 서운해하다가 말았다.

하지만 막상 오늘 책상 위에 놓인 화구통 세 개를 보니 마음이 무겁게 가라앉았다.

시녀 말처럼 연삼이 정말 그렇게 바빴다면 어떻게 하룻밤 만에 그림 세 장에 주석을 모두 달 수 있었겠는가? 정말 바빠도 성옥의 일을 우선시했거나, 아예 바쁘지 않았다는 말이었다.

물론 성옥은 더이상 들떠서 전자일 것이라고 지레짐작하지는 않았다. 하지만 전자가 아니면 답은 후자뿐이었다.

마침내 성옥은 계명풍이 처음 했던 말이 맞을지도 모른다고 인정했다. 연삼은 성옥을 피하는 게 확실했다.

성옥은 연삼이 자신을 피하리라고는 생각조차 해본 적이 없었다. 왜 피한단 말인가? 싫어졌다는 뜻인가?

불현듯 지난 한 달 동안 자신을 보고도 못 본 체하던 연삼의 모습이 떠올랐다. 너무도 충격적이라 성옥은 문설주를 잡고서야 몸을 가눌 수 있었다. 확실히 그건 성옥을 싫어하는 표정 같았다.

하지만 정말 싫어한다면 어제 그림은 왜 또 받아줬단 말인가?

성옥은 문 앞에서 한참을 망연자실 서 있었다. 갑자기 화가 치밀었다.
 꼬박 두 달이었다. 연삼의 냉대와 홀대에 전전긍긍하며 고민하고 괴로워하고 무기력하게 보냈다. 내내 서글픔과 슬픔은 모두 연삼과의 관계를 오해한 자신의 어리석음 때문이라 생각하며 연삼과는 관련이 없다고 우겼다. 그래서 가장 슬플 때조차 연삼에게 화내지 않았고 더 다가갈 수 없다고 괴로워하기만 했다.
 그런데 연삼은 처음부터 성옥을 피하고 일부러 멀리했었다니······ 성옥이 돌멩이가 아닌 이상 전부 느끼고 상처받을 수 있음을 연삼은 알아야 했다.
 그렇게 오랫동안 연삼을 오라버니라고 불렀건만. 설령 자신이 너무 달라붙어서 싫어졌다거나 다른 어떤 이유라도 상관없었다. 이제는 성옥이 싫어져 가까이 다가오는 걸 참을 수 없다면 연삼이 성옥에게 직접 알려주는 게 옳았다.
 화도 나고 슬프기도 했지만 눈물은 나지 않았다. 성옥은 차갑게 굳은 얼굴로 아침식사도 거른 채 벽안도화를 타고 대장군부로 달려갔다. 늘 어슬렁어슬렁 걸어가는 멀지 않은 거리였지만, 오늘은 한시라도 빨리 답을 듣고 싶어서 말을 탔다.
 대장군부에 도착했건만 이번에도 연삼을 만날 수 없었다. 무겁게 가라앉은 성옥의 표정을 본 천보는 무척 의아해하며 공자가 오늘 아침 일찍 병영으로 돌아갔다고 부드럽게 알려주었다. 성옥의 비아냥대는 듯한 표정에도 천보는 온화한 어투로 거짓말이 아니라고 맹세했다. 천보는 만약 시급한 일이 있어 공자를 만나야 하면 병영으로 찾아가라고 한 뒤 가만히 성옥을 바라보았다.
 맥이 풀린 성옥은 아무 말도 하지 못하다 말을 돌려 대장군부를 떠났다.

성옥은 병영으로도, 십화루로도 가지 않았다. 말을 타고 온종일 거리를 돌아다니다 밤이 되어서야 십화루로 돌아갔다. 대문 앞에서 이향이 두리번거리고 있었다.

이향은 성옥을 보자마자 다급하게 다가와 장황하게 떠들기 시작했다. 오늘 황제가 잠행하러 출궁한 김에 십화루에 들렀고 서재에서 한참을 기다렸는데, 끝끝내 성옥이 돌아오지 않았음에도 전혀 화내지 않고 성옥의 화구통 세 개만 가져갔다고 말했다.

그제야 성옥은 천보가 가져온 화구통을 열어보지도 않았던 게 생각났다. 어차피 화구통 안에는 성옥의 그림과 연삼의 주석밖에 없었다. 황제는 화구통을 열자마자 성옥이 그림을 가지고 누군가에게 가르침을 청했다는 것을 알아챌 터였다. 하지만 그건 성옥이 열심히 배우고 겸허하게 조언을 구했다는 증명이 아니고 무엇이겠는가? 신경쓸 필요가 없을 듯했다. 다만 황제가 화구통을 가져간 이유는…… 곰곰이 생각해본 끝에 성옥은 황제가 자기 그림이 꽤 괜찮아서 숙제를 일찍 제출한 셈 쳤나보다고 결론지었다.

사흘 뒤, 어명을 받아 입궁한 성옥은 어화원御花園의 태화지太和池 옆 정자로 안내받았다.

길을 안내하는 태감에게 물어보니 황제는 성옥뿐 아니라 다른 공주 여럿에게서도 그림을 받았으며 마침 오늘 한가해 성옥과 공주들을 정자로 불러 한꺼번에 그림을 품평하고 부족한 부분을 일깨워줄 계획이라고 했다.

성옥이 정자에 들어가 힐끗 훑어보니 제일 어린 사람은 스물아홉째 공주이고 제일 나이가 많은 사람은 열여섯째 공주였다. 생김새가 각양각색인 십여 명의 공주의 유일한 공통점은 전부 혼기가 찼다는 점이었다. 성옥은 잠시 당황스러웠다. 황제가 왜 갑자기 성옥의 연주 실력과 그림 실력에 관심을 두나 했더니, 혼기가 찬 공주들에게 신부수업을 시키는 김에 성옥까지 끼워넣었던 거였다. 성옥은 공주들과 한데 엮여서 생고생한 셈이었다.

대희국에서는 여섯 가지 기예를 중시했다. 공주는 그중 궁술, 마술, 수학은 못해도 상관없지만 서화, 예절, 음악은 잘해야 했다. 이 세 가지를 못하는 것은 황가의 체면을 훼손한다는 이유였는데 그게 조만간 정략결혼 할 군주와 무슨 상관이란 말인가? 성옥은 운도 없다고 생각하며 자리에 앉아 황제를 기다리면서 씩씩거렸다.

사실 성옥에게는 화낼 자격이 없었다. 엄밀히 말하면 그 많은 공주가 성옥에게 연루돼 생고생을 한 것이기 때문이었다.

황제는 공주들이 시집간 뒤 서화와 예악에서 부족하다고 창피할 거라는 생각을 해본 적이 없었다. 오히려 궁에서 잘 가르치지 못해도 이해해줘야 한다고 생각했다. 어쨌든 누이 백여 명은 너무 많은 수가 아닌가. 성옥에게 칠현금과 회화 선생을 붙여준 것도 시집간 뒤 황가 체면을 깎을까 걱정해서가 아니었다. 이 모든 것은 사촌누이를 대장군과 맺어주고 싶은데 대장군이 칠현금을 잘 연주하고 그림을 잘 그리는데다 우아하고 정숙한 아가씨를 좋아한다고 들었기 때문이었다.

무릇 황제란 견제와 균형의 술책을 추구하기 때문에 황제에게 대장군의 혼인은 국사에 해당했다. 문제는 성균이 성실히 정무를 돌보는 황제이자 강인한 남자라는 데 있었다. 당당한 사내대장부가 매일 남의 인연을 맺어줄 궁리만 한다면 그게 무슨 꼴이겠는 가? 그런 모습으로 절대 보이고 싶지 않아서 황제는 그 일을 전부 심 환관에게 맡겼다.

심 환관은 워낙 세심한 사람이라 황제가 속으로 무슨 생각을 하는지 알아차렸다. 그 스스로도 겉으로 티가 나거나 누가 속사정을 알아차리게 일을 처리하고 싶지 않았다. 그러지 않으면 혹시 일이 성사되지 않았을 때 이미 한 번 혼사를 거절당한 군주가 한층 더 난감해지고 황가의 체면 역시 훼손될 게 뻔했다. 모든 가능성을 저울질하느라 심 환관은 황제가 성옥의 그림을 가져온 뒤에야 사흘 동안 혼기가 찬 공주들의 습작 서른 장을 모으고 오늘 정자로 전부 부르자고 건의했다. 겉으로는 공주들 그림을 품평하는 모양새였지만 실은 그림을 좋아하는 대장군에게 홍옥군주의 뛰어난 솜씨를 보여주려는 의도였다.

성균 역시 적극적으로 협조했다.

신시 일각 성균이 드디어 정자로 나왔다. 제대로 연극을 하느라 대장군만 데려온 게 아니라 한림원의 수찬修撰과 조금 전까지 함께 국사를 논했던 좌승상과 우승상, 호부상서와 공부상서, 국사까지 데려왔다.

신하들을 데려올 때도 무척 자연스럽게 굴었다. 공무를 다 처리한 뒤 성균은 아무렇지도 않게 말했다. "오늘 짐이 요배영廖培英을 데리고 공주들의 회화 습작을 감상하려 하네. 경들 중에는 그림에 일가견이 있는 이가 많으니 함께 가서 공주들에게 가르침을 좀 주게." 특별한 제안이 아니라서 교활하기 그지없는 좌승상과 우승상까지도 이상하다는 인상을 받지 못했다.

신하들은 성균을 모시고 정자로 갔다.

정자에 들어간 성균은 일제히 무릎 꿇어 절하는 묘령의 아가씨들을 쓱 훑어보았다. 하지만 성옥은 보이지 않고, 다리가 불편해 무릎을 꿇을 수 없는 열아홉째 공주 연란이 혼자 서 있는 것만 보였다. 성균은 공주들에게 일어나 자리에 앉으라고 했다. 그제야 왼쪽 끝 구석에 혼자 앉은 성옥이 보였다.

나이도 제일 어리고 서열로도 정자에 모인 공주들과 달리 혼자만 군주였으니 성옥이 말석에 앉는 건 예법상 당연한 일이었다. 성균은 대장군에게 응당 자신의 옆자리를 내줘야 했는데, 이렇게 큰 정자에서 성옥과 대장군이 각각 말석과 상석에 앉아 있으면 서로를 보려 해도 멀리 내다보는 형국이라 시력이 나쁘면 제대로 보이지도 않을 판이었다. 성균은 미간을 문지르며 말했다. "홍옥, 이리 와서 연란 옆에 앉거라."

열아홉째 연란은 좌중에서 유일하게 봉호를 가진 공주라 신분이 제일 높았기에 열여섯째 공주보다 한 살이 어린데도 제일 상석에 앉아 있었다. 성옥 또한 군주지만 유일하게 봉호와 봉토를 가진 군주여서 성균이 자리를 정해줄 때 특전을 내려도 관례에서 벗어나지 않았다.

성옥은 감사 인사를 올린 뒤 꾸물꾸물 다가갔다.

정자 안에는 성옥의 장신구 소리만 가볍게 울렸다. 소매가 넓고 주름치마로 이루어진 분홍색 비단옷에 하얀 망사를 덧대고 은색 바탕에 절지화가 수놓인 허리띠로 버드나무 가지 같은 허리를 묶은 성옥이 바람에 날리는 벚꽃처럼 사뿐사뿐 걸어갔다.
성옥의 외모는 성균도 늘 만족스러웠다. 성균은 무심하게 대장군을 바라보았다. 좌중의 시선이 전부 홍옥군주에게 집중되었지만 대장군만은 무슨 생각을 하는지 눈을 내리깔고 있어서 성균은 눈살을 찌푸렸다.

성옥은 정자에서 연삼을 만날 줄 전혀 예상하지 못했다. 연삼을 본 순간 머릿속이 하얘졌지만, 그 와중에 어떤 목소리가 선명하게 울렸다. '어떻게 이런 우연이. 성옥, 물어볼 말이 있잖아?'
마침내 연삼에게 따질 기회가 왔음을 인식하자 성옥의 가슴속에서 사흘 내내 억눌려 있던 노기와 억울함이 왈칵 치밀어올랐다. 어서 이 모임을 끝내고 연삼한테 쫓아가 답을 내놓으라고 압박하고만 싶었다.
성옥은 늘 그런 식이었다. 지지부진 끄는 것도, 노심초사 안달하는 것도 딱 질색이었다.
하지만 또 무슨 이유로 그런 결심이 순식간에 사라졌을까?
성옥이 동석하는 걸 뻔히 알면서도 연삼이 눈길조차 주지 않아서일까? 황제가 구석에서 불러냈을 때 성옥은 시종일관 곁눈질로 살펴봤기 때문에 연삼이 처음부터 끝까지 자기 쪽은 쳐다도 보지 않는 걸 똑똑히 알 수 있었다.
혹은 연란이 먼저 연삼한테 그렇게 친밀하게 굴어서일까? 정자에 자리가 충분하지 않아 태감이 걸상을 가져오는 동안 황제는 신하들에게 열여섯째와 열일곱째 공주의 그림을 먼저 감상하라고 했다. 덕분에 정자 분위기가 부드러워졌다. 연란 옆에 서 있던 국사가 열일곱째 공주의 매화 그림을 들고 함께 볼 것을 청하자 연삼이 다가갔다.

성옥은 연란이 다정하게 "오라버니"라고 부르는 걸 들었다. 연삼이 몸을 살며시 숙여, 앉아 있는 연란에게 바싹 다가갔다. 곧이어 연란이 속삭이는 소리가 들렸다. "저는 폐하께 오라버니가 직접 봐주셨던 〈가을 달밤〉만 제출했어요. 그게 제일 잘 그린 것 같았거든요. 다른 자매들은 두세 장씩 제출한 것 같던데, 조금 뒤에 폐하께서 책망하시면 오라버니가 잘 좀 말해주세요."

그랬다. 연삼에게 아무것도 따지고 싶지 않아진 건 바로 그 순간이 틀림없었다. 사흘 전 기필코 알아야겠다며 기세등등하게 대장군부로 찾아갔다가 문 앞에서 거절당했을 때 받았던 맥빠지는 기분이 또다시 되풀이됐다. 심지어 한층 더 김빠지고 피곤해졌다.

느닷없이 초라한 기분이 들면서 전부 재미없어졌다. 그게 사실이었다. 연삼은 차라리 연란의 그림을 볼지언정 성옥에게는 눈길조차 주고 싶지 않았던 거였다. 어차피 그런 취급밖에 받지 못하는데 연삼에게 더 물어볼 것이 뭐가 있겠는가?

성옥은 연란이 연삼에게 뭐라고 하든 더는 신경쓰지 않고 멍하니 앉아만 있었다. 가슴속이 텅 빈 듯하고 목구멍이 따끔거렸다. 그때 태황태후와 황제 앞에서 언제나 살길을 찾아내던 본능이 빠르게 되살아났다. 더없이 지루하고 허전했음에도 우두커니 앉아만 있을 수 없어 성옥은 고개를 돌려 쟁반에서 귤을 하나 집었다.

그제야 성옥은 열일곱째 공주와 열여덟째 공주가 귓속말을 주고받으며 연란과 연삼을 힐끗거리는 걸 알았다.

조금 당황했지만 금세 상황을 눈치챈 성옥은 뒤로 물러나 두 공주에게 힐끗거릴 공간을 터주었다. 열일곱째 공주가 깜짝 놀라 성옥을 쳐다보고는 고개를 돌려 열여덟째 공주에게 뭐라고 중얼거렸다. 둘을 이상하게 여긴 성옥이 가만히 정신을 집중하고 귀를 기울이자 열일곱째 공주가 열여덟째 공주에게 귓속말하는 게 들렸다.
"저렇게 꾸미고 오면 뭐해. 상대는 거들떠보지도 않고 열아홉째랑만 이야기하는데. 정말 창피하겠다."
열여덟째 공주가 소심하게 쳐다봤다가 성옥과 눈이 마주치자 흠칫했지만, 성옥이 들었을 리 없다고 생각했는지 금세 진정하고 아첨하듯 웃음을 지었다.
성옥은 귤을 만지작거리며 고개를 숙인 채 생각에 잠겼다 다시 고개를 들고 무심하게 주변을 훑어보았다. 과연 꽤 많은 공주가 이쪽을 보고 있었다. 성옥을 보는 사람도 있고 연란과 연삼을 보는 사람도 있었다.
성옥은 잊고 있었다. 열일곱째 공주와 열여덟째 공주의 표정을 보고서야 문득 자신과 연삼의 또다른 관계가 떠올랐다. 연삼은 성옥의 혼사를 거절한 장군이고 성옥은 혼사를 거절당한 군주였다. 남들의 눈에는 오늘 두 사람이 처음 대중 앞에 모습을 드러낸 셈이었다.
성옥을 불쌍하게 여긴 태황태후는 궁중에서 누구도 성옥과 연삼의 일을 입에 담지 말라고 엄명을 내렸었다. 태황태후의 서슬 퍼런 기세에 감히 거론하는 사람은 없었지만 지금 성옥을 보는 공주들의 눈빛에는 많은 의미가 들어 있었다.
성옥은 누가 단순한 호기심으로 쳐다보는지, 누가 비웃는지, 또 누가 고소해하며 구경하는지 따지고 싶지 않았다. 익숙했다. 성옥은 그들이 무례하다는 생각도 들지 않았고 별로 화도 나지 않았다. 궁에서 잘 지낸다는 건 힘든 일이었다. 어려서부터 온갖 악의와 꼼수에 익숙해진 성옥이었다.

귤을 손으로 만지작거리면서 성옥은 공주들도 한심하고 여기에서 쓸데없는 생각을 하는 자신도 한심하다고 생각했다. 연란의 목소리가 또 들려왔다. "……열일곱째 언니의 매화도는 아주 깔끔하고 아름답네요. 좋은 그림이에요……"

말이 끝나기도 전에 국사의 웃음소리가 들렸다. "공주께서 오늘은 무척 관대하십니다. 신이 작년에 〈세한삼우〉를 한 폭 구해 대장군부로 가져갔을 때는 '구상은 독창적이나 영혼이 없다'라고 평하셨던 걸로 기억하는데요. 장군, 아닙니까?"

연삼은 곧바로 대답하지 않았다.

연삼이 뭐라고 말하든 성옥은 듣고 싶은 마음이 없었다. 더구나 할일도 찾아내, 고개를 기울인 채 한참 손으로 만지작거리던 귤을 정성껏 까기 시작했다.

성옥은 주의력을 돌리기 위해 귤의 하얀 속껍질을 벗기는 데 온정신을 집중했다. 껍질을 반쯤 벗겼을 때 덜렁쇠 같은 사람이 허둥지둥 달려왔다. "신은 한림원의 수찬 요배영으로, 오래전부터 군주의 재능을 사모해왔습니다. 군주의 해서체가 신필의 진수를 이어받아 대범하면서 우아하다고 들었습니다. 신 또한 서체를 좋아합니다. 오늘 이렇게 군주를 뵙는 행운을 누릴 줄 정말 상상도 못했습니다. 다음달에 신의 모친이 생신을 맞이하시는데 감히 군주께 평안을 비는 글귀를 청해도 되겠습니까?"

한림원의 요배영 수찬이라면 성옥도 이름을 들은 적이 있었다.

작년 과거 때 삼등으로 급제한 강남의 유명한 젊은 수재이며 잘생긴데다 성품도 호방하고 거침없다고 했다. 성옥은 소문이 틀리지 않을 때도 있다는 데 깜짝 놀랐다. 요배영은 정말로 거침이 없었다. 오늘 황제가 공주들 그림을 평하러 데려왔으므로 요배영은 참석한 공주들과 성옥에게 스승 격이라 할 수 있었다. 그런 사람이 이토록 공손하게 성옥에게 글을 청하다니, 격식에 얽매이지 않는 게 확실했다.

진지하게 요배영을 훑어본 성옥은 귤을 내려놓고 손을 닦은 뒤 느릿느릿 겸손하게 대답했다. "사실 제 글씨는 무척 평범하지만 이리 과분하게 칭찬해주시니 하찮은 재주라도 보여드리겠습니다. 사흘 뒤 글을 적어 대인 댁으로 보내드리지요."

요배영이 감사를 표한 뒤 빙그레 웃었다. "어떻게 감히 군주를 번거롭게 하겠습니까. 신이 청했으니 당연히 신이 사흘 뒤 십화루로 찾아가야지요. 군주의 십화루에 기이한 화초가 많다는 이야기를 듣고 진작부터 동경해왔습니다. 이번에 가볼 수 있다면 그것 또한 큰 영광입니다."

요배영은 잘생긴데다 말도 기분좋게 했다. 웃는 낯에 침 못 뱉는다더니 성옥은 오늘 기분이 좋지 않은데도 수다스럽게 구는 요배영이 전혀 귀찮지 않았다. 성옥이 답하려 할 때 몇 걸음 떨어져 있는 연삼이 갑자기 입을 열고 담담하게 말했다. "요 대인, 이 매화도를 보시겠습니까?"

국사는 성옥을 봤다가 연삼을 보고 또 요배영을 보고는 얼른 끼어들었다. "맞습니다. 폐하께서 요 대인께 품평을 맡겼으니 대인께서 품평하셔야지요. 저희는 한가로이 동행했을 뿐이니까요. 요 대인, 이리 와서 좀 봐주십시오." 국사는 웃음을 지으며 연삼 손에서 그림을 받아 요배영에게 전하려 했다.

성옥은 시종일관 시선을 내리깐 채 그쪽으로는 눈길도 주지 않았다. 요배영이 겸연쩍게 대응하는 소리가 들렸다. "제가 본분을 잊었습니다. 지적해주셔서 감사합니다." 이어서 요배영이 작은 소리로 다급하게 물었다. "그럼 사흘 뒤 글을 받으러 십화루로 찾아가도 될까요?" 성옥이 고개를 끄덕이고는 다시 귤껍질을 벗기기 시작했다.

얼마 뒤 태감들이 걸상을 가져오고 황제가 각자의 자리를 지정해주자 대신들이 모두 착석했다. 당연히 더는 누구도 이리저리 다니며 마음대로 떠들 수 없었다. 그제야 모두 진지하게 그림을 품평하기 시작했다.

황제는 제일 높은 자리에 앉은 뒤 말석의 신하와 공주들까지 전부 볼 수 있도록 시종에게 옆에 서서 공주들의 그림을 펼치라 했다.

오늘 요배영에게 공주들의 그림을 품평하라 맡긴 이유는 사실 요배영이 벼슬길에 오르는 바람에 그림을 포기한 숨은 귀재여서였다. 스무 살도 되기 전부터 요배영은 강남 최고의 기린아라 불렸다. 시서에서 뛰어난 기량을 보인 것도 사실이지만 그보다는 시화의 성인이라 불리는 두공杜公이 요배영의 그림 솜씨를 극찬했기 때문이다. 두공은 "붓으로 만물의 오묘함을 드러냈다"라고 칭찬하며 십 년을 몰두하면 자신을 뛰어넘을 것이라 말했다.

그래서 오늘 품평회는 요배영이 주축이 되었고 다른 신하들은 말을 아꼈다. 잘못했다가는 공자 앞에서 문자 쓰는 격이 될 테니 무슨 이득이 있겠는가? 모두 체면을 중시하는 사람들이었다. 매인게 없는 국사만 체면을 따질 필요가 없어서 흥미로운 그림이 보이면 몇 마디 평할 뿐이었다.

성옥은 오늘 정자에서 벌어지는 일이 자신과 관계있다고는 전혀 생각하지 못했기에 품평이 시작된 뒤 잔뜩 긴장한 공주들과 달리 건성으로 응하면서 거리를 두고 있었다.

요배영이 황제의 명을 받들어 공주들의 그림을 한 장씩 평가할 때 성옥은 다시 한번 이 수재가 거침없다고 생각했다. 공주이자 황제의 친누이건만 요배영은 황가의 체면 같은 건 조금도 봐주지 않았다. 스무 장의 그림을 평가하는 동안 문제점이 산더미처럼 지적됐다. 먹이 지나치게 진하다느니, 붓놀림이 느껴지지 않는다느니, 붓에 힘이 없다느니, 먹을 너무 사용해 진실을 가렸다느니 했다. 연란의 〈가을 달밤〉조차 요배영의 눈에는 들지 못했다.

시종이 연란의 그림을 펼쳤을 때 성옥도 호기심이 일어 진지하게 살펴보았다. 붓을 정교하게 사용하고 먹의 농담도 적절했다. 그런 기교는 성옥도 서너 해는 더 연습해야 따라잡을 수 있을 듯했다. 하지만 요배영은 그렇게 품위 있는 수작조차 잠시 본 뒤 한숨을 내쉬었다. "열아홉째 공주는 정말 뛰어난 화공이시군요." 연란의 낯빛이 곧바로 달라졌다. 화공이라는 말에 가슴이 찔린 듯했다.

고작 수찬의 신분으로 누이들의 그림을 전부 악평하는데도 황제는 전혀 노여워하지 않고 웃기만 했다. "그토록 엄격하게 굴어서 공주들이 낙담한 나머지 내일 전부 붓을 내버리면 어떡할 건가?"

요배영은 동조하지 않고 직언했다. "『예기』에서 '부족함을 안 뒤에야 스스로를 반성할 수 있다'라고 했습니다. 폐하께서 그림 교육에 이토록 정성을 다하시는 것은 공주들께서 부족함을 알고 반성하신 뒤 더욱 정진하시기를 바라셔서일 것입니다. 신은 폐하의 명으로 재능을 평가하는 것이라 헛된 미사여구로 폐하의 뜻을 거스를 수 없습니다. 신이 조금 직설적으로 말하지만, 공주들께서도 그로 인해 폐하의 뜻을 저버리지는 않으리라 믿습니다."

황제가 웃으며 꾸짖었다. "경의 말이 옳다. 하나 짐의 한마디를 경은 참으로 길게 받는구나." 황제는 심 환관이 건네주는 차를 한 모금 마시고 무심한 척 말했다. "공주들 그림이 경의 눈에는 아주 부족한가보군. 사실 짐이 봐도 많이 부족하다. 하지만 며칠 전 짐이 홍옥한테 받아온 그림들은 무척 좋았으니, 그대도 평가해보라."

성옥이 막 껍질을 벗긴 귤이 탁자 밑으로 굴러떨어졌다. 자기 그림이 어떤 수준인지는 성옥 스스로도 잘 알고 있었다. 이건 황제가 망신을 주겠다는 게 아니겠는가? 대체 무슨 억하심정으로? 성옥은 현실을 마주할 자신이 없어 살며시 머리를 짚었다. 성옥이 글씨를 써주기로 약속한 걸 감안해 요배영이 자비를 베풀어주기만 빌었다.

그림이 천천히 펼쳐졌다. 정자 안이 갑자기 정적에 휩싸였다. 옆에서 깜짝 놀라 헉하고 숨을 들이마시는 소리가 들려왔다.

성옥은 이마를 짚은 채 눈을 내리깔고 있다가 조금 화가 나서 속으로 툴툴거렸다. 뭐 그렇게 형편없다고 그런담? 다른 작품을 평할 때 나는 질겁한 적이 없다고.

한참 뒤 요배영의 소리가 들렸는데 원래의 맑은 음성이 아니라 꿈결의 웅얼거림 같았다. "제 스승님이 저를 두고 '붓으로 만물의 오묘함을 드러낸다'라고 말씀하셨었지요. 그런데 오늘 보니 신이 그동안 명성을 훔치고 있었음을 알겠습니다. 만물의 오묘함을 드러내는 데 있어 신은 감히 군주를 따라갈 수 없습니다."

성옥이 깜짝 놀라 고개를 번쩍 들고 시종이 펼쳐 든 그림을 빠르게 훑었다. 그림에는 빨간색이 주로 쓰였는데 성옥은 세 장 모두 수묵화를 그렸기 때문에 연지나 주사를 전혀 사용하지 않았다. 성옥은 놀라고 의아한 얼굴로 황제를 쳐다보았다. "그건 제 그림이 아닙니다."

황제가 어이없다는 표정으로 못 말리겠다는 듯 고개를 저으며 웃었다. "스승이 궁정의 여인을 그리라고 했는데 본인을 그려서 무안한 게로구나? 이 그림은 짐이 네 서재에서 가져왔고 낙관도 찍히지 않았으니, 네 그림이 아니면 누구 그림일 수 있단 말이냐?"

황제의 말에 성옥은 놀란 눈으로 조금 전 언뜻 보았던 여인의 세밀화를 다시 보았다. 그제야 아까 정자에서 왜 숨을 들이마시는 소리가 들렸는지 알 수 있었다.

격구하는 소녀의 그림이었다. 그림 속 소녀는 새빨간 옷을 입고 대추색 준마를 타고 있었다. 고삐를 쥔 손에 오른손이 가려졌는데, 금박과 색을 입힌 막대기 끝이 준마의 배 밑으로 드러난 것으로 볼 때 오른손에 격구 채를 쥐고 있는 게 틀림없었다. 분명 경기가 끝난 뒤였다. 소녀는 긴장이 살짝 풀린 표정으로 고개를 기울인 채 누군가의 이야기를 듣는 듯했다. 눈이 반쯤 감기고 붉은 입술이 살며시 들린 미소가 터질 듯한 꽃망울 같았다. 소녀는 금방이라도 그림에서 걸어나올 듯 생동감이 넘치는 모습이었다.

성옥은 꼼짝도 하지 않고 그림을 바라보았다. 소녀는 자신이 틀림없었다. 최근 격구를 한 적도 있었다.

그랬다. 곡수원에서 여러 차례 격구를 했다. 하지만 언제 붉은 치마를 입었는지는 생각나지 않았다.

사실 성옥은 비단과 망사로 된 불꽃 같은 치마 자체가 없었다.

모두의 시선이 성옥에게로 쏠렸지만 성옥은 거의 얼이 빠진 상태였다. 황제가 성옥의 서재에서 그림을 가져왔다고 했고, 황제가 서재에서 가져간 건 천보가 가져온 화구통 세 개였으니……

바로 그때 남자의 담담한 목소리가 울렸다. "군주의 그림이 아닙니다."

더없이 익숙한 목소리가 성옥의 머릿속에서 윙윙거려 얼른 맞은편을 바라보자 오늘 정자에서 거의 입을 열지 않았던 연삼이 말을 이었다. "그건 신의 그림입니다."

커다란 정자가 순식간에 기이할 정도로 조용해졌다.

왼쪽 상석에 앉은 국사가 다시 그림을 살펴보았다.

시종이 격구하는 소녀 그림을 천천히 펼칠 때 국사는 그림이 누구의 솜씨인지 알아봤기 때문에 연삼이 자기 그림이라고 인정할 때도 다른 사람들처럼 놀라지 않았다.

대장군이 그림을 좋아하고 직접 그리기도 한다는 걸 아는 사람은 많아도 그가 그린 그림을 본 사람은 몇 되지 않았다. 황제조차 본 적이 없어서 소녀 그림이 붓놀림은 물론 색조, 구도까지 완전히 연삼의 기법이라는 걸 알아보지 못했다. 국사는 자신의 매서운 눈썰미와 놀라운 기억력에 탄복했다. 그림 속 소녀를 보자마자 국사는 연삼이 언제 어디에서의 성옥을 그렸는지 알 수 있었다.

두 달여 전 곡수원에 갔을 때 대희국과 오나소가 시합을 끝낸 뒤의 격구장이 틀림없었다. 당시 그곳에는 국사도 있었다. 연삼은 관중석 의자에 기대앉아 턱을 받친 채 경기장의 홍옥군주를 보다가 밑도 끝도 없이 말했다. "붉은 치마를 입었어야지."

그랬다. 세밀화는 완전히 사실을 기반으로 한 건 아니었다. 그림 속 성옥은 산뜻하고 선명한 붉은 옷을 입었지만 그날 성옥은 분명 얼룩 하나 없이 새하얀 옷을 입고 있었다.

국사는 자신이 발견한 사실에 소스라치게 놀라 연삼을 슬쩍 보았다. 그제야 국사는 자신이 기억을 되짚는 사이 다른 사람들은 전부 연삼에게 시선을 고정하고 있었음을 알았다. 좌승상과 우승상은 관리로서 경험도 많고 나이도 지긋해 대놓고 드러내지는 않았지만 놀란 기색을 완전히 지우지도 못했다. 국사는 충분히 이해할 수 있었다. 대장군이 군주와의 혼사를 거절한 지 반년도 되지 않았는데 이런 일이 발생한 것 아닌가. 두 사람이 서로 증오하지는 않더라도 가까워질 리 없어야 마땅했다. 그런데 대장군은 군주를 그렸다. 그것도 너무도 정교하고 아름답게. 좌승상과 우승상은 나랏일을 보좌하는 중신이었다. 때문에 늘 심사숙고하고 논리적이며 근엄함을 추구했다. 저잣거리에서 이야기책을 쓰는 사람도 아닌데 어떻게 풍부한 상상력을 가질 수 있겠는가?

황제도 놀랐는지 한참 뒤에야 의미심장하게 물었다. "장군은 왜 홍옥을 그렸는가? 그리고 이 그림이 왜 홍옥의 거처에 있었지?"

남자가 여자를 그릴 때는 의미를 부여할 가능성이 컸다. 성옥도 이 점을 모르지 않았지만 아무리 생각해도 자신과 연삼에게는 그런 의미를 적용할 수 없었다. 성옥도 무척 놀라고 이해할 수 없었다. 그래서 황제의 질문을 들었을 때 황제가 성옥의 거처에서 그림을 잘못 가져가 신하와 공주들 앞에서 웃음거리가 되자 화가 나서 연삼에게 화풀이한다고 생각했다. 하지만 그건 연삼의 잘못이 아니었다.

"연삼…… 대장군의 잘못이 아니에요." 연삼이 일어나 대답하기 전에 성옥이 벌떡 일어났다.

사람들이 반응할 새도 없이 성옥은 황제 앞에 무릎을 꿇었다. "스승님이 시켜서 그린 그림을 대장군께 봐달라고 청했습니다. 스승님이 정해주신 주제 중에 궁정의 여인이 있었고요. 지금 생각해보니, 제 그림이 너무 형편없어서 도저히 고칠 여지가 없자 대장군이 참고해서 다시 그리라고 그 그림을 그려주셨나봅니다.

하지만 그림을 가져온 시녀가 명확히 설명하지 않아서 저는 대장군이 제 그림을 되돌려보낸 줄로만 알고 열어보지 않았습니다. 공교롭게도 폐하께서 그 화구통을 가져가셨고요."

다급하게 머리를 쥐어짜 자기가 만들어낸 사연이건만 성옥은 뜻밖에도 스스로에게 설득당해 십중팔구 그럴 거라고 믿게 되었다. 슬그머니 황제를 쳐다보자 황제가 웃는 듯도 하고 아닌 듯도 했다. 어쨌든 화가 난 것 같지는 않아 대담하게 말을 이었다. "폐하가 제대로 묻지도 않고 화구통 세 개를 가져가셨으니 저와 대장군이 폐하를 속였다는 죄를 물으실 수는 없습니다."

황제는 차를 마시면서 성옥을 힐끗 보았다. "너와 대장군은 잘 아는 사이였구나. 그런데 정말 이상하지. 세상에 여인이 이리 많은데 대장군은 왜 너를 그렸을까. 어디 그 이유도 말해보거라."

황제가 화가 난 게 아니라고 판단한 성옥은 안도의 한숨을 내쉬고 잠시 생각한 뒤 답했다. "아마 잘 아는 사이라서 그리기 쉬웠을 겁니다."

"그뿐이라고?" 황제가 물었다.

성옥이 고개를 끄덕였다. "그뿐입니다."

황제가 성옥을 노려보았다. "짐이 네게 물었더냐?"

"아." 성옥은 자리에서 일어나 있는 연삼을 힐끗 쳐다봤다가 연삼도 자기를 보고 있는 걸 알고는 얼른 시선을 거두고 헛기침을 했다. "그럼 대장군이 보충할 말 있나요?"

성옥은 연삼의 시선이 자기 옆얼굴로 떨어지는 것을 느낄 수 있었다. 차가운 눈빛인지 뜨거운 눈빛인지는 구분할 수 없었다. 작열하는 태양도 사람을 태울 수 있지만 차가운 얼음도 사람을 태울 수 있다는 것을 성옥은 아주 오래전부터 알고 있었다.

연삼의 시선이 뺨에서 머뭇거리고 "없습니다"라는 말이 들려왔다. 그 짧은 말에서는 아무것도 유추해낼 수 없었다.

성옥은 입술을 오므리며 그것 보라는 눈짓을 했지만 황제가 혹시 이해하지 못했을까봐 다시 설명했다. "그렇게 된 겁니다. 대장군도 보충할 말이 없다고 했고요."

황제는 성옥 옆에 서 있는 연삼을 보고 성옥을 또 본 뒤 흐뭇해했다. "하여튼 영리한 녀석이라니까." 그러면서 성옥에게 당부했다. "그럼 솜씨가 비범한 대장군이 너를 가르치고 싶어한다니, 앞으로 너도 가르침을 많이 청하고 열심히 배우거라." 황제는 단상 아래에 있는 사람들을 내려다보며 말했다. "오늘은 여기까지 하지. 공주들도 여러 대인의 품평을 가슴에 새기고 부지런히 익히기를 바란다. 이만 해산하라."

공주들은 무릎 꿇고 절하며 황제가 신하들을 이끌고 떠나는 것을 지켜본 뒤 흩어졌다.
 다른 공주들이 모두 떠난 뒤에도 성옥은 정자에 앉아 있었다.
 황혼이 내려 가을 해가 숨자 따뜻한 햇볕이 사라지고 바람이 서늘해졌다. 찬바람을 맞으니 성옥은 머릿속이 맑아지기 시작했다.
 연삼이 모순적이라고 느껴졌다.
 꼬박 두 달 동안 연삼은 성옥을 피하면서 만나주지 않고 멀리하려는 듯 굴어놓고서 성옥을 그렸다. 습작에 참고하라는 의미였든 아니든 그 그림을 보내 왔다. 대체 무슨 뜻이란 말인가?
 바로 직전에 성옥은 포기하는 심정으로, 연삼이 거리를 두고 싶어한다면 그 바람대로 천천히 멀어지고 더는 아무것도 묻지 않겠다고 마음먹었다. 하지만 그것은 그림을 보기 전이었다.
 찬바람 속에 앉아 귤껍질을 벗기면서 성옥은 역시 이야기를 해야겠다고 생각했다.

 국사는 오늘 인기 만점이었다.
 제일 먼저 연란에게 어화원의 유앵도柳櫻道에서 붙들렸다. 연란이 하얗게 질린 낯빛으로 물었다. "셋째 전하와 홍옥군주가 꽤 오래전부터 알고 지냈던 거죠? 요즘 전하가 이상했던 게 전부 홍옥군주 때문인가요?"
 대답할 수 있는 질문이었지만 국사는 도사로서 가져야 할 수양 덕목을 떠올렸다. 감정을 억누르며 국사는 연란에게 차갑게 반문한 뒤 탄식했다. "제가 어떻게 알겠습니까? 저는 도사입니다!"
 이어서는 요배영에게 능화문凌華門에서 붙들렸다. 요배영은 머뭇거리면서도 절실한 투로 물었다. "대장군이 홍옥군주를…… 그냥

짝사랑이죠? 두 사람 사이가 그럴 가능성은 별로 없는 게…… 맞
죠?"

어쩌다보니 또 대답할 수 있는 질문이었지만 국사는 도사로서
가져야 할 수양 덕목을 떠올렸다. 다시 한번 감정을 억누르며 요배
영에게 차갑게 반문한 뒤 탄식했다. "제가 어떻게 알겠습니까? 저
는 도사입니다!"

그러고 나서 좌승상에게 궁 밖의 과자가게 앞에서 붙들렸다. 좌
승상은 허를 찌르는 질문을 던졌다. "오늘 보니 폐하께서는 홍옥군
주와 대장군이 친밀한 게 기쁘신 듯했습니다. 드디어 대장군이 군
주와 인연을 맺기로 결정한 겁니까?"

이 문제의 답은 잘 몰랐지만 국사는 여전히 도사로서 가져야 할
수양 덕목을 떠올렸다…… 끝내 참을 수 없어 좌승상에게 공손히
가르침을 청했다. "왜 다들 도사인 제가 그런 일을 잘 안다고 생각
합니까? 대체 도사들을 뭐라고 오해하는 겁니까?"

성옥은 그날 밤 대장군부의 후원 담을 넘었다.

대희국은 개방적이라 연인을 만나러 담을 넘는 일이 비일비재했
고 이는 예법상 엄청난 금기에 속하지도 않았다. 현장에서 발각돼
떠들썩해지지 않는 이상 크게 문제삼지 않는 분위기였다. 다만 일
반적으로는 공자가 아가씨네 담장을 넘었다. 아가씨가 공자네 집
담장을 넘는 일은 가장 개방적이었던 태종 때도 없었다. 다시 말해
성옥이 최초라 할 수 있었다.

연삼이 조용한 걸 좋아해 대장군부에는 애당초 호위가 많지 않
았고 후원에는 특히 한 명도 없었다. 날이 저물자마자 성옥은 제앵

아에게 먼저 정찰해달라고 부탁했다.

담을 넘은 성옥이 순조롭게 연삼의 침실과 서재를 찾을 수 있도록, 아버지 곁에서 군사지도를 그렸던 제앵이는 장군부 후원의 구조까지 따로 그려주었다. 불행히도 성옥은 지도를 들고 있으면서도 한참을 헤매다 길을 잃고 말았다. 하지만 다행히도 성옥이 그토록 찾던 연삼은 오늘밤 침실이나 서재에 없었다.

더 다행스러운 일은 길을 잃고 헤매던 성옥이 얼떨결에 단풍나무 숲으로 들어갔다가 안쪽에서 옷을 입은 채 온천을 즐기는 연삼과 마주쳤다는 것이었다.

숲은 어두침침했다. 하늘에 달이 떴어도 어쨌든 달빛이라 흐릿했고 온천 옆의 가로형 석등에서는 미약한 빛만 흘러나왔다. 연못에서 좀 떨어져 있어서 성옥은 흰옷의 청년이 온천 벽에 기대앉은 모습만 어렴풋하게 볼 수 있을 뿐 생김새까지 똑똑히 확인할 수는 없었다.

하지만 앉은 자세만으로도 성옥은 그가 연삼임을 알아볼 수 있었다.

성옥은 온천 옆까지 몇 걸음 더 나아갔다. 신발에 밟힌 붉은 낙엽이 바스락 소리를 냈다.

깊은 밤의 숲은 극도로 고요해 그 작은 소리가 깜짝 놀랄 만큼 크게 울렸다. 그런데도 온천 속 청년은 여전히 벽에 기대앉아 팔꿈치를 연못 가장자리에 얹은 채 수양에 집중하고 있었다.

미동도 하지 않고 고개도 들지 않았다. 누군가 단풍나무 숲에 들어왔다는 걸 아예 모르거나 알아도 무시하는 듯했다.

성옥은 온천 옆에 잠시 서 있다가 연삼이 먼저 아는 체할 뜻이 없는 걸 보고는 미간을 찌푸리며 입을 열었다. "오라버니는 인기척을 못 느낀 척하거나 아예 못 본 척하면 제가 잠시 서 있다가 갈 거라 생각하세요?" 성옥이 잠시 멈췄다가 이어서 말했다. "대장군부 대문 밖이나 고모의 문무회에서 오라버니가 모르는 척했을 때, 제가 아무리 마음이 상해도 그냥 돌아갈 수밖에 없었던 것처럼요?"

성옥은 말을 내뱉으며 깨달았다. 지난 두 달 동안 마주칠 때마다 연삼이 자신을 못 본 줄 알았는데 아니었다. 연삼은 못 본 척하고 무시했을 뿐이었다. 지금처럼 말이다.

그 사실을 인식하자 가슴이 찌릿해졌지만 성옥은 아무렇지도 않은 척했다. 오늘 힘들게 대장군부에 들어온 이유가 무엇인지 분명히 새기고 있어서였다. 지금은 감정적으로 굴 때가 아니었다.

"사실 저는." 목이 잠긴 성옥은 기침을 해 목을 가다듬고 다시 말을 이었다. "사실 저는 오라버니가 일부러 피하는 걸, 저를 보고 싶어하지 않는다는 걸 알고 있었어요." 자기 입으로 그 일을 인정하는 게 쉽지 않은지 또 목이 잠겨서 성옥은 헛기침을 하고 말했다. "그런데 왜죠?"

온천 위로 엷게 피어오르는 수증기가 석등의 촛불에 부드러운 색채를 연출했지만 갈수록 시야를 모호하게 만들었다. 성옥은 자기도 모르게 몇 걸음 더 다가갔다. 성옥은 불리하다고 물러나는 성격이 아니었다. 눈살을 찌푸린 채, 오늘 대답을 듣지 못하면 절대 연삼을 놓아주지 않겠다고 생각했다.

성옥이 몇 걸음 떨어진 거리까지 다가갔을 때 연삼이 입을 열었다. "왜냐고." 성옥의 질문을 되풀이하는 연삼의 나지막한 목소리에 성옥은 걸음을 멈췄다.

연삼이 고개를 들고 담담한 어조로 물었다. "그렇게 똑똑하니 이미 답을 알지 않더냐?"

성옥은 아연실색했다. 연삼은 좀처럼 성옥을 칭찬하지 않았다. 성옥이 스스로 똑똑하다고 자만할 때도 연삼은 놀리기만 했다. 모처럼 칭찬하는 때가 이런 순간일 줄은 상상도 못했다.

그렇게 똑똑하니 이미 답을 알지 않더냐?

성옥은 답을 몰랐다. 몇 가지 추측해봤지만, 연삼이 직접 그린 그림이 성옥의 추측을 전부 뒤집어놓지 않았던가?

충분히 가까운 거리여서 성옥의 시선이 마침내 연삼의 몸에 닿았다. 성옥은 한층 더 심하게 눈살을 찌푸렸다. "저는 답을 몰라요. 멍청해서요."

성옥은 무의식적으로 긴 소매통 안에서 오른손을 구부려 명치 앞을 움켜쥐고 힘을 주었다. 그제야 좀 편안해지는 듯했다. 그 찰나의 편안함 속에서 성옥은 깊게 숨을 들이마신 뒤 말을 이었다. "예전에 청령이 누구든 어느 순간 이유도 없이 다른 사람이 싫어질 수 있다고 했어요. 제가 너무 매달려서 오라버니가 귀찮아진 게 아닐까 생각했고요. 하지만." 온천에서 담담한 표정을 짓고 있는 연삼을 바라보며 성옥은 의문이 가득한 얼굴로 물었다. "정말로 제가 성가셨다면 왜 저를 그렸어요?"

연삼이 성옥을 바라보며 무심하게 답했다. "나는 너뿐만 아니라 다른 사람도 많이 그렸다." 전혀 흔들림이 없는 목소리였다.

예상하지 못했던 대답에 성옥은 당황한 나머지 한참 뒤에야 입을 열 수 있었다. "하지만……" 잠시 무슨 말을 해야 할지 떠오르지 않았다. 밤바람이 불어오고 단풍잎 하나가 떨어지며 이마를 건드렸을 때에야 성옥은 정신을 차릴 수 있었다. "그렇다고 쳐요."
성옥이 조용히 말했다. "보통 누군가를 그린다는 건," 확신이 없는
목소리였다. "아주 좋아해서, 그러니까 싫지 않아서 아닌가요?"
성옥은 힘겹게 침을 삼켰다. "오라버니가 여러 사람을 그렸을 수도
있지만 어쨌든 오라버니 눈에 드는 사람만 그렸겠지요. 싫어하는
사람은 그렸을 리 없잖아요?"

연삼은 더이상 성옥을 보지 않고 성옥의 생각이 무척 바보 같고
순진하다는 듯 담담하게 말했다. "경치든 사람이든 나는 내키는 대
로 손을 놀릴 뿐이다. 기껏해야 반 시진 정도 걸리는 일에 그리 많
이 고민할 필요가 어디 있겠느냐?"

명치를 누르고 있던 손가락이 늑골을 지나 그 뒤에서 고통스러
워하는 심장을 위로하려는 듯 또다시 무의식적으로 움직였다. 성
옥은 잠시 망연자실 서 있다가 드디어 이해했다는 듯 오늘밤 얻은
답을 되풀이했다. "그러니까 오라버니 말은 원래의 제 추측이 틀리
지 않았다는 거군요. 정말로 제가 성가셔져서 내내 피했다는 뜻이
죠?" 분명 묻고 있었지만 누구의 대답도 필요치 않다는 투였다.

그래서 연삼은 대답하지 않았다.

"아무 의미 없이 그렸다면 왜 그림을 제게 보냈어요?" 오랜 침
묵 뒤에 성옥이 희망 섞인 목소리로 다시 물었다. "제가 엉뚱한 생
각을 할까봐 걱정되지 않았어요? 아니면 무의식중에 실은……"

"천보가 잘못 가져갔다."

작은 희망마저 촛불의 마지막 불꽃처럼 완전히 사그라졌다. 그
작은 빛이 예고했던 것은 광명이 아니라 긴 밤이었다.

성옥은 아주 작게 그러냐고 대꾸했다.

숲속이 정적에 빠졌다. 찬바람이 다시 불어와 석등의 불빛이 밤바람 속에서 가볍게 흔들렸다. 어둠 속에서 깜빡이는 촛불은 바다에서 방향을 잃고 파도에 흔들리는 조각배처럼 쓸쓸하고 슬퍼 보였다.

성옥은 시야가 흐릿해질 때까지 촛불을 바라보다가 작게 말했다. "거짓말 아니죠?"

연삼이 귀찮다는 듯 눈살을 찌푸리며 대답했다. "아니다."

성옥은 아무렇지 않은 척 고개를 끄덕이고 잠시 뒤 또 말했다. "맹세해요."

연삼이 비스듬히 올라간 눈썹을 한층 찡그리며 흥미가 떨어졌다는 듯 말했다. "이렇게 계속 귀찮게 달라붙다니 너답지 않구나."

성옥의 얼굴이 갑자기 하얗게 질렸다. 하지만 그렇게 심한 말에도 물러서지 않았다. 성옥은 고개를 숙인 채 잠시 멍하니 있다가 입술을 깨물었다. "맹세하기 싫다는 건……"

연삼은 성옥의 말에 질렸다는 듯 매몰차게 명했다. "그만 가거라."

성옥은 향이 하나 다 탈 만큼 오랫동안 가만히 서 있었지만 연삼한테서 아무 말도 들을 수 없을 것 같자 조용히 중얼거렸다. "알겠어요." 몸을 돌려 두어 걸음 갔던 성옥이 도로 멈추더니 꽉 잠긴 목소리로 탄식했다. "역시 한번 더 시험해보고 싶네요." 예상대로 연삼은 거들떠보지 않았다. 그런데 성옥도 고개를 돌리지 않고 소매에서 뭔가를 꺼내 잠시 바라보더니 조심스럽게 손끝을 깨물어 그 물건 위에 은홍색 핏방울을 떨어뜨렸다.

온천을 등진 채, 성옥은 숲에 너무 오래 있어서 기운이 다 떨어진 듯 작게 말했다. "주근이 이 부적을 주면서 맹세할 때 제일 영험하다고 했어." 혼잣말이었다. "연삼 오라버니가 맹세하지 않겠다면 내가 하면 돼. 고요한 밤 좋은 시간에 신들을 증인으로 청하니, 방금 연삼 오라버니가 거짓을 말했다면 나는 평생……"

독한 맹세를 끝내기 전에 손에 든 종이에서 갑자기 불꽃이 일었다. 동시에 성옥은 강력한 힘에 느닷없이 온천으로 끌려들어갔다. 물보라가 튀었다. 성옥이 본능적으로 가장자리를 잡으려 손을 뻗었을 때 허리에서 돌연 힘이 느껴지더니 물속에서 반 바퀴 돌려졌다. 두 손까지 붙들린 채 성옥은 온천 벽에 밀어붙여졌다.

이마 장식을 타고 떨어지는 물방울에 눈앞이 흐려져 성옥은 힘껏 눈을 깜빡거렸다. 그제야 눈앞에 놓인 단단한 가슴이 똑똑히 보였다.

흠뻑 젖은 흰 비단이 가슴을 덮고 있었다. 둥근 목둘레에는 어두운 색깔의 실로 인동화 무늬가 수놓였고 그 위로 안쪽 옷의 새하얀 옷깃이 솟아 있었다. 이어서 연삼의 턱과 입술, 콧날이 보이고 마지막에 눈까지 보였다. 조금 전 흥미를 잃은 듯 보였던 두 눈에 노기가 가득했고, 흔들림 없이 무덤덤하던 목소리도 살벌해졌다. "대체 무슨 생각을 하는 것이냐?"

성옥의 등은 온천 벽에 기대어 있었고, 두 손은 연삼에게 붙들려 온천 가장자리에 하나씩 꽉 눌려 있었다. 결코 편안한 자세가 아니었지만 성옥은 몸부림치지 않고 연삼의 노기에도 대응하지 않았다. 꿰뚫어보는 듯한 연삼의 시선 속에서 성옥은 고개를 숙인 채 한참을 있다가 "거짓말쟁이"라고만 내뱉었다.

그 말을 하자마자 용기가 되돌아오는 듯했다. 억울함과 분노도 줄줄이 되살아나 성옥은 고개를 획 치켜들고 연삼을 마주보았다.

"거짓말쟁이!" 성옥은 크게 소리쳤다. "뭐가 싫어져서 피하는 건데요? 뭐가 손 가는 대로 대충 그랬을 뿐이라는 건데! 전부 거짓말이면서! 모두 진실이면 내가 맹세하는 걸 막을 필요가 없잖아요! 나를 멀리하고 만나주지 않은 게 오라버니가 말한 그런 이유 때문이 아니잖아요! 왜 나를 속여요?"

성옥은 단숨에 가슴속 울분을 쏟아냈다. 분노와 슬픔에 눈가가 붉게 변했다. 하얀 피부에 붉은 기가 떠오르자 피부가 훨씬 투명해 보였다. 화장기 없는 눈가에 조금 전에 튄 물보라 자국이 남아 있었다. 눈물 같은 자국과 촉촉한 눈동자 모두 천연의 조각품 같았다.

하지만 그런 천연의 아름다움도 효과가 없는 듯 연삼의 미간에 점점 더 짙어지는 노기를 누그러뜨리지 못했다.

연삼은 성옥의 말에 크게 자극받았는지 성옥을 내려다보며 가라앉은 음성으로 말했다. "나를 몰아세우는 게 좋으냐?" 연삼의 아름다운 호박색 눈동자가 안개에 덮인 듯 어두워졌다. 그윽한 눈동자에 차가운 눈빛이 깃들고 무표정한 얼굴에는 분노가 짙게 차올랐다.

성옥은 그런 압박감을 처음 느껴보았다. 거의 숨도 쉴 수 없는 압박감 속에서 성옥은 천천히 연삼의 뜻을 헤아려보았다. 주근이 준 부적으로 맹세하고 화를 내며 물어본 게 몰아세우는 거라면…… 오라버니는 내가 몰아세우는 걸 용납할 수 없어서 갑자기 화를 냈겠구나. 오라버니는 왜 이유를 알려주기 싫은 걸까? 설마 나한테 진실을 알 권리가 없다는 건가? 혹은 그저……

성옥은 냉정을 되찾았다. 살며시 몸을 세우고 연삼의 시선을 마주한 채 또박또박 말했다. "일부러 멀리하고 냉대해놓고 이유를 말해주기 싫다는 건, 제가 연삼 오라버니한테서 이유를 들을 가치가 없기 때문이 아니라 그 이유를 알려줄 수 없기 때문이지요?"

성옥은 연삼의 표정 변화를 하나도 놓치지 않으려고 눈을 크게 뜨고 있다가 연삼의 눈빛이 살짝 어두워지는 순간을 포착하고 알겠다는 듯 고개를 끄덕였다. "맞군요." 성옥은 또 고개를 들어 연삼을 바라보며 이번에도 또박또박 말했다. "연삼 오라버니, 다시 내쫓을 필요 없어요. 이 정도까지 추측한 이상 확실한 답을 얻지 못하면 가지 않을 거니까요."

성옥은 자기 말에 연삼이 어떻게 반응할지 알 수 없었다. 화가 머리끝까지 났으니 성옥을 곧장 대장군부 밖으로 내던질지도 몰랐다. 그런 생각에 성옥은 자기도 모르게 연삼의 소매를 꽉 쥐었다. 그제야 어느샌가 연삼이 팔을 놓아줬다는 걸 알았다.

연삼은 눈을 내리깔고 자기 옷소매를 잡은 성옥의 두 손을 바라보았다. 잠시 뒤 연삼이 여전히 낮게 가라앉은 목소리로 입을 열었다. 노기는 조금 가라앉은 듯해도 결사의 각오를 한 듯 피곤함이 묻은 목소리였다. "내가 널 보기 싫어하는 걸 아는 것으로는 부족하더냐? 너한테는 정말로 이유가 그렇게 중요한 게냐?"

본능적으로 그렇다고 답하면서 성옥은 자기도 모르게 연삼을 올려다보았지만 옆얼굴밖에 보이지 않았다. 연삼이 갑자기 고개를 숙이더니 입술을 성옥의 귓바퀴에 가져다댔다. "그럼 후회하지 말거라."

성옥은 그게 무슨 의미인지 이해할 수 없었다. 왜 자신이 후회할지 의아해할 때 갑자기 몸이 젖혀지더니 순식간에 온천 가장자리의 흰 대리석에 눕혀졌다.

통증을 느낄 새도 없이 연삼의 우람한 몸이 덮쳐오고 뜨거운 입술이 성옥의 입술로 정확히 포개졌다. 성옥은 눈을 동그랗게 떴다.
심장박동마저 멈춘 듯했다. 갑자기 시야가 훤히 트여 성옥은 등롱의 희미한 불빛 속에서 새빨간 단풍잎이 사뿐히 춤추는 나비처럼 밤바람 속에 흩날리는 것을 보았다.
사방이 온통 단풍나무였다. 나뭇잎에 덮이지 않은 온천 위에서만 달빛으로 가득한 반투명의 하늘이 드러났다.

입맞춤이었다.
입맞춤에 대해선 성옥도 당연히 알고 있었다.
옥 공자가 열두 살 때부터 기루를 드나들며 얼굴을 알리긴 했지만 보통은 화비무의 방에서 탕을 끓여먹고 어쩌다 대청에 나가 가무를 감상하는 게 전부였다.
물론 입맞춤이 연인들끼리 하는 행위라는 건 잘 알고 있었다. 구체적으로 어떻게 하는지 모를 뿐이었다. 성옥의 어설프고 얕은 지식에 따르면 입맞춤이란 두 사람 입술이 가볍게 맞닿거나 부딪치는 것에 불과했다.
오늘 이 순간에 이르러서야 성옥은 자신이 입맞춤에 대해 크게 오해하고 있었음을 알고 소스라치게 놀랐다.
가벼운 접촉 따위는 아예 없었다. 연삼은 처음부터 격렬했다.
연삼은 성옥에게 반응할 틈을 주지 않았다. 다가온 입술에 성옥이 깜짝 놀란 순간 연삼은 살짝 열린 성옥의 붉은 입술 사이로 순식간에 혀를 집어넣었다. 저항 자체가 불가능할 정도로 강하고 거칠기까지 했다.

성옥은 순간 머릿속이 하얘져 잠시 정신을 놓았다가 곧이어는 깜짝 놀랐다. 이 사람은 연삼 오라버니, 우리 오라버니인데 입을 맞춘다고? 그리고 입맞춤이 이런 거라고?

머리는 둔해졌어도 다행히 몸은 본능적으로 보호기제를 발동시켰다. 어떤 대응도 할 수 없자 온몸이 딱딱하게 굳었다.

당연히 연삼은 곧바로 알아차리고 멈칫했다.

성옥이 속으로 안도할 때 돌연 윗입술에서 통증이 느껴졌다. 연삼은 성옥의 입술을 아프게 깨물고 빨면서 한층 격렬하게 입맞춤을 이어갔다.

그제야 성옥은 저항해야겠다는 생각이 들었다. 손으로 밀쳐내거나 발로 차려 했는데 알고 보니 두 손은 물론 다리까지 단단히 붙들려 있었다. 살짝 움직였을 뿐인데도 한층 강한 속박이 돌아왔다.

벗어날 수 없자 성옥은 화가 났다. 온몸을 통틀어 입술만 움직일 수 있다고 생각하니 성질이 돋아 물어뜯어버리고 싶어졌다. 하지만 연삼의 강한 입맞춤 속에서 성옥의 입술은 이미 통제할 수 없을 정도로 나른해져 있었다.

성옥은 병약하거나 연약한 아가씨가 아니었다. 무술은 못해도 어려서부터 축국과 승마, 활쏘기로 단련돼 몸이 튼튼하고 특히 팔 힘은 놀랄 정도로 셌다. 그런 성옥이었건만 연삼의 절대적인 힘과 제압 앞에서는 아무 반항도 할 수 없었다.

그제야 성옥은 연삼이 대희국의 준수한 문관을 전부 합친 것보다 더 잘생기고 칠현금과 바둑, 서화 등도 뛰어나지만 명실상부한 장군이라는 게 떠올랐다. 적국에서는 이름만 들어도 벌벌 떤다는 대장군이었다. 연삼은 북위와 일곱 차례나 싸웠고 그때마다 승전

보를 알려온 제국의 보물이었다.

전쟁터에서의 용맹한 모습을 직접 본 적은 없어도 소요대산의 동굴과 명계의 복도에서 연삼이 보여준 힘과 위력은 가히 두려울 정도였다.

그때 성옥은 연삼이 두렵지 않았다.

하지만 지금은 정말 두려웠다. 두려워서 숨도 쉬기 힘들었다.

숨쉬기가 어려워 거의 기절하기 직전이 되었을 때 드디어 연삼이 입술을 놓아주었다.

거칠게 숨을 헐떡이면서 성옥은 원래 연삼을 질책하려 했다. 그런데 마침내 입을 열 수 있게 되었건만 웬일인지 소리가 나오지 않았다. 연삼에게 붙들렸다가 자유를 되찾은 손발도 움직여봤지만 꼼짝하지 않았다.

성옥은 깜짝 놀라, 팔뚝을 편 채 자기 위에 엎드려 있는 연삼을 바라보았다. 그때 누군가 다가오는 발소리가 들려 성옥은 긴장하며 고개를 돌렸다. 가냘픈 그림자가 무성한 단풍나무 사이로 언뜻 보였다.

누가 나타나면 연삼이 놓아주지 않을까?

그런 생각이 번쩍 떠올랐지만 성옥이 손가락을 움직일 새도 없이 연삼이 먼저 오른손을 획 휘둘렀다. 연삼의 손가락 사이에서 물방울이 날아갔다. 영롱한 물방울은 순식간에 안개 같은 천막으로 변해 온천과 부근의 단풍나무 고목 몇 그루를 뒤덮었다.

결계였다.

물방울 몇 개로 순식간에 만들었는데도 힘이 엄청나, 결계가 처질 때 온천과 단풍나무 고목들이 흔들렸다. 단풍잎이 우수수 떨어지고 온천 수면에도 주름 같은 파문이 생겼다.
 흩날리는 단풍잎 속에서 연삼이 다시 성옥에게로 몸을 붙였다. 하지만 이번에는 입을 맞추지 않았다.
 너무 가까워 연삼의 오뚝한 코끝이 성옥에게 거의 닿을 듯했다.
 연삼은 성옥을 바라보고 있었다. 어둡고 깊은 연삼의 호박색 눈에는 칠흑 같은 샘이 숨겨진 듯했다. 연삼이 누군가를 바라보면 상대는 그 눈동자 속의 샘으로 끌려들어가 순식간에 익사할 것만 같았다. 깊고 은밀하며 위험하고 고혹적이었다. 그 두 눈이 지금 성옥을 보고 있었다.
 성옥은 연삼이 잘생긴 걸 알고 있었고 내내 그런 잘생긴 외모를 좋아했다. 조금 전까지만 해도 연삼의 행동에 놀라 화나고 두렵고 필사적으로 저항하고 싶었지만 연삼이 그렇게 바라보자 놀람과 분노, 두려움이 곧바로 사라지는 기분이었다. 성옥은 그저 달아나고만 싶었다. 하지만 움직일 수 없었다.
 그렇게 망연자실하고 있을 때 연삼이 고개를 숙여 성옥의 입가에 부드럽게 입을 맞췄다. 이번에는 무자비하거나 거칠지 않았다.
 거칠고 느닷없는 입맞춤은 싫었지만 이렇게 따스한 접촉은 성옥의 가슴을 떨리게 했다. 산속의 샘물이 낮은 곳으로 흘러가며 알아서 계곡의 궤적을 쫓듯, 이번 입맞춤은 성옥의 입가에서 미끄러지듯 자연스럽게 목덜미로 내려갔다. 깃털이 스치는 듯했다. 그때 연삼의 비어 있는 손도 성옥의 오른쪽 손목을 가볍게 스쳤다.
 그제야 성옥은 온몸이 흠뻑 젖은 걸 인식했다. 오랫동안 온천 가장자리에 누워 있었더니 조금 춥기도 했다. 반면 피부에 닿는 연삼의 입술은 뜨거웠고 성옥을 어루만지는 연삼의 손도, 성옥에게 밀착시킨 몸도 뜨거웠다.
 연삼의 손이 성옥의 넓은 소매 속으로 들어와 굳은살 박인 손바닥으로 성옥의 피부를 쓰다듬으며 조금씩 위로 올라왔다. 따스한 입맞춤이 다시 입술로 돌아왔을 때 성옥은 머릿속이 완전히 뒤엉켜버렸다.
 몸의 가장 깊은 곳에서 뜨거운 기운이 올라왔다. 떡을 찔 때 시루를 채우는 뜨거운 증기 같았다. 연삼의 입맞춤과 애무를 따라 천천히 위로 올라온 열기는 몸 전체로 퍼져나가면서 성옥을 나른하고 따뜻하며 부드럽게 만들었다.
 연삼의 혀가 다시 한번 성옥의 입으로 들어왔는데 이번에는 거칠지 않았다. 연삼이 부드럽게 입맞추는 게 느껴졌다. 백기남 향이 은은하게 코를 찔러 성옥은 정신이 혼미해졌다. 그러지 않아도 엉망인 머릿속이 한층 더 뒤죽박죽되었다. 연삼의 손길도 성옥의 혼란을 가중시켰다.
 굳은살 박인 손바닥이 성옥의 저고리로 들어와 허리에 놓이고 다른 손은 축축한 소매를 따라 성옥의 둥근 어깨로 올라간 뒤 다시 뒤쪽 아래로 내려가 성옥의 살짝 튀어나온 날개뼈에 닿았다.
 허리든 등이든 평소에는 전부 옷으로 덮여 있어 지금껏 누구도 건드린 적 없는 은밀한 피부였다. 그런 곳에 연삼의 뜨거운 손바닥이 닿자 몸이 본능적으로 오소소 떨렸다.
 희귀하고 아름다운 옥을 감상하듯 연삼은 성옥을 만지고 쓰다듬었다. 연삼의 손놀림 속에서 성옥은 몸 이곳저곳이 찌릿찌릿해지는 걸 느끼며 덜덜 떨었다.
 연삼의 손은 성옥의 허리와 등에서만 움직였지만 성옥은 불씨가 온몸을 굴러다니는 기분이었다. 그 열기에 가뜩이나 숨이 막힐 지경인데 연삼이 여전히 입을 맞추며 입술을 막고 있어서 성옥은 제대로 숨쉴 수 없었다.

성옥에게는 난감하고 불편하게 느껴지는 가쁜 숨소리가 연삼은 무척 마음에 드는지 성옥의 숨소리 속에서 혀를 더 세게 놀렸다. 성옥은 연삼의 숨소리도 조금씩 가빠지는 걸 들을 수 있었다. 성옥을 만지는 연삼의 손가락에도 한층 힘이 실렸다. 아팠다.

통증 덕분에 성옥은 뒤죽박죽된 머릿속에서 마침내 한줄기 청명한 기운을 찾아낼 수 있었지만 아주 짧은 순간으로 그치고 말았다. 곧이어 목덜미로 옮겨간 입맞춤에 성옥은 주의력을 모두 잃고 말았다. 그런데 가슴 밑바닥에서 또다시 두려움이 일었다. 심지어 처음 연삼이 거칠게 대할 때보다 더 큰 두려움이었다.

그와 동시에 쾌감도 커졌다. 어쩌면 연삼의 입맞춤과 애무에 느낀 엄청난 쾌감 때문에 가슴 깊은 곳에서 두려움이 생겼다고 하는 게 옳았다. 너무 낯설었다. 너무 기이했다. 너무 두려웠다. 그만.

그만. 하지만 성옥은 소리를 낼 수 없었다.

그만. 마음이 이렇게 뒤엉켰는데 몸은 이토록 무력하다니, 성옥은 가슴속에서 절망적으로 소리쳤다. 그 순간 눈물이 왈칵 솟구쳤다. 성옥은 숨을 헐떡이며 눈물을 흘렸다. 눈을 감은 채 입을 맞추던 연삼이 목을 따라 입가, 뺨, 눈꼬리까지 올라왔다가 돌연 멈췄다. 연삼이 천천히 눈을 떴다.

한참 뒤 연삼은 성옥을 놓아주었다. 이번에는 정말로 놓아주었다. 연삼은 몸을 일으키고 성옥을 내려다보았다.

가쁜 숨이 잦아들었을 때 성옥은 온천의 하얀 대리석 가장자리에 얼마나 누워 있었는지 감을 잡을 수 없었다. 아주 오랫동안 같기도 하고 아주 잠깐 같기도 했다.

머리가 다시 돌아가기 시작했다. 마침내 움직일 수 있다는 걸 깨달은 성옥은 손으로 눈물을 닦아냈다. 어두운 밤하늘도 본모습 그대로 시야에 들어왔다. 성옥은 가장자리를 짚으며 천천히 일어나 앉았다.

허리띠가 풀리고 옷섶도 헝클어진데다 손발도 여전히 떨렸다. 그런 성옥과 달리 맞은편 두어 걸음 떨어진 곳에 서 있는, 조금 전까지만 해도 성옥의 몸을 멋대로 만지던 연삼은 차림새가 단정하고 안색도 물처럼 차분했다. 두 사람을 비교하자니 성옥의 흐트러진 모습은 처량하고 한심해 웃음이 날 지경이었다.

가슴이 답답하고 뭘 어떻게 해야 할지 알 수 없었다. 성옥이 할 수 있는 것이라고는 옷섶을 잘 여미고 묻는 것뿐이었다. "왜요?" 성옥은 믿을 수 없다는 듯 중얼거렸다. "우리가 피가 섞이지는 않았어도, 그래도, 보통 남매보다는 더……"

"우리는 원래 남매가 아니다." 연삼이 담담하게 말했다.

연삼은 당혹감과 무력감으로 가득한 성옥의 얼굴을 내려다보며 건조하게 말했다. "왜 너를 보기 싫냐고 물었지. 그 이유를 알고 싶다고 했으니 알려주마. 너를 보면 이렇게 하고 싶어서다."

성옥이 획 고개를 들었다. 옷섶을 꽉 붙든 채 떨고 있는 성옥을 보고 연삼이 느닷없이 웃음을 터뜨렸다. "두려우냐? 너는 이유를 영영 모를 수도 있었다. 내가 기회를 주었던 것이고."

성옥은 넋이 나간 채 가만히 앉아 있었다. 연삼은 성옥이 세상에서 진심으로 믿는 사람이었고 난제에 부딪힐 때마다 도움을 청하는 사람이었다. 하지만 지금의 난제는 연삼이 던진 것이었기에 성옥은 누구에게 도움을 청해야 할지 알 수 없었다. 예전에는 이럴 때마다 연삼의 소매를 잡고 싶었는데 지금은 누구의 소매를 잡아야 할지 알 수 없었다. 슬픔과 두려움에 압도돼 성옥은 눈앞이 다시 흐려졌다. "어떻게 이럴 수가……"

성옥의 말에 허를 찔린 듯 연삼이 갑자기 눈을 감더니 한참 뒤 똑같이 말했다. "어떻게 이럴 수가." 눈을 떴을 때 그 호박색 눈은 평소의 침착함을 되찾았지만 연삼은 조롱하듯 성옥의 말에 대꾸했다. "너는 우리가 이럴 수 있다는 걸 생각조차 해보지 않은 게 확실하구나." 연삼은 관자놀이를 문지르고는 극히 담담하고 차갑게 말했다. "가거라." 감정이 조금도 섞이지 않은 투였다. "앞으로 다시는 내게 다가오지 마라. 멀리 떨어지거라."

천보는 따뜻한 술을 가지고 온천에 왔다가 셋째 전하의 결계에 막혀 단풍나무 숲으로 들어가지 못했다.

셋째 전하를 수만 년 동안 시중들다보니 이럴 때 무엇을 하고 하지 말아야 하는지 잘 알았기 때문에 천보는 아무 소리도 내지 않고 술병을 든 채 단풍나무 숲 밖에서 공손히 기다렸다.

한참 뒤 돌연 결계가 걷히고 물안개가 가는 실처럼 흩어지더니 온몸이 흠뻑 젖은 홍옥군주가 얼빠진 표정으로 나왔다.

깜짝 놀란 천보가 숲으로 술을 가져갈지 군주를 쫓아갈지 고민하고 있을 때 안쪽에서 셋째 전하의 명이 들려왔다. "밤바람이 차니 쫓아가서 옷을 갈아입혀라." 천보는 얼른 알았다고 답했다.

처음 성옥을 따라잡았을 때만 해도 달빛이 흐려서 성옥의 얼굴을 제대로 볼 수 없었다. 사랑채로 데려가 목욕 시중을 들 때 천보는 등잔 열두 개짜리 청동 촛대 아래에서 성옥의 부어오른 입술과 새하얀 어깨에 찍힌 손가락 자국을 보았다. 그제야 천보는 온천에서 무슨 일이 있었음을 깨닫고 속으로 기겁했다.

팔황에서는 셋째 전하가 풍류를 즐기는 줄 알았지만 천보는 아무리 아름다운 미인이라도 전하에게는 아무 의미가 없다는 것을 알고 있었다. 미인들만 이를 믿지 않고 전하의 무정함을 알면서도 불꽃으로 달려드는 나방처럼 원극궁에 끊임없이 찾아올 뿐이었다. 자신은 남들과 달리 셋째 전하의 사랑과 진심을 얻을 수 있을 거라 믿으면서.

하지만 만 년 동안 옆에서 냉정하게 지켜본 바에 따르면 셋째 전하는 정말로 어떤 미인에게도 신경쓰지 않았다. 미인들의 연정이나 갈망에 아랑곳하지 않았고 무슨 생각을 하는지에도 관심이 없었다. 미인들을 원극궁에 받아들일 때 셋째 전하가 순간적으로 하는 생각은 요지에서 피어난 사계화를 감상할 때처럼 단순했다.

셋째 전하는 미인들에게 아예 마음을 쓰려고 하지 않았다. 꽃을 감상하는 것과 여인을 감상하는 것이 전하에게는 다르지 않았다. 사계화가 피었을 때 아무리 물을 줘도 그 꽃이 오 개월 이상 가지 못하는 것처럼 미인들에게 셋째 전하가 갖는 인내심도 사계화의 개화기보다 길지 않았다.

셋째 전하가 특정한 여인에게 관심을 주고 마음을 쓰고 걱정하거나 분노하는 일은 한 번도 없었다.

그런데 가만히 돌아보니 요즘 셋째 전하는 눈앞의 소녀에게 많은 감정을 느끼고 있었다. 관심을 주고 마음을 쓴다고 표현해도 전혀 지나친 말이 아니었다.

천보는 자기도 모르게 목욕탕 안에 있는 소녀를 자세히 살펴보았다. 예전에 셋째 전하 옆에 있던 미인들과 뭐가 다른지 알고 싶었다.

목욕통에 기대앉은 소녀는 피곤한지 눈을 감고 있었다. 버들잎 같은 눈썹과 살짝 흔들리는 속눈썹, 백옥 같은 코, 앵두 같은 입술. 미간에서 아직 천진함이 느껴졌지만 새빨갛게 부어오른 입술 때문에 살짝 성숙미가 엿보이고 젖은 귀밑머리 때문에 애처롭게도 보였다.

평소와 달리 성옥은 그 순간 등잔불 밑에서 눈을 감고 눈살을 찌푸리고 있었다. 거기에 눈처럼 하얀 피부까지 어우러지자 성옥의 얼굴은 몸이 옷으로 덮여 있을 때와 완전히 다르게 보였다.

천보는 숨을 헉하고 들이마셨다가 한참 뒤에야 겨우 내뱉을 수 있었다.

보기 드문 미모라는 사실은 부인할 수 없었다. 하지만 수행이 부족한 자신이야 미색 앞에서 평정을 유지하기 힘들더라도 세상 모든 것을 공허하다고 여기는 셋째 전하가 어떻게 색즉시공의 도리를 모르며 미색에 유혹될 수 있단 말인가?

천보는 가슴속 의혹을 억누르며 넋이 나간 채 성옥의 옷시중을 든 뒤 조금도 지체하지 않고 십화루로 돌려보냈다.

밤이 깊었는데도 연삼은 여전히 온천에 앉아 있었다. 꽤 오랫동안 아무 생각도 할 수 없었다. 드디어 생각을 할 수 있게 되자 연삼의 머릿속에 제일 먼저 떠오른 것은 조금 전 성옥을 아래에 눕혀놓고 멋대로 굴었을 때 희미한 불빛에 비치던 두려움과 억울함, 황망함, 그리고 혼란이 뒤엉킨 얼굴이었다.

신선과 인간의 차이는 하늘과 땅의 차이라 할 수 있었다. 천군의 아들이자 세상의 물을 다스리는 수신인 연삼은 끝없는 삶을 누리지만 성옥은 아주 짧은 삶을 살 뿐이었다. 십수만 년, 아니 수십만 년에 이르는 신선의 수명에 비하면 성옥의 수명은 손가락을 튕기는 찰나에 불과했다. 성옥과 연삼은 원추리와 달 같았다. 하루를 피는 원추리꽃이 어떻게 영원한 달과 함께할 수 있겠는가?

물론 둘이 깊이 사랑해 함께하겠다고 맹세한다면 방법이 없는 것은 아니었다. 팔황에는 인간의 수명을 늘릴 수 있는 방법이 많았다. 그러나 문제는 수백 수천 년밖에 늘릴 수 없다는 점이었다. 일개 인간이 천군의 아들과 똑같은 수명을 누리겠다는 것 자체가 말도 안 되는 이야기였다. 요행히 그런 기회가 주어진다고 해도 성옥은 일단 인간의 육신을 버리고, 강인한 결심과 의지 없이는 견딜 수 없는 고통을 감내해야만 겨우 신선의 몸을 얻어 영원한 삶을 누릴 수 있었다. 하지만 구중천 규율에 따르면 인간에서 신선이 된 경우 칠정과 육욕을 버려야 했다. 그러지 않으면 신선의 자격을 박탈당해 다시 윤회 속으로 들어가야 했다.

두 사람이 서로 좋아해도, 그러니까 성옥도 진심으로 연삼을 사랑해 기꺼이 고통을 참으며 희생하겠다고 해도 그들에게는 미래가 보장되지 않는다는 뜻이었다. 그런데 심지어 성옥은 아무것도 몰랐다. 연정이 무엇인지도 모르고 연삼을 사랑하지도, 그리워하지도 않았다. 그저 천진난만하게 오라버니로 여기며 믿고 친해지고 싶어할 뿐이었다.
 연삼은 성옥을 향한 자신의 마음이 무엇인지 깨달은 그 밤부터 성옥의 순수한 접근이 엄청난 고통으로 느껴졌다. 그래서 성옥에게 거리를 두며 성옥 역시 다가오는 걸 멈추기를, 그렇게 모든 것이 끝나기를 바랐다. 하지만 성옥은 연삼의 냉대와 홀대에 좌절하면서도 고집스럽게 물러서지 않더니 오늘밤에는 담까지 넘어서 나타난 이유를 물었다. 연삼의 대답에 만족할 수 없자 기어코 몰아세우기까지 했다. 세상천지에 연삼을 그렇게 몰아세울 수 있는 사람은 성옥밖에 없었다. 그때 연삼은 기어코 몰아세우는 성옥에게, 또 순식간에 무너지는 자신에게 정말로 화가 났다.
 순간 성옥에게 후회와 두려움을 안겨주고 싶다는 악의가 가슴 밑바닥에서 치솟았다.
 성옥을 온천 가장자리로 올려놓고 입을 맞추던 그때 연삼의 마음속에는 성옥이 다시는 자기에게 접근할 수 없도록 만들겠다는 난폭함이 깔려 있었다.
 그랬다 처음 입을 맞췄을 때는 두려움을 심어주고 싶었다.
 강압적으로 밀고 들어가자 과연 성옥의 얼굴에는 연삼이 바란 대로 두려움이 떠올랐다.
 두려움에 창백해진 얼굴은 핏기가 완전히 사라져 투명한 봄눈처럼 새하얀데 연삼이 거칠게 벌려놓은 입술은 새빨갛고 촉촉했다. 연삼의 몸 아래에서 가냘프게 헐떡이는 성옥의 입술은 얼음과 눈으로 뒤덮인 땅에서 갑자기 피어난 붉은 매화 같았다. 차갑지만 요염하고 애처로워 보였다.
 그 순간 연삼은 자기도 모르게 동작을 멈추고 성옥을 바라보았다. 자기 밑에 있는, 심장을 뒤흔드는 연꽃 같은 얼굴을 가만히 내려다보았을 때 벌을 내리듯 행하던 입맞춤이 저절로 다른 의미로 바뀌었다.

성옥의 입가에 부드럽게 입술을 가져다댄 순간 연삼은 자신이 무엇을 하고 있는지 잊어버렸다.

연삼은 성옥이 얼마나 뛰어난 미모를 가졌는지 알고 있었고, 모든 형상은 공허할 뿐이라는 색즉시공의 이치도 당연히 잘 알고 있었다.

천성적으로 영민한 천군의 셋째 아들이자 사해를 다스리는 수신인 연삼은 어려서부터 동화제군의 장서각에서 살다시피 해 천하의 경륜과 세상의 법령에 통달했으니 당연히 미색이 무엇인지도 잘 알았다. 바로 그런 이유로 흥미를 느낄 때는 주변 여인들이 아름다운 미인으로 보였지만 흥미를 잃거나 시간이 없을 때는 해골과 똑같이 보였다.

어떻게 그런 통제력을 가질 수 있는지 궁금해하는 청라군에게 연삼은 웃으며 『법구경』의 구절을 들려주었다. "이 도시는 뼈로 지어지고 피와 살로 발라졌으며 늙음과 죽음, 교만과 위선을 감추고 있다." 그러고는 풀이도 덧붙였다. "육신은 도시와 같네. 뼈를 기반으로 피와 살이 더해져 생로병사와 자만, 허위를 감추고 있지. 이게 바로 미색의 본질이자 진실이니, 이것을 꿰뚫어보면 연연할 게 뭐가 있겠나?"

아무리 아름다운 여인이 원극궁에 와도 연삼은 여인의 미색 너머로 해골을 보았기 때문에 뛰어난 겉모습이 부질없다고 여겼다.

그래서 사만여 년이라는 긴 삶에서 연삼은 한 번도 미색에 현혹된 적이 없었다.

하지만 이 인간 소녀 앞에서는 뼛속 깊이 새겨진 지식이 아무런 효력도 발휘하지 못하는 듯했다.

연삼이 성옥의 해골을 보지 못한 게 아니었다.

며칠 전 보슬비가 내리던 밤에 연란을 데리고 정동가의 기완재로 그림을 가지러 갔을 때 연삼은 성옥이 맞은편 소강동루 2층 난간에서 자기를 보는 걸 알아차렸다. 연란이 선반의 까만 가면이 마음에 든다며 건네줬을 때 연삼은 가면을 쓰기 전에 손으로 눈가를 살짝 눌렀다. 그러고 나서 길 건너의 성옥 쪽으로 시선을 들자 백골이 얼른 몸을 숙이고 목제 난간 뒤로 숨는 게 보였다.

성옥의 미색 너머를 보면 그녀를 벗어날 수 있을 줄 알았다. 막다른 골목 같은 두 사람의 앞날 때문에 그렇지 않아도 괴롭던 차에 성옥의 있는 듯 없는 듯한 시선까지 더해지자 연삼은 정말 견디기 힘들었다.

하지만 비틀비틀 난간 뒤로 숨는 백골을 봤을 때 연삼의 머릿속은 속절없이 무너져내렸다. 인간의 육체가 얼마나 연약한지 떠올라서였다. 성옥은 금세 죽어 백골로 변한 뒤 썩어 사라질 터였다. 영혼은 죽지 않는다고 해도 이번 생을 기억하지 못할 게 뻔했다. 사부득천을 지나 망천수를 마시면 금세 다른 사람이 될 것이었다.

설령 내세로 가서 찾아낸다 해도 성옥은 더이상 부드러운 음성으로 자신을 연삼 오라버니라 부를 리 없었다.

연삼이 좋아하는 성옥의 아름다움과 천진함, 활기, 선량함과 용기, 고집, 그리고 늘 연삼을 즐겁게 해주는 잔머리까지 전부 이 세상에서 사라져 더는 존재하지 않을 터였다.
 그것이 바로 생멸의 순환이었다. 세상일과 세상 사람들 모두 사라질 운명이었다. 예전에는 냉정하게 바라보던 상황이건만 그때는 이마에서 식은땀이 났다.
 연삼은 황망하게 몸을 돌려 가면을 벗고 눈을 감았다. 연란이 옆에서 걱정스럽게 물었다. "전하, 괜찮으세요?" 연삼은 한참을 대답할 수 없었다.
 그날 밤 연삼은 밤새 잠을 이루지 못했다. 성옥의 백골은 미몽을 깨주기는커녕 연삼을 더 심각한 고민으로 밀어넣었다.
 그제야 연삼은 감정이란 게 얼마나 어려운지 진정으로 이해하게 되었다.
 미인이 백골이 될 줄 알고 색즉시공의 이치를 알아도 그녀의 백골까지 사랑하게 되면, 그 색과 공을 모두 사랑하게 되면 어떻게 해야 한단 말인가? 무엇을 할 수 있단 말인가?
 연삼은 아무것도 할 수 없었다. 아무것도.
 연삼과 성옥은 아무런 결과도 기대할 수 없었다.
 그건 막다른 골목이었다.
 연삼은 성옥을 멀어지게 할 수밖에 없었다.

 천보가 성옥을 십화루에 데려다주고 온천으로 되돌아왔을 때는 이미 자시 말이었다.
 천보는 연삼이 아직도 온천에 있는 걸 보고 우선 성옥을 잘 돌려보냈다고 보고한 뒤 방으로 모셔갈지 물었다. 연삼의 "됐다"라는 대답이 들려왔다.

오늘밤 셋째 전하와 군주가 심상치 않았으니 앞으로 군주를 대하는 전하의 태도에도 변화가 있겠다고 생각하며 천보가 물었다.
"홍옥군주가 또 전하를 찾아오면 핑계를 대 돌려보낼까요?" 이번에는 대답이 들리지 않았다. 대답을 주지 않으시면 전하의 의중을 어떻게 해석해야 하나 천보가 고민할 때 연삼이 입을 열었다.
"다시는 오지 않을 거다." 연삼이 온천 벽에 기대 눈을 감은 채 담담하게 말했다.

# 4장
## 술에 취해 제앵아에게 속마음을 털어놓는 계명풍

그날 밤 성옥은 잠을 이룰 수 없었다.

밤새 제정신이 돌아오지 않았다. 하늘이 환해질 때까지 침대에 가부좌로 앉아 있었지만 자고 싶은 마음이 전혀 들지 않았다.

그림과 마두금을 배워야 하는 바쁜 몸이라 미리 양해를 구하지 않으면 멍하니 앉아 있을 틈이 없어서 성옥은 두 스승님께 이향을 보내 병가를 청했다. 뜻밖에도 소식이 금세 황제에게 전해졌고 즉시 태의가 파견되었다. 물론 태의는 아무 이상도 발견할 수 없었다.

황제는 성옥이 바로 지난달에 수업을 빼먹어 감금되었으면서 이번달에 또 아픈 척 수업을 빼려 했다는 말에 깜짝 놀랐다. 성옥의 대담함이 감탄스럽기도 했지만 역시 이레의 금족령을 내렸다.

감금된 사이 별 큰일은 없고 한림원의 요배영만 십화루로 찾아와 성옥이 약속했던 서첩을 받아 갔다.

요배영은 성옥을 만날 생각에 한껏 멋지게 차려입고 왔건만 아쉽게도 십화루 1층에 잠시 앉아 활짝 핀 꽃들을 보고 서첩을 가져온 성옥의 시녀만 만날 수 있었다.

아무리 봐도 이향의 눈에는 이번 감금 기간 동안 성옥이 이상하게 조용했다. 평소보다 수업이 세 배는 많은데도 불평 한마디 하지 않을 뿐만 아니라 매일 저녁식사를 마친 뒤에는 7층 관망대에서 한밤중까지 마두금을 연주했다. 그 바람에 모두 죽을 지경이었지만 그렇다고 열심히 배우겠다는 성옥을 말릴 수도 없었다. 결국 피할 수 있는 사람은 모두 자리를 피했다. 주근까지 요황과 자우담을 데리고 교외 마을로 피신하면서 십화루에는 성옥의 시녀인 이향만 남아 참담한 시간을 보내야 했다.

이레의 감금이 끝나고 며칠 지나지 않아 이목주가 찾아왔다. 십화루로 들어오자마자 성옥의 힘찬 마두금 소리를 들은 이목주는 깜짝 놀라 부들부들 떨면서 이향에게 떡 봉지를 건네주고는 귀를 막으며 달아났다. 이튿날에는 제앵아와 계명풍이 찾아왔다. 둘은 무술을 연마하는 사람답게 이목주보다 통제력과 인내심이 훨씬 강했다. 성옥이 무신경하게 마두금을 연주하는데도 두 영웅호걸은 바로 옆에서 한두 곡 들으며 틈틈이 이런저런 소문을 전해주기까지 했다.

그중 사건이라고 할 만한 일은 계명풍이 가져온 소식뿐이었다.
곡수원에 동행했을 때 계명풍의 아버지 여천왕은 황제가 소문관 昭文館 대학사를 겸직하고 있는 우승상을 소문관 총책임자로 임명한 뒤 선인들의 훌륭한 문장과 사론을 엮으라고 명했다는 말을 듣고 무척 부러워했다. 여천왕은 자신의 서남 지역이 문화적 사막이라 아들이 배운 것이 아무것도 없어 평안성의 황손들에 비하면 문맹에 가깝다고 생각했다. 계명풍이 문명의 근원지인 황성에서 가르침을 받으면 좋겠다고 생각해, 떠나기 전에 황제에게 아들 계명풍이 황성에 남아 소문관 학자들에게 몇 년 동안 배울 수 있게 해달라고 청했다. 황제는 윤허했다.

그래서 여천왕은 며칠 전 여천으로 떠났지만 계명풍은 한동안 평안성에 머물게 되었다. 시은을 드러내기 위해 황제가 특별히 아무 왕도 살지 않는 십왕소十王所를 내리면서 계명풍은 성옥과 거리 하나를 사이에 둔 이웃이 되었다.

가풍 때문인지 계명풍은 두세 마디로 설명을 끝냈지만, 성옥과 제앵아는 여천왕의 뜻이 단순히 황성의 문화를 아들에게 가르치는 데 그치지 않는다는 것을 눈치챘다. 서남의 이민족 통합으로 대사가 마무리되자 황제는 크게 기뻐하며 계씨 왕부를 치하하는 차원에서 여천왕부에 열여섯 부족의 감독을 맡기고 단서철권丹書鐵券*까지 하사했다. 황제가 큰 은혜를 베풀고 권력까지 내어주자 여천왕은 그게 시험인지 신임인지 확신할 수 없었다. 다시 말해 이 일의 본질은 신중한 여천왕이 가장 사랑하는 아들을 황성에 인질로 남김으로써 황가에 대한 충성을 드러낸 것이었다.

계명풍과 제앵아가 돌아가며 이야기하는 동안 성옥은 턱을 괸 채 멍하니 듣고만 있었다.

성옥이 딴생각에 빠진 걸 알아챈 제앵아가 세 번을 불렀을 때에

---

* 쇳조각에 새겨 공신에게 내리는 일종의 상훈 증명서.

야 성옥은 어리둥절한 얼굴로 "응" 하고 대답했다. 제앵아가 눈살을 찌푸리며 왜 그러느냐고 물었지만, 성옥은 건성으로 아무 일도 아니라고 말했다. 잠시 뒤 이향이 마당의 커다란 화분을 안으로 옮겨야 한다며 계명풍에게 도와달라고 청했다.

응접실에 둘만 남자 제앵아가 무슨 일이냐고 다시 물었다. 이번에는 성옥이 잠시 생각하고 나서 우물우물 말했다. "내 친구한테 있었던 일인데……"

산전수전 두루 겪어본 제앵아는 '내 친구한테 있었던 일인데' 하며 입을 떼는 이야기는 보통 본인의 이야기라는 것을 잘 알고 있었다.

제앵아는 아무렇지도 않게 "그래" 하고는 담담하게 물었다. "그 친구한테 무슨 곤란한 일이라도 있어?" 모르는 척하느라 헛기침까지 했다. "우리가 도와줄 수 있을지도 모르니까 말해봐."

성옥은 눈을 내리깐 채 한참을 가만히 있다가 입을 열었다. "내 친구한테도 친구가 있거든. 친구의 친구는…… 친구보다 나이가 좀 많아." 성옥이 손가락으로 어색하게 현을 눌렀다. "친구는 그 사람을 오빠로만 생각했는데 어느 날, 어느 날, 그게……" 성옥이 갑자기 말을 더듬었다. 말을 더듬어서인지 다른 이유에서인지 몰라도 얼굴이 새빨개졌다. 성옥도 열기가 느껴졌는지 무척 난감해하다가 그 난감함에 또 화가 난 듯 침울하게 말했다. "됐어, 아무것도 아니야." 성옥은 다시 마두금을 들고 연주하기 시작했다.

남녀 간의 연애사를 잘 알지 못해도 제앵아는 바보가 아니었다. 성옥의 몇 마디 되지 않는 짧은 말을 듣자마자 성옥과 연삼의 이야기임을 눈치챘다.

제앵아가 놀라서 더 물으려 할 때 한발 빠르게 문 앞에서 남자 목소리가 울렸다. "어느 날 무슨 일이 있었는데요? 그가 군주에게 무슨 짓을 했습니까?" 낮게 가라앉은 목소리에는 분노가 서려 있었다. 나갔던 계명풍이 돌아온 것이었다.

계명풍이 너무 빨리 돌아와 성옥도 깜짝 놀라서는 잠시 멍하니 있다가 미간을 찡그렸다. "제 이야기가 아니라…… 친구 이야기예요." 그러고는 어색하게 화제를 돌렸다. "세자는 화분 옮기는 걸 도와주러 가지 않았던가요?"

계명풍은 눈살을 잔뜩 찌푸린 채, 이향이 화분에 밤이슬을 맞혀야겠으니 도와줄 필요가 없노라 갑자기 말을 바꾸었다고 답하는 대신 조금 전에 했던 말을 다른 방식으로 되물었다. "그래서 그날 어떻게 됐나요? 그가 군주 친구에게 무슨 짓을 했습니까?"

성옥은 고개를 숙이고 현을 만지작거렸다. 그날 있었던 일은 제앵아와 몇 마디 나누면 모를까 남자와 할 이야기는 아니었다.

"아무것도 아니에요." 성옥이 느릿느릿 말하며 이 얘기를 끝내려 했다. "별일 아니니 세자는 더이상 묻지 마세요."

계명풍은 입을 다물었다가 한 걸음 다가가 말했다. "군주가 말하기 싫다면 저는 멋대로 추측할 수밖에요."

계명풍이 무표정하게 말했다. "그러니까 군주의 친구는 그 사람을 오라비로만 생각했는데 어느 날 그 사람이 친구의 뜻을 무시한 채 무례하게 굴었다는 말이지요?"

성옥의 놀란 표정에서 계명풍의 추측이 옳았음이 드러났다. 성옥의 대답이 필요 없다는 듯 계명풍이 한 걸음 더 다가가 어두운 눈빛으로 그녀를 내려다보았다. "군주는 무엇이 궁금합니까? 그가 대체 친구를 어떻게 생각하는지, 군주의 친구는 앞으로 어떻게 그를 대해야 하는지 묻고 싶은 겁니까?"

그날 밤 일로 고민하던 며칠 동안 가장 곤혹스러웠던 문제가 그 두 가지였다. 성옥은 계명풍이 자기 속내를 알아차린데다 무엇 때문에 고민하는지까지 단숨에 파악하자 너무 놀라서 자기도 모르게 되물었다. "어떻게 알았어요?"

계명풍은 대답하지 않고 얼굴을 구기며 입을 삐죽거렸다.

기다려도 계명풍이 답이 없자 성옥은 애매한 변명을 대신 해주었다. "아, 혼인해서 그런 걸 다 아는군요?" 조금 망설이다가 성옥은 이판사판이라는 듯 간절하게 조언을 구했다. "두 사람은 내 친구가 앞으로 그를 어떻게 대해야 한다고 생각해요?"

제앵아는 지금까지의 정보량도 너무 많아 이제 겨우 소화시킬까 했는데 느닷없이 계명풍이 혼인했다는 이야기까지 나오자 정신을 차릴 수가 없었다. 제앵아가 미묘한 눈빛으로 계명풍을 쳐다보았다. "혼인하셨습니까?"

계명풍의 어두운 눈빛 위로 놀라움과 분노가 떠올랐다. "제가 혼인했다고요?" 계명풍이 눈살을 잔뜩 찌푸리며 물었다. "대체 누가 그런 말을 했습니까?"

성옥은 당황스러웠다. 작년 여천왕부를 떠나기 며칠 전에 무슨 진 아가씨가 곧 왕부로 시집온다고 시녀가 말하는 걸 분명히 들었다. 게다가 이번에도 계명풍이 진소미를 데리고 평안성에 들어왔고, 몇 달 전 이목주의 의원에서 진소미와 마주쳤을 때 부인이라고 불렀는데 진소미는 아니라고 정정하지 않았다. 성옥은 영문을 알 수 없었다. "진소미 소저가 작년에 여천왕부로 시집오지 않았습니까?"
 계명풍이 단호하게 말을 잘랐다. "나는 혼인하지 않았습니다."
 "아, 혼인한 게 아니면 첩으로 받아들이셨군요." 성옥이 고개를 끄덕였다. "그것도 좋지요." 그 화제는 이제 그만 이야기하고 싶었는데 계명풍이 침울하게 말했다. "혼인하지도 않았고 첩을 들이지도 않았습니다. 작년 왕부에서 있었던 혼사라고는 진소미의 사촌이 계명춘과 결혼한 것밖에 없습니다."
 성옥이 멀뚱거리다 대꾸했다. "그래요? 대공자가 혼인했던 것이었군요. 정말 축하드립니다."
 계명풍은 성옥을 빤히 보기만 할 뿐 아무 말도 하지 않았다.
 성옥은 계명풍이 원하는 대답이 그게 아님을 직감했지만 그런 엉뚱한 화제는 어서 마무리짓고 싶었다. 빨리 본론으로 들어가고 싶었기에 성옥은 더이상 계명풍의 반응에 신경쓰지 않고 물었다. "그러니까 두 사람은 내 친구가 앞으로 그 오라버…… 아니, 친구를 어떻게 대해야 한다고 생각하나요?"
 계명풍이 답답하다는 듯 고개를 한쪽으로 돌리며 차갑게 말했다. "모르겠습니다."
 제앵아는 의미심장하게 계명풍을 봤다가 또 의미심장하게 성옥을 봤지만 이런 일에는 워낙 젬병이라 솔직하게 말하는 수밖에 없었다. "사실 내가 잘 모르는 분야라." 그러고는 다른 제안을 내놓았다. "화비무에게 물어보면 어때?"
 성옥은 무척 실망했다. 화비무라면 성옥이 잘 알았다. 하도 어리숙해서 진짜 사랑을 찾고 싶다면서 성옥에게 조언을 구하는 수준이니 무슨 도움을 줄 수 있겠는가.

계명풍이 갑자기 입을 열었다. "군주는요? 군주는 친구가 그 남자를 앞으로 어떻게 대하면 좋겠습니까?"

도무지 알 수 없고 혼란스럽기만 해서 다른 사람에게 조언을 구하던 터라 성옥은 마두금 현을 뜯으며 말했다. "모르겠어요." 성옥은 잠시 생각한 뒤 계명풍에게 물었다. "이런 일이 생기면 보통 어떻게 반응하나요?"

계명풍이 성옥을 바라보며 천천히 말했다. "끔찍해하지요." 계명풍의 입술이 일자로 굳었다. "그 남자를 끔찍하게 생각합니다." 계명풍이 곧 덧붙였다.

성옥은 당황해 한참 뒤에야 느릿느릿 대꾸했다. "반드시 끔찍해해야 하는 건 아니겠지요……"

"끔찍해하지 않으면 싫어하겠지요?"

성옥은 그날 밤을 떠올렸다. 충격과 당혹감, 두려움, 거기에 말로 표현할 수 없는 수많은 감정을 느꼈지만 끔찍하다거나 싫은 건 분명 아니었다. 일반적으로 이런 일이 있을 때 싫어해야 한다고? 성옥은 눈살을 찌푸렸다. "그게…… 꼭 싫어야 하나요?" 성옥이 작은 소리로 반박했다. "반드시 그래야 하는 건 아니겠지요……"

성옥이 고개를 들었다. 차가운 눈빛으로 바라보던 계명풍은 성옥과 시선이 마주치자 갑자기 눈을 감더니 참을 수 없다는 듯 몸을 돌렸다.

성옥은 의아해졌다. "세자, 왜 그래요?" 계명풍이 성옥을 등진 채 손으로 관자놀이를 문지르다가 한참 뒤 쉰 목소리로 말했다. "몸이 좋지 않아서 이만 돌아가겠습니다."

삼원가三元街는 십화루에서 제앵아의 집으로 갈 때 반드시 지나야 하는 길이었다. 삼원가 모퉁이에는 사칠랑謝七娘이라는 이름의 주인이 소규모로 운영하며 단골만 받는 작은 술집이 있었다. 제앵아는 그 작은 술집의 단골이었고 예전에 계명풍을 데리고 가서 술을 마신 적이 있었다.

해 질 무렵 십화루에서 나온 제앵아가 술집을 지날 때 사칠랑 눈에 띄었다. 사칠랑이 다급하게 달려와 제앵아를 붙들고 예전에 데려왔던 공자가 술을 마시고 있으며, 독주를 주문해 벌써 여섯 단지 하고도 열여덟 잔을 마셨지만 멈출 기미가 보이지 않는다고 말했다. 공자가 검을 가지고 있어서 그들은 무서워 말릴 수가 없다며 이렇게 계속 마시다가는 큰일날 것 같다고 했다. 그러지 않아도 조금 전 제앵아를 찾아오라고 하인을 보냈는데 이렇게 길에서 마주쳐 다행이라며 친구를 좀 데려가라고 간청했다.

제앵아가 익숙하게 술집 2층으로 올라가 계단 옆방으로 들어가니 과연 계명풍이 창가에 기대 술을 들이켜고 있었다. 정말로 느릅나무 사각 탁자에는 술 단지가 여러 개 흩어져 있었다.

제앵아는 계명풍이 왜 이곳에서 취하도록 술을 마시는지 잘 알았지만 이런 상황에 어떻게 대처해야 하는지는 전혀 알지 못했다. 한참을 바라보던 제앵아는 한숨을 내쉬며 자리에 앉았다. 땅콩을 까고 차를 마시면서 실의에 빠진 사람 옆에 잠시 있어줘야겠다고 생각했다.

조용히 술을 마시던 계명풍이 고개를 돌려 제앵아를 힐끗 보고는 느닷없이 물었다. "제가 나온 뒤 아옥과 사담을 나누셨겠지요. 제가 있을 때보다 자유로워졌을 테니, 아옥이 다른 이야기를 더 하지는 않았나요?"

계명풍이 나간 뒤 다른 이야기를 좀 나눴지만 소녀들의 사담이라고는 할 수 없었다.

제앵아는 스스로를 군영의 딸로 여겼고 요즘 이 군영의 딸은 폭탄에 푹 빠져서 헤어나오지 못하고 있었다. 제앵아만큼은 아니어도 성옥 역시 그런 위험한 물건을 무척 좋아했다. 계명풍이 떠난 뒤 성옥의 기력을 되살리기 위해 제앵아는 최근 새로 설계한 매 모양의 폭탄 죽화요竹火鷂를 내놓았고 이향이 만들어준 결계 안에서 몇 개를 터뜨려 보여주기까지 했다.

계명풍은 성옥이 다른 이야기를 더 하지 않았느냐고 물었다. 분명 성옥은 죽화요 속의 자갈을 쇳조각으로 바꾸면 폭발력이 향상될 거라고 말했지만…… 계명풍이 듣고 싶은 말은 그런 게 아닐 듯했다.

제앵아가 조심스럽게 물었다. "예를 들어 세자는 아옥이 제게 어떤 일을 말해야 한다고 생각하나요?"

계명풍이 창밖을 바라보며 담담하게 답했다. "사실은 연삼을 좋아하고 있었음을 마침내 깨달았다는 이야기 같은 거지요."

제앵아는 말문이 턱 막혔다. 계명풍의 우울한 얼굴을 보자 조금 전 성옥과 화약에 관해서만 대화했다고 말할 수 없었다. 그러면서도 계명풍이 왜 그렇게 비관적인지 이해할 수 없어 잠시 생각한 뒤 말했다. "아옥이 세자를 좋아한다고는 보이지 않습니다." 아픈 곳을 정확히 찔렀는지 계명풍이 복잡한 눈빛으로 그녀를 힐끗 바라보았다. 제앵아는 마음을 가라앉히고 이어서 말했다. "그렇다고 아옥이 대장군을 좋아한다고도 보이지 않습니다. 아옥은 둘을……

한 사람은 친구로, 다른 사람은 오라비로 여기지요. 대장군을 조금 특별하게 대하지만……"

제앵아는 자기 눈이 얼마나 정확한지 전혀 모른 채 계명풍의 아픈 곳을 다시 한번 잔인하게 찔렀다. 심지어 진지하게 제안까지 했다. "제가 보기에 아옥은 별생각이 없는 듯합니다. 세자나 대장군이나 기회가 똑같이 있는 셈이지요. 세자, 여기에서 술을 마시는 것보다 이번 기회에 세자의 마음을 알리는 게 낫지 않겠습니까?"

계명풍이 담담하게 말했다. "소저 눈에도 아옥이 연삼을 특별하게 대하는 게 보이는군요. 그렇다면 말할 게 없습니다." 제앵아는 어렴풋하게 그 말이 별로 옳지 않고 자신을 무시하는 듯 느껴졌지만 계명풍이 계속 말하는 바람에 자세히 생각할 새가 없었다. "연삼이 무례하게 굴었는데도 아옥은 화내지 않았습니다. 당혹해하며 고민에 빠졌을 뿐이지요. 제가 아옥을 아주 많이 안다거나 이해한다고 말할 수는 없어도 그게 아옥에게 어떤 의미인지는 압니다. 그걸 모르는 사람은 아옥뿐일 겁니다."

평소 말수가 적던 계명풍은 술이 들어가자 조금 수다스러워졌다. 제앵아가 가만히 생각해보니 계명풍의 말도 어느 정도 일리가 있었다. 계명풍은 조용히 술을 반 단지 더 마신 뒤 다시 입을 열었다. "아옥에게 제 마음을 알리고 싶지 않은 게 아니라 지금은 말할 자격이 없을 뿐입니다. 기회도 없고요."

제앵아는 다 큰 남자가 이렇게 낙담하는 걸 가만히 보고만 있을 수 없어 용기를 북돋아주었다. "혹시 모르니 시험해보시지요?"

계명풍은 제앵아의 말을 못 들은 듯 술 단지를 들고 창가에 꿇어앉더니 하늘에 막 떠오른 달을 바라보며 상념에 잠겼다. 한참 뒤 다시 대화할 마음이 생겼는지 계명풍이 나직하게 말했다. "작년에 한동안 아옥이 절 무척 따라다녔는데 저는 고집스럽게 밀어냈습니다. 그때 어떤 사람이 아옥을 계속 밀어내면 어느 날 후회할지도 모른다고 했지만 저는 무시했지요." 한참 뒤 계명풍이 웃으며 또 말했다. "그 사람 말이 맞았습니다. 지금은 매일 후회하고 또 후회합니다. 그러지 말았어야 했다고요."

제앵아가 고개를 들자 계명풍이 눈을 감는 게 보였다. 얼굴에는 상심이 전혀 드러나지 않았지만 목소리에는 고통이 가득했다.

제앵아도 하늘의 달을 바라보며 계명풍이 이렇게 속내를 털어놓는 것으로 볼 때 취한 게 분명하다고 생각했다. 멀쩡한 정신이라면 이런 말을 할 리가 없었다. 평소 약한 모습을 보이기 싫어하는 계명풍이 불쌍해 보이는 말을 하고 있었다. 제앵아는 한숨을 내쉬며 계명풍을 십왕소로 보내야 할 때라고 생각했다.

대장군부의 그날 밤 이후 천보는 9월 28일 건녕절乾寧節에야 성옥을 다시 볼 수 있었다.

건녕절은 황제 성균의 생일이었다. 그날 민간에서는 화로 앞에서 축하연을 벌인 뒤 밤까지 불꽃놀이를 즐겨야 했다. 조정에서는 한층 더 많은 예법이 요구되었다. 아침 일찍 문관의 우두머리인 우승상과 무관의 우두머리인 대장군이 정칠품 이상의 문무백관을 이끌고 대요대산의 사찰로 가서 예불하며 황제의 복을 기원해야 했다. 이후에는 궁으로 돌아와 황제에게 술을 올리고 예부 산하 교방사教坊司에서 한 달 동안 연습한 가무 등을 관람한 뒤 저녁에는 내원에서 황제와 함께 꽃등을 감상해야 했다. 요컨대 다채로운 일정이 빽빽하게 잡혀 있었다.

천보가 성옥을 다시 본 건 대요대산의 사찰 장경각 밖에서였다. 얼마 전 사찰 주지인 혜행慧行대사가 거의 천 년 동안 유실되었던 『불설삼십칠품경』을 우연히 얻었는데 진짜인지 가짜인지 몰라 셋째 전하가 확인해주기를 청해왔다. 그래서 오늘 예식이 끝난 뒤 천보는 셋째 전하와 장경각에 와서 혜행을 잠시 만났다. 장경각에서 나오는 길에 천보는 군주의 의관을 갖춰 입고 오래된 은행나무 밑에서 우듬지를 올려다보는 성옥을 발견했다.

은행나무는 거의 천 년이 된 고목이라 둘레가 몇 아름이나 되고 우듬지도 엄청나게 컸다. 가을이 깊어지면 분분히 떨어진 잎으로 나무 밑에 황금색 융단이 깔린 듯한 장관이 만들어졌다. 새파란 하늘과 황금빛 나무, 푸른 옷의 소녀까지 세 가지 색채 모두 맑고 생생했다. 고목의 장엄함에 소녀의 절색까지 더해지자 절경이 따로 없었다.

셋째 전하도 성옥을 본 게 틀림없었다. 걸음을 멈추지는 않았어도 성옥을 본 순간 멈칫하는 것을 천보는 놓치지 않았다.

길을 안내하는 혜행대사가 그 은행나무로 향했고 발소리에 소녀가 고개를 돌렸다. 걸어오는 사람이 누구인지 알아보자마자 모처럼 화장한 얼굴에 깜짝 놀란 표정이 떠오르더니 성옥은 곧바로 몸을 돌렸다. 성옥 옆의 시녀가 어리둥절한 표정으로 그들을 힐끗 쳐다보고 고개를 숙이며 뭐라 말했지만, 성옥은 고개를 저으면서 황급히 치마를 들고 뛰기 시작했다. 문턱을 지날 때는 걸려서 넘어질 뻔하기까지 했다. 홍수나 맹수를 피해 달아나는 모양새였다.

천보는 가슴이 철렁 내려앉았다. 그날 밤 성옥을 십화루에 데려다준 뒤 셋째 전하에게 군주가 다시 찾아오면 어떻게 대하느냐고 물었던 게 떠올랐다. 그때 셋째 전하는 군주가 다시는 오지 않을 거라고 답했다.

셋째 전하가 그렇게 말했어도 사실 천보는 믿지 않았다. 원극궁에서 시중을 들기 시작한 이래 전하를 사모해 어떻게든 원극궁에 들어오려는 미인은 수도 없이 보았지만, 셋째 전하의 마음을 끌고도 온갖 방법을 동원해 거절하는 미인은 본 적이 없었다. 물론 셋째 전하가 먼저 누구를 좋아하는 것도 본 적이 없었다.

그날 이후 셋째 전하의 말대로 어린 군주는 장군부에 오지 않았다. 오늘 모습으로 보면 일이 벌어진 뒤 군주는 셋째 전하를 거부할 뿐 아니라 두려워하고 미워하는 듯했다.

태어나면서부터 해저를 환히 밝히고 완벽하면서 자긍심 높고 세상일을 우습게 여기는 수신 전하이니, 남을 비난해보기만 했을 뿐 비난받아본 적이 어디 있겠는가? 또 누가 감히 비난할 수 있었겠는가?

그런데 성옥은 감히 그랬다.

평범한 인간이 감히 그랬다.

천보는 새롭게 눈을 뜬 것 같아 한동안 셋째 전하의 표정을 쳐다볼 엄두가 나지 않았다.

한편 혜행대사는 성옥이 늘 태황태후를 따라 예불에 참석해서 성옥과 안면이 있었다. 황급히 떠나는 성옥을 보고 혜행대사는 무슨 일이 생긴 줄 알고 연삼에게 양해를 구한 뒤 뒤따라갔다.

천보는 그제야 셋째 전하를 바라보았다. 셋째 전하는 아무 말 없이 무표정하게 고개만 끄덕이고는 혜행대사가 떠난 뒤에도 한동안 느긋하게 거닐다가 그 은행나무 밑에서 걸음을 멈췄다.
 조금 전 성옥이 서 있던 자리에서 담담한 얼굴로 높고 큰 우듬지를 잠시 올려다본 뒤 한마디도 없이 장경각 마당을 나갔다.
 천보는 성옥이 나타난 뒤 셋째 전하가 차갑게 굳는 것을 느끼고 성옥의 두려운 표정에 화가 났으리라 짐작했다. 또한 성옥의 두려움에 기분이 나쁘다기보다 무척 실망했으리라 본능적으로 감지했다. 하지만 전부 천보의 추측일 뿐이었다. 천보가 아는 것이라고는 건녕절 온종일 셋째 전하의 얼굴에서 웃음기가 사라졌고 이따금 생각에 잠긴 듯 눈살을 찌푸린다는 것뿐이었다. 셋째 전하가 무슨 생각을 하는지는 물론 알 수 없었다.

 황제의 생일이다보니 사찰에서 돌아온 종실과 백관들이 모두 궁에 모였다. 평소에는 마주칠 일이 별로 없는 사람들도 오늘 같은 날에는 마주칠 확률이 꽤 높았다. 천보 역시 이날 밤, 궁정의 뜰에서 열린 꽃등회에서 성옥과 또 마주쳤다. 셋째 전하를 모시고 앞쪽 팔각정에서 국사 속급을 만나러 꽃등으로 장식된 길을 지나던 참이었다.
 일반 시종은 까다로운 셋째 전하의 뜻을 맞추기 힘들어, 셋째 전하가 외출할 때마다 천보가 동행했다. 그렇다고 해도 황궁 안쪽까지 시녀를 대동하는 건 말도 안 되는 행동이라 천보는 그때그때 상황에 따라 시종이나 사동으로 분장했다. 이미 여러 차례 입궁한 전력이 있는 천보인지라 조정의 관원들 대부분을 알았기에 꽃등 길을 지날 때 앞쪽의 학 모양 꽃등 옆에서 성옥과 이야기하는 사람이 한림원의 수찬인 요배영임을 곧바로 알아보았다.

도도한 수재인 요배영을 이미 여러 번 보았던 천보는 그가 사람들에게 거리를 두며 형식적으로만 어울리는 청년이라고 생각해왔다. 그런데 오늘 보고 나서 생각이 완전히 바뀌었다. 거리가 꽤 멀었는데도 청산유수로 떠드는 요배영의 모습이 분명히 보였다. 열정적이고 환한 표정도 기존에 알고 있던 딱딱한 인상과 완전히 딴판이었다. 요배영은 성옥을 보며 웃음을 짓고 있었는데, 그가 무슨 말을 했는지는 몰라도 성옥이 놀란 것처럼 손으로 살며시 입을 가렸다. 가늘고 하얀 손가락 끝이 새빨갛게 칠해져 있었다. 그런 사람이 그런 손으로 그런 동작을 취하자 천진하면서도 요염해 보였다. 성옥과 무척 잘 어울리는 동작이었다. 놀랐다지만 눈을 동그랗게 뜨고 웃음기를 머금은 모습이 요배영과의 대화가 꽤 즐거운 듯했다.

누군가 다가오는 기척을 느꼈는지 성옥이 무심하게 눈을 들었다가 누구인지 확인하고는 얼굴이 하얗게 질렸다. 하지만 이번에는 곧바로 달아나지 않았다. 그저 하얀 얼굴로 어쩔 줄 몰라하며 시선만 이리저리 돌리다가 가까이 다가가자 결국에는 셋째 전하에게로 시선을 맞췄다. 당황해 허둥대는 표정으로 보면 셋째 전하가 다가오는 것을 두려워하는 게 확실했지만 성옥은 마음을 다잡고 받아들이는 듯했다. 거리가 한 장 정도로 가까워졌을 때 천보는 성옥이 조용하게 연삼 오라버니, 하고 부르는 소리를 들었다. 잠시 혈색이 사라졌던 얼굴도 그 부름과 함께 천천히 붉어졌다.

모기처럼 작은 소리였지만 천보는 당연히 전하가 들었음을 알았다. 하지만 셋째 전하는 걸음을 멈추지 않고 성옥을 못 본 것처럼 무표정하게 지나쳐갔다. 인사를 하려던 요배영도 그 모습에 당황해서는 뒤에서 낮은 목소리로 성옥에게 물었다. "아주 긴급한 일이 있어서 군주와 저를 못 보셨던 걸까요?" 천보도 너무 놀라 머뭇거리다가 전하와 떨어진 걸 깨닫고 재빨리 뒤쫓아갔다.

도저히 참을 수 없어 천보는 힐끗 전하를 보았다. 요즘 계속 짓고 있는 차갑고 엄숙한 표정 그대로였다. 천보는 살며시 고개를 돌려 성옥을 보았다. 조금 전 갑자기 다가오는 셋째 전하를 보고 확 붉어졌던 소녀의 낯빛이 다시 창백해지고 눈빛도 좀 어두워진 듯했다. 밤빛 속에서 꽃 그림자가 쓸쓸해 보이고 꽃등 그림자도 적막해 보였다. 성옥은 꽃등 그림자 속에 우두커니 서 있었다. 요배영이 뭐라 말을 거는데도 못 들었는지 멍하니 그들의 뒷모습만 바라보았다. 무슨 일이 일어난 건지 전혀 감을 못 잡는 눈치였다.

건녕절에서 열흘쯤 지난 뒤 화비무는 임랑각 주인인 서 어멈한테서 충격적인 소식을 들었다. 옥 공자가 돌아왔는데 몽선루의 진교랑陳姣娘을 품었다고 했다. 진교랑의 뛰어난 춤솜씨에 공자가 취하지 않았을 때는 춤에 흠뻑 빠지고 술에 취한 뒤에는 미인의 무릎에 드러눕는다면서 술이 깨면 취하고 취하면 깨기를 반복하며 진교랑한테 거금의 은자를 아낌없이 뿌린다고 했다.

사람들은 옥 공자가 열두 살 때 화비무의 첫날밤을 구천 냥으로 산 후 화류계의 전설이 된 뒤 아가씨한테 흥미를 잃고 모든 정력을 축국에만 쏟으며 화비무를 만나러 임랑각을 어쩌다 찾는 줄로만 알았다. 그래서 옥 공자를 기루에 드나드는 부잣집 도령 중에서 반쯤 은퇴한 인물로 취급했다.

임랑각의 주인인 서 어멈만은 그렇게 생각하지 않았다. 서 어멈은 늘 옥 공자에게 큰 기대를 품으며 앞으로도 계속 탕아의 길을 걸으리라 믿었기 때문에 화비무에게 공자를 잘 구슬려 날마다 임랑각에 와서 돈을 쓰게 만들라고 당부하곤 했다.

옥 공자를 날마다 기루로 불러들이는 일을 화비무는 해내지 못했는데 뜻밖에도 몽선루의 진교랑이 해냈으니, 서 어멈이 얼마나 분노했을지는 안 봐도 뻔했다.

화비무는 정말 궁금해졌다. 성옥이 감금에서 풀려난 줄은 알았지만 여전히 숙제가 많다고 들었다. 주근이 지키는데다 숙제도 많은 와중에 아가씨까지 만났다니 화비무는 존경심이 생길 지경이었다. 그런데 다시 생각해보니 옥 공자는 아가씨였다. 진교랑도 아가씨인데 아가씨가 아가씨를 품은들 뭘 어쩌겠는가 싶었다.

화비무는 직접 십화루에 가보기로 했다.

십화루에 도착해보니 마침 그 사건으로 떠들썩했다. 성옥이 기루에서 아가씨를 불렀다는 소식에 화가 난 주근이 펄쩍펄쩍 뛰고 있었다. 주근은 엿여섯 해 인생의 절반을 갇혀 지낸 성옥에게는 감금이 아무 효과가 없음을 통감했다. 완전히 절망한 주근은 손을 내저어 성옥을 독방에 꿇어앉힌 뒤 무릎이 퉁퉁 붓고 몸이 아프면 정신을 좀 차릴지도 모르겠다고 말했다.

독방에 들어간 화비무는 차가운 대리석 바닥에 무릎을 꿇은 채 똑바로 앉아 있는 성옥을 보자 마음이 아파 위층에서 몰래 방석을 가져다주었다. 성옥은 시키는 대로 방석에 무릎을 대고 밖에 다른 사람이 없는지 힐끗 보고는 저릿저릿한 뼈를 방석에 비스듬히 기댄 뒤 화비무와 이야기를 나누었다.

제앵아와 달리 어리숙하긴 해도 화비무는 세상 누구보다 대화를 잘 이끌어갈 줄 알아서 금세 진교랑의 일을 물었다.
"아." 성옥이 눈살을 찌푸리며 대답했다. "누가 누구를 진심으로 좋아하면 어떻게 되는지 보고 싶었어." 성옥이 잠시 입을 다물었다가 돌연 허탈하다는 듯 한숨을 내쉬었다. "예전에 누가 나를 좋아하는 게 아닐까 의심스러웠거든." 전에도 화비무와 함께 있을 때는 주로 규중의 비밀에 대해 떠들었기 때문에 최근 자신에게 벌어진 일을 이야기하는 게 제앵아 앞에서보다 훨씬 쉬웠다.
화비무가 의아하다는 표정을 지었다. "화주 말은 진교랑을 부른 게 그 사람이 질투하는지 보기 위해서라고요?" 성옥의 대답을 기다리지도 않고 화비무가 평소처럼 바로 말했다. "괜찮은 방법이지요. 누군가 자신을 좋아하는지 알아볼 때 그렇게들 하거든요. 상대가 나를 좋아한다면 당연히 자극을 받고 질투를 하니까……" 거기까지 분석했을 때 화비무는 뭔가 이상하다는 것을 깨달았다. "아니지요. 화주가 누군가를 질투하게 만들고 싶었으면 남자를 불렀어야 맞잖아요?"
뭘 생각한 건지 얼굴이 느닷없이 파랗게 질린 화비무가 깜짝 놀란 표정으로 자기 입을 틀어막았다. "서, 서, 설마 제앵아 소저가 화주를 좋아한다고 의심했고, 화, 화주도 실은 제 소저를 좋아해서, 그래서 진교랑 같은 미인을 불러 제 소저를 자, 자극하고 싶었던 거예요?"
도저히 주체할 수 없었는지 화비무가 의자를 타고 바닥으로 미끄러져내려와 중얼거렸다. "세상에!"
성옥은 화비무보다 더 놀랐다. "……나랑 제앵아는 결백해!" 잠시 생각한 뒤 불안하게 덧붙였다. "나랑 진교랑도 결백하고!"
 성옥이 얼른 설명했다. "진교랑은 어떤 선비와 사랑에 빠져서 스스로 속량하고는 그 선비와 함께 살 생각으로 돈을 모으고 있어. 나는 진교랑한테 갈 때마다 그 선비를 데려갔고." 성옥의 말은 나름 논리적으로 들렸다. "그 선비는 진교랑을 좋아하잖아? 나는 그 둘이 서로를 어떻게 대하는지 보고 나서 나와 연…… 으흠, 누구랑 비교해보려 했어. 그러면 그가 나를 좋아하는지 알 수 있잖아? 그렇게 생각했던 거야."
 성옥이 여자를 좋아하는 것이라 생각했던 화비무는 안도의 한숨을 내쉬느라 성옥의 논리에 문제가 있다는 것을 미처 알아채지 못했다. 다시 의자 손잡이를 붙들고 올라앉은 화비무가 관심을 보였다. "그럼 은자를 많이 쓰고 오래 관찰하고 났더니, 그 사람이 화주를 좋아하는 것 같던가요?"
 순간 성옥이 생기를 잃고 한참 뒤에야 이상한 표정으로 말했다. "그거 알아? 진교랑이 수줍게 눈길을 던지기만 해도 그 선비는 얼굴이 빨개져. 말이라도 몇 마디 건네면 더 부끄러워하면서 말을 더 듬는다니까."
 화비무가 더듬거리며 동의했다. "저, 저도 그래요. 좋아하는 사람을 보면 저도 그래요!"
 성옥은 귀신이라도 본 듯한 표정으로 조용히 있다가 침울하게 말했다. "그러니까 그 사람은 애당초 나를 좋아하지 않았던 거야. 나를 볼 때 얼굴을 붉히지도 않고 부끄러워하지도 않거든."
 모든 감정을 이야기책에서 배운 화비무는 얼굴이 붉어지는 건 더없이 중요한 일이라고 생각했기에 경험이 아주 풍부한 사람처럼 과장된 몸짓으로 입을 가리며 단호하게 말했다. "맞아요. 정말로 누군가를 좋아하면 어떻게 얼굴을 붉히지 않을 수 있겠어요!" 화비무가 이해할 수 없다는 눈길로 성옥을 쳐다보았다. "그 사람이 화주를 보고 얼굴을 붉히지도 않는데 화주는 어떻게 그가 화주를 좋아할지도 모른다고 생각했어요? 바보네요. 정말." 화비무가 몹시 한탄했다. "화주, 화주는 정말 바보예요."

성옥이 얼어붙어 한참 입을 열지 않다가 힘겹게 자신이 바보가 아니라는 증거를 제시했다. "……그 사람이 내게 입을 맞췄어."

오랫동안 기루에서 살아온 화비무는 전혀 대수롭지 않다는 듯 고개를 젓고는 경제적이면서도 철학적인 관점을 내놓았다. "금과 은은 당연히 화폐가 아니지만 화폐는 당연히 금과 은이라는 말도 못 들어보셨어요? 남자도 똑같아요. 그 남자가 화주를 좋아하면 당연히 입을 맞추겠지만, 입을 맞춘다고 무조건 화주를 좋아하는 건 아니라고요." 말하는 동안 화비무의 얼굴에 지혜의 빛이 떠올랐다.

성옥은 완전히 얼이 빠져 딱딱한 투로 되물었다. "나를 좋아하지도 않으면서 왜 입을 맞추는데?"

화비무가 손을 내저으며 막힘없이 대답했다. "당연히 화주가 예쁘니까 그렇지요!"

더이상 반박할 수 없게 되자 성옥은 방석 위에서 한참을 멍하니 꿇어앉아 있었다. 잔뜩 풀죽은 표정에 흐릿한 눈빛으로 허공만 쳐다보았다.

말하다 지친 화비무는 직접 차를 따르고 성옥에게도 따라준 뒤 그제야 분을 참지 못하겠는지 씩씩거렸다. "그런데 그놈 정말 간이 배 밖으로 나왔네요. 감히 화주한테 그딴 짓을 하다니, 가만둘 수 없어요." 화비무가 물었다. "주근이 화주 대신 혼쭐을 내줬어요?" 그래놓고 자기가 나서고 싶어 안달했다. "아직이면 제가 대신 혼쭐을 내줄게요!"

성옥이 힘없이 "됐어" 하고 대꾸한 뒤 힐끗 보았다. "너는 이기지도 못해."

화비무는 물러나지 않았다. "대체 어떤 신선이기에 제가 못 이겨요?"

성옥이 잠시 침묵했다가 말했다. "연삼."

차를 한 모금 마시던 화비무는 사레가 들렸다. "아, 그 사람은 못 이기지요." 그러고 나서 두 번 더 그렇다고 대꾸하다가 손을 덜덜 떨며 찻잔을 떨어뜨렸다. 딴생각에 빠져 있던 성옥이 본능적으로 무릎으로 한 걸음 물러났다. 화비무는 너무 놀라 연극배우처럼 세 손가락으로 성옥을 가리켰다. "화주의 말은 여, 여, 연 장군이 입을 맞췄다고요?"

성옥은 손수건으로 치마에 튄 찻물을 조심스럽게 닦으며 침울하게 말했다. "응 나도 알아, 네 말이 맞아. 금과 은은 당연히 화폐지만 화폐는 당연히 금과 은이 아니니까 그 사람이 나한테 입을 맞춘 건 나를 좋아해서가 아니라 그냥 내가 예쁘기 때문이야." 잠시 멈췄다가 이어서 말했다. "그 사람은 늘 기루에 드나들잖아. 임랑각과 쾌록원, 희춘원 모두 가지. 그러니 너한테도 입을 맞췄을 테고 희춘원의 전몽, 쾌록원의 김삼랑한테도 입을 맞췄겠지. 특별한 의미가 없을 텐데 내가 너무 깊이 생각했던 거야." 성옥이 고개를 끄덕이며 의기소침하게 말했다. "이제는 알았어."

화비무가 못 참겠다는 듯 바로잡았다. "금과 은은 당연히 화폐가 아니지만 화폐는 당연히 금과 은이고요. 연 장군은 저한테 입을 맞춘 적이 없어요." 화비무는 충격에서 완전히 벗어나지 못했는데도 잔뜩 흥분해 성옥의 어깨를 잡았다. "연 장군이 입을 맞췄다면 화주는 좀더 생각해도 돼요. 틀림없이 화주를 좋아하기 때문이거든요. 저를 믿으세요. 정말이에요!"

성옥은 천천히 화비무를 보며 눈을 가늘게 떴다. "금과 은은 당연히 화폐가 아니지만 화폐는 당연히 금과 은인 것처럼, 남자가 나를 좋아하면 당연히 입을 맞출 수 있지만 남자가 입을 맞춘다고 나를 좋아하는 건 아니라고 한 건 너잖아?"

화비무는 성옥의 기억력에 탄복했지만 지금은 그런 걸 칭찬할 때가 아니었기에 손가락 하나를 펼쳐 천천히 흔들었다. "보통 남자들은 그래요. 하지만 결벽증이 있는 남자한테는 그 이론이 통하지 않아요." 화비무가 비밀스럽게 말했다. "연 장군은요, 결벽증이 있어요. 아주 강박적으로요."

연삼이 깔끔하다는 건 성옥도 알았다. 첫 만남 때도 연삼은 분명 진창을 지나 성옥이 있던 작은 정자까지 왔을 텐데 흰 장화에 얼룩 하나 없었다. 어떻게 그럴 수 있는지는 몰라도 당시에 무척 탄복했던 것만은 똑똑히 기억했다.

이후 연삼이 싸우는 모습을 두 차례 보았는데 특히 소요대산에서 구렁이를 해치울 때 동굴 전체가 피로 얼룩졌는데도 연삼은 먼지 하나 묻히지 않고 깔끔한 곳에서 차분하게 소매를 정리했다. 그때도 성옥은 강렬한 인상을 받았다.

그렇다보니 연삼이 분명 까다롭고 깔끔한 성격이리라 짐작하고 있었지만 결벽증까지는…… 성옥은 불현듯 그날 밤 대장군부에서 연삼이 반박할 틈도 주지 않고 자신을 온천 가장자리로 넘어뜨린 뒤 내리누르던 게 떠올랐다.

갑작스러운 기억에 얼굴이 빨갛게 달아올랐지만, 성옥은 그 통제할 수 없는 기억 덕분에 화비무의 말을 완전히 믿을 수 없었다. 연삼이 정말로 결벽증이 있다면 어떻게 그 정도로 무신경하게 성옥을 곧장 바닥에 눕혀놓고 멋대로 굴 수 있단 말인가? 불가능했다. 성옥을 눕히기 전에 바닥에 깨끗한 담요를 깔아야 결벽증이라고 하기에 무리가 없었다.

화비무는 성옥이 생각에 잠기든, 생각을 마친 뒤 의심의 눈길을 보내든 전혀 신경쓰지 않고 확신에 차 말했다. "연 장군은 결벽증이 심해서 다른 사람과 접촉하는 걸 극도로 싫어해요. 여자에게 먼저 입을 맞추는 건 말할 것도 없고 칠 척 이내로 가까워지는 것조차 허락하지 않는다고요."

성옥은 한층 더 의심스러워졌다. "말도 안 돼. 내가 알기로 나랑 연란, 천보 모두 칠 척 이내로 접근했는걸."

화비무는 사고방식이 워낙 남달라 확신에 차 고개를 끄덕였다. "칠 척 이내로 다가갔는데도 때리지 않았다는 것이 특별하다는 의미지요."

성옥은 화비무가 헛소리를 한다고 생각하며 이마를 문질렀다. "연삼 오라버니가 다른 사람과 접촉하기 싫어한다는 건 상식적으로 말이 안 돼. 내 기억이 맞다면 기루의 단골손님이라고." 성옥이 꽤 통찰력 있는 질문을 던졌다. "아가씨들이 옆에 오는 것을 정말로 싫어한다면 기루에 가서 뭘 한단 말이야?"

성옥은 연삼을 오라비가 아니라 남자로 인식한 뒤 그 일을 제일 먼저 떠올렸고 연삼이 기루에 드나드는 바람둥이라는 사실을 깨달았다. 오라비일 때는 당연히 아무런 문제도 되지 않았지만…… 오라비가 아닌 지금은 제법 큰 문제였다.

성옥은 혼란스러웠다.

화비무는 성옥의 표정 변화를 알아채지 못한 채 부자연스럽게 대답했다. "연 장군이 기루에서 뭘 하느냐는 좋은 질문이에요." 잠시 망설이다가 헛기침한 뒤 말했다. "말하지 않으려 했지만." 화비무가 시선을 멀리 던지며 엄숙한 표정으로 입을 열었다. "어쨌든 기생도 체면이라는 게 있으니까요." 화비무가 눈길을 성옥에게로 돌렸다. "하지만 화주는 어쨌든 제 화주이고, 화주의 인연이라면 도와야겠지요." 그러고는 결연히 말했다. "제가 두 분을 맺어드릴 게요!"

성옥은 화비무가 무슨 뜬구름 같은 소리를 하나 싶었다.

마음을 정한 화비무는 연삼이 기루에 자주 온다는 사실부터 인정했다. "연 장군은 실제로 화류계의 단골이에요. 화주 다음으로 임랑각에서 서 어멈이 제일 중요하게 생각하는 손님이지요."

성옥은 잠시 할말을 잃었다.

과거를 떠올리자 화비무는 만감이 교차했다. "연 장군은 돈을 물쓰듯 하는 물주이기도 해서 기생 어미들의 기대를 저버린 적이 없어요. 밖에서는 장군이 비파 선녀 김삼랑을 총애해 쾌록원에서 사흘 밤을 잤다고 하고, 희춘원 전몽의 자태에 미혹돼 수암옥岫巖玉이 달린 검 장식용 매듭 술을 정표로 선물했으며, 제 노래를 좋아해 임랑각을 맴돌다가 조회에 늦었다고 하지요!" 화비무가 잠시 멈췄다가 이어서 말했다. "연 장군은 정말로 김삼랑 곁에서 사흘 밤을 보냈고 전몽에게 검 장식 술을 선물했으며 저 때문에 조회에 늦었어요."

"찌익" 무릎 밑의 방석이 찢어졌다. 성옥은 눈을 가늘게 뜨고 화비무를 바라보았다. "······우리를 맺어주겠다는 거 맞아? 갈라놓으려는 게 아니라?"

화비무가 심호흡을 하고 "하지만" 하면서 조급해하지 말라는 눈빛을 보냈다. "연 장군이 김삼랑 거처에서 묵었을 때 제가 온갖 방법을 동원해 알아봤거든요. 그때 장군은 한가롭게 비파 곡을 작곡해 김삼랑한테 연습한 뒤 연주해달라고 했대요."

화비무가 흥미진진하게 이야기를 이어갔다. "그게 정말 어려운 곡이었대요. 드디어 곡을 다 익힌 날 김삼랑은 무척 기뻐하며 대장군부로 사람을 보내 쾌록원에 오시라 했고요. 연 장군은 다 듣고 나서 형편없는 연주라고 화를 내고는 쾌록원에 머물며 김삼랑이 가르쳐준 대로 연습하는지 사흘 동안 지켜봤대요. 김삼랑은 잠자는 두 시진만 빼고 사흘 밤낮으로 연습하느라 열 손가락이 피투성이가 됐다더라고요. 피투성이요! 사흘 뒤 드디어 성공해 다시 선보이자 장군은 그제야 조금 만족하고 불쌍한 김삼랑을 놓아주었대요."

화비무는 두려움에 떨며 이야기를 매듭지었다. "그게 바로 연 장군이 김삼랑을 총애해 쾌록원에서 사흘 밤을 보냈다는 소문의 진실이에요."

"······"

화비무는 성옥한테 안심하라는 표정을 지어 보였다. "두려워하지 마세요. 전몽의 이야기에서는 피비린내가 나지 않으니까요."

"전몽은 검무를 잘 추어서 당대 재인의 절반이 그녀의 검무를 시로 읊었지요." 화비무가 손짓했다. "대장군이 희춘원에 가서 전몽에게 출세작인 〈경홍거驚鴻去〉 검무를 요청했대요. 전몽은 부드러운 경진검輕塵劍을 들고 새하얀 옷차림으로 우아하게 자세를 잡았고요. 북이 울리고 전몽이 검무를 추기 시작하자 바람 속에 눈발이 휘날리고 기러기가 놀라 날아가는 듯했다지요. 그런데 얼마 지나지 않아 장군이 멈추라고 한 뒤 눈살을 찌푸리며 경진검의 새빨간 술과 북의 가락이 어울리지 않는다고 말했대요."

화비무의 표정이 딱딱하게 굳었다. "장군은 모든 사람에게 일단 멈추라고 한 뒤 자기 시녀에게 색깔도 다르고 짜임 방식도 다른 검 장식 술을 열일곱 개 만들라고 했대요. 이어서 악사들에게 연주를 시키고 전몽에게 술을 하나씩 검에 달라고 시켰고요. 자그마치 두 시진이나 시험해본 끝에 갈지자로 촘촘하게 짜인 갈색 매듭 장식을 달았을 때에야 다시 무대에서 춤추는 걸 허락했대요."

화비무가 성옥을 바라보았다. "검무에 아무리 조예가 깊더라도 검의 종류와 춤의 유형이 어울리는지만 따질 뿐이에요. 장식 술의 색깔이 북장단과 어울리는지를 따진다는 소리는 들어본 적이 없다고요." 화비무는 할말이 많은 듯했다. "지난봄에 연 장군을 좋아했던 저조차 어떤 때는 장군한테 정말 무슨 병이 있는 게 아닌가 싶었다니까요."

성옥이 보기에는 지난봄에 연삼을 좋아했다가 가을에는 스님한테 빠진 화비무가 연삼에게 병이 있는지 판단할 자격은 없을 듯했다. 또한 기생과 양고기탕을 먹으러 기루에 가는 자신도 연삼에게 병이 있는지 판단할 수 없을 듯했다.

화비무의 이야기를 다 듣고 나서 성옥은 뜻밖에도 연삼이 왜 그 랬는지 이해가 됐다. 워낙 까다로운 성격이라 연삼은 어떤 일에서 든 충분히 트집을 잡을 수 있었다.

성옥은 방석에서 몸을 비틀며 헛기침을 한 뒤 연삼 대신 변명했다. "평안성에서 음악과 춤으로 가장 뛰어난 곳이 너희 4대 기루니까. 연삼 오라버니는 기준이 무척 높으니, 너희에게 다시 공연하라고 했던 것도 본인 기대에 부합하는 가무를 감상하고 싶어서였을 거야."

예전에 연삼이 자신에게 춤이나 노래가 가능하냐고 물었던 게 떠올라 성옥은 다시 한번 자기 생각이 옳다고 확신했다. 성옥은 숙연하게 자세를 바로잡은 뒤 팔짱을 끼며 눈살을 찌푸렸다. "연삼 오라버니는 가무를 진심으로 사랑하는 게 틀림없어." 잠시 입을 다물었다가 성옥은 고개를 한쪽으로 기울이며 말했다. "큰일이네. 나는 그런 것 전부 못하는데. 기껏해야 마두금만 켤 수 있으니. 그럼 나도 좀 배워야 하나?"

화비무가 화들짝 놀라며 말렸다. "아니요. 배우면 틀림없이 우리한테 했던 것처럼 화주를 괴롭힐 거예요." 화비무는 겁운에서 겨우 살아난 듯한 표정으로 덜덜 떨기까지 했다. "저도 한번 장군과 오래 있어봤거든요. 아침 일찍부터 찾아와 노래를 시키더라고요. 제가 몇 군데 틀렸더니 장군은 눈살을 찌푸리며 끊임없이 다시 부르게 했어요. 열다섯 번을 불렀을 때에야 만족했고요. 자그마치 열다섯 번이요!" 화비무가 복잡한 표정을 지었다. "장군이 저 때문에 조회에 늦었다는 소문은 그렇게 생긴 거예요."

연삼이 바람둥이라는 오해를 깨끗하게 불식시켜준 화비무의 이야기에 성옥은 마음이 가벼워지면서 입꼬리가 저절로 올라갔다. 성옥은 꿇어앉은 채 고개를 숙이고 손가락으로 코를 문지르다가 입가를 눌렀다. "그렇구나."

화비무는 여전히 자기 세계에 빠진 채로 진지하게 당부했다. "오늘 화주에게 한 이야기는 다른 사람들한텐 절대 비밀이에요." 화비무가 얼굴을 찡그렸다. "연 장군 같은 남자가 우리를 그렇게 많이 불러놓고 손 하나 까딱하지 않았다는 말이 퍼지면 우리는 살 수 없어요. 비단 석 자까지도 필요 없이 백옥천에 뛰어들어야 한다고요." 화비무가 울먹거렸다. "화주, 세상 사람들이 기생에게 얼마나 엄격한 기준을 적용하는지 아시지요."

"……응."

화비무가 돌아간 뒤 성옥은 대화를 되짚어보았다. 처음에는 기분이 별로여서 말을 많이 하지 않았는데 끝나고 보니 나름 꽤 신나고 즐거운 대화였다.

화비무는 혼자서도 거뜬히 연극 한 편을 감당할 수 있었다.

정말 훌륭한 연기자였다.

화비무는 워낙 허술해서 주저리주저리 말을 하다가 애초에 찾아온 목적을 잊어버리고 말았다. 심지어 떠나기 직전까지도 오늘 그렇게 많은 말을 했던 이유가 성옥의 감정 문제를 해결하기 위해서라는 사실을 떠올리지 못했다. 하지만 두서없이 떠든 화비무 덕분에 성옥은 이십여 일 동안의 초조와 불안에서 불현듯 벗어날 수 있었다. 성옥은 드디어 깨달음을 얻은 기분이었다.

연삼은 자신을 좋아하는 게 확실했다.

깨달음은 무척 신선한 경험이었다. 안개가 걷히고 천지에 드러난 달빛이 눈부터 가슴속까지 훤히 밝혀주는 듯했다. 질식할 듯 답답한 공기 중에 갑자기 비가 한바탕 쏟아져 머리부터 발끝까지 시원해지는 듯도 했다. 오랫동안 괴로워했던 그 일을 이제는 이해할 수 있었다.

그전에 연삼은 왜 나를 피해 다녔을까?

나를 좋아하는데 나는 자기를 오라비로만 대하니 화가 나서 감추고 싶었겠지.

내게 감추고 싶었다면 그날 밤에는 왜 입을 맞췄을까?

누구를 좋아하면 숨기기 힘든 법이니까.

참을 수 없어 입까지 맞춰놓고 왜 앞으로는 다가오지 말고 멀리 떨어지라고 했을까?

그때 내가 너무 당황하고 무서워하니까 받아들일 수 없겠다고 생각해 실망한 나머지 나오는 대로 말했겠지.

자문자답하다보니 성옥은 갈수록 자신감이 생겼고, 그렇게 된 일이라고 생각할수록 입꼬리가 저절로 올라갔다.

성옥은 자신의 해석과 논리가 마음에 들었다. 자신을 괴롭히던 의혹 속에 감춰져 있던 답이 그렇다는 것도 좋았다. 지난 이십여 일 동안 스스로를 들여다보고 연구하다보니 하루하루 지날수록 자신이 연삼을 좋아한다는 걸 깨달아서였다.

성옥은 바보가 아니었다. 누군가를 좋아해본 적이 없어서 그게 어떤 모습인지 몰랐을 뿐이었다. 계명풍이 남자가 무례한 행동을 하면 아가씨들은 당연히 끔찍하게 느낀다고 말했지만 연삼과의 밤을 아무리 떠올려봐도 처음의 당혹감이 안개처럼 물러가고 나면 당황스러움과 수줍음만 느껴질 뿐이었다. 그때 성옥은 어렴풋하게 자신의 감정을 감지했고 자신이 무슨 생각을 하는지도 깨달았다.

진교랑을 찾아갔던 건 진심으로 누군가를 좋아할 때 어떤 모습인지 똑똑히 보고 싶어서였다. 성옥은 자신을 향한 연삼의 마음을 알고 싶었지만 연삼에 대한 자신의 집착과 의지가 무엇을 의미하는지도 알고 싶었다. 진교랑이 좋아하는 그 선비는 진교랑을 볼 때마다 부끄러움에 얼굴을 붉혔다. 그게 바로 좋아한다는 감정일 터였다. 진교랑이 마음을 듬뿍 담아 살며시 바라볼 때 선비는 얼굴만 붉어지는 게 아니라 심장까지 북처럼 쿵쿵 뛰었을 것도 성옥은 누가 가르쳐주지 않았지만 알 수 있었다. 건녕절 밤 꽃등회에서 연삼을 보았을 때 성옥 자신이 그랬기 때문이었다.

그날 밤 꽃등 그림자 속에서 성옥은 북처럼 울리는 심장을 주체하기 힘들었다. 연삼이 다가오는 게 당황스러운 한편 기다려졌고 자신의 얼굴이 부끄러움에 점점 붉어지는 것을 느낄 수 있었다. 또 연삼이 눈길 한번 주지 않고 스쳐지나갔을 때 얼음 동굴로 떨어지는 듯한 감정은 단순한 실망감이 아니었다.

성옥은 마침내 자신이 연삼을 좋아한다는 것을 깨달았다. 조금 어리석고 둔했을 뿐이었다. 왜 연삼이 자신에게 그렇게 특별한지, 왜 자신이 연삼의 유일무이한 사람이 되고 싶은지 좀더 일찍 알았어야 했다. 좋아해서 독점하고 싶었던 것이었다. 대체 얼마나 어리석어야 그걸 단순한 호감이라고, 오누이로서의 애틋한 감정이라고 여길 수 있을까? 성옥은 친족인 성균과도 그렇게 애틋한 감정이 없었다.

성옥과 연삼은 원래 사랑하는 사이여야 했지만, 성옥의 어리석음과 둔함 때문에 엄청난 오해가 생겼다.

성옥이 신발을 신으면서 날듯이 십화루를 빠져나갈 때 대청에서 나온 이향이 반사적으로 따라오며 말렸다. "군주, 벌을 다 받지도 않고 어디 가세요?"

하지만 이향의 영민한 군주는 이미 말을 내달리고 있었다. "상관없어. 어서 연삼 오라버니에게 말해줘야 해. 우리는 하늘이 정한 천생연분이라고!"

"?!"

## 5장
## 인간도 아니면서 뛰어드는 인간들의 전쟁

마침내 생각이 트인 성옥은 끓어오르는 감정을 주체할 수 없어 한밤중에 대장군부로 달려갔다. 연삼에게 고백할 생각으로 담장을 넘어 들어갔지만 뜻을 이룰 수는 없었다.
연삼은 대장군부에 없었다. 천보조차 없었다.
다행히 문 앞에 있던 시동이 담장을 넘은 여인이 희나라의 군주임을 알아봐서 시위병한테 붙들려 관아로 호송되지는 않았다.
시동은 성옥에게 장군이 출정했다고 알려주었다.
십화루로 돌아온 성옥은 국운이나 전쟁 등에 각별한 관심을 가지고 연구하는 요황에게 물어보고 나서야 대희국의 속국인 귀단국貴丹國에서 며칠 전 사신을 보내 지원을 요청했단 걸 알았다. 사신은 천극天極산맥을 사이에 두고 오랫동안 국경을 침범하지 않았던 상식국備食國에서 귀단국 왕이 서거하고 어린 왕이 즉위해 조정이 불안정해지자 귀단국을 집어삼킬 목적으로 천극산의 장벽을 넘어 대규모로 남침해왔다고 전했다.

귀단국이 상식국에 멸망하면 대희국이라고 평안할 수 있겠는가? 젊은 황제이자 성옥의 사촌 오라비인 성균은 상식국의 횡포에 진노했다. 이번 기회에 상식국이 최소 삼십 년은 감히 대희국을 도발하지 못하도록 만들겠다 결심한 황제는 제국의 보물인 연삼을 출정시켰다.

그렇게 닷새 전, 연삼은 십오만 명의 병사를 이끌고 귀단국을 지원하러 동쪽으로 진격했다.

요황에게 사건의 전말을 들은 성옥은 얄궂은 현실의 장난에 잠시 정신을 차릴 수 없었다. 자신이 연삼을 좋아하고 연삼도 자신을 좋아한다는 사실을 막 깨달았을 때, 사랑에 눈뜬 꽃다운 나이의 소녀들이 그렇듯 성옥도 환희에 휩싸였다. 첫사랑에 대한 미지의 기대와 호기심으로 가슴속에서 작은 새가 백 마리쯤 팔딱거리는 느낌이 들었다. 하지만 반나절도 되지 않아 가슴속에 있던 백 마리 새가 전부 날아가 텅 비어버린 듯했다.

아연실색한 성옥의 표정에 요황이 헛기침을 한 뒤 무슨 일이냐고 물었다. 성옥은 대답 없이 가만히 있다가 자신의 멍한 모습을 참을 수 없다는 듯 얼른 손으로 얼굴을 쓸었다. 요황이 미심쩍게 바라보며 괜찮냐고 또 물었다. 성옥은 고개를 끄덕였다.

양군의 대치란 얼마나 엄중하고 긴요한 사안인가. 아무리 중차대한 일이 있어도 이 시국에 달려가 연삼을 방해할 수는 없었다. 그를 찾으러 가기는커녕 편지조차 보낼 수 없었다. 성옥에 대한 연삼의 오해나 연삼을 향한 성옥의 진심까지 전부 연삼이 승리해 돌아온 뒤에 말하는 수밖에 없었다. 그때까지 성옥은 평안성에서 얌전히 기다리는 게 옳았다.

이튿날 성옥은 자발적으로 입궁해 태황태후에게 문안을 올린 뒤 한동안 궁에 머물면서 날마다 태황태후께 효를 다하겠다고 말했다. 성균은 성옥이 워낙 천방지축이라 궁에 사흘만 붙잡아둬도 숨이 거의 넘어가는데 왜 이번에는 스스로 그물에 뛰어드는지 이상해 심 환관에게 이레 동안 살펴보라고 명했다. 성옥이 매일 태황태후 옆에서 책을 읽고 불경을 베껴쓸 뿐 이상한 짓은 하나도 하지 않는다고 들었을 때에야 성균은 감시를 중단시켰다.

심 환관이 나중에 덧붙인 보고에 따르면, 성옥은 밤낮없이 불경을 성실히 베껴 열흘 만에 다섯 권이나 옮겨 적었다고 했다. 한 권은 태황태후와 태후, 황제를 위해 쓰고 한 권은 귀단국과 상식국의 전쟁을 위해 무척 공들여 적었다는 거였다. 꼼꼼한 심 환관이 고했다. "하지만 군주가 베껴쓴 다른 세 권의 경문은 돌려주지 않아서 누구를 위해 무슨 일로 썼는지 모르겠습니다." 성균은 중요한 일이라고 생각하지 않아 더는 묻지 않았다.

전황 보고가 줄지어 황궁으로 전해졌다.

대희국 지원군이 귀단국 국경에 도착했을 때 귀단국의 북쪽 절반은 상식군의 철기 아래에 놓이고 왕도의 외성까지 함락돼 내성만 힘겹게 버티는 중이었다. 왕도 남쪽의 몇몇 주요 성 역시 포위 속에서 위태위태하게 방어선을 유지하고 있었다.

상식군이 예리한 칼날을 휘두르는 기세로 귀단국 영토를 쓸고 지나갈 때마다 선혈과 시신이 넘쳐나고 항복이 이어졌다. 어딜 가든 대적할 자가 없으니 상식군의 사기는 하늘을 찌를 듯했다. 반대로 귀단국은 저물녘의 서산처럼 한없이 가라앉았다.
 연송은 오래 고민하지 않고 주요 거점 네 곳을 동시다발로 지원하는 전략을 세운 뒤 왕도 주변의 주요 성을 지키는 세 대장에게 병력 대부분을 내주었다. 세 곳에 대군을 배치하면 상식군의 거침없는 진격을 일거에 억누르거나 아예 끊어버려 그들의 기세를 완전히 꺾을 수 있기 때문이었다. 양군이 대치할 때 제일 중요한 것은 사기였다. 한편 연송 자신은 보병과 기병 이만 명만 데리고 상식군의 군수품 소재지를 치는 것으로 위장하여, 왕도를 포위했던 상식군 대장 주이종朱爾鐘이 철수할 수밖에 없도록 만든 뒤 그가 회군하는 길에 매복하고 있다가 공격했다. 그렇게 네 곳에서 수호 작전을 멋지게 성공시켰다.
 제국의 보물이라 불리는 연송은 대희국 군대를 이끌고 전쟁에 뛰어들자마자 상식국의 잔인한 칼날이 그들 자신을 향하도록 바꾸어놓았다. 상식군의 사기는 치명적인 타격을 입었다. 이십오만 명에 이르는 상식군은 그때부터 줄줄이 패하기 시작했다.
 평안성에 첫눈이 내리던 날, 대장군이 상식군을 귀단국에서 내몰았을 뿐 아니라 대희국의 십오만 군대를 이끌고 천극산을 넘어 상식국 바로 앞까지 이르렀다고 성균에게 보고됐다.
 성옥은 오후에 그 소식을 듣자마자 황제에게서 연삼의 근황을 들을 수 있을까 싶어 어서방御書房으로 달려갔다. 하지만 황제가 예부 관원들과 공무를 논하고 있어서 한쪽에서 기다릴 수밖에 없었다. 밖에서 한참을 기다리니 드디어 예부의 두 관원이 나왔다. 그러나 좌승상과 우승상, 병부상서가 안으로 들어갔다. 아무래도 황제를 알현하기 어려울 듯해 성옥은 눈을 맞으며 발길을 돌렸다.

어화원을 지날 때 한 궁녀가 붙들고 깍듯하게 인사를 하더니, 자신이 모시는 공주가 정자에서 술을 데우다가 군주가 지나가는 것을 보고 따뜻한 술을 마시며 이야기를 나누자 청했다고 말했다.

성옥이 시선을 돌리자 매화밭 정자에 과연 누군가가 있었다. 얼굴은 똑똑히 보이지 않았지만 바퀴 달린 의자에 앉아 있다는 건 알 수 있었다. 연란이 확실했다. 성옥은 연란과 별로 친하지 않아 사적으로 대화를 나눈 적이 한 번도 없었다. 무슨 말을 하려나 궁금해진 성옥은 잠시 망설이다 궁녀를 따라갔다.

"앉아." 의자에 기대앉은 연란은 여우 모피 외투를 두르고 손난로를 들고 있었다.

성옥은 알겠다고 대답하며 연란의 맞은편에 앉았다. 돌 탁자 위의 붉고 작은 도자기 화로에서 술이 덥혀지고 있었다. 시녀가 술을 따라 건네주었다. 성옥은 한 모금을 마신 뒤 더는 마시지 않고 술잔만 가만히 든 채 손을 녹였다. 기껏 불러놓고 연란은 앉으라는 말만 하더니 무슨 생각을 하는지 입을 열지 않았다. 성옥도 먼저 말을 꺼낼 마음이 없어 입술을 꽉 다물고 있었다.

정자 안에는 침묵만 흘렀다. 기이한 동물 형상의 그릇에서 들리는 보글보글 물 끓는 소리가 분위기를 한층 더 답답하게 만들었다. 성옥은 고개를 돌려 정자 밖의 설경을 바라보았다. 연란이 자신을 훑어보는 게 느껴졌다.

연란은 정말로 성옥을 훑어보는 중이었다.

이토록 가까이에서, 이렇게나 자세히 성옥을 살펴보는 건 이번이 처음이었다. 소녀의 앉은 모습이 무척 우아했다. 새빨간 비단 외투가 바닥까지 늘어졌고, 새하얀 두 손은 똑같이 새하얀 술잔을 잡은 채 무릎에 놓였다. 길게 늘어뜨린 모자 아래로 눈 속을 걸어 오느라 빨갛게 언 얼굴이 드러났다. 눈처럼 하얀 피부 아래에 불그레한 기운이 비쳤다. 얼음 속에 묻혀 있던 연지가 얼음 위로 천천히 번지는 듯했다.

연란은 살짝 아뜩해졌다.

황궁 사람들 모두 홍옥군주가 경국지색이라고 말했다. 지금까지 연란은 '경국지색'이라는 평을 의례적인 칭찬에 불과하다고 여겼다. 신경쓰지도 않았고 관심도 없었다. 아름다운 외모라면 전혀 낯설지 않았다. 기억이 점점 되살아나면서 구중천 선녀들의 모습이 종종 꿈에서 보인 까닭이었다. 유난히 깊은 인상을 남긴 선녀는 당시 연삼이 가장 총애했던 화혜신녀였다. 화혜신녀에 비하면 인간은 전부 평범했다.

화혜신녀 같은 미인조차 연삼은 고작 다섯 달밖에 총애하지 않았다. 그래서 태황태후가 성옥과 연삼의 혼사를 명하고 사람들이 성옥을 최고의 미녀라 칭송해도 연란은 성옥을 유념치 않았다.

그동안은 성옥을 자세히 살펴본 적이 없었다. 어화원에서 그림을 평했던 날 연삼이 그린 성옥을 보고 두 사람이 사적으로 꽤 친하다는 사실을 들었을 때에야 연란은 소스라치게 놀랐다.

연삼이 성옥을 남다르게 대한다는 점에 한동안 괴로워했지만 그래도 연란은 은근히 믿는 구석이 있었다. 성옥도 화혜신녀처럼 스쳐가는 인연일 뿐이라고, 연삼 곁을 오가는 다른 미녀들과 같으리라 믿었던 것이다. 연삼의 긴 수명 속에서 유일무이하고 대체 불가능한 이는 장의뿐이었다.

연란은 자신이 나서서 연삼과 성옥을 갈라놓으려 애쓸 필요가 없음을 잘 알고 있었다. 굳이 끼어들지 않아도 두 사람은 오래 갈 수 없는 사이였다. 연삼은 인내심이 별로 많지 않았고 성옥은 일개 인간에 불과했다. 그럼에도 연란은 참을 수가 없었다. 성옥이 어화원으로 들어오는 것을 보자마자 연란은 시녀에게 성옥을 붙들라고 했다. 어떤 말은 입 밖으로 내면 안 된다는 것도 알고 있었지만 역시 참을 수 없었다. 스님이 가장 중요한 살계를 어기고 나면 망언이나 절도는 우습게 하는 것과 비슷한 원리였다.

해서는 안 되는 말을 결국 내뱉자 뜻밖에도 연란은 무거운 짐을 내려놓은 듯했다.

"네가 귀단국의 전황과 내 사촌 오라버니의 소식을 쉽게 들으려고 입궁했다는 거 알아. 네가 오라버니를 좋아한다는 것도 알고. 하지만 두 사람은 어울리지 않아. 오라버니 마음속에 있는 사람은 네가 아니라서 아무 결과도 얻을 수 없어. 네가 하는 일들, 네가 품은 마음들 전부 거둬들이는 게 좋아. 다 끝났을 때 괜히 상처받지 않으려면."

성옥이 고개를 들어 연란을 쳐다보았다.

연란은 이상하다는 듯 눈썹을 치켜올리는 성옥의 표정을 놓치지 않았다. 성옥은 잔을 탁자에 내려놓고 잠시 생각한 뒤 물었다. "충고인가요?"

연란은 당황했다. 성옥이 연삼 마음속에 있는 사람이 누구인지를 더 신경쓸 거라 예상했기 때문이었다. 그래야 성옥을 자연스럽게 물러나도록 만들 수 있을 텐데 뜻밖에도 성옥은 그게 충고냐고만 물었다.

물론 충고가 아니었다.
성옥의 눈동자는 속내를 모두 비출 듯 투명했지만 연란은 성옥이 무슨 생각을 하는지 전혀 알 수 없었다.
연란이 어색하게 고개를 끄덕였다. "정말로 너를 위해서 하는 말이야."
성옥은 연란의 대답이 진심인지 알아보려는 듯 가만히 연란을 쳐다보았다. "궁금하네요. 열아홉째 언니가 어떤 자격과 입장에서 그런 충고를 하는 거죠?" 분명 비꼬고 있었지만 성옥의 얼굴에는 아무 표정도 없었기 때문에 단순히 궁금해하는 것처럼 들렸다.
성옥은 연란의 답을 기다리지 않고 이어서 말했다. "연삼 오라버니의 사촌누이라는 자격이라면 지나친 듯하네요. 이건 언니가 관여할 일이 아니니까요."
성옥이 차갑게 말하긴 했지만 공격적인 태도를 보인 건 아니었는데도 연란은 모욕을 당한 듯 불쾌해졌다. 그제야 연란은 머릿속이나 마음속에서 성옥의 형상은 그림자처럼 흐릿해도 성옥에 관한 소문만은 선명했던 게 떠올랐다. 듣기로 성옥은 절대 손해보는 법이 없었다.
연란은 불쾌한 감정을 억누르며 성옥의 차가운 반격을 무시했다. "오라버니가 너를 그렸다고 특별하게 생각하는 줄 알지?" 연란은 최대한 무심해 보이려 했다. "그거 아무것도 아니야. 넌 모르겠지만 오라버니는 여러 사람을 그렸어. 오라버니가 그린 사람 중에 제일 아름다운 사람도 네가 아니고."
성옥이 살며시 눈을 치켜뜨며 눈살을 찡그렸다. 연란은 성옥이 충격을 받았는지 확신할 수 없었다. 성옥이 시선을 연란에게 돌린 뒤 느닷없이 물었다. "언니도 오라버니를 좋아하는 거죠? 연삼 오라버니가 언니도 그랬나요?"

연란은 당황했다. "나를……"

성옥에게 속마음을 훤히 들키자 연란은 난감해져서 손난로를 꽉 움켜쥐었다. 아무 말도 하지 않음으로써 성옥의 의혹을 인정했다. 연삼이 장의를 그렸는지는 몰라도 자신을 그런 적은 없었다. 하지만 성옥에게 그런 적이 없다고 말할 수가 없었다. 연삼이 자신을 그렸다고 오해하도록 내버려두어야 성옥 앞에서 위태위태한 자존심을 지킬 수 있을 것 같았다.

성옥은 연란의 표정을 자세히 살펴보고 나서 고개를 끄덕였다. "그랬군요." 잠시 뒤 또 말했다. "두 사람 관계가 아주 좋은 건 알아요." 성옥이 고개를 돌려 창밖 설경을 바라보다가 불쑥 짜증스럽게 눈살을 찌푸리고는 퉁명스럽게 물었다. "그럼 언니한테 입을 맞춘 적은요?"

연란은 거의 넋이 나갔다. 대희국 풍습이 아무리 개방적이라도 대갓집 규수가 그런 경박한 말을 아무렇게나 입에 올릴 정도는 아니었다. 다만 열여섯 살의 이 소녀가 말할 때는 경박스러운 태도가 전혀 느껴지지 않고 순수하게 궁금해서 묻는 듯 들렸다. 자신이 내뱉은 말이 얼마나 부적절한지 전혀 의식하지 못하는 듯했다. 그럼에도 연란은 그 말 자체 때문이든 아니면 이면의 숨은 뜻 때문이든 가슴이 무겁게 가라앉고 눈앞이 아찔해져서 일단 마음을 진정시킨 뒤에야 입을 열 수 있었다. "설마 오라버니가……" 그러나 연란은 끝내 '너에게 입을 맞췄니'라는 말은 뱉을 수 없었다.

성옥은 연란의 말이 무슨 의미인지 완전히 파악한데다 또다른 의미까지 눈치챘기 때문에 경쾌해진 투로 말했다. "그럼 오라버니가 언니를 좋아한다고 할 수 없지요." 성옥은 좀더 정확히 덧붙였다. "최소한 언니가 원하는 그런 식으로는요." 잠시 생각한 뒤에는 확신에 차서 말했다. "언니는 연삼 오라버니를 좋아해도, 오라버니는 언니를 좋아하지 않아요. 언니는 나를 오라버니에게서 떼어놓고 싶어서 나를 붙들고 이런 말을 하는 거고요." 성옥은 실망스럽다는 듯 입을 삐죽거리고는 안쓰럽다는 투로 말했다. "이런 행동은 보기 안 좋네요." 그런 다음 성옥은 자리에서 일어나 그만 가려고 했다.

믿을 수 없다는 듯 쳐다보던 연란이 무의식적으로 몸을 먼저 움직여 성옥을 막았다. "내가 널 질투하는 것 같니?"

성옥이 가타부타 대꾸하지 않자 연란이 돌연 화를 냈다. "아까 오라버니가 마음에 품은 사람이 있지만 너는 아니라고 말했잖아!" 연란은 어떻게든 성옥을 무시하고 싶어서 말도 안 되는 방법까지 동원했다. "내가 질투한다는 네 느낌이 맞을지도 몰라. 하지만 너를 질투하는 거 아니거든," 연란이 입가를 올리며 억지웃음을 지었다. "들은 적 없지? 오라버니의 가슴 깊은 곳에 숨겨진 사람은 장의야."

일개 인간에 불과한 성옥에게 장의를 거론해서는 안 됐지만, 평온했던 성옥의 얼굴에 깜짝 놀랐다가 이어 새하얗게 질려 망연자실하는 표정이 떠오르자 연란은 마침내 우위를 점했다는 쾌감을 느꼈다. 장의를 언급한 것조차 얼토당토않은 일로 여겨지지 않았다. 성옥이 득의양양해 자신한테 연민의 눈길을 던지며 떠나도록 내버려두는 건 연란의 자존심이 허락하지 않았다. 그런 연민은 도저히 참을 수 없었다. 아무것도 모르는 사람은 분명 성옥이건만 대체 무슨 자격으로 자신을 불쌍하게 여긴단 말인가?

"오라버니는 장의 때문에 왔어." 연란이 성옥을 보며 또박또박 말했다.

성옥의 아연실색한 표정을 보자 연란은 평온해졌다. "너도 알잖아. 내 봉호가 태안인 이유. 내가 태어났을 때 평안성의 수해가 잦아들었기 때문이지. 내가 어렸을 때 천상의 궁궐을 그렸더니 국사가 신선과 나의 인연을 확인해주기도 했고. 아바마마는 내가 천성적으로 다리가 불편한 걸 안타까워하시며 그렇지 않았으면 얼마나 좋았겠냐고 하셨지. 그런데 나는 상관없었어. 장의가 그랬으니까."

놀라는 성옥을 보면서 연란은 한층 더 침착해졌다. "수신이 그녀를 사랑해서 그녀가 태어나자 수해가 물러갔던 거야. 구중천이 그녀의 고향이었기에 그녀는 천상의 궁궐을 그릴 수 있었던 거고. 누군가를 구하다 돌에 깔려 무릎이 망가졌기 때문에 다리에 장애를 갖고 태어났던 거지."

도저히 믿을 수 없다는 성옥의 표정이 연란은 무척 만족스러웠다. 응당 그랬어야 할 표정이었다. 일개 인간, 열여섯 살짜리 소녀, 무엇도 이해하지 못하고 아무것도 모르는 주제에 평온하고 오만하게 모든 걸 아는 듯 굴면 안 되는 것이다. 연란이 웃으며 성옥에게 물었다. "알아들었니?"

연란은 자세를 바꿔 바퀴 달린 의자에 비스듬히 기대며 비밀을 알려주듯 나직이 말했다. "그래, 내가 전생에 장의였어. 오라버니는 평범한 인간이 아니라 수신이고. 속세에 온 나를 찾기 위해서 이 세상에 왔지."

보통 사람이 그런 말을 들었다면 헛소리라고 여기겠지만 연란은 성옥이 믿으리라는 것을 알았다. 성옥은 신선이나 요괴, 기이한 일에서 멀리 떨어진 보통 사람이 아니었다. 종실이라면 누구든 성옥이 백여 꽃의 정기로 세상에 살아남았고 득도한 사람들의 시중을 받는다는 사실을 알았다.

눈밭에 연지가 번진 듯했던 성옥의 얼굴이 조금씩 핏기를 잃고 창백해지더니 급기야는 파리해졌다. 연란은 대화의 기세가 완전히 역전되었음을 알았다. 하지만 성옥이 믿는 것만으로는 충분하지 않았다. 아무 의심도 하지 않도록 만들어야 했다. 연란의 말은 전부 사실이었으니까.

연란은 턱을 반쯤 받친 채 말했다. "수신이 바람둥이라는 건 사해가 다 알지. 예전에 하늘에서도 오라버니 곁에는 온갖 아름다운 선녀가 끊이지 않았어. 하지만 아무리 아름다운 선녀라도 오라버니는 몇 달 상대해줬을 뿐이야. 넌 오라버니가 널 좋아한다고 했지만……" 연란이 한숨을 내쉬었다. "그렇게 생각하고 싶으면 그렇게 해." 연란은 마침내 아무렇지도 않은 듯 한숨을 내쉴 수 있게 되었다. 더이상 대화 초반부 때처럼 선신궁 궁하지 않았다.

연란은 상처 입은 나비가 하릴없이 가볍게 날개를 흔들 듯 성옥의 눈꺼풀이 천천히 깜빡이는 것을 보았다.

"나를 좋아하는지는." 연란이 이어서 말했다. "잘 모르겠어. 하지만 그때 오라버니는 나를 구하기 위해 신력의 절반을 버렸어. 나를 구해 속세로 요양 보내고 직접 내려와 내 옆을 지키고 있지. 내가 자라는 모습을 지켜보려고 대희국의 대장군이 되었고."

가볍게 떨리던 성옥의 눈꺼풀이 완전히 멈췄을 때 연란은 성옥의 표정이 예언과 같다고 생각했다. 상처 입은 나비 한 쌍이 다가올 가을에 고통과 슬픔 속에서 죽을 것이라는 예언. "오라버니는 장의를 가장 사랑하는 것처럼 들리네요." 연란은 성옥이 내린 결론을 듣고서 잠시 얼어붙었다. 그리고 캐묻는 듯한 성옥의 말소리를 들었다. "속이는 거 아니죠?"

연란은 성옥이 왜 그렇게 묻는지 알 수 없었다. 너무 약해 보여서였다. 자신이라면 절대 그렇게 자존심을 꺾지 않을 터였다. 성옥은 그 질문이 팽팽한 기싸움에서 상대에게 우위를 내주는 행위임을 전혀 모를 뿐 아니라 연란한테 우습게 보일 수 있음을 전혀 걱정하지도 않는 듯했다. 연란이 대답하지 않자 성옥이 초조한 듯 다시 물었다. "거짓말 아니죠?"

연란은 바퀴 달린 의자에 몸을 깊숙이 기대고 냉기와 오만이 가득한 특유의 눈길로 성옥을 바라보았다. "내가 왜 속이겠어? 못 믿겠으면 오라버니에게 물어봐. 국사한테 물어봐도 되고."

성옥은 더 말하지 않았다. 중상을 입은 듯 낯빛도 하얗고 입술까지 하얬다. 부서지기 쉬운 정교한 얼음조각처럼 단정하게 한참을 앉아 있고 나서야 입을 열었다. "언니가 장의라고요. 연삼 오라버니가 가슴 깊이 사랑하는 사람이 바로 언니라면 왜 오라버니는……" 성옥은 자신에 대한 연삼의 태도를 어떻게 정의해야 할지, 연삼의 행동을 어떻게 묘사해야 할지 알 수 없어서 머뭇거리다가 물었다. "왜 내게 잘해준 거죠?"

연란은 갑자기 가슴이 답답해졌다. 왜 자신이 이 지경까지 밀리는 것인지, 성옥은 어떻게 아직도 자신을 난감하게 만들 수 있는 것인지 이해할 수 없었다. 연란은 짜증스럽게 손난로를 움켜쥐었다. "내가 전생을 완전히 기억해내지 못해서, 오라버니의 마음속 그 장의가 되지 못해서 무척 실망했거든."

아주 오랫동안 연란은 바로 그 일 때문에 괴로웠다. 그런데 성옥도 자신의 말에 괴로워하자 고통이 조금 줄어드는 것 같았다. 숨을 길게 내뱉은 뒤 한 손으로 턱을 받치고 있다가 연란은 갑자기 재미있는 일을 발견했다는 듯 웃었다. "오라버니가 내게 실망하고 이런 나를 받아들일 수 없을수록, 오라버니 가슴속의 장의가 대체 불가능하다는 뜻 아니겠니?"

연란은 한숨을 내쉰 다음 성옥을 생각해주기라도 하듯 조용하고 온화한 투로 권했다. "포기해. 너는 우리랑 달리 일개 인간일 뿐이야. 너는 오라버니와 유희를 즐길 수도 없고 감당할 수도 없어."

정자 밖에는 펄펄 눈이 내리고 있었다. 성옥의 뒷모습이 휘날리는 눈송이 사이로 멀어지더니 금세 매화나무 숲 끝으로 사라졌다. 의자에 앉은 연란은 화로 덮개에 기댄 채 사람 하나 없이 은색 장막에 파묻힌 정원을 멍하니 바라보았다.

성옥과의 대결에서 대승을 거뒀으니 기쁠 줄 알았는데 가슴속에서 느껴지는 건 기쁨이 아니라 냉기였다. 왜 그런지는 알 수 없었다. 그때 불현듯 장의가 생각났다.

장의의 기억은 어수선하고 산만하게 연란의 의식 속을 떠다녔다. 장의가 대체 어떤 사람이었는지는 기억나지 않아도, 장의라면 연삼과 다른 사람의 감정을 깨뜨리려 온갖 궁리를 하지는 않았을 거란 직감이 들었다.

과연 옳은 행동이었을까?

연란은 순간 당황스럽고 자신이 비열하게까지 느껴졌지만, 금세 떳떳하지 못한 행동에 대한 이유를 찾아냈다. 연란은 성옥을 속이지 않았다. 전부 사실만 말했다. 상처받지 않도록 일깨워준 것은 일종의 공덕이니 좋은 일을 했다고 할 수 있었다. 구중천의 장의와 다른 행동을 했다고 연란의 성격이 장의와 다르다고 볼 수도 없었다. 그때의 장의는 지금의 연란처럼 연삼을 좋아하지 않았을 뿐이었다.

연란은 연삼이 유일하게 특별하다고 생각하는 사람인 장의였다. 그런 자신이 연삼을 좋아하므로 이런 행동 또한 문제될 것이 없다고 생각했다.

화로 위의 술을 한 잔 또 한 잔 비우다보니 취기가 돌았다.

밤이 깊어 만물이 고요해진 시각, 성옥은 창가에 앉았다. 누른빛의 경서를 펼쳐놓은 무릎 앞에는 목탄 화로가 놓여 있었다. 창문이 반쯤 열렸고 복도 처마에 걸린 양피 등롱 불빛 너머로 흩날리는 밤눈이 보였다. 옥으로 조각한 듯 눈에 파묻힌 소슬한 마당 풍경이 인간 세상 같지 않았다.

성옥의 무릎에 놓인 경전은 해서체로 베껴쓴 『지장보살본원경』이었다. 액을 막고 복을 기원하려면 이 경전을 베껴써야 했다. 입궁한 뒤 성옥은 이미 열 권을 베꼈는데 앞서 세 권은 손가락에서 피를 내 썼다. 피로 경전을 쓰면 훨씬 영험하다는 말을 들어서였다. 하지만 네번째 권에 이르자 출혈량이 너무 많아 툭하면 어지러웠기에 금이 섞인 보통 먹으로 바꾸는 수밖에 없었다. 그러다 대희국과 상식국이 귀단국 영토에서 최후의 일전을 벌이게 되자 성옥은 초조해져서 다시금 피로 경전을 베껴썼다. 그 경전을 오늘 아침에야 완성했고 지금 무릎에 펼쳐놓고 있었다.

성옥은 멍하니 창가에 앉아 있었다. 고요한 밤, 쌓인 눈의 무게를 못 이겨 나뭇가지가 부러지는 소리에 정신을 차린 성옥은 고개를 숙여 무릎의 경서를 천천히, 흥미롭게 뒤적이기 시작했다. 집중하지 못해 틀렸다가 다시 쓴 곳에 이르렀을 때는 손을 멈추고 진지하게 들여다보기까지 했다. 하지만 결국 끝까지 살펴보지 못하고 중간에 도로 덮은 뒤 경서를 화로의 불길 위로 던졌다.

생각해보니 우스운 일이었다. 성옥이 입궁해 처음 태황태후, 태후, 황제를 위해, 전쟁에서의 승리를 빌기 위해서라는 명목하에 베껴쓴 처음 두 권을 제외하면 나머지 경서는 전부 신령께 연삼의 안위를 빌기 위해 쓴 것이었다. 애당초 연삼한테는 그런 게 필요 없었는데 말이다. 연삼은 수신이었다. 인간이 아니었다. 장난 같은 인간들 전쟁이니 연삼이 신경쓸 리 없었고 위험에 처할 리도 없었다. 물론 성옥이 복을 빌어줄 필요도 없었다.

연란의 말을 완전히 믿는 것은 아니었다. 성옥은 한쪽 말만 듣고 한쪽 말만 믿은 적이 없었다. 연란이 자기 말을 믿지 못하겠으면 국사에게 물어보라고도 했고 실제로 연삼과 가장 가까운 사람이 국사였기 때문에 성옥은 눈을 맞으며 국사를 찾아갔다.

국사는 자신의 신통한 능력으로 귀단국과 상식국의 대치 상황을 알아봐달라고 찾아온 줄 알고 잔뜩 경계하며 성옥이 입을 열기도 전에 단호하게 거절했다. 인간계의 국운은 하늘이 정하는 법이라 도를 닦는 사람들은 경우에 따라 이롭게 하거나 인도할 수는 있어도 간섭할 수는 없다며, 천 리 밖 상황을 알아보는 것 역시 도법으로 간섭하는 것과 같이 천벌을 받을 수 있으니 생각도 하지 말라고 말했다.

성옥이 찾아온 진짜 목적을 말했을 때 국사는 너무 놀라 숨을 헉 하고 들이마셨다. 천벌을 받는 게 더 쉽겠다거나 제 발로 나서서 천벌을 선택하는 게 낫겠다는 반응이었다. 성옥이 굳은 얼굴로 아무 말도 하지 않자 국사는 망설이다가 한숨을 내쉬며 말했다. "오늘밤에 장군과 대화를 나누기로 약속했으니 궁금하신 것들을 직접 물어보시지요."

당연히 연삼은 상식국에서 돌아오지 않았다. 국사 거처의 연못을 이용해 이야기를 나누는 것이었다.

살얼음이 깔린 연못 옆에서 국사가 풍경과 잘 어울리는, 밤눈 내리는 강가 형상의 등롱을 들어올렸다. 희미한 등롱 불빛 속에서 연못의 얼음 위로 폭포와 사람의 모습이 천천히 나타났다. 국사가 먼저 한 걸음 다가가 '셋째 전하'라고 부르는 소리가 들렸다. 지금껏 국사는 성옥 앞에서 연삼을 부를 때 늘 대장군이라는 호칭을 사용했었다.

'전하'. 아무나 전하라고 불릴 수는 없었다. 하물며 국사에게는 더욱 그랬다. 인간계에는 연씨 성의 전하가 없었다. 이것만으로도 이미 몇 가지 의문이 해소되었다. 국사는 성옥의 모습이 보이도록 한 걸음 물러난 뒤 힘겹게 입을 열었다. "저녁에 군주가······"

성옥이 국사 대신 나섰다. "연삼 오라버니에게 몇 가지 물어보러 왔어요."

사실 성옥은 연삼을 한참 동안 보지 못했다. 눈을 들어 얼음을 바라보기까지 성옥은 오랜 시간을 들여 용기를 북돋아야 했다. 그런데 밤빛 때문인지, 밤눈 때문인지 얼음 위 연삼의 얼굴이 선명히 보이지 않았다. 하얀 옷을 입은 사람이 조용히 폭포 앞에 서 있는 모습만 보였다. 하지만 분명 연삼이었다. 연삼은 대답 없이 가만히 있었다.

성옥도 오늘 찾아온 목적이 연삼에게서 따뜻한 옛일을 떠올리거나 찾으려는 게 아니었기에 크게 신경쓰지 않았다. 성옥은 깊이 숨을 들이마신 뒤 단도직입적으로 물었다. "오라버니는 수신이 맞나요?"

잠시 정적이 흐른 뒤 연삼이 반문했다. "왜 그런 말을 하는 게냐?"

연삼은 많이 놀란 것 같지 않았다. 성옥이 언젠가는 자기 신분을 알게 될 것을 미리 준비했던 것도 같고, 성옥이 별로 중요하지 않은 사람이라 자기 신분을 알든 말든 상관없다는 듯도 보였다.

"맞군요." 스스로 답을 내놓은 성옥은 그게 진실임을 알 수 있었다. 조금 얼떨떨했다.

연삼은 부정도 설명도 하지 않은 채 말했다. "질문이 그것 하나만은 아니겠구나."

"맞아요. 궁금한 게 또 있어요." 성옥은 자기 표정이 너무 굳어 보이지 않도록 입가를 들어올리려 했지만 성공하지 못했다.

"두번째 질문은 장의에 관한 거예요." 그 이름을 내뱉었을 때 성옥은 어지러움을 느꼈다. 연삼의 표정을 살필 생각으로 얼음을 뚫어져라 봤는데 여전히 흐릿하기만 했다. 그래도 부채를 쥔 연삼의 손이 움찔하며 부채 자루를 꽉 쥐는 모습을 본 듯도 했다.

"장의라는 사람, 아니 신선을 구하느라 오라버니가 신력 절반을 버린 게 맞나요?"

천 리나 떨어져 있고 얼음으로는 연삼의 태도가 명확히 보이지 않아 성옥은 목소리만으로 그의 뜻을 추측하는 수밖에 없었다. 한참 뒤에 그가 대답했다. "맞다."

성옥은 입술을 꽉 깨물었다. 입술에서 피가 났다. 입안으로 옅은 피비린내가 퍼졌다.

"아." 성옥이 무의식적으로 반응하면서 오늘 연란이 무슨 말을 했었는지 떠올렸다. 정신을 가다듬은 성옥이 이어 물었다. "연란의 전생이 장의이고 오라버니가 이 세상에 와서 인간 행세를 하는 것이 연란을 위해서라던데 맞나요?" 성옥은 아무렇지도 않은 척하며 상처 난 입술을 핥았다. "대장군이 된 것도 연란을 위해서고요?"

아까보다 쉬운 질문이었는지, 아니면 결국은 다 비슷한 질문인데 첫 질문에 이미 답이 나와서인지 이번에는 연삼이 뜸들이지 않고 대답했다. "맞다."

"그렇군요." 성옥이 시큰둥하게 중얼거리고는 잠시 생각한 뒤 단순히 궁금하다는 듯 또 물었다. "하늘에 있을 때 미인을 많이 봤겠네요?"

잠시 침묵이 흐른 뒤 연삼이 대답했다. "그래."

성옥이 가만히 서서 또 물어볼 게 뭐가 있는지 생각할 때 눈바람이 불어왔다. 갑자기 현기증이 났다. 오늘 아침 피로 마지막 글자까지 다 베껴쓴 뒤 의자에서 일어났을 때 눈앞이 돌연 캄캄해졌던 것과 비슷했다. 많이 힘들었던데다 눈 속에서 너무 오래 서 있어서 그런 듯했다.

마지막 질문이 아직 남았다는 게 떠올랐다. "제가 그 미인들과 똑같은 존재인가요? 오라버니가 만났던 미인들처럼 그저 심심풀이 상대인가요?" 하지만 질문을 내뱉자마자 얼른 멈추라고 소리쳤다. "됐어요. 대답할 필요 없어요."

"이 질문은 철회할게요." 성옥은 손으로 얼굴을 문지르면서 티 나지 않게 눈가를 눌러 눈물을 막고는 평온한 표정으로 말했다. "이제 질문할 거 없어요." 자신을 걱정스럽게 바라보는 국사를 보고 성옥은 자연스럽게 얼굴을 문질렀다. "너무 춥네요. 이만 돌아갈게요."

얼음 위에서는 아무 기척이 없었다. 국사에게서 등롱을 건네받아 몸을 돌리며 성옥은 연못에 눈길 한번 주지 않았다. 스스로를 비참하게 만드는 질문을 던졌다. 질문을 던진 것만으로도 괴롭고 난감했기에 연삼에게 대답하지 말라고 했다. 성옥이 심심풀이 상대가 아니라면, 부정하며 성옥의 자존심을 조금은 세워주었을 텐데 연삼은 아무 말도 하지 않았다. 다른 질문에는 명쾌하게 답했으면서 그 질문에는 부정하는 시늉조차 하지 않았다.

성옥은 질문을 거두어 답을 듣지 않은 게 다행이라고 생각했다.

놀랍게도 연란의 말은 모두 사실이었다. 연란은 한마디도 거짓 말하지 않았다. 대단한 수신은 풍류를 즐겨 주변에 미인이 강물 속 붕어처럼 많았다. 하지만 전부 심심풀이 상대일 뿐 연삼의 가슴속에는 장의라는 선녀밖에 없었다.

실은 연란이 말해주기 전에 성옥은 장의라는 이름을 들어본 적이 있었다. 남염 고분 밖 측백나무가 꽃과 나무 일족의 역사를 어떻게 아무것도 모르느냐며 핀잔을 줘서 일전에 요황에게 물어봤기에 성옥은 장의의 일생에 대해 전부 알았다.

성옥은 장의를 향한 연삼의 마음을 조금도 의심하지 않았다. 요황이 수신과 장의의 오랜 인연에 대해 들려주었을 때 성옥조차 수신이 장의를 깊이 사랑한다고 생각했었다. 심지어 나란다 신 때문에 걱정까지 했다. 측백나무와의 대화를 통해 나란다 신이 수신을 남편으로 인정했다는 걸 알아서였다. 그 복잡한 삼각관계에 성옥은 남몰래 탄식했었다.

그들의 관계 속에 자신이 끼어들게 될 줄은 상상도 못했다.

연란은 성옥이 인간에 불과해 연삼과의 유희를 감당할 수 없을 거라고 했다. 맞는 말이었다. 하찮은 인간으로 심심풀이 상대에 불과하니 성옥은 수신의 인생에서 한 자리를 차지할 자격이 없었다. 또 연삼은 자기 나름대로 치열해질 터였다. 어쩌면 장의를 사랑하지만 나중에 나란다의 강요 때문에 장의와 좋지 못하게 끝날지도 모르고, 아니면 천명을 거역할 수 없어 나란다에게 마음이 더 기울어 그 고대 신과 부부가 될지도 몰랐다. 어떤 상황이 됐든 일개 인간인 성옥과는 아무 관련이 없어 보였다. 그들에 비하면 인간은 먼지처럼 하찮은 존재일 뿐이었다.

첫눈이 내린 평안성의 밤은 정말 추웠다.


눈 내리는 밤은 차갑고 고요했다. 다행히 방에 불이 따뜻하게 지펴져 한밤중까지 창문을 열고 있었는데도 많이 춥지는 않았다.

불꽃이 손가락에 닿았을 때 성옥은 화들짝 놀라며 기억에서 빠져나왔다. 경서가 손에서 미끄러져내렸다. 긴 두루마리가 펼쳐진 채 화로 속으로 떨어졌다. 피로 쓴 경서의 글자는 이미 말라 더이상 선홍색이 아니었다. 붉다면 붉지만 녹슨 듯 어두운 빛깔이었다. 화로에 떨어지자 녹이 많이 슨 낡은 물건이 불길에 삼켜지는 듯해 안타까운 마음이 절로 들었다.

이만여 자의 경서가 재로 변하는 건 순식간이었다. 표지와 첫 쪽이 화로 바깥으로 튀어나와 겁운을 피했다. 허리를 굽혀 바닥에 떨어진 부분을 집어든 성옥은 화로로 던지다가 무심결에 '내가 들은 바로는'이라는 글자를 발견하고 멈칫했다.

잠시 뒤 성옥은 넋 나간 표정으로 눈물을 흘렸다.

누군가를 좋아하면 뭐가 좋지? 성옥은 생각에 잠겼다.

오경이 되어서야 성옥은 잠자리에 들었다. 잠이 잘 오지 않았다. 한참 눈을 감고 있자 점점 몽롱해지긴 했는데 꿈결인지 아닌지는 잘 분간되지 않았다. 머릿속으로 여러 장면이 하나하나 떠올랐다. 기억 같기도 하고 꿈 같기도 했다.

학 모양 청동 등의 희미한 불빛 아래에서 연삼이 부드러운 표정을 지었다. 엄지손가락으로 성옥의 눈가를 보물 만지듯 조심스럽게 쓰다듬으며 눈물을 닦아주었다. 이어 회묵산장의 단상이 나타났다. 연란 옆에 서 있는 연삼은 성옥이 고삐에 감겨 벽안도화에게 끌려가는데도 보지 않았다. 조금 뒤에는 단풍나무 숲 온천에서 연삼이 차가운 눈빛으로 "앞으로 다시는 내게 다가오지 마라"라고 경고하는 장면이 보였다. 마지막은 국사부의 연못 옆이었다. 얼음에 비친 연삼의 얼굴이 선명했다. "나도 심심풀이 상대인가요?" 성옥이 묻자 연삼은 눈살을 찌푸리더니 차갑게 반문했다. "아니면?" 사실 연삼은 그렇게 대답하지 않았는데 왜 그렇게 말하는 장면이 상상되는지 알 수 없었다.

성옥은 낭떠러지 옆에 서 있다가 누군가에게 떠밀려 한순간에 중심을 잃고 허공에서 버둥대고 있는 듯한 기분이 들었다. 주변이 온통 안개에 뒤덮이고 몸은 물론 마음까지 텅 비어버린 듯했다. 꿈을 꾸고 있는 것 같았다.

안개 속에서 바퀴 달린 의자에 앉은 연란이 나타나 살며시 눈꺼풀을 내리깐 채 불쌍하다는 듯 성옥을 바라보았다. "너는 일개 인간일 뿐이야. 우리와 다르다고."

그러고 나서 성옥은 쿵 하며 바닥으로 떨어졌다. 예상과 달리 통증은 느껴지지 않았다. 잠시 멍하게 있다가 성옥은 힘을 모아 바닥에서 일어났다. 눈앞은 여전히 하얀 안개가 자욱했고 발밑도 마찬가지였다. 다만 발바닥에 부들부들한 촉감이 느껴져 땅바닥이 아니라 목화솜이나 진흙 위에 선 듯했다. 성옥은 한 발씩 앞으로 나아갔다. 하지만 그저 걷기만 할 뿐 어디로 가는지는 알 수 없었다.

그때 안개가 흩어지더니 앞쪽에서 빛이 나타났다. 빛 속에서 두 사람 모습이 보이고 말소리가 들려왔다.

"묵연이 약목문을 봉쇄한 지 칠백 년이 되었어. 그는 네가 문을 열길 바라지 않아. 그래서 칠백 년 동안 네가 아무리 애를 써도 그 문을 열 수 없었던 거라고. 묵연은 너를 붙들고 싶어해." 수십 장 떨어진 곳에서 성옥을 등지고 있는 그 사람은 밝은 노란색 옷을 입었고 키가 크며 호리호리했다. 뒷모습과 목소리가 익숙했다. 기이한 느낌도 받았는데 그 익숙함과 기이함이 무엇 때문인지는 알 수 없었다. 그 사람이 계속 말했다. "부신父神의 아들이니 그가 싸움을 원치 않으면 누구와도 싸우지 않을 수 있어. 반면 싸우려 한다면, 너도 봤잖아. 고작 칠백 년 만에 난세를 마무리짓고 사대 종족을 통일했어. 네가 아니었으면 다섯 종족이 모두 그의 수중에 들어갔겠지. 묵연이 너를 붙들려 하면 얼마든지 붙들 수 있다고. 네가 나를 찾아와 힘을 합쳐봐야 우리는 그 문을 열어 인간을 내보낼 수 없다는 말이지. 차라리 이렇게 하자."

 그 사람의 한마디 한마디가 똑똑히 들렸지만 성옥은 무슨 뜻인지 전혀 이해할 수 없었다. 그 사람이 말을 마쳤을 때에야 맞은편에 있던 흰옷을 입은 여자가 고개를 들어 성옥에게 얼굴을 똑똑히 드러냈다. 처음 보는 얼굴이었다. 그렇게 아름다운 얼굴을 본 적이 있었다면 아무리 꿈속이라도 기억 못할 리 없었다.

 성옥은 자기도 모르게 앞으로 나아갔다. 그렇게 가까이 다가갔는데도 이야기중인 두 여자는 성옥을 발견하지 못했다.

 "넌 이미 오랫동안 예언을 내놓지 않았어. 결말을 봤던 거야. 그렇지?" 흰옷의 여자가 눈썹을 살짝 구부리며 웃음기를 머금고 말했다. 매우 아름다우면서 한없이 서늘한 느낌을 주는 생김새였다. 온몸이 얼음과 눈으로 만들어진 듯하고 옷도 하얀데다 새까만 머리카락에 꽂은 유일한 장신구인 봉황 깃털에까지 하얀 보석이 박혀 있었다. 고상하고 순결한 동시에 차갑다는 느낌밖에 들지 않았다. 하지만 눈동자만은 차가워 보이지 않았다. 눈꼬리를 살짝 올리며 웃음을 짓자 넋이 나갈 듯 매력적이었다.

 "내가 문을 열 방법을 찾았다는 것 너도 알잖아. 내가 죽는 게 싫을 뿐이겠지." 흰옷의 여자가 한숨을 내쉬었다. "하지만 누구도 천명을 거스를 수는 없어." 어쩔 수 없다는 투였다. "너는 빛의 신이자 진실의 신으로, 총명하고 천명을 볼 수 있지. 네가 제일 잘 알잖아. 그게 천명이고 누구도 바꿀 수 없다는 거. 너도 할 수 없고 나도 할 수 없어." 그녀가 아득히 먼 곳을 바라보았다. "묵연도 할 수 없지."

그리고 나서는 재빨리 화제를 돌렸다. "내가 널 찾아온 건 네 사명이 무엇인지 알아서야. 너도 알고 있겠지. 십만 년 동안 네가 고요산에 숨어 세상사에 관여하지 않은 것은 마지막 결말을 이미 봐서 아니야? 다른 데 신경쓰지 않고 내가 찾아오기만 기다리느라?" 그녀가 살며시 눈썹을 치켜올리자 눈꼬리도 올라갔다. 냉기 속에 부드러움이 감돌았지만 날카로움도 서려 있었다. "왜 지금에 와서 번복하는데?"

천지간에 바람소리만 들렸다. 한참 뒤 노란 옷의 여자가 말했다. "못 견디겠어."

흰옷의 여자가 이상하다는 듯 웃었다. "못 견디겠다니, 뭘?" 그녀가 돌연 맞은편 노란 옷의 여자 어깨에 손을 올리고 손가락으로 까마귀 깃털처럼 새까만 머리카락을 건드리며 바싹 다가가 웃었다. "세상에서 제일 무정한 게 너야. 빛에서 태어난 너는 칠정이 무엇인지도 육욕이 무엇인지도 모르는데 내 죽음을 아쉬워한다고?" 차가운 눈매에서 바람기가 느껴졌다. "팔황 천지에 누구도 너한테서 아쉽다는 말을 끌어내지 못했는데 내가 들었으니 이번 생에 여한은 없다."

노란 옷의 여자가 그녀의 농담을 무시하며 손을 치웠다. "정말로 여한이 없어? 묵연은?"

흰옷의 여자 얼굴에서 웃음기가 점점 사라졌다. 한참 뒤 그녀가 말했다. "그에게…… 아쉬움이 남는지는 생각해본 적 없어." 흰옷의 여자가 뒤로 한 걸음 물러나 옆쪽 돌의자에 앉아서는 손가락으로 이마를 짚었다. 아무 표정도 없어서 언뜻 얼음장처럼 차갑게 보였다. 한참 뒤에야 그녀가 입을 열었다. "나는 아쉬워할 수 없어. 감히 그럴 수 없지."

흰옷의 여자가 감히 아쉬워할 수 없다고 말했을 때 짙은 안개가 다시 한번 엄청난 기세로 밀려왔다. 조금 전까지 성옥 바로 앞에서 이야기하던 두 여자가 순식간에 안개 속으로 사라지고 세상도 흐릿해졌다. 성옥 역시 망연해졌다. 그러나 이번에 성옥은 안개 속을 이리저리 돌아다니는 대신 바닥에 주저앉았다. 얼마 뒤 안개가 다시 걷히고 달밤이 나타났다.

달빛 비치는 지붕 위에 조금 전의 두 여자가 있었다. 한 명은 앉아 있었고 한 명은 누운 채 술을 마시고 있었다. 앉은 사람은 흰옷의 여자고 누운 사람은 노란 옷의 여자였다. 모로 누웠기 때문에 성옥은 이번에도 노란 옷 여자의 얼굴을 볼 수 없었다.

흰옷의 여자가 한 손에 술병을 들고 하늘가의 달을 바라보며 탄식하듯 말했다. "내일이구나."

노란 옷의 여자가 말했다. "이레 뒤 묵연이 구중천에서 봉신제를 열어 신을 새로 봉한다던데, 우리가 내일 약목문을 열면 예정대로 거행할 수 있을지 모르겠네."

흰옷의 여자가 턱을 받친 채 혼잣말처럼 중얼거렸다. "천지의 주인이 바뀌었으면 새로 신을 봉해야지. 그건 맞아." 그녀는 더 의견을 내놓지 않았다. 무료하다는 듯 오랫동안 오른손으로 술병을 돌리고 나서야 다시 입을 열었다. "봉신제를 기획했을 때 너를 초

청했다며? 새로운 시대의 화주가 되어달라고."

노란 옷의 여자가 담담하게 말했다. "받아들이지 않았어."

흰옷의 여자가 술병을 들고 몇 모금 마셨다. "만물은 빛에서 생겨 빛을 받으며 나오니 묵연의 생각이 옳아. 너는 화주가 되기에 가장 적합한 신이야. 팔황에 너보다 더 그 자리에 어울리는 신은 없어." 술이 무척 독한지 몇 모금 만에 새하얀 얼굴이 살짝 발그레해졌지만 눈빛만은 여전히 맑았다. 그녀가 미소를 지으며 고개를 숙여 노란 옷의 여자를 바라보았다. "네가 거절했지만 묵연은 화주 자리에 다른 신을 봉하지 않을 거야. 새로운 시대가 이제 막 열려서 아직 불안정하니 모든 자리에 신이 있는 게 좋지. 신들이 제자리에 있어야 그도 편해질 거고. 네가 좀 도와줘."

노란 옷의 여자는 여전히 담담했다. "난 너를 선택했어. 그래놓고 어떻게 묵연을 도와? 화주 자리는 엄청나게 중요하지도 않으니 누구를 봉하지 않아도 팔황을 통치하는 데는 지장 없어." 그녀가 갑자기 몸을 일으켰다. "아니, 너 설마……"

흰옷의 여자가 그녀의 말을 잘랐다. "너는 누구보다 나를 잘 알잖아. 난 언제나 완벽한 걸 좋아하지." 그러고는 다 마신 술병을 내던지고 또 말했다. "내 기억이 맞는다면 반고와 부신이 세상을 만든 뒤 처음 열리는 봉신제야. 모든 자리에 신이 있어야 완벽하다고 할 수 있어." 그녀가 아주 평온하게 웃었다. "알잖아. 내일 일이 끝나면 나에게선 생기라는 걸 찾아볼 수 없겠지. 생기가 없는데 몸을 남겨놓은들 무슨 소용이 있겠어?"

짙은 안개가 느닷없이 또 덮쳐와 달과 바람, 푸른 기와와 높은 담장이 사라지고 술을 마시며 대화하던 두 사람도 사라졌다. 눈 깜짝할 사이에 또다른 장면으로 바뀌었다. 역시 밤이라 하늘가에 달이 걸려 있었지만 진홍색이었다. 붉은 달 아래 곳곳에서 불길이 치솟았다. 세상이 거대한 화로 같았다. 눈길 닿는 곳마다 초토화되어 풀 한 포기 없는 충격적인 광경이 펼쳐졌다.

그런데 이상하게도 성옥은 이 광경이 충격적이지도, 두렵지도 않았다. 자기 앞에 어떤 남자가 서서 자신과 이야기를 나누는 중 같았다.

성옥은 자기 입에서 나오는, 전혀 이해할 수 없는 말을 들었다. "신이 죽을 때는 아무리 위태로운 상황이라도 몸을 회복하고 보호할 신력을 조금은 남기는 법이다. 하지만 소관은 열반의 불로 약목문을 태울 때 자기 몸의 힘을 전부 나에게 주었다. 스스로를 보호할 영력을 한줄기도 남기지 않았지. 그러니 나는 혼돈에 제사를 지낸 뒤에도 틀림없이 한줄기 숨결을 남길 수 있을 거다." 성옥은 얼굴이 잘 보이지 않는 남자에게 말하는 자신의 쉰 목소리를 들었다. "그 숨결은 홍련 씨앗으로 변할 것이다. 소희야, 그 씨앗을 신계의 묵연 상신에게 가져다주거라." 잠시 쉬었다가 또 말했다. "묵연에게 전하거라. 그건 소관 신이 소멸의 대가로 내놓은 새로운 시대의 화주라고. 홍련을 심고 곤륜허의 샘물을 주면 금세 형상을 갖추고 수련을 통해 신이 된 뒤 화주의 자리에 오를 거라고. 그가……"

그녀는 한참 말을 잇지 못했다.

소희라고 불린 남자가 나직이 물었다. "그가…… 어쩌길 바라십니까?" 청년의 목소리였다.

그녀가 나직하게 탄식하며 말했다. "그가 소중히 아껴주길 바란다고."

청년 소희가 잠시 입을 다물었다 물었다. "그 숨결은 누구의 것이며 누가 됩니까? 존상이십니까, 아니면 소관 님입니까?"

성옥의 귀에 담담하게 답하는 자신의 목소리가 들렸다. "그녀는 그녀일 뿐이다. 나도 아니고 소관도 아니지. 수행을 거쳐 그녀 자신, 새로운 시대의 화주가 될 거다."

청년에게 하는 모든 말이 자기 입에서 나왔건만 성옥은 놀라움을 금할 수 없었다. 자기 입으로 샘물처럼 줄줄이 내뱉었음에도 성옥은 그중 누구도 알지 못했고 그중 어느 곳에도 가본 적이 없었다. 자기 입에서 나온 말을 단 한 마디도 이해할 수 없었다. 성옥은 답답하고 초조한 나머지 마주한 청년에게 대체 왜 이러냐 묻고 싶었다. 그때 귓가에 시끌시끌한 소리가 들려왔다.

불길과 그을린 땅, 붉은 달, 눈앞의 청년이 불현듯 사라졌다. 성옥은 깜짝 놀라 눈을 떴다.

병풍 밖에 두었던 초가 거의 다 타고 촛대에 잔뜩 쌓인 촛농 위로 콩알만한 빛만 남아 있었다. 휘장 안쪽도 어두침침했다. 성옥은 꿈인지 생시인지, 자신이 아직도 꿈속의 그 사람인지 아닌지 잠시 분간할 수 없었다.

기척을 들은 궁녀가 초를 들고 와서 근처 복림궁福臨宮에 불이 났다고 고했다. 사람들이 사방을 돌아다니며 도움을 청하느라 조금 전에는 시끄러웠지만, 지금은 불길이 잡혀 더는 위험하지 않다고 했다.

성옥은 자리에서 일어나 옷을 걸치고 마당으로 나갔다. 높고 붉은 담장 너머 멀지 않은 곳에서 불길이 보였다. 불이 났다는 그 궁 같았다. 불길이 아직 거셌지만 아주 가까운 거리는 아니었다. 아득한 곳에서 기진맥진해진 맹수가 헛되이 발버둥치는 모양새라 두려워할 필요가 없을 듯했다. 문득 성옥은 어렴풋이 기시감이 들었다. 조금 전 꿈에서 비슷한 불길을 본 것 같아 가만히 떠올려봤지만, 가물가물하기만 하고 아무것도 생각나지 않았다.

마당에 선 채 한참을 되짚어봐도 어제 일만 기억났다. 연란과 술을 몇 잔 마시고 이야기를 나눈 뒤 밤에 연삼을 만나 질문을 던지고 지금껏 몰랐던 일들을 알게 되었다. 스스로가 우스워 피로 쓴 경서를 태우고는 잠자리에 들었다. 푹 잠들지 못하고 계속 꿈을 꿔서 머리가 지끈거리는데 대체 무슨 꿈이었는지 기억나지 않았다. 눈을 떴을 때 온갖 풍파와 고난을 겪은 듯한 느낌만 희미하게 남아 있었다.

잠이 들 무렵만 해도 성옥은 무척 멍하고 가슴이 아팠다. 그런데 지금은 슬픔과 기쁨 모두 크게 느껴지지 않았다. 슬프지도, 기쁘지도 않았다

다만 뜬금없게도 오른손으로 가슴 앞을 꽉 움켜쥔 채였는데 왜 그러고 있는지는 알 수 없었다.

## 6장
## 섣달 열이레 눈보라 속에 평안성을 떠나는 성옥

입궁한 이후 성옥은 늘 묘시에 일어나 세수하고 태황태후 거처로 가 조모의 아침식사 시중을 들었다. 그런데 이날은 묘시가 끝나가는데도 성옥이 일어나지 않았다. 궁녀가 휘장을 들춰보니 군주가 이불을 뒤집어쓴 채 덜덜 떨며 춥다고 중얼거리는데 얼굴까지 벌겋게 달아올라 있는 게 아닌가. 궁녀는 당황해 곧바로 태황태후에게 고했고, 태황태후는 태의원 원판院判을 불러 진맥을 맡겼다.

태의원의 증 원판은 손목에 실을 매 진맥한 뒤 지난밤 감기에 걸렸다고 고했다. 그런데 성옥은 약을 먹고도 계속 고열에 시달리며 자꾸 의식을 잃었다. 태황태후는 걱정하다가 문득 성옥의 운명을 떠올렸다. 성옥이 아픈 이유가 궁에서 너무 오래 머물러 백여 꽃의 영기를 받지 못한 탓일 수도 있겠다고 생각했다. 위중한 성옥이 함부로 움직이면 안 될 것 같아 태황태후는 주근과 이향에게 입궁하라 명하면서 십화루에서 영기가 가장 강한 화초를 가져와 성옥의 병을 고칠 수 있는지 보자고 일렀다.

어지를 받은 주근은 화초 중에서 얼마 전 변신을 마쳐 대화가 가능해진 요황과 자우담을 선택했다.

성옥은 보름 넘게 앓았다. 처음에는 정신이 맑을 때보다 혼수상태일 때가 훨씬 많았다. 이향은 병상 옆에서 성옥의 땀을 닦아주고 이부자리를 봐주고 물과 약을 먹이고 옷을 갈아입히느라 정신없이 바쁘게 움직였다. 주근과 요황, 자우담 세 남자는 바깥채에서 자신들이 할 수 있는 일을 했다. 성옥이 정신을 차렸을 때 이불을 잘 덮고 따뜻한 물을 많이 마시라고 당부하는 일이었다.

달리 할일이 없었기 때문에 주근은 사람 크기만한 청동거울을 바깥채에 가져다놓고 술법을 걸었다. 이후 이향 혼자만 안채에서 성옥을 간호하고 세 남자는 바깥채에서 청동거울로 천 리 밖 귀단국의 전황을 실시간으로 보았다. 단순히 보기만 하면 좋을 텐데 툭하면 자기 의견을 내놓았다. 그러다 서로 의견이 갈리면 말다툼을 벌였다. 그나마 주근은 차분하고 포용적이지만 요황과 자우담은 그렇지 않아서 걸핏하면 서로에게 욕을 퍼부었다. 그러다보니 성옥은 시끄러워서 깼다. 성옥이 깬 걸 보면 세 사람은 잠시 싸움을 멈추고 성옥을 챙기는 척하며 이향에게 잔심부름을 시켰다. "따뜻한 물 좀 따라드려."

이향은 그들 셋 모두 이번 생은 물론 다음 생, 그다음 생까지 절대 아내를 구하지 못할 거라 생각했다.

닷새쯤 지났을 때 성옥이 침대에서 일어났다. 이향은 성옥이 일어나자마자 바깥채에서 아무것도 안 하는 세 화요를 쫓아낼 줄 알았는데 아니었다. 두툼한 모피를 두르고 문틀에 기대 복잡한 표정으로 청동거울 속 광경을 보다가 성옥은 거기 비치는 게 무엇인지 알아차리고는 주근 무리에게 그런 능력이 있다는 사실에 무척 놀라는 듯했다. 잠시 서 있던 성옥은 그들 사이에 끼어들었다.

성옥이 함께 청동거울 앞에서 귀단국과 상식국의 전투를 지켜본 그날, 전세에 심각한 변화가 생겼다.

황제가 제국의 보물이라 불리는 연삼에게 소국인 귀단국을 지원하라 명한 것은 단순히 귀단국을 상식국의 침략에서 구해주기 위함이 아니었다. 상식국이라는 잠재적 강적을 천극산 북쪽에 완전히 가둬두려는 목적이 더 컸다. 그래서 상식국이 모든 전선에서 패해 귀단국에서 물러난 뒤에도 대희국은 손을 거두지 않았다. 대희의 십오만 병사는 천극산을 넘어 상식국까지 들어가 그들의 비옥한 하랍夏拉 초원을 단숨에 점령했다.

대희국의 병력 삼분의 일이 동남쪽 전장에서 상식국과 싸우는 동안, 사 년 전 등극한 뒤 줄곧 연삼에게 패했던 북위의 새로운 왕은 드디어 설욕할 기회가 왔다고 생각했다. 북위는 전력을 대거 동원해 오십만 명의 병사를 대희국 변경으로 집결시켰다. 성옥이 청동거울에서 처음 본 장면이 바로 그것이었다. 요황이 상식국 전쟁터에서 대희국 국경으로 화면을 바꾸었는데 북위가 대희국에 선전포고를 하고 있었다.

주근은 군사 지식이 약한 자우담을 이해시키기 위해 지도까지 동원했다. 지도로 보면 북위와 대희국의 접경지대에서 서쪽은 건너기 힘든 수택水澤이고 동쪽은 험준한 산지였다. 대희국의 두 군郡

에 걸쳐져 있는 기택호淇澤湖 북쪽만 평원이었다. 대희국의 병력이 분산되었을 때를 틈타 북위가 전력을 총동원해 남침한 의도는 막대한 병력으로 순식간에 기택호 관문의 방어선을 돌파함으로써 대희국의 문을 열고 동남쪽으로 깊숙이 진격해 황성까지 곧장 치기 위함이라고 요황은 분석했다.

기택호의 관문은 국경의 길목이라 연삼은 십만의 정예병으로 가히 철옹성이라 불리는 견고한 방어선을 구축해놓았다. 하지만 아무리 견고하다 해도 북위 오십만 군사의 전면적인 기습 공격을 막기에는 역부족이었다.

호수 앞의 중요한 도시가 연달아 무너지면서 닷새 만에 기택호의 이북쪽이 완전히 함락되었다.

지리적으로 호수 동쪽은 장화 모양의 평원이고 평원 동쪽은 산지였다. 다시 말해 호수와 산 사이에 장화 모양 평원의 몸통 부분이 끼어 있었다. 호수 입구에서 진격해온 북위군은 대희국 수비군과 장화의 몸통 부근에서 열흘간 싸운 끝에 그곳을 손에 넣었고 대희국의 패잔병 이만 명은 호수 남쪽의 거동현巨桐縣까지 물러났다. 그렇게 해서 첫번째 대전이 막을 내렸다.

호수 관문의 방어선이 무너졌다.

오십만 군사에 십만 군사가 맞섰으니 패배는 당연한 결과였다. 그래도 대희국 변경에서 보낸 다급한 보고가 제때 전달되었고 평안성에 있는 황제도 과감하게 군령을 내렸다. 전쟁 발발 여섯째 날 대희국의 17위 이십만 병마는 신속하게 대오를 정비한 뒤 운하의 장점을 활용해 수로를 따라 기택호까지 빠르게 나아갔다.

호수의 관문을 지키던 패잔병이 거동현까지 밀려난 바로 다음

날, 삼만의 군대가 먼저 도착해 그들과 합류했다. 신속하게 통합된 오만의 병력은 새로운 방어선을 구축하고 북위 대군이 거동현으로 들어오지 못하게 막았다. 한편 방어선에서 십 리 후방에 있는 기택호의 최남단 묘도현森都縣에서는 이십만 명의 인부를 동원해 서쪽 호수부터 동쪽 산까지 장벽을 세우는 대대적인 공사를 시작했다.

천 리 밖에서는 전쟁의 불길이 흩날렸지만 평안성은 여전히 평안했다. 성옥이 궁에서 보름 넘게 요양했을 때 태황태후가 병문안 차 상궁을 보내왔다. 상궁은 돌아가 군주의 기색이 많이 좋아졌다고 고했다. 태황태후는 주근이 데려온 화초들의 공로라고 굳게 믿으며 성옥이 움직여도 좋을 듯하니 십화루로 돌아가 계속 요양하라고 분부했다. 성옥은 별다른 의견이 없었지만 요황과 자우담은 무척 아쉬워했다. 십화루에는 궁에 있는 것 같은 커다란 청동거울이 없어서였다. 지난 이십여 일 동안 궁의 커다란 거울을 보는 데 익숙해져서 이제 십화루의 작은 거울로는 성에 차지 않을 듯해 둘은 궁을 떠나며 몇 번이나 뒤를 돌아보았다.

한 사람과 네 화요가 십화루로 돌아온 이튿날, 대희국의 이십만 지원군이 기택호 남쪽의 묘도현에 속속 도착했다. 요황은 열여덟 번이나 길게 탄식한 뒤 어두운 낯빛으로 상반신만한 크기의 거울 화면을 한동안 무심했던 상식국 전쟁터로 돌렸다. 대장군 연송이 직접 지휘했던 동남쪽 전장은 휴전 상태였다. 과거를 소급해본 뒤에야 귀단국을 지원하러 갔던 대희국의 주력군이 십여 일 전에 천극산 북쪽에서 철수했음을 알 수 있었다. 귀단국의 해선을 빌린 주력군은 순풍을 타고 남해를 가로질러 대희국의 서남쪽에 상륙한 뒤 지금은 기택호 운하에 올라 있었다.
 자우담이 이해할 수 없다는 듯 눈을 동그랗게 뜨고 손가락을 한참 꼽아본 뒤 주근에게 물었다. "내가 아는 게 워낙 없어서. 인간들에게 저 회군 속도는 너무 빠른 것 아니야?" 이어서 또 물었다. "좀 전에 귀단국을 훑어볼 때 국사 속급을 본 것 같아. 전세가 너무 복잡하고 긴박해지니까 어쩔 수 없이 속급을 귀단국으로 파견하고 회군해야 하는 대희국 군대에 술법을 쓴 건가?"
 요황은 자우담에게 '천 년 된 화요가 인간 세상에 왔을 때 반드시 알아야 하는 사소한 일 열 가지'라는 제목으로 한바탕 연설을 늘어놓고 싶었다. 하지만 주근이 옆에 있으니 너무 심하게 굴면 안 될 것 같아 최대한 감정을 억눌렀다. 그때 주근이 부드럽게 대답했다. "인간 세상의 전쟁은 크든 작든 국운과 관련돼. 하늘이 정한 운명이라 누구도 선술이나 도법 같은 걸로 간섭할 수 없지. 아주 조금이라도 법력을 쓰면 후폭풍을 감당해야 해. 심하면 천벌을 받을 수도 있어. 일개 국사는 말할 것도 없고 구중천 전쟁의 신이 내려와 이 전투에 참여해도 인간의 방법으로 싸울 수밖에 없어. 천벌의 수위가 장난이 아니거든."
 자우담은 긴가민가하며 주근한테 천진하게 물었다. "술법을 쓰지 않았다고? 그럼 어떻게 저렇게 빠를 수 있어?"
 요황은 자우담이 정말 멍청하다고 생각했다. 그런 멍청한 말들을 계속 들을 자제력이 바닥나 요황은 주근이 다시 입을 떼기 전에 자신이 나서서 하나하나 풀어가며 설명했다. "귀단국 전장에서 십여만 군대가 무척 빠르게 돌아온 건 신력이나 도법과 상관없어. 그들 대장군의 과감한 결단력과 적절한 배치 덕분이지. 천문에 밝은 대장군은 이 계절에는 남해에서 동풍이 불어오는 것을 알았기 때문에 해선으로 동풍을 타고 수로를 통해 대희국까지 돌아온 거야. 육로로 행군하는 것보다 두 배는 빠르게." 그러고는 도저히 못 참겠다는 듯 기어코 자우담을 흘겨보았다. "아무것도 모르면서 어떻게 화요가 됐담?"

자우담은 곧장 요황과 싸우려 달려들었지만 중간에 앉은 주근에게 막혔다.

성옥은 걸상을 그 셋에게서 멀찍이 옮겼다. 그때 청동거울의 화면이 대희국과 북위의 전장을 위에서 내려다보는 구도로 비춰주었다. 기택호 남쪽의 묘도현부터 동부 산지 사이에 거대한 방어선이 완공돼 장화 모양 평원의 구부러지는 중간 지점을 검은색 수문처럼 봉쇄하고 있었다. 묘도 방어선이 구축되자 전방 십 리의 거동현을 수비하던 오만 병사는 더이상 승패에 연연하지 않았다. 싸우고 후퇴하길 반복하며 새 방어선까지 내려와 새로 도착한 십칠만 대군과 합류했다.

이십이만 대군이 지키는 세번째 방어선은 하늘에서 떨어진 듯 순식간에 구축돼 사십여만 북위군 앞에서 그들의 공세를 강력하게 차단했다.

양군이 대치 국면에 들어갔다. 위에서 내려다보니 포화는커녕 아무 움직임도 보이지 않았다. 안개에 가려져 희미한 지도처럼 보였다.

성옥은 눈살을 찌푸린 채 한참을 보다가 손가락으로 거울을 살짝 건드려보고 나서 자우담보다 훨씬 전문적인 질문을 던졌다. "회군이 빨랐어도 병사만 급히 달려왔을 뿐 군수품은 아직 후방에 묶여 있잖아. 최소 열흘은 지나야 도착할 텐데. 이십이만 명으로 구축된 방어선이 견고해 보여도 무기가 부족하다고. 신속하게 군사를 이동시켰으니 북위군이 깜짝 놀랐겠지만, 그들도 분명 무기 부족이 우리 약점이라는 걸 파악하고 며칠 동안 맹렬하게 공격하겠지. 무기가 부족하면 아무리 이십이만 명이 있어도 방어선을 지켜낸다고 장담할 수 없어."

주근은 요황한테 필사적으로 달려드는 자우담을 말리느라 성옥에게 대답할 겨를이 없었다.

요황이 대신 주근의 체면을 살려주었다. 사실 주된 이유는 자우담을 감당하지도 못하겠고 더 상대하기도 싫어서였다. 구석에서 힘없이 얼음주머니로 관자놀이의 멍을 문지르던 요황이 침울하게 대답했다. "희나라 대장군을 우습게 보면 안 됩니다. 기택호의 세 방어선 모두 대장군이 직접 설계했어요. 보세요. 대장군이 없는데도, 전력을 동원해 선전포고한 북위에 기택호의 수비군은 전혀 흔들리지 않았지요. 저항하든 철수하든 일사불란하게 움직이고 침착하게 17위 지원군을 기다리면서 철통같은 세번째 방어선을 구축해 북위군과 대치했습니다." 요황이 눈꺼풀을 치켜들었다. "이렇게 주도면밀하고 전략에 능한 장군이 어떻게 화주가 걱정하는 초보적인 실수를 했겠습니까?" 그러면서 가만히 거울을 잡아당기자 화면이 곧장 푸르른 기택호로 채워졌다. 호수에는 커다란 배가 몇 척 떠 있고 사병과 인부들이 뱃머리와 뱃고물에 흩어져 단단히 포장된 물건을 한 꾸러미씩 힘껏 끌어올리고 있었다. 요황은 넓고 깊은 기택호를 가리켰다. "북위군은 호수 밑바닥이 무기고인 줄 죽어도 모를 겁니다." 감탄까지 곁들였다. "우리 희나라 대장군이 몇 년 전 호수 바닥에 활과 화살, 쇠뇌를 잔뜩 숨겨놓았을 줄 상상이나 했겠습니까."

요황이 연송을 언급하자 마침내 자우담을 제어한 주근이 끼어들었다. "귀단국에서 회항하는 해선에 연 장군이 없었던 것 같아." 잠시 멈췄다가 의아한 표정으로 말했다. "귀단국의 십오만 정예병 전부가 묘도현의 방어선을 지원하러 대희국에 돌아온 게 아닌가? 우리가 생각하지 못한 새로운 전략이 또 있나?" 주근이 눈썹을 치켜세우며 요황에게 물었다. "연 장군이 지금 어디에 있는지 찾을 수 있어?"

정신을 집중해 몇 번을 시도하는데도 거울이 계속 호수만 비추자 요황이 이상하다는 듯 말했다. "설마 속급이 따라가서 우리 법력으로는 장군을 거울에 불러올 수 없나?"

주근도 요황에게 힘을 보탰지만 아무 소용이 없었다. 키가 작고 다혈질인 자우담은 주근과 요황이 한참을 애쓰는데도 거울이 말을 듣지 않자 화를 참지 못하고 거울을 두어 차례 쳤다. 그 바람에 거울이 두루마리처럼 말려버렸다.

요황은 너무 어이가 없어 멍하니 쳐다보다가 불같이 화를 냈다. 성옥은 요황이 좀전의 일을 벌써 잊어버리고 또 자우담을 때리려 하는 걸 보고는 얼른 물러났다. 문을 닫고 나오자마자 안에서 우당탕하는 소리가 울렸다.

차를 내오던 이향은 밖에서 바람을 쐬고 있는 성옥을 발견하고 말을 걸려다 멈췄다. 연송과 성옥의 일을 세 남자는 몰라도 이향은 잘 알고 있었다. 셋과 청동거울로 전황을 살펴본 십여 일 동안 성옥이 먼저 연송을 거론하거나 걱정하는 내색을 비춘 적은 없었지만, 이향은 성옥이 자신과 연송은 하늘이 정한 천생연분이라고 했던 그날 얼마나 환한 표정을 지었는지 기억하고 있었다.

때때로 성옥은 마음이 복잡할수록 표정이 진지해졌다. 이향은 성옥이 요즘 저렇게 진지하니 왜인지는 몰라도 무척 걱정스럽고 불안한가보다고 짐작했다. 성옥 때문에 마음이 아프기도 하고 두렵기도 했다. 성옥이 어느 날 갑자기 더는 못 참겠다며 연송에게 힘을 보태주기 위해 거울에서 본 상황을 황제에게 전할까봐 두려웠다.

군주는 늘 사리 분별을 잘하는 사람이었지만 무릇 사랑이란 아가씨를 바보로 만들지 않던가.

이향은 잠시 고민하다가 역시 말을 해야겠다고 생각했다. 성옥에게 다가가 안색을 살피면서 머뭇머뭇 입을 열었다. "주근이 군주께 당부하지 않은 일이 있어요······"

성옥이 고개를 돌려 이향을 바라보았다.

이향이 우물우물 말했다. "거울 속 전투 상황을, 군주······ 그냥 보기만 하세요. 다른 사람들에게는 알리지 않는 게 좋아요." 마음을 가라앉힌 뒤 또 말했다. "천기를 어지럽히면 안 돼요. 천기를 거스르면 후폭풍은 주근과 요황, 그 세 화요가 감당할 수준이 아니거든요." 성옥이 멍하니 쳐다보자 이향이 얼른 덧붙였다. "물론 군주가 분별 있는 사람이라는 건 알아요. 저는 그저······"

성옥이 알았다는 듯 웃음을 지었다. "내가 참지 못하고 장군을 도울까봐 걱정하는구나."

"걱정할 필요 없어." 성옥이 말했다.

이향은 성옥의 입가가 비웃듯 일그러지는 것을 보았다. 평소에 못 보던 표정이라 이향은 무척 놀랐다. 웃음이지만 비아냥의 웃음이었다. "그 사람은 내 도움 따윈 필요 없어." 성옥이 담담하게 말했다.

이향은 석연치 않은 표정으로 고개를 끄덕이고 자신이 잘못 보았나 의심하면서 나름의 위로를 건넸다. "요황도 대단하다고 인정했으니 연 장군은 틀림없이 대단할 거예요. 천하의 국운을 잘 읽는 요황이 현세의 명장으로 꼽는 사람은 몇 안 돼요. 그러니 군주가 천기를 거스르면서 장군을 도울 필요는 없어요. 분명 아무 일도 없을 테니까 염려 마세요."

이향의 말에 성옥은 고개를 살짝 기울인 채 잠시 딴생각에 빠진 듯하다가 애매하게 웃었다. "그래." 공감한다는 듯 대답한 뒤에는 멀리 거리의 풍경을 무심하게 바라보며 조용히 말했다. "그 사람에겐 내 도움 따위 필요치 않아. 세상 무엇이 그를 괴롭힐 수 있겠어." 성옥은 눈꺼풀을 살짝 늘어뜨린 채 또 웃었다. "나는 일개 인간이야. 예전에 했던 일들은 주제넘은 짓이었지." 입가에 걸린 웃음은 부드럽고 나긋하며 아름다웠지만 눈에는 온기 없는 청명함만 가득했다.

이향은 가슴이 철렁 내려앉았다. 뭔가 이상하다는 느낌이 드는데 그게 무엇인지는 알 수 없었다.

성옥의 예상대로, 대희국 이십이만 대군이 지키는 묘도현의 방어선을 마주했을 때 북위는 대희국 무기가 도착하기 전에 집중 공격해 방어선을 신속하게 무너뜨리겠다는 전략을 세웠다. 북위는 대희국이 기껏해야 사흘밖에 못 버틸 거라 자신만만하게 예상했지만, 이상하게 나흘이 지나도 방어선을 지키는 대희국 군사들한테서 탄약이나 식량이 바닥난 듯한 기세가 보이지 않았다. 오히려 닷새째가 되자 북위의 후방에서 보급이 제대로 되지 않아 전투를 중단해야 할 판이었다. 엿새째 날 귀단국 전장에서 십만 병사가 또 묘도현으로 돌아오자 방어선을 뚫겠다는 북위의 전략은 물거품이 되었고 전투는 결국 백중지세의 대치 단계에 들어섰다.

전선에서 양군이 대치한 지 사흘째 되던 날, 평안성의 성옥은 황제의 부름을 받고 입궁했다.

황제가 성옥을 호출하자 자우담은 벼락이라도 맞은 듯 심장이 덜컥 내려앉았다. 십화루의 청동거울을 망가뜨려 요황에게 맞은 뒤 자우담은 이번에는 자기 잘못이라고 인정했다. 나름대로 생각이 있는 화요인 자우담은 반성해보니 자신이 만회하는 게 옳을 듯 했다. 그래서 황궁으로 달려가 모두가 좋아했던 사람만한 청동거울을 훔쳐왔다.

환관이 성옥을 찾아오자 자우담은 황궁에서 거울을 도난당한 사실을 발견했고 황제가 성옥의 짓이라 여기며 벌주려 불렀다고 생각했다. 자우담은 절대 성옥이 대신 벌을 받게 할 수 없다며 기어코 같이 입궁해 자수하겠다고 했다. 요황은 자우담의 어리석음에 머리가 지끈거렸다. 청동거울 따위는 도난당한 걸 알아도 황제가 직접 관리하지 않는다고, 황제는 온종일 할일이 산더미처럼 많다고 일러주었다.

자우담은 반신반의하며 주근을 찾아가 물었다. 주근은 자우담의 질문을 못 들은 듯 망연한 얼굴로, 옷을 갈아입고 나온 성옥만 격정스럽게 바라보았다.

성옥이 마차에 올라 멀어질 때까지도 주근은 눈살을 찌푸리고 있었다. 한참 뒤 주근이 탄식했다. "결국은 이날이 오는군."

옆에 있던 요황이 아연실색했다. "그 말은……"

주근은 거리 끝으로 사라지는 마차를 바라보며 쓴웃음을 지었다. "세번째 겁운이지."

성옥의 세번째 겁운은 사랑과 관련있으며 화친을 위해 멀리 시집간다고 했다.

요황이 주근을 바라보며 천천히 눈살을 찌푸렸다. "이번 생에 너는 많은 것을 감추고 있는 듯해."

주근이 담담하게 웃었다. "군주의 세 가지 겁운에 관해서 말하는 건가?"

요황이 가만히 입을 다물었다가 느닷없이 말했다. "사실 오래전부터 이상했거든. 네가 계속 누구를 피하는 것 같아서."

주근이 눈썹을 치켜뜨며 궁금하다는 듯 반문했다. "그래? 내가 누구를 피하는데?"

요황이 주근을 바라보았다. "연 대장군."

주근의 표정이 얼어붙었다.

"내 말이 맞지?" 요황이 눈살을 찌푸리며 중얼거렸다. "대장군이 천군의 막내아들과 이름이 같아서 설마 그런가 하고……"

주근이 감탄스럽다는 듯 웃고는 어쩔 수 없다는 듯 인정했다. "맞아. 대장군이 바로 그 수신이야. 이번 생, 이 인간계는 정말 떠들썩하지?"

요황이 깜짝 놀랐다. "어쩐지 네가 계속 피하더라니." 그러고는 이해가 안 된다는 투로 말을 이었다. "하지만 존상이 떠나시기 전에 축복해주셔서 홍황의 신이 아니면 이 세상에서 네 진짜 모습을 알아볼 수 있는 사람은 없다고 했잖아. 수신이 널 들여다봐도 득도한 인간으로밖에 안 보일 텐데. 군주를 시중드는 사람이 전부 득도했다는 건 황실의 사람들은 거의 다 알고. 그런데 뭐가 두려워서?"
　여기까지 말했을 때 요황은 문득 떠오르는 게 있는지 잠시 생각에 잠겼다가 이제 알았다는 표정으로 주근을 바라보았다. "네가 뭘 걱정하는지 알겠다. 마주쳤을 때 수신이 네 진짜 모습을 알아보지 못하더라도 네 이력을 의심해 결국 존상까지 거슬러올라가면 문제가 생기니까 그렇지?" 그러고는 그럴 리 없다는 듯 웃었다. "수신이 하나를 보면 열을 알 정도로 총명해서 존상이 평범한 사람이 아니라 의심해도, 초대 명주冥主 덕분에 존상은 지금 평범한 육체를 가져서 신력이나 신성이 조금도 없어. 명실상부한 인간인데 수신이 뭘 의심할 수 있겠어? 신선의 몸이라면 신선의 기운을 떨칠 수 없으니 결국 인간의 몸과 확연히 다르잖아. 존상의 이번 생은 인간의 육체로 보호되니 완벽한 인간이라 할 수 있지. 이렇게까지 신중할 필요가 있어?"
　모처럼 요황이 흉금을 털어놓자 주근은 반박하지 않고 전적으로 동의한다며 고개를 끄덕였다. "네 말이 맞아." 주근이 가볍게 한숨을 쉬었다. "하지만 어떻게 신중하지 않을 수 있겠어…… 수신이 태어난 뒤 내가 한동안 남황에 있었거든. 그때 그가 나를 봤는지 확신할 수가 없더라고."
　그런 이유일 줄은 상상도 못했기에 요황은 놀라서 대꾸하지 못하고 생각에 잠겼다. 잠시 뒤 요황의 근심 가득한 얼굴에 한줄기

빛이 떠올랐다. "참, 나한테 다른 생각이 있어."

주근이 자세히 말해보라는 표시를 했다.

요황이 곰곰이 생각해보고 말했다. "팔황의 후대 신들은 몰라도 우리는 알잖아. 물론 너도 잘 알고. 수신과 존상이 운명의 인연이라는 거 말이야. 공교롭게도 수신이 이 세상에 있으니, 어쩌면 군주를 화친에 동원할 필요가 없을지도 몰라. 수신이 풀어줄지도……"

요황이 말을 끝내기도 전에 주근이 조용히 끊었다. 늘 부드럽던 주근이 험상궂은 표정으로 엄숙하고 차갑게 말했다. "너까지 멍청하게 굴 거야? 이번 겁운에 우리는 끼어들 수 없어." 주근이 조용히 먼 하늘을 바라보았다. "내 사명은 존상이 순조롭게 겁운을 넘기고 원래 자리로 돌아가도록 돕는 거야. 수신을 이 일에 끌어들이면 틀림없이 또 사달이 날 거라고. 나는 위험을 무릅쓸 수 없어."

"하지만……" 요황은 반박하려다 주근의 더없이 엄숙하고 진지한 표정을 보고는 말을 삼켰다.

성옥은 어서방에 앉아 찻잔을 들고 가만히 생각에 잠겼다. 황제가 불러 의논하려는 일은 정략결혼과 관련됐을 듯싶었다.

궁으로 오는 길에 어느 정도 예상은 했다. 어서방에서 황제에게 절하고 문안을 올린 뒤 자리에 앉으라는 말을 들었을 때는 거의 확신했다. 평소에는 어서방에 오는 이유가 훈계를 받기 위해서라 성옥은 늘 서 있거나 꿇어앉았다. 황제의 누이 사랑은 달리 향할 데가 없어 성옥에게로 쏟아졌고 관심이 많다보니 관리도 엄격했다. 지금껏 황제는 성옥에게 앉으라고 자리를 내어준 적이 한 번도 없었다.

　대희와 북위의 전세가 무척 심각해 고민이 많은지 황제는 상당히 초췌해 보였다. 황제는 일단 감기는 다 나았느냐고 다정하게 물으며 성옥을 위아래로 살펴본 다음 심 환관에게 손난로를 가져다주라고 명하고 나서야 본론으로 들어갔다. "며칠 전 오나소의 넷째 왕자가 짐에게 간청했다. 올여름 곡수원에서 피서할 때 격구장에서 말을 타는 네 모습을 보고 마음에 담았다더구나. 계속 사모하다가 더는 참기 힘들다면서 너를 정비正妃로 맞아 두 나라의 우호를 다지면 좋겠다고 전해왔다."

　이 순간에는 화들짝 놀라는 표정이 가장 적합하다는 걸 성옥은 잘 알았다. 성옥은 놀란 표정을 지어 보였다. 실제로는 전혀 놀라지 않았다. 대희와 북위가 전쟁하는 이 와중에 종실의 여자를 보내 화친한다면 황제는 전쟁에 가장 도움이 되는 나라를 고를 게 틀림없었다. 오나소는 대희의 북쪽, 북위의 서쪽에서 두 나라와 국경을 맞대고 있으니 결맹의 최우선 상대였다. 성옥은 시집을 간다면 십중팔구 오나소로 가게 되리라 예상하고 있었다.

　오나소의 넷째 왕자를 본 적은 없었다. 황제는 왕자가 곡수원에서 성옥을 본 뒤 감정이 깊어졌다고 했지만, 성옥은 황제의 말을 진심으로 받아들이지 않았다.

　황제가 헛기침하자 심 환관이 놓치지 않고 인삼차를 건넸다. 황제는 두어 모금 마신 뒤 찻잔을 탁자에 내려놓고 넋 나간 표정의 성옥을 잠시 바라보았다. "넷째 왕자 민달敏達은 오나소 왕태자의 친동생으로 어려서부터 태자와 아주 친했다더구나. 훌륭한 인재이고 성격이 시원시원한데다 문무를 겸비했다고. 너를 달라고 청하기에 고민해봤는데 아주 좋은 짝 같아서 허락할까 한다." 황제는 잠시 멈추더니 손에 든 문진을 쓰다듬으며 시선을 성옥의 얼굴에 맞춘 채 부드럽게 말했다. "그래도 워낙 먼 곳이니 강요하고 싶진 않구나. 네 의견을 들어보려고 입궁하라 부른 거다."

성균은 이번 일을 잘생긴 왕자가 아름다운 왕녀에게 구혼하는 꽤 낭만적이고 평범한 혼사처럼 말했지만 실상은 전혀 그렇지 않았다.

북위가 선전포고했다는 소식을 듣자마자 성균은 연송에게 서신을 보내 의논한 뒤 오나소와의 결맹을 결정하고 사신을 파견했다. 특히 비상시국에는 담판 시간이 짧을수록 좋고 결맹에 조금이라도 차질이 생기면 안 되기 때문에, 성균은 형과 함께 올여름 대희국에 왔다가 평안성에 남아 유학중인 오나소의 넷째 왕자를 불러 밀담을 나누었다.

밀담은 일종의 거래였다. 성균은 민달이 오나소로 귀국해 대희국 사신을 도와 그의 부왕과 형이 최대한 빨리 동맹을 맺도록 힘써주기를 바랐다. 그 대신 민달의 소망을 하나 들어주기로 했다. 천자의 약속은 천금과 같았다. 민달이 야심을 품고 훗날 자신이 왕권을 찬탈할 때 대희국에서 도와달라고 청한다 해도 성균은 받아들일 작정이었다. 그런데 민달은 권력보다 여인을 더 좋아해 홍옥군주 성옥을 아내로 달라고 청했다.

당연히 숙고할 필요도 없는 요구라 성균은 받아들였다.

민달은 재능이 출중했다. 어젯밤 대희국 사신한테 밀서가 와서 암호를 풀어보니 결맹이 성사되었다고 적혀 있었다. 또한 이 편지를 보내려 할 때 상식국 전장에서 돌아온 군사 사만 명이 이미 오나소 변경에 도착해 간밤에 은밀히 오나소국으로 들어왔고, 대장군의 명에 따라 오나소와 북위의 북부 변경을 공격해 텅 빈 북위의 후방에 불을 놓았다고 했다. 황상이 이 편지를 받을 때쯤이면 북위는 틀림없이 후방 방어를 위해 지원병을 돌려보냈을 테니 묘도현 방어선의 대치 국면이 풀리고 전세도 대장군의 예상대로 순조롭게 흘러갈 것이라며 걱정하지 마시라고 적혀 있었다.

동맹을 맺음으로써 오나소국 국경에 서쪽 전선이 순조롭게 구축된 것은 물론 기쁜 일이었지만, 그건 성옥을 오나소로 보낼 시간이 되었다는 의미이기도 했다.

일이 이렇게까지 진행된 후에야 성균은 성옥을 입궁시켰다.

민달의 구혼을 이미 받아들여 돌이킬 수 없는 상황임에도 불구하고 성균은 오늘 성옥에게 혼사 이야기를 꺼냈을 때 강요하고 싶지 않으며 의견을 듣겠다고 말했다. 그렇지만 그건 강요라는 명목을 감당할 수 없어서 성옥의 자발적인 동의를 받으려는 의도에 불과했다.

성균은 연송 대장군이 성옥을 어떻게 생각하는지 정확히 알시 못했다. 예전에는 둘을 맺어줄 마음이었지만 지금은 상황이 바뀌었다. 연송이 성옥을 좋아하는데 자신이 정략결혼을 강요하면 군신 사이에 금이 생길지도 몰랐다. 하지만 성옥이 직접 가겠다고 하면 얘기가 달라졌다.

성균은 똑똑한 사촌누이라면 콕 집어 말하지 않아도 이번 혼사의 중요성을 알아차리고 대의를 위해 받아들일 거라 믿었다.

성옥을 아끼지 않아서가 아니었다. 언젠가 성옥이 "우리 공주나 군주는 화친을 위해 어느 날 고국을 떠나 멀리 시집갈지도 모르는데 칠현금과 바둑, 글과 그림을 잘 배워놓는들 무슨 소용이에요? 이민족들은 즐길 줄도 모르는데. 차라리 그들의 마두금을 배우는 게 낫지요"라고 말했을 때 성균은 말도 안 되는 소리를 한다고 화내며 자신이 어떻게 성옥을 멀리 시집보내겠느냐고 생각했었다.

그때는 성옥의 말이 현실이 될 줄, 자신이 일말의 망설임도 없이 성옥을 희생시킬 줄 상상도 못했다. 한 나라의 주인으로 사방을 두루 챙기고 만민을 돌봐야 하는 막중한 책임을 지고 있으니 성균은 어쩔 수 없이 그런 선택을 했다.

천자의 길을 제대로 가는 사람은 필연적으로 고독할 수밖에 없었다.

걸상에 조용히 앉은 성옥은 황제의 의도를 이해했다. 의견을 물었지만 사실 반대 의견이 없기를 바란다는 속뜻도 알아들었다. 황가에서 태어나 알아야 할 것은 다 알고 천 리 길을 다녀왔으며 천 권의 책을 읽었다. 게다가 그간 황성의 무식한 귀족 자제들을 도와 수백 시간 이상 정치 과목 숙제를 대신 했었기에 성옥은 이 혼사 이면에 숨은 내막과 비밀을 짐작할 수 있었다.

이번 혼사를 어떻게 생각하느냐는 황제의 질문은 반대 의사가 없기를 바란다는 뜻이었다. 성옥은 정말로 반대할 뜻이 없었다. 예전에 도사가 점쳤던 병의 겁운과 소명의 겁운 모두 맞닥뜨려야 했으니 세번째 겁운이라고 피할 수 있으리라 생각하지 않았다. 그저 한동안 떠올리지 않았을 뿐이었다.

도사는 화친을 위해 시집가면 성옥의 목숨이 끝난다고 말했다.

예전에는 거부감이 컸다. 아름답고 낭만적이며 다채로운 이 세상을 살아가고 싶었다. 살기 싫은 사람이 어디 있겠나 싶었다. 하지만 성옥 한 사람만 멀리 시집가면 수많은 백성이 전쟁의 고통에서 빨리 벗어날 수 있으니, 설령 죽게 될지 모르는 혼사라도 성옥은 싫다고 할 수 없었다.

대희국 백성들의 떠받듦 속에서 자란 성옥으로서는 그들을 위해 죽는다면 나름대로 가치 있을 것 같았다. 잔혹한 운명이지만 언젠가 찾아올 걸 일찌감치 각오해서인지 성옥은 자기 연민이나 슬픔에 빠지지 않았다.

더구나 성옥은 명계에도 가보지 않았던가. 사람이 죽으면 영혼이 지부로 돌아가 사부득천과 단생문을 지나 망천수를 마시고 윤회대의 윤회수로 들어간 뒤 백지 같은 상태로 새로운 곳에서 새 사람으로 태어난다는 것을 알고 있었다. 별로 무서울 것도 없어 보였다.

오나소로 가는 것 역시 외롭고 새로운 곳으로 가서 과거와 결별하고 새 사람이 되는 게 아니겠는가? 죽어서 명계에 가는 것과 뭐 그리 다르겠는가?

성옥은 옛날에 도사가 해줬던 예언을 황제에게 말하지 않고 손난로를 쥔 채 잠시 생각에 잠겼다가 대답했다. "폐하께서 좋은 인연이라고 하셨으니 틀림없겠지요. 폐하의 뜻을 따르겠습니다."

십화루로 돌아왔을 때는 이미 땅거미가 내리고 있었다. 오후에 쏟아지던 눈은 그쳤어도 날이 여전히 좋지 않았다. 정원에 켜진 색색의 등롱불이 하얀 눈과 어우러져 독특한 풍경을 자아냈다.

가림벽을 지났을 때 성옥은 소나무 아래에 앉아 얼굴을 가린 채

우는 이향과 그 옆에 서서 위로하는 요황을 보았다. 무척 신선한 조합이라 성옥은 조금 의아하기도 하고 무슨 일인지 궁금하기도 했다.

원래대로라면 성옥이 문으로 들어가자마자 이향이든 요황이든 알아차려야 했건만, 이향은 슬픔에 빠져 있고 요황은 인간의 모습으로 변한 지 얼마 되지 않아서 몸을 잘 통제하지 못했다. 성옥이 가까이 다가가는데도 이향과 요황은 눈치채지 못하고 대화에 빠져 있었다.

이향이 울면서 말했다. "주근한테 그녀를 아무도 모르는 곳으로 데려가 평안하게 이번 생을 마치게 하자고 말했거든. 그런데 주근이 그렇게 차갑고 매정하게 나올 줄 몰랐어. '넌 모든 생에서 마지막 순간이 되면 늘 그렇게 부탁하는 거 알지? 내 대답은 언제나 똑같아'라고 하더라니까." 얼마나 화가 났는지 이향은 목소리가 다 쉬었다. "당연히 알지. 지난 일곱 생 동안 늘 마지막에 주근이 그녀를 죽였잖아!"

요황이 이향의 등을 두드리며 달랬다. "네가 홧김에 이러는 거 알아. 그녀는 원래 감정도 없고 사랑도, 욕망도 없잖아. 인간계에서 환생했다가 죽기를 반복하는 것도 인간의 희로애락과 사랑, 증오, 욕심, 미련을 배우기 위해서고. 감정을 하나 배우면 그 생의 수련도 끝나는 셈이니 더 오래 있어봐야 무의미해. 시간만 지연시킬 뿐이지. 주근의 행동은 비난할 게 아니라고."

이향은 손수건을 비틀면서 눈물을 뚝뚝 흘렸다. "이번 생은 달라. 마지막 생이잖아. 예전에 습득한 모든 감정을 가지고 있기 때문에 희로애락을 느낀다고. 활기 넘치고 귀엽지. 주근은 어떻게 아무렇지도 않을까? 어떻게 눈을 멀쩡히 뜨고서……"

요황이 이향의 말을 잘랐다. "주근도 분명 아쉬울 거야. 이번에 이 세상에 온 것은 세 가지 겁운을 완성하기 위해서잖아. 완전한 인격을 얻으려 이미 열여섯 생에서 수행했어. 이 겁운을 피하면 이번 생에서 배워야 할 것을 배우지 못하니 다시 와야 해. 하지만 초대 명주가 준비해준 인간의 육체는 열일곱 구야. 이번 생에 성공하지 못하면 주근과 우리 힘으로 어디에서 신분이 노출되지 않은 인간의 육신을 구할 수 있겠어? 행여 다음 생으로 간다고 해도 우리가 과연 인간 세상에서 평온히 수행하면서 남의 눈에 띄지 않고 그녀가 쟁탈의 대상이 되지 않도록 지킬 수 있을까? 그때 가서 문제가 줄줄이 터지면 우리는 통제할 수 없을 거야."

이향이 눈물을 닦았다. "나도 알아…… 안타까울 뿐이지. 이번 생의 그녀와 수행을 완수해 신으로 되돌아간 그녀가 같은 인물일까? 내가 보기에는 아니야. 나도 수십 년씩 더 모시겠다는 게 아니라 그냥 몇 년만 더……"

요황이 조용히 탄식했다. "앞서 두 차례의 겁운은 잘 맞아서 무사히 넘겼지만, 이번에도 넘길 수 있을지는 미지수야. 더는 주근을 원망하지 마. 세번째 겁운도 결국 잘 넘기면, 굳이 목숨을 내놓지 않아도 지식을 배울 수 있다면……" 요황이 몸을 돌리며 말했다. "그래서 인간이 짊어진 짐이 무엇인지, 두려움이 무엇이고 사랑이 무엇인지, 사랑의 달콤함과 고통이 무엇인지 배우면, 이번 생에서 해야 할 수행을 마치면 장담하건대 주근도 절대 앞선 생처럼 행동하지 않을 거야. 주근도 강심장이 아니라 괴로워한다는 걸 알아야 해. 그러면 너도 더 오래 모실 수 있을 거야……" 요황이 갑자기 입을 다물고 가느다란 눈을 동그랗게 떴다. "……화주."

멀지 않은 복도의 처마 밑, 반사되는 설광 속에서 성옥이 창백한 얼굴을 하고서 가만히 바라보다가 작고 쉰 목소리로 물었다. "방금 그거 내 얘기야?"

성옥의 질문이 거대한 파도처럼 밀려와, 세상 물정을 잘 알고 언제나 침착했던 모란의 제왕 요황마저 허둥거렸다. "화주, 잘못 들었습니다. 저희는……" 하지만 어떤 핑계를 대야 좋을지 알 수 없었다.

이향이 도우러 얼른 나섰지만 원래도 그다지 총명하지 않은 그녀가 이렇게 급한 때에 더 뛰어난 기지를 발휘할 리 없었다. 이향은 터무니없는 이야기를 지어냈다. "자우담 얘기예요. 자우담도 화주처럼 세 가지 겁운을 넘겨야 하는데 감성이 미숙해서 인간한테 배워야……"

요황은 절망에 빠졌다.

하늘이 무너질 듯할 때 주근이 소리 없이 나타나 성옥의 뒤에서 가볍게 건드리자 성옥이 순식간에 주근의 품으로 쓰러졌다. 주근이 침울한 표정으로 이향에게 쏘아붙였다. "그따위 말을 화주가 믿을 것 같아?"

요황은 아무 말도 못했다. 이향은 자기 잘못을 알았지만 주근이 성옥에게 무슨 짓을 할까봐 용기를 내 중얼거렸다. "조, 조금 전 기억만 지우고 다른 건 하지 마."

주근이 성옥의 기억을 지우려 손을 들다가 멈칫했다. "내가 뭘 할 것 같은데?" 이향은 몸을 움츠렸다.

주근은 의식을 잃은 성옥을 안고 몇 걸음 가다가 되돌아와 당부했다. "그녀는 인간으로서 이 겁운을 반드시 치러야 해. 사실을 절대 알게 하면 안 되고. 너희, 앞으로는 부주의하게 굴지 마."

성옥을 안고 돌아가는 주근을 보면서 요황도 이마를 짚으며 돌아가려는데 생각지도 못하게 자우담이 깜짝 놀란 얼굴로 튀어나왔다. "조금 전 너희 이야기 다 들었어." 자우담은 자신의 감성이 미숙하다고 거짓말한 이향을 쏘아본 뒤 요황을 똑바로 바라보며 탄식했다. "세상에, 우리 화주가 일개 인간이 아니었구나. 몸과 마음은 분명 인간과 똑같은데!"

요황은 못 참겠다는 듯 미간을 문지르며 '화주를 보좌하는 천 년 된 화요가 반드시 알아야 하는 열 가지 사항'이라는 제목으로 강연하고 싶은 마음을 꾹 눌렀다. 하지만 끝내 참지 못하고 자우담에게 쏘아붙였다. "너처럼 아무것도 모르는 놈이 대체 어떻게 주근에게 뽑혀서 십화루에 들어왔지?"

자우담은 오늘 기분이 무척 좋았다. "맞는 말이야. 정말로 그걸 주근에게 물어본 적이 없네. 나를 대체 왜 뽑았지?" 자우담은 한참 생각하다가 눈살을 찌푸렸다.

요황은 더이상 말도 섞기 싫고 기분도 나빠서 미간을 누르며 자리를 떴다.

홍옥군주가 화친을 위해 오나소국으로 시집간다는 소식은 이틀도 되지 않아 평안성 전체에 퍼졌다.

제앵아는 곧장 십화루로 달려갔지만 성옥은 빙등제에 가고 없었다. 겨울맞이 행사인 빙등제는 정동가 옆의 호숫가에서 열렸다.

날이 흐리고 바람이 거센데다 동지는 내일도 아닌 모레였다. 아직 축제를 즐길 때가 아니어서 사람이 별로 없었다. 제앵아는 호숫가를 따라 이리저리 오가며 정교한 얼음조각 사이를 지나다가 멀리 작은 정자에 하얀 옷을 입은 소녀가 앉아 있는 것을 발견했다. 성옥 같았다. 소녀 옆에 있는 시녀도 몸집이 이향과 비슷했다. 한 사람은 앉고 한 사람은 서 있었으며 앞쪽 돌 탁자에 화로가 놓여 있었다. 술을 데우며 설경의 운치를 즐기는 모양새였다.

'새로 담근 술에 푸른 거품 떠오르고, 작은 화로에서 붉은 탄불 타오르네'라는 옛 시가 떠올랐다. 눈 내리는 날과 딱 어울리는 광경이라 생각하며 제앵아는 그리로 다가갔다. 마침 정자의 소녀도 고개를 들었다가 제앵아를 발견했다. 성옥은 조금 놀란 표정을 지었지만 금세 빙그레 웃으며 인사했다. "어떻게 왔어?" 손에 든 옥 젓가락은 아직도 화로 위의 은 냄비에 꽂혀 있었다. "고기탕 같이 먹을래?" 성옥은 고개를 돌려 이향에게 분부했다. "제앵아한테도 젓가락을 줘."

"……"

성옥은 제앵아가 아무 말이 없자 생각났다는 듯 "아, 너는 매운 거 잘 못 먹지"라고 말한 뒤 덧붙였다. "네가 올 줄은 몰라서 원앙 냄비를 준비 못했어."

이향이 제안했다. "일단 익힌 다음 물에 헹궈 드시면 별로 맵지 않을 거예요."

성옥이 망설였다. "그건 고기탕에 대한 예의가 아니잖아?"

이향이 머뭇머뭇 말했다. "괜찮을걸요. 물에 헹구는 게 하얀 국물에 먹는 것보다 예의를 차리는 거 아닐까요?"

"그것도 일리가 있네." 성옥이 고개를 끄덕인 뒤 제앵아를 보며 물었다. "맹물 한 그릇 줄 테니, 그렇게 먹어볼래?"

애간장을 태우며 올 때만 해도 제앵아는 곧 멀리 시집가야 해서 시름에 잠긴 군주를 만나 심각한 분위기 속에서 어떻게 이 일을 되돌릴지 진지하게 상의할 줄 알았다. 성옥이 쓸쓸한 호수 경치를 보며 술을 마셨다면 그러려니 했겠지만, 주인과 하인이 펄펄 끓는 탕을 먹고 있을 줄은 정말 상상도 못했다.

무슨 말을 어떻게 꺼내야 할지 난감해진 제앵아는 멍하니 앉아 젓가락을 건네받은 뒤 아무 생각 없이 성옥을 따라 들었다. 성옥이 냄비 속 향신료를 가리키며 이향에게 말했다. "나중에 오나소에 갈 때 조미료 잔뜩 챙겨. 거기에는 틀림없이 없을 테니까." 그제야 제앵아는 정신을 차렸다. "그러니까 오나소로 시집가겠다고 자청했다는 거야?"

성옥은 소고기 한 점을 냄비에 넣고 흔들었다. "자청이니 아니니 말할 수도 없어." 성옥이 느릿느릿 대꾸하며 잘 데쳐진 소고기를 옆쪽 하얀 접시에 놓았다. "하지만 내가 동의한 건 맞아."

제앵아는 숨은 뜻을 알아차렸다. "그러니까 폐하께서 강요하지 않고 선택권을 줬는데 네가 혼사를 선택했다는 의미야?"

성옥은 고개를 끄덕인 뒤 머리를 숙이고 잘 데쳐진 소고기를 야금야금 먹었다.

성옥의 정수리를 바라보고 있자니 화가 치밀어 제앵아는 차를 반 주전자나 들이켰다. 그러고 나서야 화를 가라앉히고 입을 열 수 있었다. "분명 오나소는 서북의 요충지이고 국력도 약하지 않아. 하지만 지세가 높고 환경이 열악한데다 기후도 혹독한 곳이지. 일 년 중 아홉 달 동안 겨울이 계속돼 땅도 비옥하지 않고 물자도 풍부하지 않아. 의식주 모두 대희국보다 훨씬 못하다고. 네가 건강하긴 해도 오나소 태생이 아니니까 그렇게 높고 추운 지역에서 살면 대희국에서처럼 승마나 활쏘기, 축국을 못하는 건 말할 필요도 없고 걸을 때조차 숨을 헐떡일 거야. 그런 것까지 다 생각해봤어?"

전부 생각해보았다. 성옥은 부글부글 끓는 탕 속에서 익어가는 연근을 보면서 대답했다. "그런 건 다 이겨낼 수 있어."

제앵아는 숨이 막힐 지경이었다. "좋아, 그렇다고 치자." 제앵아가 눈썹을 치켜올렸다. "오나소는 이민족의 나라라 예약을 익히지 않고 예법도 따르지 않아. 형이 죽으면 동생이 형수를 취하고 동생이 죽으면 형이 제수를 취하지. 또, 네가 오나소의 넷째 왕자와 잘 지내서 아들딸까지 낳는다고 쳐도 소용없어. 아버지가 죽으면 아들이 계모를 취할 수도 있으니까. 평생 시련이 끊이지 않을 텐데, 이런 것도 생각해봤어?"

성옥도 거기까지는 생각해보지 않았다. 사실 먼 미래의 일이라 어쩌면 그때까지 견디는 것 자체가 불가능할지도 몰랐다.

제앵아가 성옥의 젓가락을 막았다. "가서 폐하께 후회한다고 말해. 가기 싫다고. 오나소에 가고 싶다고 말한 게 진심이 아니었다고 해."

성옥은 가만히 있다가 젓가락을 하얀색 매화무늬 받침대에 올려놓았다. 그러고는 고개를 들고 투명한 눈동자로 제앵아를 바라보았다. "이미 정해져서 되돌릴 수 없는 일이니 이제 신경쓰지 마. 차라리 이 순간을 좀더 누리자. 앞으로 기회가 없을 테니까."

정해졌다는 말은 황제가 이 일을 결정했다는 의미이고, 되돌릴 수 없다는 것은 사실상 이 일이 황제의 뜻이라는 의미였다. 제앵아는 곧바로 알아듣고 침묵에 잠겼다.

"그럴 리 없어." 한참 뒤 제앵아가 말했다.

"내가 알아봤거든." 제앵아가 눈살을 찌푸리며 또박또박 말했다. "오나소 왕태자가 사신을 이끌고 왔을 때 폐하가 사신들을 곡수원으로 초대했잖아. 행궁에서 넷째 왕자는 너한테 반했지만, 왕태자는 연란한테 반했대. 왕태자의 마음을 눈치챈 넷째 왕자는 대희국에서 귀한 아가씨를 둘이나 오나소까지 보낼 리 없음을 알아서 마음을 접었다는 거야. 왕태자가 사신을 이끌고 돌아간 뒤 오나소 왕은 왕태자와 연란의 혼사를 청하는 편지를 보냈고. 그때 폐하는 받아들일 마음이 있었대." 제앵아가 잠시 멈췄다가 말을 이었다. "그때 성사됐으면 오나소와 대희는 이미 인척 관계라 너를 보낼 필요가 없었을 거야."

성옥은 당황스러웠다. "그런 일이 있었구나." 찻잔을 들었다가 도로 내려놓았다. "그래도 그때 연란이 시집가지 않았다고 아쉬워할 필요는 없어. 내가 시집가는 게 불행한 일이라면 연란이 가는 것도 불행한 일이니까. 누구에게나 다 불행한 일이잖아."

"그때 연란이 시집가지 않아서 아쉽다는 건 아니야. 듣자 하니 귀단국으로 출병하기 전에 대장군이 국사한테 연란을 부탁했대. 오나소 왕이 구혼 서신을 보내왔을 때 국사가 폐하를 적극적으로 말렸고. 폐하는 국사의 의견에 따라 단호하게 오나소 왕의 구혼을 거절했다더라. 그래서 내 생각에는······."

"네 생각은." 성옥이 제앵아의 말을 끊었지만 잠시 딴생각에 빠진 듯 입을 열지 않았다. 제앵아가 불렀을 때야 성옥은 도로 정신을 차리고 말했다. "네 생각처럼은, 아마 힘들 거야."

제앵아가 침울하게 대꾸했다. "지금이 비상시국인 거 나도 알아. 국사한테 폐하를 설득해달라고 청해도 지난번 연란 때처럼 쉬울 리 없겠지. 대희와 오나소가 반드시 혼인 관계를 맺어야 하는데, 그래도 국사는 보통 사람이 아니니 폐하한테 종실 중 다른 사람을 보내라고 권할 수 있을지도 몰라."

성옥이 물었다. "그럼 누구를 대신 보낼까?" 제앵아의 대답을 기다리지 않고 성옥은 빈 잔을 만지작거리며 웃었다. "오나소를 만족시킬 수 있는 사람은 연란밖에 없을 거야."

제앵아는 잠시 생각에 잠겼다가 말했다. "연란과 너, 둘 중 한 사람을 남겨야 한다면 폐하는 너를 선택하실걸."

성옥은 여전히 빈 잔을 만지작거리며 살며시 고개를 기울였다. "하지만 연 장군은 나를 선택하지 않겠지. 장군이 나를 선택하지 않으면 국사도 나를 선택하지 않을 거고 폐하도 나를 선택하지 않을 거야."

제앵아는 지난달 성옥과 황궁에서 만났던 때를 생생히 기억하고 있었다. 당시 성옥은 출정한 연삼의 무운을 빌기 위해 경전을 정성껏 베껴쓰는 중이었고 수줍게 웃으며, 연삼이 자기를 좋아하고 자기도 연삼을 좋아한다며 서로 좋아하는 것 같다고 말했다. 그뒤 제앵아가 외조부모를 만나러 하서河西에 다녀왔더니 황성이 성옥의 혼사 때문에 떠들썩했다. 더구나 지금 성옥은 연삼이 자신을 선택하지 않을 거라 말할 뿐 아니라 더는 연삼을 오라버니라 부르지 않고 차갑게 연 장군이라 부르고 있었다.

제앵아는 망연자실한 표정으로 잠시 침묵에 잠겼다가 물었다. "장군이 너를 선택하지 않는다니…… 그게 무슨 말이야?"

성옥은 턱을 괴고 멀지 않은 곳의 얼어붙은 호수를 조용히 바라보았다. "연란이야말로 연 장군이 지켜야 하는 사람이거든. 내가 아니라."

제앵아는 갈피를 잡을 수 없었다. "혹시…… 무슨 오해가 있는 거 아니야?"

"무슨 오해?" 계속 만지작거리던 잔이 결국 바닥으로 쨍하고 떨어졌다. 성옥은 아쉽다는 듯 "이런" 하고 말했다. 이향이 얼른 다가와 치웠다. 성옥은 깨진 잔을 피해 옆으로 살짝 움직이면서 잊지 않고 제앵아의 질문에 대답했다. "내가 물어본 적이 있거든. 그렇게 대답하더라고."

제앵아는 여전히 믿을 수 없어서 눈살을 찌푸렸다. "연삼이 연란한테 각별한 거야 나도 알지만, 오누이니까 그렇지. 너한테는 처음부터……"

"난 심심풀이 상대에 불과했어." 성옥이 제앵아의 말을 끊었다. 제앵아는 성옥이 그렇게 굴욕적인 말로 스스로를 비하하는 게 듣기 괴로웠지만, 성옥은 아무렇지도 않다는 듯 담담하게 말을 마쳤다. "그래서 네 생각처럼은 되지 않을 거야."

제앵아는 눈을 감고 힘없이 손을 들어 이마를 짚었다. 눈가가 붉어졌다. "다른 방법은 없을까?"

이향이 옆으로 물러나 눈물을 훔쳤다.

한참 뒤 제앵아는 돌 탁자에 올려놓은 자기 손등에 다른 손이 포개지는 걸 느꼈다. 그 따뜻하고 부드러운 감촉에 몸을 떨며 제앵아는 눈을 들어 성옥을 보았다. 은 냄비에서 모락모락 올라오는 김 때문에 성옥의 얼굴이 진짜 같기도 하고 환영 같기도 했다. 성옥의 표정을 읽어내기 어려운 상황에서 조용한 목소리가 들려왔다. "세상에 끝나지 않는 연회는 없잖아. 언젠가는 헤어져야 해. 다행히 오늘은 그날이 아니니 너무 슬퍼하지 마."

성옥의 위로에 제앵아는 목이 메어 오랫동안 말을 잇지 못하고 흐느끼기만 했다.

호숫가 정자에 앉은 두 사람 뒤편으로 구불구불 길게 이어진 수변에는 작은 빙등과 눈 덮인 고목이 간간이 섞여 있었다.

아득하고 쓸쓸한 은백의 세상이었다.

국사가 평안성에 없어서 황제는 흠천감에 화친할 시기를 점쳐보라고 명했다. 흠천감 부감副監이 일월과 오성, 네 개의 숨은 별까지 관찰해 섣달 열이레가 성옥이 평안성을 떠나기에 좋은 길일이라고 내놓았다. 태황태후는 아쉬운 마음에 성옥을 궁으로 불러들이고 제앵아가 성옥과 절친하다고 하자 특별히 제앵아까지 자녕궁慈寧宮에서 머물도록 허락해주었다.

궁에 있는 동안 특별한 일은 없었다. 어느 날 태황태후가 꿈을 꾸더니 문을 닫고 예불을 올리겠다고 했다. 시중들 필요가 없어진 성옥과 제앵아는 이향과 궁녀들을 데리고 자화전慈和殿 앞뜰에서 눈을 뭉치기 시작했다. 얼마 지나지 않아 마당에 눈으로 만든 학이 두 마리 생겼다. 자세히 살펴본 뒤 제앵아는 이향을 데리고 학의 눈동자로 쓸 검은콩을 가지러 어선방에 가면서 성옥에게 학의 날개를 좀더 다듬으라고 시켰다.

성옥이 끌로 학 날개를 세심하게 조각할 때 연란이 태황태후에게 문안을 올리러 자녕궁에 왔다. 태황태후가 예불한다는 말을 듣고도 연란은 곧바로 떠나지 않고 복도에서 마당을 바라보다가 잠시 뒤에는 궁녀에게 성옥 근처까지 데려다달라고 했다.

성옥은 아는 척하지 않았다. 연란은 옆에서 성옥을 잠시 쳐다보았다. "그날 내가 그런 말을 하면 안 됐어." 연란이 먼저 입을 열었다. "얼마 전에 폐하를 뵈었을 때 말했어. 오나소는 대희처럼 문화가 발달하지 않아 책이 적을 텐데 너는 책 읽기를 좋아하니 많이 챙겨달라고. 그래야 네가 답답하지 않을 테니까."

비위를 맞추는 것처럼 들렸다. 말을 마친 연란은 눈앞의 소녀를 가만히 쳐다보았다.

구름무늬의 푸른 옷을 입었는데 얇은 비단을 층층이 겹친 치맛단이 허리까지 이어져 겨울옷인데도 아름다운 몸매가 잘 드러났다. 하늘을 보고 우는 듯한 학 앞에서 성옥은 살짝 몸을 굽히고 있었다. 옥 끝을 쥔 하얀 손이 소매에서 뻗어나왔다. 온 정신을 집중하고 있는지 성옥은 곧바로 대답하지 않았다. 연란 곁에 있던 궁녀가 화를 참지 못하고 앞으로 나서려다가 연란의 눈짓에 저지당하더니 불만스럽게 고개를 숙였다.

성옥은 마지막 날개를 조각한 뒤 흑단 쟁반을 든 시녀에게 끌을 건네고 손수건으로 손까지 닦은 뒤에야 몸을 돌려 연란을 보았다. "언니는 그날 했던 말을 후회한 적이 없으면서 오늘은 왜 마음에도 없는 말을 하나요?"

성옥이 멀리 오나소로 시집간다는 소식을 듣자마자 연란은 인정하기 싫었던 성옥에 대한 감정을 대부분 떨쳐낼 수 있었다. 그래서 연란은 정말 호의에서 성균에게 혼수품 품목에 대해 건의했다. 갈수록 마음이 편안해져 오늘 갑자기 성옥을 보았을 때도 잠시 고민했지만 다가가 말을 붙인 것이었다. 애초에 원한이 없어야 했던 사이이니 성옥이 떠나기 전에 나쁜 감정을 푸는 게 좋을 듯했다.

자신의 따뜻한 호의에 성옥이 그토록 차갑고 날카롭게 반응할 줄 예상하지 못했던 연란은 탄식을 내뱉었다. "그날 난 정말로 널 생각해서 그랬어. 다만 말하는 방식이 적합하지 않았지. 그건 분명 잘못이라 후회가 되더라고."

성옥은 연란을 한참 바라보다가 돌연 의미심장하게 웃었다. "오늘 언니가 이렇게 친절한 건 제가 서쪽으로 시집가 다시는 돌아올 수 없기 때문이겠죠?"

사실이 그렇더라도 성옥이 노골적으로 이유를 드러내자 연란은 난감해졌다. 끝내 참지 못하고 연란이 말했다. "내가 좋은 마음으로 사과하는데 너도 선을 좀 지키면 좋겠구나."

성옥은 아까 학을 조각할 때 움직이기 힘들어 외투를 벗었다가 지금 가만히 서서 연란과 이야기하고 있으니 확실히 옷차림이 얇게 느껴졌다. 궁녀가 흰여우 털로 장식된 비단 외투를 가져와 성옥에게 입혀주었다. 성옥은 외투를 입으며 심드렁하게 말했다. "언니, 세상에는 분명 사리사욕을 위해 부정한 일을 하면서도 기어코 허울좋은 핑계를 만들어내는 사람이 많다는 걸 알 거예요. 조정에서도 뜻이 다른 파를 배척할 때 상대에게 불의라는 죄명을 붙이잖아요. 그래야 핍박을 정의로운 행동으로 만들 수 있으니까요. 나라를 찬탈할 때도 천하 창생의 이익을 위해서라고 줄기차게 떠들어 찬탈을 선행으로 만들고요." 궁녀는 이미 한쪽으로 물러났다. 성옥은 소매를 정리하면서 농담조로 덧붙였다. "차이라면 자신의 위선을 인정할 수 있느냐 없느냐일 뿐이에요. 언니는 어떤 사람인가요?"

연란은 화가 치밀어올랐다. "무슨 뜻이니?" 성옥의 말뜻을 정말 몰라서가 아니었다. 성옥이 자신의 위선을 비웃고 있음을 잘 알아서였다. 내가 정말 위선적인가? 연란은 깊이 생각하고 싶지 않았다. 바로 반박하고 싶었지만 그렇다고 딱히 할말도 없었다. 성옥의 그런 점이 제일 싫었다. 연란은 왜 매번 성옥의 몇 마디에 통제할 수 없을 정도로 화가 나는지 이해할 수 없어 차갑게 대꾸했다. "말솜씨로는 널 따라갈 수가 없구나. 왜 폐하께는 그 뛰어난 말솜씨를 선보여 정략결혼을 무마하지 않았니?" 여전히 담담한 성옥의 표정을 보자 갑자기 가슴속에서 악의가 치솟아 연란은 웃음을 지었다. "나는 좋은 마음에서 오해를 풀고 싶었어. 그런데 이렇게 나를 적대시하는 걸 보니, 오나소에서 우리 두 사람을 눈여겨봤는데 너만 정략결혼을 하게 돼서 그런 게로구나."

아니나다를까 성옥의 얼굴에서 연란이 싫어하는 표정이 사라지고 텅 빈 듯한 표정이 떠올랐다.

연란은 성옥과의 대화가 항상 전쟁처럼 느껴지는 이유를 알 수 없었지만 철수하려는 적에게 공격을 늦추지 않았다. "그러니까 너는 나를 질투하는 거구나." 연란은 천천히 통쾌하게, 악의적으로 말했다.

성옥이 눈꺼풀을 내려뜨리더니 텅 빈 종이를 서서히 색색으로 물들이듯 입을 오므리며 웃었다. 하지만 잠자리가 초여름의 연꽃 봉오리를 스치듯 아주 짧게 지나가서 그 웃음이 어떤 의미인지는 드러나지 않았다. "맞아요. 저는 언니가 연 장군의 보호와 관심을 받는 보배라는 게 질투 나요." 성옥은 진심이라는 듯 탄식까지 내뱉은 뒤 덧붙였다. "오늘 제 말 때문에 불쾌했다면 제가 언니를 질투해서라고 여기세요." 연란을 바라보는 성옥의 입가에 사라졌던 웃음기가 다시 나타났지만 전부 상관없다는 조롱의 뜻이 역력했다.

연란은 가슴이 철렁했다. 고작 열여섯 살밖에 되지 않은 눈앞의 소녀에 대해 그동안 잘 몰랐어도 천진하고 순수하다는 소문을 들어왔다. 태황태후의 날개 밑에서 걱정 없이 자란 여리고 작은 새와 같아서 순결하고 세상 물정 모른다고, 종실 중 가장 운이 좋은 소녀라고들 했다. 눈앞에서 조롱하듯 웃고 있는 이 소녀의 어디가 순결하며 세상 물정 모른다는 것일까? 소녀는 이미 털갈이를 마치고 다 자란 새였다. 화려한 날개와 날카로운 발톱을 지니고 높은 나뭇가지에서 우아하게 서식하고 있었다. 이해하기도, 무시하기도 어려운 존재였다.

다행히 성옥은 멀리 시집갈 터였다.

태황태후는 열흘 뒤에야 성옥을 출궁시켰다. 십화루로 돌아오자 성옥의 혼사를 알게 된 이목주가 찾아와 두 차례 울고 화비무도 와서 두 차례 울었다. 이목주를 달래주고 화비무를 달래준 뒤 십화루 화초들까지 정리하고 나자 섣달 중순이 되었다.

섣달 중순, 북위와의 전쟁이 마침내 대희의 승리로 끝났다. 주근과 요황, 자우담은 이번에도 황제보다 먼저 소식을 알았다. 예상했던 결과라 놀라지도 않았다. 세심한 요황은 성옥이 태황태후를 만나고 이목주와 화비무를 달래주느라 놓친 전쟁의 후반 상황을 전부 들려주었다.

귀단국에서 돌아오는 해선에 연송 대장군이 없었던 이유는 대장군이 대희와 오나소의 결맹만으로 기택호의 난관을 해결할 수 있으리라 기대하지 않아서였다. 대희국 군대를 귀단에서 철수시켰을 때 연송은 삼천 명의 정예병을 이끌고 상식국에서 북위와 상식국 사이에 있는, 오랫동안 누구도 넘은 적 없는 천극산의 주산맥을 넘어갔다.

기택호에서 대희와 북위 양군이 대치에 들어가고 대희와 오나소 군대가 오나소와 북위 변경에 집결해 공격하려 할 때, 연송이 이끄는 삼천 명의 정예병이 갑자기 하늘에서 떨어지듯 천극산 산자락에서 내려왔다. 허를 찔린 북위는 제대로 대응할 수 없었다.

최고사령관이 이끄는 정예병은 북위의 동쪽 요충지를 정복한 뒤 북위의 왕도로 향하는 주요 다리까지 점거해 왕도를 위기로 몰아넣었다. 북서쪽 변경에서도 오나소가 강공을 퍼부으며 여러 성을 함락시켰다. 북위가 가장 염려한 곳은 기택호 동쪽이었다. 북위와 대희는 천극산의 동서로 놓인 산줄기 하나를 변경으로 삼고 있었는데 대희가 천극산의 주요 길목 두 곳을 점령한다면 내지까지 그대로 진격해올 수 있어서였다.

북위의 세 지역이 위기에 빠졌지만, 주요 전장에서 군대를 물러 세 곳을 지원할 경우 기택호의 삼십만 대희 군대가 그대로 밀고 올라올 터였다. 그렇다면 북위는 모든 전선에서 패할 수밖에 없었다.

결국 북위는 도시 네 개와 보물 수만 점을 내놓으며 대희에 화의를 청했다.

요황은 그 작전을 '정교한 포석'이라 부르며 대장군을 칭찬했다.

이향은 한참을 들었지만 잘 이해할 수 없었다. 그저 연송의 승리로 전쟁이 끝났다는 것만 알 수 있었다. 이향이 침울하게 물었다.

"그럼 곧 돌아오겠네?"

요황은 이해할 수 없었다. "누가?"

이향이 성옥을 힐끗 보았다. "대장군."

요황이 낮게 중얼거렸다. "그렇겠지. 빨리 오면 여기에서 설을 쉴 수 있겠군."

이향이 다시 한번 성옥을 힐끗거렸다. 성옥은 옆에서 차를 마시며 시종일관 그들 대화에 귀를 기울였지만 아무 반응도 보이지 않았다.

이향은 성옥이 어쨌든 연송을 좋아하니 마지막으로 한번 만나 작별인사를 하는 것도 좋겠다고 생각했다. 그런데 문득 그날 호숫가 정자에서 성옥이 제앵아에게 "연 장군은 나를 선택하지 않겠지"라고 했던 게 떠올랐다.

"나는 심심풀이 상대에 불과했어." 또 가슴이 답답해졌다.

만나지 않는 것이 좋을지도 몰라, 만나지 않아도 그만이지. 이향은 속으로 탄식했다.

섣달 열이레, 성옥이 평안성을 떠나는 날도 눈이 펄펄 내렸다.

눈보라 속에서 병사 수십 명이 눈을 치워 길을 냈다. 뒤로는 의장대의 긴 행렬이 따라왔다. 분명 신행 행렬이건만 음산하고 어두침침한 날씨 때문에 경사스러운 분위기가 조금도 나지 않았다. 주홍색 마차에 탄 성옥은 의장대가 성문을 통과할 때 휘장을 걷어 뒤쪽의 평안성을 마지막으로 바라보았다.

성옥은 눈물이 날 줄 알았는데 아니었다.

성문 옆에는 문 높이의 절반만한 고목이 있었다. 성옥이 기억하기로 엄나무였다. 성옥은 그제야 자신이 평안성을 얼마나 잘 아는지 알게 되었다. 평안성은 성옥의 집이었다. 하지만 이번 생에는 다시 돌아올 수 없으리라.
 엄나무 가지에 있던 푸른 새 한 마리가 의장대에 놀라 쩍쩍거리며 날아올라 눈보라 속으로 사라졌다.
 뒤쪽의 평안성도 눈보라 속으로 사라졌다.

# 7장
## 기억을 되찾은 뒤 마주한 연적

상식국 하랍 초원의 서쪽, 천극산 주산맥과 인접한 곳에 빽빽한 숲이 있었다. 안개 뒤에 숨겨진 숲은 사시사철 푸르고 사람이 거의 드나들지 않았다. 조제 신이 혼돈에 제사 지내면서 통로의 진을 만들 때 설정한 진안으로, 대연의 숲이었다.

숲에는 속이 빈 거목이 한 그루 있고 나무 옆에는 작은 방 크기의 동굴이 있었다. 동굴 안쪽으로 커다란 얼음 침대가 놓였는데 두 사람이 한 명은 침대에 눕고 한 명은 가부좌로 앉아 있었다. 누운 사람은 온몸에 황금 갑옷을 입고 황금 가면을 쓴 채 잠든 듯 죽은 듯했다. 가부좌를 한 사람은 새하얀 옷을 입고 두 눈을 감고 있었는데 무척 잘생긴 얼굴이었다. 두 손을 포개고 양손 엄지 끝을 맞댄 인계 자세에서 기품 있고 비범한 분위기가 풍겼.

연삼이 인주 아포탁에게 금지된 술법을 펼치는 중이었다.

국사 속급은 얼음 침대 밖에서 보호 술법을 펼치고 있었다.

한 달 전쯤 명주 사고수가 명계 이십일만 년의 방대한 문서를 전부 뒤져 인주 아포탁, 즉 제소희의 소혼책을 찾았다며 직접 인간계에 와서 연삼에게 건네주었다.

두꺼운 소혼책에는 인주의 수만 번 윤회가 전부 기록되어 있고 마지막 쪽에는 현세의 이름까지 적혀 있었다. 놀랍게도 인주의 현생 인물은 연삼이 아는 이였다. 거기에는 '희나라 여천 계씨 명풍'이라고 적혀 있었다.

소혼책에 따르면 계명풍은 인간계에서 인주 아포탁의 칠천칠백스물네번째 환생이었다.

눈앞의 결과에 국사는 무척 놀랐다. 연삼도 주춤했지만 아무 말도 하지 않았다.

그때, 북위가 대희에 선전포고한 뒤 기택호 입구의 여러 도시를 점령했다는 소식이 연삼의 막사로 전해졌다. 최고사령관으로서 연삼은 몸을 뺄 수 없었다. 국사가 보기에 전장에서 자신이 할 수 있는 일이라고는 단상에 올라 술법을 행하고 부적을 태우며 구중천 천군 일가에 복을 내려달라 비는 것밖에 없었다. 하지만 천군의 막내아들이 직접 군대를 이끌고 출정한 전쟁에서 무슨 단상에 올라 무슨 술법을 행하고 무슨 부적을 태우겠는가? 국사는 다른 일로 셋째 전하의 걱정을 덜어줘야겠다고 생각했다.

국사가 계명풍의 기억을 되살리는 일을 맡겨달라고 했을 때 연삼은 무척 놀랐다. 국사가 곁에서 일을 잘 처리하긴 해도 연삼의 강요에 억지로 응하는 경우가 대부분이었다. 위험하고 복잡한 일을 맡겨달라고 먼저 나서는 것은 국사의 평소 태도와 완전히 달랐다.

소혼책을 준 뒤에도 막사에 남아 있던 사고수가 국사의 말을 듣고 다시 봤다는 듯 감탄의 눈빛을 보내고는 기침을 하면서 지시했다. "그럼 일단 취담산의 남염 고분으로 가라. 그곳이 인주의 무덤이고 불멸의 몸이 거기 있으니까. 무덤에 들어가 인주의 몸을 찾거든 영기가 충만한 곳으로 데려가고." 잠시 후에 이어서 말했다. "주의해야 한다. 그 고분은 인주의 몸을 지키는 곳이라 함정이 무척 많으니 조심해야 해." 사고수가 또 천천히 말했다. "그런 다음 명계에 와서 억천수를 가져가야 한다. 토백과 일전의 괴수를 또 상대할 필요는 없지만, 억천수를 지키는 도견蝟犬과 갈달猲狙은 굴복시켜야 한다. 본 군이 어렸을 때 북호산北號山에서 길들인 짐승이라 조금 사나우니 조심하고."

국사는 당황스러웠다. 일이 그렇게까지 복잡할 줄은 몰랐기에 연삼을 보며 말했다. "이 일은…… 제가 계 세자를 잡아오고 명주께서 억천수를 좀 보내주시면, 그러고 나서 제가 계 세자에게 먹이면…… 되는 것 아니었습니까?"

연삼이 고개를 끄덕였다. "절차는 그렇지."

사고수는 국사가 왜 그렇게 용감하게 굴었는지 깨닫고 감탄의 눈길을 도로 거둔 뒤 신들의 기본 상식을 가르쳐줄 수밖에 없었다. "일개 인간인 계명풍이 만 번에 가까운 생의 기억을 어떻게 감당할 수 있겠느냐? 인간의 몸에 억천수를 많이 들이부었다가는 견디지 못하고 몸이 터져 죽을 수도 있다. 그의 첫 생에 대한 기억을 원한다면 인주의 몸 없이는 절대 불가능하다."

국사는 후회하며 원망스럽게 중얼거렸다. "하지만 셋째 전하는 분명 처음에……"

연삼이 웃으며 손에 든 군령을 만지작거렸다. "내가 처음에 뭐라고 했는데? 설마 다른 절차라도 말했더냐?"

국사의 머릿속에 연삼이 뭐라 했었는지 번뜩 떠올랐다. 아주 간단한 일이라면서 소혼책으로 인주를 찾아내 억천수 한 사발을 먹이면 홍련 씨앗이 어디 있는지 알 수 있다고 했다. 그랬다. 절차는 확실히 그랬다⋯⋯

죽고 싶어진 국사는 사고수에게서라도 도움을 얻으려 청했다. "인주의 무덤은 제가 한번 도전해보겠습니다만 억천수는⋯⋯ 명주, 인주의 소혼책을 빌려주신 김에 억천수도 몇 병 주시면 안 되겠습니까?"

사고수는 인정사정없이 잘라 말했다. "규칙을 따르지 않으면 일을 이룰 수 없는 법이다. 명계에는 명계의 규칙이 있으니 본 군이 사정을 봐줄 수 없다."

국사가 도와달라는 듯 연삼을 바라보았다.

연삼은 격려하듯 웃음을 지었다. "자네를 믿네. 가보게."

국사는 완전히 낙담했다.

사고수가 문득 떠오르는 일이 있어 연삼에게 말했다. "결국 인주의 혼이 그 남아 있는 불멸의 몸으로 돌아오면 무한한 윤회에서 완전히 깨어나게 됩니다." 사고수가 눈살을 찌푸리며 말을 이었다. "신족 역사책에는 그때 인간이 인간계에 안착한 뒤 인주가 왜 불멸의 몸을 버리고 윤회에 들어갔는지 기록되어 있지 않습니다. 그런데 지금의 인간계는 이미 애초의 인간계가 아니고 군왕도 무수히 많습니다. 더이상 인간들의 왕이 아닌 그를 깨웠을 때 인간계에 문제가 생기지 않겠습니까?"

연삼은 걱정 없다는 듯 담담한 표정으로 말했다. "괜찮네. 언젠가는 깨어나야 하고, 지금 깨워도 아주 이른 건 아니니까."
사고수가 생각에 잠겼다가 말했다. "다 감안하고 계시면 됐습니다."

한 달 뒤 국사는 천신만고 끝에 인주의 몸을 찾아오고 억천수도 가져왔으며 계명풍에게도 약을 먹여 평안성에서 붙들어왔다. 국사로서는 무한한 잠재력을 발휘했다고 할 수 있었다. 계명풍이 정신을 차린 뒤 무슨 질문을 퍼부을지 생각하자 국사는 골치가 아파져 계명풍을 계속 기절시켜놓기로 했다.
불멸의 시신과 도사, 혼수상태의 사람이 대연의 숲 나무 구멍 속에서 보름을 머물렀다. 연삼이 천하의 대사를 끝내고 와서 인주의 혼을 깨우길 기다리는 것이었다.
연삼은 북위와 화친을 맺은 다음날 대연의 숲으로 왔다. 이레 동안 계명풍의 혼백을 인간의 육체에서 분리해 황금 갑옷 속 불멸의 몸으로 넣은 뒤 선약을 먹여 드디어 혼백과 몸을 성공적으로 연결시켰다.
다음날 밤 국사는 억천수를 인주의 입에 붓기 위해 황금 가면을 벗겼다.
엄청난 세월의 변화를 겪었고 헤아릴 수 없이 오랜 시간이 흘렀으니 국사는 황금 가면 뒤에 해골이 있을 것까지 각오했다. 그런데 가면 속 얼굴은 놀랍게도 젊고 생생했다. 옥으로 조각한 듯한 얼굴은 계명풍과 똑같았고 죽은 적 없이 잠들어만 있었던 듯했다.
화들짝 놀란 국사와 달리 연삼은 대수롭지 않게 여기며 국사 손에서 억천수를 받아 인주의 입에 들이부었다. 세 병을 먹인 뒤 연삼은 인주가 깨어나기 전에 기억을 좀 들여다보기로 했다.

그렇게 해서 대연의 숲 나무 구멍에서 하얀 옷의 청년은 앉은 채 온 정신을 집중해 술법을 행하고, 황금 갑옷의 용사는 누워 아무것도 모른 채 조용히 받아들이는 광경이 펼쳐졌다.

묘시가 되었을 때, 가부좌로 앉아 눈을 감고 있던 하얀 옷의 청년이 눈을 떴다. 국사가 얼른 다가가 물었다. "전하, 뭘 보셨습니까?"
연삼이 살며시 눈살을 찌푸렸다. "발각되었네." 연삼은 얼음 침대에 잠든 듯 누워 있는 청년을 힐끗 본 뒤 이마를 문질렀다. "곧 깨어날 거다." 침대에서 내려온 연삼은 옥 탁자 옆에 서서 직접 물을 따랐지만 잔을 들고만 있고 마시지는 않았다.
국사가 뒤에서 머뭇머뭇 불렀다. "전하." 연삼은 듣지 못한 듯 계명풍, 아니 제소희 내면에서 봤던 것을 곱씹었다.
억천수가 인주의 잠들었던 기억을 소환했어도 인주 본인이 아직 정신을 차리지 못했기에 연삼은 의식 속으로 잠입할 때 인주의 심리 방어벽을 뚫을 필요가 없었다. 인주의 오랜 기억이 파도처럼 밀려왔다.

황혼의 어두침침한 하늘이 가마솥처럼 벌판을 뒤덮고 있었다. 벌판의 한 부족이 잔혹한 학살에 휘말려 사방이 온통 피와 시신, 불길로 가득했다. 아주 어린 아이가 반쯤 탄 천막에서 바스락바스락 기어나왔.
서너 살 된 아이는 꼬질꼬질한 얼굴에 작은 굽이칼을 안고 있었다. 천막에서 나왔을 때 아이는 멀지 않은 곳에서 맹수가 금방 죽은 시신을 뜯어먹고 있는 걸 보고 그대로 얼어붙었다. 예민한 맹수도 아이를 발견하고 머리를 휙 쳐들어, 사람과 맹수가 불길과 초연을 사이에 둔 채 마주보았다. 아이는 잔뜩 긴장해 입술을 오므리며 천천히 굽이칼을 들어올렸다. 맹수가 격노한 듯 어흥 하고 울부짖으며 달려왔다. 아이가 맹수에게 물려 죽기 직전, 허공에서 한줄기 빛이 번쩍하더니 맹수를 강타해 순식간에 재로 만들었다.

수려한 생김새의 두 소년이 빛 속에서 걸어나왔다. 하얀 옷의 소년이 사방을 훑어보고 탄식했다. "인간 마을 하나가 또 말려들었군."

푸른 옷의 소년이 안타까워했다. "인간족은 약소해 늘 신족에게 의지해왔지. 신족과 마족, 요족, 귀족이 끊임없이 전쟁을 벌이고 있으니 약한 인간족이 어떻게 버티겠어. 당연히 말려들 수밖에. 이렇게 계속 가다가는 머지않아 멸족될 거야."

하얀 옷의 소년이 멀지 않은 곳에서 자신들을 경계하며 살펴보는 아이를 바라보았다. "존상이 저 아이만 구하면 멸족되지 않을 거라고 하셨어."

푸른 옷의 소년이 아이에게 시선을 돌리고 손으로 턱을 쓰다듬으며 말했다. "정말 저 아이인가? 존상이 잘못 계산하진 않으셨겠지? 참, 존상은 왜 안 오신 거야?"

하얀 옷의 소년이 눈을 내리깔았다. "부신이 또 고요산에 오셨거든. 수소택水沼澤 학궁學宮에 들어오라고. 아마 부신을 응대하고 계실 거야."

푸른 옷의 소년이 하늘을 올려다보았다. "부신은 왜 존상을 포기하지 못하실까. 열 번은 거절당하셨지? 존상은 공부를 좋아하지 않으니 백 번을 권해도 안 될 텐데." 그러면서 또 탄식했다. "내 생각에는 존상이 공부하러 가서 주의력을 좀 돌리는 것도 좋을 듯해. 팔황의 기이한 꽃과 풀을 수집하는 데 모든 정력을 쏟고 점점 더 집착하시잖아. 그뿐이면 괜찮게? 지나칠 정도로 총애하셔서 꽃과 나무들이 존상 머리에 올라타려 하니."

하얀 옷의 소년이 질책했다. "쓸데없는 소리."

푸른 옷의 소년이 코를 문질렀다. "쓸데없는 소리라니. 설마 존상이 세상 누구도 당신의 얼굴을 모르도록 가리개를 쓰게 된 이유를 잊었어? 존상이 골용耳蓉을 파총산幡冢山에서 우리 고요산으로 어떻게든 데려오고 싶어하셨을 때, 존상의 미모를 질투한 골용이 자기보다 아름다운 게 싫다며 존상이 평생 얼굴을 드러내지 않겠다고 맹세해야만 오겠다고 했잖아. 뜻밖에도 존상은 받아들이셨고……"

하얀 옷의 소년이 헛기침했다. "골용을 그렇게 말하지 마. 그냥 어리광이 심할 뿐이니까. 게다가 존상은 지금도 골용을 제일 좋아하신다고. 네가 말한 걸 골용이 알면 고요산을 뒤집어놓을걸, 존상도 싫어하실 거고."

푸른 옷의 소년이 자갈을 발로 차며 침울하게 말했다. "그래서 존상이 차라리 부신 권고대로 학궁에 가면 좋겠다는 거야. 고요산에 계시면 온 산의 교만한 화초들이 존상의 총애만 믿고 기어오르니까……"

돌연 바람이 불어오자 푸른 옷의 소년이 얼른 입을 다물었다. 이어서 여자아이의 날카로우면서도 맑은 음성이 나긋하게 울렸다.

"못된 상화. 또 내 욕을 하고 있었구나!" 검은 옷을 입은 아름다운 소녀가 허공에서 모습을 드러냈다. 푸른 옷의 소년이 뒤로 한 걸음 물러나며 억지를 부렸다. "그냥 설의랑 잡담하고 있었던 거야. 내가 무슨 욕을 했다고 그래!"

설의라 불린 하얀 옷의 소년이 어이없다는 듯 두 사람을 한 번씩 보고는 몇 장 떨어진 아이에게로 시선을 돌렸다. 언제 나타났는지 노란 옷을 입은 사람이 아이 앞에 서 있었다. 뒷모습을 보이고 있는 그 사람은 품이 크고 소매통이 넓은 옷으로 호리호리한 몸을 감싼데다 까마귀 깃털처럼 새까만 머리카락을 감아올리거나 묶지 않았기 때문에 남자인지 여자인지 분간이 되지 않았다. 설의가 몇 걸음 나아가 불렀다. "존상."

마침내 입씨름을 멈춘 푸른 옷의 소년 상화와 검은 옷의 소녀 골용도 따라서 앞으로 나아갔다. 자신을 부르는 소리를 분명 들었을 텐데 그 사람은 살짝 오른손을 들었다가 아래로 내릴 뿐이었다. 모두 물러가라는 뜻이었다. 넓은 소매 밖으로 살짝 나온 손가락이 눈처럼 하얗고 가늘며 아름다웠다. 남자의 손이 아니었다.

그 사람이 쪼그려앉아 아이를 살펴보는 듯하다가 입을 열었다. "아가." 소녀의 목소리였다. 봄 산의 안개 속으로 흘러들어가는 봄물 같은 음성은 부드럽고 매혹적이었지만 또 안개처럼 가물가물하고 희미하기도 했다.

아이는 어리둥절한 표정으로 소녀를 쳐다보았다. 그녀가 부른 아가가 자신인지 모르겠다는 얼굴이었다. 그녀는 호칭이 무척 마음에 들었는지 또 "아가"라고 부른 뒤 아이의 머리를 쓰다듬었다. "나랑 같이 가겠니?"

연기에 목이 상했는지 아이가 입을 열자 뜻밖에도 쉰 소리가 나왔다. "아니요." 아이는 손에 든 굽이칼을 꽉 쥐며 뒤로 한 걸음 물러났다. "우리 아버지와 어머니를 찾아야 해요. 저는 부모님과 함께 있을 거예요!"

"그건 쉽지." 그녀가 대답했다. "너희 부족은 다 죽었어. 네 부모도 마찬가지고. 우리는 네 부모의 유골을 함께 데려갈 수 있단다."

아이가 무슨 말인지 알아들었다. 그제야 부족 사람들이 모두 죽었고 부모도 이미 없다는 걸 깨달은 아이는 돌연 눈을 동그랗게 뜨더니 어쩔 줄 몰라했다. 곧이어 두 눈이 붉어지고 콩알만한 눈물이 꾀죄죄한 뺨을 타고 떨어졌다. 아이는 훌쩍이다가 얼른 참으며 망설이듯 눈앞의 신을 바라보았지만 이내 눈물을 쉼없이 떨어뜨렸다.

그녀가 조금 놀란 듯했다. "왜 그렇게 우니?"

어린 나이지만 벌써 철이 든 아이는 슬픔에 말을 잇지 못했다. 그녀는 몸을 돌려 뒤쪽에 일렬로 서 있는 소년과 소녀를 바라보았다. "봐봐"라고 말했는데 소리가 정확하지 않았다. 얼굴에 아름다운 청옥 가면을 쓰고 있어서였다. 가면으로 얼굴이 가려졌기 때문에 누구도 그녀의 시선이 정확히 어디를 향하는지 알기 힘들었다. 그저 세 수행원을 바라보는 것만 알 수 있었다. 그녀가 여전히 궁금하다는 듯 말했다. "사람에게 칠정이 있다는 건 알지만 부모를 그리는 마음이 이 정도인 줄은 몰랐어." 아이가 우는 게 안쓰러운 모양이었다. "이 아가를 슬프지 않게 만들 방법이 있을까?"

제일 가까이 있던 골용이 분한 표정으로 불만스럽게 말했다. "아가, 아가라니, 저를 아가라고 부른 적은 없잖아요!" 골용은 발을 동동 구르다가 돌아서서 달려갔다.

상화는 골용의 뒷모습을 바라보며 놀라움을 감추지 못했다. "저런…… 어린아이까지 질투하다니!" 골용이 달아난 바람에 자신이나 설의 중 한 사람이 아이를 달래야 할 확률이 높아지자 상화는 얼른 선수를 쳤다. "존상, 저는 아이를 달랠 줄 몰라요. 저는 연꽃이라 인간의 칠정을 모른다고요." 그러면서 제안했다. "한바탕 울리는 게 좋지 않을까요?"

노란 옷의 소녀가 아이 쪽으로 고개를 돌리며 대답했다. "아가를 달래기 싫으면 골용을 달래줘. 둘 중 하나는 네가 달래야 한다."

그 말이 떨어지기가 무섭게 상화는 냉큼 달려가 아이를 안고는 높이 들어올렸다. 아이는 혼자 조용히 슬퍼하고 싶었는데 소년한테 들려 위아래로 흔들리자 재미있기는커녕 소년 얼굴을 긁어버리고만 싶었다. 하지만 팔과 다리가 닿지 않아 씩씩거리며 한층 더 심하게 울었다.

설의와 소녀는 옆에서 지켜보기만 할 뿐 말리지 않았다. 한참 뒤 설의가 부드럽게 말했다. "존상이 처음 은림과 저, 상화를 보셨을 때 이름을 지어주셨지요. 저 아이는 존상의 네번째 신사가 될 테니 오늘 이름을 내리시겠군요. 염두에 두신 이름이 있으십니까?"

소녀가 살며시 고개를 숙이자 검은 머리카락이 목덜미로 흘러내렸다. 가느다란 목덜미가 까마귀 깃털처럼 새까만 머리카락과 대비돼 투명할 정도로 하얘 보였다. 소녀가 잠시 생각한 뒤 조용히 말했다. "저 아이는 인간족이 오랫동안 소망했던 빛이다. 소희는 빛이라는 뜻이지. 오늘부터 소희라고 부르자꾸나. 제소희."

상화에 의해 허공으로 던져진 아이가 그 소리를 들었는지 순간 고개를 돌려 소녀를 바라보았다.

첫번째 기억은 바로 거기에서 끊겼다. 드넓은 벌판과 그곳에서 타들어가던 인간족 마을, 스산한 전쟁터에서 먼지 한 톨 묻지 않은 신들 모두 물에 비친 그림자가 일렁이는 물결에 흩어지듯 사라졌다.

연삼은 자신이 본 광경이 제소희가 처음 조제 신을 만났을 때임을 알았다. 상화와 설의에게 존상이라 불렸으니 노란 옷의 소녀는 분명 조제일 터였다. 사실 좀 이상했다. 대홍황 및 원고 시대의 무로 돌아간 대부분의 신들은 동화제군의 장서각에서 초상화를 찾아볼 수 있었지만, 조제 신만큼은 역사책을 아무리 뒤져도 제대로 된 초상화를 찾을 수 없었다. 유일하게 남은 뒷모습도 이만 년 전에 그려졌다.

당시 구중천에서 역사책을 새로 정리했는데 조제 신이 스스로를 혼돈에 바쳐 인간들을 속세에 안주시킨 일은 분명 큰 사건이라 천군은 사관에게 그 장면을 그려서 역사에 기록하라고 명했다. 이에 사관들은 귀중한 사료들을 근거로 상상력을 총동원해 당시의 광경을 그려냈다. 다만 조제 신의 모습은 함부로 그릴 수 없어 동화제군의 태신궁 앞에 무릎을 꿇고 조제 신과 같은 세대인 제군에게 조제의 모습을 그려달라고 청했다. 그런데 동화제군은 자신도 조제의 진짜 모습을 본 적이 없다며 마음대로 그리라는 게 아닌가. 사관들은 그럴 수 없어서 연삼의 모후를 본으로 삼아 조제의 뒷모습을 그린 뒤 대제를 지내고 역사책에 수록했다.

지금 보니 사관들이 심혈을 기울여 그린 뒷모습은 실제 모습과 완전히 달랐다. 연삼도 사관들의 추측이 옳다고 생각했었다. 삼십만 년 전에 태어난 빛의 신이자 진실의 신이라면 모후처럼 기품 넘치고 단정하며 수려하고 어느 정도 나이도 있어야 할 듯했다. 소녀일 줄은 상상도 못했다. 얼굴은 보지 못했어도 체형이나 목소리로 가늠하건대 인간 나이로 열여섯 살 소녀 정도에 불과했다. 연삼은 놀라지 않을 수 없었다.

하지만 더 생각할 새가 없었다. 제소희의 의식 속, 앞선 기억이 사라진 곳에서 두번째 기억이 떠올라 연삼의 눈앞에 천천히 펼쳐졌기 때문이었다.

높고 넓은 동굴이었다. 동굴의 천장은 흑수정이었고, 백옥 들보에 별처럼 박힌 야명주가 빛을 밝혀주고 있었다. 어느새 소년으로 성장한 제소희가 푸른색 물병을 들고 천천히 청옥 복도를 걸어갔다. 안으로 들어갈수록 어두워졌다.

수정 발 앞에서 소년이 걸음을 멈추고 나직하게 말했다. "골용님, 분부하신 파총의 물을 가져왔습니다." 말을 마치고 잠시 기다렸지만 안에서는 아무 소리도 들리지 않았다.

소년이 눈을 내리깐 채 다시 한번 말했다. "그럼 안으로 가져가겠습니다."

손으로 수정 발을 젖히며 고개를 숙인 채 들어간 소년은 옥 물병을 산호 탁자에 내려놓고 고개를 들었다. 뭔가 더 말하려는 듯 고개를 든 순간 소년은 그대로 얼어붙고 말았다.

몇 걸음 떨어진 곳에 천이 드리워진 욕실이 있는데 조개껍데기로 만든 욕조에서 아름다운 여인이 목욕중이었다. 얇디얇은 천 너머에서 여인은 욕조에 기대앉은 채 욕조 바깥으로 나온 하얀 팔로 나른하게 이마를 짚고 있었다. 잠시 잠든 모양새였다. 목욕할 때조차 가면을 쓰고 있어서 누구인지 쉽게 짐작할 수 있었다.

가면을 썼지만 아름다운 자태까지 가려지는 건 아니었다. 높이 말아올린 새까만 머리카락, 매미 날개처럼 얇고 복잡한 무늬가 새겨진 기이한 가면, 조개껍데기와 야명주의 부드러운 불빛 아래 드러난 눈처럼 하얀 목덜미와 쇄골, 팔이 붉은 천 너머에서 매혹적인 기운을 가물가물 발산했다.

소년 소희가 뭐에 홀린 듯 휘청휘청 몇 걸음 나아가자 천 건너편에서 쉬고 있던 소녀가 눈을 떴다. "소희?" 난감해하거나 당황하는 기색이라고는 전혀 없이 그저 의아해하는 목소리였다. "무슨 일이니?" 여전히 그 자세 그대로 욕조에 기대앉은 채 살짝 고개를 돌렸다. "일단 나가서 조금만 기다려."

홀린 듯했던 소년은 그 부드러운 음성에 불현듯 정신을 차렸지만 갑작스러운 자각과 함께 당혹감이 밀려와 어쩔 줄 몰라했다. 소년이 얼른 몸을 돌리자 소녀가 다시 한번 의아해하며 소희를 불렀다. 얼굴이 새빨갛게 달아오른 소년은 미처 대답도 못하고 부리나케 달아났다.

침전에서 뛰쳐나와 고개를 숙인 채 걸어가던 소년은 맞은편에서 오던 골용과 부딪쳤다. 골용은 소년의 몸을 바로 세운 뒤 무람없이 말했다. "귀신이 쫓아오기라도 해? 뭐가 이렇게 급한데?" 그러면서 소년의 손을 바라보았다. "내가 가져오라고 했던 파총의 물은?" 골용이 계속 잔소리했다. "내가 너를 부려먹는다고 생각하지 마. 훈련시키는 거니까. 넌 인간이라 태생적으로 자질이 떨어진다고. 열심히 훈련하지 않으면 어떻게 존상의 신사로서 낯이 서겠니? 신경 좀 써……"

소년이 눈살을 찌푸리며 말을 잘랐다. "파총의 물은 이미 침전에 가져다뒀어요."

골용이 당황하며 중얼거렸다. "요즘 존상의 욕조에는 뱀딸기꽃을 키우느라 천상의 물을 받아놓아서 쓸 수 없으니 내 침전에서 목욕중이실 텐데……" 골용이 갑자기 소년의 턱을 잡아 자신 쪽으로 돌렸다. 그 아름답고 둥근 눈에 돌연 분노의 불길을 담아 내보이더니 무시무시한 음성으로 물었다. "봤니?"

소년이 골용의 손을 쳐내고는 대수롭지 않다는 듯 흘겨보았다. 홍조만 떠오르지 않았어도 훨씬 당당했을 준수한 얼굴로 소년은 반격했다. "존상이 당신 소유물은 아니잖아요."

골용이 소년을 잠시 바라본 뒤 냉소를 지었다. "너도 좋아하는구나."

소년은 얼굴이 한층 더 붉어졌지만 차갑게 대꾸했다. "상관없잖아요."

골용은 화가 머리끝까지 치솟아 이를 악물었다. "충고하는데 포기해. 그게 너한테 좋아. 빛에서 나온 존상은 평생 감정이나 욕구가 없도록 운명지어졌어. 깊이 빠지지 않았을 때 포기하라고. 아직은 마음을 돌릴 수 있을 거다."

소년도 화가 치솟았다. "왜 스스로한테는 그렇게 말하지 않죠?"

그 짧은 한마디가 정곡을 찔렀는지 골용은 일그러진 표정으로 가느다란 손가락을 들어 소년의 코를 가리켰다. "너!" 골용이 씩씩거리며 소리쳤다. "아무것도 모르는 주제에!" 그러고는 발을 구르며 달려갔다.

소년이 눈살을 찌푸린 채 골용의 뒷모습을 바라보고 있는데 언제인지 몰라도 설의가 다가왔다. 하얀 옷을 입었던 소년에서 어느

새 듬직한 청년이 된 설의는 여전히 단아하고 온화했다. 설의가 탄식을 내뱉었다. "골용이 늘 철없이 제멋대로만 군다고 생각하지 마. 골용은 네가 성장하는 모습을 지켜보았고 항상 널 챙겨줬어. 이번에도 정말로 널 생각해서 충고한 거고."

소년은 가슴 깊이 담고 있던 비밀이 두 사람에게 들통나자 민망함에 고개를 들 수 없었다.

설의가 잠시 입을 다물었다가 물었다. "빛의 신이 처음에는 성별이 없었던 거 아니?"

소년은 깜짝 놀라 고개를 들었다.

설의가 이어서 설명했다. "빛의 신은 사만 살에 성인이 되고 그때 성별을 선택할 수 있어. 골용이 존상을 만났을 때 존상에게는 아직 성별이 없었지. 골용은 천상에서든 지하에서든 찾아보기 힘들 정도로 아름다웠어. 존상은 골용을 파총산에서 고요산으로 데려오고 싶었기 때문에 골용이 제시한 여러 조건을 전부 받아들이셨어. 예전에 상화가 말했던, 평생 얼굴을 드러내지 않겠다는 조항까지 포함해서." 설의가 한숨을 내쉬었다. "우리는 나중에야 그게 골용 종족의 법도라는 걸 알았어. 남편이 아내를 만나면 평생 아내에게만 진짜 모습을 보일 수 있다는 거야. 그러니까 골용은 존상을 남편으로 봤던 거지. 처음 만났을 때부터 골용은 존상이 성인이 된 후에 남자가 되어 자신을 아내로 맞기만 바랐어." 설의가 소년을 바라보았다. "골용은 존상이 성별을 갖기 전부터 좋아했어. 존상이 여자가 되길 선택할 줄은 상상도 못했고. 존상이 여자가 된 뒤에도 골용은 벗어날 수 없었어. 이미 너무 깊이 빠졌기 때문이지. 그러니 왜 스스로한테는 그런 충고를 하지 않느냐는 네 말은 골용에게 큰 상처가 될 거야."

소년은 당황했다. "나는……" 살짝 고개를 숙였다. "일부러 그런 게 아니라 그저……" 남에게 고개를 숙이는 성격이 못 되는지 소년은 말을 제대로 끝맺지 못하고 머뭇거리며 물었다. "존상은 그때 왜 여자가 되는 쪽을 택했어요? 칠정도 육욕도 없다면 남자든 여자든 상관없었을 텐데." 역시 마음에 걸리는지 입술을 모으고 아주 작게 혼잣말처럼 말했다. "그렇게 골용을 아끼는데 골용을 위해 남자가 되지 않고요?"

설의가 잠시 침묵에 잠겼다가 말했다. "네 말이 맞아. 존상은 나면서부터 욕망이 없고 속세에 뜻을 두지 않았기 때문에 남자가 되든 여자가 되든 아무 차이가 없었어. 그런데." 설의가 느릿느릿 말했다. "성인이 되기 일 년 전 어느 밤에 꿈을 꾸셨어." 질질 끌지 않고 흥미진진하게 이야기를 이어갔다. "예지몽이었지. 꿈에서 존상은 수십만 년 뒤 남성 신에게 시집가 후사까지 낳는 본인을 보셨어. 그래서 성인이 되었을 때 천명을 받들어 여성을 선택했지."

넋이 나간 듯 텅 빈 표정이 된 소년의 얼굴에서 핏기가 점점 사라졌다. 소년이 웅얼웅얼 물었다. "그 신이…… 누구예요?"

설의가 고개를 저었다. "안 알려주셨어. 그저 수만 년 뒤 탄생하는 신이라는 것만 알아."

소년은 동굴 벽에 기대며 고통스러운 듯 비웃는 듯 말했다. "천명은 큰 사건만 관여하는 줄 알았는데 정말 우습네요. 천명이 신들의 혼인에까지 관여한다고요?"

설의가 탄식했다. "천명은 혼인에 관여하지 않아. 존상의 예지몽도 작은 일이 아니고. 내 생각에 천명은 존상이 빛의 신으로서 그 남성 신과 결합해 천도의 순환을 이어갈 중요한 후사를 낳아야 한다고 봤던 것 같아. 그래서 바로 그 순간에 존상에게 여성 신으로 운명 속 낭군을 기다리라는 예지를 보여준 거지."

설의의 말이 끝나자 빛으로 가득찼던 동굴이 멀어지고 동굴 속 하얀 옷의 청년과 검은 옷의 소년도 멀어졌다. 두번째 기억은 거기에서 끝났다.

제소희의 의식 안으로 들어간 건 사생활을 캐기 위함이 아니었기에 연삼은 거기까지 보자 조금 지루해졌다. 억천수가 천천히 작용해서인지 기억의 파편들이 바다에 비친 석양빛 조각처럼 단편적으로 떠오르다가 어느 순간 허공으로 올라가더니 얼어붙은 인광燐光으로 변했다.

연삼은 그 불덩이 가운데 하나를 녹여보았다.

세번째 기억에서 제소희는 이미 청년이 되어 현세의 계명풍과 완전히 똑같아졌다. 꽤 오랜 시간이 지났다는 걸 알 수 있었지만, 주제의 몸과 차림새는 예전과 다름없었다.

황혼 무렵 두 사람이 폭포 앞에 서 있었다. 오랫동안 이야기를 나눈 듯한데 그 기억은 대화 중반부터 시작되었다.

콸콸 쏟아지는 폭포 소리 속에서 조제가 무슨 말을 했는지는 몰라도 청년 제소희는 감정을 억누르며 옆에 늘어뜨린 손까지 주먹을 꽉 쥐고 있었다. 그런데도 어투는 꽤 평온했다. "인간의 칠정과 육욕을 이해하고 싶어진 이유가 꿈에서 보신 그 신 때문입니까? 존상이 처음에 여자가 되기로 선택한 것도 그 예지몽 때문이었다고 설의가 알려주었습니다." 잘생긴 청년이 결국 인내심을 잃고 앞으로 한 발 나아가 이를 악물며 물었다. "꿈에서 대체 무엇을 보셨기에 타고나신 무욕의 신격을 버리고 일개 인격을 얻으려 애쓰시는 겁니까?"

늘 세상일에 초연한 듯 보였던 빛의 신이 조금 당황했다. "설의가 말이 많았구나." 그래도 화가 나진 않았는지 잠시 생각에 잠겼다 말했다. "신격을 버리겠다는 뜻이 아니다. 인격도 수행하고 싶을 뿐이지." 그러고는 급하지도 느리지도 않게 말을 이었다. "인간을 안착시키면 나도 사명을 완수한 셈이다. 이후에는 어떤 수행을 하든 하늘도 관여할 수 없어. 소관과 사명謝冥은 믿을 수 있으니 모든 일을 적절하게 처리할 거고. 너한테 옆에서 지켜보라는 건 이번 일에 한 치의 착오도 없길 바라기 때문이다. 하지만 소희야." 빛의 신이 고개를 돌려 청년을 보았다. "내 말에 네가 이렇게 반응하다니, 내가 괜히 알려줬다고 후회했으면 좋겠느냐?" 봄물 같은 목소리는 힐문하는 투가 아니었는데도 청년의 얼굴이 하얗게 질렸다.

한참 뒤 청년이 씁쓸하게 말했다. "존상은 늘 제 마음을 알고 계셨습니다. 다른 사람을 위해 칠정을 수행하겠다고 굳이 제게 알려주시는 건 저를 단념시키겠다는 의도시겠지요. 골용과 저는 존상 곁에서 수만 년을 있었지만 존상은 저희에게……" 청년이 갑자기 화를 냈다. "그는 대체 무슨 덕과 능력이 있어서 아직 태어나지도 않았는데, 천명이라며 그를 위해 여자가 되신 것으로 부족해 존상이 인간의 칠정과 육욕을 익혀 때묻지 않은 빛의 영혼까지 더럽혀야 합니까?"

조제가 멀리를 바라보며 한참 입을 다물었다가 말했다. "아까 예지몽에서 무엇을 보았느냐고 물었지?" 잠시 멈췄다가 이어서 말했다. "높은 궁정과 화려한 거리를 보았다. 크고 작은 사막을 보고 오지와 산지도 보았어. 그는 나를 위해 사방을 돌아다니고 몸부림치며 가슴 아파하고 걱정했다. 그러다 마침내 어느 밤, 나를 찾아와 좋아한다고 말했지. 여기가." 조제가 손을 들었다. 여전히 통이 크고 소매가 넓은 옷을 입고 있었다. 조제는 구름무늬 소매에서 손가락을 조금 내밀어 가볍게 가슴을 쳤다. "그가 날 좋아한다고 말했을 때 여기가 심하게 뛰더니 갑자기 온갖 감정이 솟아났다. 그 느낌을 뭐라 표현할 수는 없어도 나는 눈물을 흘렸다. 그게 대체 무슨 뜻인지 정말 알고 싶구나. 그걸 알지 못하면 밤마다 편히 잠들 수 없을 거다."

흐릿하던 조제의 목소리가 한층 더 꿈결처럼 울렸다. 하지만 청년에게는 두려울 정도로 뚜렷이 들렸다. 청년은 가시나무의 긴 가시에 찔린 듯 고통스러워하며 중얼거렸다. "저는……"

조제가 손을 아래로 내리며 청년의 말을 막고는 계속 이어갔다. "무욕이란 집착이 없다는 뜻이다. 예지몽을 꾸기 전 사만 년 동안 나는 욕망이 없어 만사를 가볍게 보았고 무엇에도 집착하지 않았다. 하지만 바로 그 순간 집념이 생겼지. 하늘이 정한 운명이지만 날이 갈수록 수만 년 뒤 그와 만날 날을 점점 기대하게 되었다. 그날 밤의 설렘이 무엇인지, 내가 흘린 눈물이 어떤 의미인지 분명히 알게 되는 날이 기다려지는구나. 빛의 신의 무구한 영혼은 이미 그 순간부터 때가 묻기 시작했다. 왜 너나 골용을 위해서가 아니라 꿈속의 사람을 위해서냐고 물었는데 나도 모른다. 알겠느냐?"

청년은 얼굴이 하얗게 질려 눈을 질끈 감았다가 한참 뒤 참담하게 말했다. "할말이 없습니다."

바로 그때 두 사람 앞의 폭포가 거대한 파도로 변하더니 순식간에 두 사람을 삼켜버렸다.

제소희의 의식 속에서 느닷없이 흑수정의 담장이 솟아올라 기억의 인광을 담장 안에 가뒀다. 또 높은 담장 위로 순식간에 수만 개의 활과 화살이 나타났다. 연삼은 재빨리 눈치채고 화살이 날아오기 전에 몸을 날려 인주의 의식에서 빠져나왔다. 뒤에 남은 화살이 비처럼 쏟아지며 인주의 의식을 보이지 않게 흐트러뜨렸다.

얼음 침대에 누워 있던 제소희는 억천수의 첫 방울이 목구멍으로 넘어오자마자 깨어났다. 다만 억천수에 젖어 봄날의 우후죽순처럼 솟아나는 기억의 씨앗을 돌보는 데 모든 정력을 집중하느라, 연송이 자신의 기억 속으로 들어오는 것을 알고도 심리 장벽을 세워 막을 수 없었을 뿐이었다.

더 많은 비밀이 드러나기 전에 제소희는 기운을 모아 의식의 주도권을 되찾아올 수 있었다. 바로 그 순간, 윤회에 들기 전 수만 년의 기억과 윤회에 든 이후 십팔만 년의 기억, 그리고 현재 계명풍의 기억까지, 인광으로 변해 떠올랐던 모든 기억이 돌연 거대한 빛으로 변해 황금 갑옷 속 몸으로 돌아와 합쳐졌다.

제소희는 모든 것이 기억났다.

연송은 제소희가 조제의 얼굴을 엿보다 엄청난 미모에 넋이 나갈 정도로 놀라고 서글픈 짝사랑에 점점 빠지는 기억은 보지 못했다.

나중에 약목문을 열 때가 가까워졌을 때 조제는 다시 한번 자신에게 세속적 마음을 심어준 신에 대해 이야기했다. 새로운 시대의 수신이라고 했다. 이후 소관이 열반에 들어 약목문을 열고 인간을 이주시킨 뒤 조제가 스스로를 희생하고 구중천의 최고 신인 묵연이 신들을 봉하면서 새로운 시대가 열렸다. 그렇게 삼만 년이 흐르는 동안 제소희는 비웃음과 불만 속에서 조제가 온 마음을 다해 기다리던 수신이 대체 얼마나 대단한지 보려고 기다렸다. 하지만 수신의 자리는 끝내 채워지지 않았다.

시간이 더 흐르자 제소희는 조제가 존재하지 않는 세상이 지겨워졌고 조제가 정말 빛으로 되살아날지 의심하기 시작했다. 외로운 기다림이 더는 견디기 힘들어 제소희는 조제를 위해 만든 무덤에 불멸의 몸을 남겨둔 채 명계로 가서 윤회에 들었다.

이후에는 무지몽매의 상태로 끝없는 윤회 속을 떠돌았다. 그사이 팔황에는 수만 년 동안 기다리던 수신이 드디어 태어났다. 평범한 생명체로 몇번째 환생했을 때였는지는 몰라도 제소희는 젊은 수신과 한 번 만난 적이 있었다. 다만 무지의 상태라 수신과 겨뤄보고 싶어했던 마음 자체를 잊었고, 그 짧은 기억은 수천 번의 윤회 속에서 작은 조각으로 흩어졌다. 억천수가 아니었으면 이번 생에서도 되찾지 못했을 터였다.

이제 모든 것이 분명해졌다. 성옥이 조제고 연송이 수신이었다.

제소희는 자신도 존상과 인연이 있다고 생각했다. 그게 아니라면 끝없는 윤회 속 수천억 명에 이르는 인간들 속에서 어떻게 만날 수 있었겠는가?

칠천칠백스물네 번을 환생했다. 그토록 긴 윤회 속을 무지몽매하게 떠돌다 드디어 조제의 환생을 만났다.

분명 제소희와 조제의 인연이 먼저이건만 하늘은 왜 또 수신을 세상에 내려보냈단 말인가?

지난날을 떠올려보니 연송은 성옥의 신분을 모르는 게 확실했다. 그렇다면 이 수신은 대체 무엇을 알고 싶어서 자신을 윤회에서 깨우고 저항할 수 없을 때 의식 속으로 들어와 기억을 살펴보았을까?

제소희가 천천히 눈을 떴다.

"수신." 수만 년 동안 쓰지 않은 몸이라 그런지 녹슨 것처럼 목이 꽉 잠겨 쉰 목소리가 나왔다. 제소희가 관절을 움직이자 국사가 다가와 부축하려 했다. 제소희는 손을 들어 거부한 뒤 혼자 일어나 앉았다. "정말 생각도 못했네요." 제소희는 몇 걸음 떨어진 옥 탁자 옆에 앉은 하얀 옷의 청년을 바라보았다. "새로운 시대가 열린 뒤 세상이 수만 년 동안 기다렸던 수신이 당신이라니."

계명풍일 때도 연송을 좋아하지 않았던 제소희는 기억을 모두 되찾고 나서 연적을 마주하자 한층 더 질투가 치밀어 차갑게 말했다. "약목문이 열려 인간이 속세로 옮겨갔을 때 조제 신과 묵연 신은 천지의 질서를 새로 세웠지요. 팔황의 신은 천명 없이는 인간계에 들어가 인간과 어울릴 수 없다고. 그런데 지금 수신은 인간계에서 이렇게 멋대로 행동하고 있으니, 대체 어떤 천명을 따르는 거요?"

제소희가 선제공격했다. 연송이 인간계에서 인간과 어울리는 일만 지적한 게 아니라 자신을 깨운 일을 두고 더 강하게 지적하는 것이었다. 제멋대로의 행동이라 정의한 이유는 연송이 어떤 목적을 가지고 자신을 깨웠을 게 틀림없기 때문이었다. 제소희는 연송이 자신을 원래 몸으로 되돌려줬어도 고맙지 않을뿐더러 죄를 물을 수도 있음을 분명히 밝히려 했다. 수신이 총명하다면 깨운 것을 빌미로 뭔가를 얻어내려는 시도는 하지 않을 터였다.

젊은 수신이 제소희의 말뜻을 분명히 이해했다는 눈빛으로 담담히 말했다. "인주는 이미 수만 년 동안 인간의 일에 관여하지 않았으니 인족의 군왕이라 할 수 없겠지요. 그렇다면 이 세상이나 인간계, 나아가 본 군의 일에 참견하지 않는 게 좋습니다."

제소희는 눈살을 찌푸렸다. 계명풍으로 있을 때 연송의 오만하고 상대하기 힘든 성격을 어느 정도 겪어본 터였다. 하지만 그렇다 해도 지금 연송은 자신에게 바라는 바가 있으니, 고개를 숙일 정도까지는 아니더라도 정중하게 나와야 마땅했다. "귀하는 안하무인이로군요." 제소희가 질책했다.

연송이 입가에 살짝 미소를 띠며 개의치 않는다는 듯 말했다. "존자(尊者)의 목 상태가 별로 좋지 않으니 빙빙 돌릴 필요 없습니다." 연송은 연장자를 존중할 뜻이 전혀 없다는 듯 무심하게 탁자 위의 찻잔 받침을 뒤집었지만, 그러면서도 평온하고 냉정하게 공격성을 모두 감춘 이성적인 태도로 말했다. "존자를 돕기 위해 깨운 게 아니니 걱정할 필요 없습니다. 존자가 본 군에게 무슨 도움을 받았다고 생각하지도 않고요. 존자를 깨운 목적은." 찻잔 받침에서 탁 소리가 났다. "거래를 하기 위해서입니다."

제소희는 문득 불길한 예감이 들어 힘을 시험해보았다. 아니나 다를까 기맥이 막혀 사지를 움직일 수 없었다. 그제야 제소희는 연송이 불멸의 몸에 영혼을 모을 때 법력을 봉인했음을 알았다. 인주의 혼과 불멸의 몸만 있을 뿐 스스로를 보호할 법력조차 없다니, 상상도 하기 힘든 일이었다. 연송은 거래할 밑천이 많았다.

수만 년 동안 존경과 숭배를 받아온 고요산의 신사 제소희였기에 인간은 말할 것도 없고 신족과 마족, 요족, 귀족의 누구도 감히 털끝 하나 건드릴 수 없었건만 지금 연송 앞에서 이런 꼴이 되고 말았다. 제소희는 아무 반응도 할 수 없었다. 다시 몸을 움직여봐도 꼼짝할 수 없고 두 팔만 툭 늘어졌다. 무력감은 둘째 치고 분노를 억누를 수 없었다. "새로운 시대의 신족들은 그토록 오래 바랐던 수신이 이렇게 남의 위기나 노리는 비열한 인물인 걸 아는가?"

비열하다는 욕을 들으면서도 연송은 감정을 드러내지 않았다. "본 군이 상대하기 쉽지 않은 인물이라는 건 팔황 전체가 알지요." 연송이 눈꺼풀을 들어올렸다. "다행히 존자에게 희소식도 있습니다. 본 군이 알고 싶은 일을 존자가 알려주기만 하면 앞으로 다시는 만날 필요가 없다는 것이지요."

뭐가 희소식인가 싶었지만 제소희는 분노를 가라앉혔다. "좀전에 내 기억을 들여다봤으면서." 제소희가 눈살을 찌푸리며 물었다. "대체 뭘 알고 싶은 거요?"

연송은 여전히 찻잔 받침을 만지작거리고 있었다. "조제 신의 행방이요."

문득 제소희의 머릿속이 복잡해졌다. 이자는 존상이 부활한 건 발견했지만 성옥의 신분은 모른다. 그렇다면 왜 존상을 찾으려 할까? 설마 존상과 자신의 운명적 인연을 알고 있는 것일까?

한참 뒤에 제소희가 입을 열고 차가운 음성으로 말했다. "당신과 존상…… 알았다면……" 갑자기 하려던 말을 바꾸었다. "왜 이렇게까지 존상의 행방을 찾는 건가? 목적이 무엇이오?"

연송은 제소희를 바라보며 한참을 생각하다가 대답했다. "존자는 본 군한테 알리기 싫은 일이 많은 듯합니다." 그러고는 흥미가 없다는 듯 더 캐묻는 대신 본론으로 넘어갔다. "조제 신이 부활했어도 본래 자리로 돌아가기 전까지는 미약한 상태일 겁니다. 굳이 본 군이 설명하지 않아도 신사인 존자는 천지간에 얼마나 많은 이가 조제 신을 노리는지 알겠지요? 본 군은 지금 좋은 일을 하려는 것뿐입니다."

둘 다 총명해 군이 말을 많이 하지 않아도 서로의 뜻을 이해할 수 있었다. 확실히 천지간에는 존상에게 불순한 마음을 품은 자가 많지만, 눈앞의 이 수신이 그중 하나가 아니라고 어떻게 보장하겠는가? 지금 은림이 존상의 곁을 지키니 무슨 일이 있을 리 없다. 수신이 존상의 신분을 알면 오히려 복잡해질지도 모르고…… 그렇게 생각한 제소희는 엄숙한 투로 말했다. "존상은 때묻지 않은 빛의 신이라 세상에는 존상의 힘을 노리는 불량한 족속이 많지요. 존상도 이미 예상하셨던 바라 우리 네 신사에게 항상 곁을 지키라 당부하셨던 것이고요. 존상을 보호하는 것은 우리 신사의 책무이니 수신까지 수고할 필요는 없을 듯합니다."

"존자는 본 군의 뜻을 잘못 이해한 것 같습니다." 옥 탁자 옆의 청년이 입꼬리를 올렸다. 웃는 듯 보였지만 낯빛이 담담하고 입가만 살짝 움직여 완전히 웃는 것만으로 보이지 않았다 "주제 신을 보호하는 일로 존자의 의견을 구하는 게 아닙니다. 본 군은 지금 거래를 하는 겁니다." 차분하지만 무척 위압적인데다 체면을 전혀 고려해주지 않는 투였다. "거래라는 말은 본 군을 도와줘야만 존자가 봉인된 법력을 되찾을 수 있다는 뜻입니다. 즉, 선택의 여지가 없다는 말이지요."

제소희는 쉽게 분노하는 성격이 아니었지만 부아를 돋우는 연송의 재주는 실로 뛰어났다. "이 애송이 놈이." 제소희가 차갑게 꾸짖었다. "감히 나를 모욕해?"

연송은 전혀 동요하지 않았다. "본 군은 존자에게 예의를 차리고 있습니다." 연송이 갑자기 흥미가 생긴다는 듯 말했다. "평소 본 군은 누군가를 압박하고 싶을 때 돌기둥에 쇠줄로 묶어놓고 고문하지요." 검지로 검은 부채를 두드리기까지 했다. "구중천에서는 잘못한 신을 처벌할 때 천불과 벼락처럼 투박한 형만 쓰는 게 아니라 복잡하고 정교한 형벌도 가한답니다. 형부 책임자가 없을 때 본 군이 수십 년 동안 겸직한 적이 있는데 그때 형벌 하나하나를 아주 열심히 연구했습니다."

그건 위협이었다.

"네놈······" 제소희는 쓰러질 정도로 화가 나 가슴을 움켜쥐었다. 법력만 있다면 당장 맞잡고 싸우겠지만 지금은 어떻게든 참아야 했다. "무지한 풋내기가." 끝내 울분을 삼키기 힘들어 제소희는 냉소를 지었다. "인주 제소희가 위협이 통하지 않는 강골이란 소리를 윗세대 신들한테 못 들어봤구나. 나를 고문해서 네놈 말을 따를 거라 생각한다면 얼마든지 해봐라!"

연송은 잠시 고민하다가 웃음을 지었다. "생각해보니 그럴 필요가 없습니다. 존자와 본 군은 그 지경까지 갈 이유가 없거든요." 연송이 담담하게 말을 이었다. "하늘의 법도에 따라 본 군은 이유 없이 신선을 죽일 수 없습니다. 존자가 고문을 두려워하지 않는 이상 고문해봐야 결국은 풀어주는 수밖에 없지요. 하지만 그 지경에 이른다면 본 군은 존자의 몸에 걸어둔 봉인을 절대 풀지 않을 것입니다. 그러면 존자는 조제 신이 제자리로 돌아올 때까지 기다려야 봉인을 풀 수 있겠지요." 연송이 차분한 눈빛으로 제소희를 바라보았다. "그런데 신선의 몸과 혼을 보호할 법력이 없다면 존자는 그때까지 살아 있을 수 없을 테니, 그게 문제겠군요."

가슴이 무거워진 제소희는 천천히 입을 뗐다. "이 세상에 봉인을 풀 수 있는 이가 너와 존상 둘뿐이라 믿지 않는다."

"맞습니다." 연송이 담담하게 대꾸했다. "홍황의 상신들 모두 풀 수 있지요. 하지만 본 군이 봉인한 이상 누구도 감히 나서서 풀어주려 하지 않을 겁니다." 제소희의 생각을 꿰뚫어본 듯 연송이 덧붙였다. "존자의 동료 신사들, 가령 은림에게 기대할 필요도 없습니다. 풀 수 없으니까요."

허공에 매달렸던 심장이 뚝 떨어지는 듯 제소희는 온몸이 덜덜 떨려왔다. 그제야 화를 돋우는 능력이 예술의 경지에 다다른 눈앞의 청년이 오만하기 그지없을 뿐 아니라 인성과 방법, 능력도 얕잡아볼 수 없을 만큼 대단하다는 걸 깨달았다. 조금 전까지 적을 과소평가했다.

조제 때문에 연송을 마뜩잖게 생각하기도 했지만 사실 제소희는 교만한 마음으로, 새로운 시대에 태어난 젊은 수신을 안중에 두지 않았다. 질투신을 억누르기 힘들 때도 수신의 처우을 질투했지, 젊은 수신이 신력으로 자신을 앞서리라고는 생각해본 적이 없었다. 천지가 그토록 기다렸던 수신인 만큼 자질이 훌륭할 수도 있겠지만, 아무리 대단해도 나이가 많지 않으니 얼마나 수행했을까 싶었다.

그런데 애송이처럼 보이는 젊은이가 홍황의 상신만 풀 수 있는 봉인을 자신의 몸에 심어놓았다. 제소희는 빤히 보이는 상황에서 수신이 만든 함정에 빠졌고 거기에 얽매이는 처지가 되고 말았다.

초조함과 울분을 억누르며 제소희는 고개를 들고 눈앞의 청년을 바라보았다. 처음으로 두려운 마음이 생겼다.

침대에 가부좌로 앉은 제소희는 운명을 받아들이듯 두 눈을 감고 온갖 생각을 거듭하다가 결국 물러서기로 마음먹었다. "이번에는 내가 부족함을 인정하겠소." 제소희는 깨어난 지 얼마 되지 않아 힘이 완전히 모이지 않은 상태로 연송과 대치하고 있었다. 그러다가 패배를 인정하면서 팽팽했던 긴장의 끈을 놓자 돌연 안색이 피폐해졌다. 제소희가 잠시 생각한 뒤 말했다. "거래라고 했으니 협상의 여지가 있겠지요?"

연송이 고개를 끄덕였다. "당연합니다."

제소희가 한참을 가만히 있다가 말했다. "두 가지 조건이 있소. 조건을 받아들이면 나도 수신이 원하는 대로 하지요."

연송은 제소희의 항복이 만족스럽고 뭔가 요구할 거라 짐작했다는 듯 어서 말하라는 손짓을 했다.

제소희가 천천히 입을 열었다. "첫째, 영원히 존상을 해하지 않는다는 진언의 맹세를 하시오." 진언의 맹세란 대홍황시대의 강력한 서약으로, 어기는 사람은 천불에 뼈가 타는 고통을 받아야 했다. 매일 한 번씩 불길에 휩싸여 뼈가 완전히 탄 뒤에야 징계가 끝나는, 듣기만 해도 간담이 서늘해지는 독한 서약이었다.

연송은 지독한 맹세의 조건에 곧장 대답하는 대신 "두번째는?" 하고만 물었다.

"둘째." 제소희가 멈칫했다. "개인적인 일인데." 또 머뭇거렸다. 속마음을 말하는 게 익숙하지 않은 제소희는 망설이다 결국 솔직하게 털어놓았다. "나는 이번 생, 이 속세에서의 인연이 아직 끝나지 않았으며 수신의 도움이 필요하오." 일단 말문을 열고 나자 별로 어렵지 않아 제소희는 술술 이어갔다. "수신은 오로지 내 고요산의 주인을 보호하려 하니 이 속세의 인연에는 신경쓰지 않겠지요. 그러나 인간인 나는 태생적으로 신족보다 칠정을 더 중시해 여기에서 맺은 인연을 단숨에 끊어낼 수가 없소." 제소희가 연송을 보며 직설적으로 말했다. "나는 홍옥군주를 좋아하오. 계명풍의 감정이었으나 인주로 돌아온 지금도 변하지 않았지요. 아옥을 아내로 맞고 싶은데 아옥은 당신과 더 친하고 당신에게 의지하니, 앞으로 다시는 아옥 앞에 나타나지 않겠다고 맹세해주길 바라오."

동굴이 정적에 휩싸였다. 연송이 오랫동안 입을 다물면서 완전히 다른 상황이 펼쳐졌다. 조금 전까지만 해도 제소희가 뭐라 하든 즉각적으로 반응하며 여유만만하게 제소희를 몰아세웠다. 이 잘생긴 젊은 수신은 무엇도 안중에 두지 않는다는 듯 오만하고 냉정하며 자신만만했다. 몇 마디 하지 않았지만 한마디 한마디 가슴을 찌르는 말만 뱉었기 때문에 제소희는 정말 연송이 싫었다. 그런 연송이 이제 얼어붙은 듯 공허한 표정을 짓자 제소희는 속으로 쾌재를 불렀다. 정신을 차린 이후 내내 궁지에 몰렸는데 드디어 기세를 뒤집고 여유로움을 찾을 수 있게 되었다.

제소희가 연송을 잠시 바라보았다. "수신은 이미 아옥을 피하고 있지 않나? 앞으로도 그래주길 바랄 뿐이오. 이 요구는 어렵지 않을 테지요."

숲에서 나뭇잎이 쏴아 흔들리는 소리가 나더니 바람이 동굴 안의 촛불을 꺼뜨릴 기세로 거세게 불어왔다. 결국 촛불이 견디지 못하고 꺼지면서 동굴 안은 순식간에 어둠에 잠겼다. 연송이 입을 열었다. "내가 다시는 아옥 앞에 나타나지 않는다고 해도 아옥은 당신을 좋아하지 않을 겁니다." 일부러 도발하기 위해 썼던 본 군이란 호칭을 더는 사용하지 않았지만 그렇다고 어투에서 특별한 태도나 감정이 느껴지지도 않았다.

제소희는 당연히 기분이 나빠졌다. 그런데 왜인지는 몰라도 청년의 담담한 어투에서 그 역시 마음이 별로 좋지 않다는 느낌이 전해져 제소희는 반박하려던 생각을 접고 덤덤히 대답했다. "아옥이 나를 좋아하고 말고는 중요하지 않소. 아옥은 마음이 여리니까 내가 정성을 다하면 언젠가 감동해 마음을 열지도 모르고. 수신은 질질 끄는 것을 싫어하지 않나? 왜 별 관련 없는 일에 이렇게 주저하는 거요? 나는 내 요구를 받아들일지 궁금할 뿐이오."

한쪽 구석에서 내내 존재감 없이 서 있던 국사가 얼음 침대 옆의 촛불을 켜 동굴에 빛을 밝혔다. 국사는 또다른 초에도 불을 붙이려다가 뭘 보았는지 황망히 손을 거두고 다시 구석 자리로 돌아갔다.

동굴에서 빛이라고는 초 하나뿐이라 침대에서 멀리 떨어진 옥탁자와 그 옆의 청년은 그림자에 가려졌다. 어둠 속이라 표정이 드러나지 않는 상태로 연송이 입을 열었다. "지난 수십만 년 동안 존자는 조제 신을 사모하지 않았습니까? 왜 이번 생에서는 성옥이 아니면 안 되지요?"

제소희는 숨이 턱 막혔다. 조제 신을 향한 마음은 변한 적이 없었다. 변하기는커녕 수십만 년의 집념과 갈망은 일종의 본능이 되었기 때문에 모든 것을 잊은 채 환생을 거듭했음에도 그녀를 만나자 다시 사랑하게 되었다. 물론 그런 사실을 연송에게 털어놓을 수 없으니 제소희는 비웃듯 입가를 올렸다. "내 기억 속에서 보지 않았나? 존상이 나를 받아줄 리 없으니까요. 물론." 제소희가 담담하게 말을 이었다. "수신은 보지 못한 일이 훨씬 더 많으니 아마 모르겠지요. 나는 일찌감치 존상과의 엄청난 차이를 깨달았소. 인간으로 태어난 내게는 인간이 적합하다는 것도."

"인간이 적합하다." 그 말을 읊조리는 연송의 목소리에 얼음처럼 차가운 감정이 실려 있었다. "인간으로 태어났어도 존자는 본인이 보통 인간이 아니라 무한한 수명을 가진 신과 다름없음을 알 텐데요." 어둠 속에서 들려와서인지 목소리에까지 그림자가 드리워진 듯했다. "정성을 다하면 언젠가 감동해 마음을 열어줄지도 모른다고 했지요. 아옥이 정말로 당신을 사랑하게 되면 이후에는 어떻게 할 생각입니까?"

제소희는 자신이 멍청하다고 생각한 적이 한 번도 없었는데 그 순간에는 연송의 말뜻을 이해할 수 없어 눈살을 찌푸렸다. "그후에는 당연히 아옥과 결혼해 함께해야지요."

제소희의 대답에 연송은 유치하다고 비웃는 듯 대꾸했다. "존자가 윤회 속에 너무 오래 있어서 시야가 좁아졌나봅니다. 이후 어떻게 되는지 알려드리지요. 그후에는." 연송의 목소리가 차가워졌다. "이십 년도 지나지 않아 아옥은 나날이 늙어가는 자신과 달리 당신은 여전히 젊다는 걸 발견할 겁니다. 그리고 어느 날 당신이 무한한 생명을 지닌 신이라는 걸 깨닫고 함께할 수 없음을 알겠지요. 그때 아옥이 어떻게 할 것 같습니까?"

제소희는 곧바로 대답하지 않았다. 연송의 가정은 성옥이 평범한 인간이라는 전제를 깔고 있었다. 그런데 성옥은 평범한 인간이 아니니, 정말로 자신을 사랑하게 되면 함께하지 못할 것을 걱정할 필요가 없었다. 제소희는 성옥이 본래 모습을 되찾은 뒤에도 여전히 천명을 선택할지만 걱정할 뿐이었으나 설령 그렇다고 한들 또 어떻겠는가? 제소희는 살짝 딴생각에 빠졌다.

"아옥은 괴로워할 겁니다." 연송은 제소희가 딴생각에 빠졌든, 대답하든 말든 신경쓰지 않았다. "아옥은 이번 생에서의 인연만으로 만족하지 않을 테니 백 년 뒤 명계에 가면 망천수를 거부하고 기억을 간직한 채 윤회 속에서 몸부림칠 겁니다. 이후 반복되는 윤회 속에서 아옥은 삼분의 일의 시간은 성장하고 삼분의 일의 시간은 늙어가겠지요. 모든 생에서 아옥은 삼분의 이의 시간 동안 당신과 함께할 수 없는 고통 때문에 괴로워할 겁니다." 차가운 음성에 음울함이 더해졌다. "아옥이 몇 번의 생을 견딜 수 있을 것 같습니까? 당신은 또 그녀의 고통을 지켜볼 수 있습니까?"

그건 전부 일어날 수 없는 일이라 애당초 고민할 필요가 없는 문제였다. 하지만 성옥이 정말 일개 인간일 뿐이라면…… 제소희가 눈살을 찌푸렸다. "왜 아옥을 윤회 속으로 들여보내지요? 신선이 되도록 돕지 않고?"

"좋은 질문입니다." 연송이 웃음을 지었다. "존자는 새로운 시대의 천지간 질서를 잘 알지 않습니까? 인간이 수행을 통해 신선이 되려면 온갖 시련을 겪으며 불멸의 몸을 만든 뒤 칠정과 육욕을 모두 끊어내야 신선의 자격을 얻는다는 것을 설마 모르는 겁니까?" 연송이 혐오스럽고 짜증스럽다는 듯 말했다. "설마 아옥과 구중천에서도 인연을 이어갈 수 있다고 꿈꾸는 겁니까?"

제소희는 아무 말 없이 연송이 앉은 쪽을 바라보다가 자리에서 일어나 허리쯤까지 오는 촛대를 들어 유일한 빛을 동굴 중앙으로 옮겼다.
 마침내 연송이 있는 곳까지 빛이 닿았다. 순식간에 그림자가 사라지면서 연송의 얼굴이 드러났다. 이전과 별 차이 없이 여전히 고요한 우물 같았지만 우물 위에 한바탕 눈이 내린 듯 눈매가 얼음처럼 차가웠다.
 제소희가 뚫어져라 노려보았다. "내게 하는 말인지 수신 본인에게 하는 말인지 궁금하군요. 내게 묻는 거요, 아니면 본인에게 묻는 거요?" 연송이 부채를 쥔 오른손에 갑자기 힘을 주며 부채 자루를 아래로 내렸다.
 제소희는 빛이 있으니 역시 좋다고, 교활한 청년의 속마음도 추측하기 수월해졌다고 생각했다. 제소희가 알았다는 듯 말했다. "수신은 아옥을 좋아하는군요." 그렇게 결론을 내리고도 믿지지 않는다는 듯, 이해할 수 없다는 듯 되풀이했다. "수신도 좋아할 줄이야."
 연송이 어떻게 성옥을 대하는지는 계명풍일 때 내내 눈여겨보고 있었다. 연송은 한동안 성옥을 무척 총애하며 거의 모든 요구를 들어주었다. 바로 그런 이유로 성옥도 유난히 연송을 따르는 듯했다. 명계에서 돌아온 뒤로는 자신이 어떻게 해도 다시는 성옥의 마음을 되돌릴 수 없을 거라고 포기했다. 그런데 생각지도 못하게 연송이 성옥을 멀리하기 시작했다.
 제소희는 성옥보다 세상일에 더 밝았다. 풍류를 즐기는 바람둥이 남자에게 여인은 노리개에 불과했다. 그들은 아름다운 미모에 쉽게 흔들리지만 그 감정이 오래가지 않았다. 제소희는 연송도 마찬가지라고 확신했다. 연송도 성옥의 미모에 끌릴 수 있다고 충분히 가정할 수 있었다. 다만 박정한 바람둥이들은 아무리 아름다운 용모라도 일시적인 신선함에 잠시 걸음을 멈출 뿐이었다.

평안성에는 연송이 바람둥이라는 소문이 자자했다. 신선함을 충분히 즐긴 뒤 질려서 성옥을 멀리했다고 봐도 이상할 게 없었다. 성옥이 고민하고 괴로워하는 동안 제소희는 연송이 성옥을 희롱했다고 원망하면서도 한편으로는 다행이라고 생각했다.

알고 보니 연송에 관한 나쁜 인상은 편견에 가득한 추측에 불과했다. 바람둥이라 여겼던 수신은 놀랍게도 성옥을 진심으로 좋아했으며 성옥을 멀리했던 이유도 싫증나서가 아니라 신선과 인간의 차이 때문이었다. 그것이 수신의 진심이었다.

그럼에도 제소희는 진실을 받아들일 수 없었다. 연송이 정말로 성옥을 좋아한다면 제소희는 성옥의 신분을 속일 게 아니라 성옥을 위해 둘을 맺어주기 위해 최선을 다해야 옳았다. 그러나 어찌 그런 마음이 들겠는가? 제소희는 관자놀이를 문지르며 연송과 함께 스스로를 설득하려 했다. "아니, 수신은 아옥을 정말로 좋아하는 게 아니지요. 누군가를 정말 좋아하면……"

연송이 말을 잘랐다. "본론에서 벗어난 말을 너무 많이 했습니다." 지겹다는 투였다. "이런 말은 아무리 해봐야 무의미합니다." 연송의 싸늘한 입술이 일직선으로 다물렸다. 촛불이 흐릿해서인지 입술이 유난히 무정해 보였다. "존자의 요구에 모두 응하겠습니다. 영원히 아옥 앞에 나타나지 않겠습니다만, 존자도 아옥한테 집적대지 않는 게 좋을 겁니다." 연송이 눈꺼풀을 들어올렸다. "이제 조제 신의 행방을 알려주시지요?"

제소희가 관자놀이를 꾹 눌렀다. "수신이 없어도 아옥이 나를 좋아하지 않을 거라 확신하잖소? 이런 상황에서 굳이 아옥한테 집적대지 말라고 할 필요가 있나?"

연송이 겨우 참는 듯 차갑게 대꾸했다. "마음대로 생각하십시오."

제소희는 손을 내리고 연송을 물끄러미 쳐다보며 생각했다. 정말로 성옥을 좋아하는 게 아니야. 그렇지 않고서야 어떻게 영원히 만나지 않겠다고 맹세할 수 있겠어? 이렇게 쉽게 타협할 수 있다고? 그렇다면 내가 속이더라도 개인적인 욕심에서 둘의 인연을 깼다고 할 수 없겠지.

제소희가 생각을 정리하고 나서 말했다. "그날 존상은 혼돈에 스스로를 바친 뒤 한줄기 숨결을 남기셨소. 숨결은 홍련의 씨앗이 되었고. 그전에 존상은 씨앗에 곤륜허의 샘물을 주라 하시며 물을 잘 주면 씨앗이 곧 자라나 다시 신이 될 거라 하셨고.

그래서 나는 씨앗을 곤륜허로 가져가 묵연 상신에게 건넸소. 묵연 상신은 그것을 남황에 심었고. 내가 윤회에 들 때까지 싹이 텄다는 소리를 듣지 못했는데 지금은 어떻게 되었는지 모르겠군요."

모두 진실이라 연송은 허점을 찾으려 해도 찾아낼 수 없었다. 분명 조게이 행방이라 할 수 있었다.

연송이 만족하지 못하고 현세에서의 행방을 물으면 어떻게 답해야 할까, 제소희는 빠르게 머리를 굴리고 있었다. 진실을 말해줄 수는 없는데……

"그렇군요." 제소희가 망설일 때 연송이 입을 열었다. 그 대답이 제소희의 말을 믿는다는 의미인지 분간할 수 없었지만, 연송은 제소희에게서 얻을 수 있는 최선의 답을 들었다는 듯 더 묻지 않고 부채 끝을 누르며 긴 대화를 매듭지었다. "이 숲에 영험한 샘이 있습니다. 거기에서 세 시진 동안 몸을 담그면 탁한 기운을 몰아낼 수 있으니 먼저 가십시오. 그뒤에 본 군이 가서 봉인을 풀어드리겠습니다."

국사에 이끌려 동굴 입구까지 갔을 때도 제소희는 실감이 나지 않았다. 기교와 계략이 뛰어나고 능력도 출중한 청년과 몇 차례 더 싸울 준비를 하고 있었건만 생각지도 못하게 일이 마무리된 탓이었다. 동굴 입구에서 걸음을 멈추자 국사가 제소희 손에 들린 지도를 내려다보았다. 조금 전 국사가 건네줬던 샘의 위치가 표시된 지도였다. 국사가 작게 기침한 뒤 연송처럼 존자라는 호칭으로 제소희를 불렀다. "존자, 지도가 보기 힘드십니까?" 국사가 송구스러워하며 말했다. "빈도가 너무 간략하게 그렸습니다." 이어 열성적으로 덧붙였다. "빈도가 직접 모시고 가겠습니다!"

제소희는 손을 들어 만류하고는 동굴 안쪽으로 몸을 돌려, 같은 자세로 앉아 무슨 생각을 하는지 눈을 내리깔고 있는 연송을 바라보았다. 희미한 불빛에 비친 연송의 표정이 차갑고 단단하지만 실은 무척 연약한 겨울 호수의 살얼음판처럼 보였다. 문득 윤회중에 만났던 연송의 모습이 흐릿한 기억 너머에서 떠올랐다.

속세의 정월대보름 밤이었다. 제소희는 떠들썩한 등롱 거리에서 멀리 떨어진 외딴 연못 속에 있었다. 그때는 잉어의 몸이었다. 연송이 한밤중에 연못가에 나타났는데 푸른 옷을 입은 귀여운 소녀를 데리고 있었다.

소녀가 아양 부리는 투로 불평했다. "청학이 분명 정월대보름 때 인간계에서는 연등회가 열리고 각종 아름다운 얼음 등롱이 전시된다고 했어요. 다섯 곳이나 둘러봤지만 그런 등롱은 못 봤다고요. 전하, 청학이 거짓말한 걸까요, 아니면 길을 잘못 든 걸까요?"
　소년이 엉뚱하게 대꾸했다. "그래, 다섯 군데나 갔지. 피곤하지 않느냐?"
　소녀가 입을 삐죽거렸다. "조금 피곤하지만 등롱을 보고 싶다고요……"
　소년이 외딴 연못을 힐끗 본 뒤 검은 부채로 연못을 건드리자 갑자기 봉황 한 마리가 물 위로 떠올랐다. 연못 물로 형상을 갖춘 봉황의 몸에는 일곱 빛깔 구슬이 박혀 있었다. 봉황이 연못 주위를 선회하자 화려하고 아름다운 광경이 펼쳐졌다. 소녀는 깜짝 놀라 환호성을 지르더니 파랑새로 변해 날아올랐다. 봉황과 파랑새가 서로 쫓고 쫓기며 밤하늘에서 쉴새없이 장난쳤다.
　하지만 소녀의 흥이 다하기도 전에 봉황이 갑자기 소나기로 변해 쏴아 떨어져내렸다. 파랑새는 아쉽다는 듯 소리를 지르고 다시 소녀의 모습으로 변해 내려왔다. 소녀가 소년의 팔을 잡으며 응석을 부렸다. "역시 수신답게 물로 봉황을 멋지게 만들어주셔서 쫓아가지 않을 수 없었어요. 한 마리만 다시 만들어주세요. 마음껏 놀지 못했어요……" 대범하게도 소녀는 부채를 쥔 소년의 손등에 입을 맞췄다. 또 얼굴을 붉히며 고개를 기울이고는 교태를 담은 목소리로 소곤거렸다. "어서요, 전하……"
　소년이 살며시 눈을 내리깔았다. "아무리 재미있어도 순식간에 사라지는 장난감에 불과하다. 또 만들어봐야 찰나만 존재할 뿐인데 집착할 필요가 있느냐?"
　소녀가 바싹 다가가 소년의 팔에 애교스럽게 얼굴을 붙이며 속삭였다. "찰나에도 차이가 있어요. 긴 찰나도 있고 짧은 찰나도 있지요." 소녀는 갑자기 서글퍼진 듯 소년의 손등에 얼굴을 문지르며 조용히 말했다. "전하와 함께 있는 시간도 분명 영원할 수 없겠지요. 이 인연이 전하께는 찰나일지 몰라도 저는 이 찰나를 붙들고 싶고, 또 어떻게든 늘리고 싶어요. 이 찰나가 길어지는 만큼 제 행복도 길어질 테니까요." 소녀는 고개를 숙여 다시 한번 소년의 손등에 입을 맞췄다. "우리 인연이 찰나일지라도 전하를 향한 제 절절한 마음을 막을 순 없어요. 전하도 저를 그렇게 사랑하시죠?"

그토록 애절한 고백을 아름다운 소녀가 했으니 많이 감동해야 할 듯했지만, 소년은 눈살을 찌푸리고 소녀의 품에서 손까지 뺀 뒤 담담하게 말했다. "내일 네 조양곡朝陽谷으로 돌아가라. 더는 내 곁에 있을 수 없다."

소녀가 당황했다. "저, 전하, 제, 제가 무슨 말실수라도 했나요?" 조금 전까지 장미꽃 봉오리처럼 발그레했던 얼굴이 하얗게 질렸다. "이, 이제 겨우 석 달인데……" 소녀가 중얼거리다 눈물을 떨어뜨렸다. "전하가 무정하다는 말을 믿지 않았어요. 분명 그렇게 다정하던 전하가 왜 오늘 갑자기……" 소녀가 소년의 손을 잡으려 하며 흐느꼈다. "전하 알려주세요. 제가 뭔가 말실수했거나 잘못 행동했으면 고칠게요……"

소년은 피하지 않고 소녀가 울먹이며 자신의 하얀 소매를 잡아당기도록 내버려두었다. "고칠 필요 없다. 잘못한 것도 없고." 소년은 무척 평온한 표정으로 소녀를 따뜻하게 바라보기까지 했다. "찰나라는 말이 너에게는 무척 여러 의미인 것 같구나. 내게는 다른 의미 없이 아주 짧은 순간일 뿐이다. 영원할 수 없고 무의미하지." 소년이 눈물을 닦을 손수건을 건네주었다. 더없이 적절하고 품위 있는 행동이었지만 목소리는 한없이 차가웠다. "물거품처럼 헛된 환상에 깊이 빠져 있으면서도 자각하지 못하니, 조금 일찍 보내주는 게 너에게 좋겠구나."

제소희는 오른손을 꽉 쥐며 기억 속에서 빠져나왔다. 오랜 시간이 흐른 지금에 와서 왜 소년 시절 연송의 말과 표정이 전부 생생하게 되살아나는지 의문이 들었다.

동굴 안을 가만히 보았다. 촛불에 의지해 연송을 자세히 살펴보니 단정하고 풋풋했던 소년이 이제는 그림처럼 준수하게 성장해 있었다. 젊은 수신은 담담한 성격과 달리 전형적인 바람둥이처럼 생겼다. 그런 외모라면 정에 연연하지 않고 한순간의 쾌락을 즐긴 뒤 모든 미련과 온정을 흔적 없이 지우고, 무수한 꽃들을 지나고도 잎사귀 하나 달지 않고 나와야 적합할 듯했다. 그게 바로 연송이어야 했다. 그 연송이 성옥에게 어떻게 진심을 품을 수 있겠는가? 제소희는 눈살을 찌푸렸다.

제소희가 동굴 입구에서 들어가지도 나가지도 않자 국사가 조용히 불렀다. "존자……"

제소희가 정신을 차리고 지도를 움켜쥐며 몸을 돌려 몇 걸음 떼다 도로 돌아가 동굴 입구에서 소리쳤다. "윤회중에 수신을 만난 적이 있소." 동굴 속 청년이 고개를 들고 의아한 표정을 지었다.

"파랑새의 환심을 사려고 정월대보름 밤에 각기 다른 인간계 다섯 곳을 방문했었지요. 오로지 소녀가 보고 싶어하는 빙등을 찾아서." 제소희가 눈살을 찌푸리며 웃음기 없는 표정으로 말했다. "아옥에 대해 나와 이야기하기 싫다고요. 주제에서 벗어나기 때문이라 했지만 아옥을 무척 좋아하는 것으로 보이더군요. 내가 한마디 하지요. 수신은 사실 본인이 생각하는 것만큼 아옥을 좋아하지는 않는 거요." 이어 연송에게 묻는 듯 스스로에게 묻는 듯 말했다. "수신은 아옥에게 잘해주고 아옥의 응어리를 풀어주기 위해 명계까지 데려갔지요. 그게 파랑새를 즐겁게 해주기 위해 속세에 데려오는 것과 무슨 차이가 있소?"

연송은 제소희의 질문에 당황하며 잠시 멍한 표정을 지었지만 비바람이 몰아치기 직전의 바다처럼 안색이 금세 어두워졌다. "본군의 사생활에 존자가 마음 쓸 필요 없습니다."

이번에는 제소희가 연송의 거부하는 말을 안중에 두지 않았다. 두 사람의 위치가 갑자기 뒤바뀐 듯했다. 제소희가 담담하게 말했다. "수신은 존상 때문에 앞으로 다시는 아옥의 앞에 나타나지 않겠다고 약속했소. 나는 그게 무슨 뜻인지 알지요. 아옥을 위하는 마음에서, 방지하는 차원에서 신을 사랑할 기회조차 주지 않겠다는 의미겠지." 이어 냉소를 금치 못했다. "정말 냉정하고 이성적이며 사심 없는 생각처럼 보이지만, 결국은 아옥을 그렇게까지 사랑하지 않는다는 방증일 뿐이지요. 누군가를 정말로 좋아하면 그렇게 냉정하고 이성적이기는 힘드니까. 평생 만나지 않을 마음을 먹을 수도 없고. 정말 어렵거든."

제소희가 잠깐 멈추더니 차갑고 집요하지만 탐색하는 듯한 눈빛으로 연송을 바라보았다. "하지만 조금 궁금하군요. 아옥이 이미 수신을 사랑하고 있다면, 미연에 방지할 수 있는 일이 아니라면 어떻게 하려나? 그래도 신선과 인간은 다르다는 이유로 마음을 접으라 권하려나?" 제소희는 비웃듯 입가를 들어올렸다. "역시 냉정하고 이성적이며 사심이 없군요."

연송이 입을 꽉 다물고 한참 생각하다 대꾸했다. "혼자만의 지레짐작은 충분히 하지 않았습니까?"

제소희가 동굴 속 빛이 닿지 않는 어둠으로 시선을 옮겼다. "혼자만의 짐작인지 아닌지는 수신이 잘 알겠지요." 제소희가 잠시 입을 다물었다가 돌연 타이르듯 말했다. "그때 파랑새에게 뭐라고 했는지 기억하시오? 세상의 모든 찰나가 본인에게는 무의미하다고 했소." 제소희는 시선을 다시 연송에게 맞추고 설득하듯 말했다. "아옥의 평생도 수신에게는 찰나에 불과하니 두 사람의 인연도 무의미하지 않겠소?"

연송이 웃었다. 준수한 얼굴에 칼날을 숨긴 듯한 웃음이라, 늘 평온하던 얼굴이 조금 일그러졌지만, 그 덕분에 무척 생동적으로 보였다. 그 웃음에는 가학적이면서 제멋대로인 아름다움이 있었다. 그 순간의 연송은 제소희한테 여유만만하게 거래를 강요하거나 지루한 듯 "본론에서 벗어난 말을 너무 많이 했습니다"라고 말하던 모습과 완전히 달랐다. 연송은 손가락을 톡톡 두드리며 차갑고 무서운 표정으로 답했다. "본 군에게 계속 파랑새를 상기시키는데 존자는 본 군이 과거에 여자가 많아서 성옥을 좋아할 자격도, 그녀의 낭군이 될 자격도 없다고 말하고 싶은 겁니까?"

제소희는 조금 당황했다. 그런 뜻이 아니었기 때문에 연송이 왜 그렇게 생각하는지 잠시 이해할 수 없었다. 하지만 가만히 스스로를 들여다보니 정말로 그렇게 생각하고 있었다. 진심이 아니므로 연송은 성옥의 좋은 짝이 아니라는 자신의 견해를 증명할 더 많은 증거를 찾으려 하고 있었다.

제소희가 잠시 입을 다물었다가 말했다. "맞소. 수신은 아옥을 좋아할 자격이 없지. 그러니 물거품처럼 헛된 환상에서 빨리 벗어나시오." 제소희가 진지하게 연송을 바라보았다. "수신이 늘 추구하던 바도 이것 아닌가?"

동굴 밖에 있는데도 국사는 동굴 안에서 갑자기 한기가 이는 것을 느낄 수 있었다. 처음에는 착각인 줄 알았는데 가만히 들여다보자 촛불이 깜빡거리고 바닥에서부터 얼음이 번지고 있었다. 얼음은 우아하지만 냉혹한 병균처럼 근방의 모든 것을 삼키는 중이었다. 몸부림치던 촛불마저 순식간에 얼어붙었다. 얼음 불꽃의 차가운 빛에 비친 연송의 음울한 얼굴에는 국사가 한 번도 본 적 없는 노기가 어려 있었다.

순간 오싹해진 국사는 얼른 제소희를 붙들고 뒤로 네다섯 걸음 물러났다. "전하, 고정하십시오. 이, 이런." 국사가 기지를 발휘해 제소희를 뒤로 밀치면서 동굴 안에 대고 엉뚱한 소리를 했다. "곧 비가 올 듯하고 달빛도 어두워지니 일단 존자를 모시고 샘으로 가겠습니다. 더 늦으면 길을 잃을 것 같아서요. 전하, 오늘밤은 법력과 힘을 많이 쓰셨으니 잠시 쉬고 계십시오."

얼음은 이미 동굴 입구까지 뻗어나와 바로 옆의 버즘나무를 덮치고 있었다. 단단한 얼음이 나무줄기를 삼키자 우듬지가 밤바람 속에서 두려운 듯 부들부들 떨렸다. 제소희가 눈살을 찌푸리며 "네 놈……" 하고 입을 열자 국사가 얼른 막았다. 깨어난 지 얼마 되지 않아 인주의 법력과 체력 모두 회복되지 않았기에 국사는 제소희를 잡아채다시피 붙들고 숲의 깊은 곳으로 뛰었다.

한참을 뛰다가 돌아보니 달빛 아래에서 동굴 입구의 버즘나무 두 그루만 얼음에 갇힌 게 보였다. 얼음이 더이상 번지지 않은 것을 확인하고 나서야 국사는 안도의 한숨을 내쉬었다.

예전의 계명풍에게는 별로 예의를 차리지 않았지만 인주로 소생한 계명풍은 수십만 살의 고령에 인간의 군왕이라 국사는 존경심을 갖지 않을 수 없었다. 그래도 이런 상황에 이르고 보니 불평이 절로 나왔다. "셋째 전하와 군주의 일은 빈도도 옆에서 오랫동안 지켜보았습니다." 국사가 탄식했다. "군주도 애처롭지만 셋째 전하께도 고충이 있는데, 그렇게까지 전하를 책망하고 화를 돋울 필요가 있었습니까?" 국사가 간곡하고 의미심장한 투로 말을 이었다. "존자는 아직 법력을 회복하지 못하셨고 빈도는 셋째 전하에 비해 법력이 형편없습니다. 정말로 전하가 통제력을 잃으셨으면 어떤 상황이 되었겠습니까?" 마지막으로 결론을 지었다. "전하께 아무리 불만이 많아도 좀 참으십시오."

제소희가 고개를 돌려 국사를 바라보았다. "내가 무슨 틀린 말을 했나, 아니면 틀린 행동을 했나?" 제소희는 미간을 문지르며 덧붙였다 "본이이 어떤 사람인지 똑똑히 알려주려 했을 뿐이네."

국사는 좋은 도사로서의 수양 덕목을 잠시 내던지고 못 참겠다는 듯 감정이라는 주제에 개입하여 탄식했다. "빈도가 보기에 전하는 진심으로 군주를 좋아하십니다."

제소희가 담담하게 대꾸했다. "좋아하지 않는다고 말하지 않았다." 그리고는 서늘한 웃음을 지었다. "자네가 수신과 정말 친하다면 그의 호감이 무가치함을 알아야지. 진심이라." 제소희가 비웃듯 물었다. "자네의 명확한 견해에 따르면 자네 전하는 아옥에게 어느 정도까지 진심일 수 있나?"

국사는 입을 다물었다. 그런 일은 정말 이해할 수 없었다. 명계에서 보았던 성옥과 연송이 포옹하는 모습과 오늘 성옥 때문에 이성을 잃은 연송의 모습까지 떠올랐다. 아울러 성옥이 연송의 신분을 안 뒤 찾아와 결연하게 이별을 선언하던 모습도 떠올랐다.

그날 밤 성옥은 연송에게 장의라는 선녀 때문에 신력의 절반을 버렸느냐, 속세에 온 게 장의를 위해서냐고 물었고 연송은 그렇다고 답했다. 그때 터져오르는 슬픔을 억지로 참던 성옥의 표정을 국사는 지금까지도 생생히 기억하고 있었다.

국사는 감정을 이해할 수 없었다. 누군가를 진심으로 좋아할 때 슬퍼하는 상대를 멀뚱멀뚱 지켜보는 게 가능한 일인지도 가늠할 수 없었다. 그래서 한참을 생각하고도 국사는 대답할 수 없었다.

국사가 오랫동안 대꾸하지 않자 제소희는 자신의 질문에 스스로 답했다. 멀리 숲 깊은 곳을 바라보며 담담하게 말했다. "아옥에게 삼 할 정도는 진심이겠지. 더는 아닐 걸세."

제소희를 샘으로 데려간 뒤 국사는 잠시 안절부절못하다가 결국 동굴로 돌아가 연송이 어떤지 살펴보기로 했다.

동굴 입구에 이르자 흐릿한 달빛 아래에서 버즘나무 두 그루를 감쌌던 얼음이 이미 녹은 게 보였다. 서로 의지한 채 부들부들 흔들리는 나무의 모습을 보니 반 시진 전 갑자기 덮쳐왔던 겁운에서 아직 벗어나지 못한 듯했다.

그래도 떨림이 그토록 생동감 있다는 건 생의 기운이 넘친다는 의미이기에 국사는 안심할 수 있었다. 동굴로 몸을 들이밀어보니 칠흑처럼 컴컴했다. 겁이 나서 헛기침을 했는데 아무 반응도 없었다. 국사는 망설이다가 화절자를 켰다.

빛이 퍼졌을 때 국사는 당황하지 않을 수 없었다. 연송이 여전히 그 자리에 앉아 이마를 짚은 오른손을 옥 의자 팔걸이에 올려놓고는 눈을 감고 있었다. 조용하고 평온한 모습이 정말로 쉬는 듯했다. 반면 주변은 벼락이라도 맞은 듯했다. 촛대가 넘어지고 옥 탁자는 깨진데다 주전자와 찻잔이 사방으로 날아가고 얼음 침대는 가루가 되어 있었다.

동굴 천장에서 비가 내리듯 물방울이 떨어져 국사의 얼굴을 때렸다. 얼음이 녹은 물처럼 차가웠다. 천장에 불을 비춰보니 정말로 얼음이 녹고 있었다. 몇 걸음 더 다가가 살펴봤을 때야 국사는 연송의 옷이 전부 젖은 걸 알았다.

강하게 억누르던 노기가 느껴지지 않아 국사는 긴장감을 내려놓을 수 있었다. 놀라고 걱정스러운 마음으로 다가간 국사는 탐색하듯 연송을 불렀다. "전하, 괜찮으십니까?"

선황제를 오래 모시면서 안색을 살피는 데 도가 튼 국사는 연송이 아무 반응도 보이지 않으면 비를 피할 결계를 만들어놓고 조용히 물러나리라 마음먹었다. 그게 사려 깊은 행동 같았다. 국사가 속으로 열다섯까지 세고 결계를 치려 할 때 연송이 갑자기 입을 열었다. "그의 말이 맞을지도 모른다고 생각하고 있었네."

국사는 인계를 맺던 손을 멈췄다. '그'란 당연히 제소희겠지만 오늘 제소희가 한 많은 말 중 어느 부분을 뜻하나 싶어 국사는 망설이다가 물었다. "전하가 말씀하시는 건……"

연송이 눈도 뜨지 않고 이마도 계속 짚고 있어서 잠꼬대를 하나 싶었지만 목소리가 아주 또렷했다. "구중천에 장의라는 선녀가 있었는데 둘째 형을 사랑했네. 하지만 장의는 요족에서 신선이 되었기 때문에 형과 이루어질 수 없었지. 분명 둘 사이에 미래가 없음을 알면서도 장의는 기어코 둘째 형 곁에 있으려 했어. 나는 그게 무슨 의미일지 궁금했네."

국사는 남녀 간의 정은 잘 모르지만 인지상정은 잘 알았기에 잠시 생각한 뒤 말했다. "늘 둘째 전하를 뵐 수 있다는 게 장의라는 선녀에게는 의미가 있었을 겁니다."

연송이 갑자기 소리 내 웃었다. "그래." 한참 생각한 뒤 연송이 또 말했다. "그녀가 보고 싶지만 안 봐도 참을 수 있네. 그러니 어쩌면 그녀를 그렇게까지는 좋아하지 않는지도 모르겠어."

국사는 곰곰이 생각한 뒤에야 연송의 말뜻을 이해할 수 있었다. '그녀'란 성옥이었다. 성옥에 관해 이야기하는 것이었다.

국사는 순간 어떻게 대꾸해야 할지 알 수 없었다. 화절자가 꺼지려고 해 바닥의 촛대를 세우고 불을 붙였다. 그 불운한 초는 오늘 밤 여러 차례 겁운을 당해서인지 불을 붙이자 당장이라도 꺼질 듯 격하게 깜빡거렸다.

그 여린 모습이 연송과 성옥의 인연 같았다.

국사는 문득 그날 밤 자기 집을 나가던 성옥의 뒷모습이 떠올랐다. 하늘에는 차가운 달이 떠 있고 성옥은 국사가 빌려준 밤눈 내리는 강가 형상의 등롱을 들고 있었다. 분명 두꺼운 여우 모피를 입었는데도 가냘프고 금방이라도 쓰러질 것 같은 뒷모습이었다. 성옥 곁에는 그녀가 세상에 나면서부터 함께한 가늘고 쓸쓸한 그림자밖에 없었다. 설경과 등롱 모두 적적했다. 눈밭에는 작은 발자국만 일렬로 남았다.

국사는 당시 느꼈던 감정을 아직도 기억하고 있었다. 성옥이 불쌍했다. 방금 연송이 그렇게까지는 그녀를 좋아하지 않는지도 모른다고 했을 때 국사는 그날 성옥에게 가졌던 감정이 또다시 차오르는 걸 느꼈다. 선량한 국사는 다시 한번 그 경국지색이지만 가냘픈 소녀가 불쌍하게 느껴졌다.

## 8장
## 홍수에 갇힌 천여 명의 혼례단

 희나라 대군은 정월 초이레에 복귀했다. 국사는 연삼의 지시에 따라 이틀 먼저 군대에 합류해 대군을 이끌고 평안성으로 개선했다.
 열흘 전, 연삼은 샘에서 제소희의 봉인을 풀어주었고 제소희는 법력을 회복하자마자 숲을 떠났다. 제소희가 어디로 가는지 알았지만 연삼은 막지도, 묻지도 않았다. 국사는 연삼이 무슨 생각인지 알 수 없어 시키지 않는데도 혼자 숲 가장자리까지 제소희를 따라가 충고했다. "존자와 군주는 정말로 어울리지 않으니 자중하시기 바랍니다." 제소희는 제삼자가 이 일에 말을 얹는 게 우습다는 듯 비웃음을 짓고는 국사가 말을 더 하기 전에 바람처럼 사라졌다.
 제소희가 떠난 뒤 연삼은 숲에서 사흘을 더 머물렀다. 그동안 사고수가 다녀갔다. 연삼이 숲속 동굴을 망가뜨리는 바람에 손님 맞을 곳이 마땅치 않아 두 사람은 동굴 밖에서 이야기하는 수밖에 없었다. 국사가 들어보니, 셋째 전하가 사고수에게 구중천 태신궁에 가서 동화제군의 폐관이 끝나면 자신을 만나러 속세에 내려와달라는 말을 전해달라고 부탁하고 있었다.
 아무리 생각해봐도 셋째 전하가 조제 신의 일을 동화제군에게 넘기려는 게 분명해 보였다. 국사는 유종의 미를 중시해 일이 진행되는 도중에 다른 사람한테 넘겨본 적이 없었기 때문에 영 내키지 않았다. 사고수가 떠난 뒤 국사는 연삼에게 떠보듯 물었다. "전하, 조제 신을 더는 찾지 않으실 생각입니까?" 질문을 던진 뒤 잠시 생각하고 나서 말했다. "제소희는 그날 조제 신이 홍련 씨앗이 되었고 묵연 신이 남황에 심었다고 했습니다." 국사가 불현듯 깨달았다. "전하는 지금 구중천에 가실 수 없으니 당연히 찾아뵙기도 힘들겠군요. 다른 사람에게 넘길 수밖에 없겠습니다."
 국사가 자문자답할 때 샘에 몸을 담그고 있던 연삼이 살짝 눈꺼풀을 들며 바로잡았다. "조제의 한줄기 숨결이 홍련 씨앗이 되었을 뿐, 조제가 홍련 씨앗이 된 것은 아니다."
 국사는 조금 당황했지만, 제소희의 말을 들은 뒤 둘의 관계를 명확히 파악했다고 자신하고 있었기 때문에 반박했다. "조세 신이 숨결이 변한 것이라고 해도 빛이 된 뒤로 조제 신은 세상에 아무것도 남기지 않았으니, 조제 신이 부활할 희망은 그 홍련 씨앗밖에 없습니다. 홍련 씨앗이 조제 신이고 조제 신이 홍련 씨앗이라 해도 틀리지 않을 듯합니다."
 연삼은 딱히 부정하지 않았다. "제소희도 내가 그렇게 생각하길 바라겠지." 연삼은 한 손으로 샘 가장자리를 짚은 채 무표정하게 말을 이어갔다. "내가 그렇게 여기길 제소희가 바라기 때문에 오히려 숨결은 숨결이고 조제는 조제일 것 같단 말이지. 지금 홍련 씨앗은 남황에 없고 조제도 남황에 없어. 조제는 부활해도 빛에서 되살아날 테니 씨앗과 아무 상관 없을 거네."

국사가 중얼거렸다. "홍련 씨앗으로 조제 신의 종적을 찾을 수도 없는데 전하는 왜 계속 씨앗의 행방을 쫓으셨던 것인지요……"

연삼이 담담하게 말했다. "홍련 씨앗을 찾지 않고 제소희를 깨우지 않았다면 나도 조제의 행방이 홍련 씨앗과 관련없다는 걸 몰랐을 거네."

국사는 숨이 턱 막혔다. 그동안 있었던 일을 되짚어보니 정말 그랬다. 조제의 진짜 모습에 대한 연삼의 추측은 이미 국사가 이해할 수 있는 범위를 넘어섰다. 국사가 보통 사람들과 함께일 때 사람들 역시 국사의 말이 자신들의 이해 범위를 넘어선다고 느끼곤 했다. 국사는 뛰는 놈 위에 나는 놈이 있음을 절감하며 얼굴을 반쯤 가린 채 물었다. "그럼 제소희가 우리를 속였다는 말씀이십니까? 사실 쓸모 있는 정보는 알려주지 않았다고요?"

"아무것도 알려주지 않은 것은 아니네." 연삼이 국사를 힐끗 보았다. "그의 태도로 볼 때 최소한 조제 신은 무척 안전해. 내가 굳이 손을 보탤 필요가 없다는 거지."

국사가 생각해보니 과연 그랬다. 몇 달 전 연삼이 사고수가 보내준 명계 수기에 따라 조제의 실마리를 찾으러 통로의 진 진점에 갔다가 평안성으로 돌아온 뒤 했던 이야기도 떠올랐다. 그때 연삼은 조제가 이 속세에서 부활할 것으로 예측했다.

"전하, 아직도 조제 신이 저희 인간계에서 부활했을 거라 생각하십니까?" 국사가 반신반의하며 물었다. "그럼 제소희를 따라가야 하지 않을까요? 아무리 교활하고 입이 무거워도 언젠가는 실마리를 드러낼지도 모릅니다."

"됐네." 연삼이 고개를 젖혀 머리 위의 고목을 따분하다는 표정으로 바라보았다. "조제가 어디에 있는지 꼭 알아야 하는 건 아니니까." 연삼이 관자놀이를 문질렀다. "이 일은 복잡하고 애당초 내가 관여할 일도 아니었네. 이 정도 했으면 충분해. 앞으로는 동화제군한테 맡기면 돼."

연삼은 쓸데없는 일에 연루되는 걸 싫어했다. 국사 역시 일하는 걸 그다지 좋아하지 않았다. 중간에 멈추는 게 아쉽긴 해도 연삼과 같은 생각이라 국사는 여기서 끝내도 괜찮겠다고 생각했다. 국사가 물러가려 할 때 샘의 물안개 속에서 연삼의 목소리가 들려왔다. "돌아가면 연란을 잘 살피거라."

연삼의 뜬금없는 분부에 국사는 생각에 잠겼다가 깜짝 놀라 한참 입을 열지 못했다. "조제 신의 숨결이자 묵연 신이 남황에 심었던 홍련 씨앗이 장의 선자, 아니, 연란공주일 수도 있다는 말씀입니까?"

"십중팔구 그렇지." 연삼은 아주 평범한 일을 이야기하듯 담담하게 말했다. "남황, 홍련, 그리고 쉽게 신선이 될 수 있었던 훌륭한 근골까지, 그녀 외에 다른 사람은 없을 거네."

국사는 숨을 깊이 들이마셨다. "연란공주가 그때의 숨결이라면." 국사는 생각이 뻗어나가는 걸 멈출 수 없었다. "조제 신이 빛 속에서 부활하면 연란공주의 몸에서 부활할 수도 있겠군요. 혹은." 국사는 진정할 수 없었다. "지금의 연란공주는 아직 깨어나지 않은 조제 신일까요?"

연삼은 국사의 추측에 확답하는 대신 "어쩌면"이라고만 했다.

더는 그 일에 관여하지 않기로 마음먹고 나자 정말로 관심이 사라지고 신경도 쓰이지 않는 듯했다. 연란이 조제인지 아닌지 검증하는 일마저 전혀 흥미 없으며 국사에게 연란을 잘 보호하라고 분부했다는 것만으로 마지막 책임을 다했다고 여기는 듯했다.

국사는 물러나는 수밖에 없었지만 가슴속에서 일어난 거대한 풍랑은 오래도록 가라앉지 않았다.

이번 북위 및 상식국과의 전쟁에는 향후 수십 년 동안 대희국 서쪽과 북쪽 변경에 평화가 보장된다는 아주 중대한 의미가 있었다. 굳이 신경쓰지 않아도 번영을 기대할 수 있으니, 대군이 돌아온 날 황제는 무척 기뻐하며 친히 성 밖까지 마중나가고 밤에도 황궁 단휘루丹暉樓에서 공신을 치하하는 연회를 열었다.

연회에 참석했던 신하들은 자정이 되어서야 삼삼오오 단휘루를 나섰다. 국사는 술을 좀 많이 마셔서 머리가 잘 돌아가지 않았다. 그때 마침 옆을 지나가던 한림원의 요배영 수찬이 국사와 연삼에게 공손히 인사했다. 국사는 요배영도 성옥과 친분이 있다는 게 떠올라 별생각 없이 아는 척했다. "공주들 그림을 평할 때 만나고 처음 뵙는군요. 그때 홍옥군주에게 부탁했던 축하 글귀를 받았습니까? 마음에 들었는지요?" 요배영이 대답하기 전에 국사가 또 물었다. "참, 군주는 요즘 잘 지내시나요?"

앞선 질문에 대답하려던 요배영은 성옥이 잘 지내느냐는 질문에 잠시 입을 다물었다가 의아하다는 투로 말했다. "대인 설마…… 군주가 화친을 맺기 위해 오나소로 시집가신 걸 모르십니까?"

"화친이요?" 국사는 깜짝 놀라 술기운이 다 달아났다. 곧장 옆

8장 275

에 있는 연삼에게 눈을 돌렸지만 그의 표정이 변했는지는 볼 수 없었다. 가만히 서 있던 연삼이 담담한 음성으로 요배영에게 물었다.
"화친이라니, 무슨 일입니까?"
요배영이 조금 당황했다. "대장군도 모르셨습니까?" 그러고는 쓸쓸한 표정으로 말했다. "북위와 전쟁할 때 오나소와 순조롭게 동맹을 맺기 위해 군주가 정략결혼을 자청했습니다. 오나소의 넷째 왕자 민달과 결혼하겠다고 하셨지요. 혼례단이 섣달 열이레에 떠났으니 이미 스무날이 지났습니다." 요배영은 잠시 멈췄다가 덧붙였다. "대의를 중시하는 군주는 정말 종실의 모범입니다." 성옥을 칭찬하는 요배영의 목소리에 우울과 낙담이 묻어났다. 국사는 그것이 바로 성옥에 대한 요배영의 마음임을 알 수 있었다.
순간 연삼의 얼굴이 하얗게 변하는 듯했지만, 국사는 제대로 볼 수 없었다. 요배영이 손을 모으며 작별인사를 해 국사도 고개를 숙여 인사했다. 그러고 나서 고개를 돌려 연삼을 다시 보았는데 평소와 다름없는 얼굴로 조용히 먼 곳만 바라보고 있었다. 무슨 생각을 하는지 알 수 없었다. 국사는 연삼의 시선을 따라 멀리 매화나무 숲을 바라보았다.

이튿날 황제가 연삼을 불렀을 때 국사도 그 자리에 있었다. 어서방에서 인사를 주고받은 뒤 황제가 먼저 성옥의 정략결혼에 관해 이야기를 꺼냈다. 황제는 어쩔 수 없었다며 오나소의 넷째 왕자 민달이 청혼했는데 그보다 앞서 오나소의 왕태자가 연란에게 구혼했던 걸 거절했던 터라, 민달마저 거절하면 동맹을 맺기는커녕 관계가 나빠질까 구혼을 허락하는 수밖에 없었다고 설명했다.

그제야 국사는 성옥의 정략결혼이 어떻게 된 일인지 알 수 있었다. 두 황제를 섬긴 중신으로서 두터운 신임을 받았기 때문에 국사는 황제에게 늘 직설적으로 말했다. 국사가 눈살을 찌푸렸다. "신은 폐하께서 홍옥군주를 무척 아끼시니 그런 상황이라면 열아홉째 공주를 다시 오나소에 보낼지언정 군주를 보내시지는 않을 줄 알았습니다."

황제는 잠시 침묵했다가 대답했다. "대장군이 귀단국을 지원하러 갈 때 국사에게 연란을 잘 돌보라고 하지 않았던가. 장군은 전선에서 필사적으로 싸우는데 짐이 어찌 장군에게 걱정을 안겨줄 수 있겠나." 잠시 멈췄다가 이어서 말했다. "게다가 홍옥은 속이 깊어서 짐의 고충을 이해했네. 나라의 어려움을 해결하고자 자기가 먼저 나서서 혼사를 받아들였지."

논리에 빈틈이 없어 국사는 말문이 막혔다. 아닌 게 아니라 오나소는 성옥과 연란을 눈여겨봤으니 희나라와 오나소의 화친은 그 두 여인에게 달려 있었다. 연삼이 연란을 잘 돌보라고 한 이상 황제는 둘 중 한 명을 택해야 할 때 성옥을 보내 연삼에게 면을 세우는 수밖에 없었을 터였다. 이번 일에 대한 황제의 조치는 분명 타당했다. 하지만 국사는 그게 정말로 연삼이 원했던 결말인지 알 수 없었다.

국사가 생각을 다 정리하기도 전에 연삼이 먼저 입을 열고 무척 평온한 음성으로 황제에게 말했다. "연란을 보살펴주셔서 감사합니다. 성은이 망극할 뿐입니다." 성옥에 관해서는 한 글자도 꺼내지 않았다.

황제의 서재에서 나온 뒤 국사는 생각하고 또 생각하다가 끝내 참지 못하고 연삼에게 물었다. "전하께서 이 세상에 오신 이유가 연란공주를 구중천으로 데려가 다시 신으로 만들기 위해서라는 것은 압니다. 몸이 좋지 않은 공주를 그 추운 땅에 보낼 수 없으셨겠지요. 하지만 군주라면 마음이 놓이십니까? 군주는 어려서부터 황성에만 있었고 체력은 괜찮더라도 고생한 적이 없습니다. 지금이라도 무슨 방법이 없는지 생각해봐야……"

연삼이 국사의 말을 끊고 담담하게 대꾸했다. "앞으로 다시는 상관하지 않겠다는 선택을 했네. 그녀가 계명풍과 결혼하든 민달과 결혼하든 전부 인간의 운명일 뿐이야. 인간에게는 인간의 운명이 있으니 나는 방해하지 말아야지."

국사는 아연실색했다. 이치로 따지면 확실히 그랬다. 정말 냉정하고 이성적인 말이었다. 연삼의 말대로 이미 선택했으니 깔끔하게 성옥과 선을 긋는 게 옳았다. 그런데 연삼이 성옥을 좋아한다면 과연 멀리 시집갔다는 말을 이렇게 평온하고 담담하게 받아들일 수 있을까? 국사는 갑자기 그날 밤 대연의 숲 동굴 입구에서 제소희가 했던 말이 떠올랐다. "자네가 수신과 정말 친하다면 그의 호감이 무가치함을 알아야지. 진심이라. 아옥에게 삼 할 정도는 진심이겠지. 더는 아닐 걸세." 그날 밤 연삼이 했던 말도 떠올랐다. "어쩌면 그녀를 그렇게까지는 좋아하지 않는지도 모르지."

국사는 멀어지는 연삼의 뒷모습을 보며 잠시 말을 잃었다. 사람들이 왜 그렇게 연삼이 무정하다고 하는지 처음으로 체감할 수 있었다. 또 연삼의 마음이 독하다는 것도 처음으로 절감했다.

성옥은 꿈을 꾸었다. 꿈속에서 오나소로 가고 있었다.

선달 열이레에 평안성을 떠난 혼례단은 빠르게 나아가 열흘 뒤 희나라의 서쪽 국경인 첩목관疊木關에 도착했다. 첩목관을 나가면 강월絳月사막이었다. 사막은 척박하고 인가도 별로 없어 조정에서는 관공서를 두지 않고 사막 전체를 계군薊郡에 편입시킨 뒤 계군 군수가 관리하게 했다. 말을 타고는 사막을 건너기 힘들어 혼례단은 첩목관에서 계군 군수가 준비해준 낙타로 바꿔 탔다.

첩목관을 나가 사막으로 들어서자 끝없이 이어진 모래언덕밖에 보이지 않았다. 사나흘이 지난 뒤에야 샘이 있는 녹지가 나오기 시작했다. 녹지에는 물품을 구할 마을이 있는 곳도 있었지만, 마을의 어렴풋한 흔적만 있는 곳이 더 많았다.

성옥을 호송하는 이李 장군은 예전에 변경에서 근무해 강월사막에 대해 잘 알았다. 이 장군은 성옥에게 사막에는 많은 이야기가 깃들어 있으며, 잠재된 위험도 많고 생명력도 넘치는 곳이라고 말했다. 흐르는 모래가 마을 하나를 파멸시킬 수도 있고 물줄기가 종족 하나를 살릴 수도 있다고 했다.

성옥은 가없는 사막을 바라보며 물이 생명력을 대변하니 사막 사람들은 모두 물을 좋아하겠다고 말했다.

뜻밖에도 이 장군은 고개를 가로저었다. "그렇지도 않습니다. 군주, 예전에는 이 사막도 무척 번화했던 걸 아십니까? 사막 한가운데의 염택호鹽澤湖 삼각주 지역은 특히 풍요로웠습니다. 개국 초기에 고조께서 군郡을 설치하셨을 정도였지요. 하지만 어느 해 붉은 달이 떴던 밤, 사막에 갑자기 홍수가 발생해 강월사막은 하룻밤 만에 물에 잠겼습니다. 엄청난 물길이 화려했던 면모를 완전히 집어삼켰지요. 조정에서는 그제야 사막을 장악하거나 개척하는 게 불가능함을 알고 손을 떼었습니다."

이백여 년 전의 옛일이다보니 오래된 전설을 듣는 것 같아 성옥은 딱히 유념하지 않았다. 그런데 생각지도 못하게 그 대화를 나눈 뒤 사흘째 되던 날 밤, 이백 년에 한 번 만날까 말까 한 강월사막의 홍수를 만났다.

모랫바닥이 덜덜 떨리고 낙타 방울이 요란하게 울렸다. 붉은 달 아래에서 어디에서 왔는지 모를 물줄기가 모래를 휩쓸며 혼례단의 낙타 무리를 덮쳤다. 홍수는 악랄하고 교활한 짐승처럼 우아한 발걸음을 내디디며 급하지도 느리지도 않게 옆쪽의 모래언덕을 하나씩 연달아 삼켰다. 그렇게 눈에 보이는 모든 사냥감을 위협하며 두려움에 떨게 했다.

사방이 온통 물이었다. 천여 명에 이르는 혼례단이 짐승떼에 포위된 새끼 양 같았다. 성옥은 절망에 빠져 도망치는 사람들 속에서 다급하게 주근과 이향, 요황, 자우담을 찾았다. 윙윙거리는 머릿속에서 이런 천벌 같은 곤경은 인간의 힘으로는 절대 빠져나갈 수 없겠지만 화요들의 힘이라면 가능할 수도 있겠다는 생각이 떠올라서였다. 하지만 다리가 부러질 정도로 뛰어다니고 목이 쉴 정도로 소리를 질러도 화요들의 종적은 어디에서도 찾을 수 없었다.

완전히 절망하고 있을 때 호위병 두 명이 오더니, 성옥을 데리고 가장 높은 모래언덕으로 올라갔다. 호위병들의 도움을 받아 높은 언덕에 선 뒤 성옥은 몸을 돌려 아래를 내려다보았다. 순식간에 밀려온 홍수가 언덕 아래 낙타 무리를 집어삼키고 있었다. 며칠 전 성옥과 장난쳤던 낙타 무리 대장의 어린 딸이 울면서 살려달라고 외쳤다. "군주 언니, 살려주세요!" 성옥은 곧장 달려가려 했지만,

파도가 밀려와 순식간에 아이가 탁류 속으로 사라져버렸다. 성옥은 주체하지 못하고 소리쳤다. "안 돼!"

그러고 나서 성옥은 거친 숨을 몰아쉬며 잠에서 깼다.

누군가 성옥의 손을 잡고 귓가에서 부드럽게 속삭였다. "괜찮아요, 아옥. 괜찮아."

성옥은 눈을 떴다. 희미한 불빛 속에서 하얀 옷을 입은 누군가가 보여 성옥은 본능적으로 소리쳤다. "연삼 오라버니."

그 사람이 고개를 숙여 성옥을 가만히 바라보다가 한참 뒤 살짝 쉰 목소리로 말했다. "아직도 그를 생각하는군요."

성옥이 깜짝 놀라 눈을 번쩍 떴다. 그제야 옆에 앉아 자기 손을 잡고 달래주는 이가 연삼이 아니라 계명풍이라는 게 똑똑히 보였다.

기억이 순식간에 되살아났다.

정신을 차린 성옥은 조금 전 꿈결인 듯했던 모든 일이 전부 실제로 벌어진 일이었다는 걸 기억해냈다. 불길한 붉은 달과 모든 걸 집어삼킨 홍수, 어지럽게 흩어지던 사람들, 곤두박질치던 낙타까지 지옥이 따로 없었다. 여섯 살짜리 여자아이가 격류에 휩쓸리는 걸 높은 언덕에서 보았을 때, 위태위태하게 유지되고 있던 마지막 이성의 끈마저 툭 끊어져버렸다. 이성을 잃은 성옥은 호위병의 손을 힘껏 뿌리치고 나서 아이를 구하기 위해 격류 속으로 뛰어들려 했다.

성옥이 다짜고짜 달려들던 순간, 붉은 달 아래 멀리까지 이어진 격류를 밟으며 하얀 옷의 청년이 홀연히 다가왔다. 청년이 한 손으로 연꽃 인계를 맺자 손가락 사이에서 은색 빛이 뻗어나와 순식간에 대지를 덮었다. 빛이 지나가는 곳마다 모래와 격류의 지옥이 조금씩 진정됐다. 청년이 살며시 손을 들자 홍수에 휩쓸렸던 낙타 무리와 여자아이가 엄청난 힘에 낚아채인 듯 진흙 속에서 휙 튕겨나와 모래언덕으로 떨어졌다. 그들은 쉴새없이 숨을 몰아쉬며 기침을 해댔다.

사람들이 구조된 것을 보자 성옥은 높이 올라갔던 심장이 쿵 떨어지는 듯한 기분이 들었다. 감정이 너무 크게 요동쳤던 탓에 성옥은 청년의 얼굴을 제대로 확인도 못하고 정신을 잃었다.

깨어나보니 죽음의 문턱에 이른 일촉즉발의 상황에서 사람들을 구해준 이는 놀랍게도 계명풍이었다.

계명풍은 "아직도 그를 생각하는군요"라고 비난하듯 말한 뒤 자신이 지나쳤다고 생각했는지 더는 그 화제를 이어가지 않았다. 대신 천천히 일어나 앉은 성옥에게 부드러운 음성으로 근처 모래 산 석굴에 몸을 피하고 있다고 알려주었다. 홍수는 이미 물러갔고 주근과 이향 모두 아무 일 없으며 다른 수행원도 구할 수 있는 사람은 모두 구했다고 했다. 다만 좀 늦어서 흘러가는 모래에 병사 수십 명과 낙타 십여 마리를 잃었다고 안타까워했다.

병사들이 봉변을 당했다는 말에 성옥은 잠시 아뜩해졌지만, 곧 두 손을 모으고 큰절을 올리며 일행 대부분을 구해준 것만으로 매우 감사하다고 말했다. 계명풍은 절하지 못하도록 막으며 낯빛이 창백한 성옥을 부축해 다시 돌침대에 기대게 했다. 성옥은 그제야 생각난 듯 어떻게 이렇게 적시에 도착했으며, 그렇게 강력한 법술로 천재지변에서 그들을 구할 수 있었는지 물었다. 계명풍은 얼마 전 기이한 인연을 만났다고 대충 얼버무렸다. 성옥은 더 묻지 않고 고개만 끄덕였다. 그렇게 계명풍의 말을 받아들였다.

동굴 안이 빠르게 정적에 휩싸였다. 동굴 입구에 피워놓은 모닥불 속 나뭇가지만 가끔 탁탁 소리를 내며 밤의 적막을 깨뜨릴 뿐이었다.

성옥은 공허한 눈빛으로 모닥불을 바라보았다. 겁운에서 살아난 사람이라면 뒤늦게 밀려온 두려움에 떨든 행운에 기뻐하든 감상에 빠져야지, 성옥처럼 고요해지면 안 됐다. 계명풍에게도 이것저것 물어야 마땅했다. 혼례단은 어디에 있는지, 잃어버린 물건은 얼마나 되는지, 내일 출발할 수 있는지, 노선을 조정해야 하는지 등 성옥이 관심을 보여야 할 일이 많았다. 하지만 이 순간 왜 다른 일에는 전혀 신경이 쓰이지 않고 가슴이 텅 빈 것만 같은지 성옥은 스스로도 이해할 수 없었다.

성옥이 멍하니 모닥불을 바라보고 있을 때 계명풍은 한시도 눈을 떼지 않고 그녀를 바라보고 있었다. 한참 뒤 계명풍이 입을 열어 침묵을 깼다. "실망했군요?"

"실망이요?" 성옥은 멍한 표정으로 고개를 돌려 계명풍을 보면서 이해할 수 없다는 듯 되풀이했다. "실망이라고 했어요?" 그러고 나서 얼른 부정했다. "아니에요." 그렇게 대답했지만, 잔물결 하나 없이 고요한 호수 같던 심장이 돌연 쿵쿵 격렬하게 뛰기 시작했다.

계명풍이 잠시 성옥을 바라보다가 입가를 살짝 찡그렸다. 워낙 미세한 동작이라 그 속의 쓸쓸한 감정은 거의 드러나지 않았다. "실망했군요." 계명풍은 투명한 눈빛으로 성옥의 마음속을 훤히 들여다본 듯 또박또박 말했다. "군주가 실망한 이유는 위기에 처한 군주를 구한 사람이 연삼이 아니라 저였기 때문이겠지요."

계명풍이 그렇게 말한 순간 성옥은 심장이 철렁 내려앉는 듯해 아무 반응도 할 수 없었다. 그제야 겁운에서 벗어난 자신이 왜 그렇게 이상했는지 알 수 있었다. 그 때문이었다. 그게 정확한 답이었지만, 성옥은 그럴 수 없었다. 그러고 싶지 않았다. 인정할 수도, 직시할 수도 없었다.

"맞지요?" 계명풍이 눈살을 찌푸리며 성옥을 보았다.

맞는 말이었지만 성옥은 대답할 수 없었다.

침묵이 최선의 답이었다. 성옥은 계명풍이 화가 난 건지 알 수 없었다. 그는 더이상 성옥을 보지 않았다. 고개를 돌리고 생각에 잠긴 듯 동굴 밖 어둠만 바라보았다. 한참 뒤 다시 고개를 돌린 계명풍은 뭔가 결심한 것처럼 손을 흔들었다. 그 간단한 동작만으로 동굴의 절반을 차지할 만큼 거대한 물 거울이 허공에 나타났다.

여전히 눈살을 찌푸린 채 성옥을 바라보고 있었지만 계명풍의 목소리만은 온화하고 차분했다. "그를 포기하기 힘들다는 거 알아요. 하지만 그는 이미 군주를 마음에 담고 있지 않아요. 그런데도 마음을 접지 못하면 군주만 괴로울 뿐입니다. 아욱, 현실을 받아들이기 힘들다면 내가 도와줄게요."

말을 마친 뒤 계명풍이 일어나 손가락으로 허공의 거울을 살짝 건드리자 거울 속에서 안개가 걷히더니 눈 덮인 숲이 나타났다. 성옥은 대장군부라는 걸 알아보았다. 나뭇가지가 온통 차가운 눈으로 덮인 숲은 예전에 성옥이 들어갔던 단풍나무 숲이었다. 한겨울이 되어 붉은 단풍의 찬란함은 사라지고 들쭉날쭉한 가지를 덮은 눈 때문에 오묘한 느낌이 가득했다.

곳곳에서 오묘한 기운이 풍기는 눈밭에 성옥이 오랫동안 보지 못했던 연삼과 국사, 연란이 있었다.

성옥은 가만히 거울 속을 들여다보았다.

눈이 그치고 하늘이 맑게 개었다. 숲속 백옥 탁자에서 연삼과 국사가 마주앉아 바둑을 두고 있었다. 연란은 흰여우 털로 장식된 연노란색의 연꽃무늬 외투를 걸친 채 연삼 옆에 앉아 있었다. 연노란색 덕분에 피부가 더 하얗고 생기 넘쳐 보였다. 연란의 오른쪽에는 차를 끓일 수 있는 작은 돌 받침대가 임시로 세워져 있었다. 찻물 끓는 연기가 솔솔 올라오자 연란은 주전자를 들어 차를 나누고, 차가 찰랑찰랑하게 담긴 하얀 찻잔을 조심스럽게 연삼에게 건넸다. 연삼은 차를 마신 뒤 빈 잔을 도로 연란의 손에 놓았다. 시선을 바둑판에 고정한 채 고개도 들지 않았다. 연삼이 잔을 돌려주자 연란이 받았다. 돌려주는 동작도 능숙하고 받는 동작도 매끄러웠다. 이미 수천 번쯤 차를 주고받은 듯 호흡이 척척 맞았다.

얼마 뒤 천보가 등장하면서 거울 속의 정적이 깨졌다. 천보는 눈살을 찌푸린 채 다가와 임랑각의 화비무가 찾아왔으며 군주 일을 상의하고자 뵙기를 청한다고 고했다.

거울 앞에서 성옥은 자기 오른손을 꽉 잡은 채 연삼의 표정 변화를 하나도 놓치지 않으려는 듯 눈도 깜빡이지 않고 연삼을 바라보았다.

연삼의 표정은 아무런 변화가 없었다. 하얀 바둑알을 들고 어디에 둘지 고민하는 듯하다가 담담하게 분부할 뿐이었다. "됐다. 돌아가라 해라."

주전자를 만지던 연란의 손이 멈칫하더니 입가에 옅은 웃음기가 떠올랐다.

천보가 알았다고 공손하게 답한 뒤 물러갔다. 연삼이 들고 있던 바둑알을 놓자 국사의 대마가 처참하게 무너졌다. 바둑판에서 검은 돌의 패색이 짙어진 걸 보고 국사가 바둑알을 던지며 불만스럽게 말했다. "그만하겠습니다. 오늘은 운이 영 나쁘네요. 계속 지기만 하니 더 두고 싶은 마음이 없습니다. 다음에 운이 좋을 때 다시 가르침을 청하겠습니다." 그러면서 몸을 일으키려 했다.

연란이 웃으며 붙들었다. "바둑은 그만두시고 국사도 설경을 감상하시지요. 조금 전 제가 주방에 탕을 올려놓고 하녀들에게 지켜보라 일렀습니다. 곧 드실 수 있을 거예요."

국사가 눈썹을 치켜올렸다. "신을 위해 끓인 탕이 아니니, 지금 만류하는 게 진심인지 아닌지 어찌 알겠습니까? 신이 정말로 남아서 탕을 먹었다가는 눈치 없다고 화를 내실지도 모르지요. 괜히 미움 사기 싫습니다."

연란이 얼굴을 붉히며 화난 척했다. "어찌 그리 짓궂으십니까?" 그러면서 수줍은 눈길로 연삼을 힐끗 보았다.

성옥은 더 보고 싶지 않았다. 연삼은 정말로 자신을 염두에 두지 않아 자신이 떠났는데도 가슴속에 작은 파장조차 일지 않는 것이리라. 성옥은 눈을 꽉 감았다. 온몸이 차갑게 얼어붙었다. 그럼에도 좀더 알고 싶은 마음을 참을 수 없어 성옥은 눈을 뜨고 말았다. 거울 속 장면이 바뀌었다. 대장군부 밖이었다.

천천히 대장군부를 나온 국사가 대문 앞에 서 있는 화비무를 보고는 잠시 망설이다 다가가 물었다. "네가 임랑각의 화비무냐?" 화비무가 고개를 끄덕이자 국사가 탄식했다. "장군이 만나지 않겠다고 말했거늘 왜 아직도 여기 있느냐?"

작은 보따리를 든 화비무가 도포 차림의 국사를 잠시 훑어본 뒤 머뭇머뭇 물었다. "장군과 친분이 깊은 국사 대인이십니까?" 그 순간 화비무는 평생의 신중함을 모두 동원했다. 국사가 고개를 끄덕이는 걸 보고 경계를 푼 뒤에도 화비무는 생각하고 또 생각한 뒤 말했다. "저는 군주의 친구입니다. 군주가 오나소로 가신 뒤 도저히 마음이 놓이지 않아서요. 장군께서 군주와 사이가 좋았던 게 생각나 군주를 도로 데려올 방법을 좀 찾아달라고 부탁하러 왔습니다. 아무리 기다려도 장군이 만나주시지 않아 어찌해야……"

국사가 화비무의 말을 끊었다. "군주와 대장군의 일을 너도 아는 모양이로구나."

그 순간 화비무는 평생의 예리함을 모두 동원했다. 잠시 어리둥절했을 뿐, 얼른 정신을 차리고는 가볍게 탄식한 뒤 입을 반쯤 가리고 말했다. "국사 대인도 아시는군요?"

국사가 그렇다고 말했다. "나는 군주와도 친분이 있지." 국사는 화비무를 바라보며 좋은 말로 타일렀다. "여기에서 기다려봐야 시간 낭비이니 돌아가거라. 장군은 널 만나주지 않을 거다. 이미 군주와 선을 긋기로 마음먹었으니 군주 일에 끼어들지 않을 것이야."

화비무가 얼빠진 표정으로 중얼거렸다. "왜요? 하지만…… 우리 군주를 좋아하시는 게 아닌가요?"

국사가 탄식했다. "나도 직접 물어본 적이 있다. 그때……"

화비무가 다급하게 물었다. "뭐라 하셨나요?"

국사가 잠시 입을 다물었다가 안타깝다는 투로 대답했다. "어쩌면 그렇게까지는 좋아하지 않는지도 모른다고 하시더구나. 군주가 민달과 결혼해도 좋고 다른 누구와 결혼해도 상관없다며 그게 군주의 운명이니 방해하지 않겠다고 했다."

화비무는 믿을 수 없다는 듯 멍하니 서 있었다. 손에 들고 있던 보따리가 툭 떨어져 풀어지면서 향낭과 경서 몇 장이 드러났다. 국사가 흩어진 내용물을 정리해 주운 뒤 화비무에게 건네주고는 고개를 흔들고 탄식하며 자리를 떴다.

안개가 천천히 모여 화면을 가리자 은빛이 번쩍이더니 거울이 조금씩 사라졌다.

성옥은 멍한 표정으로 돌침대에 앉아 있었다.

계명풍이 거울을 거두고는 성옥 옆으로 돌아와 말했다. "속이는 것이 아닙니다."

밑도 끝도 없는 말이었지만 성옥은 무슨 말인지 단번에 알아들었다. 거울 속 모든 일이 천 리 밖 평안성에서 실제로 일어난 일이고, 성옥을 속이려 계명풍이 멋대로 만들어낸 환영이 아니라는 의미였다.

"세자가 저를 속이지 않았다는 것 압니다. 그럴 리 없지요." 성옥이 꽉 잠긴 목소리로 말했다. 말을 뱉자마자 눈물 두 방울이 뚝 떨어졌다. 이를 느낀 성옥은 창피하다는 듯 얼른 손을 들어 눈물을 닦아냈다. 그런데 눈물이 반항이라도 하는 듯 멈추지 않았다. 두 손이 눈물투성이가 되자 성옥은 눈살을 찌푸리며 닦기를 포기했다. 잠시 뒤 눈을 들었을 때 성옥은 계명풍의 걱정스러운 눈빛을 보고 잠시 입을 다물었다가 말을 꺼냈다.

"사실 내내 포기가 안 됐어요." 성옥이 조용히 말했다. "폐하가 정략결혼을 거론하셨을 때 흔쾌히 받아들였던 이유도 그 사람 반응을 보고 싶어서였어요. 마음 깊은 곳에서는 그 사람이 나를 심심풀이 상대로 여겼다고 믿지 않았거든요. 나는 특별하다고 고집스럽게 우겼지요." 눈물이 끊임없이 흘러나왔다. 그렇게 눈물이 많이 흐른다는 건 슬픔을 참기 힘들다는 의미일 텐데 성옥은 무척 평온한 목소리로 말을 이어나갔다. "내가 멀리 시집간다는 것을 알고 나면 그 사람이 어떻게 반응할지 궁금했어요. 슬퍼하고 후회하길 바랐고요." 영혼 깊은 곳이 칼에 찔리고 뼈가 깎이는 듯 고통스러운데도 성옥은 냉정하게 자신을 분석했다. "그 사람이 나를 그렇게까지 좋아하지는 않는다고 연란이 말했을 때 무척 괴로웠어요. 그래서 무슨 짓을 해서라도 그 사람을 괴롭게 만들고 싶었지요. 알고 보니 나만 우스운 꼴이었는데." 그 말을 할 때 성옥의 입가가 자조하듯 살며시 올라갔다.

애써 담담한 표정을 짓는 성옥을 보며 계명풍은 성옥의 눈물을 닦아주고 그녀 입가의 비웃음을 지워주며 하나도 우습지 않다고 말해주고 싶었다. 하지만 계명풍이 행동할 새도 없이 성옥은 어느새 눈을 감고 얼굴까지 침대 안쪽으로 돌리고 있었다.

"이제 보니." 성옥이 계속 말했다. "그 사람은 정말로 나를 그렇게까지 좋아하지는 않았군요. 내가 누구와 결혼하든 개의치 않을 만큼, 그게 내 운명이라고 가볍게 말할 수 있을 만큼." 결국 평정을 잃은 목소리에 울음기가 섞였다. 아주 살짝 섞인 것으로 보아 필사적으로 억누르는 듯했지만 그렇다고 완전히 억누르지도 못해 슬픔이 조금씩 묻어났다. "그 사람에게 특별한 여자는 세상에 장의밖에 없다는 걸 오늘 드디어 받아들였어요. 장의를 위해서라면 신력을 버릴 수도 있고 속세에 내려올 수도 있지요. 장의가 조금이라도 힘들어하거나 슬퍼하는 건 참을 수 없고요. 그런 것이야말로 마음에

둔 사람에게 하는 행동이지요. 난, 정말로 심심풀이 상대였을 뿐이에요." 눈물이 줄줄 쏟아져 성옥은 하릴없이 오른손으로 눈을 가렸다. "마침내 받아들였으니 이제 단념할 수 있어요."

동굴이 정적에 휩싸였다. 계명풍은 소리 없이 우는 성옥을 바라보았다. 성옥의 가냘픈 손 아래로 흘러나온 눈물이 뺨을 타고 앙증맞은 턱에 모였다가 참을 수 없다는 듯 떨어져 옷깃을 적시는 걸 가만히 지켜보았다.

오늘밤 현실을 직시하라며 성옥을 내몰았던 것도 계명풍이었고 성옥을 단념시키는 게 바로 그의 목표이기도 했지만 막상 눈물을 보자 계명풍은 후회되었다. 성옥의 눈물은 옷깃뿐만 아니라 계명풍의 가슴으로도 떨어지는 듯했다. 한 방울 떨어질 때마다 마음이 저렸다. 한참 뒤 계명풍은 팔을 뻗어, 반대편을 보며 우는 성옥의 몸을 돌리고 눈을 가리고 있는 손을 치웠다. 계명풍은 진지하게 성옥을 바라보며 위로했다. "여기에는 우리 둘밖에 없으니 군주를 비웃을 사람이 없어요. 아옥, 참지 말고 울어요. 그럼 좀 나아질 거예요."

성옥은 잠시 조용히 있다가 눈을 뜨고 계명풍을 바라보았다. 울고 있던 눈이 점점 붉어지더니 눈썹까지 덜덜 떨리기 시작했다. 마침내 가냘프게 흐느끼는 소리가 성옥에게서 터져나왔다. 계명풍이 조심스럽게 손을 내밀어 성옥의 등을 두드렸다. "울어요. 울고 나면 괜찮아질 거예요."

계명풍의 말이 옳다고 생각했는지 성옥의 흐느낌이 점점 커지다가 결국에는 대성통곡으로 변했다. 폐부를 찌르는 듯 슬픈 울음소리가 붉은 달이 뜬 밤을 형언할 수 없는 고통으로 물들였다.

계명풍은 가슴이 너무 아파서 더는 참지 못하고 성옥의 가냘픈 어깨를 감싸 부드럽게 끌어안았다. 성옥은 거부하지 않고 서럽게 울기만 했다.

## 9장
## 한밤중에 전해진 성옥의 실종 소식

이번 겨울에는 눈이 자주 내렸지, 비는 별로 오지 않았다. 천보가 연삼을 따라 평안성으로 돌아온 뒤 처음으로 밤비가 내렸다.

밤새 눈이 날리면 나름대로 운치가 있지만, 추적추적 내리는 겨울의 밤비는 운치는커녕 차갑기만 하고 심란한 마음만 들게 했다.

바깥에서 기다리던 천보가 다갈색 수정 발 너머를 들여다보니 셋째 전하가 탁자에 기대앉아 있었다. 다리가 둥근 탁자 위에는 빈 술병 일고여덟 개가 어수선하게 널려 있어 천보는 한층 더 걱정스러웠다.

오늘 아침 셋째 전하는 평소와 마찬가지로 연란공주를 데리고 소강동루에 차를 마시러 갔다. 셋째 전하가 잠시 자리를 비웠을 때 연란이 천보를 불렀다. 연란은 요즘 전하가 홍옥군주에 관해 따로 얘기한 적이 있느냐고 물었다. 천보는 고개를 저었다. 연란은 조금 기뻐하다가 아무래도 기쁜 내색을 보이기에는 적절한 때가 아니라는 걸 깨달았는지, 입술을 꽉 다물어 올라갔던 입꼬리를 내린 뒤 떠보듯 또 물었다. "전하께서 홍옥을 그린 그림을 보았을 때 혹시 싫었거든…… 하지만 평안성으로 돌아오시고 홍옥이 멀리 시집간 일을 아시고도 아무 반응이 없으시니, 내가 잘못 생각했었나봐. 홍옥이 전하를 어떻게 생각하든." 연란이 살짝 비웃듯 덧붙였다. "전하는 아무 신경도 쓰지 않으시잖아. 예전에 홍옥과의 일도 재미로 그러셨던 거야. 맞지?"

천보는 어려서부터 연삼을 시중들었다. 그 까다롭고 종잡을 수 없는 셋째 전하를 이만 년이나 모셨다는 건 천보가 보통 신선이 아니라는 뜻이었다. 실제로 눈치나 분별력에서 천보를 앞서는 건 태신궁에서 동화제군을 모시는 중림重霖선관뿐이었다. 천보는 연란의 잔꾀와 잔재주를 훤히 꿰뚫어보고 부드럽게 웃으며 말했다. "제게 전하의 의중을 물으시지만, 전하의 속마음을 제가 어찌 감히 헤아리겠습니까."

연삼이 성옥에게 관심 없다는 확답을 듣지 못하자 연란은 조금 실망해 잠시 입을 다물었다가 조용히 혼잣말했다. "오나소가 얼마나 춥고 힘든데. 예전에 그곳으로 갔던 공주들 모두 젊은 나이에 세상을 떴어. 서쪽으로 가는 건 목숨을 반쯤 내놓는 것과 같아. 전하가 막으려 하셨으면 분명 방법이 있었을 거야. 장의가 쇄요탑에서 죽을 때는 신력의 절반을 버리면서 목숨을 구해주셨잖아. 홍옥이 가도록 내버려두셨다는 건 홍옥을 장의에 비할 수 없다는 뜻이지." 그렇게 말한 뒤 잠시 생각에 잠겼던 연란은 자신의 분석이 타당하다고 생각했는지 안색이 도로 좋아졌다.

정말로 그럴까?

술에 취한 연삼을 바깥채에서 지켜보면서 천보는 연란의 생각을 부정했다.

연란을 속인 건 아니었다. 셋째 전하가 성옥에 대해 따로 언급한 적이 없다는 말은 사실이었다. 처음 평안성에 돌아왔을 때만 해도 천보 역시 그동안 셋째 전하가 군주를 특별하게 대했다고 착각했구나 생각했다. 하지만 보름 전 우연히 셋째 전하가 평안성으로 돌아온 이후 밤마다 잠을 이루지 못하고 거의 매일 서재에서 날이 밝을 때까지 앉아 있는 것을 발견했다. 물론 전하가 밤마다 잠을 이루지 못하는 이유가 성옥 때문이라고 확신할 수는 없었지만, 성옥이 아니면 누구 때문일지 떠올릴 수 없었다.

불면의 밤에 술이 등장한 건 연삼이 먼저 요구해서가 아니라 천보가 알아서 내놓은 탓이었다. 술은 근심을 풀어줄 수 있지 않던가. 천보는 셋째 전하가 술로 근심을 풀어내기를, 근심을 내려놓고 잠들 수 있기를 바랐다. 그런데 술을 마시기 시작하자 끝장을 보겠다는 듯 밤마다 열 병씩, 완전히 취할 때까지 마실 줄 누가 알았겠는가. 술에 취한 뒤에도 잠자리에 들기는커녕 아무도 따라오지 못하게 한 뒤 혼자 밖으로 나갔다. 천보마저 셋째 전하가 밤마다 어디에 가는지 알지 못했다. 그저 이튿날 새벽이면 늘 돌아왔기 때문에 멀지 않은 곳에 가시겠지 하고 추측할 뿐이었다. 해가 뜨면 다시 평정을 찾는 듯했다. 담담하고 냉정하며 성옥이 떠난 걸 전혀 마음에 두지 않는 듯한 셋째 전하로 돌아왔다.

어느새 자정이 지났다. 다시 안쪽을 들여다보니 탁자 위에 빈 술병이 두 개 더 늘어나 천보는 시간이 얼추 되었겠다고 생각했다. 아니나다를까 셋째 전하가 발을 걷으며 나왔다. 천보는 얼른 손에 들고 있던 우산을 건넸다. "우산 가져가시지요. 비가 와서 젖으실까 걱정됩니다."

연삼은 못 들은 것처럼 우산을 받지 않고 천보 곁을 지나쳐갔다. 천보가 따라가 다시 우산을 건네려는데 냉랭한 목소리가 또렷하게 들려왔다. "따라오지 마라."

천보는 우산을 안은 채 처마 밑에 서서, 빗속을 걸어가는 셋째 전하의 뒷모습을 지켜보며 길게 한숨을 내쉬었다.

오경이 되었다.

연삼이 눈을 떠 보니 창밖에서 들리는 차가운 빗소리만이 칠흑처럼 어두운 방을 메우고 있었다. 어둠 속에서 한참을 멍하니 있다가 살짝 손을 들자 방안이 밝아졌다. 화장대와 거울, 푸른 등과 옥병풍, 연꽃 휘장이 눈에 들어왔다. 여자의 규방이었다. 십화루 성옥의 규방. 또 그곳에 와 있었다.

연삼은 잠시 정신을 차릴 수 없었다.

술에 취하면 자신을 속일 수 없다고 했던가. 낮에 아무리 잘 억눌러도 모든 것이 고요해지는 밤이 되면 성옥을 향한 그리움이 물밀듯이 터져나왔다. 크게 취해 처음으로 십화루 성옥의 침대에서 눈을 뜬 날 이후 연삼은 자신이 생각보다 훨씬 더 성옥을 좋아한다는 것을 깨달았다. 그러지 않고서야 밤마다 잠을 이룰 수 없는 자신이 어떻게 십화루 성옥의 침대에서는 잠시나마 푹 잠들 수 있겠는가?

하지만 그런들 또 어쩌겠는가?

연삼은 성옥의 영혼을 여러 차례 들여다보았지만 늘 똑같은 결론을 얻을 뿐이었다. 성옥은 인간에 불과했다. 성옥을 사랑한다고 인간더러 자신을 사랑하라고 한 뒤 둘 다 영원히 되돌릴 수 없는 길로 나아가야 한단 말인가? 그럴 수는 없었다. 감히 하지 못한다거나 원치 않는 게 아니라 그럴 수 없었다.

성옥을 인간으로 내버려두는 게 옳았다. 윤회를 거듭하는 동안 인간은 온갖 시련을 겪지만, 신선과 인간의 사랑으로 성옥이 감내해야 하는 고통이나 겁운에 비하면 인간의 시련은 아무것도 아니었다. 처음부터 몰랐던 사이라고 생각하는 게 좋았다.

연삼은 천천히 일어나 앉은 뒤 관자놀이를 문질렀다. 이제 떠날 시간이었다. 그런데 몸을 일으키는 순간 갑자기 조금 전의 꿈속 장면이 떠올라 연삼은 도로 걸음을 멈췄다.

아무 논리도 없고 이치에 맞지도 않는 꿈이었다.

꿈에서 연삼과 성옥은 지금 같은 지경에 이르지 않았다. 성옥은 여전히 연삼에게 많이 의지하고 있었다. 북위를 대패시킨 뒤 군대를 이끌고 돌아오자마자 연삼은 제일 먼저 십화루로 달려갔고, 왜인지는 몰라도 시녀가 그를 성옥의 규방으로 안내했다. 연삼은 성옥의 침대 앞, 지금 서 있는 바로 이곳에서 성옥을 기다렸다.

이곳에 선 지 얼마 지나지 않아 성옥의 발소리가 들려왔다. 통통 나무 바닥 울리는 소리가 사슴 한 마리가 경쾌하게 산속을 뛰어가는 듯했다. 곧이어 문이 활짝 열리고 성옥이 문 앞에서 걸음을 멈췄다. 급히 뛰어왔는지 숨을 헐떡였다.

성옥의 눈을 들여다보자 그 속에서 별이 떨어지는 듯했다. 곧이어 성옥이 연삼의 가슴으로 새끼 호랑이처럼 달려들었다. 무방비 상태였기 때문에 연삼은 두어 걸음 밀려 침대 가장자리에 주저앉았다. 성옥은 조금도 민망해하지 않고 깔깔 웃음을 터뜨렸다.

곧이어 웃음을 거둔 성옥은 두 팔로 사랑스럽게 연삼의 목을 감싸며 머리를 연삼의 오른쪽 어깨에 파묻은 뒤 사근사근하게 말했다. "연삼 오라버니. 이렇게 오래 나가 있으면서 어떻게 편지도 안 보내요? 너무 걱정돼서 폐하한테서 소식을 좀 얻어들으려고 일부러 입궁했잖아요. 궁에서 얼마나 답답했는지 몰라요. 오라버니가 정말 보고 싶었고요."

유치했지만 한마디 한마디에 그리움이 담겨 있어 연삼은 마음이 녹아내리는 것 같았다. 연삼이 부드럽게 말했다. "내가 나빴구나. 다음에 또 나가면 아옥에게 날마다 편지를 쓰마."

그렇게 약속했는데도 성옥은 만족하지 않았다. 연삼에게서 떨어져 똑바로 선 뒤 그를 내려다보며 불쾌하다는 듯 입술을 찡그렸다.

연삼이 성옥의 허리를 감싸 끌어당겼다. "왜?"

성옥이 오만한 자세를 취하려는 듯 턱을 살짝 치켜들었다가 그래도 연삼의 얼굴이 보고 싶은지 눈을 내리깔았다. 모순적인 표정이 무척 귀여웠다.

성옥이 투덜거렸다. "나는 오라버니가 많이 보고 싶었다고 말했는데 오라버니는 왜 내가 보고 싶었다고 말하지 않아요?" 성옥이 의심스럽다는 듯 눈살을 찌푸렸다. "설마 오라버니는 이렇게 오래 나가 있는 동안 제가 조금도 보고 싶지 않았던 거예요?" 삼 할은 생떼이고 칠 할은 애교였다.

연삼은 자기를 놀리는 성옥의 코를 꼬집었다. "그래서?"

성옥이 정색했다. "직접 말해요." 귀엽게 재촉했다. "어서요."

"그래. 아옥이 무척 보고 싶었지."

성옥이 만족한 듯 입꼬리를 올렸다. "그럼 우리 아주 가까운 사이 맞죠?"

연삼은 고개를 끄덕였다. "그래."

성옥은 그제야 완전히 만족하고 기뻐하며 다시 연삼의 목을 감싼 뒤 사랑스럽게 얼굴을 비볐다. "아주 가까운 사이가 되었으니 비밀을 하나 알려줄게요."

"비밀?"

성옥은 머리를 연삼의 오른쪽 어깨에 얹고 입술을 바싹 붙여 향기로운 숨결로 연삼의 귓바퀴를 데웠다.

"그날 밤 오라버니가 온천에서 입을 맞춘 건 나를 좋아해서죠?" 귓가에서 낮은 목소리가 울리자 연삼은 온몸이 딱딱하게 굳었다. 반면 성옥은 넝쿨이나 물줄기처럼 부드럽고 친밀하게 몸을 밀착시켰다. 성옥의 목소리가 더 사근사근해지더니 나중에는 바람처럼 연삼의 귀를 간지럽혔다. "저도 연삼 오라버니를 좋아해요. 아주 많이 좋아해요."

그 순간 머릿속에서 불꽃이 터지는 듯해 연삼은 주체하지 못하고 성옥을 와락 끌어안았다. "뭐라고?"

성옥은 반항하지 않고 조용히 웃고는 연삼의 귓가에 다시 한번 말했다. "연삼 오라버니를 좋아한다고요. 오라버니 신부가 되고 싶어요." 천진하고 장난스러운 목소리에 유혹의 뜻이 가득했다.

"아옥." 연삼은 한참 입을 다물고 있다가 힘겹게 대꾸했다. "그런 걸로 농담하면 안 돼." 온 힘을 다해 순간의 감정을 억누른 뒤 연삼은 팔을 조금 풀고 성옥의 얼굴을 똑바로 바라보려 했다. 성옥의 말이 진심인지, 그냥 장난인지 확인하려 했다.

바로 그 순간 연삼은 꿈에서 깼다.

그 단순한 꿈으로 마지막 가림막마저 벗겨졌다. 가림막 뒤에 숨겨져 있던 건 성옥에 대한 사랑과 욕망, 가슴 깊은 곳의 진정한 염원이었다.

이성적으로는 성옥이 자신을 영원히 좋아하지 말아야 한다는 걸 알고 있었다. 하지만 술에 취한 뒤나 꿈을 꿀 때처럼 이성이 존재하지 않는 원초적 순간에는 성옥이 자신을 좋아하고 사랑하기를 끊임없이 갈망했다. 연삼의 가장 은밀한 욕망은, 설령 되돌릴 수 없는 겁운일지라도 성옥과 영원히 엮이는 것이었다. 오만한 수신으로서 연삼은 언제나 자기중심적이었고 원하는 것은 무엇이든 얻을 수 있었다. 이토록 본심을 억누르고 자제했던 적은 한 번도 없었다. 그러니 연삼은 이제 성옥을 보면 안 됐다. 다시 보면 이성의 힘으로 얼마나 더 버틸 수 있을지 알 수 없었다.

비가 그치고 멀리에서 샛별이 보였다.

국사는 십화루 9층에 올라 숙연한 얼굴로 방문을 두드렸다. 잠시 뒤 방에서 인기척이 들리더니 끼익 소리와 함께 문이 열리고 하얀 옷을 입은 청년의 늘씬한 모습이 나타났다. 국사는 당황하고 말았다. "저, 전하?"

연삼은 온몸에서 한기가 흐르는 국사를 바라보며 미간을 찡그렸다. "자네가 여기에는 무슨 일인가?"

국사는 깜짝 놀랐지만 연삼이 왜 이곳에 있는지 따질 상황이 아니라 한 걸음 다가서며 다급하게 보고했다. "전하, 군주가 실종됐습니다."

연삼은 멈칫했다가 제대로 못 들었다는 듯 눈살을 잔뜩 찌푸리고 물었다. "뭐라고 했나?"

성옥의 실종 소식은 밤사이 황궁으로 전해졌다.

계군 군수가 보낸 긴급 보고서가 황제의 책상에 올라온 건 술시 말이었다. 보고서에는 보름 전 강월사막에서 갑자기 홍수가 일어 천 리 사막이 하룻밤 새 물에 잠겼으며, 군주 일행은 홍수가 발생하기 엿새 전에 첩목관을 나갔으니 사막 한가운데에 있었을 게 분명하다고 적혀 있었다. 계군 군수는 물이 빠지자마자 사막으로 사람을 보내 군주를 찾았지만 끝내 행방을 찾지 못했다고 했다.

청천벽력 같은 소식에 황제는 낯빛이 창백해져 곧바로 국사를 입궁시킨 뒤 성옥의 길흉을 점쳐보라고 시켰다. 국사 역시 너무 놀라서 즉시 동전으로 점을 보았다. 뜻밖에도 점괘가 무척 나빴는데 그래도 한줄기 희망이 보였다. 국사는 젖 먹던 힘까지 동원해서 한 시진을 살펴본 끝에 성옥이 누군가의 도움으로 목숨을 건져 생명에는 지장이 없음을 알아냈다. 문제는 계속 서쪽으로 가면 목숨을 앗아갈 수 있을 정도로 큰 위험이 수시로 발생한다는 점이었다. 귀인의 도움이 있어야만 무사할 수 있지, 그게 아니면 오나소까지 갈 수 없는 상황이었다.

점괘를 보니 보통 일이 아니라 국사는 황궁에 오래 머물 수 없었다. 황제를 적당히 안심시키고 나서 재빨리 황궁을 빠져나와 연삼을 찾아다녔다. 밤비를 맞으며 한참을 돌아다녔지만 아무 소득도 없자 국사는 기진맥진해진 몸을 이끌고 집으로 방향을 틀었다. 그러다 바람을 타고 평안성 상공을 지날 때 십화루에서 등불이 켜지는 게 보였다. 국사는 법술을 아는 십화루의 화요 이향이 성옥을 구해 평안성으로 데려온 줄 알고 잔뜩 흥분해 몸을 날려 내려왔다. 그런데 문이 열리자 군주는 보이지 않고 밤새 찾아다녔던 셋째 전하가 서 있는 게 아닌가.

국사와 연삼은 문을 사이에 두고 서 있었다.

국사는 군주가 실종된 상황을 간략하게 설명한 뒤 점괘에 대해 자세히 묘사했다. 그러면서 연삼의 표정을 살펴보았다. 살짝 눈을 내리깐 채 진지하게 듣고 있는데 표정은 여전히 무덤덤했다.

국사는 연삼의 표정이 어떤 의미인지 짐작했지만, 성옥과의 친분을 생각해 억지로 떠보았다. "점괘에 따르면 군주는 귀인의 도움을 얻어야만 무사히 오나소에 도착할 수 있으며 그 귀인은 보통 인물이 아닙니다. 제 생각으로 귀인은 다름 아닌 전하 같습니다. 군주의 운명에 분명 전하라는 귀인이 있습니다. 그러니 전하, 지금 끼어들어 군주를 도와주셔도 군주의 운명을 흐트러뜨린다고 할 수 없을 듯합니다."

연삼은 한참 뒤에야 입을 열었다. "귀인은 내가 아니다." 이어서 손을 흔들자 허공에 안개가 나타났다.

국사는 영문을 모르겠다는 얼굴로 연삼을 쳐다보았다.

연삼이 살짝 고개를 들어 안개를 바라보았다. "추적술을 펼쳤으니 어디 있는지 분명하게 보여야 하는데 지금 우리 앞에는 안개밖에 보이지 않네. 누군가 사막에서 그녀를 구한 뒤 술법으로 종적을 감춘 게 틀림없어." 잠시 멈췄다가 연삼은 무덤덤한 어투로 말을 이었다. "운명 속의 귀인이란 그 사람이겠지."

셋째 전하의 시선을 피해 군주의 종적을 지울 수 있는 인물이라면 법력이 비범할 터였다. 국사는 문득 한 사람이 떠올랐다. "전하의 말씀은……"
 연삼은 여전히 안개를 바라보며 말했다. "그래. 제소희를 말하는 거네."
 국사가 중얼거렸다. "그렇다면 보름 전 홍수 속에서 제소희가 군주를 구했다는 말인데……" 거기까지 말했을 때 돌연 성옥을 향한 제소희의 집착이 떠올라 소름이 돋았다. "군주에 대한 제소희의 마음과 소유욕을 생각할 때, 제소희가 군주를 구한 뒤에도 오나소의 민달왕자에게 보낼 가능성이 있을까요?" 국사는 생각할수록 걱정스러웠다. "계명풍이었다면 응당 천하의 안정을 위해 화친하러 가는 군주를 납치하지는 않을 겁니다. 하지만 지금은 인주 제소희이지요. 그 포악한 성격으로는 세상의 흥망성쇠나 나라의 운명 같은 건 안중에 두지 않을지도 모릅니다." 한번 생각이 풀리자 걷잡을 수 없이 뻗어나갔다. "무엇보다 제소희가 군주를 구했더라도 군주의 뜻을 무시한 채 납치하거나 가두면…… 맞습니다. 그럴 가능성이 큽니다. 그렇지 않고서야 왜 술법으로 우리가 군주를 찾을 수 없도록 행적을 숨기겠습니까?" 국사의 걱정이 지나칠 정도로 커졌다. "전하, 아무래도……"
 하지만 말을 끝내기도 전에 연삼은 그의 말을 막았다. "됐네."
 국사는 입을 다문 채, 연삼이 몸을 돌려 허공의 안개를 거두는 모습을 가만히 지켜보았다. 그때 유리 등잔에서 불꽃이 탁 터지자 연삼은 가위를 들고 몸을 숙여 심지를 잘랐다.
 국사는 이해할 수 없었다. 군주가 죽든 말든 상관하지 않을 정도로 무정하다면 전하는 왜 십화루에 왔단 말인가? 요즘 전하가 계속 냉랭하고 기분도 별로 좋지 않아서 심기를 건드리고 싶지 않았지만, 국사는 도저히 참을 수 없어 한숨을 내쉬었다. "군주가 제소희에게 감금되더라도 그 또한 군주의 운명이라는 것은 잘 압니다. 저 개인적으로 참기 힘들어서 그렇지요. 전하께서 구해주고 싶은 마음이 들지 않는 것도 그럴 만하다고 생각합니다만, 역시 좀 이해가 안 됩니다. 군주에게 연민을 느끼지 않으면서 십화루에는 왜 오셨습니까?" 불경한 말이었다. 국사는 입 밖으로 뱉자마자 선을 넘었다는 생각이 들어 이마를 두드리며 괴로워했다. "오늘밤은 저도 정신이 나간 듯합니다. 이렇게 멍청한 질문을 하다니요. 전하, 못 들었다고 생각해주십시오."

뜻밖에도 연삼이 차분하게 심지를 자르며 대답했다. "나는 분명 성옥에게 연연하고 있네. 하지만 그건 인지상정의 감정일 뿐이지. 그런 마음은 성옥의 운명에 간섭하지 않겠다는 내 선택과 어긋나는 것이고."

연연하고 있지만 단지 연연하는 것뿐이었다. 국사는 그 의미를 알아듣고 잠시 뭐라 말해야 할지 알 수 없었다. 오늘밤 사방팔방 연삼을 찾으러 다녔던 목적은 하나뿐이었다. 성옥의 점괘를 알려주고 도움을 줄지 지시를 받기 위해서였다. 연삼이 분명한 태도를 보인 이상 국사는 더 할일이 없는 셈이라 이제 돌아가면 됐다.

비는 그쳤어도 바람이 차가워 국사는 재채기가 났다. 그만 돌아가겠다고 인사하려 할 때 돌연 뒤에서 누군가가 나타나 번개처럼 옆을 지나가더니 털썩 내실에 꿇어앉았다.

여자의 처량한 목소리가 창밖의 쓸쓸한 바람소리와 함께 울렸다. "군주가 고난을 겪고 있으니 국사 대인과 장군 대인, 부디 우리 군주 좀 구해주십시오."

국사는 눈을 동그랗게 뜨고 바닥에 꿇어앉은 여인을 바라보았다. "화비무?"

정말 화비무였다.

비바람이 아무리 매섭게 불더라도 기루의 장사를 중단할 수는 없기 때문에 임랑각의 연회는 인시 무렵에야 끝났다. 화비무는 잠을 이룰 수 없어 전전반측하다가 경서와 향낭이 들어 있는 보따리를 들고 십화루로 향했다. 연삼을 만나지 못해 경서와 향낭 모두 쓸모가 없어졌는데 임랑각에 두면 괜히 심란할 것 같아 십화루에 도로 가져다둘 생각이었다. 십화루에 도착했을 때 화비무는 허공에서 내려오는 국사를 보고 본능적으로 몸을 숨겼다. 연삼까지 군주의 방에 있을 줄은 예상도 못했고 국사가 그런 소식을 가져오리라곤 더더욱 생각하지 못했다.

화비무는 머리를 바닥에 조아린 채 일어나지 않았다. 부탁하는 자세가 무척 경건했다. 이토록 의리 있는 화요라니, 국사는 경의를 표하고 싶을 정도라 자기도 모르게 다가가 타일렀다. "우리도 군주를 구하기 싫은 게 아니다. 너도 화요이니 인간에게는 인간의 운명이 있으며 함부로 끼어들면 후환이 생긴다는 걸 알겠지."

하지만 국사는 화비무를 과대평가했다. 화비무는 정말로 그런 이치를 몰라서 얼떨떨한 표정으로 고개를 들었다.

화비무의 반응에 국사는 어이가 없었다. 화요이면서 이런 기본 상식도 모르고 자랐나 답답했지만, 탄식을 내뱉은 뒤 속마음을 털어놓았다. "내가 직접 군주를 돕는 건 사실 쉬운 일이다. 하지만 나는 군주의 귀인이 아니니 함부로 군주의 운명에 간섭했다가는 어떤 후환이 생길지 예측할 수 없고 통제할 수도 없으며 감당은 더욱 할 수 없지. 차라리 군주의 운명대로 놔두는 게 낫다는 말이다."

화비무는 눈살을 찌푸린 채 생각에 잠겼다. 국사는 예쁘기만 한 화비무가 과연 쓸모 있는 생각을 해낼 수 있을지 의심스러웠다.

화비무는 국사를 쳐다봤다가 몸을 돌려 연삼을 쳐다본 뒤 시선을 연삼에게 맞추고 말했다. "지금까지는 장군이 희나라의 장군이라고만 생각했습니다. 오늘밤 국사와 장군의 대화를 듣고 나서야 장군이 이 세상 사람이 아니라는 것을 알았습니다. 국사 대인조차 장군을 그토록 존중하니, 제 생각으로는 군주의 운명에 관여한 후환을 국사는 감당하지 못할지라도 장군은 감당할 수 있을 것 같습니다."

국사는 아연실색했다. 어리숙한 화비무가 뜻밖에도 핵심을 짚었다. 정말로 그랬다. 천군의 막내아들이니 하늘의 법을 어긴다 해도 융통성 있게 처벌할 터였다. 국사 같은 도사와 같을 리 없었.

문밖에서 불어온 바람에 유리 등잔의 촛불이 꺼질 듯 흔들렸다.

연삼은 등갓을 찾아 촛불을 덮어준 뒤 탁자 옆에 앉았다. 그러고 나서야 여전히 바닥에 꿇어앉아 있는 화비무에게 말했다. "국사가 과장했을 뿐이다." 연삼은 눈살을 찌푸렸다. "제소희의 품성이 그 정도는 아니지. 제소희가 있는 한 아옥은……" 연삼이 멈칫하더니 호칭을 바꿔 다시 말했다. "그가 있는 한 그녀는 무사할 것이다. 내가 끼어들 필요가 없어."

무척 안심되는 말인데도 화비무는 마음을 놓지 못하고 미간을 찌푸렸다. "하지만 저는 그를 믿지 않습니다. 장군만 믿습니다!"

연삼이 성가시다는 듯 웃음을 지었다. "그는 믿지 않고 나는 믿는다고? 하지만 나는 그와 별로 다르지 않다." 눈치채기 힘든 비웃음이 섞여 있었다.

뜻밖에도 화비무가 그 비웃음을 알아채고 다급하게 반박했다. "당연히 다릅니다. 제가 장군을 믿는 이유는 군주가 장군을 좋아하기 때문입니다. 장군은 군주가 유일하게 사랑하는 사람입니다. 군주가 장군을 믿으니 당연히 저도 장군을 믿습니다!"

그 말이 떨어지자 방안이 정적에 휩싸였다. 나뭇잎을 스치는 바람 소리와 물시계의 물방울 떨어지는 소리까지 전부 차갑게 얼어붙은 듯 순간적으로 뚝 끊어졌다.

한참 뒤 죽은 듯한 정적 속에서 연삼의 목소리가 울렸다. "무……무슨 농담을 하는 게냐?" 연삼의 얼굴에서 차가운 웃음기가 자취를 감추고 미간이 잔뜩 찡그려졌다. 그 바람에 얼굴이 살짝 음울해 보였다. 매서운 눈빛은 의혹과 무력감에 젖은 듯했다.

화비무가 떨리는 음성으로 말했다. "농담이 아닙니다. 아, 이거요." 다급하게 옆에 놓인 보따리를 풀고 경서 몇 장과 향낭을 꺼냈다. "장군이 북위와의 전쟁에 나가셨을 때 군주는 손가락에서 피를 내 경전을 베껴쓰며 장군의 안위를 빌었습니다. 이것은 군주가 장군을 위해 특별히 만든 향낭이고요……" 문득 떠올랐다는 듯 화비무는 소매에서 작은 거울을 꺼내며 다급하게 덧붙였다. "또 있습니다. 군주가 황성을 떠나기 전에 제가 너무 아쉬워서 군주를 만날 때마다 이 거울에 군주의 모습을 담았습니다. 장군을 좋아한다는 말은 군주가 직접 한 말입니다. 못 믿으시겠으면 확인해보십시오!"

거울에서 번쩍하며 뿜어져나온 은빛이 허공에서 점점 옅어지며 화면으로 바뀌었다.

화비무가 속삭였다. "군주가 평안성에서 보낸 마지막 밤입니다."

섣달 열엿새 밤은 성옥이 평안성에서 보낸 마지막 밤이었다. 얼음처럼 차고 맑은 달이 하늘에 걸려 있었다.

이튿날 성옥이 떠나는 게 너무 아쉬워 화비무는 한파를 무릅쓰고 성옥을 또 만나러 한밤중에 십화루로 향했다.

화비무는 십화루 10층 옥상에서 성옥을 찾을 수 있었다. 모피 외투를 입고 지붕에서 책상다리로 앉아 술병을 기울이고 있었다. 발밑에는 작은 화로가 놓여 있었다. 이향이 쫓겨나면서 걱정스러워 남겨둔 듯했다.

눈이 그친 지 며칠이 지났건만 얼마 녹지 않고 여전히 두껍게 쌓여 있었다. 그렇게 춥다보니 작은 화로는 별 도움이 되지 않았다. 화비무는 성옥이 추울까봐 걱정돼 옥상에 올라가자마자 그만 내려가자고 권했다. 성옥은 취기에 몽롱한 눈으로 화비무를 바라보면서 무척 또렷한 목소리로 말했다. "걱정하지 마. 마지막으로 이 도시를 좀 보려고 올라온 거니까." 살짝 쓸쓸해 보였다. "어쨌든 이곳에서 십육 년을 살았잖아. 좀 아쉽네."

성옥은 술에 취했을 때만 높은 곳에 올라가기 때문에 화비무는 옥상에서 그녀를 찾아냈을 때 당연히 취했으려니 생각했다. 그런데 성옥의 또렷한 말투를 듣자 확신이 없어졌다. 감정이 풍부한 화비무는 성옥의 말에 서글퍼져 잠시 생각하다가 용감하게 나섰다. "나중에 고향이 그리우면 저를 소환하세요. 제가 군주를 친척한테로 모시고 올게요!"

성옥은 잠시 웃었지만 이내 눈을 내리깔며 웃음을 거뒀다. "됐어. 네가 수련에 정진해서 하루에 만 리씩 갈 수 있게 되면 제앵아와 이목주를 데리고 오나소로 나를 찾아와." 성옥이 가볍게 한숨을 내쉬었다. "사실 평안성에는 보고 싶은 사람이 몇 없거든." 그러면서 술병을 들지 않은 빈손으로 뭔가를 만지작거렸다.

그 밤 성옥의 한마디 한마디 모두 담담하면서 서글펐다. 화비무는 어리숙하긴 해도 감정을 읽는 능력만은 꽤 좋았다. 괜히 슬픔을 드러내면 더욱 슬퍼질 것 같아 화비무는 화제를 돌릴 생각으로 성옥의 손을 보면서 아무렇지도 않은 척 말했다. "어? 손에 있는 거 향낭이잖아요?"

성옥이 조금 당황하더니 엉겁결에 왼손을 펼치고, 무의식적으로 만지작거리던 게 무엇인지 자신도 몰랐던 듯 고개를 숙여 내려다보았다. 화비무 눈에도 똑똑히 들어왔다. 연보라색 비단에 오색실로 천판연千瓣蓮을 수놓은 향낭이었다. 천판연은 이름처럼 꽃잎이 너무 많아서 가장 수놓기 어렵다는 연꽃이었다. 그런데 향낭의 천판연은 꽃잎이 촘촘한데다 가장자리로 갈수록 하얀색에서 분홍색으로 변하는 게 아주 생동적이었다. 한눈에도 성옥의 솜씨라는 걸 알 수 있었다. 화비무는 순간 떠오르는 생각을 바로 내뱉었다. "이 향낭…… 군주가 쓰려고 수놓은 게 아니죠?"

성옥은 표정이 갑자기 굳어지더니 아무 대답도 하지 않았다.

화비무는 쓱 훑어보다가 화로 옆쪽에 흩어져 있는 경서 몇 장을 발견했다. 경서를 집어 살펴본 화비무는 화들짝 놀랐다. "이건 피잖아요!" 야명주를 꺼내 진지하게 비춰보았다. "이 글씨는…… 군주가 베껴쓴……" 화비무는 문득 상황을 깨닫고 입을 다문 뒤 성옥을 가만히 바라보다가 더는 참지 못하고 물었다. "이…… 이게 왜 불탄 것 같지요?"

성옥은 한참 눈을 내리깔고 있다가 다시 눈을 들고 알 수 없는 웃음을 지으며 향낭을 도로 꽉 움켜쥐었다. "아무것도 아니야. 전부 태워버리려고 했는데 술을 마셨더니 잊어버렸네." 화비무가 반응하기도 전에 성옥은 향낭을 화로 속으로 던졌다.

화비무는 머리는 좀 느릴지 몰라도 손은 무척 빨라서 불꽃이 옮겨붙으려는 향낭을 목탄 화로에서 재빨리 건져냈다. 화비무는 불꽃이 훑은 작은 반점들을 어루만지며 속상해했다. "제 짐작이 틀리지 않는다면 이건 연 장군한테 드리려고 특별히 만든 향낭이잖아요. 경서도 장군의 평안을 비느라 피를 내 베껴쓰셨고요."

화비무의 말에 성옥은 넋을 잃은 듯 있다가 잠시 뒤 정신을 차리고 서늘한 얼굴로 말했다. "그렇든 아니든 그게 무슨 의미가 있겠어?"

화비무가 떠듬떠듬 말을 이었다. "딱 봐도 정성을 기울인 물건인데 이렇게 태워버리면 아깝지 않아요?"

그 말이 우스운지 성옥의 입가에 서늘한 웃음기가 떠올랐다. "뭐가 아까워?" 낮은 목소리였다. 성옥은 화비무가 품에 안은 경서와 손에 든 향낭을 보며 말했다. "그것들은 나를 터무니없고 우스운 사람으로 만들 뿐이야. 그런데도 태워버리면 안 돼?"

화비무는 도무지 수긍할 수가 없어서 떠보듯 물었다. "계속 드는 생각인데, 군주와 연 장군 사이에 뭔가 오해가 있는 것 아니에요?" 자신의 추측이 매우 타당한 것 같았다. "일전에 장군이 군주한테 입을 맞췄다고 했잖아요. 그렇다면 장군은 분명······"

성옥이 말을 끊었다. "그냥 여색을 즐겼던 것뿐이었어." 여색을 즐긴다니, 이 얼마나 모욕적인가? 그 말을 뱉고 나자 모욕을 견디기 힘들다는 듯 성옥은 오른손을 들어 술을 몇 모금 들이마셨다.
 얼음처럼 차가운 성옥의 표정에 화비무는 뭐라고 말해야 좋을지 알 수 없었다. 평생 처음으로 자신의 말주변이 변변치 않음을 느꼈다. 이럴 때는 아무 말도 할 수 없고 해서도 안 될 것 같았다. 화비무는 한숨을 내쉬었다.
 그렇지만 화비무는 인재라 할 수 있었다. 한숨을 쉬면서 성옥이 신경쓰지 않는 틈을 타 경서와 향낭을 소매에 숨기는 데 성공했다. 자신이 왜 그런 행동을 하는지 몰랐지만 본능적으로 행동했다.
 어느새 삼경이 지나 은빛으로 뒤덮인 밤은 달빛마저 싸늘해졌다. 술병의 마지막 한 방울까지 모두 마신 뒤 성옥은 술병을 발밑에 내려놓고 조용히 앉아 멀리 바라보았다.
 화비무가 다시 용기를 내 그만 내려가자고 말하려 할 때, 조용히 앉아 있던 성옥이 느닷없이 눈물을 흘렸다. 눈가에서 흘러나온 눈물 두 방울이 빠르게 뺨을 지나 옷깃으로 들어가면서 성옥의 뺨에 가느다란 두 줄기 흔적을 남겼다. 원래 성옥은 잘 울지 않았다. 지난 몇 년 동안 화비무는 성옥이 우는 모습을 한 번도 본 적이 없었다. 실의에 빠져 잔뜩 가라앉았을 때조차 워낙 담담해 보여서 화비무는 연삼이 성옥에게 준 상처가 별로 깊지 않은 줄 알았다. 그런데 지금 성옥의 눈물을 보자 화비무는 가슴이 미어지는 것 같아 중얼거렸다. "군주……"
 성옥은 자신이 우는 걸 모르는지 조용히 말했다. "향낭은 정인에게 주고 신발과 모자는 오라비에게 주는 거잖아. 예전에 꼭 향낭을 수놓아달라고 했을 때는 날 놀리는 줄만 알았어. 나중에야 그

의미를 이해하고 그가 내 정인이 되고 싶어한다고 생각했지. 신나게 향낭을 수놓으면서 그가 승리해 돌아왔을 때 주면 얼마나 좋아할까 상상했어." 성옥이 잠시 말을 끊었다. 눈물 자국이 남아 있는 얼굴로 입꼬리를 올리자 유난히 자조하는 것처럼 보였다. "알고 보니 나 혼자만의 생각이었던 거야. 그는 처음부터 끝까지 나를 놀렸을 뿐인데."

화비무는 가슴이 아팠지만 어떻게 위로해야 할지 몰라, 또 술병을 집으려는 성옥을 말리기만 했다. "술도 좋지만 너무 많이 마시면……" 그렇지만 마음이 약해져 목소리도 약해졌다. 성옥이 귀담아들을 리 만무했다.

성옥은 새 술병을 따 반쯤 들이마신 뒤 다시 멍하게 멀리 바라보았다. 한참 뒤 술병을 든 손으로 이마를 짚은 채 눈을 감고 피곤하다는 듯 중얼거렸다. "누군가를 좋아하는 게 얼마나 행복한 일인지 알려줘놓고 이렇게 빨리 도로 가져가버리다니. 그는 나를 속였어." 성옥은 유일한 청중에게 조용히 속마음을 털어놓았다. "누군가를 좋아하는 게 뭐가 좋아. 아예 몰랐으면 얼마나 좋았을까."

가슴이 미어질 것 같던 화비무가 마침내 위로의 말을 찾아냈다. "그렇게 마음 아프면 그냥 잊어버리세요."

성옥은 입을 다물고 있다가 가볍게 고개를 끄덕였다. "응."

"너무 늦었네." 성옥이 비틀비틀 일어났다. 목소리는 여전히 또렷해 전혀 취한 것 같지 않았다. 화비무는 그제야 성옥이 완전히 취했음을 알았다. 그래서 자기 앞에서 울고, 그런 말을 했던 거였다. 화비무가 얼른 일어나 부축하려 했지만 성옥은 거부했다.

달빛이 처량하고 밤빛도 서늘했다. 비틀비틀 지붕 위를 걷는 성옥의 뒷모습이 무척 쓸쓸해 보였다. 불길한 슬픔마저 엿보이는 듯했다.

거울 속 화면은 거기에서 끝났다.

국사는 연삼을 계속 주시하고 있었다. 오늘밤 내내 흔들림 없이 담담하고 완벽하던 연삼의 표정이 거울에 성옥의 모습이 투영되었을 때 흔들리기 시작했다. 성옥이 조금도 주저하지 않고 들고 있던 향낭을 화로에 던지며 그것들은 자신을 터무니없고 우스운 사람으로 만들 뿐이라고 자조할 때부터 연삼의 낯빛이 조금씩 하얗게 질렸다.

연삼의 반응이 워낙 커서 국사는 놀라기도 했지만 이해할 수도 없었다. 군주가 멀리 시집가고 실종되었다는 소식을 들은 뒤에도 냉정을 유지하던 셋째 전하가 왜 군주의 옆모습을 보았을 때, 군주가 전하를 좋아한다고 반쯤 인정했을 때 그토록 흔들리는지 이해할 수 없었다.

국사가 이해하지 못하는 건 당연했다.

연삼의 모든 이성적 조치와 냉철한 결단, 그 이후의 거리 두기와 단호한 결별에는 모두 성옥이 자신을 좋아하지 않는다는 전제가 깔려 있었다. 지금껏 연삼은 성옥이 자신에게 흔들리고 자신을 좋아한다고는 생각해본 적이 없었다.

자신을 좋아하는 성옥에게 대체 무슨 짓을 한 것인가?

그날 밤 국사부에 찾아온 성옥이 연못을 사이에 두고 예전에 수많은 미인을 만나보았느냐고 집요하게 물었을 때 알아차렸어야 했다. 그게 아니라면 자신한테 과거에 여자가 있든 말든 성옥이 왜 그렇게 신경썼겠는가? 그런데 그때 어떻게 대답했던가? 연삼은 아무런 해명도 없이 그렇다고만 대답했다. 성옥이 떨리는 목소리로 자신이 심심풀이 상대였느냐고 물었을 때도 성옥을 단념시키기 위해 연삼은 부인하지 않았다. 그런 다음 연삼은 자기 혼자 단호하게 결별하고 멀리 시집가도록 내버려둔 채 귀와 입을 막고 관여하지 않았다. 오늘밤 국사가 와서 성옥의 실종을 알렸을 때도 객관적이고 냉정하게 성옥을 제소희에게 떠넘기기까지 했다.

그렇지 않아도 위태위태하던 이성의 끈이 툭 하고 완전히 끊어졌다.

몸이 조금씩 떨려왔다. 연삼은 더이상 몸을 지탱할 수 없어 탁자 모서리에 기댔다.

성옥은 울면서 화비무에게 말했다. "누군가를 좋아하는 게 뭐가 좋아. 아예 몰랐으면 얼마나 좋았을까."

성옥의 붉어진 눈꼬리에 걸렸던 가느다란 눈물 줄기가 무형의 끈으로 변해 연삼의 심장을 촘촘하게 조여왔다. 연삼은 참을 수 없을 정도로 고통스러웠다.

누군가를 좋아하는 게 뭐가 좋아. 아예 몰랐으면 얼마나 좋았을까.

술에 취한 성옥의 하소연은 슬프지만 평온했다. 연삼은 그 평온한 어투에 피눈물이 섞여 있음을 읽어냈다. 한 글자 한 글자에 피눈물이 맺혀 연삼의 심장을 도려내는 듯했다.

국사는 연삼이 창백해진 얼굴로 한마디도 없이 몸을 돌려 나가는 것을 보았다. 문지방을 지날 때 걸려 넘어질 뻔하다가 문틀을 붙잡은 덕분에 겨우 넘어지지 않았다.

국사가 뒤에서 걱정스럽게 불렀다. "전하."
문밖에는 이미 연삼이 사라지고 없었다.

## 10장
## 계속 서쪽으로 나아가는 혼례단

그 밤 홍수가 난 이후로 강월사막의 날씨는 종잡을 수 없게 변덕스러웠다. 뜨거운 볕이 강하게 내리쬐다가 돌연 폭풍우가 부는가 하면 지난 며칠 사이에는 눈까지 흩날렸다.

낙타 부대는 작은 녹지에 막사를 세웠다. 성옥은 연노란색 연꽃무늬의 여우 털 외투를 입고 부근 모래언덕에 올라 멀리를 바라보았다.

제소희는 멀지 않은 곳에서 성옥을 지켜보았다. 예전에도 늘 그렇게 조제의 뒷모습을 조용히 지켜보았다.

이십만여 년 전과 비슷한 광경이라 제소희는 지금이 언제인지 잠시 분간되지 않았다.

계명풍이 사랑한 홍옥군주와 제소희가 이십만여 년 동안 짝사랑한 조제 신은 성격 면에서 크게 달랐다. 성옥은 활발하고 사랑스럽지만 조제는 엄숙하고 차가웠다. 속세에서 태어났는데도 속세에 물들지 않은 순수함이 유일하게 비슷한 점이었다. 그런데 지금 멀리 모래언덕에서 꼿꼿하고 조용하며 쓸쓸하게 서 있는 성옥의 뒷모습은 제소희의 머릿속 정토에서의 조제 신과 완벽하게 겹쳐 깜짝 놀랐다.

제소희가 멍하니 바라보고 있을 때 갑자기 옆에서 소리가 울렸다. "군주가 갈수록 존상과 비슷해지지?"

고개를 돌려 누구인지 확인한 제소희는 눈살을 살짝 찌푸렸다. 항상 마음이 맞지 않고 인간계에 온 이후 주근이란 이름을 쓰는 은림이었다.

주근은 제소희의 얼굴을 잠시 바라보다가 담담하게 말했다. "네가 무슨 생각 하는지 잘 알아."

제소희가 애매하게 웃었다. "그래?"

주근은 먼 곳을 한참 바라보았다. "넌 존상을 오랫동안 사모하며 소유하고 싶어했잖아. 하지만 존상이 원래 자리로 돌아오시면 너한테는 기회가 없겠지. 그러니 넌 존상의 복위를 원치 않을 거야. 맞지?"

제소희는 얼어붙었다가 얼른 정신을 차리고 아무렇지도 않게 대답했다. "홍수에서 군주를 구했다고 질책하는 거라면, 그때는 홍수가 존상에게 깨달음을 줘서 복위시키려는 하늘의 겁운이라는 걸 몰랐어." 이어서 말했다. "일부러 겁운을 망가뜨린 것도 아니고. 신사로서 존상을 위하는 마음은 나도 너와 똑같아. 존상이 복위를 원하시는 이상 당연히 목숨을 걸고라도 그 소망을 이루도록 도와드릴 거라고."

주근은 순진무구한 상화도 아니고 온화하고 관대한 설의도 아니었다. 늘 예리하고 민감해 적당히 속아주는 일은 없었다. 아니나 다를까 주근은 제소희의 말에 전혀 흔들리지 않고 확신에 찬 표정으로 입꼬리를 올리며 비웃었다. "신사가 뭔지 알기나 해? 신사는 신주神主를 섬긴다는 유일한 사명으로 세상에 존재하는 거야. 신주의 소망이 바로 신사의 목적이라고. 존상은 그때 너한테 인간계에서 참을성 있게 기다리다가 존상이 다시 세상에 오면 나와 함께 잘 보살피라고 명하셨어. 하지만 너는 고작 삼만 년을 기다린 뒤 사사로이 윤회에 들었지." 거기까지 말한 뒤 주근은 담담하게 웃었다. "다행히 네가 없어서 나도 순조롭게 존상이 열여섯 차례 환생하도록 도울 수 있었어. 소희, 나에게는 너에 대한 믿음이 조금도 남아 있지 않아. 존상의 소망을 이뤄드리겠다는 네 말을 나는 한 글자도 믿지 않는다고."

제소희는 잠시 입을 다물었다가 차가워진 목소리로 물었다. "믿지 않는다면서 여기에는 무슨 일로 납셨나?"

주근은 비웃음을 거두고 조금 떨어져 있는 성옥의 뒷모습을 한참 쳐다보다가 나직하게 말했다. "이번이 마지막 생이자 마지막 겁운이야. 이 겁운이 끝나면 존상은 순조롭게 복위하실 거라고. 군주는 오나소에 시집가서 세상의 고초를 맛보아야 해. 마지막 삶의 수행을 마쳐야 한다고. 이 겁운에서 나는 어떤 사고도 용납할 수 없어. 누가 감히 망치려 들면 부처든 신이든 가만두지 않을 거야!" 주근은 고개를 돌려 제소희의 눈을 똑바로 바라보았다. 매서운 표정에 눈동자에는 서늘한 냉기가 가득했다. "알아들었어?"

주근이 떠난 지 얼마 지나지 않아 성옥도 모래언덕에서 내려왔지만 제소희는 조금 더 그곳에 머물렀다.

주근은 자신의 말과 마지막 위협에 제소희가 충격을 받을 거라 여겼는지 몰라도 제소희는 사실 주근의 강력한 기세에 아무 타격도 받지 않았다. 반박하는 척하기도 귀찮았을 뿐이었다. 어쨌든 주근의 짐작은 틀리지 않았다.

다만 제소희가 보기에 주근은 엉뚱한 사람을 위협하고 있었다. 최근 연송이 계속 성옥을 찾고 있는 줄 모르는 게 분명했다. 그럴 만도 했다. 주근은 연송과 성옥의 갈등을 자기처럼 명확하게 알지 못했고 수신의 동향에도 자신만큼 관심을 두지 않았다. 그래서 한 수를 놓치고 있었다.

이 겁운을 깨려는 사람은 제소희가 아니라 수신이었다. 혹은 제소희와 수신이라고 해야 옳았다.

홍수에서 성옥을 구해낸 뒤 제소희는 성옥을 데리고 곧장 떠날 생각이었다. 추적을 피하기 위해 종적을 감춘 다음 강월사막의 사방을 막아 비밀을 지킬 계획까지 세웠다. 그런데 주근이 근처에 있다가 금세 모습을 드러낼 줄 어떻게 알았겠는가. 주근의 눈앞에서 성옥을 데려갈 수는 없었다. 원래는 이동중에 기회를 노리려 했는데 무심코 거울을 들여다봤다가 연송이 성옥을 찾기 시작했음을 알았다. 곰곰이 생각해본 뒤 제소희는 그게 기회일 수 있겠다는 결론을 내렸다.

수신을 시시각각 염탐한 건 아니라서 제소희는 연송이 왜 약속을 어기고 사방으로 성옥을 찾아다니는지 정확한 이유를 알 수 없었다. 성옥이 홍수로 실종되었다는 소식을 듣자 결국 견딜 수 없었나보다고 추측할 뿐이었다. 견딜 수 없다. 이게 가장 합리적인 해석이었다.

눈보라가 쳤다. 제소희는 살며시 눈을 내리깔고 손 위로 거울을 불러냈다. 하얀 옷차림의 수신이 눈보라를 무릅쓴 채 성옥을 찾아 사막을 샅샅이 뒤지는 다급한 모습이 보였다. 제소희는 문득 아주 오래전 황혼 무렵 조제 신이 폭포 앞에서 들려주었던 예지몽이 떠올랐다.

그때 처음으로 감정이 실린 조제의 목소리를 들어보았지만 그건 제소희를 향한 감정이 아니었다. 조제가 말했다. "높은 궁정과 화려한 거리를 보았다. 크고 작은 사막을 보고 오지와 산지도 보았어. 그는 나를 위해 사방을 돌아다니고 몸부림치며 가슴 아파하고 걱정했다. 그러다 마침내 어느 밤, 나를 찾아와 좋아한다고 말했지."

그 꿈에서 가리키는 순간이 지금일 것이라고 제소희는 냉정하게 생각했다. 땅의 인도를 받을 수 없는 수신이 매일 밤낮으로, 홍수에 씻긴 지 얼마 되지 않아 생명체라고는 하나도 없는 이 모래의 바다를 피곤하게 헤매면서 실종된 군주의 종적을 애타게 찾고 있었다. 감정도 욕망도 없는 조제 신은 꿈에서 그 모습을 보고 눈물을 참지 못했다. 당시에는 이유를 몰랐지만 이제 와 이유를 안다면, 연송이 성옥을 찾는 이유가 그저 '견딜 수 없어서'일 뿐임을 알게 된다면 조제 신은 그래도 눈물을 흘릴까? 제소희는 입을 오므리며 그럴 리 없다고 생각했다.

계속 거울을 내려다보았다. 강월사막을 거의 뒤집어엎듯 살피면서 어느새 연송은 근처까지 다가왔다. 거울 속의 연송은 그들이 그제 지나온 길에 있었다. 제소희는 주근에게 알려줄 생각이 없었다.

요황의 말에 따르면 연송은 주근을 알지도 몰랐다. 다시 말해 수신이 도착하면 주근은 성옥의 신분이 드러나지 않도록 수신을 피해 자리를 비울 게 분명했다. 그때가 바로 성옥을 데리고 갈 절호의 기회였다.
제소희는 무표정하게 거울을 소매에 넣고 눈을 내리깔았다. 그때 모래언덕 아래의 녹지 쪽으로 쓸쓸하게 걸어가는 연노란색 뒷모습이 보였다. 제소희는 가만히 있다가 손가락을 펼치고 시야에서 가까워진 그 뒷모습을 손바닥으로 감싼 뒤 조심스럽고 팽팽하게 잡아당겼다.

제소희의 예상은 틀리지 않았다. 연송은 제소희의 예상보다 더 빨리 그들을 따라잡아 이튿날 황혼 무렵에 도착했다.
눈이 이미 그치고 둥근 윤곽만 보이는 석양이 멀리 하늘가에서 눈에 엷게 덮인 가없는 사막을 비추고 있었다. 홍수에 넘어간 거목 뿌리가 눈밭 위로 불쑥 올라와 사막에 황량함을 한층 더했다.
하늘도 하얗고 땅도 하얬다. 성옥은 하얀 낙타의 육봉 사이에 앉아 방울소리를 들으며 졸고 있었다.
돌연 낙타떼가 멈춰 섰다.
성옥이 눈을 뜨고 얼굴을 가리고 있던 모자를 들어올렸다. 손이 그대로 멈추고 새하얀 얼굴에 놀라고 의아한 기색이 떠올랐다. 그 의아한 기색은 한 떨기 꽃처럼 성옥의 예쁜 얼굴에서 천천히 피어났지만 만개했을 때는 텅 빈 공백만 남았다.
성옥은 손을 내린 뒤 텅 빈 표정으로 낙타떼 앞에 서 있는 흰 옷의 청년을 바라보았다. 담담하게 바라본 뒤 시선을 돌렸다.

연삼이 나타난 것은 분명 황명으로 혼례단에 전달할 일이 있어서지, 자신 때문일 리 없다고 성옥은 생각하다가 다시 모자를 눌러 얼굴의 절반을 가렸다.

눈과 얼음에 덮인 사막이다보니 혼례단은 전부 두꺼운 옷을 입고 있었는데, 갑자기 나타난 청년은 계절에 전혀 어울리지 않는 하얀 홑옷만 입고 있었다. 청년은 몸에 고생한 흔적이 가득하고 얼굴도 살짝 피곤해 보였지만 고결한 자태만은 전혀 손상되지 않았다. 여전히 뛰어난 용모로 우아한 느낌을 풍겼고 위엄이 넘쳤다.

혼례단 책임자인 이 장군이 제일 먼저 제국의 보배라 불리는 대장군을 알아보고는 무리를 이끌고 절을 올렸다. 연삼은 그들을 거들떠보지 않고 시선을 멀지 않은 육봉 사이에 앉은 성옥에게 고정한 채 잠시 조용히 있다가 나직하게 분부했다. "자네들은 일단 물러가게. 나는 군주에게 할말이 있네."

사람들이 명을 받들어 멀리 물러나자 연삼은 천천히 성옥의 하얀 낙타 앞으로 걸어갔다.

영리한 낙타는 키 큰 청년에게서 풍기는 위압감에 얌전히 무릎을 꿇었다.

연삼이 명하는 소리를 듣지 못했기 때문에 성옥은 왜 사람들이 갑자기 물러가는지 몰라 당황했다. 낙타가 움직일 때야 정신을 차렸는데 손이 잡혀 당겨지는 걸 발견한 순간 어느새 성옥은 연삼의 품에 안겨 있었다.

낙타는 온순하게 옆에 앉아 있고 성옥은 연삼의 품에 안겨 있었다. 연삼이 얼마나 꽉 안았는지 저릿저릿한데도 성옥은 저항하지 않고 생각에 잠겼다. 지금 뭘 하는 거지?

"정말 오래 찾아다녔어. 아옥." 연삼이 마침내 입을 열고 성옥의 귓가에 속삭였다. 살짝 쉬고 피곤이 묻어나는 목소리였지만 무척 부드러웠다. 그 부드러움에 성옥은 곤혹스러웠다.

얼어붙은 눈밭에 너무 오래 있었는지 연삼의 품이 차가웠다. 성옥의 마음도 얼어붙어 오랜만의 포옹 한 번으로는 따뜻해지지 않았다. 성옥은 여전히 아무 대꾸도 하지 않았다.

연삼은 성옥이 이상한 걸 눈치채고 팔을 풀어주었다. 그제야 연삼의 품에서 벗어난 성옥은 눈을 살짝 내리깐 채 평온하게 입을 열었다. "폐하가 홍수 사건을 듣고 마음이 놓이지 않아 특별히 장군을 보내 저를 찾으라 하셨군요?" 연삼의 갑작스러운 출현에 대해 성옥이 생각할 수 있는 가장 합리적인 해석이었다. "장군이 보시다시피." 성옥이 무심하게 계속 말했다. "저는 멀쩡합니다. 혼례단도 예정에 맞춰 오나소로 가고 있으니 국가의 대사에 지장을 주지 않을 것입니다. 번거로우시겠지만 장군은 평안성으로 돌아가 제가 무사하다고 폐하께 전해주십시오."

달 같은 태양이 더는 버틸 수 없다는 듯 천천히 서쪽으로 가라앉으면서 천지가 희미한 노을에 뒤덮였다.

성옥의 담담하고 차가운 말에 연삼은 바로 대답하지 않았다. 더 기다릴 수 없는 지경이 된 성옥이 눈을 다시 들어 무심하게 쳐다봤을 때에야 연삼은 조용히 말했다. "내가 널 찾아온 건 황명과 무관해. 나 스스로 찾지 않을 수 없어서였다." 성옥이 어리둥절해할 때 연삼이 한 걸음 다가가 성옥의 손을 꽉 쥐었다. "왜냐고 묻고 싶지?" 연삼은 성옥이 고개를 끄덕이거나 저을 때까지 기다리지 않고 성옥의 눈을 응시하며 답했다. "너를 좋아해서 네가 오나소로 시집가도록 둘 수 없구나."

성옥은 완전히 얼어붙었다가 잠시 뒤 천천히 눈을 크게 떴다.

연삼은 성옥을 잘 알았다.

성옥은 상처받으면 늘 가시로 자신을 감쌌지만, 겉으로 아무리 거부하고 밀어내도 속마음은 누구보다 부드럽고 진실했다. 그래서 항상 달래기 쉬웠다.

사방으로 성옥을 찾아다닐 때 연삼은 두 사람의 재회 장면을 머릿속으로 수천 번은 그려보았다. 성옥이 자신을 보면 아주 차갑게 나오리라 예상했고 자신이 어떻게 해야 하는지도 알았다. 진심만 알려주면 성옥은 온몸의 가시를 거두고 꿈속에서처럼 곧장 품으로 달려들지는 않더라도 틀림없이 용서해줄 터였다. 잠시 화를 낼지도 모르지만 차츰 부드럽게 기대와 화해하게 될 것이었다. 연삼은 그렇게 생각했다.

언제나 특별 대우를 받아 자부심이 뼛속 깊이 박혀 있는 오만한 수신은 자신이 마음에 품은 사람을 오판할 수 있다고 의심해본 적이 없었다.

성옥의 얼굴에 기쁜 기색이 조금도 없음을 알아보고 나서야 연삼은 문제를 인식했다. 통제할 수 없는 상황이 벌어질 수 있다는 당혹감이 밀려와 연삼은 가슴이 철렁 내려앉았다.

바로 그 순간 성옥이 드디어 반응했다. 연삼의 말을 곱씹는 듯 중얼거렸다. "나를 좋아한다고요?" 잠시 멈추고 생각한 뒤 성옥은 무심한 웃음을 지으며 고개를 저었다. "어쩌면 정말로 좋아할 수도 있겠지만 그래봐야 조금뿐이겠지요." 그렇게 한마디로 평한 뒤 고개를 들어 연삼을 바라보았다. 웃음기가 사라졌고 물처럼 맑은 눈동자에는 슬픔도 기쁨도 깃들어 있지 않았다. "장군 입으로 제가 민달과 결혼해도 좋고 다른 누구와 결혼해도 상관없다며 그게 제 운명이니 방해하지 않겠다고 했으니까요. 아닌가요?"

연삼은 흠칫했다.

성옥이 이어서 말했다. "그래서 좀 당혹스럽습니다. 분명 장군은 처음 평안성으로 돌아왔을 때 제 정략결혼에 관해 들었겠지요. 그때는 아무 느낌도 없다가 지금은 왜 저를 찾아왔으며 제가 멀리 시집가는 걸 가만 볼 수 없다는 겁니까?" 성옥이 살구씨 같은 눈으로 연삼을 바라보았다. 여전히 맑은 샘물을 머금은 듯 촉촉했으나 파문 하나 없이 맑기만 했다.

성옥이 왜 이러는지는 곧장 파악할 수 없어도, 연삼은 진심이 아니었던 그 말들을 어떻게 성옥이 알고 깊이 오해하게 되었는지는 단숨에 알 수 있었다. "계명풍이 말해주었구나. 그렇지?"

성옥은 시선을 돌렸다. 이미 어둑발이 내려 막사를 세워야 할 때인데 다행히 부근에 녹지가 있었다 이 장군이 병사들을 지휘해 진을 치고 불을 피우고 있었다. 계명풍도 그곳에 있었지만 바쁜 사람들 틈에서 벗어난 채 성옥을 보는 듯 이쪽을 바라보고 있었다.

성옥은 도로 시선을 거두고 고개를 저었다. "다른 사람과는 상관없습니다. 제 눈으로 직접 봤으니까요. 그때 제 결혼 소식을 듣고도 장군은 별로 개의치 않았습니다. 제가 멀리 시집가는 걸 원치 않았던 화비무가 장군에게 도와달라고 청하러 갔을 때는 만나주지도 않았고요." 거기까지 말한 뒤 잠시 멈췄다가 성옥은 돌연 눈길을 거두고 자조하듯 웃었다. "하긴, 제가 아니면 열아홉째 언니를 보내야만 오나소의 바람을 들어줄 수 있었지요. 열아홉째 언니는 장군이 아끼는 보배이니 당연히 언니를 보낼 수는 없었겠지요. 저를 보내지 않을 방법이 없으니 장군이 화비무를 만나주지 않은 것도 당연합니다."

두 사람이 만나지 않았다면 성옥은 그런 말을 평생 입 밖으로 꺼내지 않았을 터였다. 성옥은 연삼의 매정함이 아프고 원망스러웠다. 한 달도 안 되는 시간으로는 도저히 치유되지 않을 정도였다. 성옥은 최선을 다해 평정심을 유지하려 했지만 가슴속 상처가 아물지 않아 원망이 자꾸 섞이는 것을 막을 수 없었다. 그 원망을 스스로 인식했는지 성옥은 얼른 입을 다물었다가 다시 오래된 우물처럼 가라앉은 음성으로 말했다. "저와 열아홉째 언니 중에서 장군은 이미 선택을 했습니다. 그래놓고 이제 와 저를 찾아오시다니, 무슨 뜻인지 저는 정말 혼란스럽습니다."

차분하게 말을 이어가면 갈수록 성옥은 가슴이 아팠다. 말을 마치자마자 시선을 거두었기에 성옥은 연삼의 고통스러운 표정을 보지 못하고 한참 뒤에 울리는 연삼의 목소리만 들을 수 있었다. "내 선택이라고. 맞다. 그때 나는 지금까지도 후회스러운 선택을 했어. 하지만 그건 연란과 무관하다. 아옥, 연란한테 신경쓸 필요 없어. 우리 일은 연란과 관련없으니……"

"맞아요. 우리 일은 열아홉째 언니와 관련없지요." 성옥이 돌연 고개를 들고 연삼의 말을 잘랐다. 입술이 덜덜 떨리는 바람에 웃음을 짓는 데 실패했다. 성옥은 실패한 웃음을 머금은 채 조용히 말했다. "아주 잘 압니다. 그러니 안심하세요. 저는 이 일로 언니를 미워하지 않을 겁니다." 성옥은 잠시 멈췄다가 이어서 말했다. "장군의 말대로 정략결혼은 제 운명이고 저는 이미 운명을 받아들였습니다. 그러니 이만 돌아가십시오."

연삼은 성옥이 뭔가 또 오해했음을 직감했다. 누구보다 영리한 수신이건만 진심을 깊이 감춰왔던 사랑하는 사람 앞에서는 순간 그 뛰어난 분석력을 발휘할 수 없었다. 연삼은 성옥이 무슨 생각을 하는지 감을 잡을 수 없었다. 오늘 자신이 했던 말을 성옥이 하나도 믿지 않는다는 것만 확실히 알 뿐이었다.

연삼은 성옥이 견디지 못하고 시선을 돌릴 때까지 빤히 바라보다가 지친 듯 입을 열었다. "왜 나를 믿지 못하느냐?" 연삼의 조금 쉰 목소리에 의도치 않게 억울함이 스며들었다.

성옥은 한참을 가만히 있다가 말했다. "못 믿지요." 잠시 쉬었다가 작은 소리로 또 말했다. "어떻게 믿으라는 건지요." 질문 같았지만 연삼의 답을 구하지 않는 게 분명해 보였다.

성옥은 멀지 않은 곳에서 모락모락 올라오는 밥 짓는 연기를 바라보았다. "장의를 좋아해서 그녀를 구하기 위해 신력의 절반을 기꺼이 버리고 그녀를 위해 인간계에 내려오셨다면서요. 대장군이 된 것도 장의의 환생을 보호하기 위해서고요. 그렇게 심혈을 기울이는 것이야말로 좋아하는 것이지요." 바람이 불어와 성옥의 머리카락을 날렸다. 성옥은 머리카락을 귀 뒤로 넘기고 만사가 귀찮다는 눈빛으로 말했다. "장군은 저를 좋아한다고 하셨는데 저를 위해서 무엇을 하셨습니까? 제가 죽든 말든, 멀리 시집가든 실종되든 아무 관심도 없었습니다. 그런데 어떻게 좋아한다고 말할 수 있습니까?"

연삼은 아연실색했다. "그렇게 생각하고 있었구나." 한참 뒤에야 말했다.

연삼은 성옥이 마음속 깊은 곳에서 자신과 장의, 그리고 스스로를 그렇게 정의하고 있는 줄 전혀 몰랐다. 우주의 법칙과 십억 개의 사바세계를 꿰뚫어보는 수신이었지만 사랑하는 사람의 마음은 꿰뚫어보지 못했다.

연삼은 장의에게 별 감정이 없었다. 신력의 절반을 버리면서 장의를 구한 이유는 오로지 '공허하지 않은' 존재를 검증하기 위해서였다. 신력의 절반이 대단히 가치 있다고 생각한 적도 없었다. 신력을 버려 장의를 구하고 공허하지 않은 존재를 검증하려 한 것은 기나긴 신선의 삶에서 그나마 흥미롭고 의미 있는 일처럼 보였기 때문이었다. 해도 그만, 안 해도 그만인 일이었다. 오로지 성옥에 대해서만 생각을 버릴 수 없어 전전반측하고 집착하면서 그녀에게서 벗어날 수 없었다.

연삼이 보기에는 성옥에게 느끼는 욕망과 미련이 절반의 신력보다 훨씬 대단했지만, 인간의 눈으로 보면 연삼이 성옥에게 하는 행동은 장의에게 쏟는 마음의 천만 분의 일에도 미치지 못했다.

"내가 장의에 대해서 한 일은, 네가 생각하는 그런 게 아니다."

결국 그렇게밖에 말할 수 없었지만 연삼 본인도 자신의 말이 얼마나 무기력한지 알았다. 성옥의 염세적인 표정과 자기 가슴속의 무시할 수 없는 우울 때문에 연삼은 목이 꽉 막혀 더이상 뭐라 말할 수 없었다.

그러고 나서 연삼은 성옥의 눈물을 보았다. 성옥의 갑작스러운 눈물은 연삼의 힘없는 설명 직후에 터져나왔다.

여전히 나를 못 믿는구나, 하고 연삼은 힘없이 생각했다.

"사실 좀 밉습니다." 성옥이 조용히 입을 열었다.

이미 우는 모습을 여러 번 보았기에 연삼은 성옥의 눈물을 잘 알았다. 슬플 때 성옥은 큰 소리로 울기도 하지만 슬픈데 어떻게 해야 할지 모를 때는 조용히 울었다.

"장군을 미워할 이유가 없다는 거 알아요. 언젠가 저한테 멀어지라고 경고했는데 그걸 듣지 않아서 이 지경에 이르렀으니 제 잘못이지요. 그런데도 미워하지 않을 수 없더라고요." 성옥은 연삼을 미워한다고 단호하게 거절하며 탄식을 내뱉었지만 고개를 돌려 연삼을 보았을 때는 눈가가 불그레하고 부드러운 표정을 짓고 있었다. 그럼에도 성옥은 아주 결연하게 거절했다. "장군, 저는 앞으로 다시는 장군을 보고 싶지 않습니다."

얼음물을 뒤집어쓴 듯 냉기가 머리에서부터 가슴까지 순식간에 밀려왔다. 연삼은 얼어붙었다.

성옥은 연삼에게 사랑을 알게 하더니 고통도 안겨주었다.

지금까지는 성옥을 애정이라는 걸 모르는 귀여운 아이라고만 여겨왔기에, 서릿발처럼 냉혹한 말로 인연을 끊을 때 연삼은 성옥에게 깊은 상처를 준다고 생각하지 못했다. 성옥이 뭘 알겠나 생각하며 자신만 아픈 줄 알았다. 지금에서야 연삼은 성옥에게 얼마나 깊은 상처를 주었는지 알 수 있었다. 성옥이 상처 입은 뒤 두꺼운 갑옷으로 스스로를 보호한다고 탓할 수도 없고 자신을 믿지 않는다고 탓할 수도 없었다. 앞으로 보고 싶지 않다는 말은 더 탓할 수 없었다.

성옥은 몸을 돌리고 다시 말했다. "그러니 장군, 돌아가십시오."

세상이 정적에 휩싸였다. 연삼은 온몸이 차갑게 얼어붙는 듯했다. 냉기가 얼마나 날카로운지 대응할 힘이 생기지 않았다. 죄인을 벌하는 북해 해저의 만 리 얼음구역에 갇힌 기분이었다.

혼례단을 태운 낙타 부대는 계속 서쪽으로 나아갔다. 지도상으론 이틀 뒤 사막의 중심이라 불리는 비취박翡翠泊에 도달할 터였다. 비취박 뒤에는 광활한 사막이 자리했고, 고원에서부터 흘러내리는 잔잔한 상유하桑柔河가 고요한 사막을 휘감고 있었다. 그 상유하의 끝이 바로 대희와 오나소의 국경이었다.

국사는 한 손으로 낙타를 끌면서 다른 손에 든 지도를 한참 들여다보다가 이해할 수 없다는 듯 옆에 있는 천보에게 말했다. "천보 소저는 전하를 오래 모셨으니 틀림없이 잘 아시겠지요."

천보가 겸손하게 대답했다. "가당치 않습니다."

국사는 천보가 그렇다는 건지 아니라는 건지 정확히 알 수 없어서 그냥 말을 이어가는 수밖에 없었다. "지금 전하가 대체 어떤 상황이라고 봅니까?" 국사가 탄식했다. "군주를 도저히 포기할 수 없어 그렇게 힘들게 찾으셨으면, 당장 데려가야 하지 않습니까? 그런데 이렇게 따라가기만 하시니, 이제 이레 정도만 더 가면 군주를 민달왕자의 손에 직접 시집보내겠습니다." 그렇게 말하고 나자 돌연 이상한 생각이 들었다. "설마…… 정말 그럴 생각은 아니시겠지요? 전하는 군주와 인연이 없으니, 군주가 남은 생을 평안히 살도록 믿을 만한 사람 손에 직접 맡기면 안심이 된다든가 하는……"

연삼과 성옥의 인연은 풀기 어려울 정도로 뒤엉켰고 국사는 제삼자인데다 사랑에 대해 아는 게 없었다. 그래도 국사는 의리를 중시하는 성품이라, 중요한 순간에 친구를 도울 수 있도록 감정에 관한 지식을 충분히 쌓기 위해 최근 사랑에 관한 이야기책을 많이 읽었다. 성과가 좀 있었는지 이제는 생각하는 방식이 꽤 달라졌다.

천보는 국사의 추론을 두고 가만히 가능성을 따져본 뒤 진지하게 고개를 저었다. "아닙니다. 그건 아닐 듯합니다." 그러면서 꽤 이성적인 이유를 댔다. "전하는 그렇게까지 이타적인 신이 아닙니다."

상당히 타당한 논거라 국사는 잠시 할말을 잃었다.

천보가 조금 망설이다가 말했다. "군주의 화가 아직 가라앉지 않았습니다. 이런 상황에서 무작정 데려갔다가는 불에 기름을 끼얹는 형국이 될 겁니다. 제 생각에는 군주의 화가 식기를 기다리시는 것 같습니다."

국사가 잠시 생각하고는 고개를 끄덕였다. "그럴 수 있겠군요."

당연히 천보는 성옥이 단순히 토라진 게 아니라는 사실도, 헤어진 뒤 거의 넉 달 만의 재회가 군주와 전하 모두에게 얼마나 껄끄러운지도 몰랐다. 사실 두 사람의 재회는 껄끄러운 정도를 넘어 결별에 가까울 정도로 슬프고 심각했다. 어쨌든 연송이 성옥을 찾은 지 사흘째 되는 날, 천보는 국사와 천덕꾸러기 같은 연란을 데리고 연삼을 찾아갔다. 천보는 둘 사이에 무슨 일이 있었는지 전혀 몰랐다.

그랬다. 그들이 연란까지 데려온 것은 정말 현명하지 못한 행동이었다. 우연히 국사에게서 연삼이 세상을 뒤집어엎다시피 하여 성옥을 찾았다는 소식을 들은 연란은 화들짝 놀라더니 자기도 데려가지 않으면 죽겠다고 위협했다. 국사는 연란이 울고불고하며 목을 매겠다고 소란을 피우자 거부할 수 없었다.

당시 연란은 국사가 끄는 낙타에 앉아 있었다. 손바닥만한 얼굴을 바람막이 모자에 파묻은 채 어두운 표정으로 국사와 천보의 대화를 듣다가 끝내 참지 못하고 끼어들었다. "홍옥이 홍수에 실종될 뻔했잖아요. 전하는 홍옥이 무사한지 확인하려고 찾으셨던 것이지요. 어쨌든 친분이 있으니 참을 수 없으셨을 거예요. 그건 인지상정이잖아요. 국사 대인이 말씀하신 무슨 인연이니, 포기할 수 없다느니 하는 건." 연란이 살며시 입술을 깨물었다. "제가 보기에는 근거가 없어요. 국사 대인의 헛된 추측일 뿐이라고요."

국사는 동의할 수 없었지만 반박하지 않았다. 최근 연란한테 많이 시달리면서 쓸데없는 일은 삼가는 편이 더 낫다는 깨달음을 얻었기 때문에 옅게 웃음만 지었다. "공주의 말씀이 옳습니다. 그렇게 말씀하신다면 그렇겠지요."

천보는 고개를 기울여 연란을 힐끗 보았다.

천보의 동작이 워낙 미세해 연란은 알아차리지 못했다. 그래도 국사의 대답이 형식적이라는 것은 눈치챈 연란은 어색한 표정으로 입을 다물고는 촉촉해진 눈으로 앞쪽 연삼의 뒷모습만 뚫어져라 보았다.

천보는 종종 의문이 들었다. 분명 장의는 재미있는 사람이었고 안개 속의 꽃처럼 늘 속마음을 알아차리기 힘들었다. 반면 장의의 환생인 연란은 너무 단순했다. 그렇다고 백지처럼 순수하지도 않았다. 오히려 흐르는 물, 아주 맑지는 않아도 좋고 나쁨이 한눈에 들여다보이는 물 같았다. 이번만 해도 연란은 무작정 따라왔는데, 사람 마음을 잘 읽는 천보의 눈에는 그녀의 속셈이 훤히 보였다. 연삼이 정말로 성옥에게 마음이 흔들렸을까 두려워 어떻게든 연삼이 성옥을 평안성으로 데려가지 못하도록 막을 작정이었다.

천보는 연란의 그런 속셈이 거슬렸지만 결국 그런 행동은 아무 소용도 없고 의미도 없으리라 생각했다.

이틀 뒤 비취박에 도착했다. 혼례단은 호수의 삼각주에 막사를 세웠고 천보 일행은 그곳에서 몇 장 떨어진 곳에 자리를 잡았다.

최근 국사는 이야기책에 완전히 빠져 이루어지지 못하는 비련의 연인들을 무수히 접하다보니 연삼과 성옥까지 동정하게 되었다. 더구나 연삼도 세상의 규칙을 무시해야 후회가 남지 않는다는 걸 깨달은 듯 보여서 국사는 둘을 꼭 맺어줘야겠다고 다짐했다. 인간과 신선의 사랑은 어려움도 많고 세상의 인정도 받을 수 없지만 바로 그런 이유로 슬프고 감동적이니 도와줄 만한 일 같았다. 잔뜩 흥분한 국사는 날마다 천보를 찾아가 조언하고 어떻게 해야 전하의 연애를 도울 수 있는지 직접 가르치기까지 했다.

국사는 그렇게 자기 생각을 천보와 나누었다. "『서상기西廂記』라는 희곡이 있는데 천보 소저도 봤는지 모르겠군요. 『서상기』에서 수재 장생張生과 소저 최앵앵崔鶯鶯이 다퉜을 때 최앵앵의 시녀 홍랑紅郎이 중재하거든요. 지금 상황에서는 천보 소저도 홍랑을 좀 따라서 해보는 게……"

당연히 천보는 『서상기』를 읽지 않아서 장생이니 최앵앵이니 하는 것들을 몰랐고 국사의 말도 반신반의했다. 하지만 천보는 주인을 따르는 충복인지라, 연삼이 성옥과 틀어져 온종일 우울해하자 주인의 근심을 풀어주고 싶었다. 결국 천보는 『서상기』를 찾아 진지하게 연구한 끝에 국사의 헛소리 같은 말에 일리가 있다고 생각하게 됐다. 자신이 홍랑처럼 나서서 중재하는 게 연삼과 성옥의 얼어붙은 관계를 깨는 좋은 방법일지도 모르겠다고 생각했다.

망설이던 천보는 성옥의 막사로 발을 옮겼다.

천보는 성옥이 연삼에게 화가 났으니 당연히 자신에게도 감정이 좋지 않아 쉽게 만나주지 않을 줄 알았다. 그런데 예상과 달리 천보는 성옥의 시녀인 배나무 화요의 안내를 받아 아무 어려움 없이 금세 막사로 들어갈 수 있었다.

사막에는 눈발이 끊임없이 날렸지만 막사 안은 무척 따뜻했다. 방금 목욕을 했는지 성옥은 수홍색 홑옷 위에 금색 담비 털이 장식된 하얀 외투를 두르고 있었다. 홍목 탁자에 기댄 채 눈처럼 하얀 양털 담요 위에 앉은 성옥은 머리를 숙이고 천보에게 줄 타락駝酪차를 직접 따랐다.

옆에 꿇어앉은 이향이 차를 천보에게 건네주었다.

한 모금 마셔보니 맛이 이상해 천보는 눈살을 살짝 찡그렸다. 연삼에 대한 이야기를 어떻게 꺼낼까 고민하고 있을 때 성옥이 먼저 입을 열었다. "첩목관 서쪽의 주민들은 차를 마시지 않고 타락을 마신대요. 저는 타락을 별로 좋아하지 않아서 며칠 전 저들이 타락을 끓일 때 몰래 진한 차를 섞었어요. 이렇게 차를 섞으면 그런대로 마실 수 있지만 그냥은 넘기기 힘들더라고요. 천보 언니는 어때요?"

성옥은 여전히 천보를 언니라고 부르며 평안성에서처럼 자연스럽게 말을 붙였다. 그런데도 천보는 곧장 다르다는 걸 알아차렸다. 평안성에서 옥 공자는 순수한 친근함으로 누구와도 잘 어울렸지만 지금 눈앞에 앉은 홍옥군주는 상당한 거리감이 느껴지는 냉기를 품고 있었다. 꺾을 수 없는 요지의 꽃 같았다.

예전의 그 사람이 아니었다.

천보는 잠시 고민하다가 동문서답처럼 말했다. "군주, 타락을 좋아하지 않으면 굳이 무리하실 필요가 있을까요. 차를 더해도 결국 타락일 뿐이라 입에 맞지 않을 겁니다."

성옥은 애매하게 웃음을 지었다. "그 고장에 가면 그곳의 풍습을 따라야지요. 언젠가는 적응해야 하고요."

천보가 가만히 있다가 말했다. "생각해보셨는지 모르겠으나 타향에 가실 필요가 없을지도 모릅니다. 그렇게 되면 그곳의 풍습을 따를 필요도 없지요." 자연스럽게 화제를 본론으로 끌고 가며 천보는 가볍게 기침했다. "군주의 정략결혼에 관해 저희 공자께서 틀림없이 철저한 계획을 세우셨을……"

"천보 언니." 성옥이 천보의 말을 잘랐다. 평소와는 조금 다른 음성이었지만 부드럽고 차분해 부자연스럽게 느껴지지는 않았다. 성옥이 온화하게 웃으며 말했다. "오랜만에 만났는데 재미있는 이야기를 하시지요."

천보는 당황했다. 성옥이 연삼에 대해 말하길 싫어할지도 모른다고 예상했지만 이렇게 직접적으로 저지할 줄은 몰랐다. 오랫동안 고심했던 말들이 입안에 갇히고 말았다. 둘의 친분은 연삼에게서 비롯되었으니 그 이야기를 제하면 무슨 이야기를 할 수 있을지 천보는 순간 갈피를 잡을 수 없었다.

성옥이 궁지에서 빠져나오도록 도와주었다. "장의에 대해 이야기하죠." 탁자에는 뚫새김된 손잡이에 은방울이 붉은 실로 매달린 은주전자가 놓여 있었다. "장의는 어땠나요?" 성옥이 고개를 숙이고 은방울을 건드려 소리를 내며 물었다.

어렴풋하게 느껴질 정도로 작은 음성이라 천보는 잘못 들었나 싶었다. "네?"

성옥이 고개를 들고는 뭔가 생각하듯 천보를 힐끗 쳐다봤다가 잠시 뒤 알겠다는 듯 옅게 웃음을 지었다. "아, 언니는 아직 모르는군요." 성옥이 조용히 설명했다. "연란공주한테 들었어요. 대장군의 진짜 신분, 연란과 장의의 관계, 대장군과 장의의 오랜 인연까지 대강 알게 됐어요."

천보의 깜짝 놀란 표정이 재미있는지 성옥이 또 웃었다. "그때 장의는," 성옥이 손으로 턱을 괴며 단순히 궁금하다는 듯 물었다. "왜 언니네 전하와 사귀지 않았나요?"

천보는 그토록 여리고 달래기 쉬웠던 성옥이 연삼을 대하는 태도가 왜 달라졌는지 마침내 조금 이해할 수 있었다. 둘 사이에 장의가 끼어 있었다. 성옥이 연란에게서 장의의 존재에 대해 들었다면, 뭐라고 말했을지 짐작이 갔다. 천보는 치밀어오르는 화를 얼른 가라앉힌 뒤 말했다. "열아홉째 공주가 군주에게 뭐라 말했는지는 모르겠지만, 군주도 마음 깊숙한 곳에선 전하가 군주를 좋아하시는 걸 아시겠지요. 열아홉째 공주는 두 분을 계속 지켜보다가 군주를 질투했던 겁니다. 공주의 말이 불쾌하셨어도 너무 개의치 마세요. 공주는 군주와 전하를 떨어뜨려놓고 싶었을 뿐입니다."

성옥은 살짝 눈을 내리깔았다. 등불에 비친 성옥의 옆모습은 부드럽고 아름다웠지만 아무 표정도 없어 무슨 생각을 하는지 짐작할 수 없었다.

천보는 성옥이 과연 자기 말을 제대로 들은 건지 의아했지만 표를 내지 않고 말을 이었다. "전하께서 왜 장의와 사귀지 않으셨느냐고요. 당연히 전하께서 장의를 좋아하지 않았고, 장의도 저희 전하를 좋아하지 않았기 때문입니다." 잠시 멈췄다가 덧붙였다. "구중천의 신들은 누구나 장의가 셋째 전하의 형인 둘째 전하 상적을 좋아했다는 걸 알고 있습니다."

성옥이 잠시 생각하다가 말했다. "아, 역시 사랑을 이루지 못했던 거군요." 성옥은 여전히 턱을 괸 채 탁자에 기대 눈을 내리깔고 있었다. 표정 변화가 전혀 없고 어투도 담담해 그 사실을 마음에 두는 것인지 읽히지 않았다.

천보는 대체 자신의 어느 말이 잘못돼 성옥이 그런 황당한 결론을 내리는지 이해할 수 없어 당황스러웠다. "아니요." 설명을 덧붙여야 할 것 같았다. "군주는 정말로 오해하고 계십니다. 전하는 장의에게 남녀의 정을 느끼지 않으셨습니다. 장의가 신선이 되도록 돕고 보살피고 나중에 구해준 것은 그저 전하가……"

천보가 설명을 끝내기 전에 성옥이 돌연 말을 끊었다. "언니가 어떻게 알아요?" 반문이었다. 강한 어투가 아니라 압박하듯 들리지는 않았다.

질문을 던진 뒤 성옥은 턱을 괴고 있던 손을 내려놓고 허공에 고정돼 있던 시선을 천보의 얼굴에 맞췄다. 천보를 한참 보고 나서 성옥은 시선을 도로 옮기며 말했다. "누군가를 좋아하는 건 아주 사적인 일이에요. 마음을 감추면 옆에서는 더더욱 알아차리기 힘들지요. 어떤 상황인지는 자신만 알 수 있어요. 때로는 그 사람한테 잘해주는 게 본능처럼 굳어서 스스로 알아차리지 못하기도 하고요." 목소리가 워낙 차분해 객관적인 일을 논하는 듯했다. "저만 해도 예전에는 언니네 전하를 좋아하는 줄 몰랐어요. 한참이 지난 뒤에야 그게 좋아하는 감정이라는 걸 알았지요." 성옥은 다시 한번 은주전자 손잡이에 걸린 은방울을 건드렸다.

천보는 말문이 막혔다. 늘 쾌활하고 걱정 없고 아이처럼 순진해 미숙한 소녀인 줄만 알았지, 이렇게 생각이 깊을 줄은 몰랐다. 한참 뒤에야 천보는 중얼거렸다. "군주…… 그렇게 생각하시는 겁니까……"

천보는 연삼과 장의의 일을 자세히 생각해본 적이 없었다. 그저 자신이 연삼에 대해 잘 안다고 맹신하며 본인이 내린 판단을 의심해본 적이 없었다. 성옥의 말처럼 연삼이 장의를 어떻게 생각하는지 천보가 무슨 수로 알 수 있겠는가? 셋째 전하가 장의를 좋아하지 않은 게 맞을까, 하면서 천보는 혼란에 빠졌다.

천보가 멍하게 있을 때 성옥이 다시 한번 화제를 이끌었다. "분명 연란이 속인 것도 있겠지만, 연란이 장의의 환생이라는 사실은 확실하잖아요." 성옥이 인정할 수 없다는 듯 입술을 살짝 찡그리며 담담히 말했다. "나는 언니네 전하가 높이 평가한 장의가 연란 같을 거라고 믿지 않아요." 성옥이 잠시 멈췄다가 이어서 말했다. "장의가 어땠는지 언니가 이야기해줘요."

오늘밤 벌써 두 차례나 이야기해달라는 것으로 보아 성옥은 정말로 장의가 궁금한 모양이었다.

천보는 성옥에게 장의에 관해 알려주는 게 맞는지 몰라 고민이 됐지만, 가만 생각해보니 성옥은 이미 많은 일을 알고 있어서 옛사람을 좀더 추억해도 크게 문제되지 않을 듯했다. 계속 회피하는 게 오히려 오해만 키울 것 같았다.

"장의는 연란공주와 생김새가 무척 달랐습니다. 훨씬 아름다웠지요." 천보는 잠시 생각한 뒤 입을 열었다. 성옥의 표정을 살피면서 표현도 신중하게 골랐다. "화주인 장의는 안개 속의 꽃처럼 늘 몽롱한 느낌을 주어 현실적으로 보이지 않았습니다. 천 개의 모습을 지닌 듯, 이런 줄 알았는데 사실은 저런 식이었지요. 엄숙한 구중천에서 찾아보기 힘든 재미있는 선녀였습니다."

성옥이 턱을 괸 채 열심히 듣는 듯해 천보는 흥미진진하게 이야기를 이어갔다. "무척 총명해서, 임시로 화주의 직책을 맡고 있던 전하가 장의를 당신 아래에 두었습니다. 군주도 아시겠지만 전하는 구속받기 싫어하고 관리도 귀찮아하셔서 화주의 일 상당수를 장의에게 맡기셨습니다. 유능한 장의는 무슨 일이든 훌륭하게 해냈지요. 얼마 지나지 않아 전하는 신선의 신분을 관리하는 동화제군을 찾아가 화주의 직책을 내놓으며 그 자리에 장의를 추천했습니다. 장의는 심성이 곱고 아름다운데다 능력까지 갖춰, 파격적인 승진임에도 산하의 화신과 화선들의 전폭적인 지지를 받았고 그해 화주의 자리에 올랐습니다."

천보는 잠시 쉬었다가 이어서 말했다. "장의는 칠백이십 년 동안 화주의 책무를 성실하게 이행해 신들의 아낌없는 칭찬을 받았습니다." 천보가 조금 침울하게 말을 이었다. "원래는 전도가 유망했는데 감정에 발목을 잡히고 말았지요. 마음에 둔 사람을 도와주려다가 불행히도 쇄요탑에서 목숨을 잃었습니다." 천보가 가볍게 한숨을 내쉬었다. "그 이후의 일은 군주도 알고 계시고요."

장의의 생을 간략하게 서술한 뒤 잠시 기다렸는데도 성옥이 아무 대답이 없자 천보는 참지 못하고 고개를 들었다.

성옥은 눈을 내리깐 채 침묵하고 있었다. 오늘밤 자주 보이는 동작이었지만 그 순간의 무표정한 얼굴은 생각에 잠긴 게 아니라 넋이 나간 듯했다. 막사 밖에서 찬바람이 몰아쳤다. 문과 창을 덮은 모직물이 충분히 두껍지 않은지 바람이 틈새를 비집고 들어왔다. 촛불이 흔들리며 탁탁 불똥이 튀었다.

성옥의 눈이 아주 천천히 깜빡였다. 그제야 정신이 돌아온 듯 성옥이 말했다. "장의는 꽤 괜찮은 신선인 것 같네요." 잠시 생각한 뒤 덧붙였다. "흔치 않은 선녀라 언니네 전하와 잘 어울리니, 그것도 좋고요." 그렇게 말한 뒤 살짝 웃었으나 금세 웃음기가 사라졌다. 망연한 표정의 얼굴이 피곤해 보였다.

천보는 눈살을 찌푸렸다. 천보는 오늘 성옥이 예전의 그 온화한 소녀처럼 많이 웃는 걸 눈여겨보고 있었다. 언뜻 보면 아무것도 바뀌지 않은 듯했지만, 오늘의 웃음은 가볍고 담담하며 순식간에 사라져 예전 같은 찬란함과 진실함을 찾아볼 수 없었다. 그건 웃음이라기보다 자신을 보호하려는 위장에 가까웠다.

천보는 마음이 복잡해졌다. 하지만 천보가 더 심란해지기 전에 성옥이 말했다. "장의가 그래서, 마음이 놓이지 않았겠군요." 의미가 명확하지 않은 말이었지만 천보는 성옥의 말뜻을 어렴풋이 이해할 수 있었다. 아니나다를까 성옥이 덧붙였다. "되돌아올 장의는 그렇게 고지식하지 않을 테니 대장군이 소망을 이룰 수 있으면 좋겠네요."

눈을 들어 성옥의 담담하고 아름다운 옆모습을 바라볼 때 천보는 돌연 예전의 성옥이 어떤 모습이었는지 떠오르지 않았다. 그래도 활발하고 용감한 소녀였다는 건 희미하게 기억났다. 늘 패기 넘치고 좌절을 두려워하지 않으며 연삼에게 몇 번이나 거절당해도 집요하게 다가오는 용기가 있었다. 때로는 총명해도 때로는 어리석어 연삼이 일부러 피하며 천보에게 없다고 전하라 시키는 줄도 모르고 부끄러워하며 수줍게 "괜찮아요, 내일 또 오면 돼요"라고 말하고 연삼이 돌아오면 자기한테 사람을 보내달라고 여러 차례 간절하게 당부했었다.

그랬던 소녀가, 그 천진난만했던 표정이, 찡그리고 웃던 얼굴이 천보의 머릿속에서 갑자기 흐릿해졌다. 지금 눈앞의 담담하고 차분한 성옥은 분별 있고 냉철하며 의중을 잘 헤아리는 듯 보였다.

천보는 가슴이 쓰리고 안타까웠다. 무슨 말을 더 할 수 있겠나 싶어서 천보는 타락차를 다 마시고 머뭇거리다가 작별을 고했다. 성옥은 붙잡지 않았다.

돌아오는 길에 천보는 성옥을 찾아가서 연삼에게 도움이 되기는커녕 일을 더 복잡하게 만들었다는 느낌이 들었다. 관자놀이를 문지르면서 천보는 얼른 용서를 구해야겠다고 생각했다. 하지만 거처로 돌아와보니 연삼이 보이지 않았다.

청라青蘿라는 연란의 시녀만 장막 안에서 덜덜 떨고 있었다. 시녀의 두서없는 설명을 한참 듣고 나서야 천보는 자신이 성옥의 막사에 갔을 때 큰일이 벌어졌음을 알았다.

연란이 실종되었다.

## 11장
## 하늘이 허락하지 않는 인간과 신선의 사랑

 진한 차는 정신을 맑게 만들며 타락에 섞어 마셔도 각성 효과가 매우 컸다. 잠들기 전에 진한 타락차를 반잔 마셨더니 성옥은 한밤중까지도 잠을 이룰 수 없었다. 그 바람에 어둠을 틈타 성옥의 막사로 들어왔던 제소희는 잠들지 못해 눈을 말똥말똥 뜨고 있는 성옥을 보게 되었다.
 두 사람 모두 당황했지만, 제소희가 먼저 정신을 차리고 성옥의 목 옆으로 손을 뻗었다.
 성옥이 막으며 물었다. "세자, 뭐하는 겁니까?" 목소리에 두려움이나 노기는 전혀 없고 당혹스러움만 가득했다.
 제소희가 멈칫하며 성옥을 안심시켰다. "두려워하지 마요. 데리고 갈 곳이 있어서 그래요." 성옥이 경계하지 않는 틈에 제소희는 재빨리 오른손으로 성옥의 목 옆을 누르고 귓전을 살짝 건드렸다. 성옥은 말할 새도 없이 귀가 얼얼해지는 걸 느끼며 정신을 잃었다.

오랫동안 잠들어 있었던 것 같은 기분으로 의식을 회복했을 때 성옥은 누군가 자기 귀밑머리를 살살 어루만지는 걸 감지했다. 부드러운 손길이라 불편하지는 않았지만 그런 친밀한 접촉에 거부감이 들어 성옥은 노곤함을 억누르며 힘껏 눈을 떴다. 길고 마른 손이 다시 내려오는 게 보였다. 이번에는 이마를 짚었는데 손바닥이 따뜻하면서 살짝 거칠었다.

성옥은 깜짝 놀라 손을 쳐내며 일어나 앉은 뒤 정신을 가다듬었다. 그제야 손의 주인이 계명풍이고 조금 전까지 그의 품에 누워 있었다는 걸 알 수 있었다. 정신을 잃기 전 계명풍이 자신을 데리고 나오던 장면이 불현듯 떠올라 성옥은 자신이 있는 장소를 둘러보고 나직하게 중얼거렸다. "달, 산, 소나무, 냇가." 간단하게 주변 경관을 정리하고 나서 성옥은 살며시 눈살을 찌푸렸다. "여기가 어디지요? 세자는······"

성옥은 왜 자신을 이리로 데려왔느냐고 물어볼 생각이었는데 불현듯 황당하면서도 꽤 가능성 있는 생각이 번쩍 떠올라 입을 다물었다. 설마, 하며 성옥은 복잡한 표정으로 계명풍을 바라보고는 잠시 망설였다.

그윽한 달빛 아래의 냇가에 오래된 소나무가 누워 있었다. 수관은 초록색 구름 같았고 뿌리 옆에는 자리가 마련돼 있었다. 그 자리에 검은 옷을 입은 계명풍이 한쪽 무릎을 구부린 채 차분한 얼굴로 앉아 있었다. 처음부터 끝까지 계명풍의 표정은 그렇게 차분했다. 성옥이 깨어나 자신의 사적이고 은밀하며 선을 넘는 친밀함을 발견하는 것까지 전부 계획이었다는 듯 기다리고 있었다. 게다가 계명풍은 성옥이 무슨 질문을 하고 싶은지도 잘 알았다.

계명풍은 성옥의 첫번째 질문에 알아서 먼저 답했다. "여긴 군주가 속한 그 속세에서 만들어진 곳이지만 속세와 독립된 작은 세계로, 누구도 찾을 수 없습니다. 주근이나 연송까지도 이곳을 찾을 수 없다는 뜻이지요."

성옥의 깜짝 놀란 표정을 보면서 계명풍은 손가락으로 무릎을 톡톡 두드렸다. "왜 여기로 데려왔는지 묻고 싶은 거지요?" 흔들림 없는 어투로 계속 성옥의 의문을 풀어주려 했다. 계명풍은 성옥이 입 밖으로 꺼내지 않은 두번째 질문에 답하고 있었다. "군주의 조부인 예종 황제가 선황제에게 명하셨지요. 성씨 왕조가 천하를 다스림에 동맹을 맺지 말고 공물을 바치지 말며, 나라가 위기에 처하면 장군은 전쟁터에서 죽고 군왕은 사직을 위해 죽으라고요. 희 나라의 국토에 왕자의 뼈를 묻을지언정 공주를 화친에 이용하지 말라고요."

계명풍의 어투에 비웃음이 섞였다. "예종이 돌아가신 지 얼마나 되었다고 성균은 유훈을 저버렸습니다. 나라가 위태로운 지경도 아니고 장군이 전쟁터에서 죽거나 군왕이 사직을 위해 죽지도 않았건만 군주를 이민족에 보내 화친을 맺으려 하다니요. 조정의 문무백관 역시 누구도 반대하지 않았습니다. 여인의 치맛자락에 기대 천하의 안녕을 추구하다니, 정말 대단한 군자들이 나셨습니다."

성옥은 얼떨떨했다. 조금 전까지 계명풍이 자신을 좋아해 참지 못하고 이곳으로 데려와 빼돌리려는 것인 줄 알았다. 지금 보니 완전히 오해했던 거라 성옥은 부끄러워졌다. "저를 곤경에서 구해주고 싶은 의협심 때문이었군요." 조정 군신들에 대한 계명풍의 평가가 나름대로 일리 있었지만, 성옥은 성균도 불가피한 선택을 했던 것을 알았기에 반박하지 않을 수 없었다. "그동안 폐하는 저를 박대한 적이 없습니다. 정략결혼도 폐하가 무능해서 여인의 치맛자락에 기대 천하의 안녕을 추구하려 한 게 아니고요. 북위와의 전쟁 때 군왕은 정치를 게을리하지 않았고 장군 역시 전투에 태만하지 않았습니다. 이렇게 복잡한 정세 속에서 오나소와의 동맹은 실로……"

성옥이 황제를 두둔하자 계명풍은 못 참겠다는 듯 말을 잘랐다. "왜 그들을 두둔합니까?" 눈살을 찌푸리며 이해할 수 없다는 표정으로 성옥을 바라보았다. "화친을 위해 오나소의 민달에게 시집가는 건 군주의 뜻이 아니지 않나요?"

둘 사이에 잠시 침묵이 흘렀다.

멀리에서 산새 울음소리가 들리고 솔바람이 불어올 때 성옥은 바람에 날리는 머리카락을 쓸어올린 뒤 입을 열었다. "이렇게 생각해주셔서 감사합니다." 그러고는 옅게 웃음을 지었다. "정략결혼은…… 처음에는 제 뜻이 아니었지요. 누가 고국을 떠나 멀리 모르는 곳으로 시집가고 싶겠어요?" 성옥은 하늘가의 짙은 어둠을 쳐다보며 계속 말했다. "하지만 폐하가 제 뜻을 물었을 때 받아들였어요. 제가 받아들인 이상 제 책임이고요."

성옥은 담담하게 이어질 상황을 추측했다. "세자가 저를 이곳으로 데려온 뒤 이 장군 일행이 저를 찾지 못하면 조정에 알리겠지요. 그러면 폐하는 다른 공주를 저 대신 시집보낼 테고요." 아주 작게 한숨을 내쉬었다. "세자, 정략결혼 자체는 되돌릴 수 없다는 걸 아셔야지요. 황궁의 백여 공주는 전부 불쌍한 사람들이에요. 제가 짊어져야 하는 운명과 책임을 대신 짊어지게 하기 위해 그들 중 누군가를 희생시키면 제 마음이 편치 않을 겁니다." 성옥은 계명풍을 보며 평온한 얼굴로 말했다. "그러니 저를 돌려보내주세요."

졸졸 흐르는 냇물 소리가 듣기 좋았다. 계명풍은 여전히 무릎을 구부리고 앉은 채로 가만히 늘어뜨렸던 오른손을 무릎 위에 올려놓고는 손안의 물건을 만지작거리며 아무 말도 하지 않았다. 손바닥에서 언뜻언뜻 푸른빛이 드러나 성옥은 가만히 시선을 고정했다. 그러다 갑자기 계명풍이 만지작거리는 물건이 자기 머리에 꽂혀 있던 푸른 보석과 백옥으로 된 비녀임을 알아차렸다.

성옥은 아연실색했다.

그때 계명풍이 고개를 들고 무표정하게 성옥을 바라보았다. "사실 군주를 여기 데려온 건 도의 때문이 아닙니다. 오로지 군주만을 위해서도 아니고요. 그러니 군주를 돌려보낼 수는 없겠네요."

당황한 와중에도 정신을 차렸을 때 들었던 황당한 생각이 다시 한번 성옥의 머릿속에 떠올랐다. "뭐라고요?"

성옥의 표정을 눈치챈 계명풍이 가만히 보다가 말했다. "처음부터 짐작했겠지요, 아옥. 당신을 이곳으로 데려온 이유는 내가 당신을 좋아해서 오나소로 시집가는 걸 두고 볼 수 없어서예요. 도의니, 당신의 안녕을 위해서니 했던 건 그래야 당신을 설득할 수 있을 듯해서였고요."

계명풍은 진지한 눈빛으로 성옥을 바라보았다. 진지함 속에 희망이 슬몃 보였는데, 눈치채지 못할 정도로 미약하지는 않았다. 그렇게 모순된 계명풍의 눈빛은 성옥이 자기 소망을 눈치챘으리라 짐작하면서도 한편으로는 자신의 추측이 틀렸기를 바라는 마음이었다. 성옥이 사실은 몰랐다가 드디어 그의 마음을 이해한 뒤 감동하고 호응해주기를 바랐다.
설령 아주 조금 감동하고 아주 짧게 호응할지라도.
성옥에게 짧지 않은 시간을 주었음에도 계명풍은 결국 실망하고 말았다.
성옥은 전혀 놀라지 않은 모양새였다. 무슨 말을 해야 좋을지 모르겠다는 듯, 혹은 아무 말도 하고 싶지 않다는 듯 살짝 눈을 내리깔았다. 사실 어느 쪽이든 다를 게 없었다. 둘 다 계명풍의 고백을 전혀 기대하지 않았다는 의미였다.
"할말이 없나보네요. 그렇죠?" 계명풍이 웃었다. 입가에 잠깐 머문 희미한 웃음이라 아무 의미도 없어 보였다. "그럼 내가 계속 말하지요." 담담하게 말을 이어갔다. "정략결혼에 대한 의지가 그렇게 단호하다면, 아무리 그럴듯한 말을 늘어놓아도 귀담아듣지 않을 테니 현실을 똑똑히 알려주는 수밖에요."
계명풍이 차갑게 식은 음성으로 대놓고 겁박하듯 말했다. "모든 걸 진작부터 계획했어요. 주근과 연송이 없을 때 당신을 이곳으로 데려오겠다고. 당신을 여기에 가둬놓고 남은 생을 함께 보내는 게 내 계획이었지요. 데려오는 데 성공한 이후 당신을 돌려보낼 생각은 털끝만큼도 한 적이 없어요."
서늘한 달빛 아래의 숲에는 물소리와 바람소리밖에 없었다. 침묵이 한참 이어졌다.
마침내 성옥이 눈살을 찌푸리며 "세자……" 하고 입을 열었다. 두려운 기색은 없었다. 다만 뭔가 중요한 말을 하려고 신중하게 표현을 고르는 듯했다.

성옥이 무슨 말을 하려는지 알 것 같아 계명풍은 자기도 모르게 어두워진 표정으로 자리에서 일어나 성옥의 시도를 거칠게 차단했다. "긴말 필요 없어요." 퉁명스러운 어투였다. "잠깐은 받아들이기 힘들더라도 곧 납득하게 될 거예요." 계명풍은 위에서 내려다보며 무람없이 말했다. "민달에게 시집갈 수 있고 그 후계자와 재혼하는 악습까지 받아들일 수 있다면 당연히 나와도 결혼할 수 있겠지요?"

아득히 먼 과거부터 지금까지 서로의 진심을 나누는 행운을 한 번도 누리지 못했던 그였으니 순수한 약탈자 역할을 못할 것도 없었다.

계명풍의 예상대로 그 말을 들은 순간 성옥의 낯빛이 하얗게 질렸다.

계명풍은 도저히 견딜 수 없어 눈을 감고 몸을 돌린 다음 말했다. "시간이 늦었네요. 나는 앞쪽의 대나무집에 가서 쉴 테니, 군주도 피곤해지면 그곳에서 쉬어요." 그런 다음 걸음을 옮겼다.

그때 성옥이 얼른 붙잡았다. "잠깐만요." 목소리가 크지 않았다.

계명풍은 멈칫했지만 그 자리에 서지는 않았다.

성옥이 목소리를 높였다. "세자 오라버니, 잠깐만요."

오랫동안 듣지 못했던 호칭에 계명풍은 온몸이 떨려 더이상 걸음을 옮길 수 없었다. "정말 오랜만에 듣는 호칭이네요." 한참 뒤 계명풍이 나직하게 말했다. "하지만." 자조하듯 가볍게 웃고 나서 금세 냉담한 목소리를 되찾았다. "이렇게 나를 마비시키고 설득하려 해도 소용없을 거예요."

성옥은 계명풍의 비아냥에 상관하지 않았다. "나는 믿지 않아요." 계속 말을 이어갔다. "내가 어떻게 생각하든 여기 가둬두기로 마음을 굳혔다고 했지요. 정말 그렇다면 세자 오라버니는 그 총명한 머리와 인내심으로 다른 핑계를 대며 내가 계속 여기 있도록 만들었을 거예요. 따뜻한 물로 개구리를 삶는 것처럼 내가 나가고 싶은 마음을 버리도록 만들었을 거예요. 조급하게 진짜 생각을 털어놓지 않아도 목적을 달성할 수 있었을 거라고요. 아닌가요?"

계명풍은 부인하지 않았지만 인정하지도 않은 채 계속 등을 보이며 웃었다. "그럼 내가 왜 말한 것 같아요?"

성옥이 나직하게 대답했다. "예전에 우리 사이에 오해가 많을 때도 나는 한순간도 여천 왕세자가 떳떳한 대장부임을 의심해본 적이 없어요. 세자 오라버니의 행동이 이렇게 모순된 건 사실은 나를 속이기 싫어서일 거예요." 성옥이 잠시 멈췄다가 말했다. "조만간 납득하고 설복될 사람은 내가 아니라 세자 오라버니일걸요." 성옥은 계명풍의 뒷모습을 가만히 바라보았다. "실은 제 마음이 세자 오라버니한테 중요한 거죠?"

계명풍은 굳어버린 듯 아무 대꾸도 하지 않았다.

성옥의 눈빛은 맑고 확고했다. 계명풍의 대답을 듣지 못했어도 성옥은 계속 말을 이어갔다. "정략결혼을 받아들인 건 모종의 객기였을 수도 있지만, 오나소로 가까워질수록 제가 맡은 책임이 얼마나 큰지 깨닫게 됐어요. 사실 오래전부터 제 숙명을 알아서 좋아……" 성옥은 잠시 멈추고 그 사람 이야기를 피했다. "그때는 정해진 운명에서 벗어나려고 몸부림치고 있었어요. 하지만 결국 불가능하다는 걸 인정하자 크게 유감스럽지도 않더라고요." 성옥의 표정이 한층 진지해졌다. "지금 저 하나 시집가서 전쟁이 멈출 수 있다면, 제가 오나소에 머물수록 대희국 변경이 안정된다면, 제 여생은 그걸로 의미가 있어요. 그렇게 생각하니 마음이 편안해지더라고요. 저는 대희국을 위해 기꺼이 가겠어요." 성옥이 무릎을 꿇고 머리를 조아렸다. "그러니 세자 오라버니, 저를 돌려보내주세요."

한참 움직이지 않던 계명풍이 결국 몸을 돌렸다. 계명풍은 바닥에 엎드린 성옥의 모습을 가만히 내려다보며 살짝 쉰 목소리로 말했다. "내게는 정말로 당신의 마음이 중요해요. 하지만 당신한테 내 마음은 거론할 가치조차 없나보군요. 예전이나 지금이나, 당신은 정말로 나를 한 번도 염두에 두지 않네요."

성옥은 고개를 들고 어리둥절한 표정으로 계명풍을 바라보았다. 그렇게 슬픈 음성과 그렇게 서글픈 표정이라니, 어렴풋하게 계명풍이 말하는 예전과 지금은 단순히 두 해 전 여천에서 맺은 인연이 아니라 훨씬 멀고 아득하며 쓸쓸한 시간처럼 느껴졌다. 그래야 그런 어투와 표정이 나올 것 같았다.

계명풍이 몸을 숙여 성옥과 시선을 맞췄다. 잘생기고 냉담한 얼굴의 눈가가 불그레했다. "당신 정말 무정한 거 알아요?"

성옥은 가슴이 쓰렸다. 심장을 죄는 듯한 그 감정에 꽉 붙들린 채로 계명풍의 실망한 얼굴과 붉어진 눈가, 굳게 닫힌 입술을 보다가 성옥은 자기도 모르게 계명풍의 소매를 잡아당겼다. "나는……" 계명풍이 상처받은 듯해 위로하고 싶었지만 뭐라 해야 좋을지 떠오르지 않았다. 이런 순간에 계명풍의 뜻을 따를 수 없다면 무슨 말을 하든 무정해 보일 게 확실한데 그렇다고 그의 뜻을 따를 수도 없었다.

계명풍은 자기 소매를 잡은 성옥의 손을 잠시 내려다보다가 손을 뻗어 성옥의 손을 쥐었다.
성옥은 거부하지 않았다.
성옥의 손을 가만히 보던 계명풍이 눈을 깜빡이자 갑자기 눈가에서 눈물 한 방울이 떨어졌다. 이어서 계명풍은 성옥의 손등에 살며시 입을 맞췄다. 눈물이 성옥의 손등으로 떨어졌다.
눈물의 입맞춤과 함께 계명풍이 속삭였다. "당신 말이 맞아요. 나는 언제나 당신 뜻을 거스를 수 없었으니까."
계명풍의 따뜻한 숨결도 성옥의 손등에 닿았다.
성옥은 서글픈 눈빛으로 계명풍을 바라보며 그의 행동을 묵인했다. 사랑하지만 얻을 수 없는 고통을 누구보다 잘 알기에 성옥은 계명풍의 아픔에 공감할 수 있었다. 눈앞의 계명풍을 통해 자기 자신을 보면서 성옥은 슬픔과 연민을 느꼈다.

계명풍은 결국 돌려보내주겠다고 약속했다. 자기 입으로 말했던 것처럼 계명풍은 성옥의 뜻을 거스른 적이 한 번도 없었다. 다만 성옥은 나중에 그 말을 떠올리면서 거기에 담긴 한없이 깊은 슬픔이 두 해의 시간일 리 없겠다고 추측했다. 계명풍이 신선과 인연이 닿은 이상 더는 보통 인간이 아닐 테니, 전생을 알았을지도 모르며 전생에 자신과 뭔가 사연이 있었을지 모른다고까지 생각했다. 그러다 더 깊이 파고들어봐야 골치만 아플 듯하고 별로 궁금하지도 않아 마음을 접었다.
계명풍은 성옥과 그곳에서 며칠 더 머물기를 원했다. 가만 생각해보니 두 사람이 잘 지낸 적이 없다며 사흘만 평범하게 어울려 추억을 남겨달라고 했다. 성옥이 떠난 뒤 평생 후회하지 않도록 소원을 들어주는 셈 치라고 부탁했다.

그렇게까지 말하니 가슴도 아프고 아주 무리한 요구도 아니라 성옥은 거절할 수 없었다.

하지만 두 사람은 사흘을 머물지 못했다.

이튿날 연삼이 찾아왔기 때문이었다.


그곳의 계절은 바람이 따뜻하고 옅은 구름이 떠다니는 봄이었다.

성옥과 계명풍은 냇가에서 낚싯줄을 드리우고 있었다. 물고기가 낚싯바늘을 물자 계명풍이 재빨리 낚싯대를 들어올렸다. 통통한 잉어가 낚싯바늘에 걸려 펄떡거렸다. 성옥이 탄성을 지르며 오랜만에 환한 웃음을 짓고는 얼른 대바구니로 받으려 했다.

바로 그때 맞은편에서 엄청난 은빛 형체가 날아왔다. 먼저 알아차린 계명풍이 다급하게 성옥을 안아 물러나려 했는데, 그의 손이 성옥의 허리에 닿기도 전에 하얀 형체가 질풍처럼 날아와 성옥을 낚아챘다.

성옥은 달콤하면서 서늘한 백기남 향을 느끼자마자 누군가의 품에 안겼다가 도로 밀려났다. 모든 일이 순식간에 벌어졌다. 정신을 차리고 보니 성옥은 냇가에서 멀리 떨어진 배나무에 기대어 있고 냇가에서는 하얀 옷의 청년과 검은 옷의 청년이 살벌하게 싸우고 있었다. 장검과 옥피리가 부딪쳤다. 옥피리는 무기가 아니지만 한 수 한 수가 위협적이었다. 장검은 수비에 집중하면서도 절대 물러서지 않으며 삼엄한 검기를 내뿜었다. 두 청년 때문에 냇가가 눈 깜짝할 사이 엉망으로 망가졌다.

무슨 상황인지 파악한 성옥은 두 번 생각할 것도 없이 치맛자락을 들고 뛰어갔다. 다치지만 않을 정도로 최대한 가까이 다가간 뒤 초조한 음성으로 두 사람을 말렸다. "그만, 그만해요!"

성옥의 만류를 들은 계명풍은 눈썹을 들썩이며 검을 거두었지만, 격노한 채 찾아온 연삼은 제때 손을 거두지 못했다. 옥피리에서 나온 은빛이 경계를 풀어버린 계명풍의 가슴을 강타했다. 계명풍이 그 충격에 뒤로 몇 걸음 물러나며 왈칵 피를 토했다.

계명풍이 무방비 상태가 되었을 때 공격했으니 명예롭지 못한 행동이었고 그건 연삼의 전투 미학과도 어긋났다. 연삼은 곧바로 손을 멈추고 몇 장 떨어진 곳에서 계명풍을 바라보며 차갑게 가라앉은 얼굴로 눈살을 찌푸렸다.

계명풍이 다치는 것을 본 성옥은 화들짝 놀라 달려가서는 상처를 살펴보았다. 계명풍이 옷소매로 입가를 닦았는데도 아직 피가 남아 있는 것을 보고 잠시 고민하다가 소매에서 손수건을 꺼내 건넸다.

계명풍이 핏자국을 깨끗이 닦아냈을 때야 성옥은 연삼에게 고개를 돌리고 망설이다 입을 열었다. "장군, 다짜고짜 무력부터 쓰시다니, 무슨 오해가 있는 것 아닙니까?"

가까이에 서 있는 두 사람을 보면서 연삼은 옥피리를 꽉 움켜쥐고 한참이나 입술을 굳게 다물고 있다가 퉁명스럽게 대꾸했다. "감히 너를 납치했으니 대가를 치르는 게 마땅하지 않겠느냐?" 풀리지 않은 노기를 필사적으로 억누른 뒤에야 그나마 담담하게 답할 수 있는 듯했다.

성옥은 아연실색했다.

성옥과 연삼이 짧게 묻고 답하는 사이에 계명풍이 기력을 되찾

앉다. "소관의 무성적이군요." 계명풍은 연삼 손에 있는 새하얀 옥피리를 주시하며 말을 이었다. "이곳을 찾더라도 안으로 들어올 수 없을 거라 말했는데 소관이 무성적을 당신한테 주었을 줄이야. 그 피리만 있으면 소관과 관련된 세계 어디든 갈 수 있지." 계명풍이 낮게 탄식하며 진심으로 말했다. "연삼, 언제 어디서나 넘치는 당신의 행운이 정말 부럽군요."

계명풍이 성옥에게 말했던 것처럼 이곳은 성옥의 속계를 바탕으로 만들어진 작은 세계였다. 다만 계명풍은 마족의 시조 여신인 소관이 창조한 작은 세계라는 이야기는 성옥에게 하지 않았다.

이십일만 년 전 소관은 봉황이 가진 열반의 힘으로 팔황과 십억 개의 속세를 가르는 약목문을 열어 인간을 속세로 이주시킬 수 있었다. 그전에 소관은 부신의 천지창조를 도울 때 수많은 속세마다 작은 세계를 하나씩 만들었다. 인간이 멸족의 화를 당할 경우 피난처로 사용하기 위함이었다.

그 작은 세계들은 소사라경小抄羅境이라 불렸다.

소관이 열반에 들고 조제가 희생된 뒤 소사라경은 인주 제소희의 관할이 되었다. 즉, 이 세상에서 소사라경을 드나들 수 있는 건 인주뿐이었다.

계명풍, 정확히 말해 제소희는 사막의 홍수에서 성옥을 구해낸 이후 이곳으로 성옥을 데려올 기회만 노리고 있었다.

연삼이 찾아오자 예상대로 주근이 자리를 피하고 성옥 옆에는 요황과 자우담, 이향만 남았다. 제소희에게 그들 세 화요는 두려울 게 전혀 없는 존재였다. 남은 문제는 시시각각 성옥을 주시하는 연삼을 어떻게 유인하는가뿐이었다.

다행히 이틀도 안 돼 속급이 연란을 데리고 나타났다. 제소희는 기다렸다는 듯 연란을 숨겨 연삼을 따돌린 뒤 재빨리 성옥을 여천의 남염 고분으로 데려왔다.

그랬다. 이 소사라경 입구는 제소희의 몸이 잠들었던 남염 고분의 관에 있었다.

제소희는 연삼의 능력이라면 성옥이 사라진 뒤에 남염 고분을 찾아낼 가능성이 크다고 생각했다. 하지만 그때는 이미 성옥을 데리고 소사라경으로 들어간 이후일 테니 무슨 상관이 있겠는가?

제소희는 연삼이 소사라경으로 들어올 수 있으리라고는 전혀 예상하지 못했다.

수신 연삼은 하늘의 총아로 팔자가 좋아 언제나 행운이 따랐다. 제소희가 계속 지는 이유는 운명 혹은 운수라는 하늘이 정한 팔자 때문인 듯했다.

거기까지 생각이 이르자 제소희는 피가 거꾸로 치솟아 더는 참지 못하고 또 피를 토했다.

성옥이 얼른 부축하면서 걱정스럽게 물었다. "괜찮아요?" 근심 어린 표정과 다정한 어투가 절대 과하지 않았지만, 맞은편에 가만히 서 있는 수신의 준수한 얼굴에 노기를 더하기에는 충분했다.

연삼의 반응을 보자 제소희는 재미있어져 좀전까지 들끓던 원망과 분노가 많이 가라앉았다. 제소희는 눈썹을 들썩이며 일부러 연삼의 아픈 곳을 찔렀다. "셋째 전하가 이곳에 오셨다는 말은 실종된 연란공주를 찾았다는 뜻이겠군요. 드디어 마음이 놓여서 아옥을 찾을 여유가 생겼나봅니다?"

"닥치시오." 연삼이 제소희를 똑바로 바라보며 얼음처럼 차가운 음성으로 말했다.

제소희는 대연의 숲에서 이 교활하고 오만한 청년 때문에 얼마나 화가 났는지 똑똑히 기억하고 있었다. 그러니 연삼이 자기 앞에서 추태를 보이려는 이 순간에 어떻게 입을 다물 수 있겠는가. 제소희는 갑자기 생각났다는 듯 검지로 가볍게 관자놀이를 두드렸다. "참, 잊을 뻔했군요. 한 달 전쯤에 대연의 숲에서 약속하지 않았던가? 존상의 행방을 알려주면 영원히 아옥을 만나지 않겠다고? 아무래도 약속을 깬 것 같은데요?"

제소희의 도발에 연삼의 낯빛이 살짝 변했다. 연삼이 옥피리를 쥔 손에 힘을 줬다. 백옥 같던 손등에 푸른 정맥이 불뚝 올라왔다. "소희, 선을 넘지 마시오." 낮은 목소리에서 우울과 분노가 고스란히 드러났다. 주변의 따뜻한 봄바람마저 돌연 서늘해졌다. "그날 당신의 말이 나한테 얼마나 가치가 있을지는 본인이 똑똑히 알 텐데 감히 약속을 깼다고 나를 탓합니까?"

제소희가 조금 놀라 안색을 바꾸고 냉랭하게 웃었다. "과연 얕볼 수가 없군."

연삼은 더이상 제소희를 신경쓰지 않았다. 몸을 돌려 성옥에게 시선을 고정한 채 옥피리를 들지 않은 손을 내밀고는 좀전과는 달리 부드러운 음성으로 말했다. "나와 함께 가자." 그토록 설명하는 것을 싫어하는 사람이 웬일로 설명하겠다고 덧붙이기까지 했다. "그가 말한 일들은 이곳에서 나간 뒤에 내가 다 설명하마."

제소희가 냉소를 지으며 비웃듯 콧방귀까지 뀌었다.

성옥은 아무 대답도 하지 않았다. 말없이 가만히 서서 생각에 잠긴 듯 살짝 고개를 숙이고 있었다.

연삼이 한 걸음 다가가 다시 불렀다. "아옥."

연삼의 부름에 성옥이 겨우 정신을 차리는 듯했다. 미풍이 불어와 배꽃잎이 날리자 성옥의 시선이 날리는 꽃잎을 따라 자기 치맛자락에서 멈췄다. 잠시 더 침묵한 뒤에야 성옥은 작고 단호한 음성으로 말했다. "장군, 얘기 좀 하시지요."

제소희가 자리를 피해주었다.

성옥이 비켜달라고 했을 때 제소희는 선뜻 그러겠다고 했지만 일부러 기침해 피를 토했다. 제소희의 의도를 모르는 성옥은 걱정하면서 연삼에게 기다리라 한 뒤 제소희를 대나무집까지 부축해주고 나서 냇가로 돌아왔다.

연삼은 제소희의 연기를 차갑게 바라보기만 하고 제지하지 않았지만 둘이 나란히 걸어가는 뒷모습을 볼 때는 자기도 모르게 낯빛이 어두워졌다. 성옥이 돌아오자 연삼이 퉁명스럽게 물었다. "사실은 네가 자청해서 떠났던 거지?"

연삼의 몇 걸음 앞으로 돌아와 섰을 때 그 말을 들은 성옥은 놀라서 고개를 들고 눈빛을 흐리며 반문했다. "자청했으면 어떻고 아니면 어때서요?"

연삼이 계속 화난 상태인 걸 알았어도 계명풍 때문이라고만 생각했는데 이제 보니 성옥에게도 화가 난 모양이었다. 질문을 들었을 때 왜 그러는지 대충 알 듯했으나 성옥은 연삼한테 그럴 이유가 없다는 생각이 들어 곱게 대답하지 않았다.

성옥의 이도 저도 아닌 대답에 연삼은 한층 더 화가 치솟았지만 힘껏 억눌렀다. 눈살을 찌푸린 채 성옥을 바라보다가 한 걸음 다가가 잘 모르겠다는 듯 물었다. "너는 나를 좋아하는 게 아니더냐? 왜 그와 떠나려 하지?"

성옥은 당황해 잠시 침묵했다가 어영부영 답했다. "다 알았군요."

사실 누구 앞에서도 숨긴 적이 없으니 연삼이 안다고 놀랄 것도 없었다. 화비무도 알고 계명풍도 알고 천보까지 알았다. 다만 연삼이 직접 언급하자 성옥은 부끄럽거나 민망하지는 않아도 당혹스럽긴 했다.

연삼은 성옥의 무성의한 대답이 불만스러웠다. "내 질문에 답하지 않았다, 아옥." 그러면서 한 걸음 더 다가갔다.

거리가 너무 가까워져 성옥은 슬며시 한 걸음 물러났다. 자신의 행동에 연삼이 눈살을 찌푸려도 아랑곳하지 않았다. 성옥은 연삼에게 주도권을 주면 어떤 일이 벌어질지 잘 알았기에 질문에 답하지 않을 작정이었다. 오늘은 냉정하게 본론만 이야기하고 싶었다.

"일단 다른 건 제쳐두고요." 성옥이 잠시 생각하다가 말했다. "천보 언니가 저를 찾아온 날, 장군이 조정의 추궁을 받지 않고 저를 무사히 데리고 나갈 방법을 마련했다고 했어요." 성옥이 눈을 들었다. "그 방법이 뭔지 알려주시겠어요?"

연삼은 성옥이 왜 갑자기 그런 질문을 던지는지 모르겠다는 듯 살짝 놀란 표정을 지었지만, 곧 놀란 기색과 그런 질문이 나온 이유에 대한 궁금증을 거두었다. 잠시 생각에 잠겼다가 연삼은 솔직하게 대답했다. "강월사막에 다시 엄청난 홍수가 일 거다."

성옥은 금세 이해했다. "이번에는 제게 행운이 따르지 않는다는 말이군요?"

성옥은 대답을 기다리지 않고 연삼의 계획을 조리 있게 분석했다. "제가 홍수에 휩쓸렸다는 소식이 조정으로 빠르게 전해지겠군요. 화친을 위해 떠난 군주가 불행히도 겁운을 당했으니 온 나라가 비통해할 테고요. 대희와의 관계를 유지하려는 오나소는 그 불운한 상황에서 다리가 불편한 열아홉째 언니와의 정략결혼을 다시 요청할 수 없겠지요. 그때 어떤 공주든 저 대신 오나소의 민달왕자에게 보내 결혼시키면 폐하의 뜻을 이룰 수 있고요."

성옥이 조용히 감탄했다. "좋은 방법이에요."

감탄한 뒤에는 가볍게 탄식했다. "정말로 장군에게는 열아홉째 언니를 보호하는 동시에 저를 보호할 방법이 있었군요."

연삼이 얇은 입술을 들썩였지만 끝내 아무 말도 하지 못했다. 보이지 않는 고통이 그의 눈동자에 서리는 듯했다.

성옥은 자신이 잘못 봤다고 생각했다. 자기 말이 모두 사실이라 연삼이 반박할 방법도, 여력도 없다고 멋대로 단정했다. 그렇다고 연삼에게 지난 일을 따질 마음도 없고, 이제 와 연삼이 자책하거나 후회하는 걸 보고 싶은 것도 아니라서 성옥은 나직하게 설명했다. "처음부터 날 도와주지 않았다고 원망하는 게 아니에요." 그러고 나서 어떤 의미도 없는 웃음을 살며시 지었다. "애당초 장군이 그렇게 계획했어도 저는 받아들이지 않았을 거예요. 제 입으로 정략결혼을 받아들이고 다른 사람을 저 대신 고생시킬 만큼 뻔뻔하지 않거든요. 그저 궁금해서 물어본 것뿐이에요."

연삼이 성옥을 가만히 바라보았다. "궁금해서?" 연삼의 호박색 눈동자는 썰물이 빠지는 석양의 바다 같았다. 이전의 모든 감정이 썰물을 따라 바다로 사라지고 잔잔한 해수면에 슬픔만 옅게 남은 듯했다.

"구중천의 법은 인간과 신선의 사랑을 금하고 있어." 연삼이 갑자기 입을 열었다. 조금 쉰 목소리에 자조가 어려 있었다. "물론 나는 단정하거나 엄숙한 신이 아니라 법 같은 건 잘 지키지 않지. 그래도 우리 일에 대해서는 고민하지 않을 수 없더구나."

성옥은 고개를 들고 망연한 표정으로 연삼을 바라보았다. 그가 무슨 말을 하는지 이해할 수 없었다.

"내 수명은 끝없이 길다." 연삼은 성옥의 멍한 얼굴을 보며 무지한 그녀가 귀엽다는 듯 웃음을 지었다. "하지만 너는 인간이라 아무리 오래 살아도 백 년밖에 못 살지. 내게 백 년은 너무 짧구나. 내가 원하는 건 그렇게 짧은 기쁨이 아니라 너와 오래도록 함께 하는 것이다. 하지만 그러려면 두 가지 길밖에 없어. 하나는 너를 신선으로 만든 뒤 천상을 배반하고 사해를 떠도는 것이고, 다른 하나는 네가 계속 인간으로 살다가 죽은 뒤 명계에서 망천수를 마시지 않고 환생하면 그때마다 내가 찾아가는 거야."

성옥의 살구씨 같은 눈이 천천히 커졌.

연삼은 텅 빈 눈빛으로 소사라경의 끝 쪽을 바라보았다. "두 가지 선택 모두 내게는 아무것도 아니다. 나는 얼마든지 할 수 있지만, 너는 엄청난 고통을 감내해야 해. 인간이 신선이 되는 고통은 상상하기 힘들 정도로 크다. 망천수를 마시지 않는 건 천명을 거스르는 일이라 환생할 때마다 내게 완전히 의탁해야 하고. 내가 널 보호할 수 없을 때면 상상할 수 없을 정도로 고통스러운 천벌을 받는다는 말이야. 두 길 모두 아주 힘들 거다."

거기까지 말한 뒤 연삼은 무척 피곤한 듯 손으로 관자놀이를 문질렀다. "나는 네가 날 오라비로만 여기는 줄 알았어. 나한테 아무 뜻이 없는 너를 나 좋자고 힘든 길로 이끌 수 없었기 때문에 네 인생에서 빠져나와 네 운명에 관여하지 않기로 선택했던 거야."

"그랬군요……" 성옥이 중얼거렸다.

"그랬어." 연삼이 눈을 감았다. "지금까지도 그게 가장 이성적인 판단이라 생각해. 그런데 화비무가 네가 나를 좋아한다고 알려줬다. 너도 나를 좋아한다고 생각하니," 연삼이 성옥을 바라보며 기쁘면서도 고통스러운 듯 미소 짓고는 갈라지고 쉰 목소리로 말했다. "더는 아무것도 생각할 수 없었다."

연삼이 다시 한 걸음 다가가 그윽하게 성옥을 바라보았다. "너도 나를 좋아한다니까 욕심이 생겼어. 네가 날 위해 신선이 되면 좋겠구나."

그간 연삼이 자기 앞에서 이렇게 길게 말하거나 속마음을 완전히 털어놓은 적이 없었기에 성옥은 잠시 정신을 차릴 수 없었다. 무수한 생각이 머릿속을 꽉 채워 혼란스러웠다. 그러다 마침내 방향을 잃었던 기쁨들이 하나둘 도드라지더니 천천히 거대한 거품으로 뭉쳐 성옥의 가슴을 가득 메웠다. 일곱 빛깔의 화려하고 예쁜 거품이었다. 그러나 성옥은 거품이 크고 사랑스러워질수록 터지기 쉽다는 것도 분명히 알고 있었다. 당황스러운 한편 무의식적으로 비관적인 생각이 들었다. 그 순간 불현듯 이목주의 말이 떠올라 성옥은 마음이 차갑게 가라앉으면서 정신이 들었다.

"저는 사랑에 대해 아는 게 별로 없어요. 예전에 화비무를 도와주려고 이야기책을 좀 봤을 뿐이에요." 성옥이 동문서답하듯 입을 열었다.

"어느 책에서 본 이야기인데요. 한 수재가 봄놀이를 갔다가 대갓집 아가씨한테 한눈에 반해서 옷이 헐렁해질 정도로 마르고 초췌해졌어요. 그런데 아가씨 집안은 부귀한 관리 가문이었지요. 빈한한 수재의 집안과는 엄청난 차이가 났어요.

수재는 도저히 불가능한 사이라는 걸 알았지요. 결국 한바탕 앓고 나서 아가씨를 포기한 뒤 같은 마을 훈장의 딸과 결혼했어요. 훈장의 딸은 시골 처녀여도 글을 알고 현명해서 수재에게 시집간 뒤 남편을 잘 보필했어요. 두 사람은 무척 화목하게 잘 지냈지요.

풍류를 즐기는 제 친구 이목주는 그 이야기를 두고 수재가 대갓집 아가씨를 좋아한 건 미모에 반했던 것뿐이라고 평했어요. 미모만 좋아했기 때문에 이성적으로 이것저것 따져볼 수 있었고 결국 훈장의 딸을 선택했다고요. 진심으로 좋아했다면 담을 넘는 한이 있어도 아가씨와의 미래가 가능한지 무작정 시험해봤을 거예요. 누군가를 사랑하면 그렇게 아무것도 따지지 않는 법이라고요."

냇가 맞은편의 배나무만 바라보던 성옥이 이야기를 끝낸 뒤 시선을 다시 눈앞의 청년에게로 맞췄다. "연삼 오라버니가 물불 가리지 않았던 일에 대해 들었어요."

성옥이 마침내 다시 연삼 오라버니라고 불렀다. 하지만 연삼은 그 호칭을 듣고도 기분이 나아지지 않았다. 성옥이 왜 그 이야기를 꺼내는지 알았다. 아니나다를까 성옥이 말을 이었다. "쇄요탑의 재앙 때 신선은 윤회에 들 수 없음을 알면서도 연삼 오라버니는 조금도 주저하지 않고 신력의 절반을 버렸다지요. 장의의 내세를 구하겠다고 맹세하면서요. 그런데 조금 전 오라버니가 했던 말에 따르면 저한테는 자제심을 발휘할 수 있다는 거잖아요."

분명 원망이 섞인 말이었건만 워낙 담담한 투라 그런 기색이 전혀 느껴지지 않았다. 성옥은 자기 말이 오해를 불러일으킬 수 있다고 생각했는지 입술을 오므리며 진지하게 설명했다. "원망하거나 불만스럽다는 게 아니에요. 오라버니의 진짜 속마음을 알려줬잖아요. 오라버니가 저 때문에 얼마나 많이 고민했는지 알게 되어서 이제 다 풀렸어요."

오라버니라는 호칭으로 둘의 거리가 다시 좁혀진 듯했다. 드디어 성옥이 연삼을 냉대하지 않고 순수함에 가까운 예전의 호의를 회복했다. 성옥이 눈을 들어 연삼을 바라보았다. "이렇게 말하는 건 연삼 오라버니가 오라버니의 진짜 마음을 알았으면 해서예요. 오라버니는 저를 정말로 좋아하지만 장의를 사랑하잖아요. 그러니 저는 오라버니를 위해 신선이 될 수 없어요." 성옥의 맑은 눈동자에 슬픔 같기도 하고 아닌 것 같기도 한 뭔가가 스쳐지나갔다. 성옥의 확고한 어투로 봐서는 그 감정이 슬픔처럼 보이지 않았다.

연삼은 다시 다정하고 따뜻해진 성옥의 눈을 가만히 바라보았다. 그런 다정함을 좋아했지만 지금은 예전처럼 화를 내며 차갑게 말해줬으면 싶었다. 화가 나서 하는 말들은 진심일 수 없기 때문이었다.

연삼은 가슴이 아파서 미간을 잔뜩 찌푸린 채 성옥을 한참 바라보다가 천천히 물었다. "나 자신보다 네가 내 진심을 더 잘 아는 것 같니?"

성옥이 웃었다. "제삼자가 더 잘 보는 법이니까요."

잔잔한 웃음이 예리한 칼날처럼 다시 한번 연삼의 심장을 찔렀다. 연삼은 반박하지 않고 물었다. "정말?"

성옥이 고개를 끄덕였다. 잠시 생각한 뒤 또 입을 열었다. "지난번 오라버니를 보았을 때는 원망과 분노를 누르지 못해서 비이성적이고 감정적인 말을 많이 했어요. 하지만 이제는 그런 감정이 다 사라졌어요. 연삼 오라버니가 사랑하는 사람은 제가 아니에요. 게다가 우리가 함께한 시간은 고작 몇 개월이었을 뿐이고요. 오라버니의 긴 수명에 비춰볼 때 찰나에 불과하지요. 우리는…… 집착할 필요가 없다고요." 성옥이 담담하게 웃었다. "우리가 서로 좋아해도 아주 깊은 감정은 아니니, 저를 잊어주세요." 이어서 또 덧붙였다. "오라버니는 금방 저를 잊을 수 있을 거예요. 어렵지 않게요."

"너는?" 연삼이 물었다.

"네?"

연삼은 평소와 달리 정말로 가르침을 구하듯 질문을 많이 던졌다. "네 생각에는 우리 감정이 깊지 않고 너도 나를 금방 잊을 것 같다는 거잖아. 그렇지?"

"저는……" 성옥은 잠시 머뭇거리다가 연삼의 말을 부정하는 대신 재빨리 화제를 돌렸다. 멀리 대나무집을 보면서 나직하게 중얼거렸다. "계 세자가 저를 곧 돌려보내줄 거예요. 그러면 오라버니는 최대한 빨리 조정으로 돌아가 황명을 따르세요. 우리는 각자의 운명 속으로 돌아가야 해요. 그게 가장 올바른 방법이에요."

두 사람 사이에 졸졸 흐르는 냇물 소리만 남았다.

성옥은 앞머리를 정리한 뒤 연삼에게 다짐을 받았다. "그렇게 해주실 거죠?"

연삼은 한참 성옥을 바라보았다. "그래. 약속하마."

연삼의 확답에 성옥이 고개를 끄덕였다. "그럼 저는……"

성옥은 그럼 이만 돌아가겠다고 말해 그 길고도 힘겹고 슬픈 대화를 끝마치려 했는데 연삼이 중간에 말을 끊었다. "잠깐만."

성옥이 멈춰서 의아한 표정으로 연삼을 바라보았다.

연삼이 살며시 손을 들자 바람이 불어와 냇가 맞은편의 배꽃을 눈처럼 흩날렸다. 세상을 메운 꽃비 속에서 봄바람이 사람 마음을 헤아린 듯 배꽃 한 송이를 연삼의 손바닥에 놓아주었다.

백옥처럼 하얀 손을 살짝 뒤집자 배꽃은 사라지고 백옥 비녀만 하나 놓여 있었다.

연삼은 성옥에게 다시 바싹 다가가 왼손을 성옥의 어깨에 올린 뒤 오른손으로 새 비녀를 성옥의 머리카락에 끼워넣었다. 낮고 서늘한 목소리가 성옥의 귓가에서 울렸다. "비녀를 하나 잃어버렸더구나."

성옥은 가슴이 두근거렸다. 세상 풍류가를 논할 때 연삼을 뛰어넘는 자가 없다더니 과연 간단한 동작과 말 한마디로 마음을 확 잡아끌 수 있었다. 성옥은 조금 전 자신이 거짓말했다고 생각했다. 연삼은 성옥을 금방 잊을지 몰라도 성옥은 아니었다. 죽을 때까지 잊지 못할 것이었다. 두 사람은 정말로 연분이 닿지 않을 뿐이었다.

연삼의 손이 성옥의 귀밑머리에서 잠깐 멈췄다가 이마를 따라 눈가에 이르렀다.

마지막으로 성옥의 눈물을 닦아주려는 듯했지만 이번에 성옥은 처신을 잘해서 마지막 이별인데도 눈물을 흘리지 않았다. 눈꼬리만 살짝 붉어졌을 뿐이었다. 연삼의 손가락이 붉어진 눈꼬리를 지나다가 잠시 멈췄다. 이어서 연삼은 한 걸음 뒤로 물러선 뒤 조용히 말했다. "그럼 가마."

성옥은 가슴 밑바닥에서 맴도는 아픔을 꾹 누르며 담담한 표정으로 고개를 끄덕였다. "네."

연삼의 멀어지는 뒷모습을 바라보면서 성옥은 이번에 헤어지면 정말로 평생 만날 수 없겠다고 생각했다.
하지만 이게 최선이었다. 이렇게 하는 게 모두에게 좋았다.
성옥은 눈을 감고 몸을 돌려 일말의 망설임도 없이 앞쪽의 대나무집으로 걸어갔다.

## 12장
## 백양나무 아래의 두 사람을 보고 돌아서는 민달

제소희는 사흘 뒤 성옥을 혼례단으로 데려왔다. 낙타 부대를 따라오던 연삼 일행은 이미 떠나고 없었다. 성옥의 낯빛이 흐려지는 것을 본 제소희가 실망했느냐고 묻자 성옥은 고개를 가로저었다.
"아니요. 그저 연삼이 약속을 잘 지키는 사람이라고 생각했어요."
제소희는 성옥의 말이 진심인지 아닌지 알 수 없었다.

혼례단의 이지李志 장군과 진원陳元 시랑은 각각 무관과 문관의 우두머리였다. 혼례단을 따라나선 뒤 기이한 일을 수없이 접하면서 두 대인은 세계관이 바뀌어 속이기 쉬운 사람으로 변했다. 성옥이 먼저 나서서, 그날 밤 잠이 오지 않아 비취박 주변을 산책하다가 신비한 지하 궁전에 빠졌으며 계 세자가 뒤따라와 구해주다가 함께 궁전에 갇혔는데 다행히 계 세자가 둔갑술을 이용해 출구를 찾은 덕분에 무사히 살아올 수 있었다고 설명했다. 그럴듯하게 지어낸 성옥의 헛소리를 이 장군과 진 시랑은 전혀 의심하지 않았고, 군주의 실종은 그렇게 흐지부지 마무리됐다.

어리숙한 자우담도 성옥의 말도 안 되는 이야기를 철석같이 믿었다. 지하 궁전에 대한 성옥의 묘사가 그럴듯했는지 자우담은 완전히 몰입해 당장 탐색하러 가겠다고 나섰다. 요황과 이향은 도저히 막을 수가 없어 절절맸다. 다행히 주근이 제때 도착해 포박술로 자우담을 묶어둘 수 있었다.

주근은 이 장군이나 진 시랑이 아니고 자우담도 아니었다. 성옥의 갑작스러운 실종이 어찌된 일인지 단번에 눈치챈 주근은 자우담을 처리하자마자 손에서 장검을 불러내 성옥 앞에서 제소희를 죽이려 했다. 다행히 성옥이 재빨리 나서서 주근의 검을 막고, 중재를 잘하는 요황도 얼른 나서서 말린 덕분에 피를 보지는 않았다.

그 소동에서 가장 운이 없는 인물이 자우담일 줄은 누구도 예상하지 못했다. 주근이 며칠 동안 눈만 마주치면 불같이 화를 내는 통에 모두들 괜히 불똥이 튈까 말을 붙이지 못했는데 주근 본인도 자우담을 묶어놓은 걸 잊어버렸다. 겨우 생각났을 때는 불운한 자우담이 묶인 지 닷새나 지나 엉망이 된 뒤였다.

거의 사경을 헤매던 자우담이 풀려난 날, 혼례단은 국경을 고작 십여 리 남긴 곳에 도착했다.

도착을 알리러 갔던 관리가 황혼 무렵에 되돌아와, 넷째 왕자 민달이 직접 신하들을 이끌고 마중나와 국경인 채석하彩石河 북쪽 기슭에서 기다리고 있다고 보고했다.

진 시랑과 이 장군은 민달왕자가 이처럼 예의를 차려주니 좋지만, 날이 이미 저물었고 십여 리밖에 되지 않는 거리라도 밤에 결혼 상대를 만나는 건 별로 진중하지 못하다고 생각했다. 예의를 중시하는 대희국의 풍모를 오나소에 보여줘야 한다는 생각에 그곳에서 자리를 잡고 민달왕자를 하룻밤 기다리게 하기로 했다.

이튿날 민달의 영접단을 만나야 하니, 주둔지의 혼례단 관리들은 의장대 장비를 점검하고 혼수품을 정리하느라 백양나무 숲을 정신없이 바쁘고 엄숙하게 오갔다. 하지만 관리들만 바쁠 뿐 정작 성옥은 할일이 없어서 일찌감치 장막으로 들어갔다. 등불 아래에서 화조화 화첩을 뒤적이고 있을 때 갑자기 멀리에서 천둥 같은 굉음이 들려왔다. 성옥이 화첩에서 고개를 들자 이향이 헐레벌떡 들어오는 게 보였다. 이향은 성옥을 끌고 밖으로 달리며 호들갑을 떨었다. "군주, 어서 가서 좀 보세요!"
두 사람이 밖으로 나갔을 때 또 펑 하는 소리가 울렸다. 성옥이 눈을 들자 온 하늘에서 꽃이 활짝 피어나듯 불꽃이 경쟁적으로 터지고 있었다. 성옥은 어리둥절했다.
사막에서는 넓은 벌판 위로 하늘이 낮게 가라앉아 손을 뻗으면 별이 닿을 것만 같았다. 새까만 하늘을 수놓은 불꽃도 손만 뻗으면 닿을 듯 가깝게 보였다. 평안성에서 두 차례 보았던 불꽃에는 미치지 못하지만 화려하고 생동적이었다.
이향이 하늘을 보며 취한 듯 말했다. "군주, 정말 아름답지요?"
성옥은 대답하지 않았다.
이향이 또 말했다. "채석하 강변에서 쏘아올린 듯해요. 민달왕자가 군주에게 보내는 인사가 아닐까요?"

성옥은 여전히 묵묵부답이었다. 하늘에서 돌연 호루라기 소리가 울리더니 펑펑펑펑 열여섯 번 연속해서 불꽃이 터졌다. 이번에는 꽃 모양이 아니라 한자와 오나소 문자로 된 글이 허공에 나타났다.
"편지 대신 불꽃으로 그리움을 전합니다." 이향이 글자를 가만히 쳐다보다가 조용히 읽고 나서 입을 반쯤 가리며 말했다. "역시 민달왕자가 군주에게 보낸 선물이었네요." 하늘에서 점점 사라지는 글자를 보며 또 작은 소리로 말했다. "열여섯 글자로 군주에 대한 그리움을 말한 걸까요? 편지로는 표현할 수 없어 용기를 내 불꽃으로 마음을 전하니 군주가 알아주길 바란다는…… 뜻일까요?" 의문문을 썼어도 이미 뜻을 파악한 듯 이향은 잠시 생각한 뒤 감탄했다. "주근이 민달왕자가 군주에게 마음이 있다고 말해줬는데 정말이었군요."

성옥은 여전히 아무 말 없이 무표정하게 허공의 불꽃만 바라보고 있었다. 살짝 넋이 나간 얼굴로 열여섯 자의 불꽃을 읽으며 성균이 했던 말을 떠올렸다.

성옥을 설득하기 위해 성균은 오나소의 넷째 왕자 민달이 준수한데다 성격이 시원시원하고, 곡수원에서 피서할 때 성옥에게 반했다며 다른 마음 없이 진심으로 구혼했으니 좋은 인연이라고 했다. 그때 성옥은 연삼에게 실망해 완전히 낙담한 상태였기 때문에 성균의 말을 귀담아듣지 않았다. 지금 보니 성균이 속이지는 않은 모양이었다.

만약 성옥이 이번 생에 연삼을 만나지 않았다면 민달왕자 역시 좋은 인연이라 할 수 있을 듯했다.

그랬다면 지금 불꽃을 보는 마음이 그날 밤 곡수하 강변에서 연삼과 함께 불꽃을 봤을 때처럼 기뻤을지도 몰랐다. 기쁘면서도 조금 서글퍼져 나중에 민달을 만났을 때 사실은 어머니 때문에 불꽃을 좋아한다고 말해줬을지도 몰랐다. 만약 민달이 성옥을 정말로 사모하면 그 이야기들을 기꺼이 들어줄 터였다.

그렇게 성옥의 인생은 완전히 달라졌을지도 몰랐다.

하지만 세상에 만약은 없었다. 아무리 눈앞의 불꽃이 아름다워도, 불꽃이 대변하는 민달왕자의 마음이 따뜻하고 진지해도 성옥의 가슴은 말라버린 바다 같아서 더는 파도가 일지 않았다. 어쩌면 말라서 고요해진 마음의 바다에 훗날 다시 물이 들어올지도 모르지만 지금은 아니었다.

하늘을 올려다보는 성옥을 지켜보다가 이향은 마지막 불꽃이 꺼졌을 때 잠시 생각하고는 머뭇머뭇 입을 열었다. "군주, 민달왕자가 군주를 좋아하는데 기쁘지 않으세요?"

성옥은 한참 입을 다물고 있다가 고개를 저었다. "아니." 조금 뒤 다시 말했다. "오나소에도 불꽃이 있다고 생각했을 뿐이야." 하늘이 조용해졌을 때 성옥이 덧붙였다. "무척 예쁘네."

이향은 성옥의 말뜻을 알 듯도, 모를 듯도 했다.

그날 밤늦게야 잠든 성옥은 꿈을 꾸었다.

꿈에서 성옥은 소사라경에서 연삼과 작별하던 순간으로 되돌아가 있었다.

헤어지던 마지막 순간에 연삼은 성옥의 눈가를 어루만졌다. 성옥은 그때 울지 않았던 걸 당연히 기억하고 있었지만 꿈에서는 울고 있었다. 연삼의 긴 손가락이 눈가에 닿아 뜨거운 눈물에 젖자 연삼은 아름다운 눈을 찌푸렸다. 호박색 눈동자에 애틋함이 떠오르고 성옥을 어루만지는 손도 살며시 떨렸다. 연삼은 한 걸음 물러나 "그만 가마"라고 말하는 대신 가볍게 탄식하고는 우는 성옥을 품으로 끌어안았다.

성옥은 자신이 왜 우는지 몰랐다. 왜 순순히 안기는지도 알 수 없었다. 꿈에서 깬 뒤 기억나는 것이라고는 성옥이 먼저 눈물 젖은 얼굴을 연삼의 가슴에 깊이 묻었으며, 달콤하면서도 서늘한 백기남 향에 감싸였을 때 허전했던 마음이 비로소 채워졌다는 것뿐이었다.

두 사람은 서로 뒤엉켜 공생하는 나무 두 그루처럼 꽉 끌어안고 꿈이 끝날 때까지 떨어지지 않았다.

침대 머리맡에 멍하니 앉아 꿈이 암시하는 바를 생각해보자 성옥은 그 꿈이야말로 가슴 깊은 곳에 자리한 진짜 욕망이 드러난 것임을 인정하지 않을 수 없었다. 꿈 덕분에 자기 자신을 똑바로 바라볼 수 있었다.

성옥은 연삼을 좋아했다. 연삼 덕분에 사랑에 눈을 뜨고 가없이 행복했지만 고통스럽기도 했다. 좋아한다는 감정은 가시처럼 심장에 박혀 피와 살처럼 함께했다. 이제 성옥이 원치 않으면 누구도 그 가시를 뽑을 수 없게 되었다. 그런데 뽑아내고 싶은 마음이 전혀 없으니 성옥은 평생 다른 사람을 좋아하지 못할 확률이 높았다.

명계에 갔을 때 연삼이 말했었다. "인간은 살면서 유감스러운 일을 많이 겪지. 너 자신 때문에 생긴 일로 평생 수없이 후회할 거라는 뜻이다. 그 후회를 받아들여야만 진정으로 성장할 수 있어."

그 말이 옳은 듯했다. 성옥에게는 연삼도 유감스럽고 후회스러운 일이니 그걸 받아들여야만 했다. 인간은 그렇게 성장하니까.

동이 트기까지 시간이 꽤 남았는데도 성옥은 눈물 자국을 깨끗이 닦고 한동안 앉아 있다가 불을 켜고는 상자에서 혼례복을 꺼냈다.

흐릿한 불빛 속에서 혼례복을 하나씩 몸에 걸친 성옥은 장막 안 양탄자 위에 가만히 앉아 몸을 탁자에 기대고 살며시 눈을 감았다.

혼례복으로 갈아입고 나자 모든 과거를 완전히 내려놓을 수 있을 것 같았다. 그렇게 성옥은 인생의 또다른 길로, 결과의 길흉을 알 수 없는 또다른 출발점으로 용감하게 나아갈 준비를 마쳤다.

샛별이 떴을 때 이향은 성옥의 착장과 화장을 돕기 위해 장막으로 들어갔다. 그런데 불이 켜져 있는데다 성옥이 이미 예복을 다 입고 화장도 마친 채 침대 옆에 앉아 있는 게 아닌가.

이향은 깜짝 놀랐다. "왜 이렇게 일찍 일어나셨어요?"

성옥은 담담하게 웃고는 이향이 들고 온 쟁반에서 원기를 돋울 뜨거운 차를 들어 한 모금 마셨다. "민달왕자와 영접단 신하들을 채석하에서 하룻밤 기다리게 한 건 어쩔 수 없는 일이었지만, 더 오래 기다리게 하면 예의가 아니지. 분명 진 대인은 날이 밝기 전에 채석하에 가서 영접단과 만나고 싶을 거야. 그러니 나도 좀 일찍 일어나야 시간이 지체되지 않겠지."

성옥의 표정은 담담했다. 말에도 일리가 있었다.

이향은 얼떨떨했다. 군주는 진지해지면 빈틈없고 주도면밀해졌다.

문득 작년 초 태황태후가 혼사를 내린다며 군주를 여천에서 불러들였을 때가 떠올랐다. 평안성으로 돌아가는 마차에서 군주는 조용히 자기 혼례복에 수를 놓았다.

그때 군주는 사랑을 몰라 별생각 없이 혼례복에 수를 놓았지만, 지금은 사랑을 알고 감정이 생겨 직접 한 화장에서도 우울이 살짝 묻어났다. 그럼에도 그때의 감정과 지금의 감정은 별 차이가 없어 보였다.

팔자 때문이었다. 군주는 어떤 환경에나 잘 적응하고 순응하는 사람이었다. 이향은 잘 알고 있었다. 그런데 지금은 피할 수 없다면 기꺼이 받아들이겠다는 성옥의 해탈한 듯한 그 마음이 문득 씁쓸하게 느껴져 가슴이 아팠다.

이향이 성옥과 장막을 나섰을 때 동쪽 하늘에는 별이, 중천에는 달이 떠 있었다. 달과 별이 동시에 빛나는 일은 무척 드물었다.

낙타떼는 붉은색으로 치장하고 있었다. 낙타 등에 금실로 장식된 붉은 깔개가 덮이고 불상과 보석, 책을 가득 실은 상자가 얹혔다. 낙타떼는 군주의 의장대 뒤를 따라 온순하게 채석하로 나아갔다.

청량한 달 아래 하얀 눈으로 덮인 천지는 황량하고 싸늘했다. 사막에서 삼천 년 동안 죽고 살기를 반복해온 백양나무 역시 은빛이었다. 한겨울의 적막한 사막에서는 오로지 하얀 눈빛밖에 찾아볼 수 없는 듯했다. 그러니 은빛 사이를 지나가는 붉은색 의장단은 눈에 띌 수밖에 없었다. 이 장군과 함께 군주가 탄 하얀 낙타 옆을 호위하는 진 시랑은 눈살을 찌푸리며 그렇게 생각했다.

삼등으로 과거에 급제해 벼슬길에 오른 진 시랑은 한때 우수와 감상에 잘 빠지던 풍류가였으니 그리 생각하는 것도 당연했다. 더구나 바람과 눈 속에서 반 시진을 걷고 나자 자신이 직접 치장한 화려한 의장대가 빈약한 사막과 정말 어울리지 않는 것처럼 느껴졌다. 한 떨기 꽃 같은 고귀한 군주 역시 이 모든 것과 전혀 어울리지 않았다. 하지만 어쩌겠는가. 대희국 종실 중 가장 아름답고 귀한 여인이 오나소로 팔려 가는 형국이라니. 진 시랑은 갈수록 손해라는 생각을 하다가 나중에는 화까지 났다.

진 시랑의 그런 우울은 오래가지 못했다. 뭔가 이상하다는 걸 발견해서였다. 인시 중반에 출발했으니 계산대로라면 채석하 강변에 도착할 때쯤 날이 밝아야 했다. 그런데 이미 한 시진 가까이 걸어 곧 채석하에 도달할 참인데 얼음 바퀴 같은 달이 여전히 중천에 떠 있고 짙은 어둠의 장막도 물러갈 기미가 전혀 보이지 않았다. 그들이 출발한 순간부터 시간이 멈추기라도 한 듯 날이 영 밝을 것 같지 않았다.

진 시랑은 이번 길에 워낙 기이한 일을 많이 보아서 생각이 많아졌나 싶기도 하고 고원지대의 자연현상인가 싶기도 했다. 어찌되었든 등골이 서늘해졌다.

진 시랑은 일개 인간이라 멋모를지 몰라도 주근 등은 화요이기 때문에 달의 움직임을 통해 누군가 천체를 고정시켰음을 알아차렸다.

제소희가 싸늘한 눈빛으로 중천의 달을 힐끗 쳐다보고 나서 은가면을 쓴 옆쪽의 주근을 바라보며 차가운 음성으로 비웃었다. "나와 연삼은 손을 뗐는데. 아무래도 이 혼사를 망치고 싶은 사람은 우리 둘만이 아닌가보네. 아무리 나를 감시하고 그를 막아도 소용이 없는 것 같으니."

주근은 대꾸하지 않고 멀리에 있는 성옥만 뚫어져라 보았다. 이민족 분위기의 예악 소리 속에서 붉은 치마와 금색 난조鸞鳥가 수놓인 붉은 외투를 입은 성옥이 어느새 혼례단을 맞이하기 위해 장식해놓은 채석하의 넓은 돌다리에 올라가 있었다. 가랑눈이 내리는 다리를 천천히 걸어가는 모습이 아름답고 연약한 홍매화 같았다.
 주근은 기이한 하늘을 올려다본 뒤 눈살을 찌푸린 채 성옥 옆으로 성큼성큼 다가갔다. 이런 상황에서는 군주의 안위를 옆에 있는 시위 열여섯 명에게만 맡길 수 없었다. 그들 중에 자우담과 요황을 변장시켜 섞어놓았다 하더라도 불안했다.

 넷째 왕자 민달은 돌다리 가운데에 서 있고 그 뒤로 신하와 수행원들이 있었다.
 우락부락한 대다수 오나소 남자와 달리 민달은 호리호리했다. 코가 높고 눈이 깊게 들어갔지만 이목구비가 정갈하고 미간에 웃음기를 머금은 무척 잘생긴 청년이었다.
 민달은 두어 걸음 다가가 파란 눈동자로 성옥을 그윽하게 바라보았다. "군주."
 성옥이 고개를 끄덕이며 예를 행했다.
 한 걸음 더 다가간 민달은 오른손을 내밀다가 긴장한 듯 허공에서 멈칫했지만 이내 결심한 듯 손을 성옥의 손목 옆으로 가져가 손바닥을 잡았다.
 성옥은 당황해 본능적으로 손을 빼려다가 왜인지 중간에 생각을 바꿔 가만히 있었다. 다만 더는 민달을 보지 않고 고개를 살짝 숙여 시선을 어딘지 모를 곳으로 돌렸다.

민달은 성옥의 손을 잡은 채 까마귀 깃털 같은 성옥의 머리카락을 바라보았다. "며칠 전 군주가 홍수를 만났다는 소식을 듣고 얼마나 걱정했는지 모릅니다." 민달은 부드러운 목소리로 희나라 말을 유창하게 구사했다.

성옥은 잠시 조용히 있다가 나직하게 응했다. "왕자의 관심에 감사드립니다."

민달이 살며시 웃었다. "너무 예의 차리실 필요 없습니다. 궁에서 이미 준비를 마쳐 내일 밤 혼례를 치르면 군주는 제 아내가 됩니다. 관심을 가지는 게 당연하지요." 성옥이 부끄러워할 것 같아 민달은 대답을 기다리는 대신 화제를 돌려 옆쪽의 진 시랑과 이 장군에게 고개를 끄덕였다. "두 대인도 군주를 모시고 먼길 오느라 수고하셨습니다."

진 시랑과 이 장군이 앞으로 나와 민달에게 인사했고 세 사람은 의례적인 대화를 나누었다. 그 틈을 타 성옥은 민달에게서 손을 빼냈다. 바로 그때 근처에서 다급한 외침이 들려왔다. "조심하세요!"

내내 성옥 옆에 있던 이향이 깜짝 놀라 고개를 들고는 곧장 주근의 경고에 따라 본능적으로 성옥한테 몸을 날렸다.

그 순간 강물 위로 광풍이 불었다.

이향은 성옥을 품에 꽉 끌어안은 채 어젯밤 주근이 마지막 순간까지 방심하면 안 된다고 당부했던 걸 떠올리며 속으로 감탄했다. 역시 방심은 금물이었다.

성옥 바로 옆에 있어서 제일 먼저 대응할 수 있었지만 이향은 법력이 약했다. 다행히 주근이 침착하게 나서서 곧장 보호 결계로 성옥과 이향을 감쌌다.

주근이 바로 옆에 있고 금빛 결계의 보호를 받으니 이향은 마음이 조금 놓였다. 하지만 결계는 외부 공격만 막아낼 수 있을 뿐, 비바람이나 눈보라 같은 자연현상까지 막을 수는 없었다.

거센 바람에 눈을 제대로 뜰 수 없어 한 손으로 막을 때 이향은 품속이 허전해지는 느낌을 받았다. 황망히 고개를 숙이자 성옥이 보이지 않아 이향은 소스라치게 놀랐다. "군주…… 군주가 사라졌어. 어떻게 이럴 수가?" 주근이 고개를 들고 허공의 눈부신 은빛을 쏘아보며 오른손을 꽉 쥐었다. 머리끝까지 치솟는 분노를 억지로 참는 모양새였다.

광풍이 천천히 잦아들기 시작했다. 둥근 빛무리도 주변의 자극적인 빛을 거둬들이더니 두번째 달처럼 허공에서 자리를 잡았다.

빛무리가 서서히 아래로 내려올 때 이향은 그 속에 누군가 있는 것을 보았다. 빛무리가 허공에 고정되자 한가운데에 펼쳐진 쥘부채와 부채 위에서 정신을 잃고 누워 있는 미인이 똑똑히 보였다. 조금 전까지 이향이 끌어안고 있던 군주였다. 이향은 부채 가장자리에 꿇어앉아 성옥을 돌보는 아름다운 여자도 알아볼 수 있었다. 예전에 성옥에게 그림을 전해주러 십화루에 왔었던 연삼의 시녀였다. 부채 옆에 서 있는 회색 도포의 청년은 훨씬 더 익숙했다. 연삼과 친분이 깊은 국사였다. 이향은 가슴이 철렁 내려앉았다.

주근이 입을 열었다. 가면을 써서 표정이 보이진 않아도 이향은 냉랭한 목소리에서 주근이 얼마나 분노했는지 알 수 있었다. "일개 인간 주제에." 주근이 허공에 서 있는 국사를 바라보며 냉소를 지었다. "내 결계로 들어올 수 있을 뿐 아니라 내 눈앞에서 군주를 데려갈 수 있다니, 꽤 훌륭하구나."

국사는 눈을 내리깔고, 갑작스러운 변고에 당황해 어쩔 줄 모르는 강변의 사람들을 훑어본 뒤 마지막으로 주근을 바라보며 빙그레 웃었다. "시주施主는 인간을 무시하는 듯하니, 당연히 그럴 만한 실력을 갖췄겠지요. 빈도는 아직 신선이 되지 못해서 시주의 결계로 들어갈 수 없었습니다만, 대신 아주 훌륭한 인맥을 갖고 있습니다. 빈도는 어떤 결계든 거침없이 들어갈 수 있는 무성적을 빌렸답니다." 그러면서 오른손에 새하얀 옥피리를 꺼내자 주근의 눈빛이 흔들렸다.

국사는 옥피리를 손바닥에서 가볍게 돌리며 더는 주근을 상대하지 않고, 혼란 속에서 정신을 차린 민달왕자를 흥미롭다는 듯 바라보았다. 인간의 청력을 고려하는지 빛무리가 조금 더 아래로 내려왔다.

"당신이 민달왕자로군요?" 국사가 민달에게 인사했다. "조금 전 군주에게 내일 밤에 대해 말하는 것을 들었습니다. 내일 밤을 무척 기대하는 듯하더군요." 국사가 안타깝다는 표정으로 고개를 흔들었다. "일부러 찬물을 끼얹는 게 아니라 빈도가 점쳐보니 왕자가 기대하는 내일 밤은 영원히 오지 않습니다."

천신을 숭배하는 오나소 사람들은 빛무리 속에서 국사를 보았을 때 희나라와 오나소의 결혼을 축복하러 천신이 직접 내려온 줄 알고 놀라는 한편 영광스럽게 생각했다. 그런데 듣고 보니 결혼을 방해하러 온 요망스러운 인간일 뿐이었다. 하필이면 영접단에 주술사가 따라오지 않았고 그들은 법술을 모르니 어떻게 대응할지 갈피를 잡을 수 없어 서로의 얼굴만 바라보았다.

민달왕자는 진중한 성격이라 대적할 때 상대의 진로를 파악하지 못한 상태에서는 절대 무모하게 나서지 않았다. 국사가 공격적으로 화를 돋우는데도 민달은 분노를 억누른 채 차분하게 물었다.
"영원히 오지 않는다는 게 무슨 뜻이오?"

국사는 연삼의 명을 받아 시간을 끄는 중이었다. 연삼이 올 때가 얼추 되어서 국사는 아래쪽 사람들에게 별로 신경쓰지 않고 무심하게 대답했다. "글자 그대로……" 말을 채 끝내기도 전에 뒤에서 돌연 바람이 느껴졌다. 깜짝 놀란 국사는 본능적으로 오른쪽으로 피하면서 손을 들어 부채를 밀었다. 검은 부채가 뜻을 알아들은 것처럼 천보와 성옥을 데리고 다급하게 물러났다. 부채는 화살처럼 빠르게 물러나는 한편 서늘한 검은빛을 내뿜어 위에 있는 두 사람을 감쌌다.

국사는 뒤쪽에서 협공해오는 제소희와 주근을 상대하면서도 검은 부채의 움직임을 주의깊게 살펴보았다. 부채가 검은빛을 뿜는 걸 보고서야 국사는 안도의 한숨을 내쉴 수 있었다.

국사가 제소희와 은 가면을 상대할 때 천보는 다리 중간에 서 있던 은 가면이 순식간에 사라지는 것을 발견했다. 그제야 천보는 조금 전 국사가 민달과 인사하느라 경계를 풀자 은 가면이 속임수를 쓴 걸 알 수 있었다. 그토록 정교한 속임수로 국사와 자신을 속였으니, 국사의 말대로 실력이 뛰어난 자가 틀림없었다. 천보는 국사가 그를 막을 수 있을지 확신할 수 없었다.

국사를 더 걱정할 새도 없이 천보 역시 공격을 받았다. 요황과 자우담, 이향 세 화요가 어느새 몇 걸음 바깥까지 쫓아와 각각 한 쪽씩 맡고는 천보와 성옥을 감싸고 있는 검은빛의 결계를 힘껏 공격했다. 연삼을 따라 하계에 오면서 법력을 잃었지만 천보는 검은 부채 위에 있으니 별로 걱정하지 않았다.

구중천에는 쇄요탑이 있고 휘요해 해저에는 진액연鎭厄淵이 있었다. 쇄요탑에는 팔황의 악귀를, 진액연에는 사해 해저에서 사는 악귀를 가뒀다. 셋째 전하는 검은 부채를 그 심연의 이름을 따서 진액선이라 불렀다. 이만 살 성년이 되었을 때 직접 진액연에서 해저의 강철을 가져와 부채를 만들었기 때문이다. 부채가 완성되자 동화제군은 진액연의 혼 일부를 부채에 불어넣었다. 팔황에서 손꼽히는 호신 법기 가운데 이 부채는 동화제군의 천강조天罡罩와 묵연상신의 도생인度生印에 버금가는 막강한 존재였다.

셋째 전하가 태어난 직후부터 사해를 관리하게 되자 동화제군은 어린 수신이 사해의 악귀를 진압하지 못할까봐 특별히 육십 년간 폐관하며 진액연을 보강했다. 악귀들이 술법으로 진액연을 빠져나가려 하면 본인이 쓴 법력만큼 타격을 되돌려 받도록 만들었다. 진액선은 진액연과 기원이 같으니 그 특성도 갖고 있었다.

천보는 요황 일행의 집중 공격을 받던 결계에서 갑자기 눈부신 붉은빛이 발사되는 것을 보았다. 그 빛을 맞은 뒤 피투성이로 튕겨 날아가는 세 화요를 보자 천보는 자기도 모르게 측은해졌다.

검은빛 결계의 보호를 받아 천보는 머리카락 한 올 다치지 않았지만, 국사는 그렇게 운이 좋지 못했다. 아무리 도사 중 최고라 해도 국사의 상대는 주근과 제소희였다. 조제가 아직 복귀하지 않은 상태라 법력에 한계가 있다지만 홍황시대 신의 신사인 주근과 제소희에 비하면 국사의 법력은 한참 부족했다. 게다가 상황 판단이 빠른 민달왕자 역시 국사가 밀리는 걸 보자마자 호위병들에게 화살을 빗발처럼 퍼부으라고 명했다.

앞뒤에서 공격을 받자 국사는 조금 전에 부채로 뛰어올라 견고한 결계에 숨지 않은 게 후회되었다. 부채가 크지 않고 결계도 작았지만 몸을 움츠려 비집고 들어가면 못 숨었을 리 없었다. 국사가 한눈을 팔자 상황이 더 안 좋아졌다. 뒤에서 덮쳐오는 제소희의 검을 발견해 재빨리 몸을 날려 간신히 피했지만, 국사는 번쩍이는 주근의 은빛 검기를 맞고 바닥으로 내동댕이쳐졌다.

국사가 다급하게 몸을 일으키려 할 때 주근이 어느새 다가와 거세게 제압하고는 날카로운 검을 국사의 연약한 목 옆에 갖다댔다. 평생 이렇게 빨리 패한 적이 없어서 국사는 자존심이 상했지만 달리 생각해보니 빨리 패하는 것도 나름대로 장점이 있었다. 많이 다치지 않았으니 그것으로 충분했다.

은 가면을 쓴 청년의 얼굴이 바로 앞에 있어서 국사는 위압감을 느끼며 목을 뒤로 젖히지 않을 수 없었다.

청년이 냉소를 지었다. "대장군이 왜 이랬다저랬다 하면서 혼사를 방해하는지도 모르겠고, 알고 싶지도 않습니다. 결계를 풀어 군주를 돌려주시지요. 아니면." 검 끝이 위협적으로 반 치 더 다가오자 국사의 목에 핏자국이 생겼다. 청년이 매섭게 말했다. "대장군은 당신을 명계에서 찾아야 할 겁니다!"

국사가 입을 열었다. "시주, 충동적으로 굴지 마시지요." 국사는 떠보듯 검을 바깥쪽으로 밀어내면서 겸연쩍게 웃었다. "검을 거두시지요. 군주를 돌려주면 되지 않습니까?"

그렇게 순순히 나올 줄 몰라 조금 당황했지만 주근은 여전히 활활 타오르는 눈으로 국사를 노려보았다. 국사가 허공의 천보에게 손짓하자 천보가 알았다는 듯 고개를 끄덕이고 부채 가장자리를 건드렸다. 손가락이 닿자마자 부채 주변의 검은빛이 순식간에 사라졌다. 바로 그 순간 부채가 돌연 뒤집히더니 성옥이 부채 꼬리에서 미끄러져내렸다. 한쪽 옆에 있던 제소희가 얼른 달려가 떨어지는 성옥을 품에 받았다.

성옥이 자기 진영으로 무사히 돌아온 것을 확인하고 나서야 주근은 검을 거두었다. 하지만 오른손의 검을 치우자마자 왼손에서은 족쇄를 불러내 국사를 단단히 결박했다. 주근이 결박당한 국사를 잡아 일으킬 때 국사가 조용히 한숨을 내쉬었다. "이런 게 소용 있을 것 같나요?"

주근은 대꾸하지 않았다.

국사가 어깨를 으쓱했다. "제 추측이 틀리지 않는다면 저를 인질로 잡아 셋째 전하한테 군주의 결혼을 방해하지 말라고 위협하려는 것이지요?" 안타깝다는 표정으로 고개를 저었다. "전하 마음속에서 제가 그 정도 자리를 차지하는 것은 맞지만, 시주는 전하를 잘 모르시는군요. 전하는 위협받는 걸 제일 싫어하신답니다. 지금까지 전하를 위협하는 데 성공한 사람은 한 명도 없었어요. 시주가 이래 봐야 아무 소용도 없다고요."

주근이 나직하게 물었다. "그게 무슨 소리요?"

밝은 달빛 아래, 국사는 먼 하늘가에 갑자기 먹구름이 끼는 것을 보고는 눈웃음을 지었다. "아, 오시는군요."

중천에서 꼼짝도 하지 않던 달이 언제인지 새하얗게 밝아져 있었다. 휘영청 밝은 달빛 아래에서는 인간도 꽤 멀리까지 볼 수 있어서, 사람들도 하늘 저편에서 해일처럼 밀려오는 구름과 세차게 밀려오는 구름 가장자리를 날카로운 발톱으로 찢으며 몸을 드러내는 찬란하고 거대한 은빛 용을 볼 수 있었다.

무한한 힘을 가진 천신이 육중한 망치로 하늘을 두드리는 듯 둔탁한 천둥소리가 울렸다. 끝없이 울리는 천둥소리 속에서 새까만 구름이 점점 거세지더니, 심해의 탐욕스럽고 성질 나쁜 소용돌이처럼 노골적으로 모든 것을 삼킬 듯 용솟음쳤다. 하지만 거대한 용은 전혀 동요하지 않고 구름 사이를 우아하고 힘차게 돌아다니며 은색 비늘을 언뜻언뜻 드러냈다. 용린의 빛은 달빛조차 필적할 수 없을 만큼 아름답고 맑았다.

지상의 대희국 혼례단과 오니소 영접단은 전부 얼이 빠졌다.

진 시랑이 제일 먼저 정신을 차리고 소리쳤다. "시…… 신룡이다, 신룡이 내려오셨다!"

그 외침에 사람들 모두 정신을 차리고 벌벌 떨면서 줄줄이 바닥에 엎드려 절했다.

은룡은 순식간에 채석하 상공까지 왔다. 달을 가렸지만 거대한 몸에서 달빛을 무색하게 만드는 환한 은빛이 뿜어져나왔다. 은룡이 고개를 숙여 강변에서 절하는 사람들을 바라보았다. 쓱 훑는 담담한 시선만으로 사람들은 전부 압도돼 덜덜 떨었다.

성옥은 전혀 두려워하지 않고 은룡과 시선을 맞췄다.

동쪽 하늘에서 천둥소리가 처음 울렸을 때 제소희 품에서 정신을 차린 성옥은 하늘가에서 빠르게 다가오는 은룡을 보고 속으로 깜짝 놀라며 추측했다. 조금 황당한 추측이었지만 늠름한 은룡을 올려다보고 시선이 허공에서 마주쳤을 때, 성옥은 자기 추측이 틀리지 않았음을 알았다.
 성옥은 그게 누구인지 분명히 알 수 있었다.
 은룡이 조용히 허공에 자리를 잡자 짙은 구름이 뒤쪽에서 쉼없이 출렁이고 그 상황에 맞추려는 듯 강물 위에서도 다시 광풍이 일었다.
 성옥은 참을 수 없어 한 걸음 나아가서는 넋 나간 표정으로 용을 보며 중얼거렸다. "왜 또 왔어요?"
 누구도 들을 수 없을 만큼 작은 음성이었건만 허공의 용이 돌연 꿈틀하더니 빠르게 몸을 기울여 하강했다.
 은룡이 지면에 가까워졌을 때 엄청난 은빛이 번쩍였다. 은룡은 하얀 옷의 준수한 청년으로 바뀌어 단정하게 채석하 북쪽에 섰다. 멀지 않은 곳에 떠 있던 진액선이 청량한 소리와 함께 탁 접혀서는 주인을 알아보듯 청년에게 날아갔다. 청년이 오른손을 펼치자 검은 부채가 곧장 그의 손바닥으로 떨어졌다.

 민달왕자는 무릎에 황금이라도 박힌 듯 하늘에서 신룡이 내려오는데도 무릎을 꿇지 않고 머뭇거리며 눈앞의 기현상을 지켜보기만 했다. 그러다 청년의 얼굴을 확인했을 때 민달은 안색이 확 바뀌었다. "희나라의…… 대장군이 어떻게……"
 민달은 연삼을 알아보았지만, 희나라 사람들은 자신들의 대장군을 알아보지 못했다. 모두 경건하고 진지하게 엎드려 있느라 감히 움직이지도 못했기 때문이었다.
 국사는 연삼을 훑어본 뒤 조금 전 전하의 본모습을 되새기기라도 하듯 은룡이 있던 하늘을 바라보았다.

국사 옆에는 주근이 아니라 천보가 서 있었다. 조금 전 국사의 시선을 따라 은룡인 연삼을 보았을 때 주근은 곧장 빛으로 변해 달아났다. 주근의 반응이 이상하긴 했어도 국사는 별로 신경쓰지 않았다.

국사는 여전히 구름이 출렁거리는 하늘을 응시하면서 천보에게 감탄을 늘어놓았다. "전하의 본모습을 처음 봤습니다. 세상에 하나뿐인 은룡답게 정말 위풍당당하시더군요!"

천보도 하늘의 구름을 쳐다보았다. "국사, 천신에게는 본신 형상과 변신 형상이 있다는 걸 아십니까?"

수도자라면 당연히 아는 상식이라 국사는 웃으며 답했다. "본신 형상이란 신이 태어나면서 가진 모습이고, 변신 형상이란 성장과 수행 과정에서 얻을 수 있는 모습이 아닙니까?"

천보가 고개를 끄덕였다. "이론적으로 신족은 서른두 개의 변신 형상을 가질 수 있지만 모든 신이 그럴 수 있는 건 아닙니다. 그런데 셋째 전하는 이쪽 방면으로 천부적인 자질을 가지셨지요. 전하는 동화제군의 가르침을 받아 성년이 되자마자 모든 변신 형상을 습득하셨습니다."

국사는 천보가 왜 갑자기 이런 지식을 언급하는지 의아했다. "그 뜻은……"

천보가 눈살을 찌푸리며 걱정스럽게 말했다. "전하가 가장 좋아하시는 모습은 인간입니다. 가끔 장난삼아 사자나 기린, 주작으로 변해 사람을 놀리시고요. 전하를 오래 모셨지만 신룡의 본모습을 드러내신 적은 거의 없었습니다. 지난 경험으로 볼 때 전하가 신룡의 모습을 드러내시면 꼭 큰일이 터졌습니다."

국사가 대수롭지 않게 말했다. "그저 혼사를 방해하는 것뿐이니 무슨 큰일이 있겠습니까……" 바로 그때 평소에 연삼이 일을 처리하는 방식이 떠올라 국사는 잠시 입을 다물었다가 떠보듯 물었다. "예전에 본모습을 드러내셨을 때 어떤 큰일이 있었습니까?"

천보가 심각해졌다. "마지막으로 드러내셨을 때는 구중천 쇄요탑이 무너져 요괴들이 제27천에서 날뛰고 있었지요. 당시 구중천의 능력 있는 신선들은 모두 폐관하고 계셨습니다. 나머지 신선들은 날뛰는 요괴를 억누를 수 없어서 하는 수 없이 지살조로 가뒀는데 얼마나 버틸 수 있을지 몰랐지요. 그래서 전하께서 신룡의 모습으로 요괴를 제압하고 요기를 정화해 제27천을 되살리셨습니다." 잠시 멈췄다가 이어 말했다. "일반적으로 전하가 신룡의 모습을 드러내는 건 그렇게 큰일을 처리할 때입니다."

국사는 숨이 턱 막혔다. "그러니까 지금 전하는 단순히 군주를 데려가려는 게 아니군요." 국사는 걱정이 돼서 견딜 수가 없었다. "이번에는 우리를 데리고 또 무슨 사달을 일으키시려는 걸까요?"

천보는 대답하는 대신 멀지 않은 곳에 쓸쓸하게 서 있는 청년의 뒷모습만 걱정스럽게 바라보았다.

광풍이 눈을 말아올리면서 매서운 눈보라가 하늘과 달을 가렸다.

청년이 강 건너 붉은 옷차림의 소녀에게로 걸음을 옮겼다. 그 강물이 아무 방해도 되지 않는다는 듯 우아하게 거센 물살 속으로 걸음을 내디뎠다.

청년의 비단 장화가 수면에 닿는 순간, 강물이 갑자기 지면과 같은 높이까지 불어나고 극성스럽던 물살도 순종하듯 거대하고 매끈한 빙판이 되어 청년의 발걸음을 받아들였다.

빙판을 걸어가는 청년의 발걸음에 따라 광풍이 잦아들더니 새하얀 눈송이만 달빛을 수놓듯 허공을 떠다녔다. 눈과 달이 어우러지자 사막의 모든 것이 아스라한 비단에 덮인 듯 신령하고 아름다우며 꿈결 같아졌다.

갑자기 잠잠해지면서 아름다워진 강과 강물 위로 천천히 걸어오는 청년을 보며 성옥은 미혹된 듯 자기도 모르게 한 걸음을 내디뎠지만 곧장 제소희에게 제지당했다. 제소희는 재빨리 손을 뻗어 성옥의 허리를 감싼 뒤 경계하듯 뒤로 몇 걸음 물러서며 속삭였다.

"가지 마요."

꽤 멀리 떨어져 있는데도 청년은 제소희의 동작을 모두 보았다.

청년이 걸음을 멈추고 나란히 있는 두 사람을 잠시 바라보다가 담담하게 입을 열었다. "아옥. 이리 오렴."

크지 않은 음성이었지만 남쪽 기슭의 모든 사람에게 똑똑히 들렸다.

익숙한 음성이 들리자 성옥은 가슴이 철렁 내려앉았다. 성옥은 손으로 가슴을 꽉 누르고 가만히 있다가 청년의 시선을 피하고 청년 곁으로 가지 않으려는 듯 고개를 숙였다.

자신의 선택을 명확히 드러냈다.

천지가 고요했다. 제소희는 강물 한가운데에 조용히 서 있는 청년을 바라보며 비웃듯 입가를 올렸다.

그가 비웃고 있을 때 성옥의 신발 옆에서 붉은빛이 뱀처럼 생겨나더니 소리 없이 허리까지 기어올랐다. 성옥의 외투와 같은 붉은색이라 누구도 눈치채지 못했다. 붉은빛은 손바닥 두께의 붉은 끈으로 변해 순식간에 성옥을 잡아챘다. 성옥은 외마디 비명을 질렀다. 정신을 차렸을 때는 이미 붉은 끈에 빙판까지 끌려간 뒤였다.

제소희의 대처가 느린 것은 아니었다. 변고가 발생하자마자 곧바로 대응했지만 모든 일이 너무 순식간에 벌어졌다. 성옥이 붉은 끈에 붙들려 틈이 벌어졌을 때 두 사람 사이에 빙벽이 솟아났다. 제소희는 검으로 내리쳤지만, 얇은 두께인데도 검이 들어가지 않을 만큼 단단해 제소희와 다른 사람들은 빙벽 바깥에 차단되고 말았다.

강물 한가운데에서 눈안개가 자욱하게 피어올라 사람들의 시선까지 전부 차단했다.

빙벽 안에서는 붉은빛이 성옥을 끌고 순식간에 연삼 앞까지 데려갔다.

연삼의 준수한 얼굴을 보자 성옥은 그동안 애써 쌓았던 마음의 장벽이 순식간에 무너져내렸다. 목이 꽉 메고 느닷없이 눈꼬리가 달아올랐다. 무력감과 슬픔이 심장을 꽉 채우는 게 느껴져 성옥은 필사적으로 억눌렀다.

이 상황을 받아들이기 힘들어서 나타났겠지만 연삼이 어떻게 생각하든 이건 성옥이 결정한 길이었다. 바꾸지 않을 것이고 바꿀 수도 없었다. 그래서 성옥이 먼저 입을 열었다. 연삼의 등장에 전혀 흔들리지 않는다는 듯 최대한 낮고 담담한 목소리로 말했다. "왜 왔어요? 그때 분명히 오라버니를 따르지 않겠다고 말하지 않았던 가요?" 성옥은 북쪽 기슭의 오나소 영접단을 바라보았다. "인간은 신룡과 싸울 힘도 없고 감히 그럴 수도 없어요. 오라버니가 저를 데려가겠다면 저들은 막을 수 없겠죠." 성옥은 그래야만 연삼을 또다시 단호하게 거절할 수 있다는 듯 숨을 깊이 들이마셨다. "하지만 정략결혼은 바꿀 수 없는 일이에요. 제가 아니면 다른 사람이 받아들여야 한다고요. 저는 제 책임을 저버릴 수 없어요. 연삼 오라버니." 성옥이 조용히 부르며 연삼의 얼굴로 시선을 돌렸다. "제발 강요하지 마세요."

성옥은 한마디 한마디 냉정하게 말했지만 눈가에 고인 물기가 그녀의 슬픔을 드러냈다.

연삼은 차분하게 성옥의 말을 다 듣고 나서야 입을 열었다. "너는 나를 선택하기 싫은 게 아니라 선택할 수 없다고 생각하잖아." 잠시 멈췄다가 이어서 말했다. "나를 선택할 수 없다는 게 슬프잖아. 그렇지?"

성옥은 깜짝 놀라 눈을 들었다. 입술을 움직였지만 대답할 수 없었다.

연삼이 다가왔다. 두 사람 사이에 거의 틈이 없음을 깨닫자마자 뒤로 물러나려 했는데 부채를 쥔 연삼의 왼손이 성옥의 허리 뒤쪽을 막았다. 성옥은 벗어날 수 없어 고개를 들고 어리둥절한 눈빛으로 연삼을 바라보았다.

연삼이 성옥을 반쯤 끌어안은 채 그녀의 눈을 내려다보았다. 눈물기 서린 두 눈동자가 안개에 덮인 듯하고 연삼을 바라보는 눈빛 또한 안개처럼 아스라했다. 연삼은 성옥의 뺨에 손가락을 댔다가 부드럽게 손바닥을 붙이며 살며시 눈살을 찌푸렸다. "너무 차구나." 가느다란 손가락으로 성옥의 뺨을 부드럽고 따뜻하게 쓰다듬었다. 성옥에게 온기를 주려는 듯했다.

성옥은 더 버틸 수 없었다. 손을 들어 연삼의 손을 밀어내려 꽉 쥐었는데 왜인지 밀어낼 수가 없어서 간곡히 애원했다. "이러지 마세요."

연삼은 동작을 멈췄지만 그렇다고 손을 내려놓지는 않았다. 상심하고 당혹해하는 성옥을 머릿속 제일 깊은 곳에 새기려는 듯, 성옥의 당혹감과 상심이 자기 때문임을 즐기려는 듯 뚫어져라 바라보기만 했다. 성옥이 그 시선을 견디기 힘들어졌을 때 연삼이 마침내 입을 열었다. "네 말과 달리 정략결혼이 바꿀 수 있는 일이라면, 아옥, 나와 함께 가겠니?"

성옥은 가슴이 아팠다. 이번에는 연삼의 손을 밀쳐낼 수 있었다. 성옥은 얼굴을 돌려 시선을 피하면서 쓴웃음을 지었다. "그게 어떻게 가능하겠어요? 절대 바꿀 수 없는 걸 우리 모두 아는데……"

"바꿀 수 있다면?" 연삼이 고집스럽게 물었다.

"바꿀 수 있다면……" 연삼의 말을 되짚는 성옥의 눈에 물기가 차올랐다. 성옥은 절망적으로 눈을 감아 주체하기 힘든 눈물을 삼켰다. "우리 사이에는 그 문제만 있는 게 아니에요. 연삼 오라버니, 아시잖아요. 오라버니가 사랑하는 사람은……"

연삼이 성옥의 말을 끊었다. "됐다. 날 화나게 하는 말은 하지 마라."

성옥은 가볍게 떨면서 연삼이 시키는 대로 입을 다물었다.

혹시라도 놀라게 했을까 걱정스러웠는지 연삼이 반쯤 안은 자세에서 살짝 몸을 숙여 자신의 이마를 성옥의 이마에 붙이고는 달래듯 속삭였다. "두려워하지 마. 내가 다 진지하게 생각했으니."

성옥은 연삼을 밀어내야 한다고, 또다시 얽히면 안 된다고, 이렇게 친밀해지는 건 더욱 안 된다고 절망적으로 생각했다. 자신이 정말로 밀쳐내면 연삼은 절대 구속하지 않을 것을 잘 알았다. 연삼 역시 성옥이 정말로 거부할 마음은 없다는 것을 알고 있었다.

성옥은 연삼을 밀어내고 싶지 않았기 때문에 밀어낼 수 없었다.

그런 자신에게 완전히 실망했지만 그렇다고 다른 방법도 없어서 성옥은 속으로 이번이 마지막이야, 마지막으로 한 번만 그의 온기를 느껴보자, 하고 중얼거리는 수밖에 없었다. 성옥은 스스로에게 금세 설득당해 더는 자신과 싸우지 않고 연삼이 이마를 붙이며 귓가에 속삭이도록 내버려두었다.

연삼은 갈팡질팡하는 성옥의 마음을 모른 채 나직하게 말을 이어갔다. "그때 너는 내가 사랑하는 사람이 장의라면서 제삼자가 더 잘 보는 법이라고 말했지." 비웃는 듯 입가가 살짝 올라갔지만 음성은 여전히 부드러웠다. 성옥을 깨지기 쉬운 보석이라 여기며 가장 부드러운 마음과 가장 자상한 말로 대하려는 듯했다. "돌아가서 진지하게 생각해보았는데 역시 내가 사랑하는 사람은 장의가 아닌 것 같더구나."

성옥이 멍하니 고개를 들었다. "그게……"

성옥이 고개를 드는 바람에 숨소리가 다 느껴질 정도로 두 사람 뺨이 거의 맞붙었다.

"내가 사랑하는 사람은 너야." 그러면서 연삼은 눈을 감은 채 숨을 죽였다.

성옥은 순간 얼어붙어 대답할 수 없었다.

"믿고 싶지 않은 거 알아." 연삼은 성옥의 반응을 예상해서 실망하기 싫다는 듯 계속 눈을 감고 있었다. 비어 있던 손으로 성옥의 등을 감싸 온전히 품에 안은 뒤 연삼은 입술을 성옥의 이마에서 귀로 옮겨갔다.
성옥은 어쩔 줄 몰라 그저 본능적으로 연삼의 행동에 따라 천천히 목을 들었다. 자신을 거의 제물처럼 연삼에게 내맡긴 채 속으로 이게 마지막이야, 마지막, 하고 중얼거렸다.
연삼이 성옥의 귓가에 대고 속삭였다. "믿지 않아도 상관없어. 증명해 보일 테니까." 얇은 입술로 성옥의 귓가에 입을 맞췄다. "내가 장의를 위해 물불 가리지 않았다고 말했지." 대수롭지 않다는 듯 가볍게 웃었다. "물불 가리지 않는다는 건 그런 게 아니야. 세상에서 내게 물불 가리지 않게 만들 수 있는 사람은 너밖에 없다."
불길한 예감이 엄습해와 성옥은 눈을 번쩍 떴다. 무슨 뜻이냐고 묻고 싶었는데 말을 꺼내기도 전에 가슴에 강력한 힘이 느껴졌다.
붉은빛이 지나가고 시력이 회복되었을 때 성옥은 연삼에게서 멀리 떨어져 북쪽 기슭 천보의 품에 있는 자신을 발견했다.

성옥은 가슴이 심하게 두근거려 얼른 천부에게서 벗어나 강 가운데로 향하려 했다. 아득한 안개 속에서 광풍이 일더니 진액선이 바람을 타고 올라가는 게 보였다. 하늘로 올라간 진액선이 갑자기 펼쳐지면서 검은빛을 내뿜자 사슴 두 마리가 지키는 금륜金輪이 만들어졌다.
금륜은 액을 몰아내고 어두운 금빛 광휘로 결계를 만들어 사막 전체를 덮었다. 연삼이 있는 채석하만 결계 밖에 있었다.
안개에 가려져 연삼이 잘 보이지 않았다. 무엇을 하는지 가늠조차 되지 않았다. 성옥은 뭔가 절대 보고 싶지 않은 일이 벌어질 것 같은 불길한 예감이 점점 강해졌다. 말리는 천보를 밀치고 비틀비틀 앞으로 달려가 강둑에 이르렀을 때 성옥은 우뚝 솟은 금빛 결계에 가로막혔다.

국사와 천보가 쫓아와 결계를 두드리는 성옥의 손을 붙들고 도로 데려가려 했지만, 성옥은 거세게 몸부림쳤다. 국사는 어떻게 해야 할지 알 수 없었다. 이미 퍼렇게 변한 성옥의 손등을 보다가 국사는 더 다치지 않도록 빛의 끈으로 성옥을 묶어버렸다. 반항할 수 없게 된 뒤에도 성옥은 뭔가를 예감한 듯 눈물어린 눈으로 두 사람을 보며 절망적으로 울부짖었다. "말려보세요. 무슨 일을 벌이려는 건지는 몰라도 좀 말려주세요."

국사와 천보가 서로 마주보았다. 국사는 눈살을 찌푸린 채 아무 말도 하지 않았고 천보는 천천히 고개를 저었다. "저희도 전하가 무엇을 하시려는지 모릅니다. 이 광휘는 진액연에서 나왔기 때문에 누구도 뚫을 수 없고요. 그러니 누구도 전하를 막을 수 없습니다."

천보가 침울하게 말할 때 광풍이 돌연 눈안개를 산산이 흩어버려 시야가 환해졌다. 마침내 강물 한가운데에 있는 연삼의 모습이 똑똑히 보였다.

하얀 옷을 입은 수신이 천지 사이에 우뚝 서서 두 손으로 금륜의 인계를 맺자 은빛 광선이 인계에서 하늘까지 올라가 하늘의 금륜을 움직이기 시작했다. 몇 바퀴 구르는 사이 금륜이 몇 배로 커져 하늘에 태양이 걸린 듯했다. 연삼이 인계를 풀고 소매를 털자 금륜이 웅웅 소리를 내더니 순식간에 어두운 금빛으로 천지를 메웠다. 빛이 닿는 모든 곳이 결계에 의해 보호되었다. 하늘가까지 뻗은 빛은 채석하 밖의 인간 전부를 감싸려는 듯 한없이 넓었다.

연삼은 눈앞의 광경을 힐끗 본 뒤 오른손을 내밀어 손바닥에 은색 창을 불러냈다. 북해의 강철로 만든 극월창이었다. 신의 무기가 나타나자 광풍이 불고 천둥이 쳤다. 연삼은 창을 가로로 들고 다른 손으로 인계를 맺어 힘을 축적한 뒤 창에 불어넣었다. 신력을 한껏 마신 극월창이 하늘을 뒤흔드는 긴 울음소리를 내뱉었다.

연삼이 창을 꽉 쥐고 아래로 힘껏 내리쳤다.

강물이 갈라지면서 거대한 물결이 일고 번개가 하늘을 가르면서 뇌성이 진동하며 대지가 흔들렸다.

강기슭에 있던 사람들은 청년이 창으로 강물을 찌르자마자 물살이 세차게 요동치며 십여 장 높이까지 일어나 빛의 결계를 때리는 것을 보았다. 우리를 부수려는 짐승 같은 거센 물살에 사람들은 깜짝 놀라 벌벌 떨었다. 강에서 무슨 일이 벌어지는지 궁금해하던 시선도 완전히 가로막혔다.

물결은 인간의 시선만 가릴 수 있을 뿐, 남쪽 기슭 화요들과 북쪽 기슭 국사의 시선까지 막을 수는 없었다. 화요들은 허공으로 뛰어올라 거대한 물결 뒤쪽에 온 정신을 집중했다. 호기심 많은 국사도 뒤질세라 구름을 불러내 천보와 성옥을 데리고 올라갔다.

높은 곳에서 내려다보이는 광경에 국사는 놀라움을 금할 수 없었다.

극월창 때문에 채석하 강바닥에 횡으로 깊은 균열이 생겼는데 그 너비가 백여 장은 되어 보였다. 별로 거세지 않은 물줄기가 갈라진 틈새에서 흘러나와 제방까지 물러났던 물살과 합류하자, 수백 척 너비에 불과했던 사막의 강이 고작 몇 분 만에 바다처럼 넓어졌다.

그런데도 청년은 만족스럽지 않다는 듯 냉랭한 얼굴로 물결 위에 서 있다가 왼손으로 또 인계를 맺어 극월창에 신력을 불어넣은 뒤 다시 한번 무겁게 내리쳤다. 온통 은빛으로 빛나는 극월창을 한층 더 깊게 바닥까지 들이밀었다.

한층 더 눈부신 은빛이 창끝에서 터져나와 갈라진 틈새 사이를 정신없이 오갔다. 얼마 지나지 않아 바닥에서 쩍 소리가 크게 울리더니 순식간에 눈에 보이지 않는 곳까지 균열이 뻗어갔다. 원래는 딱 붙어 있던 사막이 그 균열을 경계로 양분되었다. 한쪽은 북쪽으로, 다른 한쪽은 남쪽으로 이동했다. 지면 아래에 오랫동안 갇혀 있던 물은 갑자기 자유를 얻자 고삐 풀린 망아지처럼 콸콸 솟구쳐 나왔다.

바람이 불고 구름이 움직이고 바닥이 갈라지더니 바다가 생겼다. 하늘이 무너질 듯 천둥이 요란하게 쳤다.

물끄러미 지켜보던 천보가 그제야 무슨 상황인지 깨달았다. "그랬군요. 전하께서는 처음부터…… 땅을 갈라 바다를 만들 생각이셨군요."

국사도 이해했지만 당황스럽기도 해서 천보를 보며 더듬더듬 말했다. "화, 확실히, 오, 오나소와 북위, 대, 대희 사이에……"

천보가 막았다. "진정 좀 하시지요. 그렇게 더듬으니 알아듣기 힘듭니다."

국사는 천보의 권유를 받아들여 마음을 가라앉히고 나서 차분하게 말했다. "바다를 만들어 세 나라를 분리하면 지리적 관계는 물론 정치적 관계까지 완전히 바뀌겠지요. 대희국은 오나소와 화친을 맺을 이유가 없어지니 군주도 자유로워지고요."

연삼의 대처 방식은 발상으로 보나 기술로 보나 탄복하지 않을 수 없었다. "전하는 정말 과감하게 생각하고 행할 수 있는 신이시군요. 존경스럽습니다." 그러면서도 국사는 의문을 참을 수 없었다. "하지만 평지에서 바다를 만들었습니다. 시주, 평지를 바다로 만든 겁니다! 신선들은 전부 이렇게 원하는 대로 행동할 수 있습니까?"

천보는 한숨을 내쉬었다. 당연히 안 되는 일이라 다시 한번 시선을 몇 걸음 떨어진 성옥에게로 돌렸다.

조금 전까지만 해도 연삼을 말려달라고 잔뜩 흥분해 발버둥치던 소녀가 지금은 얌전하게 구름 끝에 꿇어앉아, 광풍과 뇌성 속에서 태연하게 거대한 파도를 일으키는 청년을 응시하고 있었다.

계속 지켜보고 있었기 때문에 천보는 성옥이 국사에게 묶인 채 구름에서 연삼을 볼 때 성옥의 얼굴에 더는 큰 변화가 생기지 않는 걸 알 수 있었다. 누구도 막을 수 없는 현실임을 빠르게 받아들인 듯 눈시울을 붉히며 슬프고 걱정스러운 눈빛을 지을 뿐, 그 이상의 감정은 드러내지 않았다. 심각한 광경이 펼쳐졌을 때는 두려운지 눈을 감고 뺨을 앞쪽 결계에 붙였다. 그렇게 해야만 안심할 수 있는 듯했다.

천보의 대답을 들을 수 없어 고개를 돌렸던 국사는 물끄러미 성옥을 쳐다보는 천보를 발견하고 자기도 따라서 시선을 돌렸다. 얌전하고 순순해진 성옥의 모습에 국사는 잠시 생각한 뒤 속박을 풀어주고 빛의 끈을 회수했다.

속박이 풀렸는데도 성옥은 이렇다 할 반응을 보이지 않았다. 묶여도 그만이고 풀려도 그만이라는 태도였다.

국사는 워낙 둔하고 투박한 남자라 성옥한테 무슨 문제가 있다고 생각하지 않았다. 반면 천보는 성옥이 걱정스러웠지만 달리 방법도 없어 속으로만 깊은 한숨을 내쉬었다.

국사가 천보에게 다가가 아까의 대화를 계속 이어가려 다시 한번 물었다. "전하께서 저러셔도 정말 아무 문제가 없겠습니까?"

천보가 쓴웃음을 지었다. "어떻게 문제가 없겠습니까. 세상일에는 항상 천운이 작용합니다. 속세의 국운 역시 천운에 속하고요. 땅을 갈라 바다를 만들면 많은 일이 연관될 수밖에 없으니, 세 나라의 국운만 바뀌는 걸로 그치지 않겠지요. 이건 천명을 심각하게 거스르는 일이라 천군이 큰 징계를 내리실 겁니다."

국사는 가슴이 철렁 내려앉았다. "가령 어떤 징계요?"

질문을 던진 뒤 국사는 자기도 모르게 성옥 쪽을 돌아보았다. 문득 연삼을 말려달라고 미친듯 매달리던 성옥의 모습이 떠올라 국사는 속으로 생각했다. 설마 전하가 뭘 하려는지 알고 어떤 후폭풍이 닥칠지도 알아서 그렇게 흥분했던 건가?

성옥의 눈에서 보았던 절망과 공포를 떠올리며 국사는 조금 이상하지만 그럴 확률도 있겠다고 생각했다.

구름이 별로 크지 않아 세 사람 거리도 멀지 않으니 군주도 자신과 천보의 대화를 어느 정도 들었을 터였다. 성옥의 몸이 떨리는 듯 보였지만 국사는 확신할 수 없었다.

국사의 질문에 어떻게 대답해야 할지 몰라 천보는 잠시 생각한 뒤 중얼거렸다. "지금까지 이렇게 큰 죄를 저지른 신선은 없었기에 어떤 징계가 내려질지 저도 모르겠습니다."

말이 떨어지기가 무섭게 하늘 사방에서 호랑이와 용의 포효 소리가 울렸다.

최대한 자중하고 있었는데 그런 소리가 들리고 하늘가에서 보랏빛이 획 지나가는 게 보이자 국사는 진중함을 유지할 수 없었다.

"방금 뭐였습니까?"

천보도 깜짝 놀랐다. "하늘 법전에 따르면 각각의 인간계마다 고유한 법규가 있습니다. 새로운 시대가 열린 뒤 신들이 모여 정했지요. 산천과 자연이 어떻게 분포되는가도 인간계의 법규에 속하며, 그러한 법규는 네 마리 신수神獸가 지킵니다. 제가 틀리지 않았다면," 천보가 하늘가를 바라보았다. "인간계의 법규를 지키는 신수가 왔을 겁니다."

천보의 말을 증명하려는 듯 허공을 꿰뚫는 새 울음소리가 들리더니 상서로움을 뜻하는 보랏빛 광휘가 하늘 사방에서 가운데로 모였다. 눈부신 빛무리가 가라앉자 보랏빛 속에서 청룡과 백호, 주작, 현무의 모습이 드러났다.

바다 한가운데의 하얀 옷을 입은 수신은 발밑에서 멋대로 솟구치는 물을 완전히 제압하지 못한 상태였다. 신수 네 마리가 모이자 연삼은 땅에 박았던 극월창을 곧바로 뽑아 해수면과 평행하게 돌린 뒤 살짝 밀쳐내고 신력을 주입했다. 새로운 바다 위로 거칠게 내달리는 파도를 누를 수 있도록 극월창을 남겨두고 연삼은 몸을 돌려 하늘로 날아올라서는 은빛을 번쩍이며 다시 은룡의 몸으로 변했다.

천둥 번개 속에서 청룡과 백호가 포효하고 주작과 현무가 울부짖었다. 은룡은 천둥과 번개를 뚫고 구름으로 들어가 네 신수와 싸우기 시작했다.

혼자 넷을 상대하는데도 처음에는 은룡이 우세해 보였다. 하지만 물로 공격하든 불을 내뿜든 벼락을 던지든 신수를 잠시 묶어두는 데 그쳤다. 속세의 영혼이 뭉쳐졌을 뿐 실체가 없는 신수이다보니 정말로 상처 입힐 수는 없었다.

땅을 가를 때 많은 법력을 쓴데다 신력 절반을 새로운 바다를 억누르는 데 사용해서인지 은룡은 갈수록 네 신수의 공격에 밀리는 모양새였다. 그렇게 긴박한 순간, 청룡과 백호, 주작이 은룡과 정면으로 싸우는 틈에 북쪽 하늘을 지키는 현무가 용꼬리를 덥석 감았다. 은룡이 진노해 꼬리를 세차게 흔들었지만, 현무는 부드러운 뱀의 몸으로 용꼬리를 꽁꽁 감고 날카로운 이빨로 물기까지 했다. 은룡이 분노의 포효를 내지르더니 성가신 현무를 떨어뜨리려 더이상 애쓰지 않고 구름 속으로 현무를 끌고 들어갔다. 나머지 세 신수는 어디로 가는지도 모른 채 은룡을 따라갔다.

짙은 구름이 온 하늘을 가려 천지가 어두워지고 구름 뒤편에서 신수의 포효만 들려왔다.

천보와 국사가 조급해할 때 생각지도 못하게 하늘에서 갑자기 광풍이 몰아쳐 구름을 날려버렸다. 밝은 달 아래로 은룡과 신수의 모습이 다시 드러났다. 은룡은 날카로운 발톱으로 주작과 현무를 각각 움켜쥐고 발버둥치는 백호를 거대한 몸으로 감은데다 청룡의 머리를 반쯤 삼키고 있었다. 얼마 지나지 않아 신수 네 마리가 모두 은룡의 뱃속으로 들어갔다. 은룡이 울부짖자 온몸에서 눈부신 보랏빛이 터져나왔다. 곧이어 은룡은 괴로운 듯 구름 사이에서 끊임없이 몸부림쳤다. 온몸에서 은빛이 번쩍이다 보랏빛이 번쩍이는 게 두 빛이 은룡의 몸안에서 싸우는 모양이었다.
 국사는 긴장해 목소리까지 떨렸다. "저, 전하가……"
 천보는 하늘에서 엎치락뒤치락하는 은룡을 눈 한번 깜빡이지 않고 쳐다보고 있었다. "본래 신수란 수호하는 힘에 불과한데, 전하가 세상 규율을 바꾸면서 조제 신이 처음 이 세상을 수호하느라 남겨놓은 힘이 형상화되었습니다. 저들은 전하가 바꿔놓은 것을 원래대로 되돌리려는 겁니다. 수호의 힘이란 실체가 없이 형상만 있어서 해칠 수도, 없앨 수도 없지요. 그래서 전하는 신수들을 삼켜 그 힘을 동화시킴으로써 새로운 주인을 인정하게 하려는 겁니다. 성공하면 신수들은 전하를 위해 전하가 새롭게 규정한 이 세상의 규율을 수호할 겁니다." 천보가 잠시 쉬었다가 살짝 떨리는 목소리로 이어서 말했다. "하지만 조금 전에 바다를 만들면서 신력을 너무 많이 쓰셨어요. 거기에 새로운 바다를 제어하느라 적지 않은 신력을 소모하셨으니 지금 신수 네 마리를 통제하는 건 정말 무리……"
 천보의 말이 끝나기도 전에 하늘에서 돌연 용의 울음소리가 들려오더니 은룡이 온몸에서 강렬한 은빛을 발산하며, 여전히 반항 중인 보랏빛을 완전히 삼켜버렸다. 눈부신 은룡이 하늘을 날아다니며 차갑고 거대한 칼처럼 하늘을 찌르고 구름을 가르자 비가 억수같이 쏟아지기 시작했다.
 번개와 폭우 속에서 은룡이 입을 열자 방금 삼켰던 신수 네 마리가 차례로 나왔는데 온몸에서 은빛이 흘렀다. 신수를 내보낸 은룡은 길들인 네 마리 신수에게 모든 힘을 나눠준 듯 점점 빛을 잃어갔다. 강력한 은룡조차 신수 네 마리를 새로 만들기란 쉽지 않은 모양이었다. 완전히 탈진한 은룡은 마지막으로 꼬리를 흔든 뒤 하늘에서 떨어져내렸다.

신력이 사라지자 허공의 진액선도 접히고 바다 기슭에 놓였던 결계도 사라졌다. 결계가 사라진 순간, 새로운 바다를 제압하던 극월창도 빛으로 변해 종적을 감추었다. 바닷물이 다시 요동치기 시작했다. 바로 그때 맑은 새 울음소리가 들려오더니 주작을 선두로 네 신수가 차례차례 바다 밑으로 향했다. 신수들이 바다로 들어가자 은빛이 해수면 전체를 덮었고 요동치던 바다도 도로 평온해졌다.

하늘에서 떨어지던 은룡이 중간에서 인간으로 변했다. 국사는 조금도 지체하지 않고 검을 타고 날아가 안색이 창백한 청년을 받았다. 연삼이 아직 깨어 있는 것을 보고서야 국사는 목구멍으로 튀어나올 듯한 심장을 가라앉힐 수 있었다. 몸을 돌리자 성옥이 허공의 구름 끝에서 멍하니 바라보다가 갑자기 앞으로 발을 내딛는 게 보였다. 다행히 천보가 붙든 덕분에 성옥은 구름에서 떨어져 온몸이 부서지는 걸 면할 수 있었다. 국사는 식은땀을 흘리며 얼른 구름을 지면으로 내렸다.

천둥소리가 잦아들고 비가 그쳤다. 푸른 바다가 반구형 하늘 아래에서 부드럽게 찰랑였다.

중천에 정지해 있던 달도 마침내 본래의 궤적을 되찾았다. 달이 지고 하늘이 밝아오기 시작했다.

국사는 몸도 제대로 가누지 못할 만큼 탈진한 연삼을 부축해 해안가의 커다란 백양나무 아래에 앉혔다. 눈을 들자 멀지 않은 곳에서 성옥이 구름을 벗어나 잔뜩 긴장한 얼굴로 다가오는 게 보였다.
성옥은 걸음이 무척 느리고 거의 넋이 나가 있었다. 몇 걸음 더 걷고 나서야 표정이 조금씩 되살아났다. 손바닥만한 얼굴이 두려움과 걱정, 고통으로 가득했다. 눈을 깜빡이자 물기가 어른거렸다. 그러다 갑자기 치맛자락을 들고 비틀비틀 달려왔지만 국사와 연삼의 몇 걸음 앞에서 도로 발을 멈췄다. 다가오고 싶지만 감히 그러지 못하는 모양새였다.
무릎을 꿇은 채 나무에 기대앉은 연삼이 헐떡거리는 성옥을 올려다보았다. 두 사람 모두 말이 없어서 작은 모래사장이 두려울 정도로 고요해졌다.
아무리 둔한 국사라도 자신이 방해가 될 수 있음을 모를 수 없는 상황이었다. 국사는 말없이 서로를 바라보는 두 사람을 위해 조용히 자리를 비켜주었다.
성옥은 자신이 어떻게 연삼의 앞까지 왔는지 몰랐다. 가슴이 두려움과 슬픔으로 가득차 자신의 행동을 인식했을 때는 이미 연삼 옆에 꿇어앉아 무의식적으로 한 손으로는 연삼의 오른손을 잡고 다른 손으로는 연삼의 얼굴을 어루만지고 있었다.
왼손이든 오른손이든 연삼의 피부가 얼음장처럼 차가운 게 느껴져 몸이 덜덜 떨려왔다. 성옥은 자기 목소리마저 떨리는 걸 느꼈다. 작고 겁에 질린 음성이었다. "연삼 오라버니, 괜찮아요?"
연삼은 대답 없이 성옥을 잠시 보고는 고개를 기울여 왼뺨을 성옥의 손바닥에 묻으며 애틋하게 눈을 감았다. "이제는, 내가 사랑하는 사람이 너라는 걸 믿지?"
믿지 않아도 상관없어. 증명해 보일 테니까.

땅이 갈라지기 전에 연삼이 성옥의 귓가에 속삭였던 말이 불현듯 떠올랐다. 그나마 붙들고 있던 마지막 이성의 끈마저 쇠망치로 변해 심장을 쿵쿵 때리는 통에 성옥은 가슴이 무너지는 것 같았다. 도저히 참을 수 없어 결국 눈물을 터뜨리며 화를 내는지 절망감을 표출하는 건지 알 수 없는 말을 내뱉었다. "왜 이런 식으로 증명해야 하는데요? 저는 증명 같은 게 필요 없었다고요!"

연삼이 어리둥절한 표정으로 웃은 뒤 순순히 응했다. "그래, 아옥은 필요 없었어. 내가 너한테 증명하고 싶었을 뿐이야. 아옥이 내 마음을 알아줬으면 해서."

성옥은 사실 그런 게 아니라 자기 가슴에 장의가 응어리로 남아서라는 것을 잘 알고 있었다. 연삼이 오늘 이렇게 대대적으로 혼사를 방해하지 않았다면, 자신을 위해 전부를 걸지 않았다면 성옥은 평생 연삼의 마음을 믿지 못했을 터였다.

그 은밀한 꿈속에서는 연삼이 자신을 위해서도 모든 걸 내던질 수 있기를 소망했지만, 그렇다고 꿈이 현실이 되기를 바라지도 않았다. 연삼에게 해를 끼치기 싫어서였다. 성옥은 연삼이 자신을 위해 신력을 너무 많이 쓰는 것도, 자신으로 인해 징계를 받는 것도 원하지 않았다.

말로 표현할 수 없는 고통과 후회가 엄습해와 성옥은 연삼이 따뜻하게 위로하는데도 꺽꺽 숨이 막힐 만큼 울었다. "왜 내 말대로 해요? 그러지 말았어야죠." 성옥은 연삼에게 갖다대었던 손을 거둬 무릎에 올리고 잘못을 저지른 아이처럼 치마를 꽉 움켜쥐며 괴로워했다. "전부 제 잘못이에요. 제가 해서는 안 되는 말을 해서 오라버니가 이렇게 비이성적인 일을 한 거예요……"

연삼이 성옥의 손을 도로 잡고 꽉 쥔 주먹을 다독다독 쓰다듬어 느슨하게 폈다. 그러고는 성옥의 오른손을 입가로 가져가 손등에 입을 맞췄다. "그런 생각 마라. 네 잘못도 아니고 네가 몰아세운 것도 아니야." 멈췄다가 이어서 말했다. "하지만 해서는 안 되는 말을 한 건 사실이지." 연삼은 성옥의 새빨개진 눈을 보며 능숙하게 눈물을 닦아주었다. "나를 금방 잊을 거라고 말하지 말았어야지." 연삼이 진지하게 성옥을 바라보며 진지하게 물었다. "지금도 나를 금방 잊을 수 있을 것 같니?"

 성옥은 잠시 멍하니 있었다. 소사라경에서 헤어질 때 서로를 좋아해도 아주 깊은 감정은 아니니 자신을 잊어달라고 했던 게 생각났다. 연삼이 너는 금방 잊을 것 같냐고 반문했을 때 속으로는 그렇게 생각하지 않으면서도 부정하지 않았다.

 성옥은 연삼이 그 말을 이렇게 진지하게 받아들였을 줄 몰랐다.

 눈물이 또 줄줄 흘러나왔다. 그러고 싶지 않았지만 어쩔 수 없었다. 연삼이 아팠다는 것에 성옥도 아팠다. 그런 자신이 창피해 한 손으로 눈을 가리고 서럽게 고개를 저은 뒤 솔직하게 고백했다. "저, 저는 오라버니를 잊을 수 없어요. 소사라경에서 헤어진 날이 우리의 마지막이었어도 잊을 수 없었을 거예요."

 연삼의 표정이 살짝 달라졌다.

 성옥은 계속 말했다. "그때는 정말로 오라버니가 저를 금방 잊을 거라 생각했고 그렇게 믿었어요. 저는 잊지 못할 줄 알고 있었고요. 오라버니를 절대 잊지 않겠다고 결심했지만 말할 수는 없었지요. 창피하기도 하고 오라버니가 저를 말과 행동이 다르게 질척댄다고 생각하는 게 싫었거든요."

연삼은 두 눈을 가리고 있는 성옥의 손을 풀어 억지로 마주보게 했다. "그런 거야?"

웃음기 띤 연삼의 눈을 보자 성옥은 조금 당황스럽고 난감했지만 얌전히 고개를 끄덕였다. "네."

"나를 절대 잊지 않겠다 결심한 게 한동안 잊지 않겠다는 거였니, 오랫동안 잊지 않겠다는 거였니, 아니면……"

성옥이 울먹였다. "평생이요. 평생 절대 연삼 오라버니를 잊지 않겠다고요."

연삼이 손을 뻗어 성옥을 휙 잡아당겨서는 품에 꽉 안았다. 한참 뒤 성옥의 머리 위에서 가벼운 탄식이 들려왔다. "평생도 부족해. 환생하는 내내 그래야지."

성옥은 연삼이 이미 지나간 사소한 결정에 왜 연연하는지 알 수 없었지만 솔직하게 마음을 털어놓고 평생 그를 기억했을 거라고 말하자 슬프면서도 만족스러웠다. 연삼이 더 많은 것을 요구해도 들어줄 생각이어서 성옥은 연삼의 옷자락을 움켜쥐고 얼굴을 연삼의 가슴에 완전히 파묻고는 살며시 고개를 끄덕였다. 행여 연삼이 못 봤을까봐 또 작게 "네" 하고 귀여운 콧소리로 대답까지 했다.

그 콧소리에 심장이 말랑해지는 기분이 들어 연삼은 살짝 고개를 숙이고 성옥의 머리카락에 입을 맞췄다.

파란 바다가 잔잔했다. 바닷바람은 부드러웠다.

두 사람은 백양나무 아래에서 오랫동안 끌어안고 있었다. 붉은 옷과 하얀 옷이 한데 뒤엉켰다. 천지가 아무리 커도 그들을 떼어놓을 수 있는 건 아무것도 없을 듯했다.

민달왕자는 백양나무 아래에서 끌어안고 있는 두 사람을 멀지 않은 곳에서 지켜보고 있었다.

워낙 기이한 일을 겪은 터라 신하들과 수행원들은 하나같이 꿈속에 빠진 듯 제정신이 아니었다. 제일 먼저 정신을 차린 민달왕자는 눈앞에 불쑥 생겨난 거대한 바다를 보고 은백색 고목 아래에서 청년의 품에 얌전히 안긴 소녀를 보았다. 깜짝 놀란 마음에 날카로운 통증이 더해졌다.

민달은 붉은 옷을 입고 있는 군주를 진심으로 좋아했다.

어려서부터 한학을 숭상했고 호방한 중원 선비에게 가르침을 받았다. 스승은 적절히 행동하고 적절히 침묵하며 적절히 기뻐하고 적절히 성낸다는 글귀를 가르쳐주면서 중원 여성의 아름다움을 표현한 글 중에 가장 절묘하다고 말했다. 민달은 작년 곡수원에서의 황혼 때 그 글귀를 비로소 이해할 수 있었다.

그날 황혼 무렵 민달은 잃어버린 옥패를 찾으러 명월전 앞의 격구장으로 되돌아갔다. 동쪽의 나지막한 담장을 지나다가 눈을 들었을 때 우연히 하얀 옷을 입은 소녀가 막대기를 들고 날듯이 말을 달리는 것을 보았다. 소위 '동전 날리기'를 하는 중이었다. 그때까지만 해도 별로 특별한 줄 모르고 중원 여인 중에도 격구의 고수가 있구나, 스승은 중원 여성이 연약하다고 했는데 모두 그런 것도 아니구나, 하고만 생각했다. 민달이 동쪽 담장을 따라 관람대로 가는데 소녀의 준마도 질주를 멈추고 동쪽 담장을 따라 천천히 걸어갔다. 그 덕분에 두 사람 거리가 몇 장밖에 되지 않았다. 봄바람이 불어오는 느낌에 자기도 모르게 고개를 들었던 민달은 소녀가 소매로 가볍게 땀을 닦는 모습을 보았다. 깜짝 놀랄 만큼 아름다운 용

모였다. 붉은 입술을 살짝 올려 친구를 향해 웃는 듯했는데 의기양양한 웃음인지 기쁜 웃음인지는 알 수 없었다.

민달은 그 자리에 얼어붙었다. 스승이 예전에 들려준 글귀가 느닷없이 가슴을 때려, 변함없이 담담한 얼굴과 달리 심장은 북처럼 울렸다. 나중에 민달은 조용히 수소문해 소녀가 대희국의 군주임을 알아냈다. 남달리 총명하고 운동을 좋아하며 잘 웃고 말썽을 자주 일으키고 그림이나 악기는 서툴다는 사실들도 알게 되었다.

오늘 혼례단을 만났을 때만 해도 민달은 자신의 숙원대로 성옥을 아내로 맞을 수 있을 줄 알았다. 그런데 어떻게……

민달은 아무나 성옥 같은 아가씨와 어울릴 수 없음을 진작부터 알고 있었다. 그래도 오나소의 왕자라면 자격을 갖췄다고 여겼건만, 상대가 천신이라면 무엇을 할 수 있겠는가? 일개 인간이 어떻게 신과 신부를 다툴 수 있겠는가?

아쉬움이 없지 않았지만 가슴 깊이 억누르는 수밖에 없었다. 민달은 감정만 풍부한 게 아니라 이성도 풍부했다.

백양나무 아래 엉켜 있는 두 사람의 모습을 마지막으로 바라본 뒤 민달은 몸을 돌렸다. 신하와 수행원도 부르지 않고 혼자 눈 내린 길로 말을 끌고 되돌아갔다.

## 13장
## 소사라경에서 정신을 차린 연삼

 소사라경은 성숙하고 안정된 세계가 아니라서 계절이 일정하지 않고 풍경도 고정적이지 않았다. 며칠 전 성옥이 제소희에게 끌려왔을 때는 따뜻한 봄의 산이었지만 이번에 다시 들어와보니 늦가을의 사막이었다.
 강력한 신이라 그런지 연삼은 땅을 갈라 바다를 만들고 거센 풍랑을 잠재우고 신수를 길들인 뒤에도 성옥과 오랫동안 대화를 나누었다. 그 점에 대해 국사는 깊이 탄복했다. 하지만 몇 장 멀리에서 연삼의 안색을 살펴보니 언제 정신을 잃을지 알 수 없을 정도로 억지로 버티는 기색이 역력했다.
 국사의 예감은 정확했다. 오해를 전부 풀고 난 뒤 연삼은 성옥과 조용히 백양나무 아래에 앉아 일출을 기다리다가 국사의 우려대로 정신을 잃었다. 무척 당황스럽고 혼란스러운 상황이었다. 다행히 천보가 경험 많은 선녀답게 셋째 전하는 신력을 너무 많이 소모해 피곤해지셨을 뿐이라고 단호하게 판단을 내린 뒤 편히 휴식할 장소를 찾으면 된다고 말했다. 성옥과 국사는 그제야 마음을 가라앉힐 수 있었다.

세 사람은 상의 끝에 소사라경이 방해받지 않을 좋은 장소라고 결론을 내리고 무성적을 이용해 들어왔다.

천보는 셋째 전하가 신룡의 모습을 드러내고 바다를 만든 것은 하늘의 법도를 어긴 행동이라 틀림없이 구중천이 뒤집혔을 거라고 말했다. 그렇다면 이토록 큰 소동이 벌어졌는데 왜 하늘의 병사가 당장 내려와 체포하지 않았을까? 천보는 구중천은 규율이 엄격한 곳이라 누구를 체포하는 일도 천군의 한마디로 실행되지 않으며, 회의를 통해 각계 신선들의 의견을 모은 뒤 어떤 신이 책임지고 하계로 내려가 체포할지 정하기 때문이라고 했다. 그러고 나면 천군은 또 명령서를 작성해 담당자에게 보내야 하며, 담당자는 명령서를 가지고 하계에 내려와야 근거가 생긴다고 설명했다. 그런 절차는 한두 시진으로 끝나지 않으며 구중천의 하루는 이 속세의 일 년과 같으니, 한두 달쯤 지나야 천신이 내려와 귀찮게 할 거라고 했다. 다시 말해 소사라경에서 셋째 전하가 보름에서 한 달 정도 깨어나지 못하고 잠만 자도 너무 걱정할 필요가 없다며, 어쨌든 구중천의 민주적인 회의 제도 덕분에 시간이 충분하다고 말했다.

천보의 설명이 무척 합리적이라 국사는 완전히 설득되었다. 더구나 시종일관 침착함을 유지하는 모습에 국사는 천보가 어떻게 이렇게 젊은 나이에 원극궁의 책임 선녀가 되었는지 마침내 이해할 수 있었다. 아름다운 외모 때문만이 아니어서 감탄이 절로 나왔다.

천보는 자긍심이 넘치는 선녀여서 빙그레 웃으며 인정했다. "솔직히 말씀드리자면 구중천의 책임 선녀 중에서 저는 두번째라 할 수 있습니다. 제 앞으로는 태신궁에서 동화제군을 모시는 중림선관만 계시지요."

한밤중이라 하늘에 떠오른 차가운 달이 지상의 금빛 숲을 비추고 있었다. 연삼은 숲속 통나무집에서 잠에 빠졌고 성옥이 그 옆을 지켰다.

소사라경에는 제소희를 제외하면 누구도 들어올 수 없었다. 천보는 자신들이 들어온 지 한참 지났는데도 제소희가 따라오지 않았으니 앞으로도 오지 않을 거라고 예상했다.

천보의 말도 일리가 있었지만, 국사는 워낙 신중한 성격이라 통나무집에서 열 장쯤 떨어진 곳에 모닥불을 피우고 형식적으로나마 보호 술법을 펼쳤다. 말만 보호 술법이지, 사실 힘을 쓸 필요가 없어서 두 사람은 주거니 받거니 이야기를 나누었다.

이야기는 천군이 셋째 전하를 잡아오라고 누구를 내려보낼지 예상하는 데까지 진전되었다.

구중천 일에 관해 아는 게 없는 국사를 위해 천보는 참을성 있게 설명해주었다. "구중천에서는 당연히 천군이 천족의 주인이지만, 천군이 구중천의 신을 전부 움직일 수 있는 건 아닙니다. 예전에 천지를 공동 주관했던 동화제군은 말할 것도 없고 진황眞皇 몇 분도 천족의 일로 모신 적이 거의 없지요."

국사는 자정제라는 천군도 참 맥빠지겠다고 생각했다. "천군이 되면 무엇이든 마음대로 할 수 있는 줄 알았습니다."

천보가 잠시 침묵했다가 말했다. "마음대로 하고 싶으면 천군이 아니라 동화제군이 되어야지요." 헛기침을 한번 내뱉었다. "이야기가 너무 멀리 왔군요." 천보가 본래의 화제로 되돌아갔다. "동년배 신군 중에서 셋째 전하와 그나마 견줄 수 있는 분은 상적 둘째 전하밖에 없습니다. 제 생각에 천군은 북해로 좌천시킨 둘째 전하를 불러 이 일을 맡길 듯합니다."

국사는 호기심이 일었다. "그럼 전하는 얌전하게 형님을 따라 돌아가실까요?"

천보가 부지깽이를 들고 장작을 뒤적였다. "전하가 신력을 소모하지 않은 상태에서 진지하게 맞선다면 둘째 전하 혼자는 말할 것도 없고 둘이 와도 적수가 되지 못할 겁니다. 하지만 지금은 바다를 만들고 신수를 길들이느라…… 특히 신수를 길들이는 건 심신이 엄청나게 소모되는 일이라, 전하께는 기껏해야 삼 할의 신력밖에 남지 않았을 겁니다." 천보가 잠시 쉬었다가 다시 말했다. "그러니 얌전히 형을 따라 돌아갈 것인지의 문제가 아니라 얌전히 따라갈 수밖에 없는 문제입니다."

국사는 놀라움을 금치 못했다. "신력의 칠 할을 썼다는 말입니까? 그, 그렇게 심각해요?"

"그게 바로 하늘을 거스른 대가입니다." 천보는 계속 장작을 뒤적였다. "용족의 신력이 진귀하긴 하지만, 전하는 재능을 타고나셨으니 소모된 신력을 되찾는 일은 그다지 어렵지 않을 겁니다. 마음을 비우고 폐관해 이삼천 년 자면 될 테니 걱정할 필요 없습니다."

국사는 뭐라 말해야 좋을지 몰라 탄식만 내뱉었다. "전하가 거침없는 분인 줄은 알았지만 이 정도일 줄은 몰랐습니다……"

천보가 고개를 저었다. "국사가 전하를 몰라서 그렇습니다. 천족은 나면서부터 신이라 수행할 때 칠정과 육욕을 끊을 필요가 없습니다. 그래서 수많은 천족 신에게는 욕망이 있지요. 신력과 품계, 권세, 지위를 무척 중시하며 평생을 걸 가치가 있다고 여깁니다. 많은 인간이 권력과 재물을 중시해 평생 거기에 매달리는 것처럼요." 천보가 잠시 멈추고 먼 하늘을 바라보았다. "하지만 셋째 전하는 다릅니다. 아무것도 안중에 두지 않으시지요. 신력과 품계, 권세, 지위 모두 전혀 진귀하게 여기지 않고 신경도 쓰지 않으십니다."

생각에 잠긴 국사를 보고 천보가 빙그레 웃었다. "물론 지금은 전하에게 신경쓰이는 일이 생겼습니다. 전하를 향한 군주의 마음에 무척 신경쓰시지요. 전혀 신경쓰지 않는 신력을 써서 그토록 신경쓰는 군주의 마음을 얻었으니, 전하의 시선에서 보면 꽤 수지맞는 장사가 아닙니까?"

국사는 천보의 흥미진진한 말에 가치관이 흔들리는 느낌을 받았지만 다른 한편으로는 일리가 있다고 생각했다.

"일리 있는 말입니다." 국사는 침울하게 인정하다가 문득 의문이 들었다. "전하와 군주가 서로 좋아하니 다행이지만 이제 전하는 구중천으로 끌려가야 하잖습니까. 그럼 군주도 함께 갑니까?"

이후에 어떻게 될지는 천보도 몰랐다.

"어쨌든 저도 다 아는 건 아니니까요." 천보가 잠시 생각하다가 대답했다.

둘은 한숨을 내쉬었다.

연삼은 눈을 떴을 때 아직 의식이 흐릿한데도 무성적의 가벼운 떨림을 감지하고 소사라경에 있음을 알아차렸다. 그러고 나서 자신을 바라보는 시선이 느껴져 고개를 돌렸다가 옆쪽에 모로 누워 있는 성옥을 발견했다. 살구씨 같은 눈이 살짝 커졌는데 놀라고 기쁘면서도 믿을 수 없다는 눈빛이었다.

머릿속에 수많은 장면이 떠올랐다. 연삼은 총명한 머리로 자신이 의식을 잃은 후 무슨 일이 있었는지 순식간에 유추해냈다. 천보가 나서서 이리로 데려왔고 성옥은 마음이 놓이지 않아 내내 곁을 지킨 게 틀림없었다.

단출한 통나무집은 몇 걸음 떨어진 작은 탁자에 희미한 등불 하나만 있어 조금 어둑했다. 연삼은 몸을 돌려, 두 손을 뺨에 대고 가만히 누운 채 눈도 깜빡이지 않고 자신을 바라보는 소녀를 마주보았다. 입을 열려고 할 때 성옥이 돌연 손을 뻗고는 꽃향기 나는 손바닥을 연삼의 눈에 댔다.

눈앞이 까매졌다. 연삼이 눈을 깜빡이자 손이 휙 되돌아갔다.

연삼은 살며시 눈썹을 치켜올렸다. "왜 그러니?"

성옥은 방금 거둬들인 손을 무의식적으로 가슴에 댄 뒤 조금 얼떨떨한 표정으로 말했다. "깼군요." 연삼의 눈을 보는데도 여전히 얼떨떨한 표정이었다. "내가 꿈을 꾸고 있나요?"

연삼도 성옥을 보았다. "네 생각은?"

성옥이 생각에 잠긴 듯 살며시 눈살을 찌푸렸는데 꿈이 아니기를 바라는 애틋한 눈빛이었다. "꿈일 리 없어요. 오라버니가 눈을 깜빡였고 긴 속눈썹이 내 손바닥을 간지럽혔으니까요."

정말 바보 같은 소리였다.

연삼은 실소를 터뜨리며 성옥의 손을 끌어당겨 손바닥에 입을 맞췄다. "그래, 꿈이 아니야. 나 정말로 깼어."

가벼운 입맞춤에 성옥은 살며시 몸을 떨었다. 옅은 전율 속에서 연삼이 정말로 깼음을 실감하고 나자 성옥의 눈빛이 점점 밝아졌다. "아." 가볍게 숨을 내쉬고는 다행이라는 듯 작게 탄식했다. "오라버니가 며칠은 자야 한다면서 천보 언니가 나한테도 쉬라고 했어요. 그 말을 안 듣길 잘했네요." 탄식하고 나자 다시 걱정스러워져 성옥은 눈을 여전히 반짝이면서도 살짝 눈살을 찌푸리고 연삼에게 잡힌 손을 움직였다. "연삼 오라버니, 어때요? 어디 불편한 데 없어요?"
 연삼은 고개를 저으며 손을 놓아준 뒤 성옥의 코를 건드렸다. "난 괜찮아. 힘을 좀 써서 피곤할 뿐이야. 조금 쉬었더니 많이 좋아졌고." 거짓말이 아니었다. 하루를 쉬고 나니 손실된 칠 할의 신력까지 복구되지는 않았어도 원기와 기력은 많이 회복되었다.
 성옥은 여전히 눈살을 찌푸린 채 잠시 바라보다가 고개를 숙이고 연삼의 팔을 끌어안아 자신의 얼굴을 팔오금에 묻었다. 연삼은 성옥의 얼굴 대신 부드럽게 흘러내리는 머리카락만 볼 수 있었다. 부드럽고 매끈한 머리카락은 풀어지지 않은 먹물 같기도 하고 새까만 비단 같기도 했다.
 워낙 총명하고 사람 마음을 잘 헤아리는 연삼은 곧장 성옥이 걱정하는 걸 알아차리고 나직하게 물었다. "내가 멀쩡한 걸 알고도 이렇게 슬퍼? 무슨 일이야?"
 성옥은 가만히 고개를 젓고는 잠시 입을 다물고 있다가 대답했다. "연삼 오라버니가 혼수상태일 때 많이 생각했어요." 성옥은 보들보들한 뺨을 하얀 소매로 감싸인 연삼 팔오금에 딱 붙이고 몽롱한 음성으로 말했다. "땅을 갈라 바다를 만들었으니…… 틀림없이 하늘에서 벌을 내리겠지요? 그럼 앞으로 우리는 어떡해요?" 성옥이 고개를 들었다. 눈동자가 맑은 샘처럼 투명했지만 한 번 깜빡이자 물기가 차올라 흐릿해졌다. 당혹감과 걱정으로 가득찬 얼굴이 애처로워 보였다. "저를 떠날 건가요?"

연삼은 사만여 년 동안 천군의 가장 총애받는 막내아들로 거침없이 살아왔다. 구중천에서 손꼽히는 파격적인 사건 대부분이 연삼의 소행이었다. 얼마 전 둘째 형 상적이 쇄요탑에 난입하면서 모처럼 연삼의 악명이 묻혔는데 불과 수십 년 만에 그 명성을 되찾게 될 줄은 꿈에도 생각하지 못했다.

둘 다 파격적인 사건이었지만 상적과 연삼의 행동 방식은 완전히 달랐다. 상적은 퇴로를 생각하지 않고 사랑을 위해 무조건 달려들다보니 처음으로 법을 어겼는데도 좌천당했다. 반면 연삼은 결과를 생각하지 않는 게 아니었다. 가령 이번에 바다를 만들 때도 언뜻 보면 물불 가리지 않고 달려든 듯했지만, 실은 본능적인 신중함으로 대응책을 마련해놓았다.

앞으로 어떻게 할지 준비해놓아서 성옥처럼 막막하지 않다보니 연삼은 성옥의 걱정에 농담으로 응할 수 있었다. "앞으로 어떻게 하느냐." 연삼이 성옥의 얼굴을 꼬집으며 웃음기 띤 눈으로 말했다. "첫번째로 해야 할 일은 당연히 아옥을 내 신부로 만드는 거지."

"네?" 성옥은 단번에 얼어붙었다.

농담처럼 말했어도 진심이 담긴 말이었기 때문에 연삼은 성옥이 굳어지는 걸 보고 멈칫했다. "싫어?" 한참 뒤에야 연삼이 물었는데 평소와 달리 어투에서 조마조마한 마음이 드러났다.

"저는……" 일단 입을 열었지만 성옥은 무슨 말을 해야 할지 알 수 없었다. 그저 뜨거운 열기만 느껴졌다. 귀 끝에서부터 시작

된 홍조는 순식간에 온 얼굴로 퍼졌다. 만개한 금엽산호琴葉珊瑚 같
은 작은 얼굴이 천진하면서도 요염해 보였다. 성옥이 입술을 깨물
며 수줍은 듯 화난 듯 말했다. "노, 농담하지 마세요!" 그러면서도
대답을 기다리지 않고 못 참겠다는 듯 가만히 연삼의 소매를 잡아
당기며 기대에 찬 음성으로 물었다. "연삼 오라버니, 노…… 농담
아니죠?"

희미한 불빛 속에서 성옥이 고개를 들어 연삼을 바라보았다. 부
드러운 눈길이 꼭 복사꽃이 봄물에 떨어져 잔잔한 파문을 일으키
는 듯했다. 파문이 한 겹 한 겹 가슴을 쳐 연삼은 성옥을 당장 끌어
안고 싶은 마음밖에 들지 않았다.

정말 귀엽고 요염하며 매혹적이라고 생각하면서 연삼은 손을 성
옥의 뺨에 가져다댔다. "북위에서 돌아온 뒤 어느 날 밤 꿈을 꾸었
어." 연삼이 조용히 말했다.

완전히 엉뚱한 대답이었지만 성옥은 귀를 기울였다.

"꿈에서 네가 나를 좋아한다며 내 신부가 되고 싶다고 하더라."
연삼이 부드럽게 성옥의 얼굴을 쓰다듬으면서 자기 뺨을 가까이
붙이고 나직한 목소리로 드디어 질문에 답했다. "농담 아니냐고 물
었지? 농담 아니야." 이마와 이마, 콧등과 콧등을 거의 붙인 채로
연삼은 점점 더 나직하게 말했다. "너는, 꿈에서 나를 속인 거니?"
연삼의 입술에서 나오는 모호한 말들이 중얼거림처럼 성옥의 귓가
에서 울렸다. 미풍 같고 구름 같고 솜털이 달린 새하얀 깃털 같은
말들이 가슴을 어루만져 성옥은 온몸이 떨렸다.

숨이 막힐 지경이라 몸을 빼려는데 연삼의 손이 갑자기 허리를
잡는 바람에 성옥은 머리를 젖혀 거리를 살짝 벌리는 것밖에 할 수

없었다. "꿈에서 속였느냐는 게 무슨 말이에요? 꿈속의 나는 진짜 내가 아닌데……" 얼굴이 한층 더 빨개졌다. 성옥은 정말 그 상황을 견딜 수가 없었지만 그렇다고 피할 수도 없으니, 아예 침대에 엎드려 얼굴을 하얀 비단에 파묻었다. 무척 쑥스러워하면서도 성옥은 늘 그렇듯 솔직하게 말했다. "워, 원래 그때 오라버니가 화를 내지 않았으면 난……" 비단을 쥔 손가락마저 수줍음에 붉어졌다.

성옥이 그럴 줄 몰랐는지 계속 여유롭게 놀리던 연삼이 조금 얼떨떨한 표정을 지었다. "네가…… 그러니까 어쩌려고 했는데?"

성옥은 잠시 가만히 있다가 도로 몸을 돌려 얼굴을 들고는 화가 난 듯 목소리를 살짝 높였다. "뻔히 알면서 왜 물어요!" 뻔히 아는 사실을 왜 묻느냐고 화를 내면서도 성옥은 얼굴을 붉히며 대답했다. "오라버니가 화내지 않았으면 내, 내가 그렇게 말했을지도 모른다고요."

연삼은 잠시 아무 말도, 행동도 하지 않고 성옥의 붉어진 뺨과 내려뜨린 눈썹만 바라보았다. 문득 어떤 손이 자기 심장을 살며시 움켜쥐는 듯한 느낌이 들었다.

성옥의 모습을 보니 반년 전 사이좋게 지냈던 시절로 되돌아간 듯했다. 그때 성옥은 연삼 때문에 속앓이하지 않았고 눈동자에 깊은 슬픔이나 고통이 없었으며 철이 들지도, 냉담함과 무관심으로 자신을 무장하지도 않았다. 열여섯 살의 어여쁜 소녀답게 천진난만하고 열정적이며 순수했다. 산속의 사슴처럼 날렵하고 귀여웠으며 나긋나긋하게 애교를 부릴 줄도 알았다. 성옥은 다시 그때의 모습, 연삼을 설레게 했던 그 모습으로 돌아갔다.

연삼은 성옥을 뚫어져라 바라보았다. 성옥은 연삼의 시선에 아무 말도 하지 못했다.
 연삼이 갑자기 몸을 기울여 성옥은 가볍게 떨었다. 연삼의 입술이 살며시 성옥의 입술에 닿고 이마가 이마에 닿았다. "아옥이 이렇게 솔직하니 정말 좋구나. 나도 솔직해질게."
 성옥은 아무 말도 하지 못했다. 온 신경이 입맞춤에 쏠려 손가락으로 연삼과 닿았던 입술을 살짝 건드렸다가 바보 같은 동작이라고 생각하며 정신을 차렸다. 부자연스럽게 손가락을 꼼지락거리며 관성적으로 가슴 쪽에 가져갈 때 연삼이 성옥의 손을 붙들었다.
 성옥의 손을 입술로 가져간 연삼은 살짝 고개를 기울여 손등에 입을 맞추고 나직한 목소리로 계속 말했다. "네 말대로 나는 하늘을 거스르는 행동을 했으니 분명 처벌을 받을 거야. 아마 한 달쯤 뒤에 나를 데리러 신선이 내려오겠지. 그전에 아옥, 나는 너를 황성으로 돌려보낼 거다."
 성옥은 눈을 깜빡이며 천천히 알았다고 응하다가 꿈결같이 몽롱한 분위기에서 순식간에 정신을 차리고 눈을 크게 떴다. 그러고는 자기도 모르게 연삼의 소매를 잡아당기며 다급하게 물었다. "저를 돌려보낸다니 무슨 말이에요? 우리 헤어지는 거예요?"
 성옥이 불안해할 것을 예상했는지 연삼이 달래듯 성옥의 손을 꽉 쥐었다. "나는 구중천에 돌아가서 벌을 받아야 해. 구중천의 하루가 이곳의 일 년이지만 동화제군에게 부탁하면 처벌이 이레를 넘기지 않을 거야. 그러고 나서 네게 돌아오마."
 성옥은 멍하니 연삼을 바라보았다. 홍조가 뺨에서 사라지고 눈으로 옮겨가더니 금세 눈썹까지 번졌다. 성옥은 입을 벌렸지만 아무 말도 할 수 없었다. 그래도 다시 입을 열고 처연한 투로 물었다.

"오라버니…… 구중천에 나도 데려가면 안 돼요?"

그럴 수 없었다. 아무리 생각해봐도 불가능했다. 앞서 있었던 비슷한 사태가 선하게 떠올랐다. 둘째 형과 똑같은 실수를 저지를 수는 없었다. 천군과 강경하게 맞서봐야 좋을 게 하나도 없었다.

"너를 데려가는 건 안전하지 않아. 국사와 천보를 네 곁에 남겨둘 테니 여기에서 나를 기다리렴." 연삼도 아쉬웠지만 그렇게 해야만 모두 무탈할 수 있었다. 연삼은 성옥의 얼굴을 쓰다듬고 엄지손가락으로 입가를 건드린 뒤 보조개를 살며시 찍었다. 성옥을 다시 웃게 하려는 듯했다. "벌을 받자마자 돌아오마. 그러고 나서 너를 데리고 떠날게. 알겠지?"

성옥은 한참 조용히 생각하다가 결국에는 순순히 고개를 끄덕였다. "오라버니 말대로 할게요. 하지만." 울음기가 섞인 목소리였다. 이번에는 일부러 연삼의 마음을 아프게 하려는 듯 울음기를 감추지 않았다. "연삼 오라버니에게는 우리 이별이 이레에 불과해도 제게는 칠 년이에요. 칠 년은 너무 길어요."

연삼은 늘 구속되는 것 없이 멋대로 행동했지만, 소중히 여기는 일에 관해서는 무척 신중했다. 성옥이 힘들게 보내야 하는 칠 년에 대해서도 연삼은 당연히 오랫동안 고민했다. "노군의 단약방에 적진寂塵이라는 단약이 있는데 그걸 먹으면 오랫동안 잠을 잘 수 있어." 연삼이 성옥의 눈을 보며 천천히 말했다.

총명한 성옥은 무슨 의미인지 바로 알아들었다. "오라버니가 떠날 때 적진을 준다는 거군요?"

연삼이 잠시 입을 다물었다가 말했다. "그 단약을 먹으면 칠 년 동안 잠들 수 있지만 인간이 복용하면 고통스러울 거야."

성옥은 조금도 망설이지 않았다. "괜찮아요." 붉어진 눈썹과 눈꼬리가 연약하고 가련했다. 곧 닥쳐올 이별로 괴로워하는 듯 보였지만, 표정만은 단호하고 대범했다.

연약하든 단호하든 가련하든 대범하든 전부 성옥이었다. 전부 연삼을 깊이 사랑하는 아름다운 소녀의 모습이었다. 그 모순되고 생생한 모습에 연삼은 매료되었다. 연삼은 성옥을 품에 꽉 끌어안고 말했다. "나와 함께하려면 지금부터 아주 힘들 거야. 나는 이기적이라서 네가 나를 위해 힘든 걸 참아주면 좋겠구나."

성옥도 손을 뻗어 연삼을 꽉 끌어안고 조용히 응했다. "연삼 오라버니를 위해 힘들어도 참을게요." 그러고는 모처럼 미소를 지었다. "그럼 오라버니는 어떻게 보상해줄 거예요?"

연삼은 잠시 생각한 뒤 성옥의 귓가에 속삭였다. "시를 선물하지. 어때?"

통나무집 밖에서는 국사와 천보가 모닥불 옆에 앉아 서로를 바라보고 있었다.

연삼과 성옥이 딱히 큰 소리를 내지 않았더라도 모닥불은 통나무집에서 열 장 정도 거리였고 천보와 국사 모두 보통 사람이 아니었다. 그러니 어떻게 연삼이 깨어나 성옥과 대화하는 것을 알아차리지 못했겠는가.

두 사람 모두 당장 쫓아가 안부를 물어본들 연삼이 달가워하지 않을 것을 잘 알아서 느긋하게 앉아 탁탁 튀기는 불꽃만 멍하니 바라보고 있었다.

한참 뒤 국사가 더는 못 참겠다는 듯 입을 열었다. "전하의 신력

소모가 너무 커서 최소한 열흘에서 보름은 주무셔야 깨어나실 거라고 하지 않았습니까?"

천보도 무척 놀란 모양이었다. "어서 청혼해 군주를 빨리 자기 사람으로 만들려고 필사적이신 듯합니다."

국사는 영문을 알 수 없었다. "청혼이요?"

천보가 차분하게 고개를 끄덕였다. "용에게는 역린이 있고 그걸 건드리면 크게 노합니다. 역린은 용의 몸에서 가장 단단한 비늘인 동시에 가장 찬란한 비늘입니다. 국사가 연란공주를 황성으로 돌려보냈던 날 밤 전하는 비취박 바닥으로 내려가 용의 모습으로 변한 뒤 역린을 뽑으셨습니다."

천보가 말하는 그 밤은 국사도 기억하고 있었다. 얼마 전이었다. 성옥의 낙타떼를 따라 비취박까지 갔는데 비취박에 도착하고 얼마 뒤 연란이 실종되었다. 힘들게 연란을 찾고 보니 이번에는 또 성옥이 사라졌다. 나중에야 제소희가 성옥을 데려간 걸 알고 연삼은 제소희의 술법을 추적해 소사라경으로 갔다. 분명 성옥을 찾았을 텐데 무슨 일인지 그날 밤 연삼은 혼자만 돌아오고 성옥은 따라오지 않았다. 연삼은 그들에게 물러가라 하고는 밤새 혼자 있다가 다음날 아침 일찍 국사에게 연란을 평안성으로 데려가라고 명했다. 연란은 울고불고 난리를 쳤지만 소용없었다. 국사가 평안성까지 천리 길을 다녀왔을 때 연삼은 쉴 틈도 주지 않고 새로운 임무를 내렸다. 천보와 같이 가서 성옥을 빼앗아오라는 거였다.

그렇지 않아도 불분명한 부분이 있던 차에 지금 천보한테서 청혼이니 역린이니 하는 말을 듣자 국사는 더 혼란스러워져 이마를 문지르며 물었다. "청혼한다면서…… 또 전하가 역린을 뽑았다 하니…… 이 둘이 무슨 관계입니까?"
 천보는 무지렁이를 보듯 국사를 바라보다가 신선계의 상식을 잘 모르는 일개 인간임을 떠올리고 시선을 거두었다. "말하자면 이렇습니다." 천보는 글방의 선생이 된 기분이었다. "홍황시대 팔황의 다섯 부족은 끊임없이 전쟁을 벌여 평화로운 때가 별로 없었습니다. 그러다보니 아무리 예법을 중시하는 신족이라도 예의를 다 차릴 수는 없었지요. 예를 들어 혼사가 그렇습니다."
 "천족의 신군과 신녀가 인연을 맺는 방식은 사실 인간과 별 차이가 없습니다. 세 가지 문서와 여섯 가지 예법을 모두 갖춰야 하며, 신랑 신부가 천지에 예를 올릴 때는 혼례문을 태워 한산진인寒山眞人에게 혼례부에 기록해달라고 부탁해야 합니다. 하지만 전란이 끊이지 않던 홍황시대에 어떻게 그런 예절까지 따질 수 있었겠습니까?
 당시 용족은 진심으로 구혼하고 싶은 신녀가 있으면 진정성을 보이는 차원에서 자신의 역린을 예물로 주었습니다. 신녀가 혼인을 받아들이면 신군이 보내준 역린을 몸에 착용했고요. 그러면 두 사람의 혼인이 성사되었다고 여겨졌습니다. 어떤 여자가 역린 장신구를 하고 있으면 다섯 종족의 생령들은 누구나 그 여자가 용족 신군의 아내임을 알 수 있었습니다."
 천보는 말을 하면서도 옛 풍습이 무척 낭만적으로 느껴져 자기도 모르게 황홀한 표정을 지었다. 최근 이야기책을 많이 읽어서 연애에 관해 좀 알게 되었어도 국사는 본디 무뚝뚝한 남자라, 천보의 이야기를 들은 뒤 낭만으로 생각하기보다 잠재적인 위험 요소를 지적했다. "전하가 전통적인 방식으로 군주에게 청혼하려 한다는 뜻이군요." 국사는 눈살을 잔뜩 찌푸렸다. "용의 목에 있는 역린이 없어진다는 말은 중요한 호신구가 사라져 몸에 큰 허점이 생긴다는 뜻이 아닙니까? 너무 위험합니다!"

천보는 국사의 기발한 사고방식에 깜짝 놀라 더듬거렸다. "조, 조금 위험하지만, 역린이 그렇게 중요하기에 진심을 전하는 예물이 될 수 있는 겁니다. 홍황시대에 역린으로 청혼한 신군은 대부분 소망을 이루었고 나쁜 일은 거의 없었습니다."

"아, 그렇군요." 국사는 무뚝뚝하게 고개를 끄덕이고 나서 곧장 새로운 걱정을 드러냈다. "군주는 인간에 불과해 무척 놀랄 겁니다. 전하의 역린인 걸 알고도 장신구로 지니고 다닐까요? 게다가 전하의 본체가 그렇게 거대하니 역린도 최소 옥쟁반 크기는 될 텐데 착용할 수 있을까요?"

천보는 드디어 수준 있는 질문이 나왔다고 생각하며 기뻐했다. "전하는 저녁놀의 가장 아름다운 붉은빛을 취해 역린을 장신구로 만드셨습니다. 장신구 도안을 봤는데 무척 아름다웠고요. 분명 군주도 좋아하실 겁니다."

국사가 깜짝 놀랐다. "장신구를 만들었다고요?"

천보가 싱긋 웃으며 꺼져가는 모닥불에 장작을 넣고는 더이상 아무 말도 하지 않았다.

사실 성옥은 천보가 말한 장신구를 본 적이 있었다. 꿈에서였다.

다만 그 화려한 장신구가 용의 역린과 석양의 노을로 만들어진 줄은 몰랐다.

연삼이 "시를 선물하지"라고 말했을 때 성옥은 그 꿈을 떠올렸다. 여천에서 남염 고분에 들어가기 전날 밤 꾸었던 꿈이었다.

소사라경에 막 들어왔을 때 성옥은 무척 익숙하다고 생각했다. 커다랗고 조용한 달과 그림 같은 황금의 백양나무 숲, 금빛 백양나무 숲의 작고 소박한 통나무집 모두 꿈에서 본 듯했다. 하지만 그때는 모든 신경을 연삼에게 쏟고 있어서 더 길게 생각할 겨를이 없었다.

지금은 그 꿈이 선명하게 기억났다.

"무슨 시요?" 꿈에서 성옥은 궁금한 듯 물었다.

"밝은 달이 홍옥 그림자를 비추니, 연꽃 씨앗은 소매 밑으로 향기를 감추네." 연삼이 웃으며 답했다.

"놀리지 마요." 성옥은 꿈속의 자신이 애교 부리듯 청년을 밀어냈던 게 기억났다.

아니나다를까 현실의 성옥도 손을 내밀어 몸 위에 엎드린 청년을 살며시 밀어내고 거의 무의식적으로 똑같이 말했다. "놀리지 마요." 부드러운 탄식처럼, 입에 꿀을 머금은 듯 말했기 때문에 촉촉하고 감미롭게 들렸다. 성옥은 똑같은 자세로 똑같은 말을 자연스럽게 내뱉었다가 흠칫 몸을 떨었다. 그러고 보니 두 사람이 함께 있는 지금 이 상황의 세세한 부분까지 전부 꿈과 똑같았다.

성옥은 망연한 눈빛으로 머리 위의 휘장을 멍하니 바라보았다.

새하얀 비단이 겹겹이 쌓여 아득한 안개 같았다. 눈앞을 가득 메운 안개에 성옥은 잠시 아무것도 볼 수 없었다. 다시 그 꿈으로 돌아간 듯했다.

안개 속 깊은 곳에서 꿈속의 하얀 옷 청년이 천천히 다가왔다. 모호했던 윤곽과 얼굴도 점점 선명해지더니 지금 성옥의 몸 위에서 내려다보는 남자의 모습과 완전히 겹쳐졌다. 눈꼬리가 살짝 올라간 아름다운 눈과 호박색 눈동자, 높은 코와 얇은 입술까지 모든 게 생생해졌다. 어떤 표정을 짓든 준수한 사람이었다.

연삼이 오른손으로 성옥의 귀를 받치고 왼손으로 성옥의 콧등을 건드리며 입가에 웃음을 머금은 채 성옥의 "놀리지 마요"라는 애교에 꿈에서처럼 대답했다. "놀리긴." 연삼의 손가락이 성옥의 귓가로 내려와 살며시 어루만지자 서늘한 감촉과 함께 귀걸이가 성옥의 보드라운 귓불에 걸렸다. 연삼이 조용히 말했다. "명월."

성옥은 살며시 떨며 꿈에서의 느낌을 떠올렸다.

그때는 고작 열다섯 살이라 세상 물정을 몰랐고 남자와 그렇게 가까이 있어본 적도 없었기 때문에 현기증이 났었다. 왜 그러는지 이해가 되지 않아 놀라고 당혹스러운데다 조금은 난감하고 수치스럽기도 했다.

지금은 그렇지 않았다.

성옥은 앞으로 무슨 일이 벌어질지 분명히 알고 있었다. 연삼의 서늘한 손가락이 귀 뒤쪽에서 맨살의 목덜미로 옮겨왔을 때 당황스럽거나 난감한 대신 조금 부끄러워 숨고 싶을 뿐이었다. 그러면서도 달아오른 피부는 그 서늘한 감촉을 갈망하는 듯했다.

성옥은 간지럽다는 듯 놀랐다는 듯 가쁜 숨을 내쉬었다.

가늘고 긴 손가락이 부드럽게 칠현금을 타거나 그림을 그리는 것처럼 여유롭고 우아하게 성옥의 쇄골을 쓰다듬었다. 그 손가락도 뜨거워지는 게 느껴졌다. 왜 그러는지 몰라서 입술을 살며시 깨물며 연삼을 바라보았을 때 성옥은 언제부터인가 깊어진 연삼의 눈빛을 발견했다. 빽빽한 숲 속의 샘처럼, 폭풍우가 깃든 바다처럼 깊어진 눈빛은 유혹하려는 듯도 보이고 집어삼키려는 듯도 보였다.
 연삼이 바싹 다가와 손가락을 성옥의 쇄골 가운데에 놓자 손가락 끝에서 붉은빛이 반짝였다. "홍옥영." 그런 다음 백옥 같은 손은 쇄골을 떠나 비단옷 위로 어깨와 팔을 쓸면서 성옥의 가느다란 손목까지 미끄러져내려갔다.
 뼈마디가 선명하게 드러난 손가락에 대체 무슨 마력이 있는지 몰라도 손가락이 팔꿈치와 팔을 지나갈 때 성옥은 돌연 몸에 밀착된 부드러운 비단이 거칠게 느껴졌다. 피부와 옷감이 부딪칠 때마다 견딜 수 없게 저릿해지고 그 감각은 곧장 팔에서 온몸으로 번졌다.
 저릿함은 전율로 이어졌다. 연삼도 성옥의 전율을 알아챈 게 틀림없었다. 착각인지 몰라도 성옥은 연삼의 손가락이 한층 뜨거워진 느낌을 받았다. 소매 밑에서 연삼이 성옥의 약지를 누르자 반지가 성옥의 손가락에 끼워졌다. "연심." 연삼이 성옥의 귓가에 속삭였다.
 그 몽롱한 저음과 달아오른 숨결, 손가락이 닿을 때의 뜨거운 온도가 성옥의 몸에 불을 붙였다. 온몸을 통째로 삼킬 듯 점점 거세지는 불길에 성옥은 정신을 차릴 수 없었다.
 더이상 어리석을 정도로 둔감한 소녀가 아니었기 때문에 성옥은 당연히 연삼이 그냥 선물만 주는 게 아니라는 것을 알았다. 연삼은 성옥을 자극하며 애무하고 있었다.
 사실 처음 있는 일도 아니었다. 다만 예전에는 두렵기만 했다. 예를 들어 대장군부의 온천 옆에서 연삼이 입을 맞췄을 때 성옥은 완전히 굳어버렸다. 이제 와 생각해보면 경직은 최소한 조심스러운 느낌을 주니 그렇게까지 나쁜 것만은 아니었다. 한편 지금 연삼의 애무는 매혹적인 술처럼 성옥의 온몸을 나른하게 만들었다. 성옥은 물처럼 변해 전혀 저항할 수 없었다. 저항은커녕 가슴 깊은 곳에서 연삼의 손길을 기대하기까지 했다. 그런 자신이 낯설고 조금 부끄러웠다.

성옥이 여전히 갈등하고 있을 때 넓은 소매 밑에서 연삼이 성옥의 손목을 잡고 손끝으로 손목뼈를 쓰다듬었다. 서늘한 감촉과 함께 성옥의 손목에 팔찌가 나타났다. 혼미한 가운데에도 성옥은 무슨 말을 해야 하는지 기억하고 있었다. "수저향." 연삼이 입을 열기 전에 성옥이 떨리는 목소리로 말했다.

연삼은 조금 당황했다가 성옥의 귓가에 대고 나직하게 웃었다. "우리 아옥은 정말 똑똑해." 연삼의 어지러운 손이 등허리로 옮겨와 성옥은 자기도 모르게 피하려 했지만, 손바닥이 시종일관 허리에 딱 붙어 있으니 어디로 피할 수 있겠는가.

성옥은 멍하니 연삼을 바라보면서 본능적으로 싫다고 말하려다 얼른 입술을 깨물었다. 정말 싫은 것도 아니었다. 성옥도 연삼을 끌어안고 몸을 맞대고 싶었다. 그런 낯선 감정이 포악한 짐승처럼 몸안에서 날뛰어 두려웠지만 다른 한편으로는 그 감정을 어떻게 달래야 하는지 어렴풋하게 알 것도 같았다. 성옥은 입을 다물고 연삼의 손가락이 허리에서 발목까지 내려가도록 내버려두었다.

발목에서 방울소리가 들렸을 때 성옥은 어질어질한 상태에서 꿈속의 말을 되풀이했다. "시에는 장신구가 네 개밖에 없는데 이 발찌는 이름이 뭐예요?"

연삼이 성옥의 발목을 놓고 꽉 끌어안았다. 마침내 두 사람 몸이 빈틈없이 맞닿았을 때야 성옥은 연삼의 몸도 뜨겁다는 것을 알아차렸다. 옷을 입고 있었음에도 열기가 고스란히 느껴졌다. 연삼이 입술을 성옥의 귓불에 대고 살짝 잠긴 목소리로 말했다. "이건……보생연이야."

꿈은 여기에서 느닷없이 끝났다.

현실은 달랐다. 보생연이라고 말한 뒤 연삼은 살짝 거리를 두었다. 그래도 여전히 가까이에서 성옥을 바라보며 손가락으로 부드럽게 성옥 귓가의 머리카락을 쓰다듬었다. 잠시 바라보다가 연삼은 자기 입술을 성옥의 입술에 포갰다.

이번에는 지금까지와 달리 살짝 닿았다가 떨어지지 않았다. 연삼은 입술을 비비다가 성옥의 아랫입술로 옮겨 입을 맞추더니 입술을 빨았다. 성옥이 거의 정신을 차릴 수 없을 때 연삼은 성옥의 새하얀 치아를 열고 혀를 불쑥 집어넣어 정확하게 성옥의 혀를 찾아냈다. 성옥의 고개가 견디지 못하고 뒤로 젖혀졌다. 성옥은 강력한 입맞춤을 받아들이면서 무의식적으로 아래의 비단 이불을 꽉 움켜쥐었다. 몸이 완전히 밀착해 있다보니 연삼은 성옥의 작은 동작까지 전부 느낄 수 있었다. 연삼은 곧장 이불을 쥐고 있는 성옥의 손가락을 잡아서 머리 위로 올린 뒤 깍지를 끼고 더욱 강하게 입을 맞췄다.

욕망이 무엇인지 여전히 잘 몰라서 성옥은 그 입맞춤이 얼마나 위험한지 알지 못했다. 혀가 서로 얽히는 진한 입맞춤에 한층 더 달아올랐지만, 몸안에서 날뛰는 동물적 감각은 의외로 얌전해졌다. 처음의 혼란이 지나간 뒤 성옥은 신기한 기쁨을 느꼈다. 여전히 뜨거워 피가 부글부글 끓는 듯하고 온몸의 살갗이 하나하나 달아오르는데 이상하게 편안했다. 그 편안함은 겨울날 따뜻하게 내리쬐는 햇볕처럼 나른하고 봄날 얼굴을 스치는 가랑비처럼 상큼하면서 촉촉했다.

성옥은 더 많은 것을 원해 자기도 모르게 연삼의 손을 꽉 잡으면서 고개를 더 젖혔지만, 연삼은 거기에서 멈췄다.

연삼의 입술이 떠났다. 두 사람 모두 가쁜 숨을 내쉬었다.

어리둥절해진 성옥이 눈을 들어 보니 연삼의 봉의눈이 한층 깊어져 있었다. 새벽어둠처럼 어두운 눈동자 깊은 곳에서 무엇인가가 활활 타고 있는 듯했다.

연삼이 뒤로 물러나 뭔가를 억누르는 듯 입을 꽉 다물었다. 흔치 않은 모습이라 성옥은 진지하게 바라보았다. 억누른 기색이 또 금세 사라지는 듯했다.

"왜 그래요?" 성옥이 물끄러미 바라보며 물었다. 입을 열었을 때야 자기 목소리가 심하게 부드럽다는 걸 알았다.

연삼은 성옥의 손을 놓고 가늘고 매끈한 손가락으로 베개에 헝클어진 성옥의 머리카락을 감아 귀 뒤로 넘겨주면서 조용히 말했다. "아무것도 아니야."

긴 손가락으로 귀 뒤를 쓰다듬어주자 성옥은 편안해져 고양이처럼 눈을 감고는 고개를 기울였다. 오른손이 자기도 모르게 연삼의 손목을 잡았다. 눈을 떴을 때 손목에 감긴 팔찌가 시야에 확 들어왔다. 재질이 뭔지 알 수 없었다. 은 같은데 은보다 빛나고 위쪽에 붉은색 꽃이 장식되어 있었다. 등대꽃, 동백꽃, 유홍초, 홍련, 피안화, 부용화 같은 꽃이 줄줄이 연결된 팔찌가 하얀 손목에서 단정하고 아름답고 화사하게 빛났다.

성옥은 가슴이 두근거렸다. 오른손을 눈앞까지 들고 팔찌를 한참 자세히 들여다보고 나서 시선을 약지에 있는 홍련 모양의 반지로 옮긴 뒤 머뭇머뭇 말했다. "어쩐지 연삼 오라버니가 보상의 의미로 이것들을 준 것 같지는 않아요."

연삼이 잠시 생각한 뒤 물었다. "그럼 뭐 같은데?"

성옥이 중얼거렸다. "이렇게 화려한 장신구는 결혼 예물 같아요." 말을 뱉자마자 너무 거침없었다는 생각이 들어 성옥은 쑥스러워하며 눈을 내리깔고 입술을 깨문 채 중얼거렸다. "제, 제가 헛소리했어요. 못 들은 걸로 해주세요."

연삼이 나직하게 웃었다. "어떻게 그렇게 잘 알아맞히니. 그래, 예물이고 낙인이란다." 엄지로 성옥의 통통한 입술을 문질렀다. "물지 마. 이미 충분히 빨개." 늘 그렇듯 성옥은 시키는 대로 연삼의 손길 아래에서 얼른 이를 풀었다. 하지만 연삼은 여전히 손가락으로 성옥의 입술을 쓰다듬으며 나직하게 말했다. "이것들을 차고 있으면 세상의 영물들은 전부 네가 수신의 신부라는 걸 알 거야." 또 타이르듯 물었다. "항상 하고 있을 거지?"

연삼은 진지하게 말하며 성옥을 뚫어져라 바라보았다. 온 마음이 성옥에게 묶인 모양새였다.

성옥은 깜짝 놀라 숨을 죽였지만 무척이나 기뻤기 때문에 이내 고개를 끄덕이고 수줍게 웃음을 지었다. 연삼도 웃었다. 입꼬리를 살짝 올리고 봄을 맞은 산처럼, 온화한 바람과 비처럼 부드러운 눈매로 웃었다. 성옥이 가장 좋아하는 모습이었다.

연삼이 고개를 숙이고 또 입을 맞췄다.

사랑하는 남녀라면 서로에게 치명적으로 끌리고 상대를 만지고 싶은 게 거부할 수 없는 본능이라, 연삼은 자신이 왜 자꾸만 성옥에게 입을 맞추고 싶은지 굳이 따지지 않았다. 세상 사람들은 감정이 어디에서 시작되는지 몰라도 계속 깊어진다고 했다. 연삼 역시 감정이란 통제할 수 없는 것임을 잘 알았다.

감정은 통제할 수 없어도 욕망은 통제할 수 있을 줄 알았건만 연삼은 직전의 경험으로 스스로를 과대평가했음을 깨달았다. 그래서 이번에는 석류꽃처럼 새빨간 입술을 살짝 건드리며 꽃향기를 품은 숨결 속에서 잠시만 머문 뒤 물러났다.

그 정도 접촉이면 안전하리라 생각했다. 그런데 뜻밖에도 성옥이 갑자기 손을 뻗어 연삼의 목을 감았다.

온순한 소녀가 얼굴을 붉히면서 교태 가득한 눈으로 멍하니 그를 바라보다가 아무 예고도 없이 입술을 갖다댔다. 아까 연삼이 했던 대로 조심스럽게 입을 맞추고 연삼의 이에 혀를 대고는 서툴지만 들어가겠다는 뜻을 분명히 드러냈다. 연삼이 받아들이지 않자 성옥은 화를 내듯 깨물고는 부드러운 손으로 연삼의 목덜미를 지그시 누르면서 계속 입을 맞추고 이를 열려고 했다.

연삼은 성옥이 이렇게 뛰어난 학생인 줄 몰랐다. 서툴지만 고집스러운 공략에 완전히 무너져 연삼은 그러면 안 된다는 것을 알면서도 입을 벌려 성옥의 혀가 들어와 마음껏 휘젓도록 내버려두었다. 성옥은 두 사람 사이에 틈이 있는 게 싫다는 듯 입맞춤하면서 더 세게 연삼을 끌어안았다. 한 치의 틈도 용납할 수 없다는 듯 붉은 치마 속 다리로 연삼의 허리를 감고 가냘픈 팔로 연삼의 단단한 등을 꽉 감쌌다.

연삼이 보기에 성옥은 이런 동작의 의미를 모르는 듯했다. 여전히 어린아이처럼 입맞춤이 좋으니 입을 맞추려 하고, 달라붙는 게 좋으니 떨어지지 않으려는 것 같았다. 성옥은 이런 행동이 어떤 결과를 초래할지 모르는 모양새였다.

연삼 앞에서 성옥은 솔직하고 백지처럼 순수했지만 연삼은 그 백지에 눈부시게 아름다운 그림을 그리고 싶었다.

모든 것이 통제를 벗어났다.

연삼은 눈을 감았다가 성옥을 침대 위로 내리눌렀다.

공세가 바뀌자 성옥은 눈을 감았다.

조금 전 연삼이 중간에 멈췄을 때 자신이 왜 그렇게 대담하게 굴었는지는 성옥도 정확히 말할 수 없었다. 아마도 그 순간 연삼이 수신이라는 사실이 떠올랐고, 여천에 있을 때 취담산의 측백나무로부터 수신과 나란다 신의 인연에 대해 들었기 때문이 아닐까 짐작했다.

연삼이 계속 두 사람의 미래를 고민하는 것을 보니 연삼은 나란다와의 인연을 아예 모르고 있는 게 분명했다. 그렇지 않고서야 왜 언급하지 않았겠는가? 그의 성격으로 볼 때 이미 천명으로 자신과 다른 사람이 맺어져 있음을 알았다면 연삼은 정말로 성옥이라는 인간을 건드릴 리 없었다.

인간의 생은 너무 짧았다. 연삼은 성옥이 자신을 위해 신선이 되면 함께 세상을 떠돌겠다는 계획을 들려주었다. 하지만 이후에 어떻게 될지 누가 알겠는가?

성옥은 문득 자신이 잡을 수 있는 것은 눈앞의 연삼뿐이고 손에 쥘 수 있는 것도 현재의 기쁨뿐임을 깨달았다.

슬펐지만 연삼이 자신을 위해 이렇게까지 노력한 이상 더 슬퍼하는 건 두 사람의 고생을 저버리는 것밖에 되지 않을 듯했다. 성옥은 한순간의 기쁨에 불과하더라도 지금 연삼 곁에 있는 사람은 자신이니, 함께하는 모든 순간을 붙잡기로 마음먹었다. 그래서 연삼이 입맞춤을 멈췄을 때 자존심을 내려놓고 달려들었다.

반쯤 열린 나무 창문으로 살포시 들어온 밤바람이 휘장을 어지러이 날렸다.
바람에 부드럽게 춤추는 겹겹의 휘장 뒤에서 연삼은 점점 더 격렬하게 입맞춤을 퍼부었다. 거리감을 두고 성옥을 어루만질 때와 달리 거침없고 자신만만했다.
성옥은 연삼의 감정을 느낄 수 있었다.
뜨거운 입술이 성옥의 입에서 벗어나 목덜미, 쇄골을 깨물고 빨면서 새하얀 피부에 매화 같은 붉은 자국을 남겼다. 성옥의 등허리에 딱 붙은 연삼의 손은 어루만지는 사이사이 힘을 가해 붉은 치마를 헝클어뜨렸다.
혼사를 앞둔 신부였기에 평안성을 떠나기 전 궁궐 유모들로부터 첫날밤에 대한 상식을 들어 성옥은 예전처럼 무지하지 않았다. 연삼이 격정적으로 쇄골 아래의 분홍빛 피부를 훑어갈 때 성옥은 앞으로 무슨 일이 벌어질지 알았다. 거부감이 들기는커녕 이것이야말로 자기가 바라는 것일지도 모른다는 생각이 들었다. 두 사람은 이별을 앞두고 있었다. 칠 년은 너무 긴 시간이었다.
성옥은 인간이고 연삼은 천신이었다. 성옥은 자신이 연삼 곁에 아주 오랫동안 머물 수는 없음을 알았다. 우연히 천기를 엿들어 연삼이 결국에는 모 여신의 남편이 될 운명임을 알고 있었다. 아무래도 자신이 인간이기 때문에 오랫동안 연삼 곁에 있을 수 없는 모양이었다. 그렇다면 함께 있는 매 순간 온전히 함께하고 싶었다.

바로 그때 연삼이 또 성옥을 풀어주었다.

아까는 잘못 본 줄 알았는데 이번에는 분명히 보았다. 연삼의 얼굴에 순간적으로 나타났다 사라지는 표정은 억제와 인내였다.

연삼의 눈에서 빛이 번쩍했다가 사라졌다. 머리가 아픈 듯 관자놀이를 누르며 연삼이 나직하게 말했다. "하면 안 돼……" 무엇을 하면 안 된다는 건지는 말하지 않았다.

성옥은 무슨 의미인지 알았다. 헝클어진 치마를 내려다본 뒤 눈을 들어 연삼의 눈에서 명멸하는 빛을 보았을 때 성옥은 혼자 진리를 터득하듯 그것이 억압된 욕망, 성옥을 향한 연삼의 욕망임을 깨달았다.

성옥은 살며시 웃고는 다시 손으로 연삼의 목을 감싸고 살짝 몸을 들어 연삼의 귓가에 속삭였다. "해도 돼요."

성옥은 먼저 입을 맞춘 뒤 손길을 기다리는 고양이처럼 연삼의 귓불을 살짝 깨물고 고혹적으로 속삭였다. "연삼 오라버니와 함께 있는 모든 순간이 중요해요. 오라버니가 떠나기 전에, 우리가 헤어지기 전에 연삼 오라버니가 완전히 제 것이 되면 좋겠어요……"

성옥은 속삭이며 연삼의 입과 턱, 울대뼈에 입을 맞추었다. 연삼이 애써 말을 삼키는 게 느껴졌다.

연삼은 성옥의 팔을 꽉 잡고 밀쳐내려 했지만 그러지 못했다.

성옥이 연삼의 목에 딱 붙어 천진난만하게 초대했다. "연삼 오라버니, 나를 원하지 않아요?"

그렇지 않아도 끊어질 듯 팽팽하던 이성의 끈이 툭 끊어지면서 성옥의 팔을 잡고 있던 손이 안쪽으로 감겼다. 연삼은 성옥을 끌어안은 채 이미 엉망으로 구겨진 비단으로 엎어졌다. 거칠게 넘어져 성옥은 자기도 모르게 살짝 신음소리를 냈다. 그게 물꼬를 텄는지 연삼이 맹렬하게 입을 맞추기 시작했다. 성옥은 얌전히 연삼의 목을 감싼 채 뺨으로 쏟아지는 입맞춤 속에서 입꼬리를 살짝 올리며 웃었다. 그러고는 눈을 감고 연삼이 주려는 기쁨과 고통, 영원을 기다렸다. 국사와 천보는 통나무집 밖에서 밤을 보냈다.

두 사람은 연삼이 정신을 차린 것만 알았지, 다른 움직임은 아무것도 감지할 수 없었다. 한밤중에 통나무집 사방으로 소리를 막는 결계가 쳐져서였다. 국사는 두 사람이 남한테 들려주기 싫은 은밀한 대화를 나누는 거라 짐작했다. 천보는 국사의 추측에 담담하게 웃고는 가타부타 말없이 모닥불만 뒤적였다.

동이 틀 무렵 통나무집 문이 삐걱 열리더니 연삼이 외투를 걸친 채 나타났다. 머리카락을 길게 등뒤로 내려뜨리고 나른한 표정을 짓고 있었다.

천보가 얼른 다가갔다. "분부할 일이 있으십니까?"

연삼은 "물"이라고 한마디만 하고 안으로 들어갔다.

천보가 후다닥 돌아와 국사에게 부탁했다. "여기는 아무것도 없고 저 역시 법력이 없으니 수고스럽겠지만 국사가……"

천보가 말을 마치기도 전에 국사는 우아한 다기를 만들어내고 전부 짐작했다는 듯 고개를 끄덕였다. "물이요. 저도 압니다. 깨셨으니 갈증이 나시겠지요." 흑단 쟁반을 천보에게 내밀었다. "시주가 가져가시겠습니까, 아니면 제가 가져갈까요?"

천보가 잠시 머뭇거리다가 말했다. "사실 욕조를 부탁하려 했습니다."

국사는 영문을 알 수 없었다. "전하께서 물을 달라고 하지 않았나요?"

"맞습니다." 천보가 담담하게 말했다. "그래서 욕조와 따뜻한 물이 필요합니다."

국사는 잠시 생각한 뒤 "아……" 하고 얼굴이 새빨개졌다. "그러니까…… 그 말은……"

천보는 전혀 난감해하지 않고 자질을 갖춘 시녀답게 담담한 웃음을 지었다. "그러니까 고대의 풍습이 옳다는 겁니다. 용의 비늘로 청혼하면 정말로 순조롭게 성공한다고요!" 그러고는 국사를 또 힐끗 보았다. "두 사람이 들어갈 수 있는 욕조가 필요하실 테니 부탁드립니다."

국사는 뭐라 대꾸해야 할지 몰라 천보의 부탁대로 커다란 욕조와 뜨거운 물, 바퀴가 네 개 달린 수레를 불러냈다.

천보가 신나게 수레를 끌며 물을 가져갔다. 일을 마친 국사는 혼자 모닥불 옆에 앉아 자신의 오랜 수행이 과연 의미가 있는지 살짝 회의를 느꼈다.

하늘가에서 터져나온 아침햇살이 광활한 황금 숲을 천천히 밝혔다.

날이 무척 좋았다.

## 14장
## 연송과 함께 북극 천거산에 가는 동화제군

홍황시대에는 용족 신군이 역린으로 청혼하고 여인이 용의 비늘을 받아들여 그날 밤 신군을 집에 묵게 하면 두 사람은 세상이 인정하는 부부가 되었다고 천보가 설명해주었다. 과정은 단순해도 격식 있는 혼서가 오가는 신족의 혼례나, 중매인과 예물이 오가는 인간들 혼례만큼 의미가 크다면서 그 오래된 예법은 엄숙한 느낌을 넘어 신비하고 낭만적인 분위기까지 더해져 완벽해 보인다고 했다.

그렇지만 군주의 친정 식구라 할 수 있는 국사는 생각이 달랐다. 국사가 보기에는 군주가 평범한 인간인 이상 결혼이라는 중대사 역시 인간계의 예법에 따르는 게 옳을 듯했다. 당장 중매인과 예물이 오가는 건 불가능해도 신랑 신부가 예법에 따라 사흘 동안 떨어져 있다가 신랑이 신부를 맞아들인 뒤 두 사람이 천지와 윗사람 등에게 인사를 올리는 건 얼마든지 가능한 일 같았다.

오후에 네 사람이 함께 차를 마실 때 국사가 그 어설픈 제안을 내놓자 연삼이 입을 열기도 전에 성옥이 먼저 나섰다. "그렇게 번거롭게 할 필요 없어요."

국사는 셋째 전하가 군주를 힐끗 바라보고 나서 알겠다는 듯 웃으면서도 입은 열지 않는 것을 보았다.

국사는 군주의 반응도, 셋째 전하의 반응도 이해할 수 없어 얼떨떨했지만 주장을 굽히지 않았다. "그게 어떻게 번거롭습니까? 군주는 지체 높은 분이시니 결혼 절차에도 신중을 기해야 합니다." 국사가 거듭 권유했다. "예법을 무시할 수 없습니다. 지켜야 하는 예법은 모두 지켜야지요. 군주와 전하가 사흘 동안 떨어져 계시는 게 이치에 맞습니다." 대체 무슨 이치에 맞는다는 것인지는 말할 수 없어서 국사는 잠시 입을 다물었다가 성옥에게 엉뚱한 엄포를 놓았다. "예법을 지키지 않으면 인간들은 군주와 전하가 결혼했다고 인정하지 않을 겁니다. 그러니 예법을 모두 지켜야 합니다!"

성옥은 별로 놀랍지 않다는 듯 찻잔을 내려다보며 잠시 생각에 잠겼다가 담담하게 말했다. "우리 결혼을 인정해주지 않아도 괜찮아요. 그런 허례허식은 칠 년 뒤 연삼 오라버니가 나를 데리러 왔을 때 보완해도 늦지 않고요. 난 기다릴 수 있어요."

국사는 말문이 막혔다. 국사는 연삼과 같은 편이라 결혼을 방해하겠다는 의도가 없었다. 선황제에게 후한 대접을 받았기 때문에 연삼이 황족의 여인을 너무 쉽게 취하자 선황제에게 죄송한 마음이 들어서 제안했을 뿐, 몇 마디 말로 연삼의 손에서 아내를 빼내겠다는 생각 따위는 없었다. 연삼의 차가운 시선에 국사는 흠칫 놀라 다급하게 변명했다. "진지하게 맺은 혼사가 어떻게 아무것도 아니겠습니까? 하하."

천보가 국사와 거의 동시에 입을 열었다. "이렇게 잘 맺은 혼사가 어떻게 인정받지 못하겠습니까?" 국사와 거의 같은 말이었지만 훨씬 성의 있었다. 투박한 국사와 달리 천보는 훨씬 깊고 멀리 생각할 수 있었다. "이미 전하의 비늘을 받으셨으니 군주는 전하의 아내로서 저희 원극궁 사람이 되셨습니다. 만일 칠 년이 지난 뒤 예법을 전부 갖추어야 결혼을 인정받는다면, 행여 그 기간에 군주가 회임이라도 하시면 어떡하겠습니까?"

천보의 말에 모두 당황했다. 제일 담담한 연삼조차 차를 우리다 멈칫할 정도였다. 한참 뒤에야 정신을 차린 성옥은 어떻게든 버티려 했지만 끝내 새하얀 얼굴이 조금씩 달아올랐다. "처, 천보 언니, 무, 무슨 그런 소리를……"

천보가 빙긋 미소를 지었다. 국사는 태생적으로 나무토막처럼 둔한 도사인지라, 군주가 왜 예법을 따지고 싶지 않은지 헤아리지 못했다. 셋째 전하가 이곳에서 한 달 정도 머물고 나면 구중천으로 돌아가 벌을 받아야 하니 군주가 전하와 최대한 함께 있으려 한다는 사실을, 사흘씩이나 못 만나는 것을 참을 수 없음을 이해하지 못했다.

국사는 남녀의 애정을 이해하지 못해도 천보는 뛰어난 눈치로 먹고살았다. 천보가 다시 한번 웃음을 지으며 성옥에게 말했다. "하지만 국사 대인의 말씀도 일리가 있습니다. 분명 군주께는 인간의 예법도 무척 중요하지요." 그러고는 연삼에게 말했다. "소인 생각에 신랑 신부가 혼인 전에 만나지 않는 것은 인간들 예법 중 가장 낡은 법도이니 생략해도 좋을 듯합니다. 대신 조금 뒤 전하와 군주께서 천지에 절을 올리도록 소인이 화촉을 준비하겠습니다. 그것으로 인간의 예법을 대신하면 될 듯한데 전하는 어떻게 생각하십니까?"

연삼이 작고 하얀 잔을 성옥에게 건네며 부드럽게 물었다. "네 생각은 어떠니?"

성옥이 담담한 척 찻잔을 받아 머리를 숙인 채 한 모금 마시고는 고개를 끄덕였다. "음, 그것도 좋겠어요." 아주 담담한 척했지만 얼굴이 새빨갰다. 대답한 뒤에는 얼굴을 가리려는 듯 고개를 숙이고 차를 마셨다.

연삼은 성옥의 모습이 재미있는지 웃음기 띤 눈으로 손을 뻗어 성옥의 찻잔을 가로챘다. "두 모금밖에 안 되는 차를 왜 이리 오래 마셔?"

성옥이 연삼을 쏘아보며 한층 붉어진 얼굴로 찻잔을 빼앗았다. "다 마셨어도 들고 있고 싶다고요!"

두 사람을 지켜보던 천보가 국사에게 눈짓했지만, 국사는 알아채지 못하고 멍하니 생각에 빠졌다. 용족은 정말 대단하구나, 고작 며칠 함께 있었는데 회임을 걱정하다니! 혼인을 앞둔 남녀가 만나지 않는 건 신중하고 전통적인 예절이지, 어떻게 낡은 법도란 말인가. 천보에게 반박해야 하는데…… 국사는 천보가 눈짓하는 것 자체를 몰랐다. 천보는 더이상 참을 수 없어 국사를 잡아당기며 연삼에게 인사했다. "그럼 소인은 국사 대인과 물러가 준비하겠습니다."

연삼이 고개를 끄덕이자 천보는 국사의 손목을 잡아끌며 재빨리 자리를 떴다.

두 사람 뒷모습이 멀리 대나무집으로 사라졌을 때 연삼은 소나무 아래에서 몸을 일으켜 성옥 옆으로 옮겨 앉은 뒤 성옥의 새빨간 뺨을 어루만졌다. "얼굴이 왜 이렇게 빨개졌을까?"

성옥은 꿇어앉아 두 손을 찻상에 얹은 채 고개를 숙이고 손에 든 빈 잔을 돌리며 나직하게 말했다. "천보 언니가 정숙한 사람인 줄 알았는데……"

연삼이 웃었다. "정숙한 사람 맞아."

성옥이 분연히 고개를 들었다. "아니에요. 아까……" 회임할 수 있다는 천보의 말을 차마 자기 입으로 뱉을 수 없어 성옥은 입술을 깨물고 어쩔 줄 몰라하다가 콧방귀를 뀌었다. "됐어요!"

연삼은 성옥을 바라보다가 백옥 같은 손으로 성옥의 손등을 덮고 가만히 말했다. "아이가 생길 리는 없으니 걱정하지 마라."

'아이'라는 말에 성옥은 자기도 모르게 귓불까지 빨개져서는 반박했다. "걱정하지 않아요……" 반박해놓고 잠시 멍하니 생각하다가 몸을 돌려 이해할 수 없다는 듯 연삼을 바라보았다. "왜 생길 리 없어요?"

성옥의 질문을 예상하지 못했는지 연삼은 당황했지만 이내 정신을 차리고 온화하게 대답했다. "지금은 적당한 때가 아니니까."

성옥은 고개를 끄덕이고 나서 또 생각에 잠겼다가 말했다. "하지만 생겨도 걱정하지 않아요." 얼굴을 붉히지는 않았지만 부끄러운지 두 팔을 대고 찻상에 엎드려 옆쪽으로 연삼을 바라보면서 성옥은 가만히 미소를 짓고는 진지한 눈빛으로 천진하게 말했다. "아이가 생기면 주저하지 않고 낳아서 오라버니가 돌아올 때까지 잘 키울 거예요."

그 말에 연삼은 얼이 빠진 듯 멍하니 성옥을 내려다보았다. 호박색 눈동자에 깊고 아득한 무엇인가가 생겨났다. 성옥은 그게 무엇인지 모르고 그저 눈빛이 밝아졌다고만 생각했다. 홍채 깊은 곳에서 아름다운 별이 무수히 떨어지는 듯한 게 무척 매혹적이라 성옥은 천천히 몸을 세우고는 연삼의 눈가로 손을 뻗었다.

연삼이 정신을 차리고 성옥의 새하얀 손을 잡아 입가로 가져가서는 손끝에 입을 맞췄다. "내가 나쁘구나."

뭐가 나쁘다는 건지 말하지 않아도 성옥은 무슨 뜻인지 이해할 수 있었다. 성대한 결혼식을 열어줄 수 없을 뿐 아니라 결혼한 뒤에 늘 곁에 있어줄 수도 없고 함께 아이를 낳을 수도 없는 게 미안하다는 말이었다. 하지만 성옥은 성대한 결혼식도 필요 없고 평범하면서 원만한 결혼생활도 꿈꾸지 않았다.

성옥은 가만히 눈을 깜빡이며 진지하게 말했다. "나쁜 것 없어요." 웃으면서 손을 흔들자 은색 비늘과 홍옥으로 만들어진 팔찌가 손목에서 살랑살랑 흔들리며 화사하게 빛났다. "이걸 줬잖아요. 다른 무엇보다 좋은걸요."

성옥은 바싹 다가가 연삼의 목을 어루만졌다. "이 장신구들을 오라버니 역린으로 만들었다고 천보 언니가 말해줬을 때 얼마나 놀랐는지 몰라요." 잠시 말을 멈추고 손가락을 연삼의 울대뼈에 가져간 뒤 혹시 아플까 걱정이라는 듯 깃털처럼 가볍게 건드렸다. "역린이 원래는 여기 있었던 거죠?"

툭 튀어나온 울대뼈가 움직였다. 연삼은 성옥의 손을 잡아 울대뼈 아래의 연골로 가져갔다. "여기 있었어."

손가락이 그곳 피부에 닿았을 때 성옥은 살짝 떨면서 걱정스러운 눈빛으로 물었다. "아직도 아파요?"

연삼이 고개를 저었다. "아니."

성옥은 감히 건드리지 못하고 눈살을 찌푸리며 걱정했다. "역린이 없으니 이곳이 아주 위험해진 거죠?"

연삼이 웃었다. "여기에 치명타를 입히려면 일단 내게 가까이 다가와야지." 농담하듯 말했다. "너 말고 이 세상 어느 누가 내게 이토록 가까이 다가올 수 있겠니?"

농담일지라도 성옥은 무척 안심돼 살며시 안도의 한숨을 내쉬었다. 그곳을 잠시 바라보다가 성옥은 몸을 기울여 손으로 연삼의 어깨를 짚고는 역린이 사라진 피부에 도톰한 입술을 대고 가볍게 입을 맞췄다.

순간 연삼이 딱딱하게 굳어지더니 오른손으로 성옥의 허리를 누르며 불안정하게 불렀다. "아옥."

성옥이 눈을 들어 연삼을 바라보았다.

연삼이 눈을 내리뜨며 시선을 맞췄다. "자극하지 마라."

잠시 어리둥절해하다 성옥은 갑자기 의미를 깨닫고 얼굴을 확 붉혔다. "자극하는 거 아니거든요. 엉뚱한 상상 하지 마세요!" 재빨리 연삼의 품에서 빠져나와 두어 걸음 물러나서는 입을 삐죽이면서 장난스러운 표정을 지어 보였다. "연삼 오라버니, 마음을 가라앉히세요. 계속 엉뚱한 생각 하지 말고요!" 연삼의 허탈해하는 표정을 보고는 또 만족스럽다는 듯 입을 가리고 웃었다. "오라버니는 여기에서 마음을 가라앉히고 계세요. 저는 천보 언니가 얼마나 준비했는지 보러 갈게요." 혼자 걸음을 옮기던 성옥은 도로 돌아와 연삼을 끌어당기며 나긋나긋하게 졸랐다. "됐어요. 역시 혼자 가기 싫으니 같이 가요!"
 연삼이 성옥을 따라 일어나서는 사랑스럽다는 듯 이마를 어루만졌다. "보채기는."

 예를 마친 뒤 두 사람은 소사라경에서 보낸 한 달 동안 한시도 떨어지지 않고 딱 붙어 있었다.
 지난 일만 년 동안 셋째 전하 곁에 얼마나 많은 여자가 있었고 전하와 어떻게 지냈는지 천보는 누구보다 잘 알고 있었다. 불나방처럼 줄기차게 원극궁에 들어왔던 신녀들은 하나같이 자신이 특별하고 바람둥이를 사로잡을 수 있을 만큼 충분히 매력적이기 때문에 오만하고 매혹적인 전하의 진심을 얻을 수 있으리라 믿었다. 하지만 원극궁에 들어온 신녀들은 궁에 들여온 꽃이나 그림, 옥기와 다를 바 없었다.
 셋째 전하는 아주 가끔 신녀들을 떠올릴 뿐이었다. 어쩌다 생각나면 그림이나 옥기를 감상하듯 신녀들을 바라보았다. 그렇게 바라볼 때 어쩌면 아름답다고 생각했을지도 모르지만, 전하의 눈빛과 감정은 언제나 담담하고 무심했다.
 전하가 신녀들과 함께 지내고 신녀들을 바라볼 때 아름다운 모습을 눈에는 담았을지 몰라도 마음에는 담지 않았다는 것을 천보는 분명히 알고 있었다. 아름다운 얼굴과 함께 신녀들의 백골까지 보았기 때문에 전하는 미모에 흔들리지 않았다. 미모가 쉽게 사라지듯 하늘의 도 역시 그와 같으며 만물은 끝없이 순환하니 생멸이 무상하며 무의미하다고 생각할 뿐이었다.
 그런데 군주와 함께 있는 지금의 전하는 완전히 달랐다. 군주를 바라볼 때 전하는 꽃이나 그림, 옥기를 감상할 때처럼 냉랭하지 않았다. 언제나 부드럽고 깊은 눈길로 군주를 집중해서 바라보았다. 무엇이 그렇게 깊은지는 알 수 없었다. 다만 군주를 바라보는 전하의 눈빛을 보면, 마치 전하가 태어날 때부터 군주가 자신의 일부였던 것처럼 떼어낼 수도, 잃을 수도 없다고 여기는 듯했다. 반면 예전에는 세상에 잃어선 안 되는 게 뭐가 있겠느냐고 여기는 듯 보였다.

전하는 너무도 진지하게 군주를 대했다. 군주의 말 한마디 한마디를 참을성 있게 듣고 아무리 봐도 부족하다는 듯 표정 하나하나를 기꺼이 오래도록 바라보았다. 한번은 군주가 냇가에서 잠들었는데 전하는 무릎을 구부린 채 소나무에 기대앉아 다리를 베도록 내어주었다. 군주는 두 시진이나 잤고 전하는 두 시진 내내 군주를 내려다보았다. 매 순간을 어떻게든 붙잡아 군주의 모든 모습을 가슴 깊이 새기려는 듯했다. 두 시진 뒤 깨어난 군주가 눈을 비비며 "내가 얼마나 잤어요?"라고 묻자 전하는 군주의 이마를 톡톡 두드리며 대답했다. "아주 잠깐, 얼마 안 잤어."

천보는 그런 전하를 한 번도 본 적이 없었다.

구중천 신녀들은 절대로 상상할 수 없는 일이었다. 일만 년이나 쫓아다녔던, 방탕한 듯 보이지만 하늘의 눈구름처럼 가까이 다가갈 수 없었던 셋째 전하가 일개 인간을 위해 구름에서 내려올 줄 어떻게 상상할 수 있겠는가.

셋째 전하의 진심을 얻은 게 일개 인간일 줄.

일만 년이나 다툰 신녀들이 결국 인간에게 지고 말았다.

누가 예상할 수 있었겠는가.

그렇다고 천보는 신녀들이 안타까운 것도 아니었다.

군주는 인간이지만 그 아름다운 얼굴에 자신은 자각하지 못하는 천진난만한 표정을 지으며 기쁨과 기대가 가득한 눈빛으로 전하를 올려다보았다. 그런 모습에는 누구라도 마음이 흔들리지 않을 수 없을 듯했다.

인간들은 잘 어울리는 남녀를 '천상배필'이라고 묘사했는데 천보가 보기에는 전하와 군주야말로 명실상부한 '천상배필'이었다. 그렇지만 신선과 인간의 사랑에 대한 구중천의 엄격한 잣대를 생각하면 두 사람의 미래가 걱정스럽지 않을 수 없었다.

대략 서른일곱째 날 한밤중, 연삼은 소사라경으로 들어와 작은 세계 전체를 살피며 흔드는 영력을 감지했다. 소사라경에 영력을 주입해 흔들 수 있는 신이라면 연삼이 아는 한 제13천 태신궁의 동화제군밖에 없었다.

영력에는 공격 의도가 없었다. 그보다는 소사라경 사람에게 멀리에서 손님이 찾아왔음을 알리는 듯했다.

시간을 따져보니 구중천에서 연삼을 잡으러 신이 내려올 때였다. 연삼이 생각할 때 천군에게는 동화제군을 태신궁에서 불러내 일 처리를 맡길 정도로 대단한 능력이 없었다. 그렇다면 연삼이 속세를 엉망으로 만든 이야기를 들은 동화제군이 자진해 난장판을 수습하러 온 게 분명했다. 동화제군은 참견하길 싫어하는 성격이지만 연삼은 어려서부터 태신궁에서 자라 천군보다 제군을 더 가까이 했고, 제군도 연삼을 반쯤 태신궁 사람으로 여겨 연삼의 일이라면 줄곧 관여해왔다.

연삼은 자리에서 일어나 외투를 걸쳤다. 문을 열고 나가자 비가 쏟아지고 있었다. 아득한 밤비 속의 먼 하늘가에서 보랏빛이 어렴풋하게 보였다. 정말로 동화제군이 찾아와 남염 고분의 소사라경 입구에서 기다리고 있는 듯했다.

떠나야 할 시간이 되었다.

연삼은 묵묵히 보랏빛을 바라보다가 문을 닫고 침대 옆으로 되돌아갔다. 안쪽에서 불빛이 새어나와 연삼은 침대 휘장을 걷었다.

휘장 안에는 백기남 향과 꽃향기가 뒤섞여 떠다녔다. 극히 사적인 환희의 기운이 뒤엉켜 따뜻하고 은은하게 그 작은 세상을 휘감고 있었다. 잠에서 깬 성옥이 헝클어진 옷차림으로 검은 머리카락을 길게 늘어뜨린 채 이불을 쥐고 침대 가운데에 멍하니 앉아 있었다. 이불 밖으로 살짝 튀어나온 발 옆에 비둘기 알만한 야명주가 떨어져 있었다. 몽롱한 빛은 거기에서 나오고 있었다.

연삼을 본 성옥이 겨울잠에서 깨어난 듯 상큼한 모습으로 살짝 고개를 기울이고는 불만스럽게 물었다. "어디 갔었어요?"

연삼은 엉뚱한 대답을 했다. "밖에 비가 오네."

성옥은 깊이 생각하지 않고 무심하게 이불을 가슴 앞으로 끌어당겼다. 정신이 드는 모양새였다. 이불을 끌어당기자 발이 더 많이 드러나면서 홍련으로 장식된 가느다란 발찌가 보였다. 하얀 피부와 은색 발찌, 붉은 연꽃이 더없이 아름답게 어우러져 발목 위 종아리의 손가락 자국이 유난히 눈에 띄었다.

연삼의 시선이 손가락 자국에서 멈췄다.

덩달아 아래로 시선을 내리던 성옥이 그 자국을 보고는 조금 놀라며 손으로 건드렸다. "어, 자국이 남았네." 작게 탄식했다.

대충 문지르다가 성옥은 연삼을 바라보았다. 베개에 눌린 자국이 남아 있어 성옥의 뺨은 불그레했고 입술도 만개한 꽃이나 잘 익은 과일처럼 발그레한데 표정과 눈빛만은 한없이 청순했다. "아프지는 않아요. 피부가 약해서 조금만 힘을 줘도 자국이 남는 거지, 전혀 아프지 않아요." 끈끈하면서 잠긴 목소리였다.

연삼은 침대 옆에 앉아 성옥의 종아리를 문지르다가 이불 속으로 넣어주었다. "다음에는 조심하마."

성옥은 여전히 천진난만하게 응했다. "응. 조심하면 돼요."

성옥의 잠긴 목소리와 순수한 말을 듣고 있으니 연삼은 우스우면서도 안쓰러워 성옥의 이마를 쓰다듬었다. "물 마실래?" 그러면서 일어나 물을 따라주려 했다.

성옥이 나른하게 연삼의 손목을 잡고 아무 힘도 주지 않으면서 막았다. "아니요."

"그래." 연삼이 도로 앉으면서 성옥을 끌어안고 나란히 베개에 누운 다음 성옥 뺨에 남은 자국을 쓰다듬었다. "그럼 조금 더 자. 날이 밝으려면 아직 멀었어."

성옥은 눈을 감는 대신 손가락으로 연삼의 옷섶을 꽉 쥐고 연삼의 품에 파고들었다가 고개를 들어 말했다. "내가 잠들면 떠나려는 거죠?"

연삼은 아연실색했다.

야명주가 침대 안쪽으로 굴러가 휘장에 덮이면서 빛이 더 희미해졌다. 투명하고 희미한 빛 속에서 성옥이 차분한 표정으로 연삼을 한참 말없이 바라보았다. 눈에서 점점 물안개가 피어나기 시작했는데 그 기운을 자신도 느꼈는지 성옥이 곧장 눈을 내리깔았다.

다시 눈을 들었을 때는 이미 물안개가 사라지고 없었다. "슬프지 않아요." 성옥이 조용히 입을 열더니 연삼의 손을 꽉 쥐고 뺨에 가져다댄 뒤 정말이라고 믿게 만들려는 듯 연삼의 눈을 보며 말했다. "걱정하지 말아요."

차분한 척했지만 눈에 슬픔이 가득했다. 그런데도 성옥은 슬프지 않으니 걱정하지 말라고 말했다. 그런 성옥의 모습에 연삼은 가슴이 아프고 마음이 약해졌다. 성옥에게 손목을 내어준 채 연삼은 성옥을 바라보면서 다시 한번 베개 자국이 가시지 않은 성옥의 뺨을 쓰다듬었다. "강한 척하지 않아도 돼."

성옥이 눈을 내리깔고 가만히 있다가 입을 열었다. "채석하에 있던 날 밤 민달왕자가 강 건너편에서 불꽃을 쏘아줬어요."

연삼이 손을 멈추고 눈살을 살짝 찌푸렸다.

눈을 들었던 성옥은 연삼의 표정을 보고 당황했다가 돌연 웃음을 터뜨리고는 손가락으로 연삼의 미간을 살살 폈다. "이 정도로 벌써 기분 상하는 거예요? 내가 무슨 말을 할지도 모르면서."

연삼이 성옥의 뺨을 꼬집었다. "무슨 말을 하려 했는데?"

성옥은 물고기처럼 온순하게 연삼의 품에 파고들어 찰싹 달라붙어서는 나직이 말했다. "불꽃을 보면서 평생 다시는 연삼 오라버니를 못 만나겠구나 생각했어요. 그랬더니 정말 슬프더라고요." 성옥이 고개를 들어 연삼을 바라보았다. "어쨌든 지금 상황이 그때보다는 좋잖아요. 잠시 헤어지는 것뿐이니까 못 견딜 정도는 아닐 거예요."

담담한 투로 그런 애틋한 말들을 쏟아내면 상대의 가슴이 얼마나 떨리는지 성옥은 몰랐다. 성옥은 천진난만하고 유치하면서 순수하고 열정적이었다.
연삼은 더 참을 수 없어 입을 맞추었다. 성옥은 연삼의 목을 감으며 순순히 받아들였다.
창밖에서 차가운 빗소리가 울렸다.
밤이 깊고도 무거웠다.

성옥은 자신이 언제 잠들었는지 몰랐다. 그래서 자신이 잠든 뒤 연삼이 얼마나 오랫동안 자신을 바라보았는지도 알지 못했다. 소사라경이 다시 가볍게 흔들렸을 때 연삼은 침대에서 내려와 옷을 갈아입고 장화를 신었다. 마지막으로 성옥을 돌아보고 이불을 여며준 뒤 문을 열고는 돌아보지 않고 주룩주룩 내리는 밤비 속으로 걸어갔다.
성옥이 다시 깼을 때는 날이 환하게 밝은 뒤였고 방에 아무도 없었다. 성옥은 연삼이 정말로 떠났는지 확인하지 않고 멍하니 천장을 쳐다보며 누워 있다가 아무 일도 없다는 듯 일어나 옷을 챙겨 입었다.

상서로운 구름이 감돌고 선학이 맑게 우는 구중천.
오늘 구중천은 그다지 평화롭지 않았다. 우선 인간계 산하를 주관하는 창이신군이 다급하게 올라와 천군을 알현했는데 무슨 일을 고했는지는 몰라도 천군이 곧장 조서를 내려 신들을 능소전으로 불러모았다. 능소전 대문이 굳게 닫히고 한 시진 정도 회의가 진행되었을 때, 태신궁 앙서각에서 얼마 전 폐관을 마치고 나온 동화제군이 능소전으로 친히 찾아왔다. 이어서 또 무슨 일인지 몰라도 다른 신들은 전부 능소전에 남겨둔 채 동화제군 혼자 나와서 제13천으로 돌아가는 대신 곧장 남천문으로 나갔다.

남천문 부근에서 근무하던 소선들은 동화제군을 보고 잔뜩 흥분해 들끓었다. 흥분이 가라앉은 뒤에야 지난날 동화제군이 남천문을 나선 건 십중팔구 팔황의 안위를 위협하는 큰일을 해결하기 위해서였다는 사실이 떠올랐다. 소선들은 무슨 상황인지 알지 못했기 때문에 팔황에 큰 겁운이 닥쳤을지도 모른다고 생각하며 벌벌 떨었다.

나중에 어디에선가 소문이 흘러나왔다. 동화제군이 남천문을 나선 건 얼마 전 홍련선자를 보호하려 속세에 내려간 셋째 전하가 무슨 이유에서인지 자신이 있던 속세의 땅을 갈라 바다를 만들고 세상을 수호하는 신수 네 마리를 길들여 그 속세의 천명을 완전히 바꿔놓았는데, 그건 구중천의 율법을 어긴 행위라 처벌을 내려야 해서 천군이 동화제군에게 하계로 내려가 셋째 전하를 데려와달라고 부탁했기 때문이라고 했다. 그렇다면 팔황의 안위와 일말의 관계도 없는 일이었다. 소선들은 그제야 마음을 놓았다.

소선들이 문제를 보는 태도는 능소전의 존귀한 신들과 완전히 달랐다. 셋째 전하가 속세에서 땅을 갈라 바다를 만들었다는 소식을 들었을 때 소선들은 셋째 전하가 젊은 나이에 속세의 법규를 바꿀 수 있다니 역시 동년배 신선 중 최고라면서 탄복을 금치 못했다. 멋대로 속세의 천운을 바꾼 일에 대해 대단하다고 생각했을 뿐 문제가 있다고 여기지 않았다. 당연히 소선들은 '동화제군이 직접 속세에 내려가 전하를 잡는다'라는 핵심도 놓치지 않고 예리하게 포착해냈다. 동화제군이 직접 속세에 내려가 셋째 전하를 잡아오면 두 사람 모두 남천문을 지나간다는 말이었다. 남천문에서 동화제군과 셋째 전하를 동시에 볼 수 있다니, 이 얼마나 드문 일인가! 성대한 행사나 마찬가지였다.

소선들의 기이한 생각 덕분에 반 시진도 되지 않아 늘 한산하던 남천문이 구중천에서 가장 떠들썩한 장소로 변했다. 평소 동화제군과 셋째 전하를 볼 일이 없어 꿈에서라도 한번 보고 싶어했던 젊은 신선들이 남천문 부근 구석구석을 전부 메웠다. 대부분 여신이었다.

존귀한 신들은 능소전에서 회의를 열고 소선들은 남천문 부근에서 잡담을 나눴다.

한 선녀가 승천한 지 며칠 안 된 소선에게 설명해주었다. "화첩을 보면 알겠지만 홍황의 고대 신들은 하나같이 출중한 외모를 가졌는데 그중에서도 동화제군이 최고야. 소문으로 실물이 초상화보다 백 배는 더 잘생겼대. 넌 정말 운이 좋은 거야. 올라온 지 며칠 되지도 않았는데 제군을 실제로 볼 수 있다니. 나는 천궁에서 일한 지 칠천 년이 되었건만 이런 기회는 이번이 처음이야!"

소선이 남천문 쪽으로 고개를 내밀었다. "그래도 언니는 셋째 전하를 자주 뵀었잖아요. 저는 셋째 전하조차 뵌 적이 없어요."

선녀가 고개를 끄덕이고 환한 얼굴로 말했다. "맞아. 셋째 전하는 많이 뵜지. 전하도 정말 잘생기셨어. 전해지기로 사해팔황에서 가장 예쁜 아기였대. 나중에는 동년배 중에서 가장 잘생긴 아이, 가장 잘생긴 소년이 되었고 이제 잘생긴 청년이 되셨지······"

선녀가 소선에게로 고개를 돌렸다. "셋째 전하가 처음 출정해 세량하細梁河 앞에서 구름에 앉아 마족의 항복 문서를 받는 그림 봤니? 수많은 신녀가 그 그림 때문에 셋째 전하한테 치였다더라."

소선은 원래 인간이었다가 수십 번의 생을 수련한 끝에 여도사의 몸으로 승천했다. 승천할 때의 나이도 어리고 욕정도 모두 끊어내 거의 나무토막과 같은 상태라 물끄러미 선녀를 바라보며 물었다. "치이는 게 뭐예요?"

선녀가 비밀스럽게 다가와 속삭였다. "셋째 전하를 보자 사모하는 마음이 절로 생겼다는 뜻이야." 조용히 탄식했다. "안타깝게도 전하는 거울 속의 꽃이요, 물속의 달이지."

소선은 잘 이해할 수 없었다. "거울 속의 꽃, 물속의 달?"

선녀가 깜짝 놀랐다. "셋째 전하가 유명한 풍류가라는 말을 못 들어본 건 아니지?" 선녀가 웃음을 지었다. "전하는 풍류를 즐기시거든. 그런 전하를 사모하는 신녀는 무척 많고, 대범한 신녀는 먼저 나서서 전하를 쫓아다니기도 해. 전하는 보통 거절하지 않지만 무정한 분이라 전하 곁에서 다섯 달 이상 머문 신녀가 없어. 전하의 마음을 정복하기 어려울수록 신녀들은 점점 더 줄지어 찾아가고. 전하 역시 거절하지 않아. 누구나 잠깐은 전하를 소유할 수 있는 듯하지만 사실 덧없는 환상일 뿐이지. 거울 속의 꽃이나 물속의 달처럼 말이야. 자, 이제 이해할 수 있겠지?"

소선은 여전히 갈피를 잡을 수 없었다. "승천하던 날, 언니 둘이 쇄요탑 일에 대해 논의하는 것을 들었어요. 그러니까 셋째 전하도 진심으로 사랑하는 사람이 있는 거잖아요? 장의선자요." 소선은 매우 논리적으로 추리했다. "전하께 이미 사랑하는 사람이 있는데 신녀들은 어떻게 전하를 가질 가능성이 있다고 생각하죠?" 거기까지 말한 뒤 문득 깨달은 듯 덧붙였다. "앗, 이번에 속세에서 그렇게 큰일을 벌이신 것도…… 장의선자를 위해서 아닐까요?"

선녀가 곧장 웃음을 거두고 냉랭한 표정으로 말했다. "어, 너 셋째 전하와 장의선자 파였어? 나는 그쪽이 아니라 '무정하게 팔황을 주무를수록 멋져 보이는 셋째 전하' 파라서 전하와 장의선자 사이에 정말 뭐가 있다고 생각하지 않아. 보아하니 우리는 말이 통하지 않겠다." 그러고는 세 걸음 물러나 소선과 거리를 두었다.

소선은 정신이 나갈 지경이었다. 구중천에서 어떻게 이런 일에서조차 파가 갈리는지 이해할 수 없었다. 자기가 너무 촌스러워 새로운 분위기의 천궁과 어울리지 않나 싶고 선녀와의 우정도 되찾고 싶어서 얼른 고개를 저었다. "아니요, 아니에요. 저는 아무것도 모르는걸요. 전부 헛소리였으니 언니, 저를 멀리하지 마세요……"

이와 비슷한 토론이 끊임없이 벌어져 곳곳이 웅성웅성했다. 장내를 규제할 정도로 지체 높은 신선도 없다보니 모두 마음이 풀려서 신나게 소문에 관해 떠들며 설레는 마음으로 동화제군과 셋째 전하를 기다렸다. 화기애애한 분위기였다.

얼마 뒤 정말로 보라색 옷을 입은 신존이 구름에서 내려와 남천문으로 모습을 드러냈고 그 뒤에 하얀 옷의 신군이 따라왔다. 두 사람 모두 몸집이 크고 냉정하면서 준수한 얼굴이었다. 부근에 모여 있던 신선들은 기회를 놓칠세라 시선을 집중했지만 그렇다고 오래 쳐다볼 수 없어 곧 일제히 몸을 엎드리며 절을 올렸다. 동화제군과 셋째 전하는 꿇어앉은 신선들을 신경쓰지 않고 곧장 안으로 향했다. 신선들은 감히 고개를 들지 못한 채 제군과 전하를 보냈지만 잠깐의 눈 호강만으로 충분히 만족했다.

동화제군과 셋째 전하가 남천문으로 들어왔을 때 누군가 구름에서 내려 다급하게 그들을 쫓아왔다. 신선들은 발소리만 들을 뿐 감히 고개를 들지 못했다. 셋째 전하가 고개를 돌려 바라보고는 눈썹을 살짝 치켜올렸다. "작은형."

둘째 황자 상적이 먼길을 달려와 두 사람 앞에 서서는 동화제군에게 인사하고 나서 연송을 바라보았다. "속세에서의 일을 들었다. 장의를 위해서 그랬던 거지?" 잠시 말을 멈춘 상적의 얼굴에 고통스러운 기운이 떠올랐다. "나는…… 장의에게 미안해. 네가 장의 때문에 벌을 받게 되었으니, 다른 일은 못해줘도 함께 아바마마를 뵈러 가려고……"

동화제군은 참견하길 좋아하지 않아 상적의 말을 듣고는 두 사람끼리 이야기하도록 한쪽으로 비켜섰다.

연송이 무슨 말인지 이해했다. "장의를 위해 아바마마께 선처를 청하겠다고요?" 이어서 담담하게 말했다. "그럴 필요 없어요."

상적이 의아해했다. "왜?"

"장의를 위해서 한 일이 아니니까요."

상적이 눈살을 찌푸렸다. 잠시 생각하는 사이 안색이 천천히 변했다. "너…… 마음이 변했니?" 상적은 당황스러웠다. "그럼 장의는 어떡해, 장의는…… 영영 천궁으로 돌아올 수 없는 게 아니냐?"

연송은 무척 담담한 얼굴로 대꾸했다. "작은형은 구중천에 없으면서도 저와 아바마마의 내기에 대해 잘 알고 있네요."

상적의 얼굴이 하얗게 질렸다. "네가 왜 혼자 속세에 갔는지는 대단한 비밀이 아니지." 그러고는 못 참겠다는 듯 다급하게 물었다. "그러면 장의는 어쩔 셈이니?"

연송은 무표정한 얼굴에 우습다는 눈빛으로 상적을 보았다. "장의에게 마음을 준 적이 없는데 변심이라니요? 지금의 장의 역시 더는 예전의 장의가 아니니, 윤회에 들어가 영영 인간으로 살게 하는 것도 좋은 결말이라 할 수 있겠지요."

상적은 믿을 수 없다는 듯 연송을 바라보았다. "네가 장의를 지켜주어서 마음을 놓을 수 있었는데 지금 너는…… 장의에게 대체……" 상적은 말을 끝까지 잇지 못했다.

연송은 걱정스럽다는 듯 눈살을 찌푸렸다. "작은형은 제 일을 이해할 수도 없고 이해할 필요도 없어요. 쇄요탑이 무너졌을 때 저는 장의가 살길 바랐지만, 작은형이 생각하는 이유 때문은 아니었어요. 장의가 신선이든 인간이든 제게는 아무 차이가 없어요. 장의가 신선이 될 때 도와주고 싶은 마음이 들었던 것뿐인데 지금은 그럴 마음이 없어졌지요." 연송은 멍하게 서 있는 상적에게 고개를 끄덕였다. "다른 일이 없으면 먼저 가볼게요."

상적은 그 자리에서 한참 정신을 차릴 수 없었다.

이십팔 년 전 장의가 자신을 위해 목숨을 잃었을 때 상적은 자책감이나 죄책감이 들지 않았던 게 아니었다. 동생인 연송이 나중에 장의의 일을 자기보다 훨씬 잘 처리해줘서 안심했을 뿐이었다. 동생이 장의를 좋아해서 어떻게든 되살리고 다시 신선으로 만들려 애쓰리라 생각했기에 안심하고 죄책감도 지울 수 있었다.

그런데 오늘 동생은 장의를 도운 이유가 남녀의 감정 때문이 아니라고 했다. 장의를 신선으로 만드는 일도 더는 반드시 해야 한다고 여기지 않으며 그냥 영원히 인간으로 내버려두어도 괜찮다고 말했다.

장의가 완전히 인간이 되어 영영 윤회 속을 떠돌며 다시는 구중천으로 돌아올 수 없다고?

상적은 심장이 저릿저릿 아팠다.

어떻게 그럴 수 있단 말인가?

하지만 자신이 또 무엇을 할 수 있겠는가? 세차게 밀려드는 막막함과 무력감에 상적은 한 발자국도 움직일 수 없었다.

둘째 전하와 셋째 전하가 대화할 때 소선들은 꽤 멀리 떨어져 있어서 무슨 말이 오가는지 들을 수 없었다.

신선들 가운데 여도사의 신분으로 막 승천한 소선만 하룻강아지 같은 무모한 용기로 두 전하가 대화할 때 슬며시 고개를 들고 몇 차례 훔쳐보았을 뿐이었다.

소선의 각도에서는 동화제군과 둘째 전하는 뒷모습만 보이고 셋째 전하의 얼굴만 똑바로 보였다.

셋째 전하의 모습은 정말로 현실을 망각하게 할 만큼 준수했다. 다만 풍류가라는데 속세에서 보았던 호탕한 풍류가들과는 전혀 달라 보였다. 얼굴에 온화한 기운도 없고 이해하려는 태도도 찾아볼 수 없었다. 대화하는 모습이 감히 접근하기 어려울 정도로 차갑고 냉담해 두려울 지경이었다.

동화제군과 셋째 전하가 떠난 뒤 소선은 더 참을 수 없어 옆에 있는 선녀에게 물었다. "저렇게 접근하기 힘들어 보이는 셋째 전하에게 대체 왜 그 많은 신녀가 기를 쓰고 도전하는 거예요?"

선녀는 셋째 전하의 골수 추종자답게 대답해주었다. "셋째 전하가 웃는 모습을 네가 못 봐서 그래. 전하가 웃으시면 그건 정말이지," 혀를 차기까지 했다. "전하의 웃는 모습은 아무도 당해낼 수 없어. 신녀들 모두 전하가 자신에게 웃어주길 바라며 어려운 줄 알면서도 쫓아다니는 거야."

소선은 완벽히 이해되지는 않았어도 오늘 정말 많이 배웠다고 생각했다.

둘째 전하까지 남천문을 떠난 뒤에야 꿇어앉아 있었던 신선들은 일어나 무릎을 털고 흐뭇하게 삼삼오오 흩어졌다. 남천문도 평소의 한가함을 되찾았다.

그로부터 얼마 뒤 능소전의 회의 역시 마무리되었다.

회의에 참석했던 신선들은 그날의 파란만장했던 과정을 떠올릴 때면 뭐라 할 말이 없었다.

동화제군이 연송을 데리러 하계에 갔을 때 천군은 연송이 바다를 만든 이유를 조사하라며 창이신군도 하계로 내려보냈다. 창이신군은 동화제군보다 한발 앞서 돌아와 연송이 절색의 인간 여자를 위해 그랬다고 보고했다. 그 소리에 천군은 안색이 나빠졌다.

얼마 뒤 동화제군이 연송을 데리고 돌아왔다. 대전에서 천군이 죄를 묻자 연송은 창이신군의 보고와 똑같이 자백했다. 인간을 사랑하게 되었는데 그 여자가 다른 사람에게 시집가겠다고 고집을 부려 화가 난 나머지 땅을 갈라 바다를 만들었으며, 지리적으로 그 여자와 약혼자의 나라를 갈라놓아 여자가 시집갈 수 없게 만들었다고 말했다. 난동을 벌이고 나서 정신을 차린 뒤에 후회했지만 이미 벌어진 일이라 소용없었다며 기꺼이 벌을 받겠다고 청했다.

언제나 제멋대로인 연송이 할 만한 짓이었다.

천군은 너무 화가 나서 말이 나오지 않았다. 연송이 정말 미웠지만 아끼는 막내아들이라 중벌을 내리고 싶지도 않았다. 다행히 연송은 인맥이 좋았고 천군의 속마음을 눈치챈 신선들도 분분히 선처를 청했다.

무엇보다 동화제군이 나서서 말했다. 연송이 바다를 만들고 속세의 법규를 바꾸어 국운과 개인의 운명을 바꿨어도 다행히 천리를 해치는 일은 하지 않았다며, 세 나라가 갈라져 수많은 전쟁이 그쳤으니 그 속세에 평화와 안락을 주었다고 평했다. 남두육성과 북두칠성, 명주만 그곳의 국운과 개인의 운명을 조정하느라 신경 쓸 일이 늘었을 뿐이라고 했다. 다만 나중에 또다른 신이 연송을 따라 멋대로 인간계의 운명을 바꾸지 못하도록 십억 속세에 법규를 하나 추가하고자 한다며 신족과 마족, 귀족, 요족이 속세에 들어가 술법을 부리면 그 술법의 반작용을 감내해야 한다고 말했다. 그래야 온당하다는 의미였다.

역시 동화제군은 육계 창생을 적절하게 다스렸던 천지의 주관자다웠다. 사사로운 정에 나섰어도 누구 하나 흠잡거나 꼬투리 잡을 수 없게 만들었다. 승복하지 못하는 자가 있더라도 자신의 의견을 삼키는 수밖에 없었다. 왜 자신은 연송처럼 동화제군의 사랑을 받을 수 없는지, 총애를 누릴 수 없는지, 무슨 잘못을 저지르든 제군의 비호를 받지 못하는지 스스로를 탓해야 할 뿐이었다.

마침내 천군의 어명이 떨어졌다. 연송을 북극 천거산天柜山의 얼음 폭포에서 이레 동안 고통받게 하라는 벌이었다.

떠들썩하게 시작된 일은 그렇게 미미하게 막을 내렸다.

북해에 인접한 북극 천거산은 일 년 내내 눈과 얼음에 뒤덮여 있었다. 산봉우리가 일곱 개 있는데 두번째 봉우리에 폭포가 있고 꼭대기에서 시작된 물줄기가 계곡 아래의 차가운 못으로 곧장 쏟아졌다. 그 못 가운데에 있는 큰 바위가 바로 신선들이 얼음 폭포의 형벌을 받는 장소였다. 바위에 선 채 천 길 꼭대기에서 떨어지는 세상에서 가장 차가운 물을 온몸으로 받으며 칼날이 떨어지는 듯한 고통 속에서 독경하며 자성해야 했다.

동화제군이 옆쪽 세번째 봉우리에 섰다. 두번째 봉우리보다 살짝 낮은 세번째 봉우리에서 절벽의 폭포를 바라보며 평했다. "폭포가 거세도 진액연 소용돌이보다는 훨씬 부드럽구나. 너는 이만 살 때 진액연 소용돌이에서 아무 상처도 없이 한 달을 버텼으니 이 폭포에서 이레를 보내는 건 아무 문제도 없겠지." 그러고는 바둑판을 만들었다. "벌을 받으려면 아직 시간이 있으니 바둑이나 두자."

연송도 가만히 폭포를 바라보고 나서 말했다. "부채를 만들 쇠를 얻으러 진액연에 갔을 때는 두 손이 묶이지 않았지요. 소용돌이에 들어갔어도 두 손으로 헤쳐나갈 수 있었지만, 여기에서 벌을 받을 때는 손이 쇠사슬에 묶일 것 같습니다."

동화제군은 벌써 바둑판 앞에 앉아 흰 돌을 들고 있었다. "그렇겠구나." 고개를 끄덕이며 "그럼 조심하거라"라고 말한 뒤 잠시 생각하고 나서 또 덧붙였다. "아프겠구나. 하지만 죽지는 않을 테니 걱정하지 마라. 일단 바둑이나 두자."

"……"

연송은 대꾸할 말이 없었다.

연송이 북극 천거산으로 벌을 받으러 올 때 천군도 오지 않는 길을 동화제군이 동행했다. 아무리 셋째 전하가 동화제군의 총아라는 사실을 모두 안다고 해도 이번에는 조금 지나친 감이 있었다. 동화제군이 삼십만여 년 동안 여색을 멀리하지 않았다면 구중천 신선들은 연송이 천군의 친아들이 아니라 제군의 친아들일지 모른다고 의심할 판이었다.

연송을 압송해 온 두 장수는 옆에 있는 동화제군을 감히 무시할 수 없어 목적지에 도착한 뒤 형을 집행하기 전에 제군이 셋째 전하에게 사적인 당부를 할 수 있도록 세심하게 거리를 뒀다. 그런데 동화제군과 셋째 전하가 돌연 바둑을 두는 게 아닌가. 어리둥절해진 두 장수가 서로의 얼굴을 한참 바라보다가 가까이 다가갔을 때 동화제군의 목소리가 들려왔다. "그 인간 여자와는 어떻게 된 일이냐?"

두 장수가 멈칫하며 다시 귀를 기울이는데 셋째 전하가 고개를 들고 담담하게 자신들을 쳐다보는 게 보였다. 이어서는 방음술이 펼쳐져 아무 소리도 들을 수 없었다. 두 장수는 감히 가까이 다가갈 수 없어 서로 마주보다가 제 위치로 돌아갔다.

동화제군의 질문에 검은 돌을 들었던 연송의 손이 멈칫했다. 연송은 사만 년의 절반을 동화제군의 슬하에서 보냈다. 동화제군은 연송의 스승이자 친구였다. 구중천 신선들은 동화제군을 종잡을 수 없다고 여겼고 실제로도 잘 이해하지 못했지만, 연송은 그렇게까지 어렵다고 생각하지 않았다. 바둑만 해도 정말 두고 싶은 마음도 있겠으나 그게 전부가 아닐 걸 예상했다. 아니나다를까 얼마 지나지 않아 동화제군은 그런 질문을 하고 한마디 더 덧붙였다. "네 아버지를 속이듯 나를 속일 생각은 마라."

연송은 차분하게 바둑돌을 놓았다. "제군을 속일 생각은 애당초 없었습니다." 목소리도 차분했다. "그 여자에게 진심입니다. 벌을 다 받으면 속세로 돌아가 그녀가 신선이 되도록 도운 뒤 영원히 함께할 겁니다."

삼십만여 년을 사는 동안 워낙 많은 일을 겪은 터라 동화제군은 연송의 말에 별로 놀라지 않았다. "네 입에서 진심이라는 말이 나오기란 무척 힘들지." 그렇게만 말한 뒤 무심하게 물었다. "일개 인간에게 그렇게 집착하다니, 그녀는 설마 '공空'이 아니더냐?"

연송이 잠시 생각한 뒤 대답했다. "다른 '공'은 전부 내려놓을 수 있는데 그녀만은 내려놓을 수가 없습니다."

동화제군은 눈을 들어 연송을 잠시 쳐다보다가 습관처럼 옆쪽의 찻잔을 집으려 했다. 찻잔이 잡히지 않자 그제야 찻잔을 만들지 않았음을 떠올리고는 손을 들어 새까만 도기를 불러낸 뒤 천천히 말했다. "성년이 되었을 때 너는 나와 법을 논하면서 세상만사가 무상하고 모든 것이 생과 멸을 반복하니 지루하다고 탄식했다. 세상에는 영원불변하는 것이 없다면서 다섯 종족의 생령들은 왜 무의미한 일에 그렇게 급급하냐고 물었다. 그래봐야 변화가 생기면 모든 노력이 물거품이 되는데 왜 그러냐고 말이다."

은발의 신존이 능숙하고 자연스럽게 찻물을 끓였다. "그때 너는 내게 두 가지 예를 들었다. 권세를 좋아하는 천족을 예로 들면서 일만 년 동안 온갖 아부를 해 높은 자리에 올랐지만 두세 가지 과

책만으로 먼지 구덩이에 떨어졌다며, 지난 고생이 헛수고가 됐으니 무슨 의미냐고 했다. 이어서는 미색을 좋아하는 마족을 예로 들었지. 온 마음을 들여 미인을 얻었지만 십만여 년이 지나자 아름다운 용모가 사라졌다며, 과거의 노력이 모두 물거품이 됐으니 무슨 의미냐고 했다."

연송이 고개를 끄덕였다. "기억합니다. 천군이 처음으로 제게 종족을 지키는 전쟁의 신이 되면 좋겠다는 뜻을 비쳤을 때 태신궁으로 찾아가 논했지요."

"그래." 주전자에서 물이 보글보글 끓자 동화제군은 다시 바둑판에 정신을 집중했다. "천군이 너를 전신으로 세워 천족의 태평과 팔황의 안위를 맡기려 하는데 세상의 생령들 모두 그렇게 무의미한 인생을 살면 너는 그들을 지킬 의미를 찾을 수 없다고 했다."

동화제군이 바둑돌을 놓았다. "그때 나는 너에게 무엇이 의미 있느냐고 물었다. 너는 '공이 아닌 것'이야말로 의미 있다고 답했다. 세상에 네가 모든 것을 다 걸고 추구하며 주저 없이 아낄 만한 게 있다면 틀림없이 영원불변의 사물일 거라 했지. 그래야만 그토록 추구하고 아끼는 것이 헛되지 않을 거라고."

동화제군이 눈을 들어 그저 궁금하다는 듯 물었다. "그 인간도 일종의 '공'인데, 지금 너는 그 인간을 위해 모든 것을 다 걸고 주저하지 않는 행동을 보이고 있다. 네 믿음에 따르면 그런 추구와 아낌이 무슨 의미가 있느냐?"

연송은 바둑알을 집고 한참 놓지 않다가 검은 돌을 손바닥 안에 꽉 쥐고는 고민하는 듯 피곤한 듯 살며시 눈을 감았다. "실은 이미 오랫동안 '공'과 '공이 아닌 것'을 생각하지 않았습니다. 세상 만물의 존속 의미에 대해서도 오랫동안 생각하지 않았고요." 잠시 멈췄다가 이어서 말했다. "맞습니다. 제 믿음에 따르면 그녀와 저, 심지어 이 세상의 모든 것이 일종의 '공'입니다. 예전에는 세상 만물을 똑같이 바라보아 그들이 안락하든 괴롭든 마음에 잔물결 하나 일지 않았습니다. 하지만 그녀는……" 연송은 더이상 말을 이을 수 없었다.

물이 다 끓자 동화제군은 차를 우리면서 말했다. "이 세상 모든 것, 심지어 너 자신에게까지 무심한 게 수신의 타고난 품성이다. 그러니 사실 잘못된 것도 없지. 다만 예전의 너는 '공'만 보고 '공'에 좀 심하게 집착했어.

'유有'에 집착하면 근심이 생기고 겉모습에 매달리기 쉽다. '공'에 집착하면 자기 자신과 다른 사람을 일깨우기 어려워지지. 네가 천족을 수호하는 장수가 되기를 원하지 않았던 것도 이런 집착 때문이라 할 수 있다. 지금 네 모습이." 동화제군이 연송에게 차를 건넸다. "내가 보기에는 예전보다 훨씬 좋구나."

연송은 잠시 입을 다물었다가 말했다. "더이상 '공'에 집착하지 않아도 저는 다른 사람을 일깨울 수 없습니다."

연송은 손안의 검은 돌을 만지작거리다가 승부에서 멀리 떨어진 구석에 놓았다. "구중천의 율법을 어기고 인간을 아내로 맞이하면 신족은 용납하지 않을 겁니다. 하지만 저는 기어코 그리할 테니, 신족은 저를 용납하지 않겠지요. 그래서." 연송이 맑은 눈빛으로 신존을 바라보았다. "저는 다른 사람을 보호하고 일깨우는 전신이 될 수 없습니다. 앞으로 남은 신선의 긴 여생 동안 한 사람만 보호하려 하니, 제군께 실망을 안겨드릴 듯합니다."

짧은 말속에 선택과 미래의 계획이 분명히 들어 있었다.

동화제군은 개의치 않았다. "실망은 천군이 하겠지, 내가 뭘 실망하겠느냐." 손에 든 찻잔을 가볍게 돌리며 아주 오래된 옛일을 떠올렸다. "예전에 묵연도 소관 때문에 세상을 등진 적이 있다. 그때도 말리지 않았으니 당연히 지금도 말리지 않을 거다." 동화제군은 눈을 들어 연송을 쳐다보며 덧붙였다. "모처럼 진심인데 너 하고 싶은 대로 해라."

연송은 고개를 끄덕였다. 조금 전 대화 때 매우 상징적 의미를 지니지만 대국의 승리에는 아무 도움이 되지 않는 악수를 뒀기 때문에 이제는 온 정신을 집중해 만회해야 했다. 한쪽을 무너뜨리고 다른 한쪽을 수습했을 때 갑자기 또다른 중요한 일이 생각났다. "제가 신족을 떠날 수밖에 없는 걸 아셨으니 조제 신의 일은 전부 제군께 맡겨야겠습니다."

동화제군은 이미 예상했다는 듯 담담하게 코웃음을 쳤다. "네가 신족에 남으면 넘기지 않았을 것처럼 말하는구나."

연송은 부인하지 않았다. "확실히 넘겨드렸겠지요. 저와는 아무 관련도 없는 일이니까요."

동화제군이 차를 한 모금 마시고 불쑥 물었다. "너와 조제 신이 사실은 인연이 있는 걸 아느냐?"

연송은 혼자 바둑돌을 놓으며 "그래요?" 하고 말했지만 전혀 믿지 않는 투였다.

동화제군이 찻잔을 내려놓았다. "소관이 네게 남긴 무성적은 사실 조제가 소관에게 만들어준 법기였다."

연송이 드디어 고개를 들었다. "예?"

동화제군이 회상에 잠겼다. "그때 소관은 피리를 내게 주면서 새로운 시대의 수신에게 전해달라고 했다. 수신이 조제와 인연이 있다면서 다른 것은 줄 게 없으니 그 법기를 주겠다고 했지."

연송은 반신반의하며 동화제군의 안색을 살피다가 의문을 표했다. "그렇다면 저와 조제 신은 어떤 인연이 있습니까?"

벌써 이십만여 년이 지난 옛일이라 동화제군은 계속 기억을 되짚었다. "그건 말하지 않은 것 같구나."

연송이 멈칫했다가 물었다. "안 물어보셨습니까?"

동화제군이 당연하다는 듯 대답했다. "나와 관련없는 일을 왜 묻겠느냐."

연송은 말문이 막혔지만 그렇다고 인정하지 않을 수도 없었다. "그렇네요."

동화제군이 연송을 힐끗 보았다. "이 일에 대해 아무 생각도 안 드느냐?"

연송이 잠시 생각하고 나서 답했다. "무성적은 아주 유용합니다. 조제 신이 만들었고 소관 신이 제게 주었다니…… 감사해야겠지요?"

동화제군이 고개를 끄덕였다. "그래, 조제 신이 정말로 되살아나면 다음에 만났을 때 네 인사를 전해주마."

산꼭대기의 빙원에서 눈보라가 일기 시작했다. 형 집행 시간이 다가오는데도 보라색 옷의 신존과 하얀 옷의 신군은 담담하게 이야기하며 바둑만 두고 있었다. 특히 셋째 전하는 전혀 형을 받을 사람처럼 보이지 않았다. 멀리 떨어진 곳에서 기다리던 두 장수는 셋째 전하에게 신호를 주고 싶었지만 그렇다고 감히 동화제군의 흥을 방해할 수 없어 서로 멀뚱멀뚱 보며 이번 일은 정말 힘들다고 생각했다.

# 15장
## 비명을 지르며 몸부림치는 성옥과
## 즐기듯 지켜보는 소녀

북황의 북쪽에는 팔황의 새들이 털갈이하는, 천 리에 이르는 이름 없는 큰 호수가 있었다.

망망하고 뿌연 천지 속 눈 덮인 호숫가에서는 털갈이에 성공해 기뻐하는 신령한 새들의 울음소리가 길게 터져나오곤 했다. 긴 울음소리 뒤로 새들의 오래된 깃털이 눈발과 함께 호수로 표표히 떨어지자 묘하게 슬픈 분위기가 연출되면서 얼음과 눈으로 뒤덮인 고요한 땅에 독특한 색채가 더해졌다.

성옥은 호수의 최북단에 서서 하늘가에 거대한 짐승처럼 엎드려 있는 먼 산을 바라보았다. 오늘 아침 호숫가에서 길을 묻자 방금 털갈이를 마쳐 기분이 좋은 중명조重明鳥가 앞쪽의 저 산이 바로 북극 천거산이며 성옥이 찾는 천족의 셋째 전하는 그 산의 둘째 봉우리에서 벌을 받고 있다고 알려주었다. 계속 북쪽으로 가면 닿겠지만 인간의 걸음으로는 밤낮없이 쉬지 않고 걸어도 네댓새는 가야 한다고 했다.

성옥은 주근에게 중명조에 대해 들은 적이 있었다. 의로운 신조로 성품이 우직하다 했으니 속일 리 없을 듯했다.

다시 한번 우뚝 솟은 먼 산을 바라보고 나서 성옥은 외투를 단단히 여미고 눈보라를 헤치며 새가 알려준 북쪽으로 나아갔다.

인간인 군주가 신선 세계의 북황 땅에 나타난 데는 긴 사연이 있었다.

소사라경에서 연삼이 떠난 뒤 얼마 지나지 않아 국사와 천보는 성옥을 데리고 평안성으로 돌아갔다.

희나라와 오나소의 국경에 바다가 생길 때 천지가 심하게 요동쳤지만, 연삼이 진액선을 불러내고 진액선이 금륜을 만들어 대지 전체를 수호한 덕분에 채석하 부근의 땅만 흔들렸을 뿐 사막 이외의 지역은 평온했다. 천 리 밖 평안성은 말할 것도 없고 백 리 밖 오나소 왕도에서도 특별한 느낌을 받지 못했을 정도였다. 오나소 사람들은 이튿날 아침에 돌아온 혼례 영접단으로부터 지난밤 신룡이 내려와 넷째 왕자의 신부를 데려갔을 뿐만 아니라 오나소와 희나라 사이에 거대한 바다를 만들어 두 나라를 분리했으며, 그 바람에 오나소가 하룻밤 사이 고원 내륙국에서 임해국으로 변했다는 소식을 들었을 때에야 깜짝 놀랐다. 놀라움이 가라앉은 뒤에는 앞으로 해산물을 얼마든지 즐길 수 있을 테니 나름 괜찮겠다며 기뻐하기도 했다.

평안성에는 소식이 조금 늦게 전해졌다. 이지 장군은 명마 여러 마리를 죽일 정도로 다급하게 달려 닷새 만에 평안성에 도착한 뒤, 알고 보니 대장군이 속세에 내려온 신선이었고 군주의 정략결혼을 막기 위해 바다를 만들었으며 바다를 만들고 나서 기력이 다하자 국사가 장군과 군주를 데리고 사라져 지금까지 행방이 묘연하다고 황제에게 고했다. 성균은 지극히 평범한 사람이라 이 장군이 실성했다 생각하며 당장 끌어내 가두라고 명했다. 그로부터 닷새째 날 아침 계군 군수가 말을 타고 헉헉거리며 달려와 똑같은 일을 보고했을 때야 성균은 이 장군을 풀어주었다.

성균은 그래도 반신반의하며 심복을 강월사막으로 긴급히 파견했고, 열흘 뒤 심복은 새로운 변경 지도를 가지고 돌아왔다. 지도를 보니 정말로 북쪽 변경에 큰 바다가 동서로 가로놓여 있었다. 바다는 대희와 오니소를 갈라놓았을 뿐만 아니라 북위까지 완전히 떨어뜨려놓았다. 앞으로 세 나라는 바다를 사이에 두고 멀리 바라볼 수밖에…… 사실은 볼 수조차 없는 상황이 되었다.

대희국은 건국 이래 지난 이백여 년 동안 북위와 대립해왔다. 야심 있는 황제들은 하나같이 북위 정복을 평생의 목표로 삼았고 성균도 예외가 아니었다. 그런데 연삼의 이번 조치로 두 나라는 바다를 사이에 두고 멀어져 누구도 서로를 침범할 수 없게 되었다. 분투할 목표가 순식간에 사라지자 성균은 망연하다못해 공허해졌다. 좌승상과 우승상 등 중신들은 황제와 논의하면서 지금 벌어진 상황을 비교적 잘 받아들였다. 몇몇 대인은 황제에게 너무 허탈해할 필요 없다고, 지리적 상황이 변했으니 국책도 변해야 한다며 앞으로 할일이 많다고 고했다. 또한 백성들에게 변경의 바다가 어찌된 일인지 설명하고 대장군을 찾아 다음 행보를 확인해야 한다며 계속 자신들의 대장군으로 지낼지, 신선으로 하늘에 돌아갈지 알아봐야 한다고 말했다. 중신들은 평생 국정을 논의해왔지만 이렇게 터무니없는 상황은 처음이라 더이상은 할말을 찾지 못했다.

그런 상황에서 국사가 성옥을 데리고 평안성으로 돌아왔다.

한 달여의 시간 동안 충격에서 어느 정도 벗어나 성균은 비교적 담담하게 국사를 마주할 수 있었다. 다만 변경에 바다가 새로 생겼다는 소식이 대희국 전체로 퍼지면서 온갖 유언비어가 난무했기 때문에 국사가 한시바삐 정리해주길 바랐다.

헛소리의 고수인 국사는 모두의 기대를 저버리지 않고 그 즉시 황제를 도와 조서를 발표했다. 성씨 황조는 천명을 받은 왕조라 하늘에서 수신을 보내 군왕을 돕게 했으며, 인자로운 수신은 희나라와 북위의 전쟁으로 백성이 고통받는 걸 보고는 남쪽 바닷물을 천리 떨어진 사막으로 끌어들여 국경에 만 길 깊이의 바다를 만듦으로써 희나라의 외환을 잘라내고 희나라 백성을 전쟁의 고통에서 구했다고 알렸다. 이에 황제는 수신의 은덕에 감사하며 종실의 보배인 홍옥군주를 수신의 아내로 바쳤고 대희국 조정은 앞으로 수신을 숭배할 테니 백성들도 수신을 성심껏 받들길 바란다고 했다.

조서가 내려지자 유언비어가 잠잠해졌다. 백성들은 세상에 진짜로 천신이 있으며 대희국 백성인 자신들이 천신의 총애를 받는다는 사실에 크게 감동해 이곳저곳에 사당을 세워 수신을 기렸다.

국사의 일 처리는 여러모로 적절했다. 공적으로는 셋째 전하가 만들어놓은 난장판을 멋지게 수습하며 수신의 바다 창조에 더할 나위 없이 풍부한 정치적 의미를 부여했고, 사적으로는 만백성 앞에서 셋째 전하와 군주에게 공명정대한 명분을 만들어주었다. 국사는 사적인 명분 역시 셋째 전하가 원했던 바라고 믿었다.

국사는 의기양양해졌다. 생각할수록 스스로가 정말 대단하게 느껴졌다. 황제부터 천보까지 내막을 아는 사람들도 전부 국사가 대단하다고 인정했다. 그렇게 여기지 않는 사람은 조정을 통틀어 딱 하나였다. 국사 손에 평안성으로 끌려온 뒤 국사를 원수로 여기는 연란공주였다.

연란공주가 질책하러 찾아왔던 날 하필 성옥도 국사부에서 차를 마시고 있었다.

연란은 국사에게 왜 멋대로 나서서 황제가 성옥과 연삼을 짝지어주는 식으로 처리했는지 따지러 찾아왔다가 성옥을 보고는 국사에 대한 노여움을 순식간에 잊어버리고 분노의 화살을 성옥에게로 돌렸다. 평생 황성으로 돌아올 수 없으리라 생각했던 사촌누이를 똑바로 쏘아보며 말했다. "너를 위해 그런 일을 벌이셨으니 아주 득의양양하겠구나?"

성옥이 기억하기로 열아홉째 공주 연란은 평소에 무척 예의바르고 온화하게 행동하며, 때때로 위선적이어도 자신을 자극하지 않는 한 그런 위선을 끝까지 지킬 수 있는 사람이었다. 그런데 오늘 열아홉째 공주는 완전히 달랐다. 이상할 정도로 사람을 몰아붙였다. 성옥은 살짝 눈썹을 치켜올리며 찻잔을 내려놓고 담담하게 웃었다. "무슨 말씀을 하시는지 모르겠어요. 어떤 일을 얘기하는 거죠?"

연란은 바퀴 달린 의자의 손잡이를 꽉 쥐었다. "내 앞에서 능청 떨지 마. 셋째 전하가 너를 위해 공공연하게 구중천 법률을 어기고 바다를 만들었는데 우쭐한 마음이 전혀 없다고?" 연란은 연송과 성옥 사이에 있었던 갈등을 눈치채지 못할 정도로 어리석지 않았다. 그날 밤 채석하 강변에서 일어난 일을 직접 보지는 못했어도 가만히 생각해본 뒤 국사의 말이 사실이 아님을 간파했다. 연란은 한없이 높은 셋째 전하가 일개 인간을 위해 그랬다는 사실을 받아들일 수 없었고, 뼛속을 파고드는 고통과 증오에 통제력을 잃고 말았다. "정말로 너를 사랑해서 그랬다고 여기지 마라. 전하는 그냥 신선해서 네 옆에 계신 것뿐이니까! 원래 그런 분이거든. 흥미가 있을 때는 뭐든 다 해주시지. 땅을 갈라 바다를 만드는 게 뭐 그리 대수니? 장의를 위해서는 모든 것을 다 주셨는데?"

성옥이 살며시 눈을 내리깔면서 얼굴의 거짓 웃음을 순식간에 거두자 연란은 쾌감을 느끼며 찡그리듯 웃음을 지었다. "너를 셋째 전하께 주겠다고 아무리 폐하가 말했어도 네가 정말 수신의 아내가 될 것 같니?" 연란은 탁자 너머의 무표정한 성옥을 악의적으로 바라보았다. "흥, 수신의 아내라니, 일개 인간이 어울릴 것 같아?"

"내가 어울리지 않으면." 성옥이 담담하게 눈을 들어 여전히 무표정한 얼굴로 물었다. "언니는 어울리나요? 계속 인간을 무시하는데 언니도 결국 나처럼 인간 아닌가요?"

당연히 연란은 순수한 인간이 아니었다. 성옥의 무지몽매한 말을 듣자 내내 고통스러워했던 연란은 며칠 만에 처음으로 평안한 웃음을 지으며 두 손을 펼쳤다. "지금 이 몸은 인간이지만, 잊었나 본데 내 전생은 화주인 장의야. 내가 속세에 온 건 겁운을 치르기 위해서라고. 조만간 구중천으로 돌아가 신선이 될 테니 너와는 근본적으로 다르지." 연란은 살짝 몸을 앞으로 기울이며 경멸을 고스란히 드러낸 채 또박또박 말했다. "너는 애당초 나한테 비교도 안 된다고." 원래 성옥을 모욕하려 내뱉은 말인데 뜻밖에도 위안이 되었다. 그랬다. 셋째 전하가 지금 성옥을 좋아한들 무슨 상관이겠는가. 벌레와 같이 미미한 인간이 전하와 오랫동안 함께할 수는 없을 테니 인내심을 가지고 조금만 더 견디면……

성옥은 모욕을 받았다는 기색 없이 담담하게 찻잔을 들었다. "언니는 아직도 구중천에 돌아갈 수 있을 것 같나보죠?"

연란이 당황했다. "무슨 말이니?"

성옥이 입꼬리를 올렸다. "연삼 오라버니한테 못 들었어요? 쇄요탑 난입은 죽을죄라 장의는 그때 이미 신선 자격을 박탈당했대요. 다시는 구중천으로 돌아가 신선이 될 수 없다던데요?" 연란의 당황한 표정을 보면서 성옥은 느긋하게 차를 마셨다. "연삼 오라버니는 장의와의 친분을 생각해 환생한 언니를 다시 하늘로 데려가려 했지만, 환생한 언니의 성격이 장의와 크게 달라서 인간으로 둬도 괜찮겠다고 생각을 바꿨대요."

연란은 완전히 얼어붙어 하얗게 질린 얼굴로 한참 꼼짝하지 않다가 쉰 목소리로 외쳤다. "절대 그럴 리 없어!"

"인간인 게 뭐가 나빠요? 언니는 왜 그렇게 받아들이지 못하죠?" 성옥은 한 손으로 빰을 받치고 웃는 듯 아닌 듯한 표정으로 연란을 올려다보았다. "설마 나와 똑같이 순수하게 평범한 인간이면 내 앞에서 아무런 우월감도 느낄 수 없기 때문인가요?"

연란은 화가 나서 입술을 부들부들 떨었다. "이, 이런 천박한 게……" 무릎의 손난로를 집어 성옥에게 던졌지만, 옆에서 조용히 차를 마시며 최대한 존재감을 지우고 있던 국사의 술법에 가로막혔다.

국사는 손난로만 중간에서 막은 게 아니라 연란의 입까지 봉인했다. 연란은 믿을 수 없다는 눈으로 국사를 바라보았다.

국사도 눈살을 찌푸리며 연란을 바라보았다. "좋게 말로 하면 될 일인데 그렇게 불손한 언사에 폭력까지 행사하다니, 너무 지나친 것 아닙니까?" 셋째 전하가 성옥을 좋아하게 된 이후 연란은 이성을 잃고 울며불며 죽겠다고 소란을 피우곤 했다. 그래서 국사는 연란만 보면 두피가 저릿저릿해져 이번에도 멀리 피하려 했는데 성옥도 호락호락한 인물이 아니라 연란을 무서워하기는커녕 정면으로 맞서려 하니 어쩌겠는가. 그냥 자리에 남는 수밖에 없었다.

정말로 남아 있길 잘했다고 생각하면서 국사는 연란 옆에 서 있는 시녀들한테 매섭게 호통쳤다. "너희는 왜 아직도 멍하니 서 있느냐? 연란공주의 목이 불편하니 어서 궁으로 모셔가 치료하지 않고?"

국사는 셋째 전하 앞에서나 자신을 낮췄지, 조정에서는 누구한테도 밀리지 않는 인물이었다. 시녀들은 국사의 호통에 벌벌 떨며 감히 꾸물대지 못하고 곧장 연란을 데리고 대청을 나가려 했다. 말을 할 수 없는 연란은 몸을 비틀어 의자 등받이를 꽉 붙들며 분노에 벌게진 눈으로 두 시녀를 노려보았다.

연란의 모습을 지켜보던 성옥이 눈썹을 치켜올리고 말했다. "잠깐만." 천천히 자리에서 일어난 성옥은 연란 옆으로 다가가 살며시 눈을 내리뜨며 소매를 걷고 무심하게 손목의 은팔찌를 만지작거렸다. "아까 연삼 오라버니가 내게 무엇을 해줬다고 진짜 사랑인 양 착각하지 말라고 충고했잖아요. 장의한테 모든 것을 다 주었다고." 성옥이 살며시 웃었다. "그런 것 같지 않네요. 연삼 오라버니는 장의에게 전부 주지 않았을걸요. 오라버니의 진심을 유일하게 대변하는 역린을 장의가 아니라 내게 주었으니까요."

성옥의 말이 떨어지기 무섭게 연란은 성옥의 손목으로 시선을 돌렸다가 완전히 얼어붙었다. 도저히 믿을 수 없다는 눈으로 손목의 은팔찌와 손가락의 반지를 보고 나서야 연란은 마침내 정신이 든다는 듯 시선을 조금씩 성옥의 목과 귀로 옮겼다.

은색과 붉은색이 어우러진 장신구를 뚫어져라 바라보는 연란의 눈시울이 터질 듯했다. 부들부들 떨리는 입술에서 소리가 나오지 않는데도 성옥은 연란이 무슨 말을 하는지 알 수 있었다. 네가 어떻게 이걸 가지고 있어? 가당키나 해?

성옥은 담담하게 연란을 바라보았다. "언니 모습을 보니 역린의 의미를 아는군요. 이제 알겠죠? 언니가 동의하든 안 하든 연삼 오라버니는 정말로 내 남편, 언니의 사촌 매부가 되었어요. 언니, 성가 체면을 생각해 앞으로는 좀 자중하세요."

연란은 성옥의 목에서 시선을 거두지 못했고 엄청난 충격을 받은 듯 안색도 새하얗게 질렸다. 그러다가 은색과 붉은색이 어우러진 은은한 빛이 괴롭다는 듯 눈을 질끈 감고는 의자에 맥없이 쓰러져 두 손으로 얼굴을 감싼 채 소리 없이 울기 시작했다.

연란의 모습이 국사부에서 완전히 사라졌다. 환궁한 연란은 방 안의 물건을 마구 부수고 나서 몸져누운 뒤 거의 두 달 동안 일어나지 못했다.

성옥은 자기 때문에 연란이 화병 난 것을 몰랐다. 그사이 십화루에서 일을 처리하느라 바빠 다른 일에 신경쓸 여유가 없었다.

주근과 이향, 요황, 자우담은 일찌감치 십화루로 돌아와 있어서 국사가 데려다주자마자 성옥은 모두와 재회할 수 있었다. 모두 기뻐하며 분위기가 화기애애해졌을 때 성옥은 그 틈을 놓치지 않고 주근한테 자신과 연삼의 약속 및 단약 적진을 먹기로 한 계획에 대해 조심스럽게 털어놓았다. 최소한 한차례 얻어맞아야 주근을 진정시킬 수 있을 줄 알았는데 뜻밖에도 주근은 이후 칠 년 동안의 일만 제대로 처리해놓으면 괜찮다고 말했다.

사실 잘 처리할 일이 어디 있겠는가. 전부 주근에게 맡기면 그만이었고 솔직히 지금까지도 늘 그래왔다. 성옥은 주근에게 골칫거리를 안겨주지 않는 것만으로 십화루 관리에 공헌하는 셈이었다.

앞으로 칠 년 동안 자신이 잠들어 있으면 주근이 골치 아플 일도 없겠다고 생각하자 성옥은 탄식이 절로 나왔다. 성옥이 온갖 문젯거리를 만들어낸 순간부터 주근은 이런 날을 기다렸을 듯싶었다.

보름 동안 황성의 친구들과 고별연을 갖고 또 보름 동안 십화루의 꽃 하나하나에 작별인사를 건넨 뒤, 성옥은 길일을 골라 경건한 마음으로 연삼이 준 비단 상자를 열었다. 이제 적진을 삼켜 칠 년 동안 얌전히 연삼을 기다릴 작정이었다. 그런데 생각지도 못하게 단약이 어디로 갔는지 비단 상자가 텅 비어 있었다.

십화루 사람들은 곳곳을 뒤졌다. 석 달을 찾았지만 대체 어디에서 잃어버렸는지 단약을 찾을 수 없었다. 도저히 가망이 없어 보이자 성옥은 적진을 잃어버렸다는 현실을 받아들이고 흐리멍덩한 상태로 반년을 보냈다.

화사했던 성옥은 반년 동안 그리움에 시달리면서 엉뚱한 계절에 피어난 꽃처럼 달라졌다. 주변에 걱정을 끼치지 않으려 열심히 고집스럽게 자라나지만 햇빛과 수분이 부족해 고통에 시달리며 느리게 생장하는 꽃 같았다.

억지웃음 아래로 갈수록 시들어가는 성옥의 모습을 보자 목석같은 주근도 견디기 힘들었는지 한참 생각해본 뒤 신들이 사는 세상으로 연삼을 찾으러 가자고 먼저 제안했다. 주근은 자기가 뱉은 말을 철저히 지키는 성격이라 얼마 뒤 신과 인간의 세계를 가르는 약목문으로 성옥을 데려갔다. 하지만 성옥과 주근은 약목문을 지나던 중 갑작스러운 폭풍우에 휩쓸려 헤어지고 말았다. 정신을 차렸을 때는 성옥 혼자 새들이 털갈이하는 북황의 호수 옆에 누워 있었고 주근은 온데간데없이 보이지 않았다.

비단 주머니의 꽃잎이 아직 생생한 것으로 성옥은 주근이 무사한 걸 확인하고 마음을 놓았다. 애당초 연약한 여자와는 거리가 먼 성옥은 곁에서 보위해주는 이가 없어도 얼마든지 낯선 세상을 돌아다닐 수 있었다. 성옥은 잠시 냉정하게 따져보았다. 평소 성격에 비추어 볼 때 주근은 이 넓은 천지에서 성옥이 보이지 않으면 곧장 연삼이 벌받는 장소로 가서 기다릴 확률이 높았다. 그래서 성옥은 연삼부터 찾기로 마음먹었다.

다행히 연삼은 이 세상에서 무척 유명해 별로 물어볼 것도 없이 금방 어디 있는지 알 수 있었다.

중명조가 성옥의 걸음으로는 닷새 동안 밤낮없이 가야 형벌장에 도착할 수 있다고 했을 때 성옥은 긴 여정이 조금도 두렵지 않았다. 오히려 마음속으로 연삼이 그곳에서 이레 동안 벌을 받는다니 분발해 닷새 안에 도착하면 틀림없이 연삼을 찾고 만날 수 있겠다고 계산까지 했다.

인간인 자신이 신족과 마족, 요족, 귀족이 활보하는 이곳에서 여러 위험에 노출될 수 있다는 생각도 했다. 그래도 곧 연삼 오라버니를 만날 수 있다는 생각만 하면 두려움이 완전히 사라지고 앞으로 나아갈 용기가 샘솟았다.

성옥은 언제나 새끼 독수리처럼 천진하고 용감하며 새끼 호랑이처럼 강하고 두려움이 없었다.

북극 천거산의 천 리 빙판에서 찬바람과 눈발이 휘몰아쳤다.

아욱阿郁은 천거산 첫번째 봉우리에서 그 여자를 보았다. 휘날리는 눈발 속에서 새하얀 외투를 걸친 여자가 산기슭에 조용히 서 있었다. 발목까지 내려오는 외투가 온몸을 단단히 덮었지만 얼음처럼 깨끗한 느낌까지 덮지는 못했다. 새하얀 천지 속에서 우아하고 조용하게 서 있는 하얀 뒷모습이 그림 같았다. 아욱도 여자, 그것도 아름다운 여자라 여자한테는 관심이 없었다. 아욱이 그 여자의 뒷모습에서 시선을 거둘 수 없었던 이유는 분명 신선 같은 자태임에도 순수한 인간이라는 게 한눈에 보여서였다.

이십만여 년 전 소관 신이 인간들을 속세로 데려간 뒤 팔황에 인간들의 소국이 조금 남긴 했어도 그곳에 사는 인간은 인간의 피가 섞인 혼혈일 뿐이었다. 정상적으로는 이 팔황에, 더구나 이렇게 황량한 천거산에 순수한 인간은 절대 나타날 수 없었다. 또한 닷새 전 셋째 전하가 이곳에서 벌을 받기 시작하면서 두번째 봉우리를 지키는 신족의 두 장수는 형벌 기간에 생물이나 생령이 나타날 수 없도록 천거산의 일곱 봉우리를 깨끗이 정리했다.

물론 아욱도 생물이자 생령이니 엄밀히 말하면 여기 있을 수 없었다. 아욱은 바로 그 점에서, 신족 장수도 인정한 예외라는 점에서 자긍심을 갖고 있었다.

아욱은 북해에 사는 능어陵魚*이자 능어족 족장이 가장 사랑하는 막내딸이었다. 둘째 전하 상적이 쇄요탑에 난입해 북해수군으로 강등되기 전까지 북해에는 수군이 없었다. 북해의 모든 일은 늘 아욱의 아버지가 대신 했으니 아욱의 아버지는 셋째 전하의 오랜 부하라 할 수 있었다. 셋째 전하는 십 년마다 북해를 둘러보러 왔다. 능어족 족장은 셋째 전하를 따라 바다를 둘러볼 때마다 경험을 쌓으라며 아들딸을 데려갔고 그중에 늘 아욱이 있었다. 종종 만나다 보니 셋째 전하도 수많은 능어 가운데에서 아욱을 알아보고 이름을 불러주기까지 했다.

젊은 신군은 지위와 권세가 높고 준수한데다 홀몸이었다. 무엇보다 항상 황량하고 쓸쓸해 보이는 기질이 매력적이었다. 아욱은 철이 들자마자 짝사랑에 빠져 헤어나올 수 없었다.

외진 북해에 살아도 아욱은 셋째 전하와 관련된 수많은 분홍빛 소문을 놓치지 않았다. 풍류를 즐기고 아름다운 걸 아껴서 절색의 미인이 전하를 좋아하면 원극궁에서 곁을 지킬 기회가 주어진다고 했다.

아욱은 자타가 공인하는 북해 최고의 미인이었다. 자기가 봐도 평범하지 않은 미모라 얼마든지 원극궁에서 한자리를 차지할 수 있을 듯해 성인이 된 이후 셋째 전하가 다시 북해를 순찰하러 오면

---

* 『산해경』에 등장하는 반인반어의 종족.

고백하려 했다. 그런데 안타깝게도 둘째 전하가 북해수군이 된 이후로 셋째 전하는 북해에 순찰을 나오지 않았다.

그 바람에 한동안 무척 우울했는데 갑자기 셋째 전하가 구중천 법률을 어겨 북극 천거산에서 벌을 받는다는 소식이 들려왔다.

당연히 셋째 전하를 볼 수 있는 기회를 놓칠 수 없어 아욱은 서둘러 두번째 봉우리로 갔는데 신족 장수의 결계에 막혀 들어갈 수 없었다. 이에 상식이 풍부한 아욱의 친구 하라어何羅魚* 소선이 그럴듯한 방법을 찾아주었다. 천거산에 신족 장수의 결계가 쳐져도 북해의 남만南灣 물은 결계의 영향을 받지 않고 매일 천거산의 일곱 봉우리로 흘러간다는 것이었다. 두번째 봉우리의 처벌용 폭포도 결국은 해수이니 아욱이 남만의 물에 숨어 있으면 역류하는 물을 타고 셋째 전하의 곁까지 갈 수 있을지도 모른다고, 다만 위험할 수 있다고 말했다.

어려서부터 응석받이로 자라 세상에 두려운 게 없는 아욱은 그날 밤 바로 남만의 물로 숨어들었다.

정말 위험천만한 모험이었다. 날이 밝을 무렵 남만의 평온한 물줄기가 갑자기 거칠어지면서 아욱은 미처 반응할 새도 없이 거대한 물기둥에 말려들었고 알 수 없는 힘에 휩싸여 천거산 두번째 봉우리까지 그대로 빨려갔다. 엄청난 두려움 속에서 아욱은 자신이 곧 떨어질 곳이 까마득한 절벽 아래라는 걸 어렴풋하게 확인할 수 있었다. 하라어가 남만에서 "아욱, 아욱!" 하고 다급하게 부를 때 아욱의 눈에는 바로 앞까지 다가온 죽음밖에 보이지 않았다. 후회

---

* 『산해경』에 등장하는 머리 하나에 몸이 열 개인 어족.

가 더 큰지, 공포가 더 큰지 따져볼 새도 없었다. 그저 덜덜 떨면서 눈을 감을 수밖에 없었다.

무중력의 추락이 끝났건만 예상했던 통증이 느껴지지 않아 눈을 떴을 때 아욱은 자신을 감싸고 있는 따뜻한 은빛 그물을 발견했다. 차가운 음성이 앞쪽 멀지 않은 곳에서 들려왔다. "아욱이냐?"

은빛이 사라졌다. 두려움에서 정신을 차린 아욱은 눈을 비비며 목소리가 들리는 쪽을 바라봤다가 그대로 굳었다.

절벽에 걸린 거대한 폭포의 물줄기가 아래쪽 못으로 거세게 쏟아져내리고 못 한가운데에 커다란 바위가 있었다. 그리고 하얀 옷의 청년이 두 손이 쇠사슬에 묶인 채 바위 위로 끊임없이 떨어지는 폭포 속에 갇혀 있었다. 물줄기에 얼굴이 가려지고 몸의 윤곽만 흐릿하게 보였지만 무척 우람하고 위풍당당했다. 벌을 받고 있음에도 전혀 흐트러지지 않았다.

셋째 전하임을 알아본 아욱이 일어나 비틀비틀 못으로 다가가서는 웅얼웅얼 말을 붙였다. "전하…… 전하, 저 모르시겠어요? 능어족의 아욱이에요……"

연송이 폭포 너머의 아욱을 잠시 바라보다가 담담하게 말했다 "아, 북해의 어린 능어."

아욱이 뛸듯이 좋아하며 "맞아요"라고 대답하려 할 때 갑자기 절벽 꼭대기에서 우르릉하는 천둥소리와 바람소리가 들려왔다.

고개를 든 아욱은 절벽 위에서 아래로 흐르던 폭포가 갑자기 급류로 변하더니 셋째 전하를 향해 세차게 내려오는 것을 보았다. 형태가 없던 물줄기는 셋째 전하 가까이에 이르렀을 때 돌연 칼날 모양으로 변해 전하의 등을 날카롭게 찍었다.

아욱은 놀라서 비명을 질렀지만, 폭포 속의 전하는 몸을 찌르는 칼날의 고통을 느끼지 못하는 듯 신음조차 내지 않았다. 두 손을 묶은 쇠사슬이 느슨해졌다가 팽팽해졌다 하면서 철커덩거려 정말로 아무 감각이 없는 건 아님이 드러날 뿐이었다.

물줄기가 변한 칼이 너무도 사실적으로 셋째 전하의 몸을 베어 아욱은 두려움을 억누를 수 없었다. 형벌은 한 시진 내내 이어지고 나서야 멈췄다. 형벌이 끝났을 때 아욱은 용기를 내서 셋째 전하의 상처를 보러 폭포로 들어가려 했지만, 들어가기는커녕 통증 속에서 정신을 차린 셋째 전하의 질책만 들었다. "무슨 짓이냐?"

아욱이 나직하게 대답했다. "전하의 상처가 어떤지 보려고요. 괜찮으세요?"

연송은 아욱의 관심을 무시했다. "계곡 밖으로 나가 신족 장수를 찾아라. 북해로 돌려보내줄 거다."

아욱은 당황하며 그 자리에서 무릎을 꿇었다. "전하, 저희 능어족이 은혜를 입으면 반드시 보답해야 하는 걸 아시지요? 더구나 제가 떨어졌으니…… 전하는 제 목숨을 구해주셨습니다! 이곳에서 벌을 받느라 거동이 불편하시잖아요. 며칠 동안 제가 전하의 다리가 되어 진통제를 찾아드리겠습니다. 부디 은혜를 갚고 싶은 제 마음을 헤아려 쫓아내지 말아주세요!"

아욱은 실마리를 제대로 찾았다. 실제로 보은은 능어족의 전통이라 셋째 전하는 더 따지지 않고 내버려두었다. 계곡 입구의 두 장수도 눈치가 빠하다보니 셋째 전하가 천군의 총아이자 제군의 총아라는 걸 알아서 사실 속으로는 편의를 봐주고 싶었다. 하지만 형을 집행하는 장수로서 전하에게 진통제와 약을 찾아줄 수 없어 답답해하고 있었는데 마침 능어가 자진해서 나서자 기쁜 마음으로 못 본 척 눈감아주었다. 덕분에 아욱은 결계를 나가 셋째 전하를 위해 진통제를 찾아올 수 있었다.

아욱은 셋째 전하가 냉담해도 늘 그렇다는 걸 알고 있었고 그런 냉담함에 더욱 매료되었다.

이번 모험은 탁월한 선택이었다. 특히 셋째 전하와의 시작이 훌륭하고 낭만적으로 느껴졌다. 영웅이 미인을 구하고 미인이 은혜를 갚기 위해 병상에서 영웅을 돌보다가 둘이 사랑에 빠지는…… 언니들이 즐겨 읽는 이야기책에는 늘 그렇게 적혀 있었다.

한껏 오만해진 아욱은 시간이 지나면 틀림없이 셋째 전하의 마음을 얻어 사해팔황 사람들의 부러움을 받는 한 쌍이 될 거라고 믿었다.

아욱이 한껏 상상의 나래를 펼칠 때 몇 장 멀리 빙원 위에 있는 그 여자가 갑자기 몸을 돌렸다.

현실로 돌아온 아욱은 다시 한번 여자에게 시선을 고정했다.

얼굴보다 먼저 아욱의 시선을 잡아끈 것은 여자의 귓가에서 푸른 실에 매달려 반짝이는 은빛과 붉은빛이었다. 자세히 보니 귀걸이 한 쌍이었다. 홍옥을 감싼 은사의 모양은 특이할 게 없었지만 눈빛에 반사될 때 보통 은보다 훨씬 밝게 빛났고, 비 내린 뒤의 무지개 같은 일곱 빛깔이 은빛 주변을 은은하게 감싸고 있었다.

물에 사는 종족인 아욱은 그게 은색 용 비늘만 낼 수 있는 빛임을 단번에 알아차렸다. 여자가 장신구로 착용하는 용 비늘은 용족 신군의 청혼 예물일 가능성이 매우 컸다.

순간적으로 아욱의 동공이 움츠러들었다.

여자가 아욱에게로 시선을 맞추며 몇 걸음 다가와 궁금하다는 듯 먼저 입을 열었다. "아가씨는 신족인가요, 요족인가요?"

아욱은 시선을 조금 옮겨 여자의 얼굴을 보았다. 여자의 얼굴이 눈에 들어온 순간 머릿속이 하애졌다. 능어족 여자는 아름다울수록 존귀한 대접을 받았다. 아욱이 어려서부터 아버지의 사랑을 듬뿍 받았던 것도 미모 덕분이었다. 그런데 눈앞의 인간 여자가 자신보다 훨씬 아름다웠다. 여자가 신선이었다면 능어의 본능에 따라 그 자리에서 두려워하며 굴복했겠지만, 인간에 불과했기 때문에 두려움은 분노와 질투로 변해 아욱의 가슴을 파고들었다.

속으로는 침울해도 겉으로는 달콤한 미소를 지으며 아욱이 물었다. "왜 그렇게 묻죠? 내가 신족이면 어떻고 요족이면 어때서요?"

여자가 손에 든 옥반지를 만지작거렸다. "북황에는 주로 신족과 요족이 사는데 신족은 선량해 사심 없이 남을 도와주지만 요족은 도움을 주는 대신 물건을 받는다고 들었거든요. 아가씨는 어느 쪽인지 궁금해서요."

일개 인간이 신선 앞에서 이렇게 당당하다는 게 불쾌했지만 아욱은 여전히 경계심을 낮출 수 있도록 가식적인 미소를 지었다. "용군의 아내도 도움을 구해야 할 난제가 있나요? 무슨 문제인가요?"

여자가 조금 놀라며 귀걸이를 쓰다듬고 나서 겸연쩍게 웃었다. "신족이든 요족이든 제가 인간일 뿐이라는 게 보이겠지요. 난제라지만 제게만 난제일 뿐 아가씨에게는 간단한 일이에요." 여자가 고개를 돌려 눈앞의 설산을 힐끗 바라보았다. "저 산을 넘어가고 싶은데 도와줄 수 있나요?"

여자는 자신이 용군의 아내임을 부인하지 않았다. 산을 넘으면 두번째 봉우리 밑, 셋째 전하가 형벌을 받는 곳이었다. 예상하던 바였지만 여자한테 직접 듣자 아욱은 눈꺼풀이 떨리고 하마터면 웃음을 잃을 뻔했다. "그럼 당신이 셋째 전하의……" 차마 '아내'라는 단어를 꺼낼 수 없었다. 아욱은 가슴속 질투를 억누르며 놀란 척했다. "셋째 전하를 찾아오셨나요?"

여자가 고개를 끄덕였다.

손톱이 손바닥을 세게 파고드는데도 아욱은 순진한 표정을 잃지 않았다. "나는 신족이지만 도움을 받고 싶다면 물건을 내놓아야 해요."

여자가 조용히 고개를 끄덕였다. "당연해요. 그럼 아가씨는 어떤 물건을 받고 싶은가요?"

아욱이 고개를 기울여 여자를 바라보며 눈썹을 살짝 치켜떴다. "그 귀걸이가 좋겠어요."

여자는 눈빛이 살짝 변하더니 천천히 경계하는 표정을 드러내며 두어 걸음 물러났다 "귀걸이는 줄 수 없어요."

경계하는 여자의 태도에 아욱이 격분하며 냉소를 지었다. "주기 싫다고? 네 맘대로는 안 될걸!" 아욱은 몸을 날리며 손가락을 세우고 여자 귓불에서 귀걸이를 떼어내려 했다. 하지만 가까이 다가가기도 전에 여자 주위에서 돌연 눈부신 일곱 색깔 빛이 터져나와 아욱을 세 장 먼 눈밭으로 내던졌다.

아욱은 씩씩거리며 엎어져 있었다. 정말로 용군의 역린이었다. 용군이 역린으로 청혼했다면 역린을 가진 자는 용군의 아내였다.

게다가 역린은 타인의 공격을 막아주는 호신부로 작용할 터였다. 다만 그 오래된 예법과 예법만큼 오래된 호신법은 수만 년 동안 세상에 나타나지 않았다. 셋째 전하는 정말로 일개 인간을 아내로 삼았단 말인가? 그리하여 이 일로 벌을 받는 것이고?

아욱은 증오가 끓어올라 피를 토할 지경이었다. 이 인간은 반드시 죽어야 했다. 일개 인간이 셋째 전하의 아내로 가당하기나 하단 말인가?

갑자기 그럴싸한 생각이 떠올라 아욱은 일어나 눈을 털고 원한의 눈빛을 억누른 뒤 아무렇지도 않다는 듯 코웃음을 쳤다. "쩨쩨하기는. 일개 인간이라 몸에 걸친 것 중에 귀걸이만 신선의 물건이잖아. 그래서 그게 마음에 들었을 뿐이야. 주기 싫으면 혼자 올라가시지!" 아욱은 여자를 곁눈질하며 덧붙였다. "여기는 일 년 내내 황량해서 생물이 거의 없어. 내가 아니면 도와줄 이를 만날 수 없을 거라고. 잘 생각해!"

여자가 두 눈을 내리깔고 생각에 잠겼다가 잠시 뒤 조용히 말했다. "일깨워줘서 고마워요. 귀걸이는 정말로 줄 수 없으니 혼자 올라가는 수밖에 없겠네요."

여자가 계속 귀걸이를 내놓지 않았지만 상관없었다. 아욱의 목적은 귀걸이를 갖는 게 아니었다. 처음에는 셋째 전하의 역린인지 아닌지 확인하고 싶었을 뿐이었는데 질투와 증오를 일으키는 대답을 얻은 뒤 여자를 유인해 역린을 취하고 죽일 마음을 먹게 됐다.

역린을 내놓지 않으면 산에 오르도록 유인하면 그만이었다. 역린은 타인의 직접적인 공격만 막을 수 있으니, 여자가 자발적으로 위험에 뛰어들면 제아무리 대단한 역린이라도 그녀를 구할 수 없을 터였다.
 천거산은 일개 인간은 말할 필요도 없고 아욱조차 걸어올라가기 힘겨울 만큼 험준했다. 물론 아욱은 두번째 봉우리로 돌아갈 때 걸어서가 아니라 눈바람을 타고 올라갈 예정이었다.
 아욱은 산기슭을 향하는 여자의 뒷모습을 경멸의 눈길로 보고 나서 앞쪽의 가파른 설산을 바라보며 유쾌한 생각에 빠졌다. 첫번째 봉우리의 산세가 엄청 험준하잖아. 저 인간이 올라갈 때 장애물을 만들어 죽이면 아주 쉬울 거야.

 성옥은 자기가 아무리 등산의 명수일지라도 일개 인간의 힘만으로 이 높고 험준한 선계의 산을 오르는 건 어리석은 행동임을 잘 알았다. 얼음에 뒤덮인 설산답게 천거산 일곱 봉우리의 사방 백여 리에는 풀 한 포기도 자라지 않았다. 희성을 빼더라도 백 리의 교감 범위에서 이 산에 관한 정보를 들려줄 꽃과 나무를 찾을 수 없다는 말이었다.
 가장 합리적인 방법은 산기슭에서 기다리는 것이었다. 그러면 연삼이 형벌을 다 받은 뒤 구중천으로 돌아갈 때 이곳을 지니지 않더라도 주근이 찾아와 연삼에게 데려갈 테니 순조롭게 만날 확률이 더 높았다.
 어떤 방법이 더 좋은지 이성적으로는 분명히 알았지만 사랑하는 사람이 산 하나 건너에 있다고 생각하자 성옥은 참을 수가 없어서 일단 시도해보기로 했다. 혹시 올라갈 수도 있지 않은가? 너무 위험해 오를 수 없다면 그때 물러나도 늦지 않을 듯했다.

성옥은 과연 어려서부터 깊은 산속을 탐험했던 옥 공자다웠다. 보통 여자라면 새하얀 눈보라를 뚫고 평지와 비탈이 맞닿은 산기슭을 지나는 것만 해도 대단한 것인데, 성옥은 반나절도 되지 않아 산기슭을 지난 것은 물론이고 완만한 비탈까지 순조롭게 올라갔다. 돌연 험준해지는 산허리에 이르러서야 걸음을 멈췄다.

성옥은 앞으로 공략해야 할 가파른 비탈을 올려다보았다. 확실히 깎아지른 듯했지만, 눈이 아주 두껍게 쌓이지도 않았고 노출된 바위도 꽤 많아서 충분히 오를 수 있을 듯했다. 외투가 너무 두껍고 무거워 앞으로의 여정에 방해만 될 것 같아 성옥은 외투를 벗었다. 또 치마 안감을 찢어 손을 감쌌다. 그렇게 대략적인 준비를 마친 뒤 성옥은 제일 가까운 바위부터 오르기 시작했다.

모든 것이 순조로웠다. 그런데 암석 지역을 삼분의 일 정도 정복했을 때 갑자기 붉은빛이 번쩍하더니 성옥이 발을 디디려던 바위가 느닷없이 흔들렸다. 성옥은 허공을 디디며 굴러떨어져 걷잡을 수 없이 미끄러지다가 가장 가파른 곳의 기다란 바위에 걸려 겨우 멈췄다. 거의 정신을 잃었다가 뻐근한 몸으로 아래를 내려다본 순간 성옥은 등골이 서늘해졌다. 눈에 덮인 미끄럽고 완만한 언덕에 긴 칼이 촘촘하게 박혀 있었다. 설광에 번뜩이는 엄청난 수의 예리한 칼날은 피에 굶주린 거대한 짐승의 이빨 같았다.

성옥이 정신을 차릴 새도 없이 붉은빛이 또 한 차례 번쩍였다. 붉은빛은 성옥의 몸에 다가올 수 없어 한 장 바깥의 눈밭으로 떨어졌고 순식간에 그곳을 무너뜨렸다. 그 함몰로 인해 성옥이 디디고 있던 바위마저 흔들리다가 무너져내렸다. 외마디 비명과 함께 하릴없이 칼날 숲으로 굴러떨어지던 성옥은 두려움 속에서도 어떻게

든 추락을 멈춰줄 뭔가를 잡으려 했다. 칼날 숲에서 고작 다섯 자 떨어진 곳에 이르렀을 때 가까스로 옆쪽의 돌을 끌어안아 성옥은 칼날에 토막 나는 액운을 피할 수 있었지만, 오른다리가 가장 바깥쪽 칼날에 스치면서 살점이 뚝 떨어져나갔다.

처음에는 아무 느낌이 없다가 곧이어 불에 타듯 격렬한 통증이 밀려왔다. 그렇지만 성옥은 다리에 신경쓸 겨를이 없었다. 칼에서 가까이 있을수록 위험하니 성옥은 통증을 참으며 자기 목숨을 구해준 바위를 놓았다. 그러고는 다친 다리를 끌며 칼날 숲에서 조금이라도 멀어지기 위해 앞으로 기어갔다.

그때 진주가 박힌 신발 한 쌍이 성옥 앞에 나타났다.

고개를 들자 아까 떠난 주황색 옷차림의 여자가 웃으며 앞쪽 눈밭에 서 있었다.

뜬금없이 나타난 칼과 붉은빛…… 순간 성옥은 어떻게 된 일인지 깨닫고 힘겹게 입을 열었다. "아가씨…… 왜 사람을 괴롭히나요?"

주황색 옷을 입은 소녀가 천진난만하게 말했다. "괴롭히다니 무슨 말이야? 호의라고, 너 혼자 산을 오르는 게 무료해 보여서 긴장과 자극을 더해준 거야. 더 재미있게 오르라고!" 그러면서 인계를 맺자 붉은빛이 나와 성옥의 옆쪽을 때렸다.

붉은빛이 만들어낸 지진으로 아래쪽 흙과 돌이 움직이면서 성옥은 다시 칼날 숲으로 떨어지기 시작했는데 이번에는 주변에 붙잡을 게 없었다. 생사존망의 순간이었다. 성옥은 온몸이 칼날 숲으로 떨어지는 것을 막기 위해 오른발로 칼을 밟아 미끄러지는 기세를 멈추는 수밖에 없었다. 날카로운 칼날이 발바닥에 깊숙이 박혔을 때 성옥은 고통의 비명을 질렀다.

주황색 옷의 소녀가 가슴을 치면서 무섭다는 듯 말했다. "방음술을 펼쳤기에 망정이지, 아니었으면 산 저쪽의 셋째 전하가 네 비명을 들었겠다." 소녀는 쪼그려앉아 성옥의 창백한 얼굴을 쓰다듬었다. "많이 아프지?"

오른발을 살짝 움직여보자 심장까지 찢어질 듯한 엄청난 고통이 엄습해왔다. 성옥은 도저히 움직일 수 없어 소녀가 자기 얼굴을 만지도록 내버려두는 수밖에 없었다. 갑자기 소녀가 날카로운 손톱으로 성옥의 오른뺨을 피가 나도록 할퀴었다. 오른다리의 통증에 온 신경이 가 있어서 성옥은 뺨이 아픈 줄도 몰랐다. 오른뺨에서 흘러내린 피가 바닥의 눈을 붉게 물들였을 때야 성옥은 얼굴을 다쳤음을 어렴풋이 인지할 수 있었다.

성옥이 얼떨떨한 표정으로 소녀를 바라보았다. 소녀는 피 묻은 손끝을 핥으며 알았다는 표정으로 기쁘다는 듯 자기가 뭘 알았는지 알려주었다. "이제 알겠다. 지금 보니 역린은 네게 큰 상처를 주는 직접적인 공격만 막아주는구나. 지금처럼 사소한 괴롭힘은 공격이라고 여기지 않아."

성옥의 눈빛에 소녀가 못마땅해하며 입을 삐죽였다. "그렇게 봐서 어쩔 건데? 인간은 원래 이렇게 아름다운 얼굴로 태어날 자격이 없어. 내가 널 망가뜨린 건 일종의 공덕일지도 몰라!"

소녀는 성옥의 귀걸이로 손을 내밀었다가 비명을 지르며 불에 데기라도 한 듯 손을 움켜쥐었다. "흥!" 소녀는 침울하게 눈을 흘기고 나서 성옥의 멀쩡한 왼쪽 뺨을 툭툭 쳤다. "이봐, 협상하는 게 어때? 네가 살려달라고 애원하고 전하의 역린을 전부 넘겨주면 놓아줄게."
 성옥은 온몸이 아프고 몽롱해서 정신을 가다듬고 나서야 소녀의 말을 이해하고 힘겹게 손을 밀어낼 수 있었다. "넌…… 나를 놓아줄 리…… 없어. 역린이 날 보호해주지…… 않으면 넌…… 나를…… 죽이겠지. 훨씬…… 더 쉽게……"
 소녀가 조금 놀란 듯 눈썹을 치켜올렸다. "똑똑하네. 내가 널 죽일 걸 알다니. 그렇다면." 소녀는 처참한 모습의 성옥을 턱을 괸 채 내려다보았다. "나를 보자마자 숨었어야지, 왜 안 숨고 먼저 도와달라고 했어?"
 성옥은 숨을 한참 고르고 나서야 질문에 계속 대답할 수 있었다. "신선이…… 이렇게…… 악한 줄…… 몰랐으니까." 숨을 크게 몰아쉰 뒤 물었다. "왜…… 나를 죽이려 하지?"
 소녀의 얼굴에서 웃음이 사라졌다. 웃지 않자 달콤하고 아름다운 얼굴이 음울하게 변했다. 소녀가 돌연 두 손을 내밀어 성옥의 어깨를 꽉 쥐고는 힘껏 아래로 눌렀다. 칼날이 한층 더 깊이 발바닥을 파고들어 성옥은 다시 한번 비명을 질렀다. 성옥은 엄청난 고통에 전례 없는 힘을 폭발시키며 소녀를 밀어내고, 칼날에서 벗어나기 위해 온 힘을 다해 몸을 들어올렸다.
 소녀는 발끈하는 대신 눈밭에서 천천히 일어나 앉은 뒤 성옥이 고통의 비명을 지르며 몸부림치는 참상을 지켜보았다. 입가에는 즐기는 듯한 미소가 떠올랐다.
 눈밭에 앉은 채 소녀가 재미있다는 듯 성옥을 바라보았다. "왜 너를 죽이려 하느냐고? 네가 셋째 전하에게 어울리지 않아서야. 일개 인간을 아내로 맞는 건 수치거든. 전하가 그런 모욕을 받도록 할 수는 없지." 소녀가 뺨을 괴었다. "그런데 네 말이 맞아. 신선은 정말 악하지 않거든." 소녀가 어깨를 으쓱이며 천진하게 말했다. "나도 악하지 않고. 너 같은 인간은 우리 신선에게 하찮은 미물이야. 너를 죽이는 게 개미를 밟아 죽이는 것과 뭐가 다르겠니? 그걸 어떻게 악하다고 할 수 있어?"

성옥은 크게 다친 오른다리를 끌며 마침내 칼날에서 기어나왔다. 두 자 정도 멀어졌을 뿐인데 기력이 완전히 소진되었다. 몸부림 속에 발바닥 반쪽이 칼날에 잘려나갔고 기어온 자리에는 새빨간 핏자국이 구불구불하게 남았다. 이제 곧 죽겠다는 생각이 들었지만, 성옥은 소녀의 가소로운 말을 들었을 때 입을 열기조차 힘든데도 기어코 입을 열었다. "설령…… 인간이 너한테…… 아주…… 하등한 생물이라도…… 그걸…… 잔혹하게 죽이는 게…… 악…… 악한 게 아니라고? 연삼 오라버니가 알면……"

소녀가 손가락을 흔들었다. "하등한 생물을 죽이는 것은 당연히 악한 행동이지만, 나한테 너는 하등한 생물조차 못 되거든. 그냥 벌레일 뿐이야. 너희 인간도 벌레 한 마리 밟아 죽인다고 자기가 악하다고는 생각하지 않잖아? 셋째 전하는." 가볍게 웃으며 말했다. "전하는 영원히 이 일을 모르실 테니." 소녀가 다섯 손가락으로 다시 인계를 맺었다. "이제 죽어!"

소녀의 말이 끝나기가 무섭게 성옥 주변의 눈밭이 붉은빛에 뒤덮이더니 우르르 무너지고, 위쪽의 눈과 돌도 굴러떨어지기 시작했다.

성옥은 일이 왜 이렇게 되었는지 알 수 없었고 여기에서 죽을 거라고도 예상하지 못했지만, 지금 죽음이 코앞으로 다가온 건 알 수 있었다. 머리 위에서 울리는 소녀의 환호성 속에 성옥은 몸 아래의 돌과 눈이 굴러떨어지는 걸 느꼈다. 더는 붙잡을 게 없는 순간이 기어코 찾아왔다. 누가 구해주길 바랄 새도 없이 성옥은 미끄러져 내리는 돌과 함께 칼날 속으로 떨어졌다.

　날카로운 칼이 성옥의 몸을 지나면서 팔을 잘랐다. 가장 굵은 칼에 걸린 뒤 허리가 반쯤 잘려 나갔다.

　이번에는 비명조차 지를 수 없었다.

　피가 강물처럼 솟구쳤다.

　엿새째 날이 되었다.

　폭포형은 결코 가볍지 않았다. 벼락형과 함께 생명에 지장 없는 구중천 최고 혹형으로 꼽히는 형벌이었다. 몸 상태가 좋을 때라면 셋째 전하에게 이레의 형벌은 별일 아니었겠지만, 지금의 그는 속세에서 바다를 만들고 신수 네 마리를 길들이느라 신력을 너무 많이 소모한 상태였다. 엿새째가 되자 차가운 못이 용의 피로 붉게 물들었고 셋째 전하도 거의 지탱하지 못할 듯 보였다.

　두 장수는 폭포 옆에서 걱정스럽게 지켜보다가 형 집행자라는 신분임에도 나서서 권했다. "천군께서 이레의 형을 명하셨어도 이레 연속으로 받으라고는 하지 않으셨습니다. 일단 풀어드릴 테니 이틀 정도 쉬신 다음에 남은 벌을 받으시는 게 어떻겠습니까?"

　셋째 전하는 단호하게 고개를 저으며 거절했다.

　두 장수는 걱정스러웠지만 감히 그의 뜻을 거스를 수 없어 조마조마한 심정으로 옆을 지키는 수밖에 없었다.

　폭포 속에서 정신이 아득해지는 와중에도 연삼은 명확하고 진지하게 시간을 계산하고 있었다. 앞으로 열다섯 시진 일각 일다경茶頃 사탄지彈指가 지나면 이 끔찍한 곳에서 속세로 가 성옥을 만날 수 있었다. 소사라경의 마지막 밤에 성옥을 깨우지 않고 떠났으니, 일어난 뒤 연삼이 가버린 걸 보고 원망했을지도 몰랐다.

그럴 리 없지. 연삼이 웃었다. 그렇게 자신을 아끼는 성옥이 원망할 리 없었다. 그날 밤에도 성옥은 전부 눈치채고 "내가 잠들면 떠나려는 거죠?"라고 물었지만 그가 걱정할까 "슬프지 않아요"라고 속마음을 숨기며 위로했다.

성옥은 누구보다 총명하고 이해심이 깊으며 상대의 뜻을 잘 파악하는, 한시도 가슴에서 떠나지 않는 연삼의 아내였다.

연삼은 성옥이 무척 보고 싶었다.

그래도 다행히 열다섯 시진 일각 일다경만 지나면 성옥을 볼 수 있으니 이 인내와 고통은 충분히 가치 있었다.

그렇게 생각하자 기분이 조금 좋아졌는데 왜인지 갑자기 가슴에서 통증이 느껴졌다. 이어서 연삼은 왈칵 피를 토했다. 평소 심장에 아무 문제가 없었는데 왜 갑자기 아프지? 형벌 때문에 장기가 손상됐나?

연삼이 눈살을 찌푸리며 가슴이 아픈 이유를 찾아보려 할 때 두 번째 봉우리로 또다시 폭풍과 벼락이 모여들었다.

한 시진에 이르는 혹형은 정신을 집중해야만 견딜 수 있었다. 연삼은 기절할 수 없었다. 어떻게든 이레 안에 형벌을 다 받아야 제시간에 속세로 돌아갈 수 있었다. 적진은 성옥을 칠 년 동안 잠재울 뿐이니, 깨어났을 때 자신을 볼 수 없으면 성옥은 분명 슬퍼할 터였다.

연삼은 마음을 가라앉히고 생각을 접은 뒤 오로지 물의 칼날에만 집중했다.

같은 시각 산의 다른 편에서는 제소희가 결계에 갇혀 투명한 벽을 미친듯 두드리고 있었다. "은림, 나를 풀어줘. 내가 구할 수 있게 풀어줘. 구해야 해!"

결계 밖의 주근은 엄중한 표정으로 제소희를 냉랭하게 바라볼 뿐이었다. 표정에 미동조차 없었다.

반년 전 성옥이 연삼과의 약속을 들려줬을 때 주근이 아무 반대도 하지 않아 제소희는 조금 의아했다. 주근, 아니 은림은 일전에 자신에게 독설을 퍼부으며 존상의 귀환을 방해하는 어떤 사람이나 일도 절대 용납할 수 없다고, 그게 신이면 신을 죽이고 부처면 부처를 죽이겠다고 장담했기 때문이었다.

제소희는 은림이 성옥에게 대충 얼버무리는 걸 알아차렸지만 특별히 끼어들지 않고 가만히 있었다. 은림이 어떻게 할지 궁금했다.

얼마 뒤 적진이 사라졌다.

성옥은 적진이 어떻게 사라졌는지 몰랐지만 제소희는 틀림없이 은림의 소행일 거라고 생각했다.

그러고는 얼마 뒤 은림은 연송을 찾으러 팔황에 가자고 성옥에게 먼저 제안했다.

제소희는 은림의 행동을 이해할 수 없어서 몰래 따라왔다. 약목문을 넘을 때 일부러 성옥을 떼어놓는 은림을 보고 어느 정도는 그의 속셈을 짐작했지만 확신할 수는 없었다. 주황색 옷을 입은 소녀가 성옥을 죽이려 할 때 은림이 성옥을 보호하기는커녕 돌아서서 뒤쪽에 있는 자신을 결계에 가뒀을 때야 제소희는 은림의 계획을 확실히 알 수 있었다. 성옥에게 직접 생사의 겁운을 만들어서 조제를 복귀시킬 생각이었다.

은림이 신사의 책임에 최선을 다하는 데는 달리 할말이 없었지만, 겁운을 만들려고 성옥을 그렇게 처참한 지경으로 몰아넣는 것은 받아들일 수가 없었다.

하지만 아무리 날뛰어도 은림의 마음을 바꿀 수는 없을 듯했다.

제소희는 냉정해지려 노력했다.

숨을 깊이 들이마신 뒤 제소희는 칼날에 처참하게 찢긴 성옥에게서 고개를 돌리고 떨리는 목소리를 억누르며 말했다. "은림, 예전에는 무정했어도 지금은 사랑이 무엇인지 알잖아?" 제소희는 은림의 눈을 똑바로 바라보았다. "존상의 일곱번째 윤회 때 너도 청요靑鷂라는 여자를 진심으로 좋아해 영원한 사랑을 맹세했다면서. 청요가 죽은 뒤에는 다시 태어날 때마다 찾아가 어떤 모습으로 환생했든 묵묵히 지켜준다고 들었어."

은림의 눈썹이 꿈틀하는 것을 보고 제소희가 계속 말했다. "지금 저 칼날 속에 청요가 있다면 나는 절대 너를 막지 않을 거야. 내게 아옥은 네 청요와 같아. 이렇게 부탁하니 나를 막지 말아줘!"

은림은 제소희를 한참 바라보다가 "요황이 말해줬나?"라고 물었지만, 대답을 기다리지 않고 시선을 먼 산으로 돌린 뒤 담담하게 말했다. "내 사연을 안다면, 설령 청요라도 내가 존상의 귀환보다는 그녀를 우선시하지 않을 것도 알아야지."

제소희가 믿을 수 없다는 듯 바라보자 은림은 눈을 감고 있었다.

제소희는 문득 속세를 떠나던 밤 뒤뜰을 지나다가 우연히 은림이 요황에게 이목주를 부탁하는 걸 봤던 일이 떠올랐다. 인안당 의원인 이목주가 이번 생 청요의 환생이었다.

사정을 전부 아는 요황이 은림에게 물었다. "돌아올 거지?"

은림이 대답했다. "잘 몰라."

요황이 탄식했다. "돌아오지 못하면 이목주도 다시는 못 볼 텐데 슬프지 않겠어?"

은림은 한참 굳어 있다가 답했다. "청요가 죽을 때 망천수를 마시지 않고 나를 기다리겠다고 했지만 나는 그러지 말라고 했어. 그건 하늘을 거스르는 행동이라 천벌을 받는데 나는 중책을 맡고 있으니 청요를 천벌에서 보호해줄 수 없잖아. 그러자 청요가 울었어. 청요는 나를 원망하면서 명계에 갔을 거야. 그때 청요는 나를 선택했지만 나는 청요를 선택하지 않았으니까."

요황이 잠시 침묵했다가 은림의 어깨를 토닥이며 물었다. "그 선택을 후회해?"

제소희의 기억에 은림은 그때도 지금처럼 눈을 감았다. "내가 후회하고 말고는 의미 없어. 다시 돌아가도 똑같은 선택을 할 기야. 수명이 너무 짧은 인간을 좋아하는 건 정말 힘들어. 환생할 수 있다 해도 망천수를 마신 뒤 환생하면 원래의 그 사람이 되지 못해. 청요가 환생할 때마다 나는 그 몸에서 청요의 그림자를 찾으려 했지만 언제나 실망만 했어. 그러니 요황, 인간을 사랑하지 마. 정말 고통스러워."

이후 둘 다 한참 입을 다물고 있다가 요황이 마지막으로, 한쪽에 숨어 있던 제소희도 궁금해하던 질문을 던졌다. "이렇게 오랜 시간이 흘렀는데도 아직 청요를 잊지 못했다면 생각해봤어? 만약 네가 신사가 아니고 존상의 귀환이라는 중책을 짊어질 필요가 없었다면 청요와……"

그때 은림이 뭐라고 대답했더라? 맞다. 은림은 이렇게 답했었다. "스스로를 좀더 잘 다스려 애당초 청요를 좋아하지 않았다면 좋았겠다고 생각한 적은 있어도 고요산의 신사가 아닌 경우를 생각해본 적은 없어."

은림과 요황의 대화를 떠올린 뒤 제소희는 입을 다물었다. 칼날 속의 성옥은 살았는지 죽었는지 아무 소리도 내지 않았다. 그 처참한 광경에 제소희는 엄청난 고통에 휩싸였지만 더는 은림에게 한마디도 할 수 없었다. 어떤 관점을 제시할 수도, 어떤 이유를 댈 수도 없었다.

그런데 은림이 갑자기 입을 열었다. "이번 생에도 감정이 부족한 아이로 태어났어. 이번에는 마지막 사랑, 그러니까 남녀의 애정과 수많은 고통을 배워야 했지."

제소희는 멍하니 은림을 바라보았다.

내리뜬 은림의 눈에 슬픔이 어려 있었다. "어려서 아버지를 잃고 금세 어머니까지 잃었어. 그게 배워야 하는 첫번째 고통, 부모를 잃는 고통이었어. 성년이 된 뒤에는 어렵게 사귄 친구가 자기 때문에 죽었지. 두번째 고통인 친구를 잃는 고통을 배워야 했으니까. 오나소로 시집갔다면 민달왕자가 일찍 세상을 떠났을 거야. 세번째 고통인 남편을 잃는 고통을 배워야 했거든. 그리고 나서도 아이를 일찍 잃는 고통을 겪을 예정이었어. 그런 과정에서 과거 열여섯 생에 제대로 배우지 못한 부정적 감정까지 배워 걱정과 긴장, 분노, 낙담, 슬픔, 고통, 공포, 절망 등을 분명히 깨우쳤을 거라고. 무엇보다 원한이 무엇인지 배웠을 테지. 그토록 완벽하게 짜여진 감정의 겁운, 생사의 겁운을 수신이 망가뜨렸으니 내가 직접 새로운 겁운을 만들어줄 수밖에."

은림이 제소희를 바라보았다. "나는 감정이 없는 게 아니야. 나도 인간인 그녀가 안쓰러워. 여천에서 청령의 죽음으로 고통스러워하는 그녀를 볼 때 정말 참기 힘들더라. 그래도 나는 참아야만 했어. 지금 너를 내보내면 너는 그녀를 구할 수 있겠지만 존상은 아마 더이상 복귀할 수 없을 텐데 제소희, 너는 그 결과를 감당할 수 있어?"

제소희는 그 자리에 주저앉았다.

쪼그려앉아 말을 끝낸 은림의 두 눈도 붉어졌다.

은림이 손을 들자 결계 안이 컴컴해졌다. 어둠의 장막이 내려올 때 은림이 안쓰럽다는 듯 말했다. "그녀 모습을 차마 볼 수 없는 거 알아. 볼 수 없으면 보지 마."


똑, 똑, 똑…… 살짝 묵직하고 끈적한 소리가 귓가에서 성가시고 무섭게 울렸다. 성가신 이유는 원래 들려서는 안 되는 소리가 계속 귓가에서 들려서였고, 무서운 이유는 그게 자기 피가 몸에서 한 방울씩 떨어지는 소리여서였다. 오래 들을수록 죽음에 가까워질 터였다.

성옥은 의식이 가물가물했다.

정말로 죽어가고 있었다.

긴 칼에 걸렸을 때 처음에는 고통만 느껴졌다. 천지를 뒤덮는 통증이 모든 감각을 지배해 빨리 죽고만 싶었다. 하지만 죽을 수 없었다. 성옥에게는 스스로 더 많이 상처 내 시원하게 끝낼 기회조차 주어지지 않았다.

눈을 크게 뜨자 세상이 온통 핏빛이었다. 어렴풋하게 태양이 거의 움직이지 않은 게 보였는데 아주 긴 시간이 지난 기분이었다. 정말이지 너무 오래 아팠다. 눈을 뜰 기력조차 없어졌을 때 마침내 통증이 가시는 듯했지만 대신 엄청난 냉기가 엄습해왔다. 이제 곧 해방되겠다는 생각이 희미하게 들었다. 그런데 신체의 고통이 잦아들자 마음의 고통이 왈칵 밀려왔다.

이렇게 죽는 건가? 가장 보고 싶은 그 사람을 살아서 다시는 볼 수 없다니, 이래도 되는 걸까?

두 사람의 과거가 이미 몽롱해진 성옥의 머릿속으로 주마등처럼 스쳐갔다.

기억은 이렇게 아프거나 차갑지 않고 따뜻했다.

평안성 작은 나루터의 정자에서 하얀 옷을 입고 검은 부채를 든 연삼이 비를 뚫고 들어와 한눈에 성옥의 변장을 알아챘다. "아가씨였군."

고풍스러운 수공예품 가게에서 다시 만났을 때에는 눈을 가늘게 뜨며 말했었다. "오늘부터 오라비 하면 되지."

칠석 밤에는 성옥을 위해 불꽃을 쏘아주고 말했다. "그런 감정과 기억을 다시 봉인하면 너는 다시 걱정 없이 지낼 수 있어. 하지만 아옥, 나는 네가 계속 성장하면 좋겠구나."

명계에서는 성옥의 응어리를 풀어주고 몸을 숙여 귓속말로 격려

해주었다. "우리 아옥이 정말 총명해서 무사히 돌아올 수 있었구나, 하고 생각했을 거다."

자상하고 믿음직한 연인, 의지하고 싶은 오라비 같기도 하고 남편 같기도 한 사람은 성옥의 연삼 오라버니였다.

나쁠 때도 있었다. 성옥을 피하고 외면하고 겁주고 "앞으로 다시는 내게 다가오지 마라. 멀리 떨어지거라" 같은 독설을 퍼붓기도 했다.

성옥의 마음에 상처를 준 적도 있었다.

하지만 정말로 그러려던 건 아니었다.

연삼은 사방을 헤맨 끝에 성옥을 찾아낸 후에 말했다. "정말 오래 찾아다녔어. 너를 좋아해서 네가 오나소로 시집가도록 둘 수 없구나."

계명풍이 소사라경으로 데려갔을 때는 쫓아와 고백했다. "내가 원하는 건 그렇게 짧은 기쁨이 아니라 너와 오래도록 함께하는 것이다."

채석하 강변에서는 성옥을 위해 땅을 갈라 바다를 만들고 반쯤 끌어안으며 이마를 맞댄 뒤 다정히게 귓가에 속삭였다. "내가 사랑하는 사람은 너야. 믿지 않아도 상관없어. 증명해 보일 테니까."

거기까지 떠올리자 눈물이 나려 했지만 눈가에서 떨어진 것은 핏방울이었다.

성옥은 인간이고 연삼은 천신이었다. 둘 사이의 격차가 매우 크다는 것을 성옥은 잘 알았다. 연삼이 둘의 미래를 위해 열심히 긴 계획을 세울 때 성옥은 둘이 영원할 거라 믿지 않았다. 그렇다 해도 함께하는 시간이 이렇게 짧을 줄도 몰랐다.

소사라경 백양나무 숲에서 서로 마음을 털어놓을 때와 자신을 연삼에게 내어주던 순간의 완벽함을 성옥은 지금까지도 기억하고 있었다. 함께한 마지막 한 달 동안 느꼈던 기쁨과 행복도 생생히 기억했다.

슬픔과 절망, 안타까움이 가슴속 거대한 고통과 뒤엉켜 성옥이 평생 느껴본 적 없는 감정인 원한으로 응축되었다. 원한이 성옥의 가슴 밑바닥에 자리잡고 똬리를 틀었다.

그 모든 것을 얻지 못했더라면, 행복에 그토록 가까이 다가가지 않았더라면 지금 이토록 한스럽지는 않을 듯했다.

성옥은 사랑하는 사람과 오래도록 함께하기를 바란 게 아니라 이번 생이라도 함께하길 소망했을 뿐이었다. 한 번의 생, 수십 년은 신선의 일만 년을 기본으로 하는 수명에 비하면 아무것도 아닐 텐데 어째서 수십 년조차 꿈꿀 수 없단 말인가. 이게 하늘의 뜻이라면 왜 하늘은 자신에게 이토록 가혹하단 말인가?

원한이 넝쿨처럼 급속도로 자라났다. 성옥은 자신을 이렇게 만든 주황색 옷의 악마 같은 신선이 한스럽고 하늘이 원망스럽고 운명이 미웠다. 짙은 원한에 성옥은 참을 수 없다는 듯 비명을 질렀다. "아악!"

비명은 방음술에 막혀 주변 신령의 귀에 들리지 않았지만, 비명 속 원한은 하늘의 영기에 닿았다. 맑았던 천거산에 돌연 음울한 바람이 몰아치며 하늘 끝에서 자욱한 먹구름이 몰려와 일곱 봉우리를 덮고 해일이 일고 천둥 번개가 거세게 쳤다.

제소희가 하늘의 움직임에 귀를 기울였다. "이건……"

은림은 어두운 얼굴로 아무 말 하지 않았다.

산 건너에서 폭포 옆을 지키던 두 장수가 놀라고 의아한 얼굴로 산꼭대기를 올려다보았다. "이 바람과 벼락은…… 폭포형의 전조가 아닌 듯한데…… 무슨 일이지?"

폭포에 기력이 다 빠져 반쯤 혼수상태였던 청년도 정신을 차리고 의아한 눈으로 산꼭대기를 바라보았다.

천거산 일곱 봉우리에 구름이 짙게 깔리고 천둥 번개가 몰아쳤지만 정작 그런 상황을 초래한 성옥은 무슨 일이 벌어졌는지 관심이 없었다. 원한이 불처럼 일어나 몸속에서 부딪치며 타들어가는 통에 견디기 힘들었다. 그럼에도 성옥은 바로 그 억울한 원한 덕분에 그나마 지탱할 수 있음을 알고 있었다.

성옥은 죽음을 목전에 두고 있었다.

사람은 죽을 때 전생을 본다고 했던가.

몸에서 마지막 남은 핏방울까지 빠져나갔을 때 성옥의 것이 아닌 수많은 기억이 갑자기 머릿속으로 밀려들었다.

전생 같았다.

성옥은 보았다.

첫번째 생에서 그녀는 바보였다. 말도 못하고 움직이지도 못하는 나무토막 같았으니 보통 사람의 감정은커녕 다른 무엇도 이해하지 못했다. 부족 사람들이 불길하다며 태워죽이려 했는데 홀어머니가 미친듯 화형 틀에서 그녀를 구해내 사방으로 숨어다녔다. 모녀 둘이 살아가는 게 힘들었지만 나름대로 지낼 만했다. 그러던 어느 날 어머니가 병에 걸렸다. 어머니는 자신이 낫지 못할 걸 알고 수중의 은전을 밀가루로 바꿔 전병을 잔뜩 만들어놓고는 백치인 그녀를 어루만지며 눈물 흘렸다. "살 수 있을 때까지 살아남거라!" 이틀 뒤 어머니가 세상을 떴고 그녀는 어머니 시신을 지키며 생전 처음 눈물을 흘렸다. 그 눈물 속에서 인간의 가장 중요한 감정인 깊고도 넓은 부모의 사랑을 배웠다.

두번째 생에서도 그녀는 바보였다. 어렸을 때 버려진 그녀는 마음씨 좋은 소작농 손에 구해져 자라났다. 그녀가 열 살이 되었을 때 늙은 소작농은 칼로 그녀의 얼굴을 그으며, 지금 같은 세상에서 가난한 집 아이가 이렇게 예쁘면 화만 입을 뿐이니 망가뜨리는 게 낫다고 말했다. 바보 아이가 무엇을 알겠는가. 칼에 찢긴 아픔에 노인이 자신을 싫어한다고만 생각했다. 그러다 열네 살 때 큰 홍수가 났다. 떠다니는 나무토막에 한 사람만 살 수 있는 상황이 되자 노인은 일말의 망설임도 없이 그녀에게 살 기회를 내주었다. 그녀를 필사적으로 나무에 올린 뒤 노인은 급류에 휩쓸려갔다. 그녀는 홍수 속으로 사라지는 할아버지의 모습을 멍하니 바라보며 또 눈물을 흘렸다. 그 눈물 속에서 감정이 얼마나 복잡한지 깨닫고 선의를 갖고 해를 끼치는 것과 돌봄이 무엇인지 배웠다.

세번째 생에서는 드디어 바보가 아니라 기본적인 감정을 가진 아이로 태어났다. 전반적으로 보통 아이처럼 보여서 평범하게 자라고 친구도 사귀었다. 그때는 여자도 군대에 갈 수 있는 시대였다. 그녀는 친구와 입대해 어느 날 적진을 정탐하러 나갔다가 발각되고 말았다. 친구는 그녀를 보호하기 위해 미끼가 되어 적군을 유인한 뒤 참혹하게 죽었다. 헤어질 때 친구는 그녀가 살아남는다면 자신을 대신해 의미 있고 가치 있게 살아달라고 부탁했다. 부담을 진다는 게 무엇인지 배웠고 평생에 거쳐 사람됨의 의미와 가치를 배웠다.

　네번째 생……

　다섯번째 생……

　여섯번째 생……

　총 열일곱 번의 생을 살았다.

　이번이 열일곱번째 생이었다.

　그녀의 마지막 생이기도 했다.

　열일곱 생의 고행 끝에 인간이 가져야 하는 모든 감정을 습득했고 완전한 인격을 갖추게 되었다.

　성옥이 불현듯 눈을 크게 떴다.

　성옥이 눈을 뜬 순간 칼에 걸린 인간의 몸뚱이가 한줄기 금빛으로 변했다. 보통의 금빛과 달리 천만 가지 색을 품은 듯한 그 금빛은 한없이 눈부셨다.

　금빛은 빠르게 퍼져나가며 만 리에 이르는 빙원을 순식간에 뒤덮었다. 빛이 닿는 곳마다 먹구름이 물러가고 번개가 멈췄다. 만물이 살기 힘든 천거산 일곱 봉우리에서도 수만 송이 설련雪蓮이 삽시간에 피어났다.

　천지 한가운데에 있는 중택中澤 대지는 고대 신들이 사라지거나 잠든 지역이라 팔황의 신령들이 감히 발을 들이지 못하는 장소였다. 그런데 수십만 년 동안 고요했던 중택 대지에서 돌연 크고 감미로운 종소리가 울리기 시작했다.

　중택 경내에서 팔황 전체로 소리를 전달할 수 있는 종은 딱 한 곳에만 있었다. 바로 중택 한가운데에 있는 고요산이었고, 그 종은 고요산 정상에 있는 자비종慈悲鐘이었다.

고요산의 커다란 종소리가 끊임없이 팔황으로 퍼졌고 금빛 또한 종소리를 따라 멀리 뻗어나가며 금세 천지를 뒤덮었다.

팔황의 생령들이 기이한 현상에 놀라움을 금치 못할 때 불멸의 금빛 속에서 어렴풋한 법음이 들려왔다. "고요산의 조제가 빛의 신으로서 천지에 주문을 거니, 만물은 빛에서 생기고 빛이 존재하는 한 세상 만물은 소멸하지 않는다. 고요산의 조제가 인간의 신으로서 팔황에 주문을 거니, 십억 속세는 고요산의 보호를 받고 팔황의 생령 중 인간에게 악의를 가진 자는 약목문을 통과할 수 없다."

법음은 희미했지만 모든 중생에게 들렸다.

위로는 천군에서 아래로는 토지신까지 법음을 들은 자는 모두 무릎을 꿇고 절했다.

중생은 너무 놀라서 스스로를 주체하기 힘들었다.

이십일만 년 동안 사라졌던 빛의 신이 돌아왔다!

## 16장
## 북극 천거산으로 돌아온 조제를 찾는 천군

동화제군은 조용한 걸 좋아해 구중천 태신궁과 하늘 끝에 있는 벽해창령碧海蒼靈 두 곳에 주로 기거하며 손님을 거의 맞지 않았다. 천군 자정제는 동화제군의 방침을 잘 알아 즉위한 뒤 한 번도 태신궁에 찾아가 제군을 귀찮게 한 적이 없었다.

그런 자정제가 오늘은 태신궁 앞으로 찾아왔다.

객관적으로 평해도 자정제는 부지런한 명군이며 그동안 팔황의 일을 빈틈없이 잘 처리해왔다. 즉위한 뒤 이만 년 동안 동화제군에게 난장판을 수습해달라 부탁한 적이 없었으니, 꽤 훌륭한 천군이라 할 만했다. 그런데 이번 일만은 자정제가 나서기 껄끄러웠다.

사건의 발단은 이랬다.

빛의 신 조제가 복귀하면서 팔황이 진동하자 자정제는 관화경觀火鏡으로 빛의 신이 강림한 위치를 찾아보았다. 북극의 천거산이었다. 빛의 신은 홍황시대의 고대 신이므로 신족 내에서 지위가 무척 높았다. 그런 빛의 신이 복귀했으니 당연히 성대한 예로 맞이해야 했기에 자정제는 일성과 월성, 형혹성, 진성, 세성, 태백성, 토성의 칠요성군*에게 마흔아홉 명의 신선을 이끌고 북극 천거산으로 가 빛의 신을 맞으라고 명했다.

명을 받은 칠요성군은 잔뜩 흥분해 의장대를 이끌고 천거산으로 갔다. 전설 속 고대 신을 직접 볼 수 있을 줄 알고 한껏 기대했건만 웬일인지 성군들은 천거산 곳곳을 다 둘러보아도 조제의 종적을 찾을 수 없었다.

칠요성군은 아연실색했다. 이대로 빈손으로 돌아가 보고하는 건 있을 수 없는 일이었다. 속수무책으로 난감해하고 있을 때 태백성 군이 셋째 전하가 천거산 두번째 봉우리에서 형을 받는 중임을 떠올리고, 틀림없이 조제 신의 행적을 보았을 테니 거취도 알지 모른다고 말했다.

성군들은 지푸라기라도 잡는 심정으로 순식간에 두번째 봉우리에 가서는 셋째 전하에게 소식을 물었다. 뜻밖에도 셋째 전하는 법음으로 주문이 들린 뒤 고요산 종소리와 조제의 귀환을 알리는 금빛이 순식간에 천거산 상공에서 사라졌으며 자신은 시종일관 조제의 모습을 보지 못했고 천거산을 떠나 어디로 갔는지도 모른다고 대답했다.

그 일에 별로 관심이 없다는 듯 몇 마디 나누고 나서 셋째 전하는 맥없는 표정으로 옆쪽 장수에게 앞으로 열 시진 동안 몇 번이나

---

* 일성은 해, 월성은 달, 형혹성은 화성, 진성은 수성, 세성은 목성, 태백성은 금성을 가리킨다.

더 형을 받아야 하느냐고 물었다. 다들 눈치가 있어 그게 손님을 내쫓는 축객령임을 알아들었지만 정말로 누구에게 물어야 할지 몰랐기 때문에, 성군들은 염치 불고하고 다시 생각해보시라며 단서를 달라고 간절히 부탁했다.

셋째 전하는 정말 성가셨는지 다시 형벌을 받기 전에 조언해주었다. 조제 신은 고고하고 남들과 어울리기 싫어하니 지금 놓친 이상 다시 찾기는 힘들 거라고 일러주고는 팔황에서 조제 신과 대화할 수 있는 사람은 동화제군뿐이므로 조제 신을 꼭 찾아야 한다면 제13천에 가서 도움을 청하는 게 낫다고 말했다. 성군들은 그제야 자리를 떴다.

칠요성군은 셋째 전하의 말에 일리가 있다고 느꼈지만 그렇다고 감히 동화제군을 찾아갈 수 없어서 구중천으로 돌아가 천군에게 보고했다.

그게 바로 지금 천군이 동화제군 앞에 서 있는 이유였다.

분타리芬陀利 연못 옆에서 동화제군은 낚싯바늘에 미끼를 걸며 천군의 말을 들었다.

동화제군이 놀라는 기색도 없이 물었다. "조제를 왜 찾으려는 것이냐?"

천군이 숙연하게 대답했다. "조제 신은 어쨌든 저희 신족의 존신입니다."

동화제군이 낚싯바늘을 멀리 던졌다. "종족으로 따지면 분명 신족이지. 하지만 수소택에 들어간 적도 없고 부신의 제자도 아니며 묵연의 요청에 응해 새로운 시대의 화주를 지낸 적도 없으니, 오늘

날의 신족과는 아무 관련이 없다." 천군을 힐끗 보고 나서 계속 말했다. "조제를 맞으라 칠요성군을 보낸 건 천족이 그녀에게 일월성신 수장의 지위를 주니 앞으로는 천족의 신이라고 팔황에 알리고 싶었던 것이냐?"

분명 그런 의도를 가지고 있던 자정제였지만, 면전에서 지적당하자 조금 당황스러웠다. "제군은…… 그게 부당하다고 생각하십니까?"

동화제군은 낚싯대를 내려놓고 자기 찻잔에 차를 따랐다. "빛의 신은 어떤 종족의 인정도 필요로 하지 않는다. 다섯 종족이 어떻게 대하든 조제는 이 세상 빛의 신이므로 구중천의 일월성신은 그녀의 법칙에 구속받을 수밖에 없지. 그렇다 해도 일월성신을 관장하는 성군들이 도리에 어긋나는 짓을 하지 않는 이상 조제는 그들의 운행에 끼어들지 않을 거다. 천족의 신이든 아니든 조제는 천족의 일월성신 통제를 방해하지 않을 테니, 굳이 그럴 필요가 없었다."

천군이 잠시 침묵했다가 말했다. "조제 신은 소관 신과 친했고, 소관 신은 마족의 지존이었습니다. 조제 신이 마족에게 포섭되면 신족에게 불리할 겁니다."

천군은 젊을 때 동화제군 밑에서 며칠 공부한 적이 있었다. 동화제군이 제자의 예를 행하라 한 적은 없어도 천군은 하루의 스승도 평생의 스승이라 여기며 늘 예의를 지켰기 때문에 천군이 혼란에 빠지자 동화제군은 다른 사람에게처럼 말을 아끼는 대신 좀더 알려주었다. "홍황시대에 조제는 유일하게 다섯 종족의 전쟁에 개입하지 않은 중요한 여신이었다. 애당초 십만 년 동안 고요산에 은거하며 어느 종족에게도 포섭되지 않았으니 지금에 와서 포섭될 리 없지. 예전에 소관이 조제를 고요산에서 불러낼 수 있었던 것도 친분이 두터워서가 아니라 조제가 자신의 운명을 보았기 때문이다."

조제에 관한 역사적 기록이 무척 적어 천군은 이 여신에 대해 아는 게 별로 없었다. 그래서 홍황시대에 조제가 고요산을 떠난 진짜 이유를 들었을 때 깜짝 놀랐다. 놀란 와중에도 천군은 의문이 들었다. "제군의 말씀에 따르면 조제 신은 세상일에 초연하고 욕망이 없으며 남의 일에 간섭하길 싫어하는데, 왜 돌아오자마자 두 가지 주문으로 천지의 법칙을 바꿨을까요? 그건 간섭하기 싫어하는 모습으로 보이지 않습니다."

동화제군은 그 주문을 떠올렸다. "만물은 빛에서 생기고 빛이 존재하는 한 세상 만물은 소멸하지 않는다." 물고기가 미끼를 물자 동화제군은 낚싯대를 들어올려 통통한 잉어를 빼내며 말했다. "옛날 신족과 귀족의 전쟁 때 귀군 경창이 동황종을 불러내 팔황을 멸하고 중생을 죽이려 했다. 그때 조제의 이 법칙이 있었다면 경창이 팔황 중생으로 위협해도 두려워할 필요가 없었겠지. 빛이 존재하는 한 만물은 소멸하지 않을 테니까. 그 주문은 돌아온 빛의 신이 세상에 베푼 자애인데 어째서 간섭이라 생각하느냐?"

동화제군의 설명에 천군은 자신의 해석이 편협했음을 깨닫고 부끄러워졌다. "그게……"

동화제군은 잡았던 잉어를 다시 연못에 풀어준 뒤 계속 말했다. "'십억 속세는 고요산의 보호를 받고 팔황의 생령 중 인간에게 악의를 가진 자는 약목문을 통과할 수 없다.' 인간을 구하려 스스로를 혼돈에 바치기 전에 조제는 묵연과 새로운 천지의 질서를 세우면서 인간을 십억 속세에 영원히 살게 하고 신족이 보호하기로 약속했다." 동화제군은 잠시 생각에 잠겼다가 이어서 말했다. "조제가 돌아오자마자 새로운 주문을 건 이유는 최근 신족이 인간을 잘 보호하지 못한다고 생각해서인 듯하구나."

그동안 천군은 십억 속세를 완벽하게 관리한다고 여겨왔기 때문에 동화제군의 무책임한 추측을 듣자 가슴이 답답해졌다. "제군도 제가 인간을 잘 보호하지 못한다고 여기십니까?"

동화제군은 자신이 가볍게 뱉은 말이 천군에게 얼마나 큰 압박이 되는지 전혀 의식하지 못하고 가볍게 "아" 하고는 말했다. "아니, 너는 매우 잘하고 있다." 그러면서도 무책임한 추측을 이어갔다. "조제가 너무 엄격한 탓이겠지." 그러고는 하늘을 올려다보았다. "자. 이제 그만하자. 식사시간이 되었구나."

동화제군이 화제를 너무 빨리 돌리는 통에 천군은 요동치는 감정 속에서 그 의미를 제대로 파악하지 못하고 반사적으로 인사했다. "식사에 초대해주시니 감사……"

천군이 말을 끝내기도 전에 동화제군이 말했다. "넌 그만 돌아갈 때가 되었구나."

"……"

천군은 가슴을 움켜쥔 채 태신궁을 나왔다.

천군이 떠난 뒤 동화제군은 하늘가 노을을 바라보며 생각에 잠겼다. 방금 천군에게 말한 것처럼 조제의 첫번째 주문은 설령 팔황이 무너져도 중생이 계속 살아남을 수 있도록 불씨를 남기겠다는 의미였다.

사해팔황에서는 3대 창세신과 4대 호세신, 5대 자연신만 세상의 법칙을 세울 수 있었다.

3대 창세신은 반고신, 부신, 소관이고 4대 호세신은 묵연과 묵연의 언제 태어날지 모르는 동생, 서천범경의 실락悉洛, 그리고 동화제군 자신이었다. 5대 자연신은 땅의 어머니 여와, 빛의 신 조제, 불의 신 사명, 바람의 주인 슬가悉珈, 새로운 시대에 태어난 물의 신이자 지금 천거산 두번째 봉우리에서 벌을 받고 있는 연송이었다.

이들 열두 신 중에 다섯은 무로 돌아갔고 둘은 잠들었으며 하나는 너무 젊고 하나는 아예 태어나지도 않았다. 멀쩡하게 살아 세상에 법칙을 더할 수 있는 인물은 실락과 자신, 그리고 방금 돌아온 조제뿐이었다.

세상에 법칙을 더하는 일은 영력과 신력 소모가 엄청나 매우 신중해야 했다. 주문이 숭엄할수록 소모되는 영력도 커졌다. 금방 돌아와 무척 약한 상태에서 그렇게 숭엄한 주문을 걸었으니 조제는 영력 전부를 소모했을 가능성이 컸다.

왜 영력을 전부 소모하면서까지 그런 법칙을 세웠을까…… 팔황에 또 엄청난 겁운이 닥칠 것을 예견한 것일까?

동화제규은 오래만에 과자놀이를 문질렀다. 이 일에 다른 사람이 끼면 혼란스러워질 뿐이니 조제를 만나볼 필요가 있었다.

북극 천거산 새하얀 눈밭에서 설련 수만 송이가 바람을 맞으며 피어났다.

조제는 천거산을 떠나지 않았다. 칠요성군이 그녀를 찾을 수 없었던 이유는 조제가 주문을 건 뒤 힘이 소진돼 첫번째 봉우리 아래에 작은 공간을 만들고 휴식에 들어서였다.

동화제군의 추측은 틀리지 않았다. 빛의 신이 돌아오자마자 주문을 두 개나 걸었던 건 팔황에 유례없이 큰 재난이 닥칠 것을 보았기 때문이었다.

조제가 돌아오면서 빛 속에서 신선의 몸이 다시 만들어졌을 때 신으로서의 기억은 물론 본디 몸에 있던 예지력도 회복되었다. 조제는 닥쳐올 재난을 보았다. 눈을 뜨던 순간 한없이 눈부신 빛 속에서 삼만 년 뒤의 세상을 보았다. 어디에서 시작됐는지 모를 전쟁의 불길이 사해를 뒤덮고 하늘을 무너뜨려 팔황 대지의 생령이 모두 도탄에 빠지고 만신창이가 되었다. 사방 천지에 굶어죽는 사람과 이재민이 가득하고 사해팔황 어디에서도 평화로운 땅을 찾아볼 수 없었다. 옛날 반고의 시신을 먹고 자라난 파두마꽃에서 만들어진 연옥 같은 속세가 딱 그런 모습이었다.

빛의 신이 가진 예지력은 하늘의 계시를 감지하는 능력이다보니, 언제 무슨 일이 일어날지를 예견하는 건 조제의 의지가 아니라 하늘의 뜻이었다. 머릿속을 스치는 희미한 장면들만으로는 누구 때문에 재난이 시작되는지 알 수 없었다. 그저 하늘을 무너뜨릴 만한 전쟁이 닥친다는 것만 감지했을 뿐이었다. 아울러 조제는 빛의 신으로서 자신이 다시 한번 희생되어야 그 재난을 가라앉히고 전쟁을 끝낼 수 있다는 본인의 운명도 보았다. 그것이야말로 자신이 되살아날 수 있었던 이유였다. 천명이 또다시 조제의 죽음을 원하고 있었다.

그건 빛의 신이 가진 숙명이기도 했다. 모든 삶은 죽음을 위한 것이었다.

작은 공간은 칠흑처럼 어두웠다. 어둠 속에 조용히 앉아 있는 조제의 눈앞으로 과거가 물처럼 흘러갔다.

조제가 세상의 첫번째 빛에서 태어나 눈을 떴을 때 제일 먼저 본 것은 고요산 장생해長生海의 홍련이었다. 수만 송이 홍련이 장생해를 불꽃처럼 뒤덮고 있었다. 그 모습이 아름다워서 조제는 홍련이 좋았다. 빛에 친근한 본성 덕분에 홍련들은 조제의 빛 속에서 지력智力을 얻고 호기심을 드러냈다. "누구세요?"

조제는 생의 첫마디를 바다를 메운 홍련에게 던졌다. 홍련의 꽃잎을 어루만지며 천진하고 온화하게 말했다. "나는 빛의 신이자 너희의 수호자로, 너희가 원하는 소망을 들어줄 것이다."

빛의 신이 세상에 내려와 처음 습득한 능력은 꽃과 나무에 대한 전지적 힘이었다. 조제는 다름 아닌 꽃과 나무가 자신에게 구하는 소망을 듣기 위해서 그 능력부터 수련했다.

그때부터 조제는 고요산에 자리를 잡고 온 산의 화초와 함께 지냈다.

조제에게는 칠정도 없고 육욕도 없었다. 꽃과 나무들은 조제가 세상에서 가장 슈진무구한 신이라 말했다. 조제는 고요산에 뿌리를 내린 꽃과 나무들이 다른 신을 몇 명이나 보았겠는가 하며 대수롭지 않게 받아들였다.

꽃과 나무들은 무척 짓궂었다. 조제가 감정을 모르자 일부러 감정에 관한 이야기를 꺼내곤 했다. 조제는 이해할 수 없어도 그들과의 대화를 통해 세상에 많은 감정이 있으며 살아 있는 것들은 천성적으로 풍부한 감정을 타고나고 자신처럼 아무것도 모르는 이는 극소수임을 알게 되었다. 그래도 조제는 별일 아니라 생각했고 자기 역시 아무 감정도 모르는 건 아니라고, 좋아하는 감정을 조금은 안다고 여겼다.

조제는 꽃과 나무를 좋아하고 함께 있는 걸 즐겼다. 고요산의 화초만 돌보는 게 아니라 고요산 밖에 있는 산으로 기이한 화초를 찾아가기도 했다. 화초들이 원하면 고요산으로 옮겨와 수만 년 동안 변함없이 아꼈다.

그때 부신이 수소택이라는 학궁을 열었다. 팔황에서 명성 있는 다섯 종족의 생령들은 대부분 학궁에 가서 공부했다. 부신은 고요산으로 찾아와 조제에게도 여러 차례 합류를 권했지만, 조제는 항상 거절했다. 꽃과 나무들은 안타까워하며 수소택이 무척 재미있다고 들었으니 가보라고, 거기 가면 친구를 많이 사귀고 법력도 높아질 거라고 권했다. 하지만 조제는 관심이 없었다. 친구를 사귀고 싶지도 않았고 수소택의 선생이 자신의 예지몽보다 수행에 도움을 더 줄 거라 여기지도 않았다.

예지력을 가진 신으로서 조제는 예지몽을 꾸기도 했다. 무척 단순하게도, 빛의 신으로서 어떻게 수련할지 알려주는 꿈이 대부분이었다. 가끔 미래가 나오기도 했지만 그다지 중요하지는 않았다. 가장 중요한 예지몽은 조제의 운명, 다시 말해 그녀 삶의 마지막에 관한 꿈이었다. 십만 년 뒤 세상의 마지막 창세신이 약목문을 열어 인간을 속세로 옮기고 빛의 신이 네 신사의 보호를 받으며 혼돈에 자신을 바치면 연옥 같은 속세에 산천과 초목, 사시와 오행이 생겨 인간이 살아갈 수 있게 되었다.

내면이 맑고 깨끗한 조제에게는 만물이 평등했기 때문에 이 운명에 대해 조금도 의문을 품지 않았다. 세상 생령들이 인간을 나약하고 쓸모없다며 멸시해도 조제는 약소한 인간 역시 창세신과 자연신이 목숨 바쳐 보호할 가치가 있는 존재라고 생각했다.

조제는 담담하게 운명을 받아들이고 예지몽의 계시에 따라 고요산 바깥의 세 산에서 운명이 정해준 신사 셋을 교화했다. 소실산少室山의 불상화 은림과 선산宣山의 뽕나무 설의, 대언산大言山의 아홉 빛깔 연꽃 상화였다.

마지막 신사인 인간은 그때까지 태어나지 않은 상태였다. 조제는 조급해하지 않고 참을성 있게 그의 탄생을 기다리면서 고요산에 은거한 채 화초를 돌봤다.

그러다 사만 살 성년이 되기 일 년 전에 중요한 일이 생겼다.

세 신사를 교화한 뒤 조제는 오랫동안 예지몽을 꾸지 않았는데 그날 밤에 꿈을 꾼 것이었다.

한밤중이었다. 호젓한 등불, 작은 통나무집이 나왔다. 통나무집에는 소박한 나무 침대가 놓여 있고 겹겹이 늘어진 휘장 뒤로 새하얀 비단이 깔려 있었다. 조제는 하얀 옷을 입은 청년의 품에 기댄 채 비단 가운데에서 누워 있었다. 이목구비가 반듯하니 무척 준수한 청년이 아주 친근하고 부드럽게 대해주었다. 청년이 장신구를 선물하며 '밝은 달이 홍옥 그림자를 비추니, 연꽃 씨앗은 소매 밑으로 향기를 감추네'라고 시를 읊었다. 청년이 확실하게 말해주지 않았어도 조제는 장신구가 은룡의 역린이라는 걸 한눈에 알아보았다. 청년은 용군이었다. 고요산에 은거하고 있어도 조제는 용군의 역린을 받으면 그의 아내가 되어야 함을 알고 있었다.

자신이 용군의 역린을 받는 데서 꿈은 돌연 끝났다.

청년이 잊히지 않았지만 그렇다고 특별한 느낌이 들지도 않았다. 조제는 그저 자신이 여자의 몸으로 어느 용군과 결혼하게 되는 걸 예시하는 꿈이라고만 생각했다.

그래서 성년이 되어 성별을 선택할 때 여자를 택했다.

조제는 그렇게 여자가 되었다.

성인식이 끝나고 얼마 뒤 내내 기다리던 네번째 신사가 태어났다. 조제는 아이의 부족이 살해당할 때 달려가 아이를 구해냈다. 인간이 오랫동안 소망해온 빛이자 인간을 새로운 길로 이끌어갈 아이였기 때문에 조제는 소희라는 이름을 붙여주었다.

그로써 네 신사의 교화라는 막중한 임무를 완수했다. 이제는 창세신이 모든 것을 알고 나서 자신을 찾아올 때까지 기다렸다가 둘이 합심해 정해진 천명대로 사명을 완수하면 끝이었다.

원래는 그렇게 간단한 일이었다.

하지만 그 이후 조제는 계속해서 꿈을 꾸었다. 꿈들은 서로 연결돼 성옥이라는 인간 여자의 일생을 이루었다. 꿈속에서 조제는 방관자 같기도 하고 참여자 같기도 했다. 환생을 거듭하며 인간이 되는 자신을 보았고, 이전의 예지몽에서 용린을 주었던 청년과 안락한 속세에서 만나 알고 아끼고 사랑하는 과정을 지켜보았다. 결국 조제는 청년이 누구인지도 알게 되었다. 새로운 시대가 열린 뒤에야 세상에 나오는 마지막 자연신, 수신이었다.

이미 알고 있는 운명에 따르면 조제는 새로운 시대가 열리기 전 혼돈에 제사를 지내고 허무로 돌아가기 때문에 새로운 시대가 열린 뒤 탄생한 신과 엮일 수 없었다. 그런데 꿈들은 자신이 혼돈의 제사 이후에도 생명이 다하지 않고 이 세상으로 되돌아올 것이라 알려주었다. 다만 천명이 왜 자신을 이 세상으로 되돌려보내는지는 알 수 없었다. 계속 의문이 들었지만 예지몽은 더 많은 정보를 주지 않았다.

그저 젊은 수신의 꿈이 반복되었고 그렇게 매일 청년과 함께하다보니 조제는 차츰 기쁨과 슬픔, 씁쓸함, 달콤함, 심지어 고통까지 느껴볼 수 있었다. 그런 경험은 처음이었다. 비록 미약한 감정이었지만 빛의 신의 무구한 마음을 흔들기에는 충분했다.

특히 마지막 꿈이 그랬다.

그 꿈에서 조제는 화친을 위해 멀리 시집가게 되었다. 천릿길을 찾아온 청년은 주저 없이 그녀를 위해 땅을 갈라 바다를 만들고 역린으로 청혼했다. 꿈에서 깨어나보니 두 뺨이 촉촉했다. 한참 뒤에야 조제는 자신이 울고 있음을 깨달았다. 그때까지 조제는 눈물을 흘려본 적이 없었다.

남편이 누구인지는 원래 그녀에게 중요하지 않았는데 눈물 때문에 조제는 진심으로 그 사람을 좋아하고 싶어졌다. 꿈속의 기쁨과 슬픔, 달콤함, 억울함, 고통을 어렴풋이 감지하는 게 아니라 제대로 경험하고 싶어졌다. 청년의 자상함과 따스함, 답답함, 몸부림, 고통도 낱낱이 이해하고 싶었다.

어쩌면 이번 성옥의 생에서만 사랑이 무엇인지 배운 것은 아닐지도 몰랐다. 홍황시대의 여러 예지몽에서 이미 느꼈을 수도 있었다. 다만 당시의 조제는 그 모든 것에 무지했다.

난생처음으로 조제는 인격을 수련해 보통 생령들처럼 세상의 풍부한 감정을 느끼고 싶어졌다. 그 소망은 꿈을 떠올릴수록 점점 더 강렬해지다 결국 억누를 수 없는 지경이 되었다.

조제는 열일곱 생에 이르는 본인의 윤회를 직접 준비했다.

그러고 나서 약목문을 열어 인간을 이주시키고 소관이 열반에 들었을 때 조제는 인간을 위해 자신을 희생했다.

몇 년 뒤 영체靈體가 빛 속에서 다시 태어나 조제는 순탄하게 열일곱 생의 윤회 속으로 들어갔다.

윤회의 마지막 생에서 조제의 기억 없이 그녀는 인간의 모든 감정을 습득했고 청년과의 애증과 이별을 경험했다. 그녀는 온전히 성옥이었고 한편으로 온전히 조제였다. 신으로서의 자신과 인간으로서의 자신이 마지막 생에서 완벽하게 합쳐졌다.

천거산 첫번째 봉우리 아래에서 앞뒤 맥락을 맞춰본 뒤 그녀는 모든 것을 파악했다.

하늘이 수신과 맺어주었다는 신은 애당초 자신이었다.

하지만 그런들 무슨 의미란 말인가?

원래는 두 사람 사이에 있는 장벽이 인간과 신의 차이밖에 없는 줄 알았다. 그런데 신으로 돌아와보니 설령 신이라도 함께할 수 있는 사이가 아니었다. 하늘이 맺어준 인연은 맞지만, 그녀가 복귀한 건 수신과의 인연을 완성하기 위해서가 아니라 팔황의 안정을 위해 스스로를 또다시 희생하기 위해서였다.

아주 오래전 홍황시대 때 그녀는 제소희에게 단호히 말한 적이 있었다. "인격도 수행하고 싶을 뿐이지. 인간을 안착시키면 나도 사명을 완수한 셈이다. 이후에는 어떤 수행을 하든 하늘도 관여할 수 없어."

그때만 해도 정말 자유로워질 줄 알고 좋아하는 사람을 잘 붙들기 위해 인간의 칠정을 배우려 했다. 하늘이 인간의 칠정을 배우도록 한 이유가 사랑하는 사람을 포기하도록 하기 위해서인 줄은 꿈에도 몰랐다.

천명.

천명은 정말 잔혹했다.

인간을 위해 희생했던 과거의 자신은 아무런 감정이 없어서 사명을 이행한다고만 생각해 과감하게 운명을 받아들였다. 그런 무심함과 무욕이 불만스러웠던 것일까. 천명은 예지몽을 통해 그녀의 호기심을 자극한 뒤 자발적으로 칠정을 수행하게 했다.

칠정을 알게 된 지금은 세상에 연연하는 게 생겨 운명에 반항하고 싶어졌다. 하지만 또 칠정을 이해하고 인간을 이해하기 때문에 반항할 수도 없고 사명을 저버릴 수도 없었다.

정말 서글픈 역설이었다.

그녀는 가슴을 움켜쥐었다. 고통 때문에 말도 할 수 없었다.

천명은 이런 식으로 그녀에게 모든 걸 이해시키려 했던 건지도 몰랐다.

하늘은 그녀가 단순히 천도를 실현하는 도구에 그치지 않고 사랑과 삶의 의미, 수호와 희생의 의미, 죽음의 의미까지 이해하기를 바랐다. 그 모든 것을 이해하는 신이야말로 천명이 인정하는 신일지도 몰랐다.

정말 자비롭고 잔인했다.

조용히 앉은 그녀의 뺨으로 눈물 두 줄기가 흘러내렸지만 그녀는 알아차리지 못했다.

약목문을 열기 전날 밤 소관이 느꼈을 고통이 드디어 이해되었다. "나는 아쉬워할 수 없어. 감히 그럴 수도 없고"라고 했던 소관의 마음이 마침내 절절히 와닿았다. 지금 그녀도 그때의 소관처럼 아무리 고통스러워도 선택할 수밖에 없었다.

천거산 네번째 봉우리의 동굴에서 처참한 비명이 터져나왔다. 능어 아욱이 온몸에서 피를 흘리며 가시 달린 쇠사슬로 동굴 벽에 묶여 있었다. 이미 한 시진째 고문받는 중이었다. 맞은편 한 장 밖에는 푸른 옷의 남자가 뒷짐을 진 채 서 있었다. 아욱을 괴롭히는 사람처럼 보이지 않았지만, 아욱의 살을 난도질하는 단검 두 자루는 분명 남자의 명을 따르고 있었다.

단검은 살을 도려내는 게 아니라 긋기만 해서 고통을 줄 뿐 목숨까지 위협하지는 않았다.

아욱이 다시 한번 기력을 모아 남자에게 애원했다. "저는…… 신인 줄…… 몰랐어요. 그냥…… 인간인 줄 알았으니…… 제발 살려주세요……"

남자는 차갑게 바라보다가 돌연 코웃음을 쳤다. "신이면 어떻고, 인간이면 어떻다고. 인간이면 네가 괴롭힐 수 있단 말이냐?"

아욱은 아프고 후회스러웠다. 그렇다고 인간에 대한 학대를 후회한다는 뜻은 아니었다. 여전히 인간이라면 얼마든지 짓밟아도 된다고 생각했다. 아욱이 후회하는 것은 자기 수행이 보잘것없어서 여자가 존신임을 알아채지 못하고 경솔하게 손을 대 엄청난 화를 초래했다는 점이었다. 여자는 신일 뿐만 아니라 셋째 전하의 아내였으니, 전하는 자신이 여자에게 무슨 짓을 했는지 분명 알게 될 터였다. 그때 전하가 자신을 어떻게 바라보고 어떻게 대할지, 아욱은 질투가 나는 한편 두려웠다.

단검이 다시 몸을 찔러 아욱의 불안과 공포는 격렬한 통증에 묻혀버렸다. 아욱은 목숨을 건지기 위해 계속 애원하는 수밖에 없었다. "신군, 제가…… 제가 잘못했습니다…… 제가 잘못했으니 용서해주세요……"

남자는 얼마나 매정한지 아욱의 애원에 꿈쩍하지 않고 손을 든 채 아욱을 죽은 사람 보듯 바라보았다. 남자가 살며시 오른손을 아래로 내리자 비수가 아욱 배에 더 깊이 박혔다. 아욱은 고통도 참기 힘들었지만 그보다 두려움이 더 컸다. 약자의 무력감이 어느 때보다 절실히 느껴졌다. 여기에서 죽겠구나, 하고 절망적으로 생각할 때 갑자기 검은 옷을 입은 남자가 동굴로 들어왔다.

검은 옷의 남자가 푸른 옷의 남자 손을 누르며 말렸다. "소희, 죽이지 마. 내가 좀 이용해야 해."

푸른 옷의 남자는 손을 거두려 하지 않았다.

검은 옷의 남자가 탄식했다. "존상을 위해서야."

푸른 옷의 남자는 검은 옷의 남자를 잠시 바라보다가 잔혹한 손을 거두고 차갑게 아욱을 바라본 뒤 소매를 떨치며 동굴을 나갔다. 푸른 옷의 남자가 마지막으로 바라볼 때 아욱은 온몸이 얼어붙는 듯했지만 이제 살았음을 눈치챘다. 안도의 한숨을 내쉰 아욱은 정신을 놓으며 그대로 쓰러졌다.

동굴을 나서자마자 제소희는 걸음을 멈추고 눈을 가늘게 뜬 채 허공에 멈춰 있는 눈송이를 바라보다가 코앞에 있는 얼음 결정체를 건드렸다. 잠시 생각한 뒤 제소희는 고개를 돌려 아욱을 부축해 나오는 은림에게 물었다. "여기는…… 움직임이 다 멈췄네. 어떻게 된 거야?"

은림이 사방을 둘러보았다. "움직임이 멈춘 게 아니라 천거산 일곱 봉우리의 시간이 멈춘 거야."

제소희가 알았다는 듯 "존상이 그러셨구나?" 하고는 살며시 눈살을 찡그렸다. "뭘 하실 생각이지?"

천거산 눈밭이 그림처럼 고요했다. 은림은 잠시 생각에 잠겼다가 말했다. "당연히…… 수신과 작별하러 가시겠지."

제소희는 깜짝 놀랐다. "작별?" 그러고는 비통함을 억누르며 물었다. "연송에 대한 성옥의 마음이 얼마나 깊은데. 이번에 돌아오신 것도 수신과의 인연 때문 아니야? 그런데 작별……이라니?"

은림은 멀리에 우뚝 서 있는 두번째 봉우리를 바라보았다. "수신과 인연이 있지만 그 인연 때문에 돌아오신 건 아니야."

제소희는 아연실색했다. "그게…… 무슨 말이야?"

은림은 조용히 먼 곳만 바라보았다. 늘 냉랭한 그 얼굴에 뜻밖에도 애틋함이 서렸지만 제소희의 질문에 대답하지는 않았다.

이제 흐르는 칼을 몇 번 더 견뎌야 형벌이 끝날까? 두 번? 세 번? 차가운 폭포에 찔리는 고통에서 막 깨어나면 아무리 연송이라 해도 정신이 혼미했다. 고개를 흔들어 정신을 가다듬고 나서야 그는 뭔가 이상하다는 것을 발견했다. 천거산 일곱 봉우리는 깊고 생물이 살지 않아 조용했지만 차가운 폭포 소리가 끊긴 적은 한 번도 없었다. 그런데 지금은 물소리가 전혀 들리지 않았다.

연송은 눈을 크게 떴다.

눈앞의 상황을 보았을 때 연송은 자신이 꿈을 꾸는 줄 알았다.

자신을 감금하고 있는 폭포가 멈춰서 거대한 백수정처럼 절벽에 걸려 있고, 발밑의 못도 굳은데다 바위를 때리던 폭포의 물보라도 허공에 정지해 있었다. 온 골짜기에는 그대로 멈춰 떨어지지 않는, 꿈결 같은 눈송이가 가득했다. 더 꿈결 같은 건 시선의 끝에 있는 그 사람이었다.

아름다운 여자가 폭포 맞은편에 서 있었다. 금빛의 긴 치마를 입고 묶지 않은 머리카락을 발목까지 늘어뜨린 여자는 하얀 얼굴의 오른쪽 눈썹뼈에 작은 금빛 구슬만 붙였을 뿐 화장하지 않았는데도 놀라울 정도로 아름다웠다.

두 사람의 시선이 허공에서 마주쳤다.

여자는 연송이 잘 아는 천진한 표정으로 눈매를 둥글게 만들어 웃음을 지은 뒤 치맛자락을 들고 물을 밟으며 걸어와 가느다란 손으로 얼어붙은 폭포를 걸어올리고 연송 앞에 섰다. 정지한 물줄기가 여자의 하얀 손에 닿자 작은 구슬이 되어 못으로 떨어지면서 정적 속에 청명한 소리를 더했다.

연송을 올려다보며 웃음을 지었는데 눈에 눈물이 맺혀 있었다. 여자가 손으로 연송의 뺨을 쓰다듬으며 조용히 불렀다. "연삼 오라버니." 연송이 제일 좋아하는 부드럽고 사랑스러운 목소리였다.

꿈을 꾸고 있나?

연송은 머릿속이 한층 더 흐려져 분간할 수가 없었다. 그러고 싶지도 않았다. 꿈이라도 정말 좋지 않은가?

연송은 눈을 감고 웃으며 그녀의 손에 뺨을 가볍게 대고는 부드럽게 물었다. "어떻게 왔어?" 그러다 눈을 뜨고 바라보았다. "꿈이구나?" 그랬다. 꿈을 꾸는 게 분명했다. 꿈이 아니고서야 천거산 두번째 봉우리에 성옥이 어떻게 나타난단 말인가.
"맞아요. 꿈이에요." 그녀도 웃었다. 눈가에서 흘러내린 눈물이 뺨에 흐릿한 자국을 남기자 연송은 가슴이 아파 본능적으로 닦아주려 했다. 손을 내밀려 움직였을 때야 연송은 두 손이 묶인 게 떠올랐다.
쇠사슬 소리를 들은 그녀가 두 손을 힐끗 보고는 손을 내밀어 연송의 손목을 쥐었다. 천둥과 번개로 제련해 천불로도 망가뜨릴 수 없는 쇠사슬이 금빛 속에서 사라졌다. 드디어 자유로워졌지만 이미 엿새나 밤낮없이 매달려 있었기 때문에 연송은 힘을 주지 못하고 휘청했다. 그녀가 얼른 끌어안으며 부축했다.
연송은 한층 더 혼미해졌다. 몽롱한 속에서 그녀가 살짝 손을 들자 폭포 뒤로 은빛의 문이 나타나는 게 보였다.
연송은 역시 꿈이라고 생각했다.

꽤 긴 시간이 지난 듯했다.
정신을 차렸을 때 연송은 폭포수에 찢겨 불타는 듯 따가웠던 등의 상처가 시원해진 느낌을 받았다. 편안한 서늘함 속에서 누군가 살짝 등을 건드렸는데 아프다기보다 저릿했다. 눈을 떠서 소리 없이 고개를 든 연송은 자신이 어느 동굴 속 침상에 누워 있는 걸 발견했다. 상의는 벗겨지고 어깨에 하얀 붕대가 감겨 있었다. 바로 옆에서는 금실과 은실로 연꽃무늬를 수놓은 소매가 가늘게 떨리고 있었다.
부드러운 두 손이 등에 살며시 닿았다. 이어서는 아무도 모르게 내리는 빗방울처럼 따뜻하고 촉촉한 느낌이 맨살로 전해졌다. 연송은 멍하니 생각해보고 나서야 그게 성옥의 눈물임을 알았다.
성옥은 붕대를 감지 않은 쪽 어깨에 부드럽게 손을 올려놓고는 몸을 바싹 붙인 뒤 상처에 입을 맞췄다. 혹시라도 아플까봐 조심스럽게 건드릴 때 따뜻한 눈물이 연송의 등으로 떨어졌다.
조금 전 혼수상태일 때는 아무 느낌도 없었지만, 정신이 든 이후 성옥의 눈물과 손길을 접하자 연송은 자기도 모르게 몸이 떨려왔다. 연송은 몸을 돌려 성옥의 손을 꽉 잡았다. 그녀가 깜짝 놀라며 멍하게 고개를 들었다가 연송의 맑은 눈을 보고는 냉큼 몸을 일으켜 앉았다.
연송은 손을 놓아주다 말고 느슨하게 손목을 쥐었다. "뭐하고 있었어?"
그녀는 있는 그대로 대답하는 대신 빈손으로 옆쪽의 이불을 끌어당기며 얼버무렸다. "상처를 돌보고 있었지요. 추우니까 자, 잘 덮어요."
연송이 이불을 힐끗 봤다가 재미있다는 듯 그녀를 바라보았다. "상처를 돌볼 때 입도 맞춰야 하나?"
그녀가 얼굴을 확 붉히며 기죽은 듯 작은 소리로 답했다. "오, 오라버니가 아플까봐 입으로 불어준 거예요."
연송이 고개를 끄덕였다. "그렇구나, 계속해봐."
그녀는 창피함에 얼굴을 반쯤 가리고 작게 중얼거렸다. "입으로 불어주는 거나 이, 입을 맞추는 거나 별 차이도 없잖아요." 눈을 들었다가 연송이 조금 전 몸을 돌리는 바람에 어깨의 붕대로 피가 배어나온 걸 보고 당황했다. "왜 또 피가 나지? 아파요?" 그러면서 손을 뻗어 살펴보려는데 연송이 그녀의 손목을 잡아당겨 침대로 눕혔다.

"신경쓰지 마. 별거 아니니까." 연송은 한 손으로 성옥을 품에 끌어안으며 위로하듯 덧붙였다. "아프지도 않고."

그녀는 반신반의했다. "하지만 조금 전까지 정신을 잃었었다고요."

연송이 다정하게 대꾸했다. "피곤해서 잠들었던 거야. 지금은 다 나았고." 연송은 성옥의 이마에 입을 맞추며 주의를 돌리려 했다. "속급이 데려왔니? 적진이 효력을 잃어서 벌써 깨어난 거야?"

화제를 성공적으로 돌렸는지 그녀가 한참 입을 다물고 있다가 쉰 목소리로 말했다. "적진과는 상관없어요." 고개를 들고 살구씨 같은 눈으로 연송을 올려다보았다. 안개가 낀 듯 물기를 머금은 몽롱한 눈동자에 연송은 이해할 수 없는 슬픔이 깃들어 있었다.

그녀가 다시 한번 손을 들어 연송의 얼굴을 어루만지며, 곧 헤어져야 해서 최대한 가슴 깊이 새기려는 듯 눈도 깜빡이지 않고 바라보았다. "아주 오래전부터." 조용히 말했다. "나는 계속 당신을 기다렸어요. 우리의 만남을 기대하며 아주 오래, 아주 오래 기다렸지요." 눈을 감고 연송의 팔을 끌어안으며 가볍게 한숨을 내쉬었다. "정말 너무 보고 싶어서 찾아온 거예요."

그리웠다는 고백인데 뭔가 이상했다. 연송은 감동스러운 한편 까닭 없이 불안해졌다. 말하는 모양새로 보면 성옥은 칠 년이 아니라 훨씬 긴 시간을 기다린 듯했다. 본능적으로 뭔가 이상하다는 걸 느낀 연송은 가만히 생각해보려 했지만 머릿속이 너무 복잡해 생각에 전념할 수 없었다. 어쩌면 이게 꿈이고 성옥에 대한 자신의 소망이라서, 또 어쩌면 잠재의식 속에서 두 사람의 인연이 훨씬 오래전부터 시작되었기를 바랐거나 성옥한테 그런 말을 듣고 싶어해서 성옥이 그렇게 말했는지도 몰랐다.

연송은 그런 생각을 전부 털어낸 뒤 웃으며 놀렸다. "하지만 처음 만났을 때 너는 우산 하나도 내게 팔지 않으려 했잖아."

그녀는 여전히 촉촉한 눈으로 연송을 애틋하게 보고 있었다. "그땐 잊어버렸을 뿐이에요." 조용히 되풀이했다. "줄곧 기다려온 걸 잊었거든요." 붉어진 눈가에 촉촉한 눈을 한 슬픈 얼굴로 웃음을 지었다. 연약하고 아름다운 미소가 비에 젖은 연꽃처럼 애처로웠다. "잊었었는데도." 또 웃었다. "그때 당신을 보자마자 좋더라고요. 이 오라버니는 어쩜 이리도 잘생겼을까 생각했지요. 지금까지도." 그녀가 손가락으로 연송의 뺨을 쓰다듬었다. 연송을 바라보는 눈빛이 물처럼 부드럽고 물에 비친 달처럼 환했다. "여전히 나는 삼랑三郞 실물이 정말 잘생겼다고 생각해요."

연송이 눈썹을 치켜떴다. 원래는 성옥이 자신을 처음 만난 뒤 곧장 잊어버렸고 일 년 뒤 다시 만났을 때도 자신이 알려줬을 때에야 자신을 기억해냈다고 말해줄 생각이었다. 그런 주제에 기분좋게 해주려고 처음 보자마자 좋았다고 하다니, 말도 안 된다고 놀릴 생각이었다. 하지만 성옥이 삼랑 실물이 정말 잘생겼다고 말했을 때 연송은 당황한 나머지 한참 뒤에야 소리를 낼 수 있었다. "나를 뭐라 불렀니?"

그녀가 눈을 깜빡거렸다. "우리 아버지가 일곱째라 어머니가 칠랑이라 불렀거든요. 오라버니는 셋째이니 삼랑이라 부르면 좋지 않을까요?"

그녀가 다정하게 연송을 바라볼 때 오른쪽 눈썹뼈의 금빛 구슬이 어두운 동굴에서 유난히 밝게 빛났다. 그 덕분에 긴 눈썹 아래의 눈동자가 한층 더 맑고 깨끗하며 세상 무엇보다 순결해 보였다. 연송은 자기도 모르게 손을 뻗어 성옥을 어루만지며 나직이 말했다. "그래, 좋구나. 삼랑이라." 연송은 다시 한번 호칭을 음미했다. "팔황의 방식이 아니라 무척 특별하구나. 그런데 너는 연삼 오라버니라 부르는 걸 좋아하지 않니? 왜 그렇게 부르지 않고?"

그녀는 연송의 손을 잡고 눈을 감은 채 뺨을 기댔다. "연삼 오라버니는 여러 명의 연삼 오라버니일 수 있지만 삼랑은 나만의 삼랑이니까요. 처음의 처음, 좋아하기 시작했을 때부터 삼랑이라고 부르고 싶었어요." 눈을 뜨고 천진하게 쳐다보다가 다시 한번 뺨을 연송의 손에 댄 뒤 수줍은 듯 입을 오므렸지만 결국 대범하게 말했다. "모를 수도 있는데." 깊게 숨을 내쉬었다. "아주 오래전부터 당신을 좋아했어요, 삼랑." 그녀의 얼굴이 점점 달아올랐다. 마치 꽃망울은 새하얀데 만개하면 붉은색 꽃잎이 나오는 겹꽃의 백합 같았다.

성옥의 수줍음과 대범함에 연송은 기분이 좋다못해 현혹될 지경이었다. 그 말이 사실이면 좋겠지만 실상은 엄연히 달랐다. 연송은 성옥의 빨개진 뺨을 꼬집으며 말했다. "어떻게 감히 아주 오래전부터 좋아했다고 말하지? 아주 오래전이라니, 네가 어리석고 아무것도 몰라서 나 혼자 짝사랑에 절절매다 더는 견딜 수 없게 되었을 때에야 네가 자비를 베풀어 함께하게 된 것 아니더냐?"

연송의 성토에 그녀는 당황한 듯 넋을 놓고 있다가 풀죽은 표정으로 말했다. "아…… 그때가 아니에요. 그때는 내가 어리석었고요." 겸연쩍게 웃었다. "너무 비난하지 마요." 올려다보는 그녀의 맑은 눈동자에 연송은 이해할 수 없는 슬픔이 서려 있었다. "내가 말하는 아주 오래전이란 그보다 훨씬 전이에요. 당신이 나를 알지 못할 때 당신 꿈을 꾸었거든요."

전혀 생각하지 못한 말이었다. "꿈? 내 꿈을 꿨다고⋯⋯ 무슨 내용인데?"

그녀가 바싹 다가와 연송의 어깨에 얼굴을 묻었다. "우리가⋯⋯ 함께하는 꿈이요." 잠시 말을 멈췄다가 다시 고개를 들었을 때 눈꼬리가 또 붉어졌다. 눈동자도 촉촉한 물기에 덮여 눈을 깜빡이자 속눈썹이 젖었다. 날개가 젖은 나비처럼 슬픈 표정이었고 한없이 맑은 눈동자에는 날아오를 수 없는 고통이 숨겨져 있는 듯했다. 연송은 다시 한번 그녀의 눈을 어루만졌다. "우리가 함께하는 꿈이면 좋은 것 아니냐? 왜 울려고 해?"

그녀는 고개를 저은 뒤 연송의 손을 자기 입가로 가져가 가볍게 입을 맞췄다. "당신을 좋아해요." 목소리가 비현실적으로 느껴질 만큼 흐릿했다. "이 세상 전부보다 더 좋아해요. 이 세상에서 당신을 가장 좋아하는 건 나니까⋯⋯" 멈칫하더니 말을 끝맺지 못했다.

연송은 성옥의 천진함과 순수함, 자신을 향한 본능적인 친밀함과 전폭적인 믿음, 숨김없고 직설적인 고백을 사랑했다. 성옥이 거기에서 멈추자 연송은 그녀의 허리를 꽉 끌어안으며 나직하게 재촉했다. "그래서 뭐?"

그녀가 그윽하게 바라보며 부드러운 팔로 연송의 목을 감쌌다. "그러니까 나를 잊지 마요."

연송은 성옥이 왜 그렇게 이상한 걱정을 하는지 알 수 없어 잠시 바라보다가 그녀의 붉은 입가에 입을 맞추고 위로하듯 등을 쓰다듬으며 나직하게 약속했다. "너는 내 아내이고 내가 온갖 수작을 부린 끝에 얻은 정인인데 어떻게 잊을 수 있겠어?"
그녀가 실소를 터뜨렸다. "온갖 수작이라니, 듣기 좋은 말이 아니네요. 누가 스스로 수작을 부린다고 말해요?"
연송은 대답하는 대신 사랑스럽다는 듯 성옥의 이마에 입을 맞추고 용린 팔찌를 찬 손목을 쥐었다.
워낙 가까이에 있어서 두 사람은 베개 위 서로의 호흡 소리를 들을 수 있었다. 차가운 백기남 향과 따뜻한 꽃향기가 한데 섞였다. 그녀는 살며시 고개를 들어 바로 옆에 있는 연송과 시선을 맞췄다. "나를 잊을 리 없다니 정말 좋네요. 과거의 나도 잊지 말고 오늘밤의 나도 잊지 말아줘요." 갈피를 잡을 수 없는 말이었다. 그렇지만 연송은 성옥이 눈을 감고 입술을 가까이 대는 바람에 깊이 생각할 수 없었다.
"오늘밤의 나를 잊지 말아요, 삼랑." 그녀가 연송의 입가에서 나직하게 되풀이한 뒤 입을 맞췄다. 연송은 머릿속이 혼미해져 아무것도 생각할 수 없었다. 오로지 덩굴처럼 자신을 꽉 끌어안은 성옥과 그녀의 풋풋하면서 다정한 입맞춤에 집중할 뿐이었다.
쓸쓸하고 조용하고 누구도 방해하지 않으며 누구도 알 수 없는 시공간에서 두 사람은 서로를 끌어안았다.
그녀는 연송 밑에서 자신을 내어주듯 몸을 펼쳤다.
밤이 길었다.
시처럼 감미롭고 서글펐다.
하지만 무척 아름답기도 했다.

그날 밤, 팔황 한가운데의 중택 대지에서 갑자기 홍황의 대진大陣 일곱 개가 떠올랐다. 대진은 번뜩이는 빛으로 중택 전체를 덮어 다섯 종족 누구도 접근할 수 없게 만들었다. 원래부터 천지의 한가운데 있는 땅이며 신들조차 발을 들일 수 없는 곳이었지만 이제는 모기 한 마리조차 날아들 수 없었다.

동화제군은 중림 선관을 데리고 첫째 대진 밖에 서 있었다. 눈부신 금빛에 뒤덮인 중택을 가만히 쳐다보던 동화제군이 살짝 굳은 표정으로 말했다. "한발 늦어서 고요산이 폐쇄되었구나. 돌아가자."

동화제군의 성품을 잘 아는 중림선관이 떠보듯 말했다. "제군이라면 뚫고 들어가실 수 있지 않습니까?"

동화제군이 잠시 생각한 뒤 물었다. "그러면 조금 무례한 게 아니냐?"

중림이 사실대로 대답했다. "절차를 따지자면 분명 무례한 행동이지만, 평소 제군은 절차를 별로 따지지 않으시잖습니까."

동화제군이 잠시 생각에 잠겼다가 말했다. "저 일곱 대진은 홍황시대 때 소관이 고요산에 펼쳐놓은 것이다. 소관의 진법은 워낙 독보적이라 본 군조차 꽤 힘을 써야 들어갈 수 있으니, 됐다." 그러고는 단호하게 몸을 돌려 걸음을 옮겼다.

중림이 얼른 뒤따라갔다. "하지만 제군, 조제 신이 팔황의 재난을 예지해서 깨어났을지도 모른다며 오늘 꼭 오셔야 한다고 하셨잖습니까?"

동화제군은 걸음을 멈추지 않았다. "돌아오자마자 고요산을 폐쇄했으니 아주 급한 것 같지는 않구나. 이미 생각이 다 있을 거다."

일리가 있는 말처럼 들렸지만 중림은 역시 마음이 놓이지 않았다. "만약 일이 여의치 않아서 고요산을 폐쇄했으면요?"

동화제군이 어깨를 으쓱했다. "어쨌든 홍황의 신으로 본 군과 같은 수준이니 그 정도는 아니다."

동화제군이 그렇게 안심하자 중림도 마음을 놓고 동화제군을 따라 구름에 오르는 수밖에 없었다.

천지 한가운데에 중택이 있고 중택 한가운데에 고요산이 있으며 고요산 한가운데에 조제가 폐관하는 관남실觀南室이 있었다. 장생해 옆 난인동蘭因洞에 있는 관남실은 중택 전체에서 영기가 가장 충만한 곳이었다.

조제가 혼돈에 스스로를 바친 뒤 이십일만 년이나 정적에 싸여 있던 관남실에서 고통스러운 흐느낌이 흘러나오고 있었다.

네 신사는 숙연한 얼굴로 동굴 앞에 서 있었다. 조제가 돌아오자 깊은 잠에 빠져 있던 아홉 빛깔 연꽃 상화와 뽕나무 설의 역시 세상을 비추는 밝은 빛에 깨어나 고요산으로 돌아왔다. 깨어나자마자 돌아왔지만, 조제는 이미 관남실에 들어갔고 은림도 장생해에 잠입해 동굴 입구에는 소희만 남아 있었다. 상화와 설의는 소희한테서 존상이 마지막 인간 생의 기억을 신선의 몸에서 분리해야 해 폐관에 들어갔다는 말을 들었다. 다만 존상이 왜 마지막 생의 기억을 분리해야 하는지는 소희도 알지 못한다고 했다. 그래서 장생해에서 돌아온 은림에게 물어보려 할 때 갑자기 관남실에서 존상의 흐느낌과 신음이 들려왔다.

존상에게 위급한 일이 생기면 제일 먼저 달려가던 소희가 이번에는 동굴 입구의 거대한 바위를 등진 채 꼼짝도 하지 않았다. 관찰력과 통찰력이 뛰어난 설의는 소희의 모습을 보고 동굴로 뛰어들려는 걸음을 멈췄지만, 다혈질인 상화는 여전히 조급하고 부주의해 곧장 안으로 달려가려 했다. 아니나다를까 은림이 동굴 앞으로 몸을 날리더니 검을 들고 막았다.

검기에 세 장이나 밀려난 상화가 재빨리 칼을 꺼내 자세를 잡자 은림이 싸늘하게 말했다. "기억을 분리하는 일은 결코 간단하지 않아. 뼈와 피, 혼백에 들어간 기억을 분리하는 과정은 살가죽을 벗기고 뼈를 깎는 수준과 같다고. 존상은 지금 필연적으로 겪어야 하는 고통을 감내하고 계실 뿐이야. 고통을 전부 견뎌내야 기억을 분리할 수 있으니, 지금 네가 들어가면 도움은커녕 방해만 된다. 존상의 노력이 물거품으로 변하면 어쩌려고 그래?"

상화는 성격이 조금 난폭해도 네 신사 가운데 첫째인 은림을 홍황시대부터 두려워하고 우러러보며 은림의 얼굴이 조금만 굳어져도 바로 고분고분해졌다. 지금도 은림의 검기에 세 장이나 밀려났지만 가슴을 문지르며 억울해할 뿐이었다. "나, 나는 존상이 너무 힘들어하시는 것 같아서 마음이 급해졌지."

상화의 미성숙한 모습에 설의가 한숨을 내쉬고는 은림에게 두어 걸음 다가가 눈살을 찌푸리며 의문을 표했다. "마지막 생의 기억이 싫으면 망정단忘情丹이나 망정수忘情水로 쉽게 잊을 수 있을 텐데 왜 굳이 이렇게 고통스러운 방식으로 기억을 분리하시는지 이해할 수가 없네. 왜 그러시지?"

은림은 잠시 침묵에 잠겼다가 말했다. "존상 나름의 이유가 있어. 기억을 성공적으로 분리해내시면 그때 알려줄게."

설의는 은림을 잠시 바라보다가 고개를 끄덕였다.

관남실에서 한없이 슬프고 고통스러운 비명이 또 들려왔다. 은림은 검 자루를 꽉 쥐었다. 서글픈 비명을 듣고 있기 힘들었지만 참을 수밖에 없었다. 조제에게는 나름의 이유, 세상에서 은림과 조제 둘만 아는 이유가 있었다. 그건 빛의 신이 물의 신을 위해 준비한 그들 인연의 끝맺음이었다.

"왜 그러시지?"라고 설의가 물었는데 사실 은림도 조제가 관남실에 들어가기 전에 똑같이 물어보았다.

천거산에서 고요산으로 막 돌아왔을 때였다. 조제는 먼 산을 바라보며 조용히 대답했다. "마지막 작별인사를 할 수 있었던 것만으로 나는 이미 만족해. 그도 모든 것을 꿈이라 생각할 거다. 모든 게 여기에서 끝나는 것도 나쁘지 않아. 그런데 그가 폭포형을 다 받고 오면 세상을 떠돌며 평생 함께하기로 약속했었다. 나는…… 약속을 지킬 수 없지만, 그 사람에게 성옥은 줄 수 있어. 그 성옥에게 약속을 지키도록 할 거다."

그래서 조제는 기억을 분리하기로 했다.

확실히 그런 방법이 있었다. 조제는 연민이라는 감정을 얻은 뒤 환생했던 몸에서 되돌아올 때마다 연민을 떨쳐내지 못하고 기억을 분리해 구슬에 응축시킨 다음 자신과 비슷한 인형의 몸에 넣었다. 몇 번의 환생 속에서 각각의 인형은 조제의 역할을 훌륭히 대신 해, 그녀를 무척 사랑하지만 일찍 떠나보낸 가족과 친구들은 아무도 그게 인형인 줄 모른 채 편안하고 평화롭게 평생을 함께 보냈다.

그때는 조제의 감정이 온전하지 않아서 기억과 신선의 몸이 긴

밀하게 연결되지 않았고 기억을 신선의 몸에서 분리해 구슬로 만드는 일도 고통스럽지 않았다. 그런데 이번에는 기억이 뼛속 깊이 박혀 쉽게 분리되지 않았다. 더구나 한층 까다로운 문제까지 있었다.

은림은 조제에게 상기시키지 않을 수 없었다. "수신은 인간과 다릅니다. 존상이 보낸 성옥이 예전의 성옥이 아니라 인형일 뿐이라는 걸 틀림없이 알아챌 겁니다……"

조제가 눈을 살며시 내리깔았다. "장생해 바닥에 내 인간 몸이 하나 더 있다. 사명이 준비해준 몸이지. 나는 새로운 영혼을 하나 만들어 성…… 성옥……" 목이 메는 바람에 조제는 잠시 멈췄다가 목소리를 가다듬은 뒤 계속 말했다. "성옥의 기억을 새로운 혼에 넣어 구슬로 만들 거다. 네가 그 구슬을 인간의 몸에 넣어 속세로 보내면…… 그는 알아보지 못할 거야." 말하는 동안 목소리가 많이 안정됐지만 얼굴을 살짝 기울였을 때 눈물 자국이 보였다.

은림은 한참 입을 열지 않았다. 일에 감정을 섞지 않은 지 꽤 오래되었건만 그때는 충동적으로 나서고 말았다. "존상은 수신을 포기하지 못하시잖아요. 겁운까지 아직 삼만 년이 남았는데 왜……"

조제가 은림의 말을 끊었다. "나는 잃어버린 영력과 신력을 회복하기 위해 잠을 자야 해."

은림은 말문이 막혔다.

그랬다. 조제가 영력과 신력을 회복해야 한다는 사실을 잊고 있었다. 홍황시대의 다른 신이라면 천 년쯤 자는 것으로 해결되겠지만, 조제는 빛의 신이자 예지의 신으로, 안정적인 정신력이 영력의 근원이었다. 긴 잠을 통해 정신을 안정시키고 영력을 충분히 모아야만 삼만 년 뒤 제사를 지낼 수 있었다.

은림은 한동안 말을 할 수 없었다.

"그 사람과의 인연은 성옥의 일생으로 끝내는 수밖에 없어." 조제가 말했다.

은림은 조제를 등지고 있어서 그녀의 표정을 볼 수 없었다. 한참 침묵이 이어진 끝에 조제가 살며시 한숨을 내쉬었다. "그가 성옥을 사랑하니 나는 성옥을 줄 거다. 그게 내가 마지막으로 그 사람에게 줄 수 있는 것이야."

조제는 그렇게 말을 끝맺었다.

관남실에서 또 한번 가슴이 찢어지는 듯 고통스러운 비명이 터져나와 고요산 전체를 뒤흔들었다.

은림은 정신이 번쩍 들었다.

다른 세 사람도 초조한 기색이 역력했다.

고통스러운 비명 뒤에는 피눈물 섞인 통곡이 이어졌다. 그 침통하고 절망적인 울음소리에 천지마저 흔들렸다. 중택의 영기도 통곡 속 슬픔과 무력감을 느꼈는지 고요산 전체에 엄청난 폭우가 쏟아졌다.

한참 뒤 드디어 통곡이 멈췄다.

은림은 다른 세 신사를 막고 혼자만 안으로 들어갔다.

관남실 바닥에 금색 긴 치마를 입은 소녀가 창백한 얼굴로 누워 있고 몸 옆에 작은 금빛 구슬 하나가 떨어져 있었다.

은림은 소녀를 안아 옥침대에 살며시 내려놓았다.

침대 앞에 무릎을 꿇은 은림은 숙연하게 세 번 절한 뒤 구슬을 집어 관남실을 나갔다.

빛의 신이 잠들자 중택을 수호하는 일곱 대진의 빛도 흐릿해졌다.
네 신사는 하늘가의 어두운 빛을 바라보았다. 조제의 귀환을 기다려온 그들은 이제 잠든 조제를 돌봐야 했다. 그게 신사의 사명이었다.
어쨌든 조제는 천도天道의 재난이 닥치기 전에 깨어날 터였다.
그게 바로 홍황의 고대 신에게 부여된 소망이므로. 그게 바로 천도이고 빛의 신이 짊어진 숙명이므로.

(3권에 계속)

옮긴이 **문현선**
이화여자대학교 중어중문학과와 같은 대학교의 통역번역대학원 한중과를 졸업했다. 현재 이화여자대학교 통역번역대학원에서 강의하며 전문 번역가로서 중국어권 도서를 기획 및 번역하고 있다. 옮긴 책으로 『색, 계』 『연매장』 『피아노 조율사』 『원청』 『오향거리』 『삼생삼세 십리도화』 『평원』 『제7일』 『사서』 등이 있다.

문학동네 세계문학
## 삼생삼세 보생연 2

초판 인쇄 2025년 11월 18일 | 초판 발행 2025년 11월 28일

지은이 당칠 | 옮긴이 문현선
책임편집 백지선 | 편집 이원주 박인숙 황문정
디자인 김유진 이원경 | 저작권 박지영 형소진 주은수 오서영 조경은
마케팅 정민호 서지화 한민아 이민경 왕지경 정유진 정경주 김예진 이서진
브랜딩 함유지 박민재 이송이 박다솔 조다현 김하연 이준희
제작 강신은 김동욱 이순호 | 제작처 한영문화사

펴낸곳 (주)문학동네 | 펴낸이 김소영
출판등록 1993년 10월 22일 제2003-000045호
주소 10881 경기도 파주시 회동길 210
전자우편 editor@munhak.com | 대표전화 031) 955-8888 | 팩스 031) 955-8855
문학동네카페 http://cafe.naver.com/mhdn
인스타그램 @munhakdongne | 트위터 @munhakdongne
북클럽문학동네 http://bookclubmunhak.com

ISBN 979-11-416-1406-5  04820
　　　978-89-546-4605-5  (세트)

잘못된 책은 구입하신 서점에서 교환해드립니다.
기타 교환 문의 031) 955-2661, 3580

www.munhak.com